Lisa Scottoline

FREISPRUCH FÜR EINEN MÖRDER

LISA SCOTTOLINE

# FREISPRUCH FÜR EINEN MÖRDER

Roman

Aus dem Amerikanischen von Dagmar Roth

LIMES

*Für Molly Friedrich, mit aufrichtigem Respekt,*
*und für Peter und Kiki*

Die Originalausgabe erschien 1997
unter dem Titel *Rough Justice*
bei HarperCollins, New York

1 2 3 01 00 99

Satz: Fotosatz Reinhard Amann, Aichstetten
Druck und Bindung: Ebner, Ulm

ISBN 3-8090-2447-3

*Es liegt in unserer Hand, uns vor einer Niederlage zu schützen.*

*– Sunzi*

# – 1 –

Alles begann mit einem Versprecher. Zuerst glaubte Marta Richter, sie habe sich verhört. Nach dem zwei Monate dauernden Mordprozeß fühlte sie sich ausgebrannt, außerdem konnte sie ihren Mandanten hinter dem dicken Panzerglasfenster nicht immer gut verstehen. »Sie meinen, Sie wanden sich in *seinem* Griff«, bemerkte Marta deshalb.

Auf der Seite des Panzerglases, die dem Angeklagten vorbehalten war, wischte Elliot Steere, anstatt zu antworten, Asche von seinem Stuhl. In seinem tiefschwarzen Brioni-Anzug und dem weißen Hemd mit hohem Kragen wirkte Steere in der Gefängnisatmosphäre zwar fehl am Platz, aber keineswegs so, als mache er sich Sorgen. Die Coolness, die der Geschäftsmann an den Tag legte, war der Stoff, aus dem die Legenden der Sensationspresse gemacht waren. Die Boulevardblätter berichteten, am Abend seiner Verhaftung wegen Mordes habe Steere lediglich ein einziges Telefonat führen wollen. Mit seinem Börsenmakler. »Das habe ich gesagt«, antwortete Steere nach einer kurzen Pause. »Daß ich mich in seinem Griff wand.«

»Nein, Sie sagten, er wand er sich in *Ihrem* Griff. Es war Notwehr, kein Mord. Sie haben sich gewehrt, nicht er.«

Steeres energischer Mund verzog sich zu einem flüchtigen Lächeln. Er hatte eine feinknochige Nase, ausdruckslose braune Augen und verdächtig wenig Krähenfüße für einen Immobilienhai. Auf Zeitschriftenphotos wirkte Steere attraktiv, aber die Leuchtstoffröhren im Besucherraum ließen seine Wangen hohl und sein sandfarbenes Haar stumpf aussehen. »Was soll's? Der Prozeß ist vorbei, die Geschworenen haben sich zur Beratung zurückgezogen. Es spielt keine Rolle mehr, wer sich zur Wehr gesetzt hat. Wer gegen wen.«

»Was soll denn das heißen?« fragte Marta. Es paßte ihr nicht, daß er sich mit Wortspielereien befaßte, er sollte sie für ihre brillante Verteidigung loben. Es war der größte Fall ihrer Karriere, und sie hatte Steeres Freispruch praktisch in der Tasche. »Natürlich spielt das eine Rolle.«

»Warum? Was, wenn es keine Notwehr war? Was, wenn ich ihn umgebracht hätte, wie der Staatsanwalt behauptet hat? Na, was dann?«

Marta sah ihn verständnislos an. »Aber so war es nicht. Er hat Sie überfallen, weil er Ihren Wagen wollte. Er hat Sie mit einem Messer angegriffen. Er hat gedroht, Sie umzubringen. Sie haben ihn in Notwehr erschossen.«

»In den Hinterkopf?«

»Es kam zu einem Kampf. Sie hatten eine Waffe, und Sie haben geschossen.« Ohne sich dessen bewußt zu sein, wiederholte Marta den Wortlaut ihres Schlußplädoyers. Wenige Minuten danach hatten sich die Geschworenen zur Beratung zurückgezogen. »Sie gerieten in Panik, hatten Todesangst.«

»Haben Sie das wirklich geschluckt?« Steere schlug ein langes Bein über das andere, und die elegante scharfe

Bügelfalte klappte um, so daß ein Dreieck der maßgeschneiderten Hose über das andere Bein fiel. »›Todesangst‹? Dieses Wort habe ich aus einer Krimiserie, aus der, in der alle rauchen. Kennen Sie die Serie?«

Martas Mund wurde trocken. Sie sah nicht fern, nicht einmal, wenn sie selbst im Fernsehen war, eine weitere Fernsehanwältin mit weit auseinanderstehenden blauen Augen und kinnlangen Haaren mit blondierten Strähnen. Die Härte um die Augen und die Weichheit unter dem Kinn verrieten den Zuschauern, daß sie keine dreißig mehr war. Trotzdem kam Marta auf dem Bildschirm gut rüber, und sie wußte, wie sie sich am besten verkaufte: die Verteidigung mit selbstbewußtem Biß präsentieren und sich mit dem Vertreter der Anklage anlegen. Das Ganze verpackt mit geistreichem Witz. Ein Kameralächeln für das Image der schönen Anwältin. »Soll das ein Scherz sein? Was hat denn das Fernsehen damit zu tun?«

»Alles. Meine Version des Tathergangs, meine Verteidigung, alles reine Fiktion. Reicher weißer Typ im Auto von armem schwarzen Typen überfallen. Weißer Typ hat registrierte Glock zu seiner Verteidigung. Schwarzer Typ ein X-Acto-Messer. Nicht gerade eine ideale Zusammenstellung.« Steere ließ sich auf seinem Stuhl zurücksinken. »Die Geschworenen haben es anstandslos geschluckt, weil es genau das ist, was sie erwarten, weil es das ist, was sie aus dem Fernsehen kennen.«

Martas Mund öffnete sich ungläubig. Die Worte trafen sie wie ein unvermuteter, heftiger Schlag. Sie konnte keinen klaren Gedanken fassen. Hitze stieg ihr ins Gesicht. Ihre manikürten Finger umklammerten die kalte Aluminiumleiste, und sie rang um Fassung. »Was reden Sie da?«

»Ich bin so schuldig wie der Teufel, meine Liebe.« Steeres Blick war direkt, und seine Stimme, die durch ein feines Metallgitter unterhalb der kugelsicheren Scheibe kam, klang blechern. Die kalkweiß gestrichenen Sintersteinwände des Besucherzimmers schienen plötzlich auf Marta zuzukommen.

»Aber er hat mit dem Messer Ihre Wange aufgeschlitzt.« Sie wollte einfach nicht begreifen.

»Da war er bereits tot. Ich führte seine Hand, die das Messer hielt.«

»Man hat Fasern von Ihrem Smoking an seinen Händen und auf seiner Kleidung gefunden.«

»Es gab einen Kampf. Er hat gekämpft. Hauptsächlich hat er gefleht, herzzerreißend geschluchzt wie ein kleines Mädchen.«

Marta drehte sich der Magen um. »Erzählen Sie mir die ganze Geschichte. Die Wahrheit.«

»Was gibt es da zu erzählen? Ein Penner kam auf mich zu, als ich an der roten Ampel hielt. Er hat mit einem Messer herumgefuchtelt, war betrunken, hat gebrüllt: ›Her mit dem Wagen.‹ Als würde mir das einfallen. Ein neues SL600 Cabrio. Ein Traum. Das begehrenswerteste Auto überhaupt.« Ergriffen von momentaner Bewunderung schüttelte Steere den Kopf. »Also nahm ich meine Waffe, stieg aus dem Wagen und schoß ihm in den Kopf. Über das Handy verständigte ich die Polizei.«

Marta verschränkte die Arme vor der Brust. Es hätte so aussehen können, als wappne sie sich, aber sie empfand es nicht so. Sie hatte derlei Geständnisse von anderen Mandanten gehört, und wenn Steere auch nicht so aussah, hörte er sich doch an wie sie. Allen gemeinsam war der Drang zur Prahlerei, alle wollten ihre Cleverness unter

Beweis stellen und sich damit brüsten, was sie sich ungestraft alles erlauben konnten. Marta hatte gewußt, daß Steere ein harter Bursche war; sie hätte nicht gedacht, daß er unmenschlich war. »Sie sind ein Mörder«, sagte sie.

»Nein, ich bin ein Problemlöser. Ich sah Unrat und habe ihn beseitigt. Der Mann war ein Wrack, wertlos. Er hat nicht gearbeitet, er hat nichts zustande gebracht. Er hatte nicht den geringsten Besitz. Verdammt, er hat noch nicht einmal irgendwo gewohnt. Dieses Mal hat er sich den Falschen ausgesucht. Ende der Geschichte.«

»Einfach so?«

»Na, kommen Sie schon, Marta. Der Mann war völlig *nutzlos*. Er hat nicht einmal gewußt, wie man mit dem verdammten Messer umgeht.« Steere lachte in sich hinein. »Da haben Sie sich besser angestellt, als Sie es sich zur Demonstration des Tathergangs unter das Kinn gehalten haben. Haben Sie die Geschworenen gesehen? Die erste Reihe fiel fast in Ohnmacht.«

Marta versetzte es innerlich einen Stich, als blitzschnell das Bild der Geschworenen an ihr vorbeizog, die wie Kindergartenkinder mit nach oben gewandten Gesichtern dagesessen hatten. Sie hatte bei der Auswahl der Jury die obligatorischen beratenden Experten hinzugezogen, sich aber, als sie die Liste der Geschworenen aufgestellt hatte, letztendlich auf ihren eigenen Instinkt und ihre Erfahrung verlassen und auch eine solide Mehrheit von Geschworenen zusammengebracht, die ihrer Meinung nach Zweifel an der Berechtigung der Anklage hatten. Tagtäglich hatte sie während des Prozesses vor ihnen gestanden und sich stets ihre Mienen, ihre Reaktionen, ihre Eigenarten ins Gedächtnis gerufen. Fünfzehn Jahre als etablierte Strafverteidigerin hatten Marta

Richter eines gelehrt: In jedem Gerichtssaal waren die einzigen richtigen Menschen die Geschworenen. Selbst die, die Buchverträge hatten.

»Es sind Trottel«, sagte Steere. »Zwölf gutgläubige Trottel. Der größte Versager war Ihr Freund, der Marlboro-Mann. Hüten Sie sich, Marta. Er sieht aus, als hungere er nach Liebe. Könnte sein, daß er vorhat, sich an ein Stutfohlen ranzumachen.«

Marta zuckte zusammen. Steere meinte Christopher Graham, einen Hufschmied aus Old Bustleton im Nordosten Philadelphias. Marta hatte gewußt, daß sich Graham vor kurzem von seiner Frau getrennt hatte, und ihn deshalb während des gesamten Prozesses aufs Korn genommen, stets ihren Blick in den seinen versenkt, als sie den medizinischen Sachverständigen ins Kreuzverhör nahm, und wie beiläufig mit den Fingerspitzen über ihren seidenen Kragen gestrichen, sobald sie seinen sehnsüchtigen Blick auf sich gerichtet fühlte. Trotzdem, Manipulation war eine Sache, Verdunklung eine ganz andere. »Sie haben mir nur Lügen aufgetischt.«

»Es hat geklappt, nicht wahr? Sie haben dafür gesorgt, daß die Anklage wie ein Kartenhaus zusammenbricht. Nach Meinung des Justizwachtmeisters beraten die Geschworenen bis morgen mittag. Das heißt, lediglich vier, fünf Stunden echte Beratungszeit.« Lächelnd schlug Steere die Beine andersherum übereinander. »Ich habe gehört, die Reporter hätten eine Wette laufen. Die Klugen haben ihr Geld auf Sie gesetzt, zwanzig zu eins. Es wird sogar darauf gesetzt, daß ich freigesprochen werde, bevor ein Meter Schnee liegt.«

Martas Gedanken überschlugen sich. Die Medien, weitere Lügen. Sie hatte den Reportern gesagt, Steere sei unschuldig, sich aber geweigert, sich an Spekulationen darüber zu beteiligen, wie lange die Geschworenen beraten würden. *Ich gewinne bloß, Jungs. Die Details überlasse ich euch*, hatte sie lachend gesagt. Jetzt war ihr das Lachen vergangen.

»Es ist fast 15 Uhr«, verkündete Steere nach einem Blick auf seine Uhr, die ein Armband wie flüssiges Gold besaß. »Sie hatten noch nie einen Prozeß, bei dem die Geschworenen länger als zwei Tage beraten haben, wenn ich mich recht entsinne.«

In Gedanken ging Marta rasch ihre Prozesse durch. Sie hatte nie einen Prozeß, bei dem es um ein Kapitalverbrechen ging, verloren, und sie würde auch diesen gewinnen. Keine gravierenden Probleme mit unumstößlichen Indizien, die mit irgendwelchen einleuchtenden Erklärungen hätten widerlegt werden müssen, lediglich eine abweichende Darstellung des Tathergangs, da der Staat Steere des vorsätzlichen Mordes an dem Obdachlosen angeklagt hatte. Es gehörte eine Menge dazu, anhand so dünner Fakten einen Prozeß anzustrengen, aber dieses Jahr fanden Wahlen statt, und der Bürgermeister wollte den reichsten Immobilienhai ans Kreuz nageln. Marta begriff das alles, aber das Wichtigste begriff sie nicht. »Warum haben Sie mich angelogen?«

»Seit wann sitzen Sie auf dem hohen Roß? Haben Sie mich gefragt, ob ich schuldig bin?«

»Diese Frage stelle ich meinen Mandanten nicht.«

»Was macht es dann für einen Unterschied, wenn Sie von ihnen angelogen werden?«

Marta fiel keine prompte Antwort ein, sie konnte nur mit den Zähnen knirschen. »Sie haben dieses Ammenmärchen also frei erfunden.«

»Hatten Sie nie den geringsten Zweifel? Eine der besten Strafverteidigerinnen dieses Landes, und Ihnen steigt der Geruch von Scheiße nicht in die Nase?«

Dieses Mal nicht, weil sie nicht auf der Hut gewesen war. Weil sie sich zu ihm hingezogen gefühlt hatte, obwohl sie das nie zugeben würde, nicht einmal sich selbst gegenüber. »Ihre Geschichte ergab absolut Sinn. Wir sind sie wieder und wieder durchgegangen. Sie haben jedesmal genau das gleiche erzählt.«

»Ich habe von A bis Z gelogen.«

»Selbst bei der Polizei? Ihre Aussage bei der Polizei. Es existieren Tonbandaufnahmen. Alles stimmte überein.«

»Was ich mache, mache ich hervorragend.«

»Lügen?«

»Verkaufen.«

»Sie haben mich benutzt, Sie Arschloch.«

»Kommen Sie runter, meine Liebe.« Steeres Lächeln verzerrte sich zu einem Feixen. »Sie wurden schließlich dafür bezahlt, oder? Fast zweihundert Riesen im letzten Vierteljahr, einschließlich Ihrer Spesen. Hotel, Telefon, sogar die chemische Reinigung. Jeder Cent voll bezahlt. Vom Vorschuß sind noch fünfundzwanzig Riesen gut.«

»Das ist nicht der Punkt.«

Steeres Gelächter hallte als Echo von den Sinterwänden des Besucherzimmers wider. »Sie haben leicht reden, Sie bezahlen es nicht. Bei soviel Geld sollte es inbegriffen sein, Sie zu benutzen. Du lieber Himmel, bei soviel Geld sollte es inbegriffen sein, Sie zu bumsen.«

»Bums dich *selber*!« Mit einem Satz sprang Marta auf die Beine, sie schäumte vor Wut. Sie verspürte den Drang, hin- und herzugehen, sich zu bewegen, zu *laufen*, aber das Besucherzimmer war so eng wie eine Telefonzelle. Sie war in die Falle getappt. In Steeres, in ihre eigene. Wie konnte sie nur so naiv sein? Das konnte sie sich nicht eingestehen, das konnte sie einfach nicht akzeptieren. »Dann haben Sie Darnton ermordet, obwohl Ihnen klar war, daß man Sie verhaften würde? Unter Anklage stellen?«

Steere zuckte die Achseln. »Es war ein Risiko, aber ich gehe jeden Tag Risiken ein. Ich rechnete damit, daß der Staatsanwalt einen Grund für eine Anklage finden würde, aber was soll's. Papier ist geduldig. Ich wußte, ich nehme mir den besten Anwalt und komme aus der Sache raus, und das werde ich. Dank Ihnen.«

*Dank Ihnen.* Die Worte brannten sich in Martas Hirn. Steere hatte die Geschichte geschrieben, und sie hatte sie verkauft, besser verkauft als alles andere in ihrem Berufsleben. Hatte sie tagsüber den Geschworenen und abends den Satelliten aufgetischt. Und sie hatte es nicht wegen des Geldes oder wegen ihres Gesichts im Fernsehen getan, nicht dieses Mal.

Sie hatte es für Steere getan.

In dem Bruchteil der Sekunde, in dem Marta das klar wurde, wurde ihre Wut irrational. Sie hätte schwören können, daß er scharf auf sie war, er hatte es überdeutlich signalisiert. Er beugte sich am Anwaltstisch zu nah zu ihr, starrte zu lange auf ihre Beine. Einmal, als er sich vorgebeugt hatte, um seinen Füller zu holen, hatte er ihr Knie gestreift, und sie hatte so prompt darauf reagiert, daß es sogar sie selbst überraschte. Die Erinnerung daran machte sie fast krank, sie geriet völlig aus dem Gleichgewicht. Ihr ganzer Zorn entlud sich. »Damit gehe ich zu Richter Rudolph«, stieß sie hervor.

»Das können Sie nicht. Ich bin Ihr Mandant, und diese Unterredung fällt unter die Schweigepflicht. Wenn

Sie weitergeben, worüber wir gesprochen haben, schließt man Sie aus der Anwaltskammer aus, und Sie sind ruiniert.« Steere verschränkte die langen Finger und beugte sich näher an das Fenster. »Natürlich bestreite ich, daß diese Unterhaltung je stattgefunden hat. Dann stehen Sie da wie eine Idiotin.«

»Dann höre ich auf. Ich bin nicht mehr Ihre Anwältin. Ich lege das Mandat nieder.« Marta nahm ihre Handtasche und ihre Aktentasche von dem gefliesten Boden.

»Der Richter wird Sie von dem Mandat nicht entbinden, solange die Geschworenen beraten. Das Spiel ist bereits zu weit fortgeschritten. Es wäre zu meinem Schaden und verstieße gegen meine von der Verfassung garantierten Rechte.«

»Belehren Sie mich nicht«, schoß Marta zurück, obwohl sie wußte, daß er bezüglich der Mandatsniederlegung recht hatte. »Ich habe Sie zu einer Falschaussage angestiftet.«

»Falschaussage, oje, oje. Sie reden viel, wenn der Tag lang ist, stimmt's? Da ist nichts mit falscher Zeugenaussage, weil ich gar nicht im Zeugenstand gewesen bin.«

»Da wäre noch arglistige Täuschung des Gerichts ...«

»Es reicht.« Mit einer Handbewegung schnitt Steere Marta das Wort ab. »Ich sage Ihnen, wie es weitergeht: Morgen gegen Mittag findet die Urteilsverkündung statt, und ich bin ein freier Mann. Anschließend gebe ich eine Pressekonferenz, auf der ich Gott und der Welt erzähle, daß der Bürgermeister ein Armleuchter und das Geschworenensystem ein Segen ist und daß Sie die beste Hure sind, die man für Geld kaufen kann.«

Marta erstarrte. Ihre Finger krampften sich um den Griff ihrer Aktentasche. Ihr blieb vor Wut die Luft weg.

Sie hatte das Gefühl, als stünde Steere mit einem seiner hochglanzpolierten eleganten Slipper auf ihrer Kehle.

»Anschließend gehen wir zur Siegesfeier ins Swann Fountain«, fuhr Steere fort. »Wir können unter dem Tisch miteinander füßeln wie in alten Zeiten. Später steige ich in den Learjet, den ich für einen Flug nach St. Bart's gechartert habe, und falls Philly eingeschneit ist, fliege ich von Atlantic City aus. Ich liebe den Strand, Sie nicht? Hasse das Wasser, aber liebe den Strand. Wollen Sie mitkommen?«

Martas Antwort bestand aus einem wütend funkelnden Blick. Auf diese Weise ließ sie sich nicht benutzen. Nicht von ihm. Von niemandem. Sie streckte die Hand zur Tür des Besucherzimmers aus.

»Ach nein, scheiden Sie nicht im Zorn, Schätzchen«, sagte Steere.

»Ich habe etwas Dringendes zu erledigen.«

»Was denn? Sie haben bereits bewiesen, daß ich unschuldig bin.«

»Genau. Und jetzt beweise ich, daß Sie schuldig sind.«

Steere formte mit den Händen ein Zelt und lachte dahinter in sich hinein. »Es gibt keinen Beweis.«

»Es muß einen geben.«

»Die Polizei konnte nichts finden.«

»Der fehlte der Anreiz, den ich habe.«

»Und Sie gedenken, diesen Beweis zu finden, bevor die Geschworenen die Beratung beenden? Vor morgen mittag?«

»Warum glauben Sie, daß die so lange brauchen werden?« entgegnete Marta. Unter dem Klang von Steeres Gelächter riß sie die Tür auf, aber so wütend sie war, sie wußte, es kam nicht darauf an, wer zuerst lachte.

# –2–

Im Criminal Justice Center von Philadelphia, dem neu erbauten Gerichtsgebäude, ähneln die sich an die Gerichtssäle anschließenden Zellen, in denen die Angeklagten während der Verhandlungspausen untergebracht werden, kleinen, modernen Büros. Durchsichtiger kugelsicherer Kunststoff hat die Eisengitter, die früher die Atmosphäre prägten, verdrängt, und die weißgestrichenen Wände sind noch sauber und kaum abgestoßen. Elliot Steeres Zelle enthielt eine weiße Bank aus Formica, eine Toilette aus rostfreiem Stahl und ein kleines Handwaschbecken. Steere war der einzige Häftling auf dem Stockwerk. Solange die Geschworenen berieten, mußte er wegen der durch den Schneesturm verursachten Transportprobleme auch die Nächte in dieser Zelle verbringen. Er schlug die Beine übereinander, las das *Wall Street Journal* und ignorierte ungeniert den älteren Wachmann, der wie ein zerknirschter Büßer vor ihm stand.

»Ich kann das nicht machen, Mr. Steere«, sagte der Wachmann und warf dabei einen Blick über seine Schulter. Der andere Aufseher war in der Pause, konnte aber jeden Moment zurückkommen. Frank wollte keinesfalls in Steeres Zelle erwischt werden. »Ich habe es versucht, aber es geht nicht.«

Steere hob den Blick nicht von seiner Zeitung. »Sicher können Sie. Versuchen Sie es noch einmal.«

»Ich kann es nicht. Draußen wimmelt es von Reportern. Sie haben Fernseher, Kameras, alles. Sie lungern gleich hinter der Tür herum, auf dem ganzen Flur bis zu den Aufzügen. Auch unten in der Halle.« Der Wachmann schüttelte den Kopf. »Es ist zu riskant.«

»Sie finden bestimmt eine Möglichkeit.«

»Es gibt keine Möglichkeit. Irgend jemand sieht mich, es geht gar nicht anders. Irgend jemand fragt sich zwangsläufig, warum geht der rein und raus? Sie wissen, wie Reporter sind. Die behaupten bereits, Sie kämen in den Genuß besonderer Privilegien.«

Steere überflog die erste Seite. »Machen Sie sich keine Gedanken wegen der Reporter. Der Schnee ist die Sensation, nicht ich. Hier steht's: ›Ostküste von gewaltigem Schneesturm heimgesucht.‹ Ich stehe heute nicht einmal über dem Falz in der Mitte.«

»Ich kann es nicht, ich schwöre es. Ich kriege es nicht durch den Metalldetektor.«

»Sie haben es doch früher auch geschafft, Frank.«

»Heute liegt die Sache anders. Heute beraten die Geschworenen. Gott und die Welt läuft draußen herum. Alle beobachten. Warten. Es geht zu wie in einem Taubenschlag.« Nervös trat der Wachmann von einem neuen Schuh auf den anderen. Orthopädische, dreihundert Dollar das Paar. *Orthos*, hatte der Arzt sie genannt. Frank hatte sie sich früher nie leisten können, seine lausige Krankenversicherung übernahm die Kosten nicht. »Glauben Sie mir, es ist Wahnsinn.«

Steere blätterte die Seite um.

»Bitte.« Schweiß glänzte auf der gefurchten Stirn des

Wachmanns. »Ich habe Ihnen doch schon die Zeitung gebracht.«

»Ich glaube, ich habe Anspruch auf eine Zeitung.«

»Natürlich haben Sie das. Verstehen Sie mich nicht falsch.« Der Wachmann trat unentwegt von einem Fuß auf den anderen. Nicht, daß ihm die Füße weh getan hätten, in diesen herrlichen Dingern könnte er ewig stehen. Und den ganzen Tag laufen, sogar mit Madeline durch das Einkaufszentrum. Er mußte nicht mehr im Auto warten wie ein verdammter Hund. »Die Zeitung war kein Problem, überhaupt kein Problem, Mr. Steere. Aber das ist eine ganz andere Sache. Ich könnte Ihnen eine Cola aus dem Automaten holen.«

Steere blätterte zu den Aktienkursen und überflog die Spalten. »Gute Neuigkeiten. Hampden Technologies ist zwei Punkte gestiegen.«

»Ich könnte auch Eis besorgen. Aus der Halle. Kostet mich fünf Minuten, höchstens.«

»Ah-oh. Kali ist wieder einen Punkt runter.« Steere knisterte laut mit der sperrigen Zeitung, um eine Falte im Papier zu glätten. »Haben Sie immer noch Kali, Frank?«

»Ja.«

»Halten Sie das für klug?«

Frank Devine schluckte schwer. Als der Prozeß begann, hatte er auf Steeres Bemerkungen hin kleine Beträge angelegt. Steere hatte jedesmal recht behalten, und Frank hatte richtig Geld verdient. Letzten Monat hatte Steere einen Tip für Kali bekommen, und Frank hatte alles, was er besaß, und dazu noch das, was er von seinem Schwager lockermachen konnte – siebzehn Riesen –, in diese Aktien investiert. *Meine Anteile konsolidieren*, hatte er zu seiner Madeline gesagt. *Bin beeindruckt*, hatte sie mit finsterem Gesicht geantwortet. Jetzt waren seine siebzehn Riesen dreißig wert, und wenn er die Aktien verkaufte, konnte er sich alles leisten, was er brauchte. Zweihundert verdammte Paar Schuhe. Orthos, oder wie auch immer.

»Frank? Ich habe Sie gefragt, ob Sie es klug finden, Kali zu halten.«

»Ich denke, es ist ... klug.« Der Wachmann beobachtete Steere, der die Kurse überflog, dessen Blick die Spalten auf und ab wanderte, aber er konnte Steeres Miene nicht das geringste entnehmen. Das konnte er nie. In dieser Hinsicht war ihm Steere unheimlich. »Halten Sie es für klug, Mr. Steere?«

»Ganz wie Sie meinen.«

»Ich bin immer noch bei den Gewinnern«, sagte der Wachmann. Er war nicht blöd, verdammt noch mal. Seit der Steere-Prozeß lief, hatte er viel über Aktien gelernt. »Gestern haben sie bei dreißig abgeschlossen.«

»Wie war der Stand heute morgen? Sind sie gefallen?«

»Nein, Sir.« Der Wachmann hatte das mit Hilfe seines Schwagers überprüft, der die aktuellen Zahlen aus dem Computer entnommen hatte. Frank hatte keine große Ahnung von Computern und fand, er sei zu alt, um es noch zu lernen.

Steere las weiter.

»Also, äh, soll ich verkaufen, Mr. Steere?«

»Ich weiß nicht. Ich glaube, Sie sollten.« Steeres Blick verharrte auf der mittleren Spalte. »Dann wieder glaube ich, Sie sollten nicht. Was glauben Sie denn, Frank?«

»Normalerweise glaube ich das, was Sie glauben«, sagte der Wachmann in dem Versuch, einen Scherz zu machen, obwohl ihm reichlich elend zumute war. Es war so still, daß er seinen Magen grummeln hörte.

Steere blätterte die Seite um.

Frank trat von einem Fuß auf den anderen.

Steere überflog die Notierungen.

»Mr. Steere«, fragte Frank, »soll ich Kali halten oder verkaufen?«

Steere widmete seine Aufmerksamkeit ausschließlich der Zeitung. »Ich weiß nicht, ob ich sie halten würde. Sie haben keinen neuen Höchststand erreicht. Zwar Anstalten in diese Richtung gemacht, aber nicht erreicht.«

»Wie schlimm ist das?« Franks Prothese grub sich in seine Lippen. »Ich meine, ist das schlimm? Es hört sich schlimm an.«

»Kommt darauf an.«

»Worauf?«

»Darauf, wie Sie zu Versuch Nummer zwei stehen.«

Frank lachte, aber es klang, als sei er kurz vorm Ersticken.

Hinter der Zeitung ertönte Steeres Stimme: »Das Telefon, du Pflaume. Bring mir das verdammte Telefon.«

»Was hast du an?« fragte Steere in das Handy. Er meinte es nur im Scherz, trotzdem spürte er eine Regung zwischen den Beinen. Er saß seit fast einem Jahr im Gefängnis.

»Ich bin in einer Besprechung«, antwortete sie mit ihrer geschäftsmäßigen Stimme, laut genug, damit die Anwesenden sie verstehen konnten. Sie war ein Star, und sie wußte es. Steere konnte sie sich lebhaft vorstellen bei dieser Besprechung, jeder Zoll die perfekte Karrierefrau, zumindest nach außen hin.

»Hast du immer noch diesen BH, den schwarzen mit der Spitze?«

»Ich kann jetzt nicht sprechen, wirklich nicht. Die Bande ist vollzählig versammelt. Alle, die was zu sagen haben, sogar ein Lokalredakteur. Stimmt's, Marc?« rief sie. »Ruf noch mal an, wenn dein Terminplan steht. Muß jetzt Schluß machen.« Im Hintergrund hörte Steere herzhaftes männliches Lachen.

»Warte. Du mußt etwas für mich tun. Hol die Unterlagen und vernichte sie.«

»Was? Warum?«

»Die Richter weiß Bescheid.«

»Das ist ja interessant«, sagte sie in gleichmütigem Ton. Steere wußte, sie ließ sich nicht aus der Fassung bringen, egal, ob ein Redakteur oder eine Reihe Geistlicher vor ihr säße. Sie war die einzige Frau, die er kannte, die stets einen kühlen Kopf bewahrte, und das war der Grund, warum sie Steere gefiel. Na ja, einer der Gründe.

»Die Richter weiß, daß ich ihn vorsätzlich umgebracht habe, weiter nichts. Laß alles stehen und liegen. Hol die Unterlagen. Heute noch.«

»In einem Blizzard?« fragte sie leichthin. »Das muß ich mir zweimal überlegen. Vielleicht nächste Woche. Du bestimmst das Restaurant. Meine Sekretärin läßt den Tisch reservieren.«

»Nicht nächste Woche. Jetzt gleich. Ich gehe kein Risiko ein.«

»Aber es könnte sein, daß wir die Informationen noch brauchen.«

»Bring mich nicht auf die Palme. Tu es.« Steere, gereizt und immer noch leicht erregt, drückte auf die AUS-Taste.

Gleich im Anschluß gab Steere die Nummer von Bobby Bogosian ein, den er als seinen Fahrer vorzustellen pflegte. Die Berufsbezeichnung stammte noch aus der Zeit, als Steere, die Taschen voller Bargeld, dem Startkapital für ein Imperium, von Bobby in einem verbeulten braunen Eldorado herumkutschiert wurde. Steere ging in den ärmsten Bezirken der Stadt von Reihenhaus zu Reihenhaus und bot den älteren Leuten 30 000 Dollar – *in bar, auf der Stelle, ohne Bedingungen* – für ihre Häuser. Er konnte für diese Häuser ein Vielfaches an Miete kassieren, und er machte einen Reibach, wenn sich nur zehn Prozent der Rentner auf den Handel einließen. Es waren viel mehr.

Während Steere bei zugezogenen Vorhängen in den kleinen Wohnzimmern saß, erzählte er den Leutchen, er löse ein Problem für sie. Ihre Sofas mit den dicken Fransenbordüren an der Unterkante waren abgewetzt und durchgesessen, und Steere hockte auf mehr Sprungfedern, als er zählen konnte. Dennoch empfand er diesen Ehepaaren gegenüber weder Verachtung noch Zuneigung, egal, wie zahnlos, ärmlich gekleidet oder offenkundig beschränkt sie auch sein mochten. Sie erinnerten ihn an seine Pflegeeltern, aber anstatt vor ihnen davonzulaufen, spielte er die Rolle des perfekten Sohnes.

Haus für Haus lächelte Steere sich durch und präsentierte das Gesicht des gescheiten, zielstrebigen jungen Mannes, der seinen Weg in der Welt zu machen versuchte. In Anzug und Schlips aus dem Kaufhaus beugte er sich beim Sprechen vor zu den Knien und verlieh seiner Stimme einen honigsüßen Unterton. Sie nannten ihn eine »Kämpfernatur«, einen »Senkrechtstarter«. Steere erinnerte sie an einen Typus von jungem Mann, der ihrer bisherigen Überzeugung nach ausgestorben war und der auch tatsächlich nicht mehr existierte, ausgenommen in einer von Nostalgie verbrämten Phantasievorstellung, die soviel Substanz besaß wie Zuckerwatte.

Während Steere redete, entspannten sich die alten Leute in ihren schäbigen Sesseln langsam und faßten, die Augen noch glasig vor Angst, Vertrauen zu ihm. In diesen Stadtvierteln hatten die Weißen Angst vor den Schwarzen, und die Schwarzen hatten Angst vor den Weißen. Schwarze und Weiße hatten Angst vor den Latinos, Jamaikanern und Vietnamesen. Alle hatten Angst vor Drogen und Gangs, und welche Ängste sie auch hatten, Steere spielte auf der entsprechenden Klaviatur. Weil er für ihre Probleme Verständnis zeigte, waren sie überzeugt, er könne sie lösen. *Auf der Stelle, da ist das Bargeld, ohne Bedingungen.* Bobby Bogosian stand schweigend hinter dem Sofa, bis der Hausbesitzer Steeres Kugelschreiber in die knochige Hand nahm und seine zittrige Unterschrift auf die gepunktete Linie setzte.

»Ja.« Bogosian reagierte auf das Piepen des Telefons so prompt wie ein gutdressierter Dobermann. »Was gibt's?«

»Wo bist du?«

»In der Stadtmitte.«

»Meine Anwältin, Marta Richter, hat soeben das Gericht verlassen. Behalt sie im Auge«, befahl Steere ohne weitere Erklärung. Er sagte Bogosian nie mehr, als dieser unbedingt wissen mußte, und wollte nicht mehr über Bogosian wissen, als er selbst unbedingt wissen mußte. Steere wußte nicht einmal, wo Bogosian wohnte, und erfuhr nur gerüchteweise, daß Bobbys Bewährungshelfer ihm die Fußfessel abgenommen hatte.

»Verstanden«, sagte Bobby.

»Sie wird emsig beschäftigt sein, solange die Geschworenen beraten. Sieh zu, daß sie nichts unternimmt und nirgendwo hingeht.«

»Sonst noch was?«

»Nichts von Bedeutung. Ich brauche sie, bis der Prozeß vorbei ist.«

»Und dann?«

»Dann brauche ich sie nicht mehr. Verstanden?«

»Sicher.«

Befriedigt drückte Steere die AUS-Taste. Er hatte das Gefühl, alles wieder unter Kontrolle zu haben. Er hatte Bogosian von der Leine gelassen, und der Mann erledigte seine Arbeit. Bogosians beste Eigenschaft war, daß er nicht nachdachte. Steere drückte auf den Auslöseknopf, und der Mann ging los wie eine Rakete auf der Abschußrampe. Visierte das Ziel an und explodierte wie eine Naturgewalt.

Steere schob das Handy in seine Tasche, schloß die Augen und blieb unbeweglich auf der harten Bank sitzen. Sich still zu verhalten, hatte er als Kind gelernt, als er Prügel bezogen hatte, wenn er sich gerührt hatte, und das kam ihm nun zustatten. Wie stets stellte Steere sich vor, der Pol am oberen Ende der Welt zu sein, die Achse, an der der Globus hing und sich schwindelerregend drehte. Er rührte sich nicht, während die Wände seiner Zelle sich loslösten und hinauf in den Äther schwebten. Es wurde dunkel um ihn, kühl, vollkommen still. Er lauschte der Stille und wartete auf den Rhythmus seines Atems. Auf den Schlag seines Herzens, das Rauschen seines Blutes. Dann glitt Steere in das Innerste seines Wesens.

Er machte Bestandsaufnahme. Er hatte bei Marta einen Fehler begangen, sich aber davon erholt und befand sich wieder planmäßig in Marschrichtung. Er hatte gerade seine Truppen ausgesandt und verschleierte seine Stellung, wie Sunzi es ausgedrückt hätte. *Wenn wir nahe sind, müssen wir den Feind glauben machen, daß wir weit entfernt sind,* lautete eine der grundlegenden Thesen des Chinesen. Sunzi, Experte für militärische Strategie, zählte zu den wenigen Männern, die Steere bewunderte. Als er Sunzis Buch las, war ihm aufgegangen, daß er Sunzis Regeln bereits unbewußt befolgt hatte. Steere hatte schon die Schlüsselgrundstücke in der Stadt aufgekauft, bevor er bei Sunzi las: *Beginnt, indem ihr etwas nehmt, das eurem Gegner teuer ist.* Und er hatte bis auf den Bürgermeister alle seine Feinde besiegt, bevor er las: *Feindliche Armeen können sich jahrelang gegenüberstehen und um den Sieg ringen, der an einem einzigen Tag erkämpft wird.* Dieses Zitat hatte sich in Steeres Gedächtnis eingegraben, auf dieser Grundlage hatte er seine Strategie zur Vernichtung des Bürgermeisters aufgebaut.

Steere lächelte innerlich. Sunzi sprach über die Natur des Sieges, und Steere verstand die Natur des Sieges, als hätte er das Buch selbst geschrieben. Er begriff, daß zu einem Sieg mehr gehörte als Aggression, mehr als Konfliktbereitschaft. Sieg erforderte Gewalt. Die saubere, todbringende Gewalt finanzieller Unterwerfung und Dominanz, doch auch die Detonation einer Bombe in der Distanz, deren Explosion auf Videoband zu verfolgen ist, und ebenso die direkte, brutale Gewalt eines Mordes. In einer stickig schwülen Nacht einen sich wehrenden Mann zu erschießen, dessen Absätze sinnlos gegen den Asphalt stießen. Ihn zu töten, während man ihm nahe genug war, um ihm ins Ohr zu flüstern, den Gestank auf seinem Nacken zu riechen und die Hitze seiner Haut zu spüren. Ihm die Kugel zu geben, während er um sein Leben flehte.

Steere war sich nicht sicher gewesen, ob er es wirklich fertigbringen und wie er sich nach der Tat fühlen würde. In beiderlei Hinsicht war er überrascht worden. Zu morden war leichter gewesen, als er erwartet hatte, und nach der Tat hatte er sich weder wie elektrisiert noch erregt gefühlt. Im Gegenteil, nachdem er den Mann umgebracht hatte, hatte Steere gedacht: *Das war eine Kleinigkeit.* Und falls er das Ausmaß seiner Macht einer Überprüfung hatte unterziehen wollen, dann wußte Steere nun, daß sie größer war, als er es sich vorgestellt hatte. Er hatte gemordet und kam ungeschoren davon, folglich gab es keine Grenzen mehr für das, was er tun konnte. Keine vom Selbst, von Menschen oder Gesetzen aufgestellte Grenze. Steere war unbesiegbar geworden.

Sunzi sagte: *Es liegt in unserer Hand, uns vor einer Niederlage zu schützen, doch die Gelegenheit, den Feind zu schlagen, gibt uns der Feind selbst.* Instinktiv wußte Steere, daß sein neuer Feind, Marta Richter, ihn nie besiegen würde, auch wenn sie sich frei bewegen konnte und er in einer Gefängniszelle festsaß. Sie wußte, wie man eine Schlacht im Gerichtssaal gewann, wie man Wörter als Waffe und Anwälte als Soldaten einsetzte und anhand von Beweisregeln und juristischen Präzedenzfällen Krieg führte. Das war kein Gefecht. Nicht einmal ein fairer Kampf. Ein Paketmesser gegen eine Glock.

Denn Elliot Steere wußte, wie man einen Krieg gewinnt.

# –3–

Mit heftig klopfendem Herzen zwängte sich Marta zwischen den Reportern durch, die die Korridore und die Halle des Gerichtsgebäudes blockierten, mußte jedoch feststellen, daß diese draußen vor dem Criminal Justice Center eine ähnlich undurchdringliche Mauer bildeten wie das dichte Schneetreiben. Kaum war sie durch die Drehtür des Gerichtsgebäudes getreten, fielen die Journalisten auch schon über sie her. »Kein Kommentar«, rief sie und blinzelte wegen der Schneeflocken und der grellen TV-Scheinwerfer.

Gerichtsreporter von der schreibenden Zunft eilten neben Marta her durch den Schnee, in den Händen Stenoblöcke und tragbare Kassettenrecorder, auf den Köpfen Baseballmützen gegen das Unwetter. »Marta, wird er freigesprochen?« »Marta, wie lange wird die Beratung dauern?« »Verkauft Steere seine Grundstücke an die Stadt, falls er verurteilt wird?«

»Kein Kommentar!« blaffte Marta und stürmte in Richtung Straße.

»Na los, Marta!« Auffällig geschminkte Fernsehreporter hasteten unter farbenprächtigen Golfschirmen, die Praktikanten über sie hielten, vor ihr her durch den Schnee. Die Kameramänner und Techniker rannten rückwärts vor ihr her, eine gängige Praxis, da sie im Laufen die Videokameras und Scheinwerfer auf sie richteten. »Marta, wird die Beratung wegen des Unwetters vertagt?« »Ms. Richter, bekommt Steere einen Freispruch?« »Was liegt als nächstes bei Ihnen an, Marta?« »Schreiben Sie an einem Buch?«

Marta blieb nicht stehen, um Süßholz zu raspeln oder Stimmung zu machen. Sie verlangsamte nicht einmal ihren Schritt. Sollten sie drucken, was sie wollten; die Tage, in denen sie in der Prozeßtretmühle war, waren vorbei, und sie hatte keine Zeit zu verlieren. Unter nachdrücklichem Ellenbogeneinsatz bahnte sie sich den Weg durch die Menge, und die Journalisten ließen von ihr ab, weil der stellvertretende Bezirksstaatsanwalt, Tom Moran, aus dem Gerichtsgebäude auftauchte.

»Die gerichtliche Verfügung, die es Ihnen verbietet, über ein schwebendes Verfahren zu berichten, ist nach wie vor in Kraft«, hörte Marta Moran sagen, und sie spürte, wie sie sich innerlich verkrampfte. Der Staatsanwalt hatte die ganze Zeit über recht gehabt. Steere war ein kaltblütiger Mörder. Jetzt lag es an Marta, das zu beweisen. Aber wie? Der großmäulige Schwung, den sie im Besucherzimmer an den Tag gelegt hatte, hatte sich in nichts aufgelöst, eiskalte Windböen und die Wirklichkeit hatten ihn weggeblasen. Wo sollte sie anfangen? Zurück ins Büro. Sich neu orientieren. Los!

Marta eilte zur Straßenecke, um ein Taxi zu ergattern, und schob im Laufen den Ärmel ihres Trenchcoats zurück, damit sie einen Blick auf die Uhr werfen konnte. 15.15 Uhr. Wieviel Zeit blieb ihr noch? Bis morgen mittag? An der Ecke Market Street, an der außerordentlich dichter Verkehr herrschte, versuchte sie ein Taxi herbeizuwinken. Der Sturm war schlimmer, als sie gedacht hatte.

Der Schnee fiel in dicken, schweren Flocken und deckte alles zu, was ihm in die Quere kam. Bürogebäude, die Dächer der Abgänge zur U-Bahn und parkende Autos waren bereits weiß überzuckert, ihre Umrisse nicht mehr deutlich erkennbar. Von den Stromleitungen hingen Eiszapfen wie spitze Dolche. Die Ampel vor dem Rathaus war auf Rot eingefroren, was den ohnehin bereits zähflüssigen Verkehr fast völlig zum Erliegen brachte. Der Himmel war bleigrau. Bald würde es dunkel sein.

Hinter ihr ertönte ein lautes kreischendes Geräusch, und Marta fuhr herum. Ein Ladenbesitzer zog ein Sicherheitsgitter vor die Glasfront seines Geschäftes. Die anderen Geschäfte hatten bereits geschlossen und ihre Lichter gelöscht. Pendler strömten über die Gehwege zur U-Bahntreppe, sie hatten früher Feierabend gemacht. Philadelphia machte dicht, es fror Stein und Bein. Was hatte sie sich bloß vorgenommen? Ihr blieb nur eine Nacht, und das mitten in einem verfluchten Blizzard.

Im grauen Schatten des Rathauses winkte Marta energischer. Der Verkehr floß schneller, sobald die Wagen um die Ecke des viktorianischen Gebäudes bogen und auf die Überholspur zu den von Bäumen gesäumten Ausfallstraßen einfädelten. Autos spuckten Wolken qualmender Abgase, und ein Kleinbus, der sich vorzudrängeln versuchte, spritzte Schneematsch auf Martas Pumps. Sie entdeckte ein Taxi und winkte, aber es fuhr weiter. Besetzt. Aus heiterem Himmel befiel Marta eine Erinnerung.

*He!* Sie steht am Straßenrand. Winkt. Autos rasen

vorbei. Wind zerrt an ihren Haaren. Es ist kalt auf der Straße. Winter in Maine. *He, Mister. Bitte halten Sie an!*

*TUUT!* plärrte ein Bus, der bereits bis fast auf ihre Höhe herangekommen war. Erschrocken sprang Marta in dem Moment auf den Bordstein zurück, als seine gewaltigen Räder, von deren Reifenprofilen festgebackener Schnee abplatzte, an ihr vorbeiwalzten. *TUUT!*

»Alles in Ordnung, Miss?« erkundigte sich eine Stimme, aber Marta nahm sie kaum wahr, denn sie hatte ein Taxi ein Stück weiter die Straße hinauf erspäht. Das Zeichen auf dem Dach des Taxis leuchtete gelb. Es war frei!

Geschickt wich Marta den Passanten aus und stürzte, Aktentasche und Handtasche unter den Arm geklemmt, auf das Taxi zu. Der Schnee fiel naß auf ihr Gesicht und in ihre Augen, aber sie blinzelte ihn weg. Das Taxi kam auf der Straße herangekrochen, seine Scheinwerfer leuchteten schwach durch den Schnee. Marta winkte wie eine Wahnsinnige. Im Näherkommen glaubte sie, auf dem Rücksitz eine schemenhafte Gestalt sitzen zu sehen. Verdammt. Durch die dunklen Fenster konnte sie im Wageninnern so gut wie nichts erkennen. Marta erreichte das Taxi und hämmerte gegen das Rückfenster.

»He, he!« schrie sie und schlug heftig gegen die Scheibe. »Ich brauche das Taxi!« Ein alter Mann saß auf dem Rücksitz. Befremdet wich er vom Fenster zurück, und Marta wurde vage bewußt, daß sie sich wie eine Verrückte gebärdete. Das, was vor ihr lag, und die wenige Zeit, die sie dafür hatte, nahmen ihr jede Hemmung. Marta riß die hintere Tür des Taxis auf. »Ich brauche ein Taxi. Ich muß auf die andere Seite der Stadt! Es handelt sich um einen Notfall!«

»Nein!« kreischte der alte Mann. Die Augen hinter der Brille weit aufgerissen, drückte er sich tief in den Rücksitz. Das Taxi kam schlingernd zum Stehen.

»He, Lady!« schrie der Fahrer und drehte sich verärgert um. An seinem Armaturenbrett hing ein Duftspender, der die Form einer Königskrone hatte. »Was bilden Sie sich eigentlich ein?«

»Das ist ein Notfall«, erklärte Marta. »Ich muß unbedingt auf die andere Seite der Stadt.«

»Machen Sie, das Sie aus meinem Taxi kommen! Ich habe schon einen Fahrgast!«

»Teilen wir uns die Fahrt. Ich gebe Ihnen fünfzig Dollar.«

»Sind Sie komplett verrückt?« brüllte der Taxifahrer.

»Sagen wir hundert! Abgemacht?« Marta setzte einen Fuß in den Fahrgastraum des Taxis, aber der alte Mann wich entsetzt zurück, und der Fahrer wehrte sie mit einer behaaarten Hand ab.

»Schluß jetzt! Raus aus meinem Taxi!«

»*Zwei*hundert! Wir fahren zusammen, Sie setzen mich unterwegs ab. Ein Stück durch die Stadt für zweihundert Dollar!«

»RAUS HIER, LADY! Sie sind ja nicht bei TROST!«

»Nein, warten Sie!« schrie Marta, aber das Taxi ruckte an, die Tür schlug zu und stieß gegen ihre Handtasche und die Aktentasche, die beide auf der verschneiten Straße landeten. Marta fischte sie aus dem Schnee und wischte sie ab. Verdammt! Irgendwie mußte sie ins Büro kommen. Vielleicht sollte sie die Taxizentrale anrufen. Marta fummelte ihr Handy aus ihrer Handtasche und drückte auf die winzige AN-Taste. Nichts. Die Batterie war leer. Marta war kurz davor, das Telefon quer über die

Market Street zu schleudern, da sah sie ein anderes Taxi auf sich zukommen. War das frei?

Sie klemmte ihre Sachen unter den Arm und rannte los.

Von der anderen Straßenseite aus beobachtete sie ein hochgewachsener Mann in einer schwarzen Lederjacke. Er lehnte an der imitierten klassizistischen Fassade von Hechts Kaufhaus und trug trotz der eisigen Temperaturen keine Kopfbedeckung. Marta bemerkte ihn nicht. Aber selbst wenn, sie hätte ihn nicht erkannt, denn Bobby Bogosian war niemand, den Elliot Steere ihr je vorstellen würde.

# –4–

Christopher Graham war groß und muskulös. Er hatte ein grobknochiges Gesicht und einen graugesprenkelten Bart, der so gestutzt war, daß er fast auf den Kragen seines Flanellhemdes reichte. Die schwieligen Hände tief in die Taschen seiner Jeans gesteckt, stand er am Fenster des großen, modernen Geschworenenzimmers im Criminal Justice Center und sah hinaus in den Schneesturm. Den Geschworenen im Steere-Prozeß war gesagt worden, daß die Wettervorhersage einen Schneesturm angekündigt hatte, denn für die Dauer des Prozesses wohnten sie abgesondert in einem Hotel, und es war ihnen nicht gestattet, sich über das, was draußen vorging, zu informieren; zwei Monate lang kein Fernsehen, keine Zeitungen, kein Rundfunk. Die anderen Geschworenen beklagten sich ständig darüber, Christopher nicht. Ihm fehlte keineswegs sein Videorecorder, ihm fehlten die Pferde, die er mit neuen Eisen beschlug, und das Geld, das er verdiente. Das letzte, was er vermißte, war seine Frau, Lainie.

»Okay, alles hinsetzen. Hinsetzen«, rief Ralph Merry. Er war jovial, überdurchschnittlich groß und bezeichnete sich als Werbemanager, aber seine Mitgeschworenen vermuteten richtig, daß Ralph nie Manager von irgendwas gewesen war, sondern ein Anzeigenvertreter, dessen Leben aus Abstrampeln und Scotch bestand. Ralph dirigierte die anderen zu den um den rechteckigen Tisch angeordneten Stühlen, wo sie ihre jeweiligen Stammplätze einnahmen. »Erster Punkt der Tagesordnung«, verkündete Ralph, »ist die Wahl eines Sprechers.«

Christopher versuchte, Ralph zu ignorieren und sich auf das Schneetreiben vor dem Fenster zu konzentrieren. Er hatte gewußt, daß es schneien würde, dazu brauchte er keine Fernsehnachrichten. Als sie heute morgen aus dem Hotel traten, hatte die Luft nach Schnee gerochen, und der graue Himmel, oder das, was von ihm noch übriggeblieben war, nachdem die Wolkenkratzer hochgezogen worden waren, hatte nach Schnee ausgesehen. Dort draußen, wo Christopher hingehörte, hatten mit Sicherheit auch die Pferde gewußt, daß es schneien würde. Sie brauchten kein Wetterradar und solches Zeug.

»Möchten Sie nicht der Sprecher sein, Ralph?« fragte Nick Tullio. Nick, ein älterer Italiener aus Süd-Philadelphia, war als letzter als Geschworener ausgewählt worden. Er hatte eine Art Kehllappen und eine auffallend knochige Brust, so daß er mehr Ähnlichkeit mit einem Suppenhühnchen hatte als mit einem erwachsenen Mann. Nick, der sein ganzes Berufsleben lang Schneider gewesen war, trug stets Anzug und Krawatte, so daß er bei fast jedem Anlaß seltsam overdressed wirkte. Sein Daumen war bei einem Unfall mit der Nähmaschine in Mitleidenschaft gezogen worden, und Nick versuchte, ihn vor den Blicken der anderen zu verstecken, mit dem Ergebnis, daß er erst recht die Aufmerksamkeit darauf lenkte. »Sie sollten Sprecher sein. Wollen Sie denn nicht?« fragte Nick an Ralph gewandt.

»Sicher, aber wir müssen darüber abstimmen«, antwortete Ralph.

Nick sah einfältig drein. »Okay. Tut mir leid. Woher soll ich das wissen? Ich habe so was noch nie gemacht.« Ihm ging das alles außerordentlich gegen den Strich. Er wünschte, die Anwälte hätten ihn nie ausgewählt. Nick hatte es nicht fassen können, als man aus allen anderen auf der Liste ausgerechnet ihn auswählte. Jetzt war die Zeit gekommen, darüber zu entscheiden, ob Mr. Steere schuldig war. Was sollte er tun? Wie sollte er abstimmen? Nick wünschte, seine Frau Antoinetta wäre hier.

»Nicht Sprecher. Sprecher oder Sprecherin. Sie müssen Sprecher oder Sprecherin sagen«, berichtigte Megan Gerrity, eine blauäugige Zwanzigjährige mit widerspenstigen, kurzgeschnittenen Haaren. Megan war eine der drei Geschworenen, die über Collegekenntnisse verfügten. Sie hatte ein Jahr lang die Drexel University besucht, bevor sie abgegangen war, um Websites zu gestalten. Bis zum Steere-Prozeß hatten ihre Aufträge kontinuierlich zugenommen, aber die Verpflichtung zur Geschworenen konnte ihr Geschäft ruinieren. Megan lebte nach Internet-Zeit, und ihre Kunden brauchten ihre Seiten meist noch gestern. Sie konnte es sich nicht leisten, hier herumzusitzen. Seit einer Ewigkeit war sie nicht mehr online gewesen. Sie vermißte den Himmel, die Sonne und die Microsoft-Wolken beim Öffnen von Windows 95.

»Sie wollen keinen Mann als Sprecher?« fragte Ralph.

»Sprecherin oder Sprecher«, korrigierte Megan, ohne zu lächeln. Sie hatte Ralph total satt. Immer fing er mit diesem sexistischen Scheiß an, wie in einer schlechten Fernsehkomödie schien er mit ihr hier den Krieg der Geschlechter ausfechten zu wollen. Megan vermutete, daß sie nicht die einzige unter den Geschworenen war, die das bis oben hin satt hatte. Die schwarzen Geschworenen – drei Männer und eine Frau – hatten Ralph von Anfang an nicht leiden können, das war Megan nicht entgangen. »Ich wäre gerne Sprecherin«, fügte sie hinzu.

»Sie?« gab Ralph in gespielter Fassungslosigkeit zurück. Mit einer raschen Geste legte er seine große Hand auf die Brust seines Khakihemdes. Es war Ralphs Lieblingshemd, weil es mit dem, das General Schwarzkopf bei der Aktion Wüstensturm getragen hatte, fast identisch war. Ralph hielt Norman Schwarzkopf für den größten Führer der Vereinigten Staaten seit Patton. Er hatte die Pressekonferenzen des Generals während des Golfkriegs auf Video aufgezeichnet und sich sogar in der Schlange angestellt, um eine signierte Ausgabe seines Buches zu bekommen. »Megan als Sprecher? Kommt nicht in Frage. Keine Frauen und keine Rotschöpfe. Keine rothaarigen Katholen! Alle einverstanden?« Ralph lächelte und die anderen Geschworenen ebenfalls, mit Ausnahme von Kenny Manning.

Kennys Augen waren so dunkel wie seine Haut. Die muskulösen Arme vor der Brust gekreuzt, saß er am anderen Ende des Tisches. Kenny verabscheute Ralphs Witze. Ralph war ihm aus tiefstem Herzen zuwider. Kenny konnte kaum erwarten, daß der verdammte Prozeß endlich vorbei war, damit er Ralphs aufgedunsenes Schweinchengesicht nicht mehr sehen mußte. »Bringen wir es hinter uns«, sagte Kenny. »Mir kommt's so vor, als sitz ich hier schon ewig rum.«

»Und da kommt ganz schön Schnee runter«, bemerkte Ray Johnson, Geschworener Nummer sieben Ray, der sich Lucky Seven nannte, saß unten am Konferenztisch zwischen Kenny Manning und Isaiah Fellers. Die Gruppe der drei schwarzen Männer war ständig zusammen, sie aßen, saßen und fuhren immer im Bus zusammen, aber der schweigsame Isaiah war so etwas wie das fünfte Rad am Wagen.

Unglücklich schaute Isaiah in das Schneetreiben hinaus. Der Winter verursachte ihm schlechte Laune, er lebte auf den Tag hin, an dem er endlich zu seinen Flitterwochen nach St. Thomas aufbrechen konnte. Jedesmal wenn Partnerbesuch erlaubt war, erzählte ihm seine Braut, wie warm es dort war. Die Information hatte sie aus dem Wetterkanal. Sie schmusten miteinander und malten sich aus, wie sie den ganzen Tag zusammensein und Pina Coladas trinken würden. Isaiah hoffte, daß es dort eine Bar gab, zu der man direkt vom Pool aus hinschwimmen und wo man mit dem Hintern im warmen Wasser sitzen konnte.

Auch Christopher blickte aus dem Fenster, aber er sah durch das Schneetreiben hindurch. Er sah Pferde, bevor der Schnee kam. Wie sie in ihren Boxen ihre Köpfe vom Heu hoben und in einem langsamen Bogen zu den Fenstern hinschwenkten. Ihre dunklen, feuchten Augen blinzelten nicht, ihr Blick blieb fest. Erwartungsvoll, fast hoffnungsvoll stampften sie mit den Hufen. Christopher wußte genau, wie sie sich verhielten, er war mit Pferden aufgewachsen, und wie sie war er an Warten gewöhnt. Aber niemals hatte er sich erlaubt zu hoffen. Bis jetzt.

»Ich bin genau Kennys Meinung«, sagte Lucky Seven. »Bringen wir's hinter uns, sonst werden wir noch eingeschneit. Wer hält den Mann für schuldig? Ich und Kenny und wer noch?«

»Moment mal«, meldete sich Ralph wieder zu Wort.

Er hielt seinen gelben Bleistift hoch wie ein Szepter der Stärke Nummer zwei. »Wir müssen einen Sprecher wählen.«

Nick Tullio ließ die beiden nicht aus den Augen, er hatte wieder dieses Brennen im Magen. Der Arzt behauptete, er habe kein Magengeschwür, aber Nick wußte es besser. Er mußte eines haben, denn wenn er sich aufregte, bekam er jedesmal dieses Brennen, und jetzt regte er sich sehr auf. Die sturen schwarzen Böcke wollten Mr. Steere ins Gefängnis schicken, aber Nick war sich nicht so sicher. Er war sich in gar nichts sicher. Er sehnte sich nach einem Schluck Wasser, aber er wollte seinen Daumen nicht zeigen, deshalb trank er lieber nicht. Was würde Antoinetta zu alldem sagen?

»So ein Scheiß«, widersprach Kenny. »Also wenn ihr mich fragt, brauchen wir keinen Sprecher. Abgestimmt ist ruckzuck.«

Ralph zuckte zusammen. Er mochte es nicht, wenn in Gegenwart der Frauen geflucht wurde. Er hatte Kenny gebeten, es zu unterlassen, aber das veranlaßte diesen nur dazu, noch häufiger schmutzige Wörter zu gebrauchen. Ralph wußte, denen konnte man nicht mit Vernunft kommen. Seine schmalen Lippen verzogen sich zu einem entschiedenen Strich. »Kenny, wir gehen ordnungsgemäß vor. Wir alle wollen abstimmen und heimgehen, aber zuerst müssen wir einen Sprecher wählen.«

»Eine Sprecherin oder einen Sprecher«, sagte Megan, um die Spannung herauszunehmen. Sie fühlte sich nicht wohl in ihrer Haut, wenn es rassistisch wurde, und in letzter Zeit wurde es immer rassistisch. Ein Weißer hatte einen Schwarzen umgebracht, anders konnte Kenny es nicht sehen. Gott, Megan wollte endlich nach Hause, da gab es nur sie und ihren Compaq, und sie beide gerieten nie in Streit. »Wie wär's mit einem Pärchen?« spöttelte sie, und die Geschworenen lachten.

Sogar Kenny lächelte. »Wär nicht schlecht. Los, jetzt wird abgestimmt. Elliot Steere ist schuldig. Also eine Stimme für schuldig. Wer noch? Lucky?«

»Ebenfalls.« Lucky Seven schnappte sich das Formular, in das der Spruch der Geschworenen eingetragen werden sollte, von der Mitte des Tisches.

»He!« rief Ralph. »Lassen Sie das liegen. Das muß der Sprecher ausfüllen, und der Sprecher bin ich. Ich nominiere mich selbst.«

Megan schüttelte den Kopf. Wenn Ralph zum Sprecher bestimmt wurde, quasselte er endlos. Es würde ewig dauern. »Nein, das steht mir zu. Ich wäre gerne Sprecherin. Alle, die dafür sind, heben die Hand.«

»Leute, streitet euch nicht«, warf Mrs. Wahlbaum ein. Esther Wahlbaum, inzwischen pensioniert, war Englischlehrerin an einer städtischen High-School gewesen, und sie wußte, wie man im Klassenzimmer für Ruhe und Ordnung sorgte. »Wir machen es, wie es sich gehört. Die Wahl muß geheim sein.«

Martin Fogel, der neben ihr saß, verdrehte die Augen. »Vielen Dank unserer Expertin für alles.« Mr. Fogel, ein alter Uhrmacher, trug eine Zweistärkenbrille mit Metallgestell und ein dünnes weißes Hemd. Ein Strang schütterer grauer Haare lag über seinem Schädel wie ein Sicherheitsgurt. »Die Frau ist wirklich erstaunlich. Braucht man einen Klempner, ist sie Klempner. Will man Tanzstunden, bringt sie einem Foxtrott bei.«

Mrs. Wahlbaum schürzte die Lippen. »Fangen Sie nicht schon wieder damit an, Mr. Fogel. Jeder weiß, daß eine geheime Wahl korrekter ist. Eben wie bei politischen Wahlen auch.«

Gussella Williams rutschte unruhig auf ihrem Stuhl hin und her, ihr Jerseykleid spannte sich über ihren ausladenden Schenkeln. Gussella, eine schwarze, übergewichtige Buchhalterin, haderte immer noch mit ihrem Schicksal, weil sie wegen dieses Prozesses ihren Weihnachtsurlaub hatte drangeben müssen. Sie hatte vorgehabt, nach South Carolina zu fahren und sich ihren neuen Enkel anzusehen, der so rasch heranwuchs wie Unkraut. »Es fällt mir nicht im Traum ein, auch noch seinen ersten Geburtstag zu verpassen«, murrte Gussella, und niemand fragte nach, wen sie meinte, alle wußten längst Bescheid. »Stimmen wir endlich ab. Geheim, öffentlich, mir doch egal. Lieber Gott, laßt uns einfach abstimmen.«

Einvernehmliches Kopfnicken rund um den Tisch, selbst die beiden Geschworenen, die sich stets heraushielten, Wanthida Chandrruagphen, eine schlanke, anmutige Thai, deren Namen keiner aussprechen konnte, und Ryan Parker, ein schüchterner Mann, der in einer Garnfabrik arbeitete, nickten beifällig. Die Geschworenen konnten kaum erwarten, daß der Prozeß zu Ende war, damit sie endlich nach Hause konnten. Ihrer Ansicht nach wiederholten sich die Anwälte ständig, und das vorgelegte Beweismaterial erschien ihnen zu abstrakt. Die Sachverständigen behandelten sie von oben herab, und die Zeugen leierten endlose Monologe herunter. In den letzten beiden Prozeßwochen hatte sich keiner der Geschworenen mehr Notizen gemacht, und die anfängliche Gereiztheit hatte sich in Feindseligkeit verwandelt.

Nick schien merklich verwirrt. »Eine geheime Wahl?

Wie sollen wir das denn machen? Wenn wir alle die Augen schließen, wer zählt dann, wer wie abstimmt?«

Bei dem Geschnatter schloß Christopher die Augen. In seinem ganzen Leben hatte er noch nicht soviel Gequassel gehört wie in diesen letzten beiden Monaten. Seit Lainie ihn verlassen hatte, hatte er ohnehin kaum mit jemandem gesprochen. In den Ställen bestand sein einziger Kontakt zu den Pferden, deren Hufe er beschlug. Den reichen Damen, die in khakifarbenen Reithosen und Samtkappen Unterricht im Dressurreiten nahmen, ging er aus dem Weg; er ignorierte die Stallbosse, die eine nervöse Stute beruhigten, während er einen Nagel in ihren Huf hämmerte. Bis vor kurzem hatte ihn keine Frau wirklich interessiert. Christopher hatte das Gefühl, als habe er sein Leben lang nur auf sie gewartet, gewartet wie ein Pferd auf den ersten Schnee. Er wandte sich vom Fenster ab. »Ich würde gerne das Amt des Sprechers übernehmen«, sagte Christopher, und weil er so selten das Wort ergriff, drehten sich alle überrascht zu ihm um.

»Ich finde, das ist eine großartige Idee!« rief Megan, denn dieser Kompromiß könnte Ärger vermeiden helfen. Wer könnte schon Einwände gegen Christopher haben? Er war ernst, gescheit und sah gut aus, wenn man auf Naturburschen stand.

»Fein, Christopher.« Mrs. Wahlbaum freute sich, daß der junge Mann endlich doch noch aus sich herausging. Das war ein Beweis für das, was sie ihrer Klasse immer über Geduld gepredigt hatte.

Über seine verschränkten Arme hinweg starrte Kenny Ralph an, der ihm zunickte und ihm damit stillschweigend die Zusicherung zu einem zumindest vorläufigen

Waffenstillstand gab. »Soll mir recht sein«, meinte Ralph. »Sie sind der Sprecher, Chris.«

»Vielen Dank. Ich weiß Ihr Vertrauen zu schätzen.« Christopher war zufrieden. Jetzt hatte er eine Aufgabe, ein Ziel. Er mußte alles in seiner Macht Stehende tun, um die anderen zu überzeugen, daß nur ein Freispruch in Frage kam, und das rasch. Er sorgte für sie wie für seine Pferde. Ruhig, ohne Tamtam, ohne Erwartung von Dankesbezeugungen. Er regelte alles für sie.

Für Marta.

»Okay, alle sind einverstanden«, erklärte Christopher. »Dann stimmen wir ab, damit ein Anfang gemacht ist. Jeder schreibt auf, wie das Urteil seiner Meinung nach lauten muß. Schreiben Sie keinen Namen oder dergleichen dazu. Die Stimme ist geheim.«

»Einverstanden.« Ralph nickte. Er begann, Blätter von einem gelben Block abzureißen und ließ über den Tisch eine Seite auf jeden Geschworenen zurutschen.

»Sollten wir nicht zuerst darüber reden?« fragte Nick, nur um die Sache hinauszuzögern. Er hatte keine Ahnung, wie er abstimmen sollte. Hilfesuchend schweifte sein Blick über die Anwesenden, aber seine Frau befand sich nicht unter den Geschworenen. Sein Magen brannte wie Feuer. »Reden wir nicht darüber? Wenigstens kurz?«

Gussella schüttelte entschlossen den Kopf. »Nein, zuerst wird abgestimmt, darüber waren wir uns bereits einig. Warum noch mehr Zeit verschwenden? Vielleicht sind wir uns ja auch einig, was das Urteil angeht. Hier, Ihr Blatt.« Sie streckte die Hand über den Tisch und schob ihm ein Blatt Papier zu. »Stimmen Sie ab.«

Gehorsam nahm Nick die Seite entgegen, und die anderen Geschworenen griffen nach den gespitzten Bleistiften, die in einer Plastikschale auf dem Tisch lagen. Keiner verschwendete auch nur einen Blick auf das Beweismaterial, das, etikettiert und beschriftet, in einem Stapel mitten auf dem Tisch lag. Keiner sah sich die Fotos der Autopsie an oder zerbrach sich den Kopf über die DNS-Analyse. Die Köpfe der Geschworenen blieben nur zehn Minuten über ihre Blätter gesenkt, dann gaben sie sie ab wie Kinder am letzten Schultag ihre Arbeiten. Christopher öffnete jedes Blatt mit Sorgfalt, strich es auf der nußbaumfurnierten Tischplatte glatt und machte für jede Stimme eine Markierung auf der Tafel hinter sich. Bei jedem Kreidestrich, der kreischend auf die Tafel gemalt wurde, herrschte völlige Stille. Es war, als wäre Steeres Schicksal ihr eigenes.

Christopher entfaltete das letzte gelbe Blatt, sein Gesicht verriet nichts von dem Glücksgefühl, das ihn ergriff. »Eine weitere Stimme für unschuldig«, verkündete er und machte den letzten Strich. Er stellte sich neben die Tafel und zog laut Bilanz. »Es steht neun zu zwei, daß Steere unschuldig ist. Bei nur einer Stimmenthaltung.«

»Dem Himmel sei Dank.« Gussella strahlte. Einer ihrer Zähne im Oberkiefer hatte eine Goldfüllung, und zum erstenmal lächelte sie so breit, daß man sie sah. »Carolina, ich komme.«

»Wie gefällt euch das?« sagte Ralph grinsend, und seine Stimme klang, als gefiele es ihm großartig.

»Wer hat sich enthalten?« fragte Megan verärgert. Das fehlte gerade noch, eine Verzögerung. Mit jedem Wort, das sie hier verlor, verlor sie Kunden. Rasch musterte sie die Gesichter der anderen. So viele alte Leute, die nichts zu tun hatten. Das war das Problem. Und diese Rassengeschichte. Es war offenkundig, wer die beiden waren, die für schuldig gestimmt hatten, nämlich Kenny und Lucky Seven.

Mrs. Wahlbaum schnalzte mißbilligend. »Bitte, Megan, es geht uns nichts an, wer sich enthalten hat. Die Abstimmung ist geheim. Jeder hat das Recht, seiner Überzeugung und seinem Gewissen zu folgen. Auch wenn das bedeutet, daß wir länger hierbleiben müssen.«

Nick Tullio starrte auf seinen Daumen, den er zwischen den wollenen Falten seiner handgenähten Hose vergraben hatte. Er wußte nicht, was er verbrochen hatte, aber er wußte, daß er der einzige war, der ICH WEISS ES NOCH NICHT auf sein gelbes Papier geschrieben hatte. Nick war froh, daß Christopher eine Möglichkeit gefunden hatte, die Abstimmung geheim abzuhalten.

»Eine Stimmenthaltung verstößt gegen die Vorschriften«, meckerte Ralph. »Der Richter hat nicht gesagt, daß man sich der Stimme enthalten darf.«

»Vorschriften?« fuhr Kenny auf. »Es gibt keine Vorschriften. Der Mann weiß es nicht, er weiß es eben nicht.« Sein Blick war während der Stimmenauszählung zunehmend zornig geworden. Kenny war klar, daß er und Lucky Seven die einzigen waren, die für schuldig gestimmt hatten. Isaiah hatte anscheinend die Hosen voll und ICH WEISS ES NOCH NICHT geschrieben. Kenny mußte sich Isaiah heute abend im Fernsehzimmer vornehmen, allein. Sie mußten zusammenhalten. »Der Mann hat das Recht, sich Zeit zu lassen. Sich seine eigene Meinung zu bilden. Die Sache läßt sich verdammt noch mal nicht einfach übers Knie brechen.«

»Das ist richtig«, pflichtete ihm Mrs. Wahlbaum bei. »Diese Beweise mit den Fingerabdrücken sind übrigens immer noch nicht eingereicht worden.«

»Was für Beweise?« fragte Ralph, und Christopher schüttelte den Kopf. Er konnte sich nicht erinnern, von welchen Beweisen die Rede war, aber es spielte auch keine große Rolle. Es dauerte bestimmt nicht mehr lange, bis er sein Marta stillschweigend gegebenes Versprechen einlösen konnte. Die Brust schwoll ihm vor Befriedigung. Und Hoffnung.

# –5–

Um 16 Uhr lagen auf den Gehwegen Philadelphias gut dreißig Zentimeter Schnee, und die funkelnagelneuen Büros der Anwaltskanzlei Rosato & Associates waren verlassen. Die Sekretärinnen waren zeitig nach Hause gegangen, nur noch zwei junge Anwältinnen waren geblieben, weil sie auf die Rückkehr der Geschworenen im Prozeß *Commonwealth gegen Elliot Steere* warteten. Sie waren von der Kanzlei per Vertrag vorübergehend Marta Richter zugeteilt worden, die, als sie die Verteidigung von Steere übernommen hatte, Rosato & Associates als Anwälte vor Ort engagiert hatte

»Wir haben alles vermasselt«, sagte Mary DiNunzio, eine der Anwältinnen. Ihr Oberkörper sank auf den Besprechungstisch, und sie vergrub das Gesicht in einem harten Kissen aus Korrespondenz. Ihr marineblaues Kostüm war zerknittert, ihr schmutzig-blondes Haar war wirklich schmutzig und ihr gedrungener Körper total erschöpft. »Wir haben es vermasselt, es gibt kein Zurück. Wir können nichts dagegen tun.«

»Den Prozeß? Keine Spur. Wir haben gewonnen, locker.« Judy Carrier fuhr auf der anderen Seite des Konferenztisches wie eine Wilde mit dem Drehstuhl Karussell. Judy, eine geborene Kalifornierin, war groß und kräftig, ihr Gesicht war großflächig wie ein Teller und kündete eher von Offenheit als von Durchschnittlichkeit. Durch das Herumwirbeln auf dem Stuhl schnellte ein keilförmiges Dreieck heller Haare wie ein Sonnenschirm aus Papier steil nach oben. »Ich wette, sie kommen morgen noch vor dem Mittagessen zu einem Ergebnis, vorausgesetzt, das Gericht macht nicht dicht wegen des Schnees.«

»Nein. Ich meine unser Leben, wir haben unser Leben vermasselt. Wir haben bei Stalling & Webb Karriere gemacht, aber nein. Wir mußten auf eigenen Füßen stehen. Jetzt arbeiten wir für eine psychopathische Zimtzicke. Mittendrin in einer Lawine.« Mary schloß die vor Müdigkeit brennenden Augen. Sie hatte das Gefühl, ihre Kontaktlinsen würden sich in die Hornhaut einbrennen. Heute abend mußte sie sie wahrscheinlich wie Heftpflaster abziehen.

»He, wir haben es wenigstens versucht.« Judy sauste auf ihrem Stuhl unentwegt im Kreis. Die Wände des Besprechungszimmers waren in gebrochenem Weiß gehalten, und der Raum roch nach Latexfarbe. Die vordere, vollständig aus Glas bestehende Wand ging auf die Eingangshalle hinaus. An der gegenüberliegenden Wand hing ein Druck von Thomas Eakins, ein Rudermotiv, drei weitere aus der gleichen Serie lehnten an der Wand und warteten darauf, aufgehängt zu werden. Die Rosato-Büros waren noch nicht fertig, aber Judy störte das nicht. Ihr machte es Spaß, für eine neue Kanzlei zu arbeiten. Es war wie ein neuer Anfang. »Es schadet nichts, etwas zu probieren, Mare.«

»Ich gebe dir keine Schuld«, sagte Mary, doch das wußte Judy längst. Sie waren gemeinsam durchs Feuer gegangen, es brauchte nicht alles ausgesprochen zu werden.

Judys Stuhl verlangsamte seine Karussellfahrt und kam mit Blick auf das große, von Schneeflocken benetzte Fenster zum Stillstand. »Sieh dir das an!« rief sie und war mit einem Satz am Fenster. Die Bürogebäude der Innenstadt, die Gallery und das Bundesgericht sahen aus wie mit Puderzucker bestäubt. »Ist das nicht wunderschön?«

Mary blinzelte schläfrig auf ihrem Korrespondenzkissen. »Sie haben angesagt, daß es weit über einen Meter geben soll. Das wird ein Chaos.«

»Er ist so weiß!«

»Letztes Jahr konnte ich das Haus nicht verlassen. Die Nebenstraßen wurden nicht geräumt.«

»Die Flocken sind riesig. Fast wie Cornflakes!«

»Man wird das Gericht schließen, und die Geschworenen werden nie wieder auftauchen. Der Prozeß wird nie zu Ende gehen, und ich werde mich umbringen. Tagelang wird niemand meine Leiche finden, und der Boden wird zu tief gefroren sein, um mich zu beerdigen.«

»Ich finde es aufregend.« Judy preßte ihre großen Hände an die Fensterscheibe. Ihre Handflächen wurden kalt, und ihr Atem hinterließ mitten auf der Scheibe einen wolkigen Fleck. »Der erste ordentliche Schnee, den wir dieses Jahr haben. Ist das nicht ein tolles Gefühl?«

»Ich habe keine Gefühle. Ich bin zu müde für Gefühle.«

»Sei nicht so trübsinnig, Mare.«

»Ich kann nicht anders, ich bin Katholikin. Noch dazu eine, die für Marta Richter arbeitet.«

»Du meinst für Ihre Hoheit.« Judy hauchte noch einen Wolkenfleck auf die Scheibe und begutachtete das Ergebnis. »Cool.«

»Falls du jetzt noch ein lustiges Gesicht da reinmalst, werfe ich dich aus dem Fenster.«

Lachend wandte sich Judy um, die silbernen Reifen an ihren Ohrläppchen baumelten. Ihr Bauernkleid, zu dem sie eine graue Wollstrumpfhose und Clogs trug, schwang um ihre kräftigen Beine. Judy kleidete sich stets alternativ, nicht einmal Marta Richter konnte ihr das austreiben. »Es war ein langer, anstrengender Prozeß, aber jetzt ist er vorbei. Ihre Hoheit wird abfliegen, sobald die Geschworenen zu einer Entscheidung gelangt sind. Wegen der Dinge, die nach dem Prozeß noch anfallen, wird sie telefonieren. Du mußt keine weiteren Anordnungen mehr entgegennehmen.«

»Nein, die reist nie ab. Die geht nie wieder. Wer weiß, wo die herkommt, jedenfalls geht sie nie wieder dahin zurück.«

Judy schüttelte den Kopf. »Was redest du da, Mare? Sie geht zurück in ihr Büro in New York.«

»Sie sagte L.A. Ihr Hauptbüro ist in L.A.«

»Auf dem Briefkopf steht New York. Ich glaube, sie kommt aus New York.«

»Sie ist nicht aus New York, sie hat keinen Akzent. Ist dir aufgefallen, daß sie überhaupt keinen Akzent hat? Die Sekretärinnen glauben, daß sie einen Rhetorikkurs besucht hat.«

»Ich dachte, Rhetoriker kämen von der juristischen Fakultät.«

»Bleib ernst.« Mary hob ihr müdes Haupt von den Papieren. »Wir wissen nicht einmal, wo sie wohnt. Sie hat

Häuser in Boston, in New York und in Florida, glaube ich, aber ich habe keine Ahnung, wo sie wohnt. Sie spricht nie darüber.«

»Sie wohnt nicht, sie arbeitet nur. Na und?«

»Deshalb wissen wir nicht, woher sie kommt. Wer ihre Leute sind.«

»Ihre Leute?«

»Ihre Leute«, wiederholte Mary, ohne sich weiter darüber auszulassen. Judy würde es sowieso nicht verstehen, weil sie zu jenen bedauernswerten Menschen zählte, die nicht in Süd-Philadelphias italienischem Viertel aufgewachsen sind. »Wir wissen nichts über ihre Familie, ihre Religion, über gar nichts. Sie ist die weibliche Ausgabe von Jay Gatsby.«

»Ihre Hoheit? Du machst sie viel zu groß. Du verleihst ihr zuviel Macht. Ihre Hoheit ist ein Workaholic und eine Kontrollfanatikerin. Sie schreit grundlos herum und verschlingt Publicity so gierig wie ein Hund sein Fressen. Mit anderen Worten, sie ist Anwältin.«

»Nein, denk doch mal nach. Sie hat nicht eine einzige Freundin oder einen Freund erwähnt. Sie arbeitet allein. Wir haben keine Ahnung, wann sie Geburtstag hat. Denk an meine Worte, sie ist nicht vom Weibe geboren. Zwischen ihren schwarzen Haarwurzeln steht 666 auf ihrer Kopfhaut.«

»Du bist nicht ganz bei Trost. Du leidest unter Prozeßwahn.«

»Denk daran, ich habe dich gewarnt. Du bist gewarnt.«

»Du spinnst.«

Mary zog das in Betracht, gelangte aber zu einem anderen Ergebnis. »Warum bist du nicht müde? Wir haben zusammen an diesem Fall gearbeitet. Warum bin ich immer müde und du nie?«

»Weil ich Sport treibe, du überspannter Knirps. Ich habe dir gesagt, du sollst mitmachen. Ich bringe dir Felsklettern bei.«

»Vergiß es.« Marys Kopf sank wieder auf das Korrespondenzkissen, und sie fragte sich, wann ihr Leben aus den Fugen geraten war. Ihre Kanzlei mit Judy erwies sich als Flop, die Beziehung mit Ned ging schief, und gerade als Mary dachte, schlimmer könne es nicht mehr kommen, beauftragte Marta Richter Rosato & Associates mit dem Steere-Prozeß.

»Dann komm mit mir Ski fahren.« Judy trat vom Fenster weg, ließ sich wieder auf ihren Stuhl fallen und drehte sich hin und her. »Wir machen Langlauf.«

»Nein. Vergiß es.«

»Das wird die schönste Zeit deines Lebens. Wir fahren nach Valley Forge. Da ist es wunderschön im Winter.«

»George Washington war anderer Ansicht.«

»Los, gib deinem Herzen einen Stoß. Nach der Urteilsverkündung. Wir werden höllischen Spaß haben.«

»Sei still. Hör endlich auf, so munter zu sein.« Mary schloß die Augen, und Judy schaute auf ihre schwarze Sportuhr.

»Es ist fast Essenszeit. Ich habe Hunger. Hast du auch Hunger?«

»Nein.« Mary öffnete die Augen einen Spalt, sie befand sich tatsächlich immer noch in einer Anwaltskanzlei und nicht in einem Alptraum. »Ich bin nie hungrig und du andauernd. Ich bin andauernd müde und du nie. So ist das eben. Da kann man nichts machen. Da kann kein Mensch was dran ändern.«

»Wir könnten uns etwas bringen lassen.«

»Da draußen tobt ein Schneesturm, Jude.« Mary schielte sie von der Seite an und zögerte. »Was glaubst du, was sie jetzt machen?«

»Wer? Ihre Hoheit und unser Lieblingsmillionär? Die sexuelle Spannung genießen. Auch wenn du mich für blöd hältst, aber mir würden zwei Monate Vorspiel vollauf genügen.«

»Ich meinte die Geschworenen.«

»Sie beraten, was sonst. Versuchen zu ergründen, wann der Angeklagte seine Anwältin bumst. Wann der Rollentausch stattfindet.«

»Judy, hör auf.«

»Sie wären längst zugange, wenn Steere nicht im Gefängnis säße. Die einzig offene Frage in diesem Prozeß lautet: Wann bumsen sie, und wie? Finden sie eine Möglichkeit, daß sie *beide* oben sein können?«

»Judy, der Prozeß.« Mary errötete. Sie konnte es im Fluchen mit jedem Prozeßanwalt aufnehmen, für sie bestand kein Zusammenhang zwischen »fucking« sagen und ficken, aber wenn Judy mit ihren sexuellen Anspielungen kam, fühlte sie sich nicht mehr wohl in ihrer Haut.

»Oh, der Prozeß. Das ist ein sicherer Gewinner. Die Jury ist gut zusammengestellt, und der Staatsanwalt hat null Beweise für seine Argumente. Steere wird freigesprochen.«

Da gestattete es sich auch Mary, daran zu glauben. Judy hatte an der Stanford University jede nur erdenkliche Auszeichnung eingeheimst und juristische Artikel veröffentlicht, man hatte ihr sogar ein Referendariat im Büro des höchsten Justizbeamten ihres Staates angeboten. Mary hatte den Verdacht, sie habe den Job bei Rosato & Associates ausschließlich Judy zu verdanken. Judy verfügte über eine scharfe Intelligenz und juristisches Talent, Mary dagegen mußte hart arbeiten, um Resultate zu erzielen, und das tat sie. »Vielleicht kriegen wir einen Bonus«, meinte Mary.

»Von Rosato? Von *Bennie* Rosato?«

»Könnte doch sein.«

»Sie hat die Kanzlei erst vor einem Jahr eröffnet. Da wird nicht mit Geld um sich geworfen, nicht einmal bei Girls ›R‹ Us.« Damit spielte Judy darauf an, daß Rosato & Associates die erste nur aus Frauen bestehende Anwaltskanzlei in Philadelphia war; fünf Prozeßanwältinnen arbeiteten für dic neue Firma. Die Tatsache, daß diese Kanzlei ausschließlich Frauen beschäftigte, hatte Publicity gebracht, aber ob es auch Mandanten brachte, blieb abzuwarten. Steere war der erste große Prozeß der Kanzlei und zweifellos der Grund, warum Bennie Rosato in diesem Augenblick ins Besprechungszimmer trat.

»Hallo, ihr zwei«, sagte Bennie und klopfte an den Türrahmen. Sie war auf dem Weg außer Haus, den Mantel über den Arm gelegt, eine vollgepackte Aktentasche aus Segeltuch über die Schulter gehängt. Benedetta »Bennie« Rosato besaß einen legendären Ruf als Anwältin für Bürgerrechte, und mit ihren ein Meter zweiundachtzig schüchterte sie Mary, die bei ihrem Eintreten ruckartig den Kopf von der Korrespondenz hob, kolossal ein.

»Äh, wir ordnen ... wir ordnen eben die Prozeßunterlagen«, stammelte Mary.

»Stimmt«, sagte Judy mit einem leichten Lächeln. »Wir sind absolut nicht erschöpft oder dergleichen. Wir arbeiten rund um die Uhr, sogar während die Geschworenen beraten.« Grinsend traf der Blick ihrer blauen Augen den von Bennie, und Bennie erwiderte das Lächeln freundlich, wenn nicht herzlich.

»Gewinnen wir, Carrier?«

»Wie könnten wir verlieren, Boss?«

»Das ist der richtige Geist.« Bennie lächelte zufrieden. Offene blonde Haare ergossen sich wellig und nachlässig auf ihre Schultern, ihr nicht unattraktives Gesicht war ungeschminkt. Bennie trug einen schwarzen Hosenanzug aus Wollstoff, bei dessen Kauf sie dem Schnitt, der Paßform oder dem Stil offensichtlich keine übertriebene Aufmerksamkeit geschenkt hatte. Jeder Zentimeter von Bennie Rosato verkörperte die lässige, pragmatische Sportlerin, die an der High-School ein Sportstipendium bekommen hatte, und genau das war sie. Auf dem College eine der besten Ruderinnen, ruderte sie nach wie vor jeden Tag auf dem Schuylkill River, der sich als schmales blaues Band durch die Stadt zog. »Fiel die Rechtsbelehrung der Geschworenen auf fruchtbaren Boden? Habt ihr erreicht, was ihr wolltet?«

»Ja. Sie machten sogar den Eindruck, als hätten sie alles verstanden.«

»Das wäre das erste Mal. Wie war Martas Schlußplädoyer? Ich wollte es mir nicht entgehen lassen, aber ich hatte einen Termin für eine eidesstattliche Aussage.«

»Sie hat ihre Aufmerksamkeit gefesselt, bis sie anfing, Sunzi zu zitieren. Da bekamen sie glasige Augen.«

Bennie runzelte die Stirn. »Sunzi, den Philosophen? Warum hat sie ihn zitiert?«

Judy verdrehte die Augen. »Keine Ahnung. Er ist Steeres Guru. Wenn man mit Elliot Steere zu tun hat, kommt er früher oder später unweigerlich mit Sunzi daher.«

Mary saß am Tisch und staunte, wie unbefangen Judy sich Bennie gegenüber verhielt. Seit sie in der Firma angefangen hatten, benahm sich Judy eher wie Bennies Partner denn wie eine Mitarbeiterin. Mary vermutete, daß es an der großen Ähnlichkeit lag, die zwischen Judy und Bennie bestand. Beide Anwältinnen und Sportlerinnen und riesenhaft groß, als entstammten sie einer juristischen Eliterasse. Es machte Mary nervös. Auf ihrer Brust unter ihrer Bluse bildeten sich rote Flecken, und sie fragte sich, ob sie nicht besser die Finger von der Juristerei lassen sollte. Sie war zu klein, so fing es schon mal an.

»Alles in Ordnung, DiNunzio?« erkundigte sich Bennie. »Machen Sie jetzt bloß nicht schlapp. Sie sind fast über die Ziellinie.«

Mary nickte forsch, wie sie hoffte. »Mir geht's prima. Alles bestens. Mir geht's großartig.«

»Sie ist fix und fertig«, übersetzte Judy.

»Nicht nachlassen«, sagte Bennie. »Hören Sie, eben hat Marta von unterwegs von einem Münztelefon aus angerufen. Sie ist auf dem Weg hierher und möchte mit Ihnen reden. Sie sagt, es sei wichtig. Sie können sich zur Verfügung halten, oder? Sie wohnen ja beide in der Stadt.«

»Klar«, antwortete Judy, und Mary seufzte. Genauso war es gewesen, als sie bei Stalling & Webb gearbeitet hatte. Marys Wohnung war zu Fuß erreichbar, deshalb wurde von ihr erwartet, daß sie bei jedem Wetter zur Arbeit erschien. Es war so ungerecht. In Gedanken machte sich Mary eine Notiz, ihr Wohnhaus niederzubrennen.

»Gut. Danke.« Bennies Blick überflog den Besprechungstisch. Die Unterlagen des Steere-Prozesses lagen über die ganze Tischplatte verstreut, und Manilahängemappen waren nachlässig in Faltordner gestopft. Die

Mitarbeiterinnen konnten die komplette Akte nur so in den Mietwagen packen, hierhertransportieren und die Treppen heraufschleppen. »Räumt lieber auf, Mädels. Bringt das Beweismaterial in Ordnung. Ihr wißt, wie heikel Marta ist.«

»Was Sie nicht sagen«, seufzte Judy, und sobald sich die Tür des Besprechungszimmers hinter Bennie geschlossen hatte, begannen die jungen Anwältinnen aufzuräumen. Rasch standen die fünfundzwanzig roten Ordner mit den Unterlagen der Verteidigung im Prozeß *Commonwealth gegen Elliot Steere* auf der glänzenden Walnußtischplatte, geordnet nach Korrespondenz und Schriftsätzen, Beweisdokumenten und Anmerkungen. Allein die Zeitungsausschnitte beanspruchten fünf Ordner, und über siebzig auf Styropor befestigte Beweisstücke standen an der Wand unter einer gerahmten Blaupause von einem Ruder. Die beiden Mitarbeiterinnen waren gerade fertig mit ihrer Arbeit, da stürmte Marta Richter herein, und sofort war klar, daß sie nichts weniger interessierte als die Ordnung der Akte.

Marta fühlte sich wieder wie neu. Die endlose Fahrt im stickigen Bus ins Büro hatte ihr Zeit zum Nachdenken verschafft. Sie hatte einen Plan, aber sie brauchte DiNunzio und Carrier dazu.

Marta war noch gar nicht richtig im Besprechungszimmer, da schlüpfte sie bereits aus ihrem feuchten Mantel, bat die Mitarbeiterinnen, sich zu setzen, und erteilte ihnen Anweisungen, ohne ihnen, was Steere anging, reinen Wein einzuschenken. Die beiden würden postwendend zu Rosato laufen, wenn sie wüßten, daß sie Beweise gegen einen Mandanten zusammentragen sollten, und

Rosato war eine Widersacherin, auf die Marta gut verzichten konnte. Folglich verpackte Marta ihre Anweisungen an DiNunzio und Carrier als weitere unmöglich zu erledigende Aufgabe nach zwei Monaten unmöglich zu erledigender Aufgaben. Die Mitarbeiterinnen schienen völlig von der Rolle.

»Sie brauchen das *wann*?« fragte Mary in dem vagen Bewußtsein, daß sie nicht die erste Angestellte in Amerika war, die diese Frage stellte.

Marta sah auf ihre Uhr und verspürte ein nun schon vertrautes Ziehen in der Magengrube. »Es ist fast 16.30 Uhr. Ich brauche das Ergebnis bis 19 Uhr.«

»Bis 19 Uhr?« stöhnte Mary. In ihrem Kopf drehte sich alles, ihre Schultern sanken herab. »In noch nicht einmal drei Stunden?«

»Jammern Sie nicht. Sie müssen schließlich keinen kompletten Schriftsatz aufsetzen. Es geht nicht um das Auffinden von Präzedenzfällen. Gehen Sie die Akte und die Zeitungsmeldungen durch. Notieren Sie, was Ihnen auffällt.«

»Aber das alles nachzulesen kann Tage dauern. Eine Woche. Außerdem muß ich den Antrag *in limine* aufsetzen, wegen der Fingerabdrücke auf dem Wagen.«

»Der Antrag kann warten. Er ist nicht so wichtig. Er bringt sowieso nichts.«

»Aber das noch ausstehende Beweismaterial muß morgen als allererstes zu den Geschworenen geschickt werden. Heute morgen haben Sie zu mir gesagt ...«

»Mary«, fiel ihr Marta ins Wort, »diese Diskussion dauert länger als die ganze Scheißsucherei. Tun Sie es einfach.«

»Schön.« Mary schluckte das SCHMOR IN DER

HÖLLE, DU MISTSTÜCK hinunter, das ihr auf der Zunge lag, und begann so eifrig auf ihrem Block herumzukritzeln, als sei plötzlich eine juristische Erleuchtung über sie gekommen wie der Heilige Geist. *Eindeutig nicht für diesen Beruf geeignet*, schrieb Mary. *Das Kloster wird immer verlockender.*

Marta wandte sich an Judy. »Ihre Aufgabe nimmt mehr Zeit in Anspruch, also los. Ich treffe mich mit Ihnen, wenn ich mit Mary gesprochen habe. Sehen Sie zu, daß ich Ihre Resultate bis 20 Uhr habe. Die Zeit müßte reichen.«

»Zeit ist nicht das Problem.« Judy schüttelte den Kopf. »Aber es ist vergebliche Mühe. Ich werde nichts finden. Das ist völlig sinnlos.«

»Ich erkläre es jetzt noch einmal.« Marta hielt sich mühsam im Zaum. Bei dem Druck, unter dem sie stand, fiel es ihr schwer, sich zu beherrschen. In ihrem Kopf tickte eine Zeituhr. Sie hatte keine Zeit für überflüssige Diskussionen. »Der Staatsanwalt kommt nachträglich mit einem Beweis daher, mit dem er angeblich belegen kann, daß Steere nicht in Notwehr gehandelt hat.«

»Woher wissen Sie das?« fragte Judy.

»Das kann ich Ihnen nicht sagen. Es ist vertraulich.«

Judy war mehr betroffen als verärgert. »Uns gegenüber? Wir stehen alle auf der gleichen Seite.«

»Tun Sie einfach, was ich Ihnen sage, Carrier. Ich habe keine Zeit, mich mit Ihnen herumzustreiten.«

Mary schrieb auf ihren Block: *Ich könnte Angies altes Zimmer im Kloster nehmen. Es hat dieses geschmackvolle Kruzifix aus Holz. Der Blick geht auf den Friedhof hinaus, aber ich bin nicht empfindlich. Mir ist alles recht, wenn es nur weit weg ist von dieser Eismaschine.*

»Ich möchte mich auch nicht streiten«, erwiderte Judy. Ihre plötzlich höhere Stimme zeugte von Verwirrung, nicht von Widerspenstigkeit. »Ich versuche lediglich, Ihren Gedankengang nachzuvollziehen.«

»Sie sollen nicht meinen Gedankengang nachvollziehen. Sie sollen Ihre Arbeit erledigen.«

»Wie kann ich meine Arbeit tun, wenn ich nicht verstehe, was und wofür?«

»Ihr Job besteht darin, das zu tun, was ich Ihnen sage, und zwar dann, wenn ich es Ihnen sage!« schrie Marta los. Ihr Gesicht lief hochrot an, und an ihrem Hals drohte eine Ader zu platzen. »Ich habe Ihnen gesagt, was Sie wo zu tun haben. Mehr hat Sie nicht zu interessieren. Dafür werden Sie schließlich bezahlt.«

*Schwarz steht mir, es macht schlank. Ich brauche nicht einmal ein Doppelbett. Und kein Kabelfernsehen.*

Judy schwieg verdattert. Ihre Hoheit verlor die Kontrolle? Da stimmte etwas nicht. Marta schien fast in Panik, aber Judy konnte sich nicht erklären, warum; die Frau hatte sich gerade in einem großen Mordprozeß erfolgreich in Szene gesetzt. Die Zeitungen und Court TV priesen sie als beste Strafverteidigerin des Landes. Judy hätte erwartet, daß sich Ihre Hoheit in ebendiesem Moment diebisch über ihren Erfolg freute. Normalerweise mußten sie bei jedem Furz, den sie ließ, applaudieren.

»Ich brauche ein Ergebnis, Judy.« Marta stand auf und nahm mit einer heftigen Bewegung ihren Mantel vom Stuhl. »Und ich brauche es, bevor der Staatsanwalt morgen früh seinen Antrag einreicht.«

»Dann können wir immer noch darauf reagieren.« Judy kämpfte mit ihrer wachsenden Verwirrung. »Der Richter wird uns Zeit zugestehen, damit wir auf sämtliche eingereichten Anträge reagieren können. Er kann die Verteidigung nicht übergehen.« Judy breitete die Arme aus, die Hände wie flehend nach oben gerichtet.

Mary fand, mit ausgebreiteten Armen sähe Judy wie die Muttergottes aus. In Marys Augen sahen alle Mitarbeiterinnen einer Anwaltskanzlei von Zeit zu Zeit aus wie die heilige Mutter. Wie Bittstellerinnen, die um Gnade flehten und keine bekamen. Sie schrieb: *Ich nehme Judy mit ins Kloster. Sie muß dann allerdings auf einige Ausdrücke verzichten. Die Sache mit dem Schweigegelübde ist überhaupt ein Problem.*

Wütend zerrte Marta ihren Trenchcoat über die Schultern. »Haben Sie nicht kapiert? Ich denke nicht daran, mich von diesen Hanswursten überfahren zu lassen. Ich bin nicht da, wo ich heute bin, weil ich mich von einem Bezirksstaatsanwalt überfahren lasse. Wenn die etwas gegen Elliot Steere in der Hand haben, will ich es wissen, und ich will es dann wissen, wenn die es wissen.«

»Wir haben nicht die Mittel, die denen zur Verfügung stehen! Die Staatsanwaltschaft beschäftigt bei diesem Prozeß dreißig Anwälte, plus Polizei.«

»Es bleibt Ihnen gar nichts anderes übrig!« brüllte Marta, der es endgültig reichte. »Sie haben einen Job, also tun Sie ihn gefälligst und halten Sie den Mund!«

Judys Gesicht brannte, als hätte man sie geschlagen. Sie erhob sich und schleuderte Marta, die auf der anderen Seite des Tisches stand, entgegen: »Was, wenn ich mich weigere?«

»Dann sind Sie raus aus dem Prozeß, und Mary muß die Ihnen zugeteilte Arbeit *und* die ihre erledigen. Bis 20 Uhr.«

*Heilige Maria Mutter Gottes. Erschieß mich auf der Stelle.*

# –6–

Marta steuerte ihren Mietwagen, einen Taurus, in den Schneesturm, der durch die Locust Street tobte. Dichte Flocken wirbelten gegen die Windschutzscheibe, die Scheibenwischer arbeiteten auf Hochtouren, und die Enteisungsanlage surrte so laut wie ein Fön. Trotzdem blieben die Fenster beschlagen. Der Verkehr schlitterte und rutschte zum völligen Stillstand, ein Stau bildete sich. Die Auspuffgase formten Schadstoffwolken, die über der gesamten Länge der Straße aufstiegen. Marta schaute auf die Autouhr. 17.35 Uhr. Ihre Finger krampften sich um das Lenkrad, und sie drückte auf die Hupe, um dem Subaru vor ihr Beine zu machen. »Beweg dich, du Arschloch!« schrie sie, und ihre Stimme hallte laut im Wageninnern wider. »Fahr schon!«

Marta hupte erneut, aber nichts geschah. Es machte sie wahnsinnig, daß sie etwas tat und nichts damit in Gang setzte. Marta war gewohnt, daß stets eine Reaktion der gegnerischen Anwälte und der Richter, der Mandanten und der Presse erfolgte. Vor Gericht und sogar in der Liebe, so selten sich diese auch einstellte, gelang es ihr stets, Dampf zu machen. Marta hatte sich zu einem menschlichen Katalysator stilisiert, aber da stand sie nun, hupte wie eine Verrückte, und der Verkehr beachtete sie nicht. Niemand erwiderte ihr Hupen, noch nicht einmal einen einzigen Stinkefinger zeigte man ihr. Sie drückte wieder auf die Hupe, lauter diesmal. Länger, um eine Reaktion zu erzwingen. Aber es kam keine.

Marta auf ihrem Fahrersitz versuchte sich zu entspannen. Sie trommelte mit den Fingern. Sie summte unmelodisch. Sie versuchte sogar, die Falte auf ihrer Stirn glatt zu reiben. Daß sie wußte, warum sie sich so verhielt, brachte sie noch mehr in Rage. Es war eine Reaktion auf Jahre der Stagnation, in denen, egal, was sie tat, nichts passierte, auf Eltern, die nur dasaßen und tranken und die Zeit verstreichen ließen, deren Leben verklang wie ein sinnloser Satz. Und egal, wie oft Marta gebettelt, geschrien und ihre Flaschen versteckt hatte, nichts hatte sich je geändert. Die Richters wohnten in den Wäldern bei Bath in Maine; Martas Vater arbeitete dort im Luftwaffenstützpunkt. Er verlor seinen Job, als sie sechs Jahre alt war, weil es ihr nicht gelungen war, ständig seine Flaschen zu verstecken, und er trank sich zu Tode, als Marta längst aufgehört hatte, mit ihm und seinem Whiskey Versteck zu spielen.

Von da an übernahm Martas Mutter die Rolle der Ernährerin. Sie schleppte die Zehnjährige zum Straßenrand. *He, Mister! Sir!* Die Autos sausten vorbei. *Anhalten! Bitte! He!* Sobald ein Wagen hielt und die Beifahrertür sich einen Spalt öffnete, begann die Mutter ihre Masche abzuziehen. Marta flehte, damit aufzuhören, aber es änderte nichts. Nichts änderte sich, gar nichts, bis zu dem blauen Kombi. Dann hörte es auf, zumindest für Marta.

Mit dreizehn Jahren saß sie hinter dem Steuer des verbeulten Valiant und fuhr in die Stadt, um Milch, Zigaretten und noch mehr Fusel zu besorgen. Die Polizisten in der Kleinstadt hielten sie nicht an, denn sie kannten ihre Mutter, es war sicherer, ein Kind fahren zu lassen als eine Säuferin, besonders, wenn das Kind Marta Richter hieß. Ein Meter zwanzig groß und auf sich gestellt. Nicht, daß Marta ihren Eltern Vorwürfe machte oder sich selbst bemitleidete. Im Gegenteil, das hatte sie zu dem Menschen geformt, der sie heute war.

*TUUT!* Sie drückte auf die Hupe. Weil sie nicht anders konnte.

Sie mußte in Steeres Stadthaus in Society Hill. Marta hatte so ein Gefühl; sie ging jede Wette ein, daß in seinem Haus etwas zu finden war, was sie auf eine Spur brachte oder was sich als Druckmittel einsetzen ließ. Außerdem war da eine Sache, in der Marta unbedingt Bescheid wissen mußte. Jetzt, da unmißverständlich klar war, daß Steere kein Interesse an ihr hatte, blieb eine entscheidende Frage offen. An wem *war* er interessiert?

Marta starrte auf die beschlagene Windschutzscheibe und redete sich ein, ihr Interesse beruhe nur teilweise auf Eifersucht. Wenn sie dahinterkam, mit wem Steere ins Bett ging, konnte sie ihn packen. Marta wußte noch nicht genau, wie, aber sie war lange genug im Geschäft, um zu wissen, daß so eine Information immer wertvoll war. Besonders, da Steere viel daran gelegen war, die Sache geheimzuhalten, sogar ihr gegenüber. Besonders ihr gegenüber. Seiner Anwältin, die er hintergangen hatte.

*TUUT!* Marta hupte. Sie würde sein verdammtes Haus auseinandernehmen, wenn es sein mußte. Einbrechen und jede Schublade durchsuchen. Jedes Adreßbuch lesen, jeden Kontoauszug und sämtliche Reiseunterlagen einsehen. Steere hatte gesagt, er fliege nach St. Bart. Wie hatte er das vom Gefängnis aus arrangiert? Wo waren die Tickets? Bei welchem Reisebüro hatte er gebucht? Wer begleitete ihn?

Marta mußte das wissen. Die Antworten mußten im Haus zu finden sein. Irgend etwas mußte im Haus zu finden sein. Es mußte einfach so sein.

*TUUUTT!* Nichts ging mehr. Es war zum Verrücktwerden. Marta reckte den Hals, um zu sehen, warum nichts weiterging, konnte aber über die vor ihr stehenden Autos hinweg den Grund für die Blockade nicht entdecken. Sie schaute nach hinten, vielleicht konnte sie wenden, aber hinter ihr reihte sich Wagen an Wagen. Sie war eingeklemmt. Sie überlegte, den Taurus stehenzulassen, aber damit gewann sie auch nichts. 17.45 Uhr. Marta hatte es eilig. Die Geschworenen berieten eben jetzt, noch vor dem Abendessen. Verdammt!

*TUUT! TTTUUUTT!*

Ein paar Wagen vor Marta saß Bobby Bogosian seelenruhig auf dem Fahrersitz seiner schwarzen Corvette. Er warf einen Blick in den Rückspiegel, um sich zu vergewissern, daß die Schlampe noch da war. Sehen konnte er sie nicht, weil sie ein gutes Stück hinter ihm stand und das Rückfenster zugeschneit war, aber alle fünf Minuten hörte er ihre Hupe.

Bobby lachte. Es war nicht seine Schuld, daß er den Verkehr lahmlegte. Er war die Locust Street entlanggefahren, als ihm der Motor abstarb. Wirklich Pech. Wie jeder gute Bürger hatte er den Pannendienst des Automobilclubs angerufen, und man hatte ihm gesagt, er solle warten, vielleicht benötige er nur Starthilfe. Also wartete er und wartete. Er konnte nichts dafür, daß er den Wagen der Schlampe blockierte. Er war ein Autofahrer in einer Notlage.

*TUUT!*

Bobby vertrieb sich die Wartezeit mit dem Lesen einer Zeitschrift, der neuen Ausgabe der *HUNDEWELT*. Er las Zeitschriften, als würde es bald keine mehr geben, aber er kaufte sie nie am Kiosk, er abonnierte sie ausschließlich. Es störte Bobby ungemein, wenn er sich vorstellte, daß ein anderer seine Zeitschrift vor ihm in Händen gehalten hatte. Besonders liebte er die Abonnementzeitschriften, die in einer Plastikhülle ankamen, aber das waren nicht viele. Die neue *HUNDEWELT* war heute mit der Post gekommen, und Bobby hatte sie mitgenommen. Er liebte Hunde.

*TUUT! TUUT!*

Bobby blätterte nach hinten zu den Anzeigen mit den jungen Hunden. Er wollte sich einen Hund kaufen, einen reinrassigen Hund, sobald er aus der miesen Wohnung ausziehen und sich ein eigenes Haus kaufen konnte. Er dachte an ein Grundstück im Delaware County, auf dem er einen Hundezwinger aufbauen konnte. Dann wäre er ein ... wie hieß das bloß, wenn man einen Zwinger hatte? Ein *Züchter*.

Bobby wußte bestens Bescheid über Hunde. Er kannte die Namen sämtlicher Rassen, selbst so schwierige wie Vizsla, und er brachte eine recht ordentliche Zeichnung von einem Rottweiler zustande. Bobby ging jedes Jahr, wenn er nicht gerade im Knast saß, zur Hundeausstellung, und er hielt sich den ganzen Tag lang dort auf, trank Erdbeershakes, aß Brezeln und streichelte die Köter. Es war toll dort, weil man mit den Züchtern zusammenkam. Es gab immer jede Menge zu futtern in den Gängen zwischen den Käfigen, und sie waren wie eine richtige Gemeinschaft.

*TUUT!*

Bobby wußte, daß er einen guten Hundezüchter abgeben würde. Die jungen Hunde zu verkaufen würde ihm schwerfallen, aber das mußte er rein geschäftsmäßig sehen, er durfte sich nicht zu sehr an sie binden. Er blätterte die Seite um. Da war ein Foto von einem kleinen braunweißen Hund, der auf einer Hundedecke saß. Er sah aus wie der Hund aus der Comedy-Serie *Frasier*. Bobby war sich ziemlich sicher, daß es sich bei dem *Frasier*-Hund um einen Jack-Russell-Terrier handelte, und er könnte wetten, daß der Hund auf dem Foto auch einer war. Um sich selbst zu testen, legte er den Daumen über die Bildunterschrift. »Ein Jack-Russell-Terrier«, sagte er laut, um nicht heimlich einen Rückzieher machen zu können.

*TUUT! TUUT!*

Bobby hob den Daumen und starrte blinzelnd auf die Bildunterschrift. Er war weitsichtig, aber es war ihm egal, und wäre er blind wie eine Fledermaus, er würde nie eine Brille aufsetzen. Bobby hielt die Zeitschrift näher vor sein Gesicht, und die kleinen Buchstaben kristallisierten sich heraus. Jack-Russell-Terrier!

*TUUT!*

# – 7 –

Judy Carrier stand in der Locust Street vor dem Geschäftshaus, in dem sich die Büros von Rosato & Associates befanden, und schüttelte vor Empörung den Kopf. Ihre Hoheit war ein Ekel. Sie wußte, Judy würde Mary nie im Stich lassen. Was wäre das für eine Bergsteigerin, die ihre Freundin hilflos am Seil baumeln ließe? Judy seufzte. Wieder ein Punkt für die Mächte des Bösen. Vermutlich erforderte es diesen Grad an Rücksichtslosigkeit, wenn man Erfolg haben wollte, aber Judy war nicht bereit, diesen Preis zu bezahlen.

Zum Schutz gegen den Schneesturm zog sie ihre Skimütze bis zu den Augenbrauen. Der Himmel war ein kompaktes Grau, aus dem unaufhörlich Schneeflocken herabwirbelten. Laut Wetterbericht fielen pro Stunde fünfundzwanzig Zentimeter Schnee. Judy machte das Spaß. Der Winter gefiel ihr an der Ostküste mit am besten, besonders ein so gewaltiger Schneesturm wie dieser. Da setzte sich nach all dem Selbstbehauptungstraining die wahre Natur durch. Und rief allen in Erinnerung, daß die Natur über Partner, Mitarbeiter und Sekretärinnen erhaben war.

Prüfend schaute Judy auf die Straße. Der Verkehr schlich wie eine Raupe Zentimeter um Zentimeter an

ihr vorbei. Wie sollte sie dahin kommen, wo sie hinmußte? Ihr Wagen stand in der Nähe ihrer Wohnung auf der Straße und war inzwischen zweifellos ein gewaltiger Schneehaufen. Ihn auszubuddeln dauerte ewig, ganz abgesehen davon, daß sämtliche Straßen verstopft waren. Judy konnte nicht warten, bis endlich ein Bus kam, und an ein Taxi war nicht zu denken. Mit dem Mietwagen war Ihre Hoheit unterwegs, und zum Laufen war es zu weit. Die Stadt entvölkerte sich, nicht mehr lange, und sie wäre autofrei. Nur der sich in den Straßen höher und höher türmende Schnee bliebe zurück. Locker, trocken, pulverig. Perfekt.
Judy stieß den rechten Stock in den Schnee, bis er auf Asphalt aufschlug, dann schob sie das linke Bein vor und glitt durch Pulver, das so tief war, daß ihr Ski darin verschwand. Eine leichte Bewegung aus der Hüfte und das rechte Bein vor, und schon hatte sie den natürlich gleitenden Rhythmus der geübten Langläuferin. Abwechselnd linkes Bein, rechtes Bein glitt sie in einem gelben Patagonia-Parka und Thermohosen durch den Schnee. Noch nicht einmal eine Stunde war vergangen, und schon war Judy auf Skiern unterwegs durch die Innenstadt. Es machte Spaß. War fast wie in Valley Forge, bis auf die Crack-Fläschchen.

Sie atmete kraftvoll aus, und ihr Atem bildete Wölkchen, die wie der Dampf einer Spielzeuglokomotive vor ihr aufstiegen. Innerhalb kürzester Zeit schwitzte Judy trotz des eisigen Windes und des Schnees. Es wurde dunkler, und der Schnee dämpfte die letzten Geräusche des Alltags. Judy hörte keinen Laut außer ihrem eigenen Keuchen, dem *Sssching* ihrer Skier und dem erbarmungslosen Brausen des Windes. Sie fuhr Richtung

Südwesten und nahm so viele Nebenstraßen wie möglich. Nur selten stach das Scheinwerferlicht eines Autos durch den Flockenwirbel, die wenigsten Fahrer trotzten den Straßenverhältnissen. Je weiter stadtauswärts Judy kam, um so spärlicher wurde der Verkehr, und bald war sie auf der verschneiten Straße allein auf weiter Flur.

Judy genoß das zunehmende Empfinden, allein auf der Welt zu sein; es war das gleiche Gefühl wie beim Klettern, wenn es nur sie gab und den Fels. Sie stieß die Stöcke in den Schnee und kam flott voran. Als sie in Grays Ferry anlangte, war sie völlig entspannt. Ihr Herz schlug wie befreit, und ihre Muskeln waren warm und geschmeidig. Es war gar nicht so abwegig, Skier zu nehmen, um einen vorgegebenen Bestimmungsort zu erreichen. Zumindest nicht abwegiger als die ihr gestellte Aufgabe.

Rückkehr an den Schauplatz des Verbrechens, nach fast einem Jahr. Es ergab überhaupt keinen Sinn. Wenn die Staatsanwaltschaft plötzlich einen Beweis hatte, der Steere belastete, dann stammte dieser ganz sicher nicht vom Tatort. Sämtliche Bedingungen hatten sich geändert. Der Überfall auf den Wagen fand im späten Frühjahr und nicht im Winter, um Mitternacht und nicht tagsüber statt. Der ihr erteilte Auftrag war absurd. Dennoch stieg Judy aus den Bindungen, ließ Skier und Stöcke am Randstein liegen und eilte, plötzlich leichtfüßig geworden, zu der Stelle unter der Brücke über der 25th Street, wo der Überfall stattgefunden hatte.

Grays Ferry, ehemals Schlachthausbezirk der Stadt, prägten verwaiste Wohnhäuser, leerstehende Lagerhäuser und Rassenunruhen. Die Brücke über der 25th Street, eine ehemalige Trasse einer durch das Viertel geschlagenen Hochbahn Richtung Westen, war nur noch ein im Verfallstadium befindlicher Übergang nach nirgendwo. Die massiven Betonpfeiler waren zerfressen, die rostigen Armierungsstäbe stachen hervor wie freigelegte Rippen, und aus der Brückenunterseite waren große Stücke herausgebrochen. Aus breiten, gezackten Rissen an den Stellen, wo sich die Verbindungsnähte ausgedehnt hatten und der Beton geborsten war, ragten Eiszapfen. Die Brücke zog sich wie ein langgestrecktes, allerdings niedriges Dach über die 25th Street. Ein rußiges Schild an einem der Pfeiler verkündete WARNUNG – MINDESTHÖHE 4,50 METER.

Ein idiotischer Auftrag. Judy stand direkt unter der Brücke mitten auf der Straße, wo die doppelte Mittellinie unter dem Schnee verschwand, den der Wind hierhergeweht hatte. Zwei Fahrspuren verliefen im Gegenverkehr unter der Brücke, aber wegen des Blizzards fuhr so gut wie kein Auto. Die Brücke schützte Judy zwar vor dem Schnee, aber es zog gewaltig. Ein heftiger Wind brauste zwischen den Pfeilern hindurch, und sie spürte, wie ihr in der eisigen Luft Tränen in die Augen traten. Der Überfall auf den Wagen ihres Mandanten hatte sich auf der rechten, nach Westen führenden Spur ereignet. Judys tränennasser Blick fiel auf die Stelle.

Als sie zum ersten Mal am Tatort gewesen war, hatte ein todbringender Teich aus Blut den rauhen Asphalt besudelt. Judy war noch nie zuvor am Tatort eines Gewaltverbrechens gewesen, und sie hatte lange auf das Blut gestarrt und versucht, einen professionellen Eindruck zu erwecken, was so viel hieß wie, keine Gefühle zu zeigen. Die Polizei hatte den groben Umriß der Leiche auf der Straße nachgeklebt und winzige Karten, gefaltet und numeriert, wie makabre Tischkarten neben einen Blutfleck und eine Geschoßhülse gestellt. Jetzt hatte Schnee den Blutfleck zugedeckt und zweifellos auch jeden eventuell noch vorhandenen Hinweis zugeweht. Mein Gott, war das blöd. Gruselig und blöd.

In der Kälte wurden Judys Muskeln starr, und sie stakste steifbeinig unter der Brücke bis zu der Querstraße, wo sich die Tat ereignet hatte. Sie konnte sich nicht vorstellen, was der Staatsanwalt für einen Beweis gegen Steere haben sollte. Möglich, daß Steere überreagiert hatte, aber wer könnte das in so einer Situation gegen ihn auslegen? Im Geist rekonstruierte Judy das Verbrechen. Steere war nach einem Wohltätigkeitsessen im University Museum auf dem Weg nach Hause gewesen. Der Unternehmer hatte keine Verabredung, obwohl er der begehrteste Junggeselle Philadelphias war. Er war auf dem Heimweg zu seinem Haus in Society Hill, aber weil er ein klein wenig zuviel getrunken hatte, war er falsch abgebogen. Das hätte jedem passieren können; Judy hatte sich ebenfalls rettungslos verfahren, als sie zum ersten Mal von Palo Alto nach Philadelphia gekommen war.

Judy blinzelte wegen der Schneeflocken, die sich zahlreich unter die Brücke verirrten. Links von ihr stand ein runder Betonpfeiler, einer aus der Reihe, die sich über die ganze Straße zog. Die Pfeiler waren dick, ungefähr einen Meter zwanzig im Durchmesser, in jedem Fall dick genug, damit sich ein Mann dahinter verstecken konnte. Genau das war Steere widerfahren. Es war nach Mitternacht, und er hatte an der Querstraße unter der Brücke angehalten, weil die Ampel auf Rot schaltete. Steere hatte das Autoradio voll aufgedreht.

Das gefiel Judy. Es war das einzige, was ihr an Elliot Steere gefiel.

In jener Nacht waren hier sonst keine Autos unterwegs gewesen, niemand befand sich auf der Straße. Es war warm und schwül, ein Vorgeschmack auf den typischen Sommer in Philadelphia, und Steere hatte das Verdeck seines Cabrios, eines perlweißen zweisitzigen Mercedes, geöffnet. Zur Tatzeit war der Wagen nagelneu, und als Judy ihn sich auf dem Parkplatz der Polizei, wo auch abgeschleppte Wagen abgestellt wurden, angesehen hatte, war sein jungfräulicher Lack von einem Sprühregen getrockneter Blutstropfen befleckt gewesen. Judy, hinter Ihrer Hoheit und dem Blutexperten stehend, hatte sich das Tropfenmuster genau ansehen müssen. Der Sachverständige hatte erklärt, das Muster stimme mit Steeres Angaben bezüglich des Tathergangs überein. Ihre Hoheit hätte ihn postwendend nach Hause geschickt, wenn er etwas anderes gesagt hätte.

Judy stellte sich vor, wie Steere, müde und ein bißchen weggetreten, mitten in der Nacht an der Ampel hinter dem Lenkrad eines teuren Cabrios sitzt. Plötzlich springt ein hochgewachsener Mann hinter einem der Pfeiler hervor. Nach der ersten Schrecksekunde will Steere aufs Gas treten, aber der Mann reißt schon die Cabriotür auf, hält Steere ein Messer an die Kehle und verlangt die Herausgabe des Mercedes. Voller Angst steigt Steere aus dem Wagen, er hat vor zu kapitulieren. Aber für den Fall der Fälle hat er immer seine Waffe bei sich. Der Räuber schlitzt Steeres Wange auf, und Steere sieht sein eigenes Blut in einem Bogen durch die Luft spritzen und spürt den warmen Regen auf seinem Gesicht. Er kämpft um sein Leben. Während die beiden

Männer miteinander ringen, löst sich ein Schuß aus der Waffe. Der Gangster sinkt auf die Knie und wird zu dem später auf der Straße nachgestellten Umriß.

Judy fröstelte innerlich, als sie auf den Schnee sah, der wie großzügig verstreuter Babypuder auf der Straße lag, und sich auf dem Weiß das üppig vergossene rote Blut vorstellte. Sie kannte sogar dessen Zusammensetzung: Die Untersuchungen hatten ergeben, daß der Gangster Blutgruppe 0 hatte und Steere AB. Judys Aufgabe im Steere-Prozeß war es gewesen, sich um die Gutachten und Beweise zu kümmern, aber keine Erkenntnis, die sie daraus gewonnen hatte, half ihr hier weiter. Sie ging in die Hocke und fegte mit der Hand Schnee vom Tatort, aber der Anblick der feinen Struktur der Flocken lenkte sie ab. Seit der Trennung von Kurt, der einige seiner Malutensilien bei ihr zurückgelassen hatte, malte Judy. Sie hatte Freude daran und war überzeugt, daß sie seitdem eine aufmerksamere Beobachterin ihrer Umwelt geworden war.

Judy richtete sich auf und klopfte den Schnee von ihren Knien. Alles war weiß, der einzige Farbklecks war die Ampel an der Querstraße, die von Gelb auf Rot schaltete, wie in der Nacht, als Steere überfallen wurde. Judy beobachtete die Ampel unter der Brücke, die beim Umschalten in kräftigen, sich lebhaft und plastisch vom Schnee abhebenden Farben aufflammte. Am stärksten leuchtete das rote Licht, es ließ die Eiszapfen auf der Metallhaube der Ampel hochrot aufglühen. Das Grün war mosaikartig durchscheinend wie ein grünes Lutschbonbon. Das Gelb brannte einen sonnenähnlichen Kreis in den Schnee; ein dichtes Chromgelb, eine Van-Gogh-Farbe. Judy sah Heuhaufen und Sonnenblumen und das üppige Gold des Strohhuts vor sich, den der Maler auf einem Selbstbildnis trägt. Auf ihren Bildern bekam sie die Gelbtöne nie richtig hin.

Eigenartig. Gelb, rot, dann grün. Judy war es zuvor nicht aufgefallen, und es wäre ihr auch jetzt nicht aufgefallen, wäre nicht der Kontrast zwischen dem weißen Schnee und den Farben gewesen. Unter der Brücke, wo Steere überfallen worden war, waren die Ampellichter seitlich nebeneinander angebracht. Horizontal. Sie waren an Metallrahmen unter der von Pfeilern getragenen Brückendecke befestigt, vielleicht wegen der geringen Durchfahrtshöhe. Dick ummantelte Kabel schlängelten sich zu der Metallverkleidung, in der die Ampelkreise in einer horizontalen Reihe montiert waren. Ganz links saß der rote Kreis, gelb befand sich in der Mitte, das grüne Licht ganz rechts.

Merkwürdig. Judy konnte sich nicht erinnern, an einer anderen Stelle in der Stadt je eine Ampel gesehen zu haben, deren Lichter nebeneinander angebracht waren, zumindest war es ungewöhnlich. Als sie zum ersten Mal hier gewesen war, war es ihr nicht aufgefallen, damals hatte sie sich ausschließlich auf das Blut und die Schreckensszenerie des Tatorts konzentriert. Judy blickte blinzelnd zu der Ampel hinüber, die zurückblinzelte. Vor dem weißen Hintergrund leuchteten die Farben grell auf. Die weiße Welt sah Judy nur als ein leeres Blatt ohne jede Eigenfarbe. Sie konnte sich noch so große Mühe geben, weiß war für sie einfach keine Farbe, bedeutete lediglich das Fehlen von Farbe, und eine Welt ohne Farbe konnte sie sich nicht vorstellen.

Ihr fiel das ärztliche Gutachten über Steere ein, ein Bericht des Krankenhauses, der dem Gericht als Beweis vorgelegt worden war. Nach dem Überfall hatte man Steere in ein Krankenhaus gebracht, wo ihm ein Notfallchirurg den Schnitt unter dem Auge genäht hatte. Ein anderer Arzt hatte ihn einem Sehtest unterzogen und vermerkt, daß sein Sehvermögen verschwommen war. Aber Judy dachte an eine andere Anmerkung aus dem medizinischen Bericht. *Dichromasie*. Farbenblindheit. Sie hatte Steere später einmal danach gefragt, und er hatte bestätigt, daß er farbenblind sei und nicht zwischen Rot und Grün unterscheiden könne. Judy hatte sich gefragt, wie er beim Autofahren damit zurechtkäme, war aber davon ausgegangen, er wüßte einfach, welches Licht von den dreien oben war. Jeder wußte das. Rot war oben.

Augenblick mal. Judy beobachtete, wie die Ampel unter der Brücke von Rot auf Grün sprang, in seitlicher Reihenfolge. Woher wußte Steere, daß die Ampel rot geworden war, wenn die Lichter nebeneinander angebracht waren? Kein Grund, keine Logik sprach dafür, daß Rot links sein mußte. Genausogut könnte es umgekehrt sein. Ein Farbenblinder konnte es nicht erkennen. Und selbst wenn es Steere gewußt hätte, er hatte es in keinem Gespräch und keiner Vernehmung erwähnt, und er war ausführlich nach allen Details befragt worden.

Judys Herzschlag beschleunigte sich. Wenn Steere nicht sicher sein konnte, ob die Ampel auf Rot geschaltet hatte, warum hatte er dann angehalten, noch dazu in einer derart üblen Gegend? Wenn man nicht hundertprozentig wußte, ob eine Ampel rot oder grün war und weit und breit kein Auto zu sehen war, fuhr man dann nicht einfach durch? War an Steeres Version etwas faul? Hatte er den Mann vorsätzlich umgebracht? War das der Punkt, auf den der Staatsanwalt gestoßen war?

Judy eilte zurück zu der Stelle, wo ihre Skier lagen. Sie wollte mit Mary sprechen, bevor Ihre Hoheit wieder auftauchte. Sie drückte ihre Stiefel in die Skibindungen, schob die Hände durch die Schlaufen ihrer Stöcke und fuhr zurück ins Büro. Es war praktisch schon dunkel, und kein Anzeichen deutete darauf hin, daß der Schneefall nachlassen könnte.

Auf Skiern glitt Judy durch das Schneegestöber, jede Ampel auf ihrem Rückweg zog wie magisch ihren Blick auf sich. Schnee tanzte in roten Spiralen und grünen Bogen um die Ampeln. Flocken wirbelten in bizarren Lichthöfen um die weißen Lichter der Straßenlampen, die sich gegen den nächtlichen Himmel abhoben, als seien sie mit dicken Pinselstrichen aufgetragen worden. Die Szene erinnerte Judy an die *Sternennacht*, an van Gogh selbst, und sie fragte sich, wie es möglich war, daß jemand, der vollkommen normal zu sein schien, in Wahrheit absolut und komplett wahnsinnig sein konnte.

# –8–

Mary DiNunzio hockte in ihrem Büro vor dem Computer und starrte schuldbewußt aus dem Fenster in das Schneegestöber hinaus. Es war dunkel, und ihre beste Freundin war draußen in einem Blizzard im übelsten Viertel der Stadt, und das alles ihretwegen. Das Radio auf Marys Schreibtisch meldete, die Temperatur sei auf minus fünfzehn Grad Celsius gefallen, was bei dem eisigen Wind einer Fühltemperatur von unter minus dreißig Grad entspräche. Sie schaltete das Radio aus und verdrängte die Gedanken an Judy, konnte sich aber trotzdem nicht konzentrieren.

Wo war Marta hingegangen? Wie lange hatte sie noch Galgenfrist? Sie schaute auf ihre Wanduhr, eine imitierte Waterford, die ihre Eltern ihr geschenkt hatten. Mist. 18.05 Uhr. Sie mußte sich ranhalten, wenn sie rechtzeitig ein Resultat parat haben wollte. Marta hatte Mary angewiesen, sämtliche Aussagen, die Steere bei der Polizei und gegenüber der Presse gemacht hatte, zu überprüfen und eventuelle Unstimmigkeiten herauszusuchen. Die Anordnung war idiotisch, und wie vorherzusehen, hatte Mary bisher absolut Pech gehabt. Sie war die Akte bereits durchgegangen, aber sämtliche Aussagen stimmten überein. Entmutigt trank Mary einen Schluck Kaffee aus einem Becher mit der Aufschrift FRAUENPOWER. Bei Rosato & Associates war sogar das Geschirr politisch.

*1955 von 2014 Artikeln*, meldete der Computer.

Marys Verstand brummte vom Koffein. Schon bei Stalling hatte sie viel Kaffee getrunken, aber bei Rosato mit Bennie als Unserer Lieben Frau von den Natürlichen Filtern war Kaffee ein wahrer Kult. Bennies jüngster Kreuzzug galt dem Problem, daß der Kaffee ihrer Meinung nach nicht heiß genug war, so daß sie allen Ernstes verlangte, das Pulver in altmodischen Blechkannen auf dem Elektroherd durchzufiltern, wie es bei Marys Eltern üblich war. Mary schlürfte die kochendheiße Brühe, zuckte vor Schmerz zusammen und drückte auf die ENTER-Taste.

ELLIOT STEERE DES MORDES ANGEKLAGT

lautete die von den Riesenlettern der Zeitung auf Computerformat reduzierte Schlagzeile. Mary überflog den ersten Absatz. Die Zeitungen von Philadelphia, online mit einer eigenen todschicken Website, hatten sich seit Elliot Steeres Aufstieg zum Immobilienhai auf ihn eingeschossen. Mary ging zeitlich zurück.

TRIUMPF-GEBÄUDE DEM UNTERGANG GEWEIHT

verkündete eine Überschrift, und der Reporter erläuterte, daß Steere das 100 000-Quadratmeter-Gebäude 1975, ein Jahr, nachdem es als historisch bedeutsam eingestuft worden war, gekauft hatte, und zwar mit der erklärten Absicht, es zu renovieren und in Eigentumswohnungen umzuwandeln. Aber die Sanierung erfolgte nie, Steere kümmerte sich nicht einmal um die Instandhaltung. Jedes Jahr feuerten die Genehmigungs- und Aufsichtsbehörden einen Packen Vorladungen wegen Verletzungen von Vorschriften auf ihn ab, ein wahrer

Geschoßhagel in einem Formularkrieg. Steere reagierte darauf mit Klagen und Gerichtsverfahren, während deren Dauer alle weiteren Maßnahmen ruhten. In der Zwischenzeit verfiel das historische Gebäude. Dieser Vorgang wiederholte sich in der ganzen Stadt.

Beim Lesen schlürfte Mary den brühheißen Kaffee. Der Artikel enthielt eine Litanei von Beschwerden über Steere. Die Denkmalschützer und die Handelskammer ergingen sich in Beschimpfungen über ihn. Aber niemand äußerte sich lauter und vernehmlicher als der Bürgermeister von Philadelphia, Peter Montgomery Walker.

> »Elliot Steere zieht die Stadt auf sein Niveau herab«, sagte Bürgermeister Pete Walker in einem Exklusivinterview dem Verfasser dieses Berichtes. »Im Klartext, in die Gosse.«
> Wie die Stabschefin des Bürgermeisters, Jennifer Pressman, mitteilte, besitzt Mr. Steere zur Zeit 150 Immobilien in der Innenstadt, bei 82 liegen Verstöße gegen feuerpolizeiliche Vorschriften sowie gegen Bestimmungen der Bauordnung vor. Außer den Immobilien in der Innenstadt gehören Mr. Steere mutmaßlich noch Hunderte Reihenhäuser in den Außenbezirken, die auf diverse Holdinggesellschaften eingetragen sind. Wie Ms. Pressman sagte, unternimmt das Büro des Bürgermeisters gegenwärtig Anstrengungen zur Überprüfung dieser Holdings.

Mary setzte ihr Gewissen zu. Sie war in Philadelphia geboren und aufgewachsen und ein großer Fan des Bürgermeisters. Ihm war es gelungen, eine Trendwende in der Stadt einzuleiten, und er hatte die Absicht, diesen Weg weiterzuverfolgen. Die Zeitungen bezeichneten seine Pläne als »Philadelphias Renaissance«, und dazu gehörten unter anderem ein gewaltiger Werbeetat für den Tourismus, das Projekt einer Avenue der Künste mit Museen, einer Konzerthalle und Theatern, sowie ein Unterhaltungskomplex am Delaware River. Das Juwel in dieser Krone sollte der restaurierte historische Bezirk werden:

> Die Stadt hat eine Kampagne zur Wiederbelebung des historischen Viertels gestartet, geplant ist unter anderem der Bau eines 20 Millionen Dollar teuren Besucherzentrums, des sogenannten Independence National Historical Park, das im Anschluß an die Independence Hall und die Freiheitsglocke entstehen soll, auch die benachbarten Bezirke mit Gebäuden aus der Kolonialzeit, Old City und Society Hill, sollen berücksichtigt werden. Die Pläne schließen laut Ms. Pressman ferner den Bau eines Constitution Center an der Promenade im Anschluß an das Bundesgericht ein.

Alle diese Vorhaben hingen vom Erscheinungsbild des Zentrums von Philadelphia ab, das leider in hohem Maße von Elliot Steere geprägt wurde, der sich weigerte, die zahlreichen ihm gehörenden Gebäude zu sanieren. Warum? Steere ließ seine Häuser verfallen, bis die Stadt sich bereit erklärte, den von ihm diktierten Preis zu bezahlen, um sie endlich in eigener Regie sanieren zu können. Er wußte, daß seine Holdings die Pläne des Bürgermeisters durchkreuzten, und er dachte nicht daran zu verkaufen, bevor er nicht den höchstmöglichen Preis erzielte.

Eine zweite Welle Schuldgefühl schwappte über Mary. Ihre Heimatstadt versuchte, wieder auf die Beine zu kommen, und Steere erpreßte die Verwaltung. Fast im Alleingang verhinderte er die entscheidende Wende in der Stadt und torpedierte damit gleichzeitig die Wiederwahl des Bürgermeisters. Mary biß sich auf die Unterlippe. Als sie bei Rosato angefangen hatte, hatte sie gehofft, für die guten Jungs zu arbeiten. Nun leckten die Flammen des Höllenfeuers an ihren Pumps.

Aber Mary mußte sich wieder mit Steeres Aussagen beschäftigen, damit sie Marta etwas zu bieten hatte. Sie ging zeitlich noch weiter zurück, arbeitete sich immer tiefer in die Online-Archive. Sie betete, daß Steere im Frühstadium der Ermittlungen etwas Widersprüchliches zu den Medien gesagt hatte. Weiß Gott, er gab tonnenweise Interviews. Seufzend wandte sie sich dem tausendsten Artikel zu.

»Ich habe mich keines der Verbrechen schuldig gemacht, deren man mich angeklagt hat«, sagte Steere zu Reportern. »Wahrlich ein schwarzer Tag, wenn ein Mann sein Leben nicht mehr verteidigen darf, ohne anschließend einer schikanösen Verfolgung ausgesetzt zu sein. Die Anklage erfolgt aus politischen Gründen. Das wissen Sie, und ich weiß es auch.«
»Kein weiterer Kommentar von Mr. Steere«, unterbrach ihn seine Anwältin, die bundesweit bekannte Strafverteidigerin Marta Richter. »Das ist alles für den Moment.«
Mitglieder der Nationalen Vereinigung zum Tragen von Waffen protestierten gestern vor dem Criminal Justice Center gegen die gegen Mr. Steere erhobene Anklage. Ihr Sprecher Jim Alonso sagte:

»Wir stehen für das Recht jedes anständigen Amerikaners ein, sein Leben und seinen Besitz zu verteidigen.«

Ein Foto unter dem Bericht zeigte Marta mit über zwanzig Mikrophonen vor sich und einer entschlossen wirkenden Gruppe dekorativ aufgebauter Waffennarren in weißen T-Shirts hinter sich. Auf der Vorderseite der T-Shirts prangten eine rote Zielscheibe und die Aufschrift VERTEIDIGT VON SMITH & WESSON. Marta hatte die Demonstration zwar inszeniert, aber sie konnte die Waffennarren nicht dazu bewegen, auf die T-Shirts zu verzichten. Mary trank ihren Kaffee, der endlich abgekühlt war. Wann arbeitete sie endlich für die guten Jungs? Oder wenigstens für Demokraten.

Mary drückte eine Taste, rief den nächsten Artikel auf, las weitere Zitate von Steere und ging Artikel für Artikel durch. Sie blickte auf die Uhr. 18.15 Uhr. Mary ging zeitlich immer weiter zurück und las tapfer, aber ihr Mut sank. Sie fand nichts, und die Zeit lief unbarmherzig ab. Ihr Kopf hämmerte, ein Koffeinkater. Trotzdem las sie und las, überflog jeden Artikel bis zum halbfett aufleuchtenden »Steere«.

18.31 Uhr. Fast 19 Uhr, und Mary hatte immer noch nichts. Sie legte eine Pause ein und überlegte noch einmal. Vielleicht suchte sie unter dem falschen Stichwort. Sie hatte die Artikel unter der Suchangabe »Steere« aufgerufen und erhielt eine Lektion in Bürgerkunde. Vielleicht mußte sie es aus einer anderen Richtung probieren. Sie überlegte, wie sie eine neue Suchanfrage formulieren könnte, und ließ auf der Suche nach einer Inspiration den Blick durch das Büro schweifen.

Das Büro war klein, ordentlich und praktisch eingerichtet. An der Wand hing ein alter Quilt neben gerahmten Diplomen von der Penn und der juristischen Fakultät sowie einigen Auszeichnungen. Vor einem Bauerntisch aus Kiefernholz, der ihr als Schreibtisch diente, standen zwei schlichte Stühle; ihre juristischen Bücher standen aufrecht wie Zinnsoldaten auf Wandregalen aus Holz. Mary hatte ihr Büro so ausgestattet, daß es auf Mandanten vertrauenerweckend wirkte, ohne eventuelle firmeninterne Empfindlichkeiten herauszufordern. Die Einrichtung stand symbolisch für die Aussage »BITTE BEAUFTRAGEN SIE MICH, SIE KÖNNTEN ES VIEL SCHLECHTER TREFFEN«. Und genau das hielt Mary von ihren juristischen Fähigkeiten.

Marys Blick fiel auf ihren Schreibtisch, auf dem sich gegen jede Gewohnheit Unterlagen aus dem Steere-Prozeß türmten. Dieser Fall hatte nicht nur ihr Büro völlig in Beschlag genommen, sondern ihr ganzes Leben. Sie haßte diesen Prozeß. Ein Überfall auf einen Wagen mit tödlichem Ausgang. Messer. Schußwaffen. Mary wurde übel, wenn sie an die Polizeifotos dachte, und der Anblick der Fotos von der Autopsie tat ihr weh. Mary hatte zu viele Tote gesehen; ihren Mann, später noch mehr. Der Steere-Prozeß trug nicht dazu bei, über diese Erinnerungen hinwegzukommen. Der nächste, der etwas von »Heilungsprozeß« zu ihr sagte, riskierte eine dicke Lippe.

Sie starrte auf die Steere-Akte und warf einen raschen Blick auf das Foto des Obdachlosen, der in der Haltung eines Fötus zusammengesunken auf der Straße lag. Die Augen des Toten waren offen, sein Mund war eine qualvoll verzerrte dunkle Öffnung inmitten eines dichten Bartes. Widerspenstige Haarsträhnen waren durchtränkt von Blut. Er trug unförmige Hosen, aber kein Hemd. Er hatte weder Ausweispapiere noch eine zuletzt bekannte Adresse, weder Freunde noch Verwandte. Die Polizei hatte seinen Namen von den Leuten, die in der Nachbarschaft der Brücke über der 25th Street wohnten.

Er hieß Heb Darnton. Mary hatte sachdienliche Hinweise bezüglich seiner Person gesucht und die Anwohner befragt. Sie hatten ihr erzählt, Darnton habe unter der Brücke gehaust, die meiste Zeit betrunken. Oft pöbelte er den vorbeifahrenden Wagen hinterher, aber niemand hätte gedacht, daß er irgend jemandem ein Leid zufügen könnte. Die Schwarzen reagierten mit Empörung, als Steere ihn erschossen hatte. Sie forderten, daß Steere des Mordes angeklagt wurde und demonstrierten vor dem Criminal Justice Center, eine Gegenbewegung aus der Innenstadt zu der der weißen Waffennarren aus der Vorstadt. Bereitschaftspolizei mit deutschen Schäferhunden mußte ausrücken, um die Ordnung zu wahren; für die Polizei und die Presse wurde die Identität des Opfers zu einer Nebensächlichkeit, der Mensch wurde mehr und mehr zu einem reinen Symbol. In dem ganzen Tumult geriet Heb Darnton in Vergessenheit, aber Mary vergaß nie ein Opfer und würde auch nie ein Opfer vergessen. Denn einmal war das Opfer jemand gewesen, den sie liebte.

Das Opfer. Vielleicht kam sie damit weiter. Mary löschte die alte Suchanfrage, gab DARNTON ein und drückte START.

*Zu Ihrer Anfrage 2238 Artikel gefunden,* meldete der Computer.

Uff, nein. Sie nahm sich die ersten paar vor und überflog sie kurz nach Informationen über Darnton. Nichts, der Obdachlose wurde lediglich kurz als Opfer von Steere erwähnt. Sie las die nächsten fünf Artikel. Nichts. Sie engte die Suche auf Heb Darnton ein.

*Zu Ihrer Anfrage 1981 Artikel gefunden*, lautete die Meldung.

Mary überflog die ersten. Es handelte sich im Prinzip um die gleichen wie bei der ersten Anfrage, nur wurde auch Darntons Vorname genannt. Sie war zu müde, um einen klaren Gedanken fassen zu können, und leerte ihren Becher. Ihr ging der Sprit aus. Lieber Himmel. Was war Heb überhaupt für ein Name? Ein Spitzname? Sie probierte es einfach, gab Heb ein und wartete, während sich die Festplatte abmühte. Ihr Blick fiel auf die Suchanfrage, die sie getippt hatte.

Eb.

Verdammt! Mary würde nie lernen, Schreibmaschine zu schreiben. Sie hatte versucht, es sich mit dem Mavis-Beacon-Programm selbst beizubringen, aber nichts zu machen. Sie hatte sich für diese Software entschieden, weil ihr die hübsche Mavis auf der Schachtel sympathisch war und sie deren unternehmerische Bemühungen unterstützen wollte. Aber Mary fehlte die Zeit, um mit dem Programm zu üben, und zu allem Überfluß kam sie auch noch dahinter, daß die abgebildete Mavis nicht einmal eine richtige Unternehmerin war, sondern nur ein Model. Es war desillusionierend.

*Zu Ihrer Anfrage 23 Artikel gefunden.*

Mary wollte die Suchanfrage gerade löschen, als ihr Blick auf den ersten Artikel fiel, in dem ein Farmer aus dem Lancaster County in der Nähe von Philadelphia erwähnt wurde, ein Amischer namens Eb Stoltzfus. Wie verlautet, hatten Eb und seine Freunde Probleme mit einem Getreideschädling. Ausgesprochen hilfreich. Mary zögerte einen Moment. Eb. Ebenezer. Sie klickte weiter zum nächsten Artikel. Kein Zweifel.

»Das Lied über Eb Squeezer war mein Lieblingslied«, sagte Jillian Cohen, eine Zweitklässlerin an der Gladwyne-Grundschule. »Es hat mir vom ganzen Liederabend am besten gefallen.«

Das Mädchen sprach von »Ebenezer Squeezer«. Schlagartig erwachte Marys Interesse. Eb, nicht Heb? Ebenezer Darnton. Vielleicht hieß der obdachlose Mann in Wahrheit so. Er hatte den Leuten in der Straße seinen Namen lediglich gesagt, niemand kannte den Namen aus einer anderen Quelle. Vielleicht hatten die Anwohner Heb verstanden, obwohl er Eb gesagt gesagt. Die Polizei war bei der Feststellung seiner Identität nach Schema F vorgegangen, Mary war bei ihrer Umfrage in der Nachbarschaft gründlicher gewesen. Sie gab Ebenezer Darnton ein und drückte START!

*Zu Ihrer Anfrage keine Artikel gefunden.*

Mist. Es war 18.50 Uhr. Vielleicht verspätete sich Marta. Vielleicht fiel Marta tot um. Denk nach, Mädchen. Vielleicht ist die Suche zu begrenzt, nimm einen größeren Zeitraum. Mary ließ alle Archive von 1950 bis heute durchsuchen.

*Zu Ihrer Anfrage keine Artikel gefunden.*

Was nun? Ein letzter Versuch. Sie tippte Ebenezer und drückte START!

*Zu Ihrer Anfrage drei Artikel gefunden.*

Jawohl! Mary rief den ersten Artikel auf. Eine Polizeimeldung vom 7. Februar 1965. Ihr Herz schlug erwartungsvoll, bis sie las:

Von einem Parkplatz an der Joshua Road in Plymouth Meeting wurde ein brauner 1964er Oldsmobile gestohlen. Ebenezer Sherry vom Polizeirevier in Plymouth Meeting sagte, es sei dies das zwölfte Auto, das dieses Jahr in der Stadt gestohlen worden sei, und er äußerte die Befürchtung, inzwischen müsse man sogar in den Außenbezirken Philadelphias mit einer zunehmenden Tendenz bei Autodiebstahl rechnen.

Eine Kurzmeldung. Verbrechen breitet sich bis in die Vorstädte aus. Seufzend betätigte Mary eine Taste, und der zweite Artikel erschien auf dem Monitor. Vielleicht war das Ganze überhaupt eine Schnapsidee.

Ebenezer Yoachim, 68, starb heute im Genesungsheim Sinai Gardens. Mr. Yoachim war Besitzer der Yoyo-Reinigung an der Cottman Avenue und bis zu seiner Erkrankung Bariton im Gesangsquartett »Troubadours«. Mr. Yoachim hinterläßt eine Frau, Rachel Newman Yoachim, und einen Sohn, Samuel.

Mary war alles andere als begeistert. Ein Nachruf. Konnte unmöglich Darnton sein. Blieb noch ein Artikel. Ohne jede Hoffnung drückte sie auf die Taste. Er war vom 12. April 1965 und erschien in der Rubrik, in der über personelle Veränderungen in Firmen berichtet wurde.

Ebenezer Darning, wohnhaft im Stadtzentrum in der Greene Street, wurde zum Mitarbeiter am Kassenschalter in der Hauptstelle der Girard Bank befördert.

Mary stutzte unwillkürlich, die Ähnlichkeit der Namen verblüffte sie. Darning/Darnton. Sie straffte den Rücken und ließ die Seite auf dem Monitor ablaufen. Am Ende der Spalte kam das kleine Foto eines jungen Mannes mit einem zuversichtlichen Lächeln und einem glattrasierten Kinn. Ebenezer Darning, lautete die Bildunterschrift. Der Mann auf dem Zeitungsfoto war schwarz. Wie Darnton. Erstaunlich. Ein Schwarzer zur damaligen Zeit befördert? Es mußte um die Zeit des Bürgerrechtsgesetzes gewesen sein. Damals grassierte die Rassendiskriminierung. Darning mußte über Verstand und Mumm verfügt haben.

Mary beugte sich näher zum Monitor, um das Gesicht des Bankkassierers besser sehen zu können. Aber aus dem winzigen Bild konnte sie nicht viel entnehmen, folglich klickte sie mit der Maus das Vergrößerungsglas an und richtete es auf das Gesicht des Mannes. Die Rasterpunkte vergrößerten sich, doch das Foto war immer noch zu klein. Es hatte den Anschein, als wäre genau im falschen Moment auf den Auslöser gedrückt worden, nämlich als der Mann die Augen zugemacht hatte. Mary probierte es mit einem erneuten Mausklick.

Mein Gott. Sie starrte auf den Monitor, auf dem das vergrößerte Foto erschien. Der Anblick ließ sie zurückzucken, sie drückte sich gegen die Rückenlehne ihres Schreibtischstuhls. Es war ein Foto des jungen Eb Darning, aber es hätte fast ein Autopsiefoto von Heb Darnton sein können mit den im Tod geschlossenen Augen. Das bartlose Gesicht hatte eine unübersehbare Ähnlichkeit in der Augenpartie, der hervortretenden Stirn und der ziemlich großen Nase. Man könnte meinen, es handele sich um ein und denselben Mann, nur gut dreißig Jahre jünger. War Eb Darning mit Heb Darnton identisch?

Um sicherzugehen, mußte Mary das Computerbild mit den Autopsiefotos aus der Akte vergleichen. Hatte sie etwas Wichtiges entdeckt? Hatte das etwas mit dem Beweis zu tun, mit dem der Staatsanwalt plötzlich daherkam? Gab es irgend jemanden auf der ganzen Welt, der besser tippen konnte als sie? Mary sprang von ihrem Schreibtischstuhl auf und eilte über den Flur zu dem Besprechungszimmer mit der Glaswand.

# –9–

Der Blizzard legte an Stärke zu, und draußen vor dem Beratungszimmer der Geschworenen im Criminal Justice Center brach die Dunkelheit herein, aber Ralph Merry war zufrieden. Die Geschworenen waren auf dem rechten Weg, nämlich zu einem Freispruch für Steere. Ralph war ein hundertprozentiger Verfechter des Vierten Zusatzartikels und betonte, Steere habe das Recht gehabt, sich bei dem Überfall auf seinen Wagen zur Wehr zu setzen. Außerdem verschaffte ein Freispruch Ralphs Buch einen optimistischeren Schluß.

Den Geschworenen war nicht gestattet, zu diesem Zeitpunkt irgendwelche Verträge abzuschließen, aber Ralphs Frau, Hilda, hatte Anrufe von zwei Literaturagenten aus New York erhalten, die behaupteten, mehrere Verlagshäuser hätten Interesse an einer Insiderstory über den Steere-Prozeß. So nannten sich Verlage selbst – *Häuser.* Ralph war das egal. Solange sie eine sechsstellige Summe ausspuckten, konnten sie sich nennen, wie sie wollten. Trotzdem, er hatte nicht vor, einen Vertrag mit irgendwelchen *Häusern* zu unterzeichnen, bevor nicht fest vereinbart war, daß sein Foto auf den Umschlag kam. Auf dem Buch von General Schwarzkopf war auch ein Foto vom General. Ralphs Buchvertrag stand praktisch nichts mehr im Wege, bis auf Kenny Manning, der sich vehement für einen Schuldspruch einsetzte.

»Der Mann ist schuldig!« verkündete Kenny. Er war von seinem Stuhl aufgesprungen und beugte sich, auf seine kräftigen Arme gestützt, über den Tisch, so daß sein Gesicht nur knapp von dem des verdatterten Christopher Graham entfernt war. »Der Bruder ging auf das Auto zu, der Mann hätte bloß weiterfahren brauchen. So sieht's aus. Er hätt ihn nicht *abknallen* müssen!«

»Verdammt richtig,« setzte Lucky Seven hinzu.

Christopher, hinter seinem Stuhl stehend, gewann seine Fassung wieder und straffte die breiten Schultern. Er hatte wenig Kontakt mit Schwarzen, aber er ließ sich von nichts und niemandem einschüchtern, das weniger als eine Tonne wog. »So können Sie an die Sache nicht herangehen, Kenny. Versuchen Sie, sich in Steeres Lage zu versetzen.«

»Vergiß es, Mann. Steere hatte einen SL600. Einen Zwölfzylinder! So ein Auto klettert auf Bäume.«

»Stimmt.« Lucky Seven nickte zustimmend, aber Kenny beachtete ihn nicht.

»Wenn ich so ein Auto hätt und irgendein verrückter alter Depp kommt auf mich zu, tät ich Leine ziehen, dann tät er rotieren.«

»Wenn *ich* so ein Auto hätte«, fügte Lucky Seven hinzu, »wär ich nicht *hier*.«

Megan hätte gelacht, wenn sie nicht solche Angst gehabt hätte. Sie hatte für einen Freispruch Steeres gestimmt, wollte aber lieber nicht dazu stehen, solange das so weiterging. Der Streit eskalierte. Sie sehnte von Herzen ein Ende des Prozesses herbei. AOL hatte ihre E-Mail bereits gelöscht. Megan hätte zu gerne gewußt, ob der

Typ, den sie im Chatroom getroffen hatte, ihr geschrieben hatte. Er hatte sogar eine eigene Homepage. So was schätzte Megan an einem Mann.

Christopher blieb auf Kenny fixiert. »Aber Steere hatte Angst. Er geriet in Panik.«

»Dazu gab's keinen Grund!« rief Kenny. »Der alte Depp war bloß besoffen. Der hätt keiner Fliege was zuleide getan! Das war doch bloß ein alter Mann, der sich dicke getan hat!«

Bei dem an diesem Punkt erreichten Dezibelpegel zuckte Megan zusammen, und Nick wurde immer nervöser. Er konnte nicht fassen, daß all das wirklich stattfand. Die Abstimmung, das Geschrei. Er hatte nie etwas ohne Antoinetta entschieden. Sein Magen brachte ihn um.

»Meine Herren«, mischte sich Mrs. Wahlbaum ein und erhob sich an der Mitte des Tisches, in einem strammsitzenden Strickkleid, das sie stämmig aussehen ließ und ihren üppigen Busen flach drückte – eine Matrone als Zünglein an der Waage zwischen Christopher und Kenny. Sie streckte beide Arme aus, als wollte sie die Männer voneinander fernhalten. »Meine Herren, bitte. Alles hat zwei Seiten. Wir müssen darüber diskutieren wie zivilisierte Menschen, das heißt, wir setzen uns an den Tisch und schreien nicht herum. Sie sind ruhiger, wenn Sie sitzen, glauben Sie mir. Es liegt an Ihrer Körpersprache. Ich finde, es ist eine Schande, daß dieser obdachlose Mann erschossen wurde, aber ich ...«

»Ich habe nicht mit Ihnen geredet, Frau Lehrerin.« Ruckartig fuhr Kennys Kopf mit den kurzgeschnittenen Haaren zu Mrs. Wahlbaum herum. »Halten Sie sich raus.«

»Einen Moment mal, Kenny«, sagte Ralph.

»Schon in Ordnung, Ralph.« Mrs. Wahlbaum brachte ihn mit einer Bewegung ihrer runzligen Hand zum Schweigen. Sie wußte, wie man mit rauhen Jungs fertig wurde, man mußte festbleiben. »Warum setzen Sie sich nicht? Christopher? Kenny? Setzen Sie sich einfach hin, alle beide.« Sie fuchtelte so heftig mit ihren Armen zu den beiden Männern hin, daß sie spürte, wie das Fett an ihren Oberarmen wabbelte. *Altweiberarme*, hatte ihre Schwägerin gesagt, aber wenn es nach ihr ginge, konnte diese unmögliche Person geradewegs zur Hölle fahren.

Nick wurde von Minute zu Minute unruhiger. Er hatte ein paar Magentabletten gelutscht, trotzdem brannte sein Magen wie Feuer. Es behagte ihm nicht, daß seine Frau nicht da war. Er war seit zweiundvierzig Jahren verheiratet, und Antoinetta hatte sämtliche Entscheidungen getroffen. Die Rechnungen bezahlt, die Mahlzeiten gekocht, die Mädchen großgezogen. Nick hätte zu gerne etwas, um sich ein bißchen zu entspannen. Er hätte zu gerne ein bißchen Milch. Milch sollte angeblich gut sein bei Magengeschwüren. Oder vielleicht ein Gläschen guten, kalten Anisette.

Christopher schaffte es, seine volle Größe auf dem harten Stuhl unterzubringen, aber Kenny rührte sich nicht. »Was?« sagte Kenny mit einem ungläubigen Lachen zu Mrs. Wahlbaum. »Frau Lehrerin, wenn Sie glauben, daß Sie Kenny Manning sagen können, was er zu tun hat, dann wird's Zeit, daß Sie mal was kapieren.«

»Kenny, ich bin vierzig Jahre älter als Sie. Sie sollten mir lieber etwas Respekt entgegenbringen.«

»Respekt?« Kenny lächelte drohend. »*Ihnen* Respekt entgegenbringen?«

»Hängt wieder mal die Expertin raus«, brummte Mr. Fogel. »Die Expertin fürs Hinsetzen. Sie weiß alles übers Hinsetzen. Sie können sie fragen, was Sie wollen.« Er beugte sich zu Wanthida. »Hier drin sind Irak und Iran versammelt, und sie glaubt, wenn sich alle hinsetzen, sind sie friedlich. Einfach so, automatisch.«

»Ich strafe Sie mit Mißachtung, Mr. Fogel«, fuhr ihn Mrs. Wahlbaum an. Für Unruhestifter war es das Schlimmste, wenn sie nicht beachtet wurden. »So, Kenny, setzen Sie sich. Hinsetzen, hinsetzen, *hinsetzen*!«

»Sagen Sie mal, haben Sie den Verstand verloren?« zischte Kenny, sein Lächeln erlosch. »Für wen halten Sie sich eigentlich, daß Sie glauben, *mich* herumkommandieren zu können?«

Ralph gelangte zu dem Schluß, daß er eingreifen mußte, sonst wäre Mrs. Wahlbaum tot. »Kenny«, sagte er, »erklären Sie uns, warum Steere Ihrer Meinung nach schuldig ist. Sie können stehen bleiben oder sich hinsetzen, ganz wie es Ihnen beliebt. Legen Sie Ihren Standpunkt dar, wie es die Anwälte gemacht haben. Wir hören Ihnen zu. Das hier soll so was Ähnliches wie ein Austausch unter Anwälten sein.«

»He, Großschnauze, laß meinen Kumpel in Ruhe.« Lucky Seven lachte nervös auf.

Isaiah Feller hielt sich heraus und schwieg. Er hatte bei der ersten Abstimmung für nicht schuldig votiert, obwohl Kenny stocksauer wäre, wenn er das wüßte. Nach Isaiahs Überzeugung hatte Steere lediglich sein Leben und sein Eigentum geschützt. Es spielte keine Rolle, wer schwarz und wer weiß war. Steere als Mensch hatte das Recht auf Notwehr.

»Das war kein Befehl, Kenny, es war eine Bitte«, versuchte ihn Mrs. Wahlbaum zu besänftigen. »Bitte. Wir müssen vernünftig miteinander reden, alle. Darüber diskutieren. Uns hinsetzen.« Ihre Knie zitterten leicht, und sie entschied, dies wäre der richtige Zeitpunkt, um sich zu setzen. »Sehen Sie?«

Kenny war der einzige, der noch stand. Immer noch stützte er sich am anderen Ende des Tisches vorgebeugt auf seine Arme. Den Teufel würde er tun und sich hinsetzen, bloß weil irgendeine dahergelaufene jüdische Lehrerin das wollte. Sie respektierte ihn nicht, aber seine Arme ermüdeten langsam. Im Zimmer herrschte abwartendes Schweigen. Alle lauerten.

Nick hätte zu gerne nichts gesehen und nichts gehört. Wenn die Streiterei endete, kam es wieder zur Abstimmung, und er mußte ganz allein entscheiden. Bei der letzten Zusammenkunft mit Antoinetta hatte sie gesagt, er solle für schuldig stimmen. Sie sagte, Mr. Steere sei ein Gauner, die Trolios hätten ihr Haus für ein Butterbrot an ihn verschleudert. Aber wenn Nick für schuldig stimmte, stellte er sich gegen alle anderen Weißen. Er wußte nicht, wie er abstimmen sollte. Ob er, wenn man ihm das Blatt Papier reichte, schreiben könnte: ICH WEISS ES IMMER NOCH NICHT?

In der Zwischenzeit war Kenny zu einer Entscheidung gelangt. Er deutete auf Mrs. Wahlbaum. »Sagen Sie mir nicht, was ich zu tun habe, Frau Lehrerin. Haben Sie mich verstanden?« Sein Bizeps schwoll an, und niemand, auch Nick nicht, entging die kleine Tätowierung auf seinem Arm. Es war ein chinesisches Schriftzeichen, das Nick nicht entziffern konnte, aber das jagte ihm nur noch größere Angst ein.

»Sie hat verstanden«, warf Ralph rasch ein.

Mr. Fogel zuckte die mageren Schultern. »Natürlich hat sie verstanden. Sie versteht alles und weiß alles. Ich wette, sie kann die Zukunft voraussagen.«

»Gut, Kenny.« Mrs. Wahlbaum wußte, daß Kenny sein Gesicht wahren mußte. »Ich verstehe.«

»Das will ich hoffen«, sagte Kenny mit warnendem Unterton.

»Wirklich. Ich verstehe.«

»Gut.« Kenny setzte sich auf seinen Stuhl, als wäre ihm eben erst der Gedanke gekommen, daß man sich auch hinsetzen könne. Lucky Seven wich seinem Blick aus.

Megan Gerrity sah auf ihre Swatch-Uhr. Auf dem Zifferblatt bewegten sich Babyköpfe. Die Uhr war kaum abzulesen, aber sie war so niedlich. »Es ist fast 19 Uhr. Wie lange können wir heute abend noch beraten? Weiß das jemand? Vielleicht einigen wir uns bei einer letzten Abstimmung.«

Kenny verschränkte die Arme wie ein Kind mit antrainierten Muskeln, aber Christopher nickte erfreut. »Wir können beraten, so lange wir wollen«, antwortete er. »Wir sollen dem Richter Bescheid geben und dem Justizwachtmeister sagen, wann wir etwas essen wollen.«

Alle waren dafür, noch einmal abzustimmen, mit Ausnahme von Nick, der das Gefühl hatte, innerlich zu verbrennen. Er trank Wasser, aber auch das vermochte den Brand in seinem Magen nicht zu löschen. Es war, als jage ihm ein Feuerball bis hinauf in die Kehle. Nick konnte sich nicht länger zusammennehmen. Er platzte heraus: »Ich glaube, mir wird schlecht.«

»Was?« sagte Christopher, und rund um den Tisch klappten elf Münder auf.

# – 10 –

Erst als die Uhr im Taurus auf 19.01 Uhr ruckte, kam Marta in Society Hill unweit Steeres Haus an, dabei konnte sie von Glück sagen, daß sie überhaupt durchgekommen war. Der Stau in der Locust Street hatte sich ewig nicht aufgelöst, sie war nur herausgekommen, weil sie irgendwann einen halben Block weit über den Bürgersteig gefahren und in eine Seitenstraße abgebogen war. Eine klirrendkalte Nacht hatte sich herabgesenkt, und es schneite noch heftiger. Die Scheibenwischer gaben ihr Bestes, und die Enteisungsanlage hatte sich endlich mit Erfolg durchgesetzt.

Marta suchte in der Nähe von Steeres Haus nach einer Parklücke. Die am Bordstein geparkten Wagen waren allesamt teuere Schneehaufen. Society Hill war das schickste Wohnviertel der Stadt, aber offensichtlich hatte man hier mit Parkplatzproblemen zu kämpfen. Marta umrundete den Block und hielt angestrengt nach einer Lücke Ausschau. Ständig irrte ihr Blick zurück zu den Leuchtziffern der Uhr. 19.04, 19.05, 19.06.

Verdammt. Sie war spät dran. Sie hatte keine Zeit, um mit dem dämlichen Wagen in der Gegend herumzugondeln. Es durfte ruhig ein verbotswidriger Parkplatz sein, nur frei mußte er sein. Da. Marta pflügte durch den Schnee und fuhr vor der Bushaltestelle an den Straßenrand. Sie stellte den Motor ab und stieg aus dem Wagen.

Eine kalte Windbö schlug ihr entgegen. Der Wind fuhr durch ihr Kostüm und den Regenmantel. Der Schnee wehte eiskalt gegen ihre Schienbeine und durchnäßte ihre besten Pumps. Marta hätte gerne Stiefel angehabt, aber das letzte Paar hatte sie in ihrer Kindheit besessen. Seit sie eine erwachsene Frau war, ging sie nur noch von der Flughafenlimousine ins Hotel, vom Taxi ins Gerichtsgebäude. In einer ausgefahrenen Reifenspur eilte sie die Straße entlang.

Teure Klinkerreihenhäuser aus der Kolonialzeit mit malerischen Schneehauben auf den restaurierten Fensterläden säumten die schmale Straße. Jedes Haus stand unter Denkmalschutz, aber Marta hatte wenig Sinn für Geschichte. Ihre eigene Geschichte war keinen Pfifferling wert. Ein Therapeut hatte sie einmal als »selbsterschaffen« bezeichnet, und dafür hatte sie ihn gefeuert.

*He, Mister!* Es schneit wieder stark. *Bitte, Mister, anhalten!*

Ein blauer Kombi hält. Er ist so groß wie ein Haus. Die Beifahrertür öffnet sich weit, der Mann am Steuer trägt eine Brille mit dunklen Gläsern und eine Krawatte. Marta will nicht einsteigen, obwohl es in dem Kombi warm ist. Der Fahrer ist ihr nicht geheuer. Irgend etwas in seinem Lächeln. Ihre Mutter ist zu betrunken, sie bemerkt nichts. *Dem Himmel sei Dank,* sagt ihre Mutter, und es beginnt von vorn.

Marta verdrängte die Erinnerungen. Warum wurden sie ausgerechnet jetzt lebendig? Lag es am Schnee? Egal, sie hatte keine Zeit dafür. Als sie an die Straßenecke kam, mußte sie sich zwischen den parkenden Autos hindurchquetschen und ihre Beine waren hinterher weiß gepudert. Sie trat auf den Gehweg. Die Straßen waren verlassen, aber in den Reihenhäusern entlang der Straße strahlten Lichter. Alle hielten sich in ihren Häusern auf, kuschelten sich zusammen und warteten auf das Ende des Unwetters.

Vorbei an Erdgeschoßfenstern hastete Marta über den Bürgersteig. Durch die Lamellen der Holzläden fiel warmer gelber Lichtschein. In einem Wohnzimmer brannte ein Feuer im Kamin, der Widerschein der Flammen flackerte oben an der hohen Decke. Marta sah die Familien vor sich, wie sie geborgen und selbstzufrieden in ihren Heimen saßen; wohlhabende Familien, mit Schränken voller Essen, Bücherregalen in jedem Zimmer und Bücherstapeln auf jedem Couchtischchen. Vom CD-Player leise Musik von Mozart. Es war reine Phantasie, aber nicht die ihre. Nicht mehr.

Marta war empfindlich kalt, sie lief schneller. Sie ging mit eingezogenem Kopf, um so wenig wie möglich von dem beißenden Schnee abzubekommen, aber auch um ihr Gesicht zu verbergen. Sie mußte damit rechnen, daß Reporter vor dem Haus warteten oder die Bullen. Sie wollte nicht gesehen, schon gar nicht erkannt werden. Die Front Street, in der Steere wohnte, lag gleich um die Ecke. Die Straße verlief in Richtung Schnellstraße und Delaware River, und kaum bog Marta in die Front Street ein, schlug ihr eine feuchte, mit Schnee vermischte Windbö entgegen.

Sie zog ihren Kragen am Hals enger zusammen und visierte Steeres Haus an, das etwa in der Mitte der Straße wuchtig zwischen anderen millionenschweren Häusern thronte. Marta verlangsamte ihren Schritt. Vor dem Haus war keine Menschenseele zu sehen. Ein Auto fuhr langsam die Straße herauf, und Marta versank tiefer in ihrem Wollkragen und wandte das Gesicht ab. Als das Auto an ihr vorbei war und die verschneite Straße wieder ruhig dalag, marschierte sie entschlossen auf Steeres Haus zu.

Es handelte sich um ein renoviertes Haus aus der Kolonialzeit mit Sprossenfenstern, deren Glas Unebenheiten aufwies. Mit seinen drei Stockwerken war es das größte in der Straße, zu protzig für Martas Geschmack. Marta hatte ein Faible für Häuser, sie besaß vier, eine Eigentumswohnung mitgerechnet; Steeres Haus erinnerte sie an ihres in Beacon Hill, in dem es immer kalt, dunkel und zugig wie in einer Burg war. Neben der getäfelten Haustür, zurückversetzt von der Straße hinter einer ein Meter achtzig hohen Ziegelmauer, brannte eine Gaslaterne und erhellte das Haus. Oben auf dem schmalen Mauergrat türmte sich der Schnee, in der Mitte der Mauer war ein Tor aus Eisenstäben eingelassen, das abgeschlossen war.

Während Marta über die Front Street auf das Haus zuging, hoffte sie, daß das Hausmädchen daheim war. Wie käme sie sonst hinein? Im Erdgeschoß und im ersten Stock brannte Licht, ein gutes Zeichen. Marta stand vor dem Hoftor, das zu hoch war, um hinüberzuklettern, selbst wenn sie verzweifelt genug gewesen wäre, den Versuch zu wagen. Sie drückte auf die Klingel neben einer in die Ziegelmauer eingebauten Sprechanlage. Keine Antwort. Sie läutete noch einmal, energischer diesmal.

Aus der Sprechanlage kam ein Knistern, dann erklang

die Stimme der Hausangestellten. »Wer ist da?« fragte sie deutlich genug, daß Marta sie verstehen konnte.

»Ms. Richter, Mr. Steeres Anwältin. Ich muß ins Haus. Öffnen Sie bitte das Tor.« Es folgte eine Pause, dann ein metallisches Klicken am Riegel des Tores. Das Tor rührte sich nicht, offensichtlich war das Öl durch die Kälte zäh geworden. »Ich versuch's noch mal«, sagte Marta und versetzte dem Tor einen kräftigen Stoß. Es ging weit genug auf, daß sie hindurchschlüpfen konnte, und sie stieg die paar Stufen zur Eingangstür hinauf, die sich einen Spaltbreit öffnete.

Das Hausmädchen, eingehüllt in eine Strickjacke, die sie eng um ihre Dienstuniform gezogen hatte, stand auf der Schwelle und starrte blinzelnd in den Schnee. Das kalte Licht, das aus der Eingangshalle fiel, zeichnete den Umriß ihrer schmalen, kleinen Gestalt nach. Marta hatte sie einmal gesehen, konnte sich aber nicht mehr an ihren Namen erinnern. »Missa Richter«, sagte die Hausangestellte, eine ältere Frau. Marta erinnerte sich vage, daß sie Polin oder so etwas Ähnliches war.

Marta stand auf der obersten Stufe und stampfte mit den Füßen, damit ihre halberfrorenen Schienbeine auftauten. »Und Sie sind ...«

»Ich bin am Heimgehen. Meine Tochter, sie braucht mich. Morgen ist schulfrei, wegen des Schnees«, schwatzte sie, während sie Marta in die mit Marmorfliesen ausgelegte Halle führte und hinter ihr die Eingangstür zumachte und abschloß. »Darf ich Ihnen den Mantel abnehmen?«

»Nein, ich behalte ihn an. Sie müssen mir helfen. Ich muß für Mr. Steere etwas holen. Er hat mich gebeten, es ihm zu bringen.«

»Gut, gut, wie Sie meinen«, sagte die Hausangestellte. Ihr Gesicht war gezeichnet von Alter und Müdigkeit, und ihr Kopf mit den krausen grauen Löckchen nickte. Sie schien nervös, aber Marta hatte sich im Laufe der Zeit daran gewöhnt, daß sie Leute nervös machte, und nutzte das meist zu ihrem Vorteil.

»Mr. Steere benötigt einige bestimmte Unterlagen für seinen Prozeß. Er meinte, es sei auch möglich, daß diese bei seiner Freundin sind. Könnten Sie mir, falls ich die Unterlagen hier nicht finde, ihre Telefonnummer geben?«

»Seine Freundin?« Die Hausangestellte runzelte die Stirn.

»Ja. Ich bin eingeweiht, was seine Freundin angeht. Haben Sie ihre Nummer?«

»Nein, ich muß jetzt auch weg. Meine Tochter, sie holt mich ab.« Die Hausangestellte zog ihre Strickjacke noch enger um ihre mageren Schultern.

»Wie heißt seine Freundin doch gleich? Mir ist ihr Name entfallen, und ich muß sie erreichen.«

Sichtlich nervös schüttelte die Frau den Kopf. Sie blickte über ihre Schulter und bog in einen Marmorflur ein. »Ich muß weg.« Sie drehte sich um und eilte davon, aber Marta lief ihr nach.

»Warten Sie doch! Bleiben Sie stehen!« Marta hastete an einem schmalen Aufzug und einer Gästetoilette vorbei. »Wollen Sie Mr. Steere denn nicht helfen? Er nimmt es Ihnen bestimmt übel, wenn Sie es nicht tun.«

Am Ende des Flures gelangte Marta in eine höhlenartige, von Bücherwänden mit deckenhohen Regalen aus Kirschholz umgebene Bibliothek. Bibliotheksleitern aus Holz lehnten an den Regalen, und vor einem kalten

Kamin standen lederne Ohrensessel. Kein Mensch war in der Bibliothek. Die Hausangestellte war wie vom Erdboden verschluckt. Auf der gegenüberliegenden Seite des Zimmers öffnete sich eine Doppeltür aus Mahagoni auf ein geräumiges konventionelles Speisezimmer mit Marmorfußboden. Moderne, hochlehnige Stühle standen um einen langen Glastisch, den ein vielzackiger Tafelaufsatz aus Kristall dominierte, der wie eine aus Glas geschnittene Schneeflocke aussah. Ein mattierter Kristallkronleuchter warf Lichtfacetten in den ganzen Raum.

Wo war das Hausmädchen? Marta wurde unheimlich zumute. Sie fühlte den Angriff in dem Bruchteil der Sekunde kommen, bevor sie ein Paar kräftige Hände an der Kehle packten, ihr den Atem abschnürten und sie wie eine Feder in die Luft hoben.

# – 11 –

Bobby Bogosian drückte der Schlampe von hinten die Kehle zu und hob sie am Hals hoch. Er hielt sie in die Luft, und sie zappelte und stöhnte und ruderte mit den Beinen wie in einem dämlichen Roadrunner-Zeichentrickfilm. Es war nicht so, daß dieser Anblick Bobby Spaß gemacht hätte, das war nicht der Fall. Er kannte Typen, die bei so einem Scheiß vor Begeisterung regelrecht ausflippten, aber für ihn war es lediglich ein Job. Er war Profi. Bevor er also befürchten mußte, daß die Anwältin erstickte, schleuderte er sie quer durch den Raum, und sie krachte in den Eßtisch.

»Nein!« kreischte sie, und Bobby dachte, wie sonderbar es war, daß die Leute immer »nein« sagten. Als ob das irgend etwas änderte. Als ob er sich überreden ließe. Mit einem simplen Nein. Er setzte ihr nach.

Mit drei Sätzen durchquerte Bobby den Raum und stieß die Schlampe nach vorn auf den Tisch. Ihr Kopf schlug gegen das Glasding in der Mitte, es geriet ins Rutschen und fiel krachend auf den Marmorboden, wo es in tausend Stücke zersprang. Verdammt! Jetzt wurde Bobby sauer. Profis hinterließen keine Sauerei. Das verdammte Ding kostete womöglich tausend Riesen. Dämliches Luder.

Sie heulte auf und versuchte zu treten und wand sich wie eine Wilde, also packte er sie an den Haaren und riß sie herum. Er schnappte sie vorne an der Bluse und hämmerte ihren Kopf auf den Tisch. Einmal, noch einmal. Sie verdrehte die Augen, war aber immer noch nicht bewußtlos. Zähes Luder. Gut. Dann eben auf die andere Tour. Man mußte es nehmen, wie's kommt.

»Verdammt noch mal, was soll das?« brüllte Bobby ihr ins Gesicht. »Du hast das da kaputtgemacht, du Schlampe!«

Marta versuchte zu schreien, brachte aber keinen Laut heraus. Sie schnappte nach Luft. Ihre Kehle war wie zugeschnürt. Ihr platzte vor Schmerz fast der Kopf. Tränen der Angst stiegen ihr in die Augen.

»Was glaubst du eigentlich, wer du bist? Einfach Sachen zerbrechen! Unbefugt eindringen! Du bist eine Schlampe, daß du das weißt! Eine dreckige Fotze!«

Marta versuchte, Luft zu holen. Was wollte dieser Mann? Was sollte das? Er riß ihr förmlich die Haare vom Kopf.

»Was glaubst du, wer du bist, verdammt noch mal?« Wieder schlug Bobby ihren Kopf gegen den Tisch und schob sich zwischen ihre Beine. Er würde sie mit seinem Schwanz auf den Tisch nageln. Ihn der Schlampe zu spüren geben. Mal sehen, wie ihr das gefällt.

Marta spürte, wie ihre Beine gewaltsam gespreizt wurden. Ihren Rock oben auf der Hüfte. Nein. Das nicht. Sie wand sich in seinem Griff. Versuchte, ihn wegzuschieben. *Verpaß ihm einen Tritt, bring ihn um.* Er donnerte ihren Kopf noch fester auf den Tisch. Marta schrie vor Schmerz und Todesangst. Sie schlug um sich. Ihre Nägel krallten ins Leere.

»Soll ich Gnade vor Recht ergehen lassen?« brüllte Bobby.

Marta war von den Schlägen benommen. Ihre Kopfhaut brannte wie Feuer. Ein warmer Strom floß über ihren Hinterkopf. Blut. Ihr Blut. Ihre Angst wurde so groß, daß alles in weite Ferne rückte. Es passierte einer anderen Frau. Sie beobachtete die Gewalt, als schwebe sie darüber, und bemühte sich angestrengt, bei Verstand zu bleiben. Denk nach. Rette dich. Der Mann hatte in Steeres Haus gewartet. Der Mann mußte Steere kennen. Das Hausmädchen hatte sie in die Falle gehen lassen.

»Soll ich Gnade vor Recht ergehen lassen? Antworte mir!« Bobby geiferte vor Wut.

Das Gesicht des Mannes, das sich über Marta beugte, war rot vor Wut und Haß. Ihre Gedanken überschlugen sich. Der Mann arbeitete für Steere. Steere hatte ihn geschickt, um sie aufzuhalten. Das bedeutete, er konnte sie nicht umbringen, und er konnte sie nicht vergewaltigen. Sie mußte im Fernsehen erscheinen, wenn die Geschworenen zu einer Entscheidung gelangt waren. Marta sagte sich, daß sie gute Karten hatte, auch wenn man sie jetzt halb totprügelte. Macht war Kopfsache.

»Soll ich Gnade vor Recht ergehen lassen? Antworte, du Fotze!«

»Was wissen Sie von Gnade?« brachte Marta über die Lippen.

So was wie diese Nutte war Bobby noch nicht untergekommen! Wenn es soweit war und er sie fertigmachen mußte, könnte es passieren, daß er anfing, seine Arbeit zu lieben. Er riß ihren Kopf an den Haaren nach vorn und knallte ihn wieder nach hinten auf den Glastisch, wieder und wieder, bis sie endlich ohnmächtig wurde. Er brauchte zwei Schläge mehr gegen den Tisch, als er gedacht hatte.

Als Marta sich über das Waschbecken im Bad ihres Hotelzimmers beugte, keuchte sie unwillkürlich. Schon die kleinste Bewegung verursachte ihr Schmerzen im ganzen Körper. Bestimmt hatte sie Rippenprellungen, und ihr Rücken brachte sie um. Ihr Kopf hämmerte, und ihre Hände zitterten, als sie sich warmes Wasser ins Gesicht spritzte und über die Wangen laufen ließ. Marta lebte, aber sie war eine Gefangene. Der Gangster hockte drüben im Wohnzimmer ihrer Hotelsuite. Er hatte nicht die Absicht zu verschwinden, bevor die Geschworenen entschieden hatten.

Marta spritzte sich weiter Wasser ins Gesicht und versuchte, Klarheit in ihre Gedanken zu bringen. In der Corvette des Mannes hatte sie das Bewußtsein wiedererlangt, er hatte sie zu ihrem Hotel gebracht und auf ihr Zimmer geführt und ihr dabei ständig eine Magnum zwischen die zerschlagenen Rippen gedrückt. Wie sollte sie ihn bloß loswerden?

Marta drehte den Wasserhahn zu und tupfte ihr Gesicht ab. Als sie an ihren Hinterkopf faßte, wo sich mehrere gänseeigroße Beulen gebildet hatten, zuckte sie zusammen. Sie betastete die Schwellungen, um festzustellen, ob die Blutung aufgehört hatte, und betrachtete ihre Hand. Ihre Fingerspitzen waren blutig, ihr Schädel verschwollen und empfindlich. Alle ihre Verletzungen befanden sich so gut wie unsichtbar am Hinterkopf; der Schläger verstand sein Geschäft. Mit steifen Fingern öffnete sie das Badschränkchen und schluckte noch drei Schmerztabletten. Dabei sah sie sich in dem großen, makellos sauberen Badezimmerspiegel.

Martas Haare waren zerzaust, ihr Make-up war verschmiert. Ihre Kleider waren zerknittert, und ihr Blick war leer. Seit dem Mittagessen hatte sie nichts gegessen oder getrunken, und ihre Haut hatte eine fahle, ungesunde Blässe. Marta kannte dieses Gesicht. Sie sah aus wie ihre Mutter nach einem Saufgelage. Das war der letzte Mensch auf Erden, dem sie ähnlich sein wollte.

*Dem Himmel sei Dank, daß Sie uns mitnehmen! Unser Auto hat ein Stück weiter da hinten den Geist aufgegeben. Mich und das Kind da.* Ihre Mutter schiebt Marta auf den Vordersitz neben den Fahrer des blauen Kombis. Steigt nach ihr ein. Marta stutzt. Nein, das ist nicht wie sonst. Zuerst steigst du ein, nicht ich. Aber ihre Mutter ist zu betrunken, sie weiß es nicht mehr. Sie drückt auf die Verriegelung. Marta starrt auf den großen, silberfarbenen Knopf der Verriegelung, als könne sie so dafür sorgen, daß er oben bleibt. Das Knie des Fahrers stößt gegen ihres, und der Kombi fährt los.

Marta schüttelte die Bilder der Vergangenheit ab. Sie mußte schleunigst hier weg. Sie warf einen Blick auf ihre Uhr. 20.30 Uhr. Die Zeit verging unerbittlich. Was konnte sie tun? Wie sollte sie ihn abschütteln? Ob es weitere Schläge hagelte? Etwas in ihr sagte, nein. Steere wollte sie paralysiert, nicht pulverisiert.

Marta entriegelte die Badezimmertür und öffnete sie leise. Sie lugte durch den Spalt und spähte durch ihr Schlafzimmer in das Wohnzimmer. Selbst auf diese Entfernung verkrampfte sich ihr Körper beim Anblick des Gangsters; ihr Körper erinnerte sich an die Schläge, auch wenn ihre Psyche sie mit aller Macht verdrängte. Er lümmelte auf dem Plüschsofa, die Füße in den schwarzen Cowboystiefeln auf der glänzenden Couchtischplatte überkreuzt. Er mußte um die einsneunzig sein, hatte eine eckige Stirn, lockige, dunkle Haare und ein derbes Gesicht. Er kratzte sich auf seinem beigen Seidenhemd die Brust und las dabei in einer Zeitschrift. Er hätte ein x-beliebiges Ekelpaket von einem Ehemann sein können, wären da nicht das lederne Schulterhalfter und die Magnum gewesen.

Marta löschte das Licht und verließ das Bad. Der Gangster hob den Blick nicht von seiner Zeitschrift, und sie ging vorsichtig zu ihrem Bett, vor dem ein Fernsehgerät stand. Eine Sondersendung lief. Der Bürgermeister hielt eine Pressekonferenz ab. Nur mit einem halben Auge nahm sie die Reporterin wahr, die ihm gerade eine Frage zurief. Marta kannte die Reporterin vom Steere-Prozeß, Alix Locke, eine schulmädchenhaft-hübsche Brünette. Alix hatte Marta hartnäckig verfolgt, weil sie unbedingt ein Exklusivinterview haben wollte, aber Marta gab grundsätzlich keine Exklusivinterviews, weil sie das Gefühl hatte, dadurch jemand anderen zum Star zu machen. Sie heuchelte Interesse an der Pressekonferenz und versuchte, sich über ihren nächsten Schritt klarzuwerden.

»Herr Bürgermeister«, sprach Alix in ein großes Mikrophon im Gang zwischen den Stuhlreihen, »eine Frage, auf die es nur ein Ja oder Nein gibt. Läßt das Budget genügend Spielraum, damit nach dem Blizzard auch die Seitenstraßen geräumt werden können?«

Falls Bürgermeister Walker verärgert war, zeigte er es nicht. Schlaksig, fit und entspannt stand er da wie der Gastgeber einer Talkshow. Wie meist trug er einen feingerippten Schlips und hatte die Hemdsärmel aufgerollt. Mit den strahlend blauen Augen, den kräftigen, dunklen Haaren und dem wählerfreundlichen Lächeln war der Bürgermeister weder ein besonders gutaussehender noch ein häßlicher Mann. Mehr Rollendarsteller denn eigene Person, verkörperte Bürgermeister Walker das Image eines hart arbeitenden, zu groß geratenen Kindes, das verrückt genug war zu versuchen, als Bürgermeister die Geschicke einer amerikanischen Großstadt zu lenken und zu wenden. »Ja«, antwortete der Bürgermeister, »im Budget ist genügend Spielraum zur Räumung der Seitenstraßen, Alix. Haben Sie meinen Etatbericht denn nicht gelesen? Er ist fast so gut wie Tom Clancy.«

Die Reporter lachten und notierten sich diesen Ausspruch. Die Presse liebte Bürgermeister Walker, der, soweit Marta das beurteilen konnte, ein As in Public Relations war. Er sprach in knappen Sätzen und grinste für jedes Foto. Er aß Cannoli aus einer italienischen Bäckerei und frische Pfirsiche an einem koreanischen Obststand; er war der erste, der sich ein Buch aus einer neuen Filiale der kostenlosen Bibliothek auslieh, und der letzte, der die Anaconda im Zoo von Philadelphia streichelte. Entscheidend war jedoch, daß der Bürgermeister das Geheimnis im Umgang mit Reportern kannte: Erleichtere ihnen die Arbeit, damit sie schnell einen trinken gehen können.

Aber Alix Locke lächelte nicht. »Bei allem gebührenden Respekt, die Stadtbewohner, die eingeschneit sind, finden es vielleicht nicht komisch, wenn darüber der November ins Land zieht.«

Das Lächeln des Bürgermeisters verblaßte. »Die Menschen in dieser Stadt wissen, daß das keine Frage des

Geldes ist. Die Frage lautet vielmehr, bringen wir die Schneepflüge durch die engen Straßen. Wie Sie wissen, gibt es in dieser historischen Stadt unzählige Straßen, die kaum eine Fahrspur breit sind. Da bleibt nicht viel Platz für einen Pflug. Was diese Straßen angeht, können wir nur unser Bestes tun.«

»Was heißt das genau, Herr Bürgermeister?«

»Das heißt, konventionelle Schneepflüge können diese Straßen nicht passieren. Sie sind zu breit. Wir brauchen schmale Pflüge, und wir sind gerade dabei, die Anschaffung solcher Pflüge in die Wege zu leiten.«

Die Reporter nickten und kritzelten. Alix Locke schürzte die Lippen und dachte über ihre nächste Frage nach. Marta beugte sich seitlich vor und betrachtete aufmerksam den Schläger. Er las immer noch seine Zeitschrift. *Hundewelt?* Der Mann schlug sie zu Brei, aber er war nett zu Tieren? Das sollte verstehen, wer wollte.

Im Fernsehen gab Alix Locke die Starreporterin. »Herr Bürgermeister, Sie wußten, daß sich dieses Problem stellen würde, denn letztes Jahr war es das gleiche. Die Stadt hat somit ein Jahr Zeit gehabt, diese Schneepflüge anzuschaffen. Warum wurden sie nicht bestellt und rechtzeitig geliefert?«

Marta starrte auf die Bilder auf dem Fernsehschirm, ohne sie wahrzunehmen. Wie kam sie bloß hier heraus? Da kam ihr eine Idee.

# –12–

Mit der Fernbedienung brachte Marta die Reporterin zum Schweigen, dann ging sie voller Unbehagen in das Wohnzimmer. Der Gangster hob den Blick von seiner Zeitschrift und blinzelte leicht. Marta blieb in einiger Entfernung stehen, die Nervosität in ihrem Lächeln war nicht gespielt. Sie lehnte sich nicht weit vom Telefon an die große getäfelte Bar, um einen Halt zu haben. »Ich muß im Büro anrufen«, sagte sie. »Sie sagten, keine Anrufe. Was macht man in so einem Fall?«

»Keine Anrufe.«

»Es geht um den Steere-Prozeß. Es ist wichtig, und wenn ich mich nicht melde, werden sich meine Mitarbeiterinnen wundern. Ich habe gesagt, ich bin um 19 Uhr zurück. Ich bin ein ausgesprochen pünktlicher Mensch, und sie wissen das.«

»Alles Scheiße.«

»Wenn ich nicht auftauche, werden sie denken, mir sei bei diesem Schneesturm etwas passiert. Vielleicht alarmieren sie den Notruf.«

Der Gangster schielte über den Rand seines Hochglanzmagazins, in seinen ausdruckslosen braunen Augen zeigte sich Skepsis. »Aha?«

»Meine Mitarbeiterinnen wissen, daß ich in diesem

Hotel wohne. Kann sein, daß sie herkommen, um nach mir zu sehen, vielleicht schicken sie auch jemanden. Wollen Sie erklären, wer Sie sind? Warum ich hier bin?«

»Laß den Scheiß.« Der bezahlte Schläger legte die Zeitschrift weg. »Welche Telefonnummer?« Marta gab ihm die Nummer und sah zu, wie er sie in das Telefon auf dem Beistelltischchen eingab. Der Anblick erinnerte sie stark an einen Gorilla, der auf einem Miniaturklavier spielte. »Gehen Sie an den Nebenanschluß, sprechen Sie von dort.« Er machte eine entsprechende Handbewegung. »Fassen Sie sich kurz. Ich höre mit. Kommt mir irgendwas komisch vor, ist Schluß.«

»Verstanden.« Genauso hatte Marta es sich vorgestellt. Sie nahm den Hörer vom Telefon auf der Bar. »Hallo?«

»Mary DiNunzio«, meldete sich eine Stimme.

»Haben Sie den Antrag *in limine* erledigt?« fragte Marta barsch.

»Äh, nein. Ich meine, ich habe angefangen, aber er ist noch nicht fertig. Ich habe aber die Artikel im Computer durchgesehen. Ich habe festgestellt, daß ...«

»Ich habe nicht gemeint, daß Sie die Arbeit an dem Antrag liegenlassen sollen!« Marta beobachtete das Gesicht des Gangsters, er schien zuzuhören. Vor ihm auf dem Couchtisch lag die zugeklappte Hundezeitschrift. Ein etwas mitgenommener Adressenaufkleber, wie bei Abonnementzeitschriften üblich, war zu sehen, und Marta schielte verstohlen nach dem Namen. BOGOSIAN. »Also was ist mit dem Antrag? Wir müssen ihn morgen einreichen!«

»Müssen wir? Tun wir das?« stammelte Mary. »Ja, also, ich habe den Entwurf soweit zusammen, aber ich habe ihn noch nicht aufgesetzt ...«

»Den Entwurf? Soll ich dem Richter etwa Ihren Entwurf in die Hand drücken? Fangen Sie sofort an. Ich möchte, daß das erledigt ist, wenn ich ins Büro komme.« Am anderen Ende der Leitung erklang ein Geräusch, das sich anhörte, als würde eine Mitarbeiterin mühsam nach Luft schnappen. Gut. Alles nach Plan. Marta legte den Hörer auf, verschränkte die Arme und starrte Bogosian finster an. »Texas, wir haben ein Problem«, sagte sie.

»Ha?« Er knallte den Hörer auf die Gabel.

Marta entschied sich dagegen, einem Primaten einen Vortrag in allgemeinverständlichem Recht zu halten, schon gar keinem, der nur Verbrechen im Kopf hatte. »Ich muß hin. Sie haben gehört, was sie gesagt hat. Sie hat alles versaut. Ich muß diesen Schriftsatz selbst aufsetzen.«

»Das kümmert mich einen Dreck.«

»Es ist außerordentlich wichtig«, log Marta. »Der Antrag muß eingereicht werden. Ich muß ins Büro.«

»Sie gehen nirgendwohin.«

»Wenn ich den Antrag nicht einreiche, übergibt man den Geschworenen Steeres Fingerabdrücke. Auf dem betreffenden Beweisstück ist die Plazierung seiner Fingerabdrücke zu sehen. Es kann ihn für immer hinter Gitter bringen, vielleicht bedeutet es sogar die Todesstrafe. Wollen Sie ihm das sagen, oder soll ich es machen?«

»Wollen Sie mich verarschen?« Ein bösartiges Flackern trat in Bogosians Augen und verursachte bei Marta eine Gänsehaut.

»Nein, ich versuche nur, die Arbeit zu tun, für die Ihr Boss mich bezahlt.«

»Ich habe keinen Boss, ich bin selbständig.«

»Schön. Dann eben Steere. Wie auch immer. Hat mit verarschen nichts zu tun.«

»Ach nein? Soll ich Steere anrufen? Wehe, ich komme dahinter, daß Sie bluffen.«

Marta lachte. »Steere sitzt in einer Zelle. Sie können ihn nicht anrufen.«

Bogosian grinste gemein und nahm, geziert den kleinen Finger ausgestreckt, den Hörer ab. »Ach nein? Warum, glauben Sie, heißen die Dinger Telefonzellen?«

Elliot Steere döste in seiner Zelle, als das Handy in seiner Brusttasche vibrierte. Beunruhigt öffnete er die Augen und drehte ruckartig den Kopf zur Zellenwand. Mit einer geschickten, verstohlenen Bewegung zog er das Handy aus der Tasche. »Du sollst nicht anrufen«, flüsterte er in das Telefon.

»Tut mir leid, aber ich spiele im Hotel den Babysitter für Ihre Anwältin. Sie will ins Büro. Behauptet, sie muß an irgendeinem Antrag arbeiten. Was soll ich machen?«

Steere schielte über seine Schulter und sah den schwarzen Aufseher, der an seinem Tisch neben der Tür saß und ein Taschenbuch las. Er gehörte zur Nachtschicht und hatte noch keine zwei Worte mit Steere gewechselt. Steeres Wachmann, Frank Devine, gehörte zur Tagschicht, und zu anderen Aufsehern hatte Steere keinen Kontakt aufgenommen. Es war riskant, sich mit zu vielen einzulassen, und Steere hatte nicht mit dem Schneesturm gerechnet; er war davon ausgegangen, keinen von der Nachtschicht zu brauchen. Noch ein Fehler. Wie ärgerlich. »Was für ein Antrag?«

»Geht irgendwie um Fingerabdrücke. Um irgend etwas ›in was‹. Hörte sich nach Fremdsprache an.«

Steere begriff, daß Bobby von dem Antrag *in limine* sprach. Die Erwiderung der Verteidigung mußte eingereicht werden, darüber hatten sie gesprochen. Aber warum wollte sich Marta gerade jetzt damit befassen? Warum ließ sie den Termin nicht verstreichen und brachte ihn in Schwierigkeiten? Aber so wichtig war der Antrag gar nicht, oder? Steere, argwöhnisch geworden, zögerte. »Ein Antrag, sind Sie sicher?«

»Klang, als wär's echt. Sie hat mit einer anderen Anwältin gesprochen, einem Mädchen. Am Telefon.«

Steere überlegte. Was hatte Marta vor? Er wollte es wissen. »Lassen Sie sie ins Büro, Bobby, aber begleiten Sie sie. Lassen Sie sie nicht aus den Augen. Alles klar.« Er drückte auf AUS und steckte das Handy in die Tasche. Der Wachmann, der die Bewegung in der Zelle unbewußt aus den Augenwinkeln wahrgenommen hatte, spähte herein. Drohend ragte sein finster blickendes Gesicht dicht an der kugelsicheren Scheibe auf.

»Haben Sie was gesagt?« fragte der Wachmann und klopfte mit einem dicken Fingerknöchel an die Scheibe.

»Führe nur Selbstgespräche«, antwortete Steere. Der Wachmann kehrte ihm wieder den Rücken zu, und Steere schloß die Augen und lehnte den Kopf an die harte Steinwand. Bald spürte Steere die harte, rauhe Wand nicht mehr; er war schwerelos. Die Neonlampen verbreiteten ein hartes, grelles Licht, aber bald nahm Steere es nicht mehr wahr; es herrschte pechschwarze Dunkelheit. Steere saß ganz still, völlig entspannt. Versenkte sich wieder in sein Innerstes.

Was hatte Marta vor? Es spielte keine Rolle. Selbst wenn sie nicht ins Büro wollte, um seinen Antrag aufzusetzen, hatte sie keine Chance, etwas zu unternehmen. Bogosian hatte sie unter Kontrolle. Gegen ihn kam sie nicht an; der Mann war ein Killer. Steere war überzeugt, die richtige Entscheidung getroffen zu haben, als er sie ins Büro gehen ließ. Sunzi hätte gesagt: *Wir können erfolgreich sein, wenn wir uns vorsichtig an die Absicht des Feindes anpassen*; Elliot Steere hätte gesagt: *Reich Marta das Seil, damit sie sich selbst erhängt.*

Steere wandte sich den Geschworenen zu. Er fragte sich, ob sie noch berieten, und war zufrieden, weil er auch in diesem Punkt für alles gesorgt hatte. Er hatte Vorsorge getroffen, daß es nicht lange dauern würde, bis sie sich auf einen Freispruch geeinigt hatten, denn Steeres Geschworener war gehorsam. Immerhin hatte Steere eine erkleckliche Summe für einen Freispruch bezahlt. Gerechtigkeit war nicht billig zu haben. Freiheit ließ sich nicht ohne weise Voraussicht erkaufen. Es war eine Sache, die über das Denken hinausging, so etwas wie eine Vision, alle großen Führer besaßen diese Gabe. Sunzi hatte gesagt:

*So sucht im Krieg der siegreiche Stratege nur dann den Kampf, wenn der Sieg bereits errungen ist.*

# –13–

»AH!« Mary DiNunzio war kurz davor, den Verstand zu verlieren. »AAAH!« Sie vergrub die Finger in den Haaren und dachte daran, sich jedes einzeln auszureißen. Zugrunde gerichtet von der nie endenden Arbeit fände man schließlich ihre Leiche, und überall um sie herum lägen dunkelblonde Haarsträhnen wie Heu in einer Krippe. Der Gerichtsmediziner könnte sich das Phänomen nicht erklären, aber jede Mitarbeiterin einer Anwaltskanzlei wüßte sofort Bescheid. »WARUM WISSEN PARTNER NIE, WAS SIE WOLLEN?« rief Mary.

»Vielleicht hat sie sich einen Scherz erlaubt«, sagte Judy konsterniert. Eingehüllt in ihren tropfnassen gelben Parka saß Judy auf einem der Stühle vor Marys Schreibtisch. Ihr war immer noch zu kalt, um den Parka auszuziehen, und von ihren Stiefeln tropfte schmelzender Schnee auf den Teppich. Ihre Nasenspitze war aufgetaut, aber ihr ganzer Kopf kribbelte.

»Einen Scherz? Einen Scherz? Hast du je erlebt, daß Marta Richter über irgend etwas *Scherze* macht?«

»Es ist komisch«, beharrte Judy. Ihrer Ansicht nach war irgend etwas oberfaul. Etwas paßte nicht hinein. Aber sie konnte den Finger nicht auf den Punkt legen. Draußen wütete der Blizzard, vor dem Fenster von Marys

Büro tobte dichtes Schneetreiben. Es war noch kälter geworden, und die Polizei hatte alle davor gewarnt, auf die Straße zu gehen. Was konnte Marta dazu bewegen, wegen eines Antrags, der, wie sie wußte, gar nicht aufgesetzt war, in einer solchen Nacht hinauszugehen? Noch dazu, da sie selbst diesen Antrag als nebensächlich und nicht so dringend eingestuft hatte? »Es ist wirklich komisch.«

»*Komisch?* Du findest das *komisch?*« Mary begann zu lachen, ein hysterischer Unterton war nicht zu überhören. »Zuerst sagt sie zu mir, ich soll den Antrag schreiben. Dann sagt sie zu mir, ich soll den Antrag nicht schreiben. Dann schreit sie mich an, weil ich den Antrag nicht schreibe. Und du findest das *komisch?*«

Judy nickte.

»*Komisch* würde ich das wahrhaftig nicht nennen. Im Vergleich dazu ist Polonaise tanzen *komisch. Komisch* ist ganz was anderes.«

»Also, es ist ...«

»SCHIZOPHREN! *Schizophren,* so würde ich das nennen. Schizophren, was anderes fällt mir dazu nicht ein.«

»Mary...«

»Sie ist eine gespaltene Persönlichkeit, das sage ich dir.«

»Mare ...«

»Wir haben es eindeutig mit einer multiplen Persönlichkeit zu tun, die ihre Zeit in Rechnung stellt.«

»Warte. Entspann dich. Krieg dich wieder ein. Bist du sicher, daß Marta lediglich gesagt hat, daß du den Antrag aufsetzen sollst?«

»Ich habe Ohren, um zu hören, oder etwa nicht? Ich

habe gehört, was sie gesagt hat! Genau da am Telefon, da hat sie es gesagt!« Mary konnte nicht anders, sie mußte schreien, obwohl sie Kopfschmerzen davon bekam. »Sieh dir meinen Hals an. Sieh dir bloß diese Flecken an!« Sie öffnete den Ausschnitt der Bluse, damit Judy die hektischen Flecken sehen konnte. »Mein Kopf explodiert gleich! Achtung, Achtung! Treten Sie zurück von der Anwältin! Treten Sie zurück von der Anwältin!«

»Vielleicht sind es die Wechseljahre«, sagte Judy nachdenklich.

»Ich bin zu jung für die Wechseljahre!«

»Nicht du, Schlauberger.« Judy verdrehte die Augen. »Ich meine Ihre Hoheit. Vielleicht ist Ihre Hoheit in den Wechseljahren.«

»Unmöglich. Ihre Hoheit hat gar kein Östrogen. Niemand mit Östrogen könnte einem anderen menschlichen Wesen so etwas antun.« Mary wurde ganz klein in ihrem Sessel. Sie stützte den Kopf in die Hände und raufte sich unentwegt die Haare. »O Gott, warum bin ich Rechtsanwältin? Warum bin ich nicht Cowboy geworden?«

Bei ihrem Anblick regte sich in Judy ein Gefühl der Reue. Sie hatte Mary in diesen Schlamassel reingeritten. Hatte sie überredet, bei Stalling & Webb zu kündigen, um eine eigene Kanzlei aufzumachen, die aber nie in Schwung gekommen war. Trotzdem, hier ging etwas Seltsames vor, auch wenn Mary das nicht wahrhaben wollte. »Hör mal, Mare. Marta Richter ist eine erstklassige Strafverteidigerin. Sie ist nicht dumm. Und sie mag zwanghafte Züge haben, aber verrückt ist sie nicht. Für ihr Verhalten muß es einen Grund geben.«

»Nein, den gibt es nicht. Sie ist Anwältin und Partner, und die sind alle gleich. Es ist mir egal, daß sie eine Frau ist und ich sie deswegen eigentlich mögen sollte. Sie sollte in der Hölle schmoren. Ich sollte mir einen anderen Job suchen.«

»Denk doch mal nach. Vielleicht sieht Marta etwas, was wir nicht sehen. Was wir nicht sehen können. Wie van Gogh, er hat Farben gesehen, die wir nicht sehen.«

Mary schüttelte unentwegt den Kopf. »Ich habe andere Fähigkeiten, oder etwa nicht? Welche Farbe hat mein Fallschirm?«

»Gelb.«

Mary zwinkerte gequält. »Gelb?«

»Die Gelbs von van Gogh. Er kann die Gelbs sehen und wir nicht.« Judy, noch immer in ihrem Parka, rutschte vor auf die Stuhlkante. »Das ist genau das gleiche. Marta sieht etwas, was wir nicht sehen. Wir müssen herausfinden, was sie sieht, was sie wirklich tut. Sie ist wie Napoleon.«

»Napoleon?« Mary geriet völlig durcheinander. Manchmal dachte sie, Judy wäre einfach zu klug für sie, sie könnten nicht miteinander befreundet sein. Sie bräuchte eine doofere Freundin. »Ich dachte, wir reden von van Gogh.«

»Kennst du diese Geschichte von Napoleon? Von dieser berühmten Schlacht?«

»Keine Ahnung.«

»Du kennst sie.«

»Nein, ich kenne sie nicht.«

»Ich weiß, daß du sie kennst, Mare.«

»Ich kenne sie nicht!« Mary fragte sich, ob Judy, Marta, ob alle, mit denen sie zu tun hatte, langsam durchdrehten. Vielleicht lag es am Schneesturm. Hüttenfieber, im Frühstadium. »Judy, wovon sprichst du?«

»Napoleon befand sich in einer Schlacht, ich habe vergessen, welche es war, und überall war soviel Rauch und Staub, daß er den Verlauf der Schlacht nicht verfolgen konnte.« Judy öffnete den Reißverschluß ihres Parkas. »Niemand sah, was vor sich ging, es gab zuviel Rauch und Qualm. Die feindlichen Armeen, die einander gegenüberstanden, konnten die Hand nicht vor Augen sehen und nicht aufeinander schießen.«

»Schön.« Übergeschnappt. Durchgedreht. Zuviel Kaffee. Zuwenig Kaffee.

»Trotzdem befahl Napoleon seinen Leutnants, seine Truppen auf bestimmte Stellungen zu schicken, denn er sah vor sich, wie sich die andere Seite verhalten würde. Niemand verstand seine blind getroffenen Anordnungen, aber er konnte die Schlacht befehligen, ohne etwas zu sehen. Seine Soldaten hielten ihn für verrückt. Aber als sich der Staub gelegt hatte, was glaubst du wohl, wer da gewonnen hat?«

»Die Anwälte?«

Judy lachte. »Das ist nicht komisch.«

»Doch, ist es. Du hast gelacht.«

»Du hast die Pointe nicht mitgekriegt.«

»Nein, du. Ich muß einen Antrag schreiben, und Napoleon kann jeden Moment hier auftauchen.«

»Ist das alles, worum du dir Sorgen machst?«

»Nein, aber wir reden unterwegs darüber.« Mary stand auf und eilte zum Besprechungszimmer. Judy schlenderte hinter ihr her.

Angeregt von einer Kanne kochendheißem Kaffee begannen Judy und Mary den Antrag zu formulieren, aber sie waren nicht bei der Sache. Sie spekulierten darüber, ob Heb Darnton mit Eb Darning identisch war, und zogen Schlußfolgerungen aus Steeres Farbenblindheit. Je länger Judy darüber nachdachte, um so fauler wurde die Sache, und ihre Vermutungen verfestigten sich zu einem konkreten Verdacht. »Könnte es tatsächlich möglich sein, daß Steere Darning vorsätzlich umgebracht hat?« fragte Judy.

»Warum? Welches Motiv hätte er?« Mary beschäftigte sich mit ihrem Antrag auf dem Laptop und fragte sich, wie lange es noch dauern mochte, bis Marta eintraf. »Was glaubst du, von wo aus Marta angerufen hat?«

»Keine Ahnung, du hast mit ihr gesprochen.«

»Ich glaube, sie war im Hotel.« Mary drückte auf eine Taste und las den Anfang des letzten Absatzes: *Bundesreit hielten Gefichte derartige Bewiese lange Zeit für unzulässig.* Verflucht sei Mavis Beacon. Mary klickte mit der Maus die Rechtschreibprüfung an. »Also wie lange kann es noch dauern, bis Marta hier aufkreuzt und anfängt herumzuschreien?«

»Eine halbe Stunde, wenn sie ein Taxi nimmt.«

»Glaubst du, wir schaffen den Antrag in der Zeit?«

»Nein.«

»Okay, also welches Motiv hatte er?« Es war faszinierend, nur hatte es nichts mit der Arbeit zu tun. Mary drückte auf die Computertaste zum Sichern des Textes, zum Sichern ihres Jobs. Vielleicht nannte man es deshalb Sichern.

»Was das Motiv angeht, das weiß ich nicht, aber überleg doch, was wir über Steere wissen. Er ist ein Egoist. Arrogant. Rücksichtslos. Ein herzloses Arschloch.«

»Tu dir bloß keinen Zwang an. Übrigens, viele Leute sind Arschlöcher. Deshalb begehen sie noch lange keinen

Mord. Das reicht nicht als Motiv.« Mary sah zu, wie die Schrift vom Monitor ihres Laptops verschwand, und ihr Antrag in energiesparenden Schlaf fiel.

»Doch, schon, in gewisser Weise. Es ist eine Frage der Macht. Wenn irgendein armer schwarzer Teufel versucht, Steere den Wagen abzunehmen, dann weiß dieser, daß er ihn umbringen kann, ohne dafür zur Rechenschaft gezogen zu werden.«

»Das ist ziemlich weit hergeholt, findest du nicht?« Mary streckte sich und nahm den Ausdruck des Darnton/Darning-Fotos aus dem Computerarchiv von der Mitte des Tisches.

»Es entspricht Steeres Charakter.«

»Zugegeben, aber das reicht nicht. Wenn Steere vorsätzlich getötet hat, dann hat es etwas mit Darnton zu tun, wenn es denn Darnton ist. Dann hat er es gemacht, weil es Darnton ist, nicht weil er obdachlos ist.« Zum x-ten Mal sah Mary aufmerksam das Foto an und verglich es im Geist mit den schrecklichen Autopsieaufnahmen. »Ich wette, Heb Darnton ist mit Eb Darning identisch. Das Alter käme hin, ungefähr einundfünfzig, zweiundfünfzig. Was meinst du, könnte es ein und derselbe Mann sein, nur älter?« Sie ließ das Foto über den Tisch auf Judy zurutschen, die es auf halbem Wege abfing.

»Er ist nicht vorteilhaft gealtert, was?« Judy betrachtete prüfend das Foto. »Hast du eine Theorie? Dann laß sie hören.«

»Sagen wir, Darnton/Darning ist der Mann auf dem Foto«, begann Mary zögernd. »Er hatte einmal eine feste Anstellung, aber jetzt ist er obdachlos. So was passiert alle Tage. Wir wissen, er war Alkoholiker, das haben uns die Leute aus der Straße erzählt. Sagen wir, er begann zu trinken, nachdem er seine Arbeit als Kassierer verloren hat, und von da an ging es mit ihm bergab. Er verlor den Job, verlor die Freundin. Ließ sich einen Bart wachsen.«

Judy legte das Foto weg und dachte laut. »Du glaubst also, das hat irgendwie mit Darning zu tun?«

»Vielleicht. Vielleicht war es kein zufälliges Zusammentreffen zwischen Darning und Steere. Vielleicht kannten sich die beiden.«

»Das ist noch abwegiger als das, was ich gesagt habe.« Judy verzog das Gesicht, und Mary hob die Hand wie der Papst.

»Laß mich ausreden. Nimm mal alles, was wir bisher haben. Sagen wir, Steere wußte nicht, daß die Ampel rot war. Wenn er es nicht wußte, ergibt sein Verhalten keinen Sinn, stimmt's?«

»Stimmt. Es sei denn, er war doch blau, was er aber nach dem Ergebnis der Blutprobe nicht war.«

»Vergiß nicht, Steere ist groß und kräftig. Er kann eine Menge Stoff vertragen.« Mary trank einen Schluck Kaffee aus ihrem Becher, eher, um sich Mut anzutrinken als wegen des Koffeins. »Daß Steere unter der Brücke angehalten hat, ergibt also keinen Sinn, es sei denn, wir gehen davon aus, daß er sich mit Darning treffen wollte. Sie könnten sich unter der Brücke verabredet haben. Sagen wir, Steere hat angehalten, egal, ob die Ampel rot oder grün war, weil er Darning umbringen wollte. Und dann arrangierte er diese Geschichte mit dem Überfall.«

»Den Überfall gab es gar nicht?«

Mary schüttelte den Kopf. »Jedenfalls nicht so, es war eine *abgekartete Sache*. Denk mit. Vergiß nicht, es handelte sich nicht um ein zufälliges Zusammentreffen.« Obwohl Mary lediglich Mutmaßungen anstellte, spürte sie, wie ihr Puls sich beschleunigte. »Steere hat einen neuen Mercedes gefahren. Zwei Wochen alt, stimmt's?«

»Laß mich das noch mal nachprüfen.« Judy stand auf und ging zum dritten Ordner. Sie blätterte durch die Manilamappen, bis sie die richtige fand, zog sie heraus und öffnete sie. »Da haben wir's. Die Rechnung für Steeres neuen Wagen. Er war drei Wochen alt. 120 000 Dollar! Wow!«

»Was hat er dafür in Zahlung gegeben? Ich wette, der Wagen hatte keine Ähnlichkeit mit meiner Dreckskarre.« Mary sprach von ihrem uralten BMW 2002, dem einzigen chartreusegrünen Wagen, der je verkauft worden ist.

»Sieh dir mal die Ausstattung an.« Judy geriet völlig aus dem Häuschen. »Airbags, Lederlenkrad und Schaltung, zuschaltbare Lautsprecher links und rechts im Armaturenbrett integriert ...«

»Judy, was hat er dafür in Zahlung gegeben?«

»Ich frage mich, wozu das gut ist. Wie habe ich bloß das Juraexamen geschafft, ohne zu wissen, wozu man zuschaltbare Lautsprecher braucht?«

»Judy! Der in Zahlung gegebene Wagen.«

Judy blätterte eine Reihe langer weißer Blätter durch und zog angesichts der dreifachen Ausfertigung eine Grimasse. »Ah, hier. Du lieber Gott. Er hat eine Mercedeslimousine in Zahlung gegeben. Einen S500. V 8. Hier steht, ›Fünfsitzer, vier Türen‹.«

»Wie alt war der Wagen?« Mary verrenkte sich fast den Hals, um den Vertrag lesen zu können. »Wie viele Kilometer hatte er drauf?«

»Ein halbes Jahr alt. Zweieinhalbtausend Kilometer.« Judy blickte auf, und die beiden Mitarbeiterinnen starrten sich an.

»Man kann nicht direkt sagen, daß Steere dringend ein neues Auto gebraucht hätte, oder?« Mary verspürte eine unheilvolle Unruhe in der Magengegend, und das kam nicht vom Koffein. Plötzlich spielte der Antrag keine Rolle mehr, auch nicht ihr Job. »Was, wenn Steere die Sache von langer Hand geplant hat? Was, wenn er den Wagen nur gekauft hat, um den Überfall plausibler erscheinen zu lassen? Was, wenn Steere das Zusammentreffen mit Darnton/Darning arrangiert hat, weil er ihn umbringen wollte? Dann wäre es Mord. Vorsätzlicher Mord.«

Ruckartig hob Judy den Kopf. Angesichts von Marys schlagartig ernster Miene regte sich bei ihr Skepsis. »Glaubst du, Steere hat den neuen Mercedes als Köder benutzt?«

»Nein. Ich glaube, Steere hatte die Absicht, Darning aus irgendeinem Grund umzubringen, und hat vorher den Wagen gekauft – damit der Überfall auf den Wagen noch plausibler erscheint.«

»Warte, warte, nun mal langsam. Ist das dein Ernst?«

Mary nickte. »Es paßt doch, oder? Eine logische Schlußfolgerung nach allem, was wir herausgefunden haben. Vielleicht ist Steere ein Mörder.« Es machte Mary ganz krank, das aussprechen zu müssen. »Und wir haben ihn verteidigt. Vermutlich haben wir ihn sogar rausgehauen.«

»Mary, langsam.« Judy schüttelte den Kopf. »Nur weil sich Steere ein neues Auto gekauft hat, heißt das nicht, daß er ein Mörder ist. Reiche Leute tun so was ständig. Ein spontaner Kauf.«

»Ein Cabrio? Ein weißer Mercedes, der soviel kostet wie ein Haus?«

»Er protzt gern, und es war schon fast Sommer.«

»Judy, er hat den auffallendsten Wagen aller Zeiten gekauft und fuhr damit durch die übelste Gegend aller Zeiten. Mitten in der Nacht. Kommt dir das nicht verdächtig vor? Ich meine, wenn du die Leute davon überzeugen möchtest, daß du wegen deines Autos überfallen wirst, gehst du los und kaufst dir einen Wagen, den jeder stehlen würde. Steere sorgte dafür, daß es aussah wie ein sich zufällig ereignender Überfall, dabei war es in Wahrheit Mord.«

Seufzend ließ sich Judy gegen die Rückenlehne ihres Drehstuhls fallen. Beunruhigt schob sie ihre Unterlippe vor. Sie bedauerte, daß sie mit der Farbenblindheit angefangen und damit all das ausgelöst hatte. Sie war in Sorge, Mary könnte sich aufgrund der Erlebnisse in ihrer Vergangenheit in Mordphantasien verstricken. »Und womit sollte der Staatsanwalt das beweisen können?«

»Keine Ahnung, aber das Büro der Staatsanwaltschaft ist gut. Vielleicht haben sie eine Art nachträglichen Beweis gefunden. Deine Steuergelder arbeiten.«

Judys Augen wurden schmal. »Trotzdem, da ist immer noch das Problem mit dem Motiv, Mare. Aus welchem Grund sollte Steere Darning umbringen wollen?«

»Ich weiß es nicht.« Mary überlegte einen Moment, dann hellte sich ihr Gesicht auf. »Es muß ein Motiv geben, wir sind bisher einfach noch nicht darauf gestoßen. Uns fehlen Hintergrundinformationen. Wenn wir die Verbindung zwischen den beiden Männern haben, haben wir das Motiv.«

»Welche Verbindung? Da gibt es keine Verbindung. Der eine steht am Ende der Nahrungskette und der andere ganz oben.«

Mary sah sie verblüfft an, schlagartig schien ihr die Lösung auf der Hand zu liegen. »Welche Verbindung besteht zwischen einem reichen Mann und einem Bankangestellten? Ich geb dir einen Hinweis. Es hat mit Geld zu tun.«

Judy kamen Zweifel. Vielleicht war es weder kompletter Unsinn noch paranoid. »Warte eine Sekunde.« Sie stand auf und blätterte wieder in den Ordnern der Steere-Akte. »Bei welcher Bank hat Darning gearbeitet?«

»Bei der PSFS. Der Pennsylvania Savings Fund Society. Sie existiert nicht mehr, aber das Neonschild oben auf ihrem ehemaligen Gebäude ist immer noch da. Du kennst das Schild.«

»PSFS? Schild? Nein.«

»Doch, oben auf dem Gebäude, im Osten der Stadt. Ein riesiges Ding, du kannst es gar nicht übersehen. Inzwischen ist es so was wie eine historische Landmarke. Du kennst es.«

»Hatten wir nicht eben schon eine Geschichtskonversation?«

»Vergiß es.« Marys Kopfschmerzen machten sich wieder bemerkbar. Es war zu spät, um noch zu arbeiten. Was für ein Job. Mary fiel das PSFS-Sparbuch aus Plastik mit den geprägten Karos ein, das sie als Kind gehabt hatte. Ein schwarzes kleines S war aufgedruckt, das S stand für Schülerkonto. Wo war dieses blöde Sparbuch eigentlich hingekommen? Vielleicht war sie inzwischen reich und wußte es nur nicht. Dann könnte sie kündigen.

»Da haben wir's.« Judy hatte ein umfangreiches Dokument durchgeblättert, das sie nun Mary reichte.

»Steeres letzte Steuererklärung. Darin sind seine sämtlichen Konten aufgeführt, sogar die, die auf seine Firmennamen laufen. Keines bei der PSFS.« Rasch ging Judy die anderen Steuererklärungen durch. »Nicht einmal, wenn man fünf Jahre zurückgeht, taucht die PSFS auf.«

Mary ging die Liste der Konten auf dem Steuerformular durch. Ungefähr in der Mitte setzte fast ihr Herzschlag aus. »Steere hat zwei Konten bei der Mellon Bank, insgesamt 100 000 Dollar. Warum sollte er soviel Geld auf einem Konto stehenlassen, das so gut wie keinen Zuwachs bringt?«

»Was haben wir davon? Darning hat nicht bei der Mellon Bank gearbeitet.«

»Doch, sehr wohl. Die Mellon hat die PSFS vor fünf Jahren gekauft.«

Judy staunte. »Im Ernst?«

»Mellon kam in den achtziger Jahren aus Pittsburgh und hat angefangen, alle Banken Philadelphias aufzukaufen, auch die Girard, eine wahre Institution in Philadelphia. Meine Mutter hat sich immer geweigert, ein Konto bei der Mellon zu eröffnen, weil die so unverfroren waren, die Girard zu kaufen.«

»Seltsam.«

»Meine Mutter?«

»Nein. Ich liebe deine Mutter. Ich schätze deine Mutter mehr als du.«

Aber Mary spann den Faden bereits weiter. »Vielleicht stieg Darning bei der Bank noch ein paar Sprossen auf der Karriereleiter hinauf, und es kam zu irgendwelchen Unregelmäßigkeiten oder dergleichen mit Steeres Konten. Bestechung. Unterschlagung.«

»Das sind reine Vermutungen.«

»Kannst du mir das übelnehmen?« fragte Mary, mehr sagte sie nicht, und es war auch nicht nötig. Sie wollte nicht über die Vergangenheit sprechen, sie wollte nicht einmal daran denken. Und sie wollte sie ganz sicher nicht noch einmal durchmachen.

Plötzlich herrschte draußen vor dem Besprechungszimmer Bewegung. Die Anwältinnen hörten Marta mit jemandem sprechen und verfielen schlagartig in Geschäftigkeit wie Pawlowsche Mitarbeiterinnen. »Herrje!« kreischte Judy, schnappte die auf dem Tisch liegenden Papiere und Fotos und stopfte sie in die nächste Mappe. »Wie kommt Ihre Hoheit bloß so schnell hierher?«

Mary aktivierte mit einem Tastendruck den Laptop. »Sie hat den Besen genommen.«

# –14–

Richter Harry Calvin Rudolph saß grübelnd an seinem schweren, hochglanzpolierten Schreibtisch in seinen modernen Amtsräumen im Criminal Justice Center und spielte mit einer handschriftlichen Notiz herum, die das Ende seiner richterlichen Karriere bedeuten konnte. Die Beförderung, auf die er sein Leben lang gewartet hatte, lag in greifbarer Nähe, und Richter Rudolph war nicht gewillt, sich diese Chance entgehen zu lassen, nicht in seinem Alter. Auf seinen Händen zeigten sich erst seit kurzem die ersten Altersflecken, und die Härchen, die unter den Manschetten seines Hemdes hervorlugten, nahmen erst langsam ein silbriges Grau an. Richter Rudolph war im besten Juristenalter. Ein Gelehrter, ein Spiritus rector. Er könnte in die Geschichte eingehen.

Bevor ihm der Vorsitz im Steere-Prozeß übertragen worden war, hatte Richter Rudolph bereits fünfzehn Jahre am Strafgericht des Bezirks Philadelphia gearbeitet. Zu Beginn seiner Laufbahn wollte er so unbedingt Richter werden, daß er seine Anwaltskanzlei aufgab, gerade als sie anfing zu florieren. Aber Geld war nicht alles, der junge Harry fühlte sich von der Gelehrsamkeit, den Insignien und dem Prestige des Richteramtes unwiderstehlich angezogen. Eine Robe, ein Hammer, ein Pult.

Er stellte sich vor, was seine Kommilitonen von einst dazu sagen würden. Die von den Studentenverbindungen, die ihn übergangen hatten, als die Zeit für den Beitritt gekommen war. Jetzt war Harry Rudolph nicht nur in der Verbindung, jetzt *war* er die Verbindung.

Richter Rudolph drehte das von einem gelben Block abgerissene Papier in den Händen und dachte an seinen anfänglichen Idealismus zurück. Überlaß es den anderen, sich um Geld zu schlagen; sollen sich die Kollegen um die vergängliche Macht einer Partnerschaft in einer Kanzlei bemühen. Die Macht von Richter Rudolph war absolut, beständig, untermauert von richterlicher Gewalt. Während seiner Amtsausübung als Richter sorgte er dafür, daß Vermögen den Besitzer wechselten und Verbrecher ins Gefängnis kamen, einmal ließ er sogar ein paar Reporter einsperren. Richter Rudolph sprach Recht. Wer brauchte noch Geld, wenn er diese Macht besaß?

Fünfzehn Jahre später brauchte Richter Rudolph Geld. Fünfzehn Jahre später war Geld alles, was er brauchte. Die Einkommen seiner Kollegen, die als Anwälte tätig waren, waren sprunghaft gestiegen und hatten das seine längst weit hinter sich gelassen, obwohl er hundert Riesen im Jahr verdiente. Ihm war zu Ohren gekommen, daß Blumenfeld bei Dechert, Price & Rhodes 450 000 Dollar nach Hause brachte, und Schotzbarger bei Morgan, Lewis das Geld nur so scheffelte. Zum Teufel, *alle* bei Morgan, Lewis scheffelten Geld. Richter Rudolph ertrug es nicht, bei Treffen ehemaliger Studenten, Banketten oder den seltenen Gelegenheiten, wenn einer seiner früheren Kommilitonen vor ihm bei Gericht erschien, in ihre Gesichter zu blicken. Er wußte, wer zuletzt lacht, lacht am besten, und das waren sie auf dem Nachhauseweg. Im Jaguar.

Richter Rudolph legte den Zettel hin. Wenn er ihn länger hin und her drehte, zerriß er ihn noch. Voller Verachtung starrte er das Papier an, wie es da mitten auf seinem glänzenden Schreibtisch auf seinem weichen grünen Terminbuch lag. Erst letzte Woche war Dave Loder bei ihm vor Gericht erschienen, weil er einen Manager von Witmark verteidigte. Loder war braun gebrannt von einem Urlaub auf den Cayman-Inseln. Einem Winterurlaub auf den *Caymans*, Herrgott noch mal, mit sämtlichen sechs Kindern und seiner Frau. Richter Rudolph könnte sich das nie leisten, dabei war er ein zehnmal besserer Jurist als Loder.

Der Richter faltete die Hände auf der Schreibtischplatte und betrachtete den Zettel mit scheelem Blick. Allmächtiger. Nicht jetzt. Demnächst wurde eine Stelle am obersten Gericht des Bundesstaates frei, und Richter Rudolph war aussichtsreicher Kandidat für die Ernennung. Richter Harry C. Rudolph. Oberrichter H.C. Rudolph. *Gerichtsvorsitzender.* Er durfte nicht zulassen, daß dieser Zettel alles ruinierte. Nicht seine letzte Chance.

Der Steere-Prozeß war bisher gut gelaufen, der Richter hatte bis jetzt keine Fehler gemacht. Keine Kameras im Gerichtssaal; als die Anwälte mit ihrem Gekläff anfingen, eine gerichtliche Verfügung, die es den Medien untersagte, über das schwebende Verfahren zu berichten. Zuschauer auf fünfzig begrenzt; sämtliche Pressekonferenzen am Abend nach Geschäftsschluß. Zwei Belehrungen pro Tag; die Ausführungen jeder Seite auf fünf Minuten beschränkt. Er hatte sogar dafür gesorgt, daß die Geschworenen trotz des Schneesturms weiter beraten konnten und

Steere in die Zelle im Gericht eingewiesen. Nicht umsonst nannte man ihn »Raketen-Rudi«, genau mit dieser Befähigung lenkte man die Aufmerksamkeit der großen Jungs auf sich. Prozesse durchziehen und nichts versauen. Steere war der Prozeß, der ihn zum Richter am obersten Gericht machte. Wenn ihm dieser Zettel nicht alles vermasselte.

Richter Rudolph tastete nach der neben seinem Terminbuch liegenden Lesebrille. Vielleicht hatte er sich im Zorn verlesen. Nein, doch nicht:

*Eurer Ehren, einer der Geschworenen braucht ärztliche Behandlung und möchte Sie sprechen.*
*Hochachtungsvoll*
*Christopher Graham, Sprecher/in*

Der Richter riß die Brille von der Nase und rief barsch: »Schicken Sie ihn rein!«

»Sie waren Schneider, Mr. Tullio?« Über seine Brille hinweg musterte Richter Rudolph den Geschworenen, der kaum größer sein konnte als einen Meter fünfzig. Er trug einen abgewetzten braunen Anzug mit handgenähten Revers.

»Ja, Euer Ehren. Bis ich in Rente ging. Euer Ehren. Sir.«

»Sie wohnen in Süd-Philadelphia, in der Nähe der Second Street. Stimmt das?«

»Ja, Sir. Euer Ehren. Beim Museum.«

»Aber das Kunstmuseum ist mitten in der Stadt.«

»Ich meine das Karnevalsmuseum.« Nick nickte zittrig, aber mit Nachdruck. »Die haben da die ganzen Karnevalskostüme und alles. Hinter Glas.«

Richter Rudolph räusperte sich. »Mr. Tullio, Sie brauchen einen Arzt. Ist das richtig?«

»Ja. Nein. Euer Ehren. Ich bin nicht direkt ein Notfall. Ich blute nicht oder so.«

»Das sehe ich.«

»Ich mußte mich nur übergeben, das ist alles.«

Richter Rudolph seufzte tief. »Ist das Ihr gesundheitliches Problem, Mr. Tullio? Sie haben ...«

»Erbrochen.« Nick verschwand fast in dem roten Kissen auf dem Sessel vor dem großen Schreibtisch des Richters. Die Sitzfläche war zu breit und zu weich für seine Hinterbacken. Er mußte sich an den Armlehnen festhalten, um nicht zu versinken. Nicks Blick schweifte ständig umher, aber nicht so, daß es auffiel. Er war allein gegen den Richter und den Referendar und die Dame mit der Maschine. Nick war noch nie an einem so bedeutenden Ort wie den Amtsräumen eines Richters gewesen mit all den Papieren und Büchern und Gemälden. Gott sei Dank trug er seinen guten Anzug. Es zahlte sich für einen Mann aus, wenn er gut angezogen war.

»Mr. Tullio? Ihr gesundheitliches Problem besteht darin, daß Sie sich ... übergeben haben?«

»Das kommt von meinem Magengeschwür.«

»Sie haben ein Magengeschwür?« fragte Richter Rudolph und korrigierte den Mann, der das Wort wie »Magengeschwier« ausgesprochen hatte.

»Ja, ein Geschwier«, wiederholte Nick dennoch unverdrossen. »Im Magen. Ich möchte nach Hause.«

Richter Rudolph dachte nicht im Traum daran, zu diesem Zeitpunkt des Prozesses einen Geschworenen einzubüßen. Er hatte die Ersatzleute bereits nach Hause geschickt, es würde Stunden dauern, bis er bei diesem

Schnee wieder einen herbekam. Der Richter überflog seine Notizen von der unter Eid erfolgten Vorvernehmung des Geschworenen zur Feststellung seiner Eignung, dann den ebenfalls vor ihm liegenden ausgefüllten Fragebogen des Geschworenen. »Bei Ihrer Befragung erwähnten Sie nichts von einem Magengeschwür, Mr. Tullio. Mit keinem Wort haben Sie ein Magengeschwür erwähnt.«

Nick rutschte in seinem Sessel auf die Seite. »Damals war ich mir nicht sicher, ob ich eines habe. Es war so, mein Arzt hat gesagt, ich hab keins, aber ich weiß, ich hab eins. Das kommt von den Nerven. Es brennt.«

»Ihr Arzt hat Sie untersucht und gesagt, Sie hätten kein Magengeschwür, ist das richtig?«

»Also, ja. Schon. Aber mein Magen hat ein richtiges Loch, das weiß ich. Und ich mußte mich erbrechen, und das, das ist wie ein Beweis. Euer Ehren. Sir.«

»Brauchen Sie jetzt einen Arzt?« fragte der Richter, und seine Stenografin schrieb eifrig mit. Er fragte nur für den Bericht. In einer solchen Nacht arbeitete ohnehin kein Arzt, dazu verdienten Ärzte zu gut. In einer solchen Nacht mußten nur Richter arbeiten. Richter der ersten Instanz.

»Nein, ich brauche keinen Arzt. Ich habe sechs Magentabletten gelutscht. Mit dem Geschmack nach tropischen Früchten.«

»Schön. Sie brauchen keinen Arzt.«

»Aber mein Magen tut weh. Das kommt von den Nerven.«

»Sie haben eine Magenverstimmung, ist das Ihr Problem?«

»Jaaa.«

Richter Rudolph lehnte sich zurück und nahm seine Brille ab. Prüfend blickte er auf die winzigen Scharniere und dachte dabei an seinen Bericht. Er hatte die Sache gedeichselt. Sie von der Presse und allen außerhalb seiner Amtsräume ferngehalten. Die Anwälte rausgehalten mit dem Versprechen, ihnen am nächsten Tag eine Abschrift zukommen zu lassen. Ein Magengeschwür zu einer Magenverstimmung herabgestuft. Wurde Zeit, den Schneider wieder in das Geschworenenzimmer zurückzuschicken. »Vielleicht würden Sie sich besser fühlen, wenn Sie etwas zu trinken hätten.«

In Nicks Kehle regte sich Hoffnung. »Haben Sie einen Anisette?«

»Gegen eine Magenverstimmung?« Richter Rudolph schürzte die Lippen. Herr, wie schwer prüfst du mich.

»Es entspannt mich. Tut meinem Magen gut.«

»Vergessen Sie es«, sagte der Richter kategorisch. »Sie befinden sich in der Beratung. Sie können jedes Getränk ohne Alkohol haben, das Sie möchten. Soda oder heißen Tee, alles.«

»Vielleicht ein schönes Glas Milch?«

Richter Rudolph scheuchte seinen Referendar mit einer Handbewegung auf. »Joey, holen Sie Mr. Tullio etwas Milch.«

»Milch?« wiederholte der Referendar. »Wir haben keine Milch.« Er war zwar klein, trotzdem fand Nick, daß er nicht wie ein Italiener aussah, obwohl er Joey hieß.

Das Gesicht des Richters verfinsterte sich. »Was soll das heißen, wir haben keine Milch?«

»Es ist keine Milch da, Euer Ehren.«

»Nicht einmal im Kühlschrank?«

»Nein, Euer Ehren.«

»Aber Sie tun doch Milch in meinen Tee, oder nicht?«

»Nein. Ich nehme Sahne.«

»Herrgott noch mal, Joey. Dann holen Sie die Sahne.«

Schwach hob Nick die Hand. »Äh, ich kann keine Sahne trinken. Die ist zu schwer.«

»Es ist *fettarme* Sahne«, entgegnete der Referendar.

»Nur Milch hilft«, beharrte Nick. Beide, der Richter und der Referendar, starrten ihn an. Nick fragte sich, ob sie ihn dafür vor Gericht stellen könnten. Vielleicht hätte er lieber nichts sagen sollen. Und daß er sich übergeben hatte, wenn schon? Er würde schon nicht gleich daran sterben. Nick merkte, daß er noch tiefer in dem großen Sessel versank. Er hatte das Gefühl zu ertrinken, als hielten ihn einzig und allein noch die Armlehnen über Wasser. »Hören Sie, ich brauche keine Milch. Vergessen Sie, was ich wegen der Milch gesagt habe. Euer Ehren. Joey, vergessen Sie es einfach.«

»Ganz und gar nicht, Mr. Tullio«, sagte Richter Rudolph. Ihm ging es darum, seinen Bericht hieb- und stichfest abzusichern, nicht um einen schützenden Futterstoff für einen Magen. »Wenn Sie Milch brauchen, bekommen Sie Milch.«

»Nein, nein, schon gut. Alles bestens.« Nervös schüttelte Nick den Kopf. »Ich mag Milch nicht einmal. Ich hasse Milch. Mochte sie schon als kleines Kind nicht. Ich trinke sie nur, weil Antoinetta sagt, ich soll. Wenn ich nie mehr Milch trinken müßte, würde ich als glücklicher Mensch sterben. Man stirbt nicht, weil man sich mal erbricht, oder? Es war eher so ein trockenes Erbrechen.«

Mit einer energischen Bewegung setzte Richter Rudolph seine Brille wieder auf. »Mr. Tullio, wenn wir Milch besorgen, trinken Sie sie dann?«

Nick zwinkerte ängstlich. Er war sich nicht sicher, ob man einen Richter anlügen durfte oder ob man dafür ins Gefängnis kam. Vielleicht stand man bei Betreten der Amtsräume eines Richters automatisch unter Eid. Vielleicht war es das gleiche, als hätte man auf die Bibel geschworen. Nick bedauerte, etwas wegen seines Magens gesagt zu haben. Er hätte einfach für unschuldig stimmen sollen wie die anderen Weißen. Er wünschte, Antoinetta wäre hier.

»Bringen Sie Mr. Tullio seine Milch, Joey«, befahl Richter Rudolph.

Der Referendar erbleichte. »Euer Ehren, ich weiß nicht, wie ich bei einem solchen Schneesturm an Milch kommen soll. Ich bin sicher, alle Läden sind ...«

»Es ist mir egal, welche Titte Sie drücken müssen, Joey. Bringen Sie ihm einfach seine verdammte Milch.«

»Ja, Sir.« Der Referendar machte, daß er fortkam.

Richter Rudolph starrte den Schneider unverwandt an. Diese Unterhaltung sollte seit zehn Minuten beendet sein. Der Geschworene sollte beraten, nicht hier im Zimmer herumsitzen und über seinen Magen jammern. Herrgott noch mal. Richter Rudolph haßte diese Instanz. Er gehörte in die Berufungsinstanz, wo sich die Gespräche um juristische Dinge und nicht um Magengeschwiere drehten.

»Ich hoffe, Joey passiert nichts da draußen«, meinte Nick, einfach, um ein paar verbindliche Worte zu sagen, weil der Richter ihn so wütend anfunkelte.

»Ich bin sicher, daß ihm nichts passiert.«

»'Scheinlich nicht.«

»Wahrscheinlich«, verbesserte ihn der Richter.

»Okay. Gut. 'Scheinlich nicht«, sagte Nick, einfach, um

ihm beizupflichten, aber Richter Rudolph funkelte ihn nur noch wütender an.

»Ich mache mir keine Sorgen um meinen Referendar, Mr. Tullio, ich mache mir Sorgen um Sie«, behauptete Richter Rudolph, obwohl kein Wort davon stimmte. Er machte sich Sorgen, wie sich die »Titte« in den Zeitungen ausnehmen würde, falls das irgendwie nach draußen dränge. Ob die Frauengruppen gegen seine Ernennung Sturm laufen würden? »Denken Sie daran, Carol«, sagte er zu der Stenografin, »die Abschrift bleibt unter Verschluß, bis ich das Gegenteil anordne.«

Carol nickte, sie verstand. Sie arbeitete seit ihrer Scheidung für Richter Rudolph. Er würde bei seiner Beförderung an sie denken. Gut möglich, daß sie selbst ein paar Stufen hinauffiel, es zahlte sich bestimmt aus. »Ja, Euer Ehren.«

»Vielen Dank.« Der Richter wandte sich wieder an den Schneider und bemühte sich um einen mitfühlenden Blick. »Mr. Tullio, wenn Sie weiter keine Probleme haben und keine ärztliche Hilfe benötigen, können Sie zu den Geschworenen zurückkehren und die Beratung fortsetzen.«

»Äh, bitte? Sie meinen, äh, wieder zurückgehen?«

»Ja, natürlich. Ich lasse Ihnen die Milch bringen, sobald sie da ist. Die Geschworenen haben eine Pflicht zu erfüllen, gerade jetzt, eine sehr bedeutende Pflicht. Das Abendessen ist für 19.30 Uhr angesetzt, falls es sich länger hinziehen sollte. Sie können vorher bestimmt noch entscheidende Dinge klären, daran zweifle ich nicht.«

»Ich weiß nicht. Meine Nerven. Der Streß.«

Richter Rudolph beugte sich weit über seinen Schreibtisch, bis dicht vor das Gesicht des Schneiders.

Von diesem Würstchen ließ er sich nicht veräppeln. »Sie haben nicht gesagt, daß Sie zu krank sind, um weiter zu beraten, oder?«

»Also, nein. Ich meine, ja. Ja. In gewisser Weise. Euer Ehren.«

»Aber Sie brauchen keinen Arzt?«

»Nein, Euer Ehren.«

»Sie brauchen nur Milch.«

»Ja, Euer Ehren. Sir.«

»Und warum können Sie dann nicht zurückgehen und über den Fall beraten?«

Carol räusperte sich vernehmlich, um den Richter zur Zurückhaltung zu mahnen. Richter Rudolph wußte, daß er sich auf gefährlichem Terrain bewegte, besonders, weil er die Anwälte nicht hinzugezogen hatte. Wie nah dran war er an einem Formfehler? Wo blieb dieser verdammte Referendar? Verflucht!

»Ich kann nicht zurück, weil meine Nerven ...« Panik ergriff Nick, die Worte blieben ihm im Hals stecken. Er hatte zu große Angst, um zu sprechen, und zu große Angst, um nicht zu sprechen. Er konnte nicht zu den Geschworenen zurück, und er konnte nicht hier bei dem Richter bleiben. Ihm war, als säße er zwischen allen Stühlen, als zermalme ihn eine Faust. »Wenn doch nur Antoinetta da wäre«, krächzte Nick den Tränen nahe.

Richter Rudolph musterte den Schneider prüfend, er sah in das Gesicht, das verriet, daß er zu den kleinen Leuten gehörte, und in die wäßrigen, entzündeten Augen. Plötzlich hatte der Richter das Gefühl, als könne er in die verbrauchte kleine Seele des Mannes hineinsehen. Er begriff, was vor sich ging, er erfaßte es mit solch kristallener Klarheit, wie er sie seit seinem Kommentar in der juristischen Fachzeitschrift nicht mehr verspürt hatte. »Ich weiß genau, was Sie brauchen, Mr. Tullio«, sagte der Richter.

»Sie wissen es?« fragte Nick.

»Ja.« Richter Rudolph holte so tief Luft, daß seine Brust anschwoll. Wenn er ans oberste Gericht von Pennsylvania berufen wurde, nahm er sich vor, Großes für die Bürger dieses Staates zu leisten. Aber jetzt im Moment wünschte er sich nur, sie wären, wo der Pfeffer wächst, jedenfalls nicht in seinen Amtsräumen.

# –15–

»Ich komme mit in das Zimmer da«, kündigte Bogosian an, als er mit Marta im Flur von Rosato & Associates stand.

»Nein.« So bedroht Marta sich fühlte, sie mußte sich gegen ihn behaupten.

»Ich will wissen, was da drin geredet wird.«

»Das geht nicht.« Marta beobachtete ihn, wie er die beiden jungen Mitarbeiterinnen durch die Glaswand des Besprechungszimmers in Augenschein nahm. Sie brachten die Akte in Ordnung. Marta wollte auf keinen Fall, daß Bogosian mit ihnen in einem Zimmer war. Sie fühlte sich elend genug, weil sie ihn mit hierhergebracht hatte. Sie wollte die beiden nicht noch mehr in Gefahr bringen. »Sie können nicht mit hinein. Es fällt unter die Schweigepflicht.«

»Einen Scheißdreck tut es«, zischte Bogosian, obwohl er nur eine sehr vage Vorstellung hatte, wovon sie sprach. Anwälte sprachen immer in Rätseln. Er haßte Anwälte. Er hatte in seinem ganzen Leben nicht einen gehabt, dem man trauen konnte, und vor dem Gefängnis bewahren konnten sie ihn auch nicht.

»Wie soll ich denn erklären, wer Sie sind?«

»Das ist mir scheißegal. Ich lasse Sie nicht aus den Augen.«

Marta deutete über den Flur. »Sehen Sie, da drüben ist ein anderes Besprechungszimmer, direkt gegenüber von dem, in dem ich arbeite. Es hat ebenfalls Glaswände. Sie können also alles sehen, was ich mache. Ich werde nicht telefonieren, und falls ein Anruf hereinkommt, können Sie auf dem Apparat in Ihrem Zimmer mithören.«

»Halten Sie mich für blöd? Sie könnten den beiden anderen was stecken.«

»Und sie in Gefahr bringen? Niemals.«

»Halten Sie die Klappe. Ich komme mit rein.« Bogosian trat so dicht an Marta heran, daß sie fast durchdrehte. Das letzte Mal, als er ihr so nah gewesen war, hatte er sie bewußtlos geschlagen. Sie kämpfte gegen die aufsteigende Angst und schob sich mit einer geschickten Bewegung an ihm vorbei zu den Fahrstühlen und drückte mit großer Autorität auf den ABWÄRTS-Knopf.

»Dann arbeite ich eben nicht an dem Antrag.« Marta bemühte sich um einen selbstsicheren Ton. »Bringen Sie mich auf der Stelle zum Hotel zurück. Sie können Steere anrufen und ihm sagen, seine Fingerabdrücke werden als Beweismittel zugelassen.«

»Sie können mich.«

»Schön. Dann rufe ich ihn an, sobald wir im Hotel sind.«

»Sie bluffen.«

»Tu ich das?« Marta drehte sich um und zwang sich zu einem Lächeln. Das schöne Gesicht fürs Fernsehen. »Wollen Sie es genau wissen?«

Bogosian überlegte blitzschnell. So ein Miststück. Steere ginge hoch wie eine Rakete, wenn Bobby ihn noch einmal auf dem Handy anrief. Und Steere hatte gesagt, daß sie an dem Antrag arbeiten soll. Bogosian gelangte zu dem Schluß, es sei ausreichend, wenn er sie ständig im Auge behielt. Außerdem, was konnte sie schon tun? Sie war nur ein dämliches Weib.

»Was haben Sie für mich, meine Damen?« blaffte Marta ihre Mitarbeiterinnen an. Sie schloß die Tür des Besprechungszimmers hinter sich und zog den Stuhl am Kopfende des Tisches hervor. Sie versuchte, ihre Angst nicht zu zeigen, aber Judy, die sie kritisch taxierte, ließ sich nicht täuschen. Martas Bluse war zerknittert, so was war bei Ihrer Hoheit noch nie vorgekommen, und ihre Augen wirkten seltsam matt, als habe sie Schmerzen. Da stimmte eindeutig etwas nicht. Judy hätte Marta gerne gefragt, was los sei, aber Ihre Hoheit ermutigte nicht unbedingt zu derlei Fragen. Außerdem hatte Mary eine Tagesordnung.

»Marta, ich muß Ihnen etwas sagen«, begann Mary. Nervös stand sie auf, der Hals unter ihrer Bluse war von hektischen Flecken übersät. Mary hatte sich dazu durchgerungen, zur Abwechslung einmal Flagge zu zeigen. FRAUENPOWER. »Etwas Wichtiges.«

»Fassen Sie sich kurz.«

»Ich habe den Antrag *in limine* nicht fertiggemacht. Sie können es Bennie sagen, wenn Sie wollen. Sie können mich auf der Stelle entlassen, wenn Sie wollen. Der Antrag ist nicht fertig.«

»Der Antrag interessiert mich nicht«, gab Marta schroff zurück. »Haben Sie herausgefunden, was der Staatsanwalt gegen Steere in der Hand haben könnte?«

Marys Augen weiteten sich vor Überraschung, und Judy ertappte sich bei dem Gedanken: schizophren, selbst für einen Napoleon.

Marta hielt es nicht länger auf ihrem Stuhl, als ihr die Mitarbeiterinnen von Steeres Farbenblindheit und der Ampel berichteten. Ihr Instinkt sagte ihr, daß sie da auf etwas gestoßen waren. Steere hatte sie wieder angelogen, selbst als er scheinbar ein Geständnis abgelegt hatte. Warum hatte sie das nicht gemerkt? Steere hatte selbst zugegeben, ein Lügner zu sein, trotzdem hatte Marta seinen Mist über den Ablauf der Bluttat an dem Obdachlosen geschluckt. Mußte man sie andauernd mit der Nase auf alles stoßen? Sie würde ihn an die Wand nageln.

»Das einzige Problem ist das Motiv«, sagte Mary. »Vielleicht wissen Sie, wie sich diese Lücke füllen läßt.«

Martas Gedanken überschlugen sich. Zuerst mußte sie Bogosian abschütteln, der im Besprechungszimmer auf der anderen Seite des Flures hockte. Sie sah ihn durch die Glaswand, einen Koloß in Glattleder an einem identischen Konferenztisch. Er las seine Hundezeitschrift und schaute von Zeit zu Zeit zu ihnen herüber. Den Mitarbeiterinnen hatte Marta gesagt, er sei ihr Fahrer, ihn aber nicht vorgestellt.

»Das ist das Foto von Darntons Autopsie.« Mary reichte Marta einen 8 x 10-Abzug über den Tisch. »Wir beide sind allerdings davon überzeugt, daß er in Wirklichkeit Eb Darning hieß.«

Marta griff nach dem Foto. Ein Leichnam auf einem Obduktionstisch. Ein Gesicht in einem Leichenschauhaus. Blitzartig sah sie die Magnum vor sich, die sich in ihre Rippen gebohrt hatte, und sie begriff, was sie längst hätte begreifen müssen. Falls es ihr gelang, die Wahrheit über diesen Mord aufzudecken, bezahlte sie dafür mit ihrem Leben. Steere hetzte ihr Bogosian auf den Hals, und dieser würde so lange auf sie einprügeln, bis sie die

Leiche auf dem Obduktionstisch war. Das Gesicht auf dem Autopsiefoto. Marta mußte Steere für den Rest seines Lebens hinter Gitter bringen, sonst war sie tot. Ihr Kopf hämmerte. Ihre Wunden pochten. Blut rauschte in ihren Ohren. Das Konferenzzimmer schien plötzlich weit entfernt. Das Foto entglitt ihren Händen.

»Marta, alles in Ordnung? Marta?« Es war Mary. Sie sah ängstlich aus, aber Marta konnte sie nicht deutlich hören. Es klang, als befände sie sich unter Wasser.

Plötzlich wurde Marta heiß. Schweiß bildete sich unter ihrer Bluse und auf den Handflächen. Das Konferenzzimmer drehte sich. Unterlagen und Schriftsätze und Akten wirbelten wie in einem Tornado durcheinander. Solche Anfälle hatte sie als Kind gehabt, nach dem Kombi. Sie durfte jetzt nicht schlappmachen, sonst hatten sie Bogosian auf dem Hals. Marta zwang sich zu einem Lächeln, aber sie spürte selbst, daß es eher einer verzerrten Grimasse glich.

»Marta?« Judy stand auf. Marta war leichenblaß, und Judy befürchtete, sie hätte einen Herzanfall.

»Mir fehlt nichts«, sagte Marta rasch. »Alles in Ordnung. Machen Sie sich keine Sorgen.« Ihre Hand zitterte, als sie sich die Haare aus dem Gesicht strich. Das Zimmer nahm wieder klarere Konturen an, und die Stimmen der Mitarbeiterinnen wurden deutlicher. Was immer das für ein Anfall sein mochte, er hatte seinen Höhepunkt überschritten. Aus den Augenwinkeln heraus sah sie, wie Bogosian den Hals reckte. Er war aufgestanden und beobachtete sie. Sie machte eine abwehrende Handbewegung in seine Richtung und klammerte sich an eine Stuhllehne, um Halt zu haben.

»Haben Sie Schmerzen in der Brust?« fragte Judy.

»Atmen Sie tief durch«, sagte Mary.

»Alles in Ordnung.« Marta hielt sich an dem Stuhl fest, bis das Zimmer seine Karussellfahrt verlangsamt hatte und wieder völlig stillstand. Bogosian auf der anderen Seite des Flures flegelte sich mit seiner Zeitschrift wieder auf seinen Stuhl. Marta atmete freier. Sie sah DiNunzio und Carrier an, die um sie herumflatterten. Ihr wurde bewußt, daß sich die beiden Sorgen um sie machten, und das brachte sie aus der Fassung. Sie hatte mit dem Gedanken gespielt, ihnen einen Zettel mit einem Hinweis über Bogosian zuzustecken, aber nun wurde ihr klar, daß sie das nicht tun durfte. Es mußte hier und jetzt ein Ende haben, zumindest für die beiden. Sie hatte sie bis zum Umfallen schuften lassen, aber sie durfte nicht zulassen, daß man sie umbrachte. »Hören Sie, Sie beide gehen jetzt nach Hause. Gehen Sie nach Hause.«

Judy und Mary wechselten erstaunte Blicke. »Wovon reden Sie?« fragte Judy.

»Gehen Sie nach Hause. Jetzt gleich. Die Sache ist vorbei. Steere ist nicht wichtig, vergessen Sie Steere. Gehen Sie nach Hause.«

»Ich verstehe nicht«, sagte Carrier. »Was ist mit dem Staatsanwalt?«

»Vergessen Sie den Staatsanwalt. Wir verhandeln später mit ihm.«

»Aber Mary könnte recht haben. Wenn wir mehr über Darning wüßten ...«

»Vergessen Sie Darning. Gehen Sie heim.«

Judy nahm Steeres Steuererklärungen vom Tisch. »Die haben Sie noch gar nicht gesehen. Sie weisen auf eine Verbindung hin mit der Bank ...«

Marta riß ihr das Bündel Papiere aus der Hand und

warf es auf den Tisch. »Vergessen Sie die Bank. Vergessen Sie Steere. Gehen Sie heim, Carrier. Ihr alle beide, geht nach Hause.«

Judy stand wie vom Donner gerührt. »Marta, stehen Sie unter irgendwelchen Medikamenten?«

»Sollen wir einen ... Spezialisten rufen?« fragte Mary.

Marta blickte von einer zur anderen und brach in Gelächter aus. Sie waren wie junge Hunde, die zwei: ihrer Bestimmung ergeben und grundlos loyal. Sie erinnerten Marta an sich selbst, als sie noch jung war und zwei Säufer, die das gar nicht verdienten, vor Rechnungseintreibern und Schuldirektoren in Schutz nahm. Doch anstatt sich den Mitarbeiterinnen durch diese Erkenntnis näher zu fühlen, vergrößerte sich ihre Distanz zu ihnen. »Ich sagte, gehen Sie heim.«

»Sie können es uns sagen«, sagte Judy leise. »Sie stehen unter großem Streß, es wäre verständlich, wenn Sie etwas dagegen tun. Der Druck. Die Medien. Das geht an keinem spurlos vorbei.«

»Ich habe keinen Zusammenbruch«, erklärte Marta mit fester Stimme. »Gehen Sie nach Hause. Sie haben sehr gute Arbeit geleistet, und ich ... weiß das zu schätzen. Vielen Dank.«

Vielen Dank? Und das von Ihrer Hoheit? Judy begriff, daß Marta aus irgendeinem Grunde wollte, daß sie von der Bildfläche verschwanden. Sie war eindeutig aus dem Gleichgewicht, vielleicht sogar krank. Sie schien sie schützen zu wollen, und das paßte überhaupt nicht zu ihr. Was war bloß los? Wer war überhaupt dieser »Fahrer«? Der Typ sah aus wie ein Koloß aus einem Horrorfilm. Judy streifte Mary mit einem schnellen Blick, die, wie sie wußte, das gleiche dachte.

Aber Mary dachte keineswegs das gleiche. Mary dachte, ein Wunder sei geschehen. Daß es tatsächlich einen Gott gab und er zu Marta Richter gesprochen hatte. Daß er ihr einen Arm um die gepolsterten Schultern gelegt und sie beiseite genommen und im Himmel mit ihr ein Gespräch wie ein gestrenger Onkel geführt hatte. Sie gewarnt, wenn sie weiter Mitarbeiterinnen schikaniere, würde sie zwar als reiches, aber knusprig geröstetes Geschöpf enden. Ihr gedroht, sie hinabzuwerfen auf die unterste Ebene der Anwaltshölle. Doch trotz der wundersamen Wandlung der großen Chefin in ein menschliches Wesen hatte Mary keineswegs die Absicht, Steere einfach zu vergessen. Sie hatte sich nicht so intensiv mit dem Fall beschäftigt und inzwischen einiges herausgefunden, damit nun ein Mörder ungestraft davonkam. Nicht bei ihrer Vergangenheit. »Vielleicht sollten wir nach Hause gehen«, meinte Mary leichthin. Sie nahm ihre Jacke, die sie über eine Stuhllehne gehängt hatte. »Ich bin fix und fertig. Du nicht?«

»Was?« Judy fuhr herum und starrte die Freundin entgeistert an. »Willst du die Sache denn nicht weiterverfolgen?«

»Nein.« Mary schlüpfte in ihren Blazer. »Warum sollte ich?«

Endlich kapierte Judy. »Vielleicht hast du recht. Wir können später mit der Staatsanwaltschaft verhandeln, wenn der Antrag der Anklage vorliegt, stimmt doch?«

Marta entspannte sich innerlich. »Begleiten Sie sie hinaus, Carrier. Das ist ein Befehl.« Ihr gefiel die Vorstellung, daß die beiden zusammen weggingen, damit hatte sie gleichzeitig dafür gesorgt, daß Bogosian sie in Ruhe ließ. Sie öffnete die Tür des Besprechungszimmers. »Raus!«

»Jawohl, Sir.« Judy salutierte.

»Wurde auch Zeit, daß Sie das lernen.« Marta lächelte. Auf der anderen Seite des Flures hob Bogosian den Blick von seiner Zeitschrift, wandte sich aber wieder seiner Lektüre zu, als Marta nickte. »Sie beide müssen noch lernen, Anordnungen besser zu befolgen.«

Judy grinste und zeigte die kleine Lücke zwischen ihren Zähnen. »Darauf würde ich nicht wetten.« Ihre Hoheit. »Leihen Sie uns den Wagen, damit wir nach Hause fahren können?«

Marta mußte kurz nachdenken. Der Wagen stand immer noch in der Nähe von Steeres Stadthaus. Beunruhigt schaute sie zu Bogosian hinüber, der nicht weit von der Tür des zweiten Konferenzzimmers entfernt saß. »Ich habe den Mietwagen beim Hotel stehenlassen. Der Fahrer hat mich hergebracht.«

»Wir können zu Fuß nach Hause«, bemerkte Mary und schlenderte zur Tür hinaus. »Kein Problem, wir wohnen direkt in der Stadt.«

Judy folgte Mary auf den Flur. »Bis später, Marta. Rufen Sie uns an, wenn Sie erfahren, daß sich bei den Geschworenen etwas tut.«

»Machen Sie sich keine Gedanken«, erwiderte Marta. Sie stand in der Tür und sah ihnen nach, wie sie über den Flur zu ihren Büros gingen. Sie verspürte ein heftiges Ziehen in der Brust, das gnädigerweise aufhörte, kurz bevor sie von mütterlichen Gefühlen überwältigt wurde. Das Gefühl der Rührung hielt an, bis sie die nassen Spuren bemerkte, die Carriers Skistiefel auf dem neuen Teppich hinterlassen hatten.

Die jungen Anwältinnen warteten auf den Aufzug. Judy bemerkte, daß Ihre Hoheit sie durch die Glaswand des Besprechungszimmers beobachtete. Judy winkte ihr zu, und Ihre Hoheit winkte zurück. »Sag auf Wiedersehen zu Ihrer Hoheit«, sagte Judy zu Mary. »Wir müssen ihr zeigen, daß wir verschwinden.«

Mary winkte. »Auf Wiedersehen, Schizo.«

»Sie ist kein Schizo. Irgendwas stimmt nicht.« Judy starrte kopfschüttelnd auf die Aufzugstür. »Irgend etwas ist mit Marta passiert.«

»Eine Heimsuchung. Engel und Heilige. Harfen und Trompeten.«

Judy versuchte, die Einzelteile zusammenzusetzen. »Ich hatte den Eindruck, sie hatte Angst.«

»Gottesfurcht. Er hat sich lange genug Zeit gelassen. Ich hasse es, wenn er sich verspätet.«

Beide hörten das Rattern des Aufzugs, der durch den Schacht nach oben fuhr. Judy zog den Reißverschluß ihres Parkas zu und sammelte ihre Skistöcke und Langlaufskier ein. »Tja, dann mal los. Wir haben einiges zu erledigen.«

»Korrekt.«

»Und phantastischen Schnee dazu.«

»Ich weiß, was du denkst ...«

»Weiß. Frisch. Jungfräulich.«

»... und du kannst das gleich vergessen.« Mary war dick eingemummelt in einen schweren Mantel und Stiefel. Sie setzte ihre Strickmütze auf. »Keine Chance.«

»O doch. O ja.« Judy stellte ihre Skier nebeneinander und schnallte sie mit einem Kletterseil zusammen. »Du entgehst mir nicht.«

»Nicht im Leben, meine Liebe.«

»Eine bessere Gelegenheit gibt es gar nicht.«

Mary schüttelte den Kopf. »Nein. Ich bin nicht so dumm, wie ich aussehe.«

»Doch, bist du. Und du *wirst* es tun. Hier und heute. Du steckst schon beinahe in einer Schneewehe.«

»Ich mache das nicht, das mit den Skiern.«

»Doch, tust du.«

Mary schürzte die Lippen. »Ich habe gar keine Ski.«

»Ich habe noch ein Paar zu Hause. Es gibt keine andere Möglichkeit.«

»Wir können zu Fuß gehen.«

»Das dauert drei Stunden.«

»Du verlangst, daß ich auf *Skiern* bis zur Brücke über der 25th Street fahre?« Mary hob die Stimme.

Judy schoß ihr einen warnenden Blick zu, sie verdrehte die blauen Augen bedeutungsvoll auf den im Besprechungszimmer sitzenden Koloß. Er war zwar ein gutes Stück entfernt, aber er saß fast direkt neben der offenen Tür und blätterte in einer Zeitschrift. Judy konnte nicht sagen, ob er sich in Hörweite befand, aber sie wollte kein Risiko eingehen. Sie hatte ohnehin ein ungutes Gefühl, weil sie Marta mit ihm allein ließen. Sie löste das Dilemma, indem sie beschloß, sobald sie zu Hause waren, im Büro anzurufen und zu fragen, ob mit ihr alles in Ordnung sei. »Kannst du folgen?«

Mary warf einen Blick über ihre Schulter auf den Mann, den ersten kritischen Blick, den sie für ihn übrig hatte. Er sah nicht aus wie ein Taxifahrer, und er trug keine Uniform wie der Fahrer einer Hotellimousine. Wer war das eigentlich? Mary kam sich dumm vor, weil sie sich diese Frage erst jetzt stellte. »Vielleicht bin ich so dumm, wie ich aussehe.«

»Sag ich doch«, meinte Judy, und der Aufzug machte *ding*.

Im Besprechungszimmer weiter hinten im Flur hob Bogosian den Daumen von der Bildunterschrift unter einem Bearded Collie. Wieder Volltreffer! Er beobachtete, wie die Anwältinnen in den Aufzug stiegen und die Türen sich langsam hinter ihnen schlossen. Also zur Brücke über der 25th Street gingen sie, nanu? Schlampen. Um die mußte er sich auch kümmern.

# –16–

Nachdem die beiden jungen Frauen gegangen waren, kehrte Marta zu ihrem Platz am Konferenztisch zurück und kritzelte unsinniges Zeug auf ihren Block, um Arbeit vorzutäuschen. Sie überlegte, ob sie irgendeine Notiz hinterlassen sollte, aber das half ihr im Moment auch nicht weiter. Sie fühlte Bogosians Blick auf sich gerichtet. Was, wenn er auf die Idee kam, sich zu ihr ins Zimmer zu setzen, solange sie arbeitete? Sie mußte sich beeilen.

Marta griff nach Steeres Steuererklärungen. Die Verbindung zur Mellon Bank hatte ihr Interesse geweckt, und sie blätterte den ganzen Packen durch. Eine teure Steuerberaterfirma hatte Steeres Steuersachen erledigt. Marta war nicht ganz wohl, als sie den glatten Plastikdeckel aufklappte. Hyänen wie Elliot Steere könnten ohne Profis, die dafür sorgten, daß ihnen Reichtum und Freiheit erhalten blieben, nicht existieren. Profis wie sie. Sie hatte sich darüber keine Gedanken gemacht, bis sie selbst das Opfer wurde.

Auf der dritten Seite des Packens befand sich eine Auflistung der Hypotheken, die Steere abgesetzt hatte. Auf seinen Namen liefen ein paar Immobilien, die rein als Geldanlage dienten, aber offensichtlich hatte er auch drei mit einer Hypothek belastete Wohnsitze: ein Haus in Society Hill, eines in Vail und eines auf Long Beach Island, New Jersey. Das Haus in New Jersey erregte Martas Aufmerksamkeit. Die Adresse lautete auf eine Stadt namens Barnegat Light.

Das Strandhaus. Marta fiel ein, was Steere im Besucherzimmer des Gerichts gesagt hatte: Daß er, falls der Flughafen von Philadelphia geschlossen werde, von Atlantic City aus mit einem Jet nach St. Bart's fliegen wolle. Sie schaute aus einem der Fenster des Besprechungszimmers hinaus. Draußen herrschte wildes Schneegestöber, ständig wechselnde Böen trieben die Flocken in alle Richtungen. Bei so einem Unwetter startete mit Sicherheit kein kleines Flugzeug. Steere hatte auch in diesem Punkt gelogen. Marta knirschte mit den Zähnen.

Sie versuchte zu überlegen, sich möglichst rational, unbeeinflußt von Emotionen damit auseinanderzusetzen. Warum hatte Steere das gesagt? Warum überhaupt etwas sagen? Weil er an den Strand gedacht hatte. Vielleicht hatte er an sein Strandhaus gedacht. Als er den Sommer über im Gefängnis saß, hatte er darüber gesprochen, daß er es außerordentlich bedauere, nicht hinfahren zu können, und Marta hatte den Eindruck gewonnen, dieses Haus am Strand sei ihm mehr Zuhause als sein Stadthaus. Vielleicht zog er sich dorthin mit seiner Freundin zurück. Vielleicht gab es dort einen Hinweis. Irgend etwas. Marta klammerte sich verzweifelt an diesen Strohhalm. Ihr Leben stand auf dem Spiel.

Auf dem schicken Sideboard hinter ihr läutete das Telefon, und Marta fuhr hoch. Wer rief an? Das Gericht? Hatten die Geschworenen die Beratung bereits beendet? Nein! Sie sprang auf und griff hastig nach dem Hörer. Auf der anderen Seite des Flures vollführte Bogosian die gleichen Bewegungen und nahm den Hörer vom Apparat in seinem Zimmer. Der aufleuchtende Knopf verriet ihm, auf welcher Leitung gesprochen wurde. »Ja?« meldete sich Marta beunruhigt.

»Ms. Richter?« erklang die Stimme eines jungen Mannes. »Hier spricht der Referendar von Richter Rudolph.«

»Sind die Geschworenen zurück?«

»Nein. Richter Rudolph bat mich, die Parteien davon in Kenntnis zu setzen, daß er den Geschworenen ehelichen Besuch bewilligt hat. Einer der Geschworenen hat dies gewünscht. Eine Abschrift über diesen Beschluß geht den Parteien morgen zu.«

»Ehelichen Besuch, heute abend?« Marta war erleichtert. Dadurch hatte sie bis zum Urteil ein bißchen Zeit gewonnen. »Das war nicht anberaumt.«

»Ist es aber jetzt.«

»Haben sie die Beratung für heute beendet?«

»Ja, sie setzen sie morgen früh um 8 Uhr fort. Wegen des Schnees hat Richter Rudolph angeordnet, daß die Beratung ins Hotel der Geschworenen, in dem sie bisher schon abgeschottet waren, verlegt wird.«

»Danke«, sagte Marta und legte auf. Nachdenklich.

Bogosian auf der anderen Seite des Flures legte ebenfalls auf. Lauernd.

Marta drehte sich um und machte sich sofort wieder daran, Arbeit vorzutäuschen. Sie senkte den Kopf und schrieb. Sie mußte Bogosian schleunigst loswerden. Als sie eine Seite mit juristischen Schlagwörtern gefüllt hatte, hatte sie einen Plan. Es gab nur eine einzige Möglichkeit. Ihr Herz schlug schneller. Sie blickte auf die Uhr. 20.40 Uhr. Es war keine Zeit mehr zu verlieren. Sie mußte direkt unter Bogosians Nase agieren. Marta wappnete sich. Es war ihre einzige Chance. Jetzt.

Sie stand auf, ging wie selbstverständlich zu den Steere-Akten und zog irgendeinen Manilaordner heraus. Er klappte auf, und Marta ging, den Ordner in der Hand, im Zimmer auf und ab und tat so, als läse sie. Aus den Augenwinkeln beobachtete sie Bogosian, der hin und wieder von seiner Zeitschrift aufblickte, aber er schien zufrieden, daß sie so emsig bei der Arbeit war. Während sie im Zimmer auf und ab ging, näherte sich Marta jedesmal ein bißchen mehr dem auf dem Sideboard stehenden Telefon. Sie beobachtete Bogosian unentwegt und wartete auf den richtigen Moment. Eine zweite Chance bekäme sie nicht. Wenn er wollte, konnte er sie durch die Scheibe erschießen. Bogosian schien völlig in seine Zeitschrift vertieft. Das war die Gelegenheit, auf die Marta gewartet hatte, und sie nutzte sie.

Ohne ihre Marschiererei zu unterbrechen, nahm sie den Telefonhörer von der Gabel, legte ihn neben das Telefon auf das Sideboard und machte auf dem Absatz kehrt. Schaffte es Marta, drei Nummern einzugeben – 514 –, hatte sie den Sicherheitsdienst des Gebäudes am Apparat. Den Polizeinotruf konnte sie nicht anrufen, mit der Polizei müßte sie reden. Es würden Fragen gestellt und Zeit vergeudet. Nur drei Zahlen.

Bogosian saß lesend in seinem Zimmer. Er kehrte dem Telefon den Rücken zu, konnte also nicht sehen, daß der Signalknopf der geöffneten Leitung leuchtete. Marta entfernte sich vom Telefon und schritt wieder darauf zu. Ihr Gesicht war ständig auf die Akte gerichtet. Sie kam zum Telefon, drückte blitzschnell eine 5, machte rasch kehrt und ging wieder zum Tisch.

Inzwischen hatte Bogosian die Zeitschrift weggelegt. Er stand auf und schüttelte seine Jeans über seine Cowboystiefel.

Marta war wieder beim Telefon und drückte 1.

Bogosian streckte sich und gähnte. Seine Lederjacke klappte auf und enthüllte die Magnum.

Marta ging hin und her und bemühte sich, ruhig zu bleiben. Nur noch eine einzige Zahl.

Bogosian verließ das Zimmer und kam über den Flur.

Marta schlug das Herz bis zum Hals. Sie war wieder beim Telefon angelangt und gab die 4 ein. Jetzt müßte die Verbindung zum Sicherheitsbüro hergestellt sein. Kommt schon. *Nehmt ab.*

Marta hörte ein Rütteln an der Glastür. Bogosian versuchte, den Türknauf zu drehen, aber die Tür war verschlossen. Marta tat, als hörte sie ihn nicht, als wäre sie völlig in ihre Lektüre vertieft. Die Angst war wieder da, ihr Herz flatterte. Ihr Kopf dröhnte. Die Wörter verschwammen ihr vor den Augen. *Die Verbindung, verdammt!*

»He!« rief Bogosian. Er schlug gegen die Tür. Im Bruchteil einer Sekunde würde er die Waffe ziehen, aber der Bruchteil einer Sekunde genügte Marta. Sie hörte das leise Klicken im Telefon, das das Zustandekommen der Verbindung meldete, und die Stimme eines Wachmannes: »Sicherheit.«

Bingo! Mit einer flinken Körperbewegung verdeckte Marta Bogosian die Sicht auf das Telefon und legte den Hörer auf. »Komme!« rief sie und öffnete mit schweißnasser Hand die Tür.

»Was treiben Sie da, verdammt noch mal?« brüllte Bogosian und stürmte herein. Er stieß Marta aus dem Weg, und sie taumelte rückwärts gegen den Tisch und mußte sich an einem Drehstuhl festhalten, um nicht zu fallen. Ein stechender Schmerz jagte durch ihre Rippen.

»Ich arbeite an dem Antrag«, antwortete Marta. Sie zwang sich zur Ruhe. Die Telefonverbindung war zustande gekommen. Jemand von der Sicherheit würde heraufkommen, um nachzusehen. Zumindest ein Wachmann hatte Dienst, er war dagewesen, als sie sich bei ihrer Ankunft eingetragen hatte. Wie lange konnte es dauern, bis er hier oben war?

Bogosian schob sich an ihr vorbei, sein Blick schweifte mißtrauisch durch das Zimmer. Sein massiger Körper schien das ganze Zimmer auszufüllen. Seine Bewegungen waren flink und kraftvoll. Er roch nach kaltem Leder und Adrenalin. »Haben Sie den Antrag aufgesetzt?«

»Noch nicht. Eine halbe Stunde noch, dann ist er fertig.«

»Sie haben fünf Minuten, dann verschwinden wir.«

Marta mußte ihn hinhalten. »Ein bißchen länger wird es schon dauern.«

»Zu dumm.« Bogosian hatte die Nase voll von ihrem Scheiß, und er hatte nichts mehr zu tun. Er hatte sämtliche Hunderassen geraten, er konnte nicht noch einmal von vorne anfangen. Außerdem wollte er diese Schlampe wieder sicher unter Kontrolle in ihrem Hotelzimmer haben. Er hatte das Gefühl, daß sie vorhatte, ihn reinzulegen. Sie und die beiden anderen. Was zum Teufel fiel denen ein, zu der Brücke zu gehen? Bogosian zeigte auf den Ordner. »Was tun Sie mit dem da?«

»Ich lese darin. Für den Antrag.«

»Aha, gut.« Er riß der Schlampe den Ordner aus der Hand und sah sich die aufgeschlagene Seite an. Sie war mit Maschine geschrieben, Namen waren unterstrichen.

Bogosian kannte Anwaltsunterlagen von seinem eigenen Prozeß her. Scheiß. Noch mehr Anwalts-Scheiß. Alles, was sie zustande brachten, war, Papier vollzuschmieren. Er warf den Ordner auf den Tisch, und der Ordner rutschte zwischen die anderen Unterlagen und richtete ein Durcheinander an. Am liebsten hätte er alles durcheinandergeworfen. Den ganzen Tisch umgeworfen. Aber dann käme er nie dahinter, was sie im Schilde führte. »Sie haben sich nicht an meine Anweisungen gehalten.«

»Was meinen Sie damit?«

»Sie wissen, was ich meine.«

»Nein, ich mußte nur verschiedenes nachsehen.« Angsterfüllt beobachtete Marta, wie Bogosian um den runden Konferenztisch stolzierte und mit zusammengekniffenen Augen auf die Dokumente und Fotos starrte. Sie bemerkte, daß er weitsichtig war. Er griff nach den Papieren, die in dem Durcheinander am Rand des Tisches lagen, und bewegte sich so bedächtig wie der Minutenzeiger einer Uhr. Wo blieb der Wachdienst? Kam überhaupt jemand? Bogosian blätterte den Block durch, den Marta benutzt hatte, und sie war froh, keine verräterischen Notizen hinterlassen zu haben.

»Haben Sie das gerade geschrieben?«

»Ja. Möchten Sie es lesen?«

»Nein. Ich möchte es nicht lesen.« Bogosian äffte sie nach.

Martas Kehle war wie zugeschnürt und so trocken, daß sie kaum schlucken konnte. Wo zum Teufel blieb der Sicherheitsdienst? Die Leute mußten doch sogar einen Fehlalarm überprüfen, oder? Wenn sie lebend hier rauskam, würde sie dafür sorgen, daß sie allesamt entlassen wurden. Sie stand nicht weit von der offenen Tür, während Bogosian langsam den Tisch umrundete. Er befand sich in der bestmöglichen Position auf der anderen Seite des Tisches. Jeder Muskel in ihrem Körper war zum Weglaufen bereit, aber sie befahl sich, auf Hilfe zu warten. Voller Grausen erinnerte sie sich, wie schnell Bogosian Boden gutmachte.

»Warum ist das Computerbild schwarz?« fragte Bogosian und starrte stirnrunzelnd auf den Laptop. »Das gefällt mir nicht.«

»Sie brauchen nur auf irgendeine beliebige Taste zu drücken, dann kommt ein Bild.« Marta zog unweit des Laptops einen Stuhl unter dem Tisch hervor und nahm ihre Handtasche vom Sitz, als wolle sie Platz für ihn machen. Vielleicht brauchte sic die Handtasche bald. »Hier, setzen Sie sich«, sagte sie. »Wenn Sie mir nicht trauen, dann bleiben Sie eben hier, solange ich arbeite.«

»Leck mich.«

Plötzlich hörte Marta hinter sich ein Geräusch. Das Rattern des Aufzugs. Das *Ding* der Klingel beim Öffnen der Türen. Zwei Sicherheitsleute traten lachend aus dem Aufzug. Einer von ihnen war der junge Mann, der sie bei ihrer Ankunft eingetragen hatte. Es war soweit.

»HILFE!« schrie Marta und stürzte aus dem Besprechungszimmer. »ER HAT EINE WAFFE!« Vorbei an den entsetzten Gesichtern der Wachleute rannte sie zum Treppenhaus. Ihr Herz raste. Ihr Kopf dröhnte. Ihre Rippen schmerzten so entsetzlich, daß ihr Tränen in die Augen traten. Sie rannte durch den Flur und hörte hinter sich Schüsse krachen. Ein, zwei, drei Schüsse. Ein gequältes Stöhnen. O Gott. Marta hoffte, es hatte nicht die Wachleute erwischt.

»HILFE!« schrie sie wieder und stieß die Tür zum

Treppenhaus auf. Sie jagte die Betonstufen hinunter, brachte einen Treppenabsatz hinter sich, dann den nächsten. Ihre Pumps klapperten auf den stählernen Kanten der Stufen. Sie keuchte vor Anstrengung und Todesangst. Von oben kam kein Laut. Niemand verfolgte sie. War Bogosian tot? Im ganzen Gebäude schrillten plötzlich Alarmglocken, ein Höllenlärm erfüllte das Treppenhaus aus Beton. Dem Himmel sei Dank. Der Lärm mußte weitere Wachleute herbeiholen. »HILFE!«

Marta lief weiter. Sie jagte die Treppen hinunter, sprang, stürzte fast von Absatz zu Absatz. Eine auf die Wand gemalte 10 sagte ihr, wie viele Stockwerke sie noch vor sich hatte, bis sie unten war. Das Treppenhaus war eng, die Treppe änderte ständig die Richtung, und ihr wurde schwindlig. Die Alarmglocke gellte in ihren Ohren. Ihre Schreie komplettierten die Kakophonie. Noch sechs Stockwerke. Weiter! Schneller und schneller, immer weiter. Die Treppe hinunter in wilder Hast trotz Schmerzen und Angst. Noch vier Stockwerke.

Bogosian kam nicht hinter ihr her. Vielleicht hatten ihn die Wachleute erschossen. Vielleicht war sie erlöst. Marta kam im Erdgeschoß an und warf sich gegen die Tür. Krachend öffnete sie sich im gleichen Moment zur Eingangshalle, als auf der anderen Seite des weißen Marmorfoyers die Türen des Aufzugs aufglitten.

Marta bot sich ein entsetzlicher Anblick. Der Aufzug war ein Schlachthaus. Von einem riesigen Fleck auf den weißen Wänden tropfte Blut. Zusammengesunken zu blutigen Bündeln lagen die beiden Wachleute tot auf dem Boden des Fahrstuhls. Einem fehlte das ganze Gesicht. Zwischen den Leichen stand Bogosian.

Er zielte auf Marta.

# – 17 –

Atemlos rannte Marta um ihr Leben. Immer wieder auf dem glatten Marmorfußboden ausrutschend, lief sie zum Eingang des Gebäudes und stürmte durch die verglaste Doppeltür auf die Straße. Eiseskälte traf sie auf Gesicht und Brust.

»HILFE! ZU HILFE!« schrie sie, obwohl die zugeschneite Straße völlig verlassen vor ihr lag. Weit und breit keine Polizei, weit und breit keine Hilfe. Draußen vor dem Gebäude war der Alarm nur gedämpft zu hören. Die Wachleute waren tot. Entsetzlich. Bogosian war ein Killer.

»HILFE!« Marta rannte durch den tiefen Schnee über den Gehweg, ihre Tasche tanzte auf ihrer Schulter. Eisige Flocken bissen ihr ins Gesicht und drangen durch ihr Wollkostüm. Sie stolperte und versank mit dem Arm bis zum Ellenbogen in einer Schneewehe.

*PEENGG!* Hinter sich hörte Marta einen Schuß, der in der Stille ein Echo erzeugte.

O Gott. Bogosian schoß auf sie. Die Todesangst verlieh ihr Flügel. Sie hörte sich aufschreien, als sie halb stolpernd, halb sprintend, durch den gefrierenden Schnee lief. Sie hastete an abgedunkelten Läden vorbei und bog um eine Ecke, außer Sicht von Bogosian. Ihre Beine waren völlig durchnäßt und ihre Füße taub, aber sie rannte weiter. An Verstecken war nicht zu denken, ihre Fußabdrücke im Schnee verrieten sie. Tränen strömten ihr über das Gesicht.

»HILFE!« schrie sie ohne Aussicht, gehört zu werden.

*PEENNGGGG!* Wieder ein Schuß.

Marta duckte sich in Panik. Bogosian würde sie umbringen. Für einen Moment war sie aus seinem Blickfeld verschwunden, aber das würde sich rasch ändern. Eine dieser Kugeln würde ins Schwarze treffen. In ihr Rückgrat. In ihr Herz. In ihren Kopf. Sie mußte sterben. Vor ihr tauchten die Lichter der Chestnut Street auf, und sie lief darauf zu. Dort mußten Menschen sein.

»HILFE!« Ihre Beinmuskeln erlahmten. Ihre Brust schien gleich zu explodieren. Sie spürte, wie ihr warmes Blut über den Nacken rann; ihre Wunden mußten wieder aufgeplatzt sein. Sie wußte nicht, wie lange sie noch rennen konnte. Bogosian war kräftig. Nicht mehr lange, dann hatte er sie eingeholt und würde sie erschießen wie einen Hund. Soweit durfte es nicht kommen.

Marta hetzte um die Ecke in die Chestnut Street. Ein großer weißer Pick-up mit einem an der vorderen Stoßstange montierten Schneepflug wühlte sich durch die Straße und schob einen Berg aus Schnee und Eis vor sich her. Auf den gewaltigen Reifen, die tiefe Spuren in den Schnee gruben, wirkte er grotesk erhöht. Der Pick-up sah aus, als nähme er an einer Rallye für Monsterlaster teil. Auf seinem speziell ausgewählten Nummernschild stand ELVIS.

Marta, vor Erleichterung am Rande der Hysterie, legte noch an Tempo zu. Gleich war sie in Sicherheit. Am Leben. Sie mußte die Aufmerksamkeit des Fahrers auf sich lenken. Weit ausholend schwenkte sie die Arme, aber der Lastwagen bremste nicht. Die Fahrerkabine war zu hoch oben und zu dunkel, um hineinsehen zu können.

»HILFE!« schrie sie, aber der Pflug hielt nicht an. Das laute Dröhnen des Motors übertönte ihre Stimme, sie hörte sich selbst nicht. Sie mußte vor den Laster. Damit der Fahrer sie sehen konnte.

Marta rannte noch schneller, um den Schneepflug einzuholen. Eine Wolke von Auspuffgasen brannte ihr in den Augen. Ruß flog ihr in den Mund. Unter den gigantischen Reifen des Lasters, die kraftvoll durch den Schnee mahlten, spritzten Eisteilchen auf. Sie mußte den Pflug aufhalten. Ihre Kräfte reichten nicht aus, um ewig weiterzurennen. Unentwegt fuchtelte sie mit den Armen, und das kostete sie enorm viel Luft. Sie rannte, so schnell sie konnte, und noch schneller. Noch ein paar Schritte, und sie hatte es geschafft.

Einer, zwei, drei. Ja! Marta hatte den Pflug eingeholt und lief parallel neben dem Fahrzeug her. Sie winkte wie wahnsinnig, trotzdem bremste der Pflug nicht. Verdammt! Verzweifelt warf Marta einen Blick über ihre Schulter.

Bogosian war hinter ihr und holte auf. Eine todbringende Gestalt kam durch den Schnee herangestürmt. Er hielt die Waffe schußbereit in der Hand.

O Gott. Marta hatte keine Alternative. Sie sah nur noch eine einzige Möglichkeit. Sie hoffte, es war kein Selbstmord. Sie spurtete direkt vor den riesigen Schneepflug. Der Fahrer hupte laut, fuhr aber unbeirrt weiter. Was? War er verrückt? Wenn er nicht bremste, überfuhr er sie.

Marta lief in die Mitte der Straße und rannte winkend

und schreiend zwischen den Scheinwerfern des Lasters die Straße hinunter. Wieder hupte der Fahrer, der Pflug kam näher. Warum bremste er nicht? Hielt er sie für eine Irre oder eine Betrunkene? Der Pflug fuhr so schnell, daß Marta nicht wagte, sich umzudrehen oder langsamer zu werden. Ein gewaltiger Schneeberg war ihr dicht auf den Fersen und drohte sie zu verschlingen.

Voller Panik mobilisierte Marta ihre allerletzten Reserven. Ihr Atem ging schwer und stoßweise, jeder Atemzug stach unbarmherzig in den Rippen. Sie fühlte sich leicht benommen. Ihre Beine knickten beim Laufen ein. Mit ihren Pumps rutschte sie bei jedem Schritt. Wie in Trance rannte sie durch den Schnee in die Dunkelheit.

Marta warf einen Blick zurück. Eine riesige Schneewand, so nah, daß sie die Kälte spürte, die davon ausging, jagte sie die Straße entlang. Aber hinter dem Schneepflug war nichts zu sehen. Wenn sie Bogosian nicht sehen konnte, konnte er sie auch nicht sehen. Marta hatte ihn abgehängt.

Sie konnte keinen Schritt mehr laufen. Mit einem Satz sprang sie aus der Spur des Schneepflugs, landete in einer Schneewehe am Bordstein und tauchte in das kalte pulverige Weiß.

»Verdammt!« schrie Bogosian auf dem Gehweg. Er starrte dem Schneepflug hinterher, der Richtung Stadtzentrum fuhr. Die Schlampe war nirgendwo zu sehen. Er konnte sie nicht weiterverfolgen. Irgendwo da vorne mußten Leute sein, Räummannschaften, und sein Hemd war durchtränkt vom Blut der Wachleute. Bobby hatte nicht vor, seinen Arsch zu riskieren.

»Verdammt!« brüllte er in den Sturm. Er drehte auf

dem Absatz um. Trotz der Minusgrade brach ihm der Schweiß aus. Bogosian hatte das Gefühl, von allen Seiten eingeschlossen zu sein, als säße er wieder im Knast. Er konnte sich nicht rühren, er bekam keine Luft. Der verdammte Lärm aus den Radios. Die verdammten Nigger mit ihren verdammten Zöpfchenfrisuren. Der unerträgliche Gestank.

»Verdammt!« brüllte er noch lauter, aber es machte ihn nur noch wütender. Er stand total unter Spannung. Er kam sich vor wie ein gigantischer Knoten kurz vor dem Platzen. Wie ein Korken, der mit Gewalt herausdrängte. Er wollte schreien. Er wollte töten. Er wollte seinen Samen verspritzen. Blut strömte in seine Muskeln, in seinen Schwanz. Wieder hörte er sich schreien, und er rammte die Faust gegen die dicke Betonwand eines Bankgebäudes.

Einmal, noch einmal. Er spürte den Schmerz nicht. Wieder und wieder schlug er zu, bis die Haut auf seinen Knöcheln aufplatzte und Blut hervorquoll. Schlagartig kehrten alle Empfindungen zurück. Der Schmerz in seiner Hand explodierte förmlich. Hitze stieg aus seinem eigenen Blut empor. Er bekam eine Gänsehaut am ganzen Leib.

Bogosian konnte Schmerz ertragen. Er konnte jeden Schmerz ertragen. Er zog seine Hand zurück und starrte auf die blutige Faust, als gehöre sie einem anderen. Er erinnerte sich, wie sich seine Schwester selbst geschnitten hatte. Mit einem Rasiermesser mit scharfer, gerader Klinge hatte sie sich kleine Schnitte auf Oberschenkeln und Armen zugefügt. Alle in einer Reihe, wie Kokslinien. Dämliche Schlampe. Allesamt dämliche Schlampen. Die eine auf der Straße da vorn und die beiden anderen. Die jungen aus dem Anwaltsbüro, die unterwegs waren zur Brücke über der 25th Street. Bobby wußte, was das hieß. Grays Ferry, wo Steere den Nigger umgelegt hatte.

Plötzlich erschöpft, rutschte er an der Hauswand hinunter in die Hocke. Der Schneepflug und die anderen Laster waren verschwunden. Die Straße lag ruhig da. Bobby drehte sein Gesicht zur Wand. Der Beton zerkratzte seine Stirn. Schneeflocken sammelten sich auf seiner Schulter und fielen ihm in den Kragen. Er wollte Steere nicht sagen, daß er Mist gebaut hatte. Er hatte noch nie Mist gebaut. Er mußte die Sache in Ordnung bringen, erst dann konnte er ihn anrufen.

Bobby stand auf und versuchte, seine Jacke zuzuknöpfen, um das Blut auf dem Hemd zu verbergen, aber seine zerschlagene Hand gehorchte nicht. Er hatte sich zu blöd angestellt und alles versaut. Er mußte sich ein neues Hemd besorgen. Aber woher zum Teufel sollte er es nehmen? Eine Riesenscheiße. Alles war beschissen! Das war alles die Schuld von dieser Schlampe. Dafür würde sie bezahlen.

Bobby mußte alles wieder ins reine bringen. Er mußte die Schlampe aufspüren und die beiden anderen auch. So, wie es aussah, mußte er Gyro anrufen, aber das ließ sich nicht ändern. Gyro, ein Bulle, der Schutzgelder kassierte, half ihm bestimmt aus der Patsche. Gyro würde zwar ein großes Loch in seinen Verdienst reißen, aber Bobby war dafür verantwortlich, daß der Job korrekt erledigt wurde. Schließlich war er Profi. Bobby schloß seine Jacke und stapfte durch den Schnee davon.

# –18–

Mit einem Ruck riß Marta den schäbigen Vorhang vor und sank auf den Plastiksitz in der Fotokabine. Hier bei Woolworth, dem einzigen Geschäft in der Chestnut Street, das geöffnet hatte, roch es gleichzeitig nach Desinfektionsmitteln und Schmutz. Ihr Puls raste, ihre Brust hob und senkte sich schwer. Jeder Atemzug bereitete ihr Qualen, und Marta holte tief Luft, um die Atmung zu verlangsamen, damit der Schmerz erträglicher wurde. Sie hing in der Kabine wie ein Boxer in seiner Ecke.

Draußen vor der Kabine war alles ruhig, und Marta hegte den Verdacht, daß sie außer den Verkäuferinnen in den roten Kitteln, von denen sie zwei beim Hereinstürmen in das Geschäft über den Haufen gerannt hatte, der einzige Mensch im Kaufhaus war. Das Geschäft schließe in zehn Minuten, hatten sie ihr gesagt und sie mit großen Augen angestarrt, woran sicher ihre nicht gerade präsentable Erscheinung schuld war. Sie hatte sich damit herausgeredet, daß sie in den Sturm geraten sei. In gewisser Weise stimmte das sogar.

Martas Atmung normalisierte sich, und der Schmerz in den Rippen ließ leicht nach. Sie richtete sich auf und lehnte sich mit dem Rücken an die Wand der Kabine. FOTO-ILLUSIONEN stand auf dem Schild vor ihr. Unter dem Schild befand sich ein Monitor, auf dem die Motive flimmerten, zwischen denen man wählen konnte: SIE und der Präsident! SIE auf einer Dollarnote! SIE auf einem Fahndungsplakat des FBI!

Martas Blick fiel auf einen Spiegel mit imitiertem Holzrahmen. SIE mit ELVIS dem Schneepflug! Sie wandte den Blick ab, sie wollte sich nicht im Spiegel sehen. Sie wußte auch so, wie sie aussah. Ihre Haare hingen in feuchten Strähnen um ihr Gesicht, und ihre Haut war gezeichnet von den Strapazen, jede kleine Falte verstärkt von der Angst. Ihr Kostüm war feucht und nur noch ein besserer Lappen, aber wenigstens lebte sie. Sie war Bogosian entkommen. Es war ein Wunder. Sie dachte an die Wachmänner, die nicht soviel Glück gehabt hatten. Im Unterschied zu Marta hatten sie Familie. Wer hätte Marta vermißt, wenn man sie umgebracht hätte?

Es traf sie wie ein Schlag. Die Antwort lag auf der Hand. Niemand. Marta hatte keine Familie mehr und keinen Menschen, der ihr oder dem sie etwas bedeutete. Sie liebte niemanden; sie sorgte für niemanden. Kein lebendiges Wesen war auf sie angewiesen, abgesehen vielleicht vom Personal ihres Büros, aber ihre Angestellten hätten ruckzuck eine neue Stelle. Sie wurden nicht unbedingt gut bezahlt. Und ganz sicher trauerten sie nicht um sie. Einmal hatte sie zufällig mit angehört, wie ihre Sekretärin ihr den Tod gewünscht hatte.

Marta krümmte sich auf dem harten Sitz. Aber wie immer richtete sie sich damit auf, daß sie ihr Leben Revue passieren ließ. Immerhin zählte sie zu den allerersten Strafverteidigerinnen des Landes. War ehemalige Vorsitzende des Komitees für Strafrecht in der Anwaltskammer, Mitglied der Vereinigung der Strafverteidiger von Amerika, Gastdozentin und juristische Kommentatorin. Mit anderen Worten, eine hochbezahlte Quertreiberin. Eine Hexe in einer Steuerklasse, über die man nicht einfach hinweggehen konnte. Das Resümee ihres Lebens schien ihr plötzlich nicht mehr so großartig auszufallen.

Marta war stets überzeugt gewesen, es weit gebracht zu haben. Sie war den Wälder von Maine entronnen, hatte sich das Jurastudium und alles, was danach kam, selbst ermöglicht. Hatte ein ganzes Land zwischen sich und eine Frau gelegt, die sie jahrelang unter dem immer gleichen, risikoreichen Vorwand in ein fremdes Auto nach dem anderen gesetzt hatte. *Können Sie mir zwanzig Dollar für den Zug leihen, Sir? Unser Auto hat eine Panne, und wir müssen ins Krankenhaus zum Vater dieses Kindes da. Der nächste Bahnhof ist gleich da vorne die Straße runter.*

Marta weiß, die Männer wissen, daß die Mutter lügt, auch wenn sie ihr das Geld geben und sie am Bahnhof aussteigen lassen, wo Mutter und Tochter fünf Minuten warten, bevor sie geradewegs wieder hinaus auf die Landstraße gehen. Marta weiß, die Männer rücken das Geld ihretwegen heraus; sie ist der Köder, der Einsatz. Vorgeschoben zur Rechtfertigung, sogar damals. Das einzige Mal, wo es Ärger gibt, ist mit dem blauen Kombi, und danach hört es auf. Ab dann geht ihre Mutter allein auf die Landstraße. Und nach einiger Zeit bleibt sie länger weg.

Marta schüttelte die Erinnerung ab. Das war Vergangenheit. Das war vorbei. Warum kam die Erinnerung immer wieder hoch? Warum ausgerechnet jetzt? Sie war durcheinander, ihre Welt war aus den Fugen geraten. Sie strich sich den Pony aus der feuchten Stirn. Sie sollte in der Gegenwart leben und froh sein, noch unter den Lebenden zu weilen. Wie viele Tote hatte es gegeben und warum? War sie die nächste? Sie hatte keine Zeit für Selbstmitleid. Sie mußte handeln. Bogosian war ihr möglicherweise noch immer auf den Fersen. Nach wie vor mußte sie schneller sein als die Geschworenen, und Woolworth machte jeden Moment zu. Marta erhob sich, wischte Schneereste von ihrem feuchten Kostüm und lugte hinter dem Vorhang der Fotokabine hervor.

Kein Bogosian und keine Kunden. Das Geschäft war hell erleuchtet und menschenleer. Stahlbehälter quollen über von Kosmetika, Haarbürsten und Gummistiefeln. Kartoffelchips, Spiralnotizbücher und Videos im Angebot füllten die Regale. Auf einer fettigen Grillstation neben den Regalen mit Damenschuhen und den Ständern mit Wintermänteln lagen Hot dogs. Marta schulterte ihre durchweichte Tasche und schob sich vorsichtig aus der Kabine. Sie hatte ein paar dringende Einkäufe zu erledigen.

Ein Gutes hatte es, wenn man seine Seele verkaufte.

Man bekam Geld dafür.

Die beiden jungen Anwältinnen fuhren auf Skiern auf der Broad Street in Richtung Süden. Judy Carrier hatte die Führung übernommen, und Mary DiNunzio folgte in der von ihr gespurten Linie, zwei schmalen Furchen, in denen sich rasch wieder Neuschnee sammelte. Der Blizzard hatte noch einen Gang zugelegt, und es herrschte kein Verkehr, obwohl die Broad Street normalerweise eine der Hauptverkehrsadern der Stadt war.

Mary konnte sich in Judys blauem Daunenparka und der unförmigen Überziehhose mit Brustlatz kaum bewegen. Schnee flog ihr in den Mund und stach ihr in die Wangen. Sie zog Judys Schal bis unter ihre nasse Nase, die, um das Maß vollzumachen, auch noch tröpfelte. Überaus attraktiv. »Ich kann nicht Ski fahren, ich bin Italienerin«, rief Mary, die schwankend auf den Skiern stand. Ihre Zehen waren auf Holzbrettern festgenagelt, und ihre Arme standen zu beiden Seiten steif ab. Sie kam sich vor wie ein gekreuzigtes Zwetschgenmännchen. In einem Tiefkühlschrank.

»Was hat das damit zu tun?« rief Judy, die zügig weiterfuhr, über ihre Schulter.

»Italiener sind für gewisse Dinge nicht geschaffen.« Mary schob die Skier an und versuchte, Judys ausfallartigen Gleitschritt nachzuahmen, aber das beste, was sie zustande brachte, war Pinguingewatschel.

»Für welche Dinge?« rief Judy, und der Wind trug ihre Worte nach hinten zu Mary.

»Dinge, die, um das gleich mal zu sagen, überhaupt kein Mensch tun sollte. Berge besteigen. Auf Pferden reiten. Eben alles, was du machst.«

»Das ist lächerlich!«

»Nicht jeder kann alles, Jude.«

»Umgekehrt wird ein Schuh daraus. Jeder *kann* alles!«

Mary gab es auf. Allmacht war nicht jedem gegeben. Jedenfalls keinem Katholiken. Mary bemühte sich, ihren linken Ski vorzuschieben, aber in der Spur befand sich eine Eisplatte, und sie stürzte. »Yiiiii!«

»Benutz deine Skistöcke!« Judy drehte sich gerade noch rechtzeitig um, um ihre Freundin wie in Zeitlupe auf die Seite fallen zu sehen. Sie waren drei Querstraßen weit gekommen, und genausooft war Mary gestürzt. Bei diesem Tempo brauchten sie eine Woche bis zur Brücke über der 25th Street. Es war schwer voranzukommen, schwerer als vorhin, als Judy allein unterwegs gewesen war. Der Schnee war inzwischen so tief, daß er stellenweise bis zu ihren Oberschenkeln reichte. Wäre es nicht so leichter, trockener Pulverschnee gewesen, hätte man das Gefühl gehabt, in Erbsensuppe Ski zu fahren. »Alles in Ordnung?«

»Prima. Großartig. Ging mir nie besser!« Mary bemühte sich, sich aufzurichten, kam aber nicht zu Rande. Sie war ein großer, leuchtender, kobaltblauer Punkt inmitten der breiten weißen Hauptstraße und erinnerte an eines von den neuen blauen M&Ms. An den Stellen, wo der Wind den Schnee zusammengeweht hatte, türmte er sich zu wandernden Hügeln, die im Schein der Straßenlampen wie Vanillezuckerguß auf einer Geburtstorte glitzerten. Der die Broad Street beherrschende, angestrahlte gelbe Uhrenturm des Rathauses ragte darüber auf wie eine Geburtstagskerze aus strahlendem Gold. Die Uhr zeigte 21.30 Uhr.

»Nimm den Skistock zu Hilfe«, rief Judy. »Nimm beide Fäuste.«

Mary umklammerte krampfhaft ihren Skistock und stemmte sich hoch, aber es dauerte, bis sie aufrecht stand. Sie klopfte ihre Skihosen ab und schob die behandschuhten Hände in die Schlaufen der Stöcke. Sie fror, und ihre Laune war auf dem Nullpunkt. Schnee flog ihr zwischen die Zähne wie Mücken. Von Minute zu Minute fühlte sie sich erbärmlicher, und trotzdem war das hier noch besser, als Anwältin sein.

»Westwärts, ho!« Judy drehte sich um und rammte ihre Skistöcke tief in den Schnee, bis sie auf Asphalt trafen, stieß sich ab und legte in den nächsten paar Minuten etliche Meter zurück. Mary schloß die Lücke zwischen ihnen auf halbem Weg den Block hinauf, kurz vor der Washington Avenue und den hellen Neonlichtern der Kunstakademie.

»Glaubst du, mit Marta ist alles in Ordnung?« rief Mary.

»Ich hoffe!« Judy hatte im Büro angerufen, und weil dort niemand abgenommen hatte, hatte sie eine Nachricht im Hotel hinterlassen. Vielleicht war Marta im Badezimmer gewesen oder einfach nicht ans Telefon gegangen. Vielleicht hatten die Geschworenen noch eine Frage nachgereicht, und Marta war zum Gericht beordert worden. Oder es hing mit dem Koloß zusammen. Judy fürchtete, die ominöse Geschichte, in die Marta irgendwie verwickelt schien, könnte gefährlich sein, aber sie mußte der Sache trotzdem auf den Grund gehen. Sie hatte noch nie für einen Mandanten gearbeitet, der eines Gewaltverbrechens angeklagt war, und sie hoffte inständig, daß sie nicht mit einem begonnen hatte, der schuldig war. Um ihrer selbst willen mußte Judy einfach wissen, ob Steere ein Mörder war. Sie stieß die Stöcke in den Schnee und glitt kraftvoll hinein in den Sturm.

»He«, meldete sich eine Stimme, die Penny Jones sofort als die von Bobby Bogosian erkannte. Penny war dermaßen überrascht, daß er die Rückenlehne seines Fernsehsessels mit einem solchen *Rums* nach vorn kippen ließ, daß er nur knapp einem Schleudertrauma entging. Penny hatte viel mit Bogosian zu tun gehabt, bevor sich dieser mit den wirklich großen Sachen beschäftigt hatte. Er freute sich, nach so vielen Jahren wieder von Bogosian zu hören, aber er war schlau genug, es nicht zu zeigen.

»Bobby«, sagte Penny, als hätten sie erst gestern miteinander telefoniert. Er drückte seinen Joint aus und warf ihn in den Aschenbecher. Ein alter Fernsehapparat flimmerte im Hintergrund und brachte am laufenden Band Bilder des Blizzards. Den Ton hatte Penny abgestellt.

»Organisierst du noch Autos?« erkundigte sich Bobby.

»Yeah, klar. Kennst mich doch.« Penny hatte sich auf Jeeps spezialisiert und kam auf neun Wagen pro Tag. Das Geld war in Ordnung, aber nicht bei diesem Wetter. War schwer, einen Jeep unter einem Meter Schnee zu krallen. Der Wetterfrosch im Fernsehen hatte einen Zollstock in die weiße Scheiße gesteckt und dabei gegrinst wie ein Schwachsinniger. Verfluchter Schnee. Jeder Tag kostete Penny bares Geld. »Ich betreibe aber auch ein neues Geschäft.«

»Ah, richtig.«

»Ein neues Geschäft, echt.«

»Das neue Geschäft hattest du schon, als wir das letzte Mal miteinander gesprochen haben. Diese dämliche Vorrichtung, mit der man Kleingeld aus Automaten holt.«

»Das ist vorbei. Das ist ein *neues* neues Geschäft. Eine Expansion sozusagen.«

Am anderen Ende der Leitung schüttelte Bogosian den Kopf. Es war nicht zu fassen, daß er sich mit einem kleinen Scheißer wie Penny einlassen mußte. Bogosian hatte Gyro nicht auftreiben können, und Eddie war in seinem verdammten Vorort eingeschneit. Schließlich war ihm Penny eingefallen, weil der in der Stadt wohnte und bestimmt mit den richtigen Reifen daherkam. Falls er über das Armaturenbrett gucken konnte. Bescheuerter Knirps.

»Bobby, bist du noch dran?«

»Sicher.«

»Brauchst du was, Bobby?«

»Von dir? Nur, falls du einen mit Allradantrieb hast. Einen Jeep oder so.«

»He, kein Problem.« Penny schaute über das in seiner kleinen Behausung herrschende Chaos hinweg auf ein Sperrholzbrett, an dem mehrere Schlüssel hingen und das aussah wie das Schlüsselbrett eines Parkplatzwächters. Was es auch war. Penny hatte es von der Arbeit mit nach Hause genommen und seinem Chef gesagt, es sei gestohlen worden. Tja, war es auch. Penny brauchte das Brett, damit er den Überblick über die Autos behielt, die er in seinem neuen Geschäft umbaute. Er klaute den Wagen, baute praktisch alles aus und verkaufte die ausgenommene Karosserie. Dann kaufte er die Karosserie auf einer Versteigerung zurück, baute den Wagen wieder zusammen und verkaufte ihn mit Papieren. Mit den Papieren, die ihn als Eigentümer auswiesen, erzielte er einen besseren Preis. Und es machte alles sauber und legal. »Ich habe ein paar Jeeps da. Ein echt guter ist morgen fertig. Mein Bestand ist im Moment ein bißchen mickrig wegen dem Schnee . . .«

»Ich brauche jetzt einen Jeep. Sofort.«

Pennys blutunterlaufene Augen richteten sich auf die am Brett hängenden Schlüssel. »Ich hätte einen guten neuen Grand Cherokee, gerade umgebaut. Mit Papieren und allem. Ich mach dir einen guten Preis, Bobby. Kriegst ihn praktisch für umsonst.«

Bogosian schnaubte. »Verdammt noch mal, ich will kein Auto kaufen, du Arschloch. Du brauchst es für den Job.«

»Für den Job?« Penny glaubte, seinen Ohren nicht zu trauen. »Du hast einen Job für mich? Um was . . .«

»Hältst du verdammt noch mal die Klappe?«

Penny befahl sich, die Klappe zu halten. Ermahnte sich, wenn er nichts Vernünftiges zu sagen hatte, lieber nichts zu sagen. »Yeah«, sagte Penny und hoffte, das wäre nichts.

»Die Sache läuft in Grays Ferry. Die Brücke über der 25th Street. Weißt du, wo das ist, du Armleuchter?«

»Yeah«, sagte Penny. Wahnsinn! Wenn ihm Bogosian ein paar Jobs verschaffte, hieß das echt Kohle. Bogosian war *der* Mann! Bogosian war der Größte! Bogosian war *Geld*! Penny konnte nicht anders, er mußte aus seinem Sessel springen und mit seinem Hintern wackeln wie ein kleiner Stricher. »Wann soll ich los?« fragte er und schwenkte sein mageres Hinterteil.

»Jetzt«, sagte Bogosian. »Jetzt gleich.«

»Alles klar.« Penny tänzelte ins Schlafzimmer, um seine Waffe zu holen. »Ich bin ganz Ohr, Bobby.«

# –19–

Bennie Rosato trat aus dem Fahrstuhl mitten hinein in einen Alptraum. Wieder war in einer Firma, die ihr gehörte, gemordet worden. Wachmänner hatten sterben müssen, und einen von ihnen hatte Bennie gut gekannt, einen älteren Mann namens Pete Santis. Pete lebte wie Bennie allein, und sie hatten oft Hundegeschichten miteinander ausgetauscht. Beide besaßen die einzigen Golden Retriever der Welt, die an Leuten hochspringen durften. »Dürfen, zum Teufel«, pflegte Pete zu sagen. »Geben wir's doch zu, ermuntert haben wir sie.«

Es wollte Bennie nicht in den Kopf, daß Pete tot war, aber es war seine Leiche gewesen, die eben, als sie gekommen war, in einer schwarzen Hülle mit Reißverschluß in den Kastenwagen des Gerichtsmediziners geschoben worden war. Es war sein Blut, das sie unten in der Aufzugkabine gesehen hatte. Pete war gestorben, weil er Bennies Besitz verteidigt, vielleicht ihre Leute geschützt hatte. Sie fühlte sich verzweifelt elend, wie betäubt. Die Aufzugtüren schlossen sich, und Bennie stand allein auf weiter Flur vor ihren Büroräumen, und der Alptraum steigerte sich noch.

Niemand kümmerte sich um den Tatort. Die kleine Vorhalle von Rosato & Associates lag verlassen vor ihr, ein einsamer Polizist in Uniform stand neben der Tür zu einem der verglasten Konferenzzimmer. Kein gelbes Absperrband war angebracht. Keine forensischen Fotografen weit und breit. Niemand von der Spurensicherung eilte durch die Flure, saugte Fasern auf oder sammelte Schmutzteilchen vom Teppich. Bennie war auf Fälle von Amtsvergehen seitens der Polizei spezialisiert, und die Vorgehensweise bei polizeilichen Ermittlungen war ihr in Fleisch und Blut übergegangen. Nicht eine der Vorschriften wurde hier befolgt.

Bennie hatte durch das Fernsehen vom Mord an den Wachleuten erfahren. Niemand vom Polizeipräsidium hatte sie angerufen, und kein Detective war bei ihr vorbeigekommen, um eine Aussage aufzunehmen. Kaum hatte sie die entsetzliche Nachricht vernommen, hatte sie sich eine GoreTex-Jacke über Jeans und Arbeitshemd geworfen und war die kurze Strecke bis zum Büro gelaufen, nur, um nun feststellen zu müssen, daß es hier so ruhig und still war wie in einer Bibliothek.

Zwei Männer waren ermordet worden, zwei ihrer Mitarbeiterinnen verschwunden, und Marta Richter war unauffindbar – und kein Mensch unternahm etwas. Bennie widerstand der Versuchung zu glauben, die Polizei wolle es ihr heimzahlen. Was also war der Grund? Sie ging zu dem uniformierten Bullen mit den leuchtendroten Haaren und dem borstigen rostfarbenen Schnurrbart und stellte sich vor.

»Ich weiß, wer Sie sind«, antwortete der Bulle. Die Mütze tief in die Stirn gezogen, die Arme hinter dem Rücken verschränkt, starrte er stur an Bennie vorbei.

»Ein Fan von mir, was?«

»Nicht direkt.«

Bennie konnte sich gerade noch beherrschen, sonst hätte sie dem Bullen den Stinkefinger gezeigt. »Soll ich das persönlich nehmen, daß kein Mensch in diesen Mordfällen ermittelt? Zwei Wachleute sind tot, mein Gott. Man sollte doch denken, die Mordkommission stünde über den alten Geschichten. Die Hälfte der Wachleute in dieser Stadt sind ehemalige Polizisten.«

»Hat nichts mit Ihnen zu tun, Ms. Rosato«, sagte der Uniformierte. »Draußen schneit's, wie Sie vielleicht bemerkt haben. Die meisten von uns konnten den Dienst nicht antreten. Und die, die erschienen sind, kommen in der Stadt nicht durch. Wir haben einen Blizzard. Wir tun, was wir können.«

»Was ist mit den Detectives? Die Tagschicht hätte doch bleiben müssen, oder wie ist das?«

»Vom Zweiten Dezernat ist nur noch einer da. Das hier ist sein Fall. Jedes Gewaltverbrechen heute nacht ist sein Fall. Er wird hier erscheinen, sobald es ihm gelingt, bei diesem Wetter durchzukommen.«

»Wer ist es? Wie heißt der Detective?«

»Keine Ahnung. Ist sowieso vertraulich. Das wissen Sie genau.«

»Warum ist er nicht bereits da? Das Roundhouse ist nur eine halbe Stunde von hier entfernt, daran ändert auch ein Blizzard nichts.«

Zum ersten Mal sah der Polizist Bennie direkt an. Er verzog keine Miene, gab sich aber auch keine Mühe, seine Feindseligkeit zu verbergen. »Der Detective ist nicht im Präsidium. Er ist mit einem Doppelmord in West-Philadelphia beschäftigt. Er ist hier, wenn er hier ist.«

»Heißt das, niemand kommt zum Tatort? Nicht einmal die Spurensicherung? Kein Fotograf? Die Mordkommission rührt keinen Finger?«

»So ist es nicht«, antwortete der Polizist, »die Großfahndung nach dem Täter läuft bereits. Genügt Ihnen das?«

»Sie kennen den *Täter*?« Bennie schöpfte neuen Mut. »Jetzt schon? Wie das? Haben Sie einen Augenzeugen?«

»Das darf ich nicht sagen. Das verstößt gegen die Vorschriften.«

»Bei der Geschwindigkeit muß es über Fingerabdrücke gegangen sein.« Sie sah sich um. Alles war sauber, unangetastet. »Aber hier hat niemand Fingerabdrücke abgenommen. Wie haben Sie es denn angestellt?«

»Es handelt sich um eine polizeiliche Ermittlung. Sie kennen die Vorschriften.«

»Ich hasse die Vorschriften.« Bennie stand vor einem Rätsel. Sie entschied, laut nachzudenken; entweder es funktionierte, oder es machte die Bullen wahnsinnig. In jedem Fall konnte sie also nur gewinnen. »Gut, überlegen wir mal. Auf Film können Sie ihn nicht haben, denn dieses Gebäude wird nicht von Videokameras überwacht. Und das Ergebnis einer Blutuntersuchung oder einer DNS kann noch nicht vorliegen. Ohnehin war kein Mensch da, der entsprechende Proben hätte nehmen können.«

»Keine Auskünfte, Ms. Rosato.« Die Uniform schüttelte den Kopf. Der Bauch des Polizisten hing leicht über den dicken Gürtel, und er trug eine schwarze Nylonjacke über seinem blauen Hemd mit einer unauffälligen schwarzen Kordel über seinem Chromabzeichen. Auf seinem Namensschild entzifferte Bennie TORREGROSSA.

»Sind Sie auch Italiener?« fragte sie, und der Bulle brach in Lachen aus.

»Glauben Sie, ich bin so leicht rumzukriegen?«

»Sie dürfen mir einen Versuch nicht übelnehmen, oder sehe ich das falsch? Das hier ist meine Kanzlei. Es sind meine Leute. Ich falle vor Ihnen auf die Knie, wenn es sein muß. Würden Sie das nicht tun? Wo bleibt Ihre Loyalität, *Landsmann*?«

Der Polizist schüttelte den Kopf. »Jetzt reden Sie wie meine Mutter.«

»Ich rede wie jede Mutter. Und wissen Sie, warum? Weil ich mir Sorgen mache. Also, wer ist der Täter, und wie sind Sie so schnell auf ihn gekommen?«

»Vergessen Sie's.«

»Schön, lassen wir die Sache mit dem Täter einstweilen auf sich beruhen. Meine Sorge gilt nicht dem Täter, sondern den Anwältinnen. Gibt es irgendeine Spur von den Anwältinnen? Von DiNunzio und Carrier? Von Richter? Alle haben sich unten eingetragen.« Bennie zog einen Zettel aus ihrem Parka und überflog ihre Notizen. »DiNunzio und Carrier haben sich um 15.35 Uhr eingetragen und um 20.45 Uhr ausgetragen. Marta Richter und Gast, wer immer das sein mag, haben sich um 20.35 Uhr eingetragen und nie ausgetragen. Das wissen Sie, stimmt's? Sie haben die Aufzeichnungen im Erdgeschoß überprüft.«

Der Polizist nickte. »Ich habe mir die Aufzeichnungen angesehen. Ich bin also informiert. Weshalb sind *Sie* so gut informiert?«

»Weil mir etwas an diesen Frauen liegt, weil mir etwas an den Wachleuten liegt. Der einzige Unterschied besteht darin, daß die Frauen hoffentlich noch am Leben sind. Sie müssen noch leben. Ich will Ihre Ermittlungen wirklich nicht behindern. Ich will, daß Sie alles tun, was in Ihrer Macht steht. Und ich möchte ebenfalls alles tun, was in meiner Macht steht. Dieses eine Mal stehen wir auf der gleichen Seite. Bitte helfen Sie mir, wären Sie so freundlich?«

Ein leichtes Flackern in den Augen des Polizisten genügte. Bennie, im Umgang mit Bullen erprobt, entging nicht das leiseste Anzeichen amtlichen Erweichens. »Möchten Sie wissen, wie sich das Ganze abgespielt hat?«

»Bitte.«

»Das heißt aus der Schule plaudern. Also, die einzigen Blutspuren befanden sich im Aufzug, dort wurden die Wachleute erschossen. Hier im Büro gibt es keinerlei Anzeichen eines Kampfes, die Anwältin, die sich als letzte eingetragen hat, Richter, ist folglich nicht unter Gewaltanwendung verschleppt worden. Das Büro sieht tadellos aus. Alles scheint an seinem Platz. Ich bin durchgegangen. Überprüfen Sie das sicherheitshalber noch mal und sagen Sie mir, wenn ich mich irre.«

»Selbstverständlich.« Bennie war etwas beruhigt. »Und die anderen Anwältinnen, die beiden, die sich unten ausgetragen haben, wo sind die?«

»Keine Ahnung.«

»Wo könnten sie denn sein? Ich habe bei ihnen angerufen, bei ihnen zu Hause. Ich kann sie nicht erreichen.« Bennie hatte sogar DiNunzios Eltern angerufen, die bereits aus dem Fernsehen erfahren hatten, daß ihre Tochter vermißt wurde. Sie hatte versucht, Marys Mutter zu beruhigen, aber ihr Italienisch reichte dafür nicht aus.

»Ich habe die Vermißtenabteilung verständigt, ich habe eine Fahndung rausgegeben, aber heute nacht fehlt es uns an allen Ecken und Enden an Personal. Dieses

Sauwetter. Wir tun alles, was in unseren Kräften steht, um die beiden zu finden. Ms. Rosato, arbeiten Sie mit uns zusammen. Eine schlimmere Nacht als die heutige kann man sich für eine Ermittlung in einem Mordfall gar nicht vorstellen.«

»Wer hat geschossen? Woher wissen Sie, wer der Täter ist?«

»Ms. Rosato ...«

»Bitte. Vielleicht kann ich helfen. Vielleicht weiß ich etwas. Wir haben es mit einem Blizzard zu tun, mit einer Krisensituation. Wir müssen zusammenarbeiten, oder nicht? Sie selbst haben das eben zu mir gesagt.«

Der Bulle seufzte. »Von mir haben Sie es nicht, okay?«

»Nein.«

»Er heißt Bobby Bogosian. Wir kennen ihn. Wir müssen ihn nur noch fassen.«

»Bogosian. Der Name sagt mir nichts. Wie sind Sie ihm auf die Spur gekommen?«

Wider Willen mußte der Bulle lächeln. »Er hat seine Zeitschrift liegenlassen. Ich habe sie im anderen Konferenzzimmer gefunden.«

»Woher wissen Sie, daß sie ihm gehört, wenn Sie keine Fingerabdrücke abgenommen haben?«

»Von einem Abonnementaufkleber. Mit Namen und Adresse.«

Bennie hätte laut herausgelacht, hätte dieser Mann nicht Pete Santis umgebracht. »Sauber«, sagte sie.

»Die werden von Jahr zu Jahr dümmer, wenn Sie mich fragen.«

Bennie lugte über seine Schulter zur Glaswand des Konferenzzimmers. »Macht es Ihnen etwas aus, wenn ich mich umsehe? Ich kann bestimmt behilflich sein.«

»Da gehen Sie auf keinen Fall rein. Da muß erst die Spurensicherung durch. Sie verwischen nur Spuren.«

»Ich fasse nichts an. Wenn mir etwas auffällt, sage ich Ihnen Bescheid. Wäre doch möglich, daß es Sie weiterbringt.«

»Nein.«

»Ich werde nichts . . .«

»Nein!« wiederholte er, und die Schärfe seiner Stimme sagte Bennie, daß sie wieder einmal die Grenze überschritten hatte. Es war keine Absicht von ihr, ständig Amtspersonen auf die Zehen zu treten. Sie würde die Grenze nicht überschreiten, wenn ihr nur jemand sagen würde, wo sich diese befand.

»Schön, schön, schön. Sie haben gewonnen, Torregrossa. Ich bleibe einfach hier an der Tür stehen und schaue hinein. Hineinschauen darf ich, oder? Der Erste Zusatzartikel gibt mir das Recht dazu.«

»Gucken Sie, so lange Sie wollen. Tun Sie, was Sie nicht lassen können.«

»Vielen Dank«, antwortete Bennie, als bräuchte sie die Erlaubnis des Bullen, um in ihr eigenes Konferenzzimmer hineinzuschauen. Das war das Beste am Chefsein; sie mußte niemanden um Erlaubnis fragen, höchstens sich selbst. Sie trat an die Schwelle des Konferenzzimmers und ließ aufmerksam den Blick schweifen. Ihr Eakins-Druck hing ein wenig schief an der Wand, als wäre jemand im Vorbeilaufen oder Vorbeigehen daran gestoßen. Ein Drehstuhl war umgestürzt, und seine Beine ragten wie die einer auf dem Rücken liegenden Krabbe in die Luft. Auf dem Konferenztisch lagen die Steere-Akte und Beweismittel. Zuoberst auf dem Haufen lagen Fotos, als hätte sie sich jemand erst vor kurzem angesehen. Bennie beugte sich vor, weil sie wissen wollte, um welche Fotos es sich handelte.

»Keinen Zentimeter weiter«, warnte der Bulle.

»Verstanden.« Angestrengt starrte Bennie auf die Fotos. Es handelte sich um die gräßlichen Autopsiefotos des Mannes, den Elliot Steere erschossen hatte, ferner um ein Foto, das einer Zeitung entnommen schien. Auch darauf war anscheinend Steeres Opfer abgebildet. Neben den Fotos lag ein gelber Block, auf dem *Heb Darnton/Eb Darning* stand. Hmmm. Bennie speicherte diese Information in ihrem Kopf. Sie versuchte, die Handschrift zu identifizieren. Akzentuierte Großbuchstaben, Brave-Mädchen-Schnörkel. Die Handschrift einer katholischen Schule. Notizen von DiNunzio. Bennie deutete auf den Block. »Sieht so aus, als sei DiNunzio mit Recherchen über den Mann, den Steere umgebracht hat, beschäftigt gewesen. Könnte da ein Zusammenhang bestehen?«

»Ich weise den Detective darauf hin, wenn er da ist.«

»Wollen Sie nicht mal anrufen und fragen, ob er unterwegs ist?«

»Nein.«

»Vielleicht sollte ich anrufen.«

Zwei kalte Polizistenaugen wandten den Blick ab. »Überlassen Sie die Ermittlungen den Detectives. Die wissen, was zu tun ist.«

Bennie ersparte sich den Hinweis, daß sie persönlich diesbezüglich gegenteilige Erfahrungen gemacht hatte. Sie hatte wegen polizeilicher Inkompetenz eine Anwaltskanzlei verloren, und sie dachte nicht daran, noch eine zu verlieren. Bei der Erinnerung verkrampfte sich ihr Magen. Bennie war die Hauptverdächtige für einen Mord gewesen, den sie nicht begangen hatte, aber die

Verdächtigung, mit allem, was damit zusammenhing, hatte sich ebenso vernichtend ausgewirkt wie eine offizielle Anklage. Bennie hatte sich mit Anrufen eingeschüchterter Mandanten, mit undichten Stellen bei der Polizei und mit schlechter Presse herumschlagen und wie in Zeitlupe mit ansehen müssen, wie ihre erste Anwaltsfirma den Bach runterging.

Dieses Mal durfte das nicht passieren. Dieses Mal würde Bennie ihre Kanzlei absichern und verhindern, daß noch jemand umgebracht wurde. Marta Richter war ihre größte Klientin. Die beiden Frauen waren zwar nicht gerade Freundinnen, aber Bennie setzte sich für alle ihre Mandanten ein. Es war eine treuhänderische Beziehung, sowohl was das Vertrauen als auch was die finanzielle Seite anging. So jedenfalls hatte es Bennie gegenüber Marta bei ihrem ersten Zusammentreffen dargestellt und ihr klargemacht, daß Rosato & Associates als ihre Partner und nicht nur als Postanlaufstelle vor Ort fungieren würden. Die beiden Prozeßanwältinnen hatten über Prozeßstrategien, die geschäftliche Entwicklung und die Möglichkeit einer zukünftigen Zusammenarbeit gesprochen. Bennie hatte sogar ihre beiden besten Anwältinnen an Marta ausgeliehen.

Bennies Gedanken kehrten zu DiNunzio und Carrier zurück. Sie hatte die beiden Anwältinnen mit Bedacht ausgewählt und sorgsam angeleitet. Inwiefern waren sie in die Morde an den beiden Wachmännern verwickelt? Und wo, um Gottes willen, waren sie, und was hatte das alles, wenn überhaupt, mit dem Steere-Prozeß zu tun? Befanden sich die beiden etwa ebenfalls in Gefahr?

Bennies Firma stand unter Beschuß. An ihren Wänden klebte Blut. An ihrem Ruf, an ihrem Namen. Sollte irgend jemand gegen ihre Firma vorgehen, dann bekam er es mit ihr zu tun. Dieses Mal schlug sie zurück. Adrenalin strömte in ihre Adern. Sie konnte mit den Recherchen nicht warten, bis das Tauwetter einsetzte. Sie mußte jetzt gleich damit anfangen. Sie selbst. Niemand kannte die Vorgehensweise der Polizei besser als sie. Für niemanden stand so viel auf dem Spiel. Wieder sah Bennie auf DiNunzios Notizen. *Heb Darnton/Eb Darning.*

Wenigstens ein Anfang.

# –20–

Bürgermeister Peter Montgomery Walker durchschritt die gesamte Länge seines riesigen, kirschholzgetäfelten Büros, immer wieder vorbei an einem auffallend leeren Mahagonischreibtisch. Es war sein Vorzeigeschreibtisch. Der Schreibtisch, an dem er arbeitete, stand in seinem Privatbüro hinter der vertäfelten Geheimtür. Dort bewahrte er seine vertraulichen Unterlagen auf, dort warteten sein Basketballreifen und sein Trinkbrunnen auf ihn. »Wir müssen vorankommen, Leute! Steeres Anwältinnen werden vermißt, und zwei Männer sind tot!« fauchte er. »Wir haben es mit Mord und mit einem Blizzard zu tun! Und weder mit dem einen noch mit dem anderen werden wir fertig!«

Die großen Fenster zu beiden Seiten des Schreibtisches reflektierten das Bild des mit aufgerollten weißen Hemdsärmeln und flatterndem Schlips auf und ab laufenden Bürgermeisters. Er besaß genügend Kondition, um zwanzig Minuten herumzutoben, schließlich joggte er täglich drei Meilen am Schuylkill River. Seine Berater waren der Ansicht, er laufe, um sich fit zu halten, aber er lief, weil er es genoß, wenn ihm die Sonne ins Gesicht schien, und weil er die Straßen entlang des Flusses liebte. Nach Überzeugung des Bürgermeisters besaß keine

Stadt im ganzen Land eine schönere Stadtzufahrt als Philadelphia. Sie war sogar noch schöner als die nach Chicago hinein. »Ich will die Wahl nicht wegen des verdammten *Wetters* verlieren!« schrie er, ohne in seinem Hin- und Herlaufen innezuhalten. »Oder wegen Elliot Steere!«

Die stellvertretenden Bürgermeister wurden in ihren vor der Wand stehenden Klubsesseln ganz klein. Eine ältere Sekretärin stahl sich durch die Mahagonitür aus dem Büro. Nur die Stabschefin des Bürgermeisters, Jennifer Pressman, lehnte entspannt an einer Anrichte aus Kirschholz, auf der Softballtrophäen und Fotos von der Familie und den Freunden des Bürgermeisters standen. Auf einem der Fotos sah man Jen mit dem Bürgermeister, als er noch Staatsanwalt und sie seine Assistentin gewesen war. Jen, eine hochgewachsene, schlanke Schönheit mit langen dunklen Haaren, trug ein knappsitzendes Kostüm in gedecktem Grau. Sie beobachtete den Bürgermeister hinter einer Brille hervor, deren Gläser so rund waren wie ein Vierteldollar. Sie wußte aus Erfahrung, wie sie mit ihm umgehen mußte; sollte er sich nur abreagieren.

»Wo sind die Ergebnisse der Spurensicherung? Wo ist der Bericht des Gerichtsmediziners? Ich will Antworten, Sportsfreunde! Warum muß ich bitten und betteln? Komm ich euch nicht irgendwie bekannt vor?«

Jen antwortete nicht, sie reagierte nicht einmal. Sie hatte sich bei ihrer Karriere an die Rockschöße des Bürgermeisters gehängt, und nun war sie Stabschefin, und der Verwaltungsdirektor und die Ressortleiter sämtlicher wichtiger Abteilungen im Bürgermeisteramt waren ihr unterstellt. Sie hatte die meisten leitenden Verwaltungsangestellten eingestellt, die imageträchtige Kampagne gegen Analphabetismus betreut und den Feldzug für die Blut- und Organspenden fortgesetzt, den sie bereits im Büro der Staatsanwaltschaft gestartet hatte. Jen schaute auf ihre Uhr. Fast Mitternacht. Hinter ihrer Kühle verbarg sich eine starke innere Anspannung. Sie mußte dringend weg, aber es war nicht daran zu denken, in absehbarer Zeit aus diesem Büro herauszukommen. Streß, Kaffee und kein Abendessen. Das reichte für eine Migräne.

»Und welche Detectives sind am Fall Steere dran? Wo zum Teufel steckt Michael?« Mit einer ärgerlichen Handbewegung strich der Bürgermeister die Haare zurück, gleich darauf betrachtete er automatisch seine Hand, um zu kontrollieren, ob Haare darauf waren. Seine Frau behauptete, seine kahle Stelle werde größer, aber seine Geliebte beruhigte ihn in dieser Hinsicht. »Jen, wissen wir, wo Michael ist?«

»Der Polizeichef nimmt mit dem Inspekteur an einem Essen der militärischen Beobachtungsstelle teil«, antwortete Jen.

»Na wunderbar. Wo ist Sam?«

»Bei einer Konferenz im Doral. Alle Verwaltungsdirektoren der Großstädte sind dabei. Er hält die programmatische Rede.«

»Im Doral? Er ist da *hingegangen*? Er wußte doch, daß im Steere-Prozeß die Geschworenen dran sind!«

»Er mußte sich dort unbedingt blicken lassen.« Eines Tages würde Jen dem Bürgermeister sagen, daß sich seine Berater wegen Wutanfällen wie dem jetzigen in einer Krisensituation gerne rar machten. Im Büro nebenan schrillte das Telefon. Im Sekretariat piepte das Faxgerät. Jen begann, in der Ferne kleine helle Punkte zu sehen. O nein. Das war ihr Frühwarnsignal.

»Wo ist Tom Moran? Er muß wissen, wie es bei Steere aussieht! Haben die Morde irgendwelche Auswirkungen auf den Prozeß? Kann Steere mit Verfahrensmängeln daherkommen?«

»Moran bemüht sich, in die Stadt zu kommen, aber bis jetzt sind die Schneepflüge noch nicht bis East Falls durchgekommen.« Jen schob ihre Brille höher, als brächte das die Lichtpunkte in ihrem Schädel zum Verschwinden. Der Bürgermeister wußte nichts von ihrer Migräne, keiner wußte es. Das war nicht unbedingt die Information, die man unter die Leute brachte, wenn man in der Politik Karriere machen wollte. »Er steht in Kontakt mit dem Rathaus. Wir können ihn ans Telefon holen, wenn Sie möchten.«

»Ich will ihn nicht am Telefon, ich will ihn hier! Verdammt noch mal, warum muß er draußen in *East Falls* wohnen? Von heute an mietet sich jeder eine Wohnung in der Stadt! Nehmt die gleiche verdammte Wohnung, wenn es sein muß!« Der Bürgermeister rannte hin und her. »Wieso ist Moran überhaupt zu Hause?«

»Die Morans haben doch die Babys bekommen, erinnern Sie sich nicht?« Jen versuchte, die Telefone und Faxe zu ignorieren. Hinter ihrem linken Augapfel flakkerte ein Licht auf, unruhig wie eine Kerze in einem Hurrikan. »Es sind Zwillinge, Sie sind der Pate«, setzte Jen hinzu, und einer von den jungen Beratern begann zu kichern. *Idiot,* dachte Jen. Es störte sie nicht, daß er dumm war, nur daß er nicht wußte, wie dumm er war. Das Flackern hinter ihrem Auge wurde noch heftiger.

»Ich habe keine Zeit, Pate zu sein, ich bin Bürgermeister! Im November steht meine Wiederwahl an, und laut Umfragen liege ich weiter zurück als bei der letzten Wahl! Die Zeichen an der Wand, Leute!« Der Bürgermeister stürmte über den rotgemusterten Orientteppich. Er wollte doch lediglich die Stadt, die er liebte, wieder in Ordnung bringen, und da durfte ihm nichts dazwischenkommen. Steere war schuld, daß er die Renaissance Philadelphias nicht richtig in Schwung bringen konnte. Er wollte, daß dieses Arschloch für immer hinter Gittern saß. Es war die einzige Möglichkeit, um an diese Immobilien ranzukommen und die Wahl zu gewinnen.

»Mir kommt da gerade ein Gedanke, Sir«, zwitscherte O'Rourke munter. »Was, wenn Steeres Anwältinnen die Wachleute umgebracht haben? Was, wenn sie die Wachleute umgebracht haben und nun zusammen mit dem Tatverdächtigen auf der Flucht sind? So eine richtige Verschwörung.«

*»Was?«* Der Bürgermeister mußte schwer an sich halten, um dem Knaben nicht ein zweites Arschloch aufzureißen. Der Junge sagte nie etwas, was das Zuhören wert war, aber er war der Sohn von Frank O'Rourke, und der Bürgermeister war sich nicht zu fein für ein bißchen Protektion, wenn es seiner Arbeit dienlich war. Er versuchte, diese Stadt flottzumachen, und Arschlöcher wie Elliot Steere bohrten Löcher in das Boot. Plötzlich wirbelte er auf den Schuhspitzen herum, so daß er mit dem Rücken zu seinem Stab stand, und verschränkte die Arme.

Die Berater wechselten hinter dem Rücken des Bürgermeisters vielsagende Blicke. Sie mußten sich Mühe geben, um nicht laut herauszulachen, als sich der Bürgermeister in die »Säule des Schweigens« verwandelte. Diesen Spitznamen hatten sie dem Bürgermeister wegen dieser kleinen Macke verpaßt, und normalerweise fand Jen es komisch. Nicht heute nacht. Es war zuviel zu tun, und die winzigen Punkte in ihrem Kopf wurden zu großen Flecken hellen Lichts, die sich unaufhaltsam ausbreiteten wie Löcher, die sich in Papierlaternen brannten. Sie brauchte dringend ihre Spritze aus ihrem Schreibtisch. Ihr Büro lag direkt gegenüber auf der anderen Seite des Flures. Es kostete sie höchstens drei Minuten.

Endlich drehte sich der Bürgermeister wieder um, er wirkte ruhiger. Die Röte auf seinem Gesicht ließ nach, und er blieb stehen, wo er stand. »Wir sollten mit der Presse reden, Jen«, sagte er mit einer Stimme, die fast wieder ihren normalen Tonfall hatte. »Direkt auf Steere losgehen. Zwei Männer sind tot. Wir sagen, daß wir alles in unserer Macht Stehende tun. Daß wir dafür sorgen, daß der Steere-Prozeß vorangeht und der Gerechtigkeit zum Sieg verholfen wird. Setzen Sie mir dazu etwas auf. Haben Sie alles?«

»Ja«, sagte sie, hatte aber keine Ahnung, wie sie eine zündende Rede basteln sollte. Die Übelkeit setzte ein, und darauf folgte unweigerlich der Schmerz. Unvorstellbarer, lähmender Schmerz. Dann mußte sie sich in einem dunklen Zimmer hinlegen. Dann war sie total und absolut am Ende.

»Als Einstieg nehmen wir die neuen Schneepflüge, Jen. Kündigen Sie die Schneepflüge gleich als Aufmacher an. In dem Tenor, wir haben sofort reagiert und so weiter. Alle Straßen werden geräumt, und seien sie noch so schmal. Ist die Presse draußen?«

»Auf dem Flur«, brachte Jen über die Lippen.

»Ist Alix Locke noch draußen? Ich will, daß sie dabei ist. Sie war es, die das Theater wegen der verdammten Pflüge abgezogen hat.«

Jen nickte, aber allein diese Bewegung bereitete ihr Kopfschmerzen. »Sie ist draußen, seit die Morde publik geworden sind. Keine zehn Pferde bringen sie von hier weg. Sie mault, weil wir den Polizeibericht nicht freigeben.«

»Warum? Sie weiß doch, daß wir ihn nicht veröffentlichen, solange die Ermittlungen laufen. Was ist bloß los mit dieser Locke? Warum stellt sie sich immer gegen mich? Ich dachte, sie sei Anhängerin der Demokraten.«

»Sie ist Reporterin. Sie tut nur ihre Arbeit. Und das heißt, lästig sein.« Licht durchflutete Jens ganzen Schädel. Übelkeit peinigte sie. Der Schmerz setzte ein.

Die Sekretärin des Bürgermeisters erschien wieder unter der Tür. »Herr Bürgermeister«, sagte sie, und ihr faltiges Gesicht verriet ängstliche Unruhe. »Alix Locke besteht darauf, mit Ihnen zu sprechen. Mit einem Nein läßt sie sich bestimmt nicht abspeisen, Sir.«

»Sagen Sie ihr, sie muß warten bis zur Pressekonferenz, wie alle anderen auch!« polterte der Bürgermeister, und seine Stimme hallte wie ein Gewehrschuß in Jennifers Kopf wider. Dann fing das Telefon wieder zu läuten an.

»Ein Unglück kommt selten allein«, gab O'Rourke zum besten, aber niemand vom Stab lachte. Am wenigsten Jennifer, die in ihr Büro und zu ihrer Schmerzspritze hetzte.

»Ich kündige die Pressekonferenz an«, sagte sie beim Hinauseilen.

# –21–

Christopher Graham brachte seinen kräftigen Körper mit Mühe auf dem winzigen Sessel seines Hotelzimmers unter und stellte die grüne Flasche Rolling-Rock-Bier auf seinem Oberschenkel ab. Christopher haßte eheliche Besuche. Wie Mr. Fogel anläßlich der letzten Besuchszeit treffend gesagt hatte, als sie beide zusammen Karten spielten: »Unsereiner hat keine Partnerin für eheliche Pflichtübungen.« Heute abend hatte Mr. Fogel keine Lust zum Kartenspielen, also saß Christopher alleine herum und genehmigte sich noch einen kräftigen Schluck Bier. Ein alkoholisches Getränk am Abend war den Geschworenen gestattet.

»Auf dich.« Prostend hob Christopher in dem stillen Hotelzimmer die Flasche. Teilnahmslos wanderte sein Blick vom Schneetreiben vor dem Fenster zu dem Doppelbett mit der Polyestersteppdecke und dem Fernsehapparat auf dem Drehgestell. Während der Partnerbesuche brachte das Hotel jedesmal kostenlos einen Film über Kabel – heute war es *Jurassic Park* –, aber Christopher schaltete den Fernseher nicht ein. Auf dem Stahlwägelchen neben ihm standen die Reste seines Abendessens: Brathühnchen und Reis auf spanische Art und zum Nachtisch Eiscreme. Die Zeit als Geschworener hatte

Christopher Brathühnchen gründlich verleidet. Wenn auch nicht ganz so sehr wie zu klein geratene Sessel und nicht halb so sehr wie eheliche Besuche.

Christopher trank noch einen Schluck Bier. Ihn stieß die bloße Vorstellung eines ehelichen Besuchs ab, es war, als seien die Geschworenen Tiere. Als seien die Ehefrauen brünftige Stuten, die einem Hengst zugeführt werden und unter Aufbietung aller Überredungskünste für die Fahrt zum Deckhengst in Anhänger verladen werden müßten. Die männlichen Geschworenen verhielten sich an den Tagen, an denen Besuche der Partnerinnen anstanden, schon den ganzen Tag über wie Tiere. Sie paßten während der Verhandlung nicht auf, sondern rutschten auf ihren Stühlen hin und her und sahen andauernd auf die Uhr. Sie erinnerten Christopher an Hengste, die bei der ersten Andeutung von Frühling unruhig warteten; die mit zurückgeworfenen Köpfen über die Weide tänzelten. Selbst Wallache wurden munter, wenn der April nahte, und wollten beim Beschlagen nicht stillhalten.

Christopher stellte die Bierflasche wieder auf seinen Oberschenkel, und sie hinterließ einen feuchten Ring auf seinen Jeans. Im Zimmer nebenan wurde der Fernseher eingeschaltet, und durch die dünnen Wände drang das Lachen einer Frau. O Mann. War es wieder soweit! Isaiah Fellers und seine Verlobte. Seit zwei Monaten hörte Christopher die beiden bei jedem ehelichen Besuch reden und kichern, irgendwann dröhnte dann der Fernseher und das Kopfbrett des Bettes schlug rhythmisch gegen die Wand. Das wilde Treiben brachte das Blumenbild über seinem Bett zum Wackeln, und Christopher flüchtete dann stets vor dem Lärm ins Badezimmer.

»Nicht bewegen!« kam die Stimme eines Mannes aus dem Dinosaurierfilm durch die Wand. Gleich darauf folgte das Stöhnen von Isaiahs Verlobter.

Christopher nahm noch einen ordentlichen Schluck Bier und schloß bei den Geräuschen die Augen. Für ihn war Liebe mehr als das. Er mochte Pferde, und er mochte ihre Art, aber er war kein Tier. Lainie hatte das nie begriffen. Im Bett pflegte sie Sachen zu flüstern, die ihn ihrer Meinung nach erregen mußten, aber er wünschte sich, daß sie über solchen Dingen stand. Sie war seine Frau. Und vor sechs Monaten hatte Lainie einen anderen Mann gefunden und das Haus verlassen. Sie nahm nichts mit, nicht einmal die Lockenschere, die sie tagtäglich für ihre Stirnfransen benutzte. Er wußte, eines Tages käme sie zurück, schon wegen der Lockenschere. Sie war außerordentlich heikel, was ihren Pony anging.

»REEEAAAHHH!« schrie jemand auf der anderen Seite der Wand, und Christopher war sich nicht sicher, war es der Dinosaurier oder die Frau, bis die Laute mit einem »BBAAABBBEEE« endeten. Verwundert schüttelte Christopher den Kopf. Eine Frau, die mit ihm zusammen war, hatte nie solche Laute von sich gegeben. Entweder war er nicht mit genügend Frauen zusammengewesen, oder keine hatte ihn je so sehr geliebt.

Christopher dachte an Mrs. Wahlbaum. An Besuchstagen roch sie immer sehr gut und schien irgendwie lebhafter. Er hatte ihren Ehemann kennengelernt, Abe, einen großen mageren Mann mit grauen Haaren. Mrs. Wahlbaum hielt die Hand ihres Mannes, als sie ihn Christopher vorstellte; sie war glücklich, einfach an seiner Seite zu stehen. Christopher fragte sich, ob je eine Frau solche Gefühle für ihn aufbrächte.

»RRRREEEHHHHOOOO!« brüllte jemand, und Christopher gab den Versuch auf, die Geräusche zu ignorieren. Das Rolling Rock in der Hand stand er auf, ging ins Badezimmer und schaltete den Ventilator ein, um die Geräusche zu übertönen. Surrend erwachte der Ventilator zum Leben, und Christopher setzte sich im Dunkeln auf den Rand der Badewanne. Er schloß die Augen, und bald schwebte aus der Dunkelheit Martas Gesicht auf ihn zu. Sie stand neben ihm, und Christopher stellte sich vor, wie er sie mit jemandem bekanntmachte, so wie Mrs. Wahlbaum ihn mit ihrem Gatten. Martas Gesicht leuchtete auf, als sie ihn ansah. Sogar ihre blauen Augen lächelten. Es war nicht zu übersehen, daß sie ihn anbetete.

*KKLIING*! ertönte ein vom Surren des Ventilators fast übertöntes Geräusch. Mußte im Film sein. Christopher achtete nicht weiter darauf. *KKLIIIINNNGELING!* kam es erneut, und ihm dämmerte, daß es das Telefon sein mußte. Wer könnte ihn denn anrufen? Er verließ das Badezimmer und eilte zum Telefon. »Ja«, meldete sich Christopher kurz und zackig in den rosaroten Hörer.

»Hier ist der Sheriff von unten. Ihre Frau möchte zu Ihnen rauf.«

Christopher war perplex. Lainie? Was wollte sie? Sie war noch nie gekommen. Da er die Lockenschere nicht dabei hatte, gab es nur zwei Möglichkeiten. Entweder Lainie wollte zu ihm zurückkehren, oder sie wollte die Scheidung.

»Soll ich sie raufschicken?«

»Nein. Nein, also ja. Danke.«

Christopher legte den Hörer auf. Sein Blick fiel auf sein Bild im Spiegel über der Kommode. Er wirkte keineswegs überrascht, er konnte seine Gefühle gut verbergen. Lainie hatte sich immer darüber beklagt, aber er konnte es nicht ändern. Christopher war einfach so. Es war seine Natur.

Mit den Fingern kämmte Christopher das dichte, schwarze Haar und vergewisserte sich, daß sich keine Krümel in seinem Bart versteckten. Er strich sein Flanellhemd glatt und steckte es in seine Jeans. Er sah gar nicht so schlecht aus. Ihm war nicht entgangen, daß eine der Geschworenen, Megan, hin und wieder zu ihm herübersah. Er tätschelte seinen Bauch. Immer noch straff. Mach doch, was du willst, Lainie. Es klopfte an der Tür, und er eilte, sie zu öffnen.

»Sonderzustellung für Mr. Graham«, sagte der uniformierte Sheriff und trat grinsend zur Seite.

»Hi, mein Schatz«, sagte die Frau draußen auf dem Flur, die Lainie sehr ähnlich sah. Sie hatte Haare wie Lainie und trug Kleider wie Lainie, war aber nicht Lainie. »Ist schon eine Weile her, Christopher«, gurrte die Frau mit sanfter Stimme.

Christopher sah ihr in die Augen. Sie waren strahlend blau und lächelten ihn von der Tür an. Er kannte diese Augen. »Allerdings«, antwortete er, ohne zu zögern.

»Und wir ziehen uns zurück«, sagte der Sheriff, machte eine Verbeugung und ließ Christopher allein.

Mit Marta.

# –22–

Mitten im Blizzard stand Judy unter dem verschneiten Vordach eines heruntergekommenen Klinkerreihenhauses schräg gegenüber der Brücke über der 25th Street und klopfte an die Tür. Judy wußte, daß jemand zu Hause war, denn sie hörte Stimmen von drinnen und ein Lichtschein fiel durch eine eingerissene Papierjalousie. Sie reckte den Hals, um durch den Riß zu spähen, und fiel dabei fast von der kleinen Veranda. Wieder klopfte sie. Keine Antwort.

Mary, die auf dem Gehweg stehengeblieben war, sah, wie sich ein Schatten hinter der Jalousie bewegte. »Jemand ist daheim«, verkündete sie von der Schneewehe herab, auf der sie stand.

»Hallo?« Judy klopfte erneut. »Hallo?«

Die Anwältinnen warteten, aber es rührte sich nichts. Böen trieben den Schnee vor sich her. Die Gegend war dunkel und still. Das war jetzt das dritte Haus, und nie kam jemand an die Tür. Der Wind pfiff durch die Straße, peitschte Mary ins Gesicht und traktierte sie mit frostigen Schneebändern. Ihre Backen waren eiskalt, und sie hatte eine Rotznase wie ein Kindergartenkind. Ihre Finger waren so taub, daß ihre Hand Stöcke und Skier nicht mehr zusammengebündelt halten konnte.

Wieder hämmerte Judy gegen die Tür. »Hallo? Kommen Sie doch bitte an die Tür. Nur einen Moment, bitte.« Keine Reaktion. Sie wandte sich um und stapfte die Stufen hinunter. »Was meinst du, Mare?«

»Ich meine, wir bleiben dran.«

»Warum gehen die nicht an die Tür?«

»Weil ein Schneesturm tobt? Weil es schon spät ist? Weil du Anwältin bist? Ich weiß nicht genau, woran es liegt.«

»Sehe ich zum Fürchten aus?«

Mary taxierte sie. Eine gelbe Skistrickmütze, feuchte blonde Haarsträhnen, kanariengelber Parka und Thermohosen in der gleichen Farbe. »Nein, du siehst aus wie eine Banane.«

»Vielleicht sollte ich in einem anderen Rhythmus klopfen. Auf die bittende Weise funktioniert es nicht. Hast du eine Idee?«

»Wie wär's mit einem starken Rap!«

»Sehr hilfreich, wirklich.« Judy wandte sich ab und marschierte schwerfällig durch den Schnee zum nächsten Haus. Mary hob die schlüpfrigen Skier und die Stöcke auf und folgte ihr. Ein Ski entglitt ihr und fiel in den Schnee, und Mary bückte sich, um ihn aufzuheben. Diese Skier machten sie noch verrückt, sie verhedderten sich ständig. Die Dinger waren die Drahtkleiderbügel unter den Sportgeräten.

Judy stieg die Stufen zum Windfang des nächsten Hauses, 412, hinauf. An den beiden vorderen Fenstern hingen braune Vorhänge. Sie klopfte an die Tür, und sofort lugte das Gesicht eines Kindes unter einem Vorhangsaum hervor. Eines kleinen, schwarzen Jungen mit kurzen Haaren. Judy winkte ihm, und er winkte zurück.

Vom Gehweg aus beobachtete Mary, wie Judy dem Jungen erneut winkte, und dieser wieder zurückwinkte. Es war niedlich anzusehen, aber nicht direkt ein Fortschritt. »Jude, weißt du, wie man in Zeichensprache ›mach die Tür auf‹ signalisiert?«

»Kannst du mal kurz die Tür aufmachen?« rief Judy und klopfte, aber der Vorhang fiel, und der Junge verschwand.

*Verdammt,* dachte Mary und wischte sich mit dem Ärmel ihres geliehenen Parkas die Nase. Plötzlich öffnete sich die Tür einen Spaltbreit, und eine Frau in Jeans und Sweatshirt stand da mit erhobener Hand, um ihr Gesicht gegen die wild wirbelnden Flocken abzuschirmen. Der kleine Junge umklammerte ihr Knie und drückte sein Gesicht an ihren Oberschenkel.

»Entschuldigen Sie bitte«, sagte Judy. »Tut mir leid, Sie belästigen zu müssen. Kannten Sie Heb Darnton oder Eb Darning, den obdachlosen Mann, der letztes Frühjahr da drüben unter der Brücke umgebracht worden ist?«

»Nein, den kannte ich nicht«, antwortete die Frau gereizt hinter der vorgehaltenen Hand.

»Vielleicht können Sie mir trotzdem weiterhelfen. Mein Name ist Judy Carrier, und ich versuche, mehr über Heb zu erfahren. Kannte ihn irgend jemand hier in der Gegend? Er hat hier gehaust. An dieser Ecke, in dieser Straße.«

Mary befand sich auf Augenhöhe mit dem Jungen, der sie schüchtern anlächelte. Sie winkte ihm zu, und, die Hand halb versteckt hinter dem Bein seiner Mutter, winkte er zurück. »Momma, ich will raus und spielen«, erklärte er mit kräftiger Stimme, aber seine Mutter packte ihn, ohne hinzusehen, fest an der Schulter.

»Ich kenne den Mann nicht«, antwortete die Mutter.

»Wer könnte ihn denn Ihrer Meinung nach gekannt haben?« fragte Judy.

Die Frau schüttelte den Kopf. »Hören Sie, es ist kalt. Ich muß jetzt zumachen, mir geht die ganze Wärme raus, wenn die Tür offensteht.«

»Momma?« rief der Junge, aber die Eingangstür ging zu, fiel ins Schloß und wurde verriegelt.

Seufzend stapfte Judy die Stufen hinunter. »Na ja, wenigstens war es keine komplette Zeitverschwendung.«

»Doch, war es«, widersprach Mary. Sie sammelte die Skier auf, die wie zufällig da hingekommene Holzbretter im Schnee verstreut lagen.

»Nein, war es nicht. Der Kleine mochte dich. Du hast einen Freund gefunden.«

»Kinder können mich nicht ausstehen, und ich brauche keinen Freund. Was ich brauche, sind Informationen über Eb Darning.«

»Einen Freund kann man immer brauchen, Mare.«

»O bitte. Hilf mir lieber mit den verdammten Skiern, wärst du so nett, Kalifornien?«

Judy half ihr beim Einsammeln der Skier, und im tobenden Blizzard zogen die beiden Frauen von Haus zu Haus und klapperten die Straßen ab, in denen sich ihrer Vermutung nach der Obdachlose häufig aufgehalten hatte. Systematisch arbeiteten sie sich durch die Gegend rund um die verfallende Brücke. Nur eine Handvoll Leute kam an die Tür, und keiner von ihnen hatte Heb Darnton oder Eb Darning gekannt. Die Anwältinnen umrundeten den gesamten Block und standen schließlich entmutigt wieder mitten auf der Straße genau da, wo sie angefangen hatten. Der Sturm hatte noch zugelegt, und sogar in den gegen Kälte isolierten Skistiefeln waren Judys Füße eiskalt. An den Knöcheln war sie durchnäßt bis auf die Haut, weil sie nur ein Paar Stulpen besaß, und das hatte sie Mary geliehen. »Sogar ich muß zugeben, es läuft nicht gut«, sagte Judy.

»Wir können nicht einfach aufgeben.«

»Tun wir auch nicht, aber vielleicht kommen wir über einen anderen Ansatz weiter.«

»Ich wüßte keinen, du?«

Judy überlegte einen Augenblick. »Vielleicht sollten wir es in der Greene Street versuchen, da, wo Darning früher gewohnt hat. Vielleicht gelingt es uns, jemanden aufzutreiben, der ihn gekannt hat, bevor er obdachlos wurde. Die Greene Street liegt mitten in der Stadt, in Fairmount, gegenüber der Free Library.«

Mary bekam den Mund nicht mehr zu, Schnee flog ihr hinein. »Das ist auf der anderen Seite der Stadt. Erwartest du im Ernst, daß ich auf Skiern *quer* durch die Stadt fahre, an deiner Wohnung *vorbei*, den *ganzen* weiten Weg zur Greene Street?«

»Wir könnten bei mir eine Pause einlegen. Eine heiße Schokolade trinken.«

»Aus was für einem Holz bist du bloß? Mir fällt gleich das Gesicht ab. Meine Kontaktlinsen sind festgefroren. Das einzige, was an mir noch trocken ist, sind meine Knöchel, und das auch nur wegen dieser Plastikdinger, die du mir gegeben hast.«

»Stulpen.«

»Egal. Das geht nicht, Judy. Wir gefrieren zu Eis am Stiel. Doppeleis. Von der Sorte, bei der man immer glaubt, gleich bricht es in der Mitte auseinander, aber das tut es nie.«

»Was?«

»Vergiß es.« Mary blinzelte gegen den Schnee. »Trotzdem, die Idee ist nicht schlecht. Warum hast du das nicht früher gesagt?«

»Ich bin nicht darauf gekommen.«

Mary sank der Mut. Ihr Blick wanderte an den Reihenhäusern entlang, die sich wie ein Steinwall gegen den Sturm stemmten. Ein paar Bewohner hatten im Frühjahr mit ihr gesprochen, aber das war damals. Jetzt waren sie weit weniger freundlich, vielleicht weil die ganze Stadt glaubte, Steere käme frei. Trotzdem, sie konnte die Sache nicht auf sich beruhen lassen. Die Rolle, die sie dabei gespielt hatte, einen Mörder vor seiner gerechten Strafe zu bewahren, wog zu schwer, und sie brauchte nicht noch mehr Schuldgefühle.

Mary schaute die Straße hinunter zu ein paar Kindern, die im hellen Lichtkreis einer Straßenlampe spielten. Eines der Kinder lag im Schnee und klopfte mit seinen Armen Flügel ins Weiß – ein Schneeengel. Zwei andere balgten sich im Schnee, dunkle Gestalten, die übereinanderpurzelten wie Fabelwesen in der Nacht. Sie hatten schräg zu einer der kleinen Veranden hinauf Schnee aufgehäuft, so daß eine schiefe Ebene entstanden war, und fuhren mit einem Karton als Schlitten den Hang hinunter. Eines der Kinder, das kleinste, beteiligte sich nicht am Spiel. Der Junge stand etwas abseits und sah die Frauen an. Sah Mary an. Es war dunkel, aber die winzige Gestalt entsprach genau dem kleinen Jungen von vorhin aus dem Haus.

»Judy, da ist der Kleine!« sagte Mary, und ihr Herz schlug höher. Mit lautem Geklapper ließ sie die Skier fallen und rannte über die Straße, ihre Beine arbeiteten sich mühsam, aber flink durch den tiefen Schnee. Kurz vor dem kleinen Jungen verlangsamte sie ihr Tempo, blieb stehen und winkte. Er winkte zurück. Er konnte kaum vier Jahre alt sein. »Ich heiße Mary«, sagte sie. »Und wie heißt du?«

Er antwortete nicht. Seine Arme in dem von einem größeren Kind geerbten Parka standen steif vom Körper ab, die Hände steckten in schwarzen Handschuhen. Seine gestrickte Eagles-Mütze war verzogen und hing oben schlapp durch.

»Hast du einen Namen?«

Wieder keine Antwort.

Mary mußte sich etwas einfallen lassen. Sie hatte nie gut mit Kindern umgehen können, im Gegensatz zu ihrem Mann. Er war Lehrer gewesen und hatte sich einen ganzen Stall voller Kinder gewünscht. Sie versuchte sich vorzustellen, wie Mike sich in dieser Situation verhalten hätte, aber es war lange her, daß sie seine Stimme in ihrem Innern gehört hatte. Judy, beide Paar Skier und sämtliche Stöcke schleppend, gesellte sich zu ihr.

»Was hat *die* da?« fragte der Junge laut und deutete auf die Skier. Er hatte eine erstaunlich volltönende Stimme für ein so kleines Kind.

»Das sind Ski«, antwortete Mary.

»Schi?« versuchte er sich an dem neuen Wort.

»Richtig, Ski. Mit denen kann man im Schnee spielen.« Mary sah in seinen großen, runden Augen Interesse aufflammen und wollte vollends zu ihm durchdringen. Aber dazu brauchte sie Unterstützung von jemandem, der sich besser mit Kindern auskannte. »Judy, Ski machen Spaß, stimmt's? Einen Heidenspaß. Man kann toll damit spielen.«

»Nein, kann man nicht.« Judy runzelte die Stirn unter ihrer Mütze. »Ski sind eine richtige Sportausrüstung. Und absolut kein Spielzeug.«

Mary hätte sie am liebsten erwürgt. »Sei nicht so theoretisch.« Sie nahm Judy einen kastanienbraunen Ski aus der Hand und hielt ihn dem kleinen Jungen hin. »Siehst du? Willst du ihn mal anfassen?«

Erschrocken wich der Junge zurück.

»Du brauchst keine Angst zu haben«, erklärte Judy. Sie entriß Mary den Ski. »Ski sind cool. Sieh mal.« Die dunklen Augen des Jungen verfolgten jede ihrer Bewegungen, während sie den Ski umdrehte, auf den Schnee stellte und ihm einen Schubs gab. Wie ein Modellsegelboot auf einem Brunnen im Park glitt er auf den Jungen zu. Er schaute hinunter auf den Schnee und grinste. »Cool, was?« Judy blickte über ihre Schulter. »Warum treibe ich das eigentlich, Mare?«

»Weil ich glaube, daß unser Freund gerne draußen spielt«, antwortete Mary, ohne den Blick von dem Jungen zu wenden. »Ich wette, er spielt immer draußen, und ich wette, er hat eine Menge Freunde hier.«

Judy lächelte, sie kapierte. »Ich wette, du hast recht, Mare.« Langsam ging sie in die Hocke, damit sie sich auf Augenhöhe mit dem Jungen befand, und Mary, die hinter ihr stand, beobachtete, wie er reagierte. Sie konzentrierten sich so intensiv auf das Kind, daß sie den weißen Grand Cherokee, der langsam um die Ecke bog und durch den Schnee auf sie zuholperte, nicht bemerkten. Am Steuer des Cherokee saß Penny Jones, und er fuhr direkt auf die Frauen zu. Sein Jagdgewehr lag unter dem Vordersitz.

# –23–

Jen Pressman floh aus dem Büro des Bürgermeisters und eilte durch die Marmorhalle. Diese Migräne wuchs sich zu einem Mordsding aus. Sie brauchte unbedingt ihr Schmerzmittel. Eine Herde Fernseh- und Zeitungsreporter, angeführt von Alix Locke, war ihr beharrlich auf den Fersen.

»Jen!« schrie ihr Alix ins Ohr. »Jen Pressman! Was verkündet der Bürgermeister heute abend auf der Pressekonferenz? Los, Jen, sagen Sie's.«

»In einer Stunde wissen Sie es«, erwiderte Jen und wünschte, Alix würde aufhören herumzubrüllen. Sie reagierte überempfindlich auf alle Geräusche im Flur. Auf das Klacken ihrer eigenen Absätze. Auf das Schnappen der Kameraverschlüsse, das Surren der Kameramotoren. Am liebsten hätte sich Jen die Ohren zugehalten.

»Wo krieg ich eine Kopie von der Rede des Bürgermeisters?« »Haben Sie eine Kopie der Rede?« »Bekommt er die Pflüge?« »Hat das Geschäft mit den Kanadiern geklappt?« »Können Sie das bestätigen oder dementieren Sie?«

»Pressekonferenz in einer Stunde, im Konferenzzimmer den Flur runter«, antwortete Jen und bahnte sich mit den Ellenbogen den Weg. Niemand wäre auf die Idee gekommen, daß hinter ihren Augen ein Feuerwerk aus Lichtpunkten tanzte.

»Gibt es etwas Neues über die Morde an den Wachleuten?« »Irgendwelche Verdächtigen?« »Irgendeine Spur von Richter oder den anderen?« »Was sagt die Polizei?«

Jen machte sich nicht die Mühe zu antworten. Sie konnte nicht mehr unterscheiden, von wem welche Frage kam. Es war eine einzige Kakophonie. Sie hatte das Gefühl, seekrank zu sein, durfte sich aber keinesfalls etwas anmerken lassen. Mit abwehrenden Handbewegungen absolvierte sie das Spießrutenlaufen und gelangte endlich zu den Mahagonitüren auf der anderen Seite der Halle. STABSCHEF stand auf dem auswechselbaren Schild. Jen stieß die schwere Tür auf, und ein weißes, grellheißes Licht schoß ihr in die Augen. Brannte sich durch die Regenbogenhaut in ihre Pupillen. Schnitt wie ein Laser direkt in ihr Gehirn. »Ah!« schrie sie auf und hob schützend die Hand.

»Schalten Sie den Scheinwerfer aus!« rief ihre Sekretärin. »Ich habe es Ihnen gesagt! Keine Fernsehkameras hier drin. Schalten Sie ihn ab!«

»Machen Sie das verdammte Ding aus!« kreischte Jen. Der Scheinwerfer erlosch etappenweise, bis er endlich völlig dunkel war, aber ihr war schwindlig, überall sah sie explodierende Lichter. Sie zwängte sich durch die Menge der Reporter, um den Empfangsbereich hinter sich zu bringen und in ihrem Büro verschwinden zu können.

»Kriegen wir die neuen Pflüge, Jen?« Alix Lockes Stimme übertönte die der anderen. »Stimmt es, daß wir ein Vermögen dafür bezahlen mußten?« »Wann werden sie in den Straßen im Nordosten eingesetzt?« »Warum werden die Seitenstraßen der Vare Avenue nicht geräumt, Jen?«

Jen eilte weiter, nur weg von den Reportern. Sie hörte, wie ihre Sekretärin die Meute anschrie, sofort das Zimmer zu verlassen, aber sie konnte kein Geschrei mehr ertragen. Keine Minute länger, sonst drehte sie durch, und alle wüßten Bescheid.

Jen lief durch den kleinen Gang in ihr Büro, stürmte hinein, machte die Tür zu und schloß sie ab. Sie erkannte ihr geräumiges Büro nicht wieder. Die Möbel waren zu einer formlosen Masse verschmolzen. Ihre Diplome blieben unscharfe Schemen. Ihr Plakat für die Blutspendekampagne war nur ein hochroter verschwommener Fleck, und auf einem Spruchband für die Organspenderkampagne las sie SPENDE EINE LEBER, RETTE EIN LEBEN SPENDEEINELEBERRETTEEINLEBEN.

Jen lief zu ihrem mit Papieren überhäuften Schreibtisch am Fenster. Von hier aus ging der Blick über die bombastische Fassade des Freimaurertempels hinweg nach Norden, und normalerweise genoß sie die Aussicht. Heute nacht hatte sie keinen Sinn dafür. Sie riß die rechte Schublade auf und tastete nach ihrer Handtasche. Sie war nicht da, wo sie hingehörte. O nein. Die Injektionsspritze war in der Tasche. Wo war bloß ihre Handtasche? Auf der Suche nach der braunen Coach-Tasche warf Jen Bleistifte, Kugelschreiber und Büroklammern durcheinander. Sie war nicht da. Hatte sie die Tasche hier hineingelegt? Wo hatte sie sie zuletzt gehabt?

Jen wühlte ihre persönlichen Unterlagen durch. Nichts als Papier. Wie eine Wahnsinnige warf sie die Papiere in die Luft. Sie hatte die Tasche in die Schublade gelegt, oder doch nicht? Hatte sie das Schubfach abgeschlossen?

Es waren Diebstähle vorgekommen, sogar in ihrem Büro. Jen versuchte nachzudenken trotz des Schmerzes, der sich hinter ihren Augen zu einer Faust zusammenballte. Natürlich hatte sie die Schublade nicht abgeschlossen. Sie war unverschlossen gewesen, als sie hereingekommen war.

Ihr wurde übel. Sie brach fast in Tränen aus. Der Schnee und alles, und diese Morde. Sie hatte vergessen, die Schublade abzuschließen. Jetzt hatte sie kein Imitrex. Verdammt, was sollte sie nur tun? Höchstens noch ein paar Minuten, dann würde sie völlig zusammenbrechen. Jen zog das zweite Schubfach auf und durchwühlte es nach der Handtasche, anschließend das dritte. Memos und andere Papiere flogen durch die Gegend und segelten auf den Teppich. Bitte, sei nicht weg. Bitte sei hier. Aber die Tasche war nicht da.

Haltsuchend stützte sich Jen auf den Schreibtisch. Denk nach. Ja! Auf der Damentoilette hatte sie eine Ersatzspritze. Sie lief zur Tür ihres Büros, riß sie auf und gab sich Mühe, nicht zu weinen. Gab sich Mühe, nicht zu schreien, nicht zu kotzen. So schnell sie konnte, bog sie um die Ecke des Flures und rannte direkt zum Damenwaschraum. Sie riß die Tür auf, schlug sie hinter sich zu und öffnete mit fliegenden Fingern das Spiegelschränkchen. Sie sah fast nichts mehr; sie mußte nach der Spritze tasten. Sie hatte sie in einer leeren Tampaxhülse mit der Aufschrift TOD DEN UNBEFUGTEN versteckt. Ihre ganze Welt löste sich auf. Entmaterialisierte sich. Brach auseinander in ein splitterndes Kaleidoskop aus Licht und Schmerz.

Mit bebenden Händen tastete Jen zwischen den dünnen Glasregalböden herum, warf alles heraus. Sie hörte das donnernde Krachen einer ins Becken fallenden Zahnbürste. Das Getöse eines Plastikbechers, der auf dem Boden landete und über die Porzellanfliesen rollte. Wo war die verdammte Spritze?

Da! Jen griff nach dem Tampax mit der Spritze und ließ sich auf die Klobrille sinken. Sie biß die Spitze der Schutzhülle ab, spuckte sie aus und stach die Nadel durch die Strumpfhose in ihren Oberschenkelmuskel. In drei Minuten würde sie wieder Mensch sein. Sie schloß die Augen, und Tränen rollten zwischen ihren Augenlidern hervor. Linderung war unterwegs. Da erklangen plötzlich geräuschvolle Schritte vor der Toilettentür, und jemand begann gegen die Tür zu hämmern.

»Jen, ich bin's, Alix! Alix Locke. Ich brauche eine Kopie dieser Rede!«

# –24–

Marta stand im Hotelzimmer eines ihrer Geschworenen und war auf dem besten Wege, sich sowohl der Beeinflussung von Geschworenen und der Behinderung der Justiz schuldig zu machen als auch gegen etliche elementare ethische Grundsätze und disziplinarische Vorschriften zu verstoßen. Sie durfte gar nicht daran denken, was passierte, wenn sie erwischt würde. Demütigung, Verlust der Zulassung als Anwältin und damit des Lebensunterhalts. Obwohl sie es für unerläßlich hielt, war Marta doch leicht verblüfft, daß sie tatsächlich in diesem Zimmer stand. Manchmal fürchtete sie sich vor sich selbst.

Christopher war eher verblüffter als Marta. Er brachte kein Wort heraus, und *sie* sagte kein Wort, folglich schauten sie sich eine Minute lang nur unverwandt an. Es war unwirklich. Sie war Marta Richter, sie verkörperte alles, was er sich je von einer Frau ersehnt hatte, und sie war angezogen wie die Frau, die er geheiratet hatte. Christopher konnte seine Gefühle nicht leugnen. Er begehrte Marta, und sie stand vor ihm. Kostümiert als seine Frau war sie zu ihm gekommen, zu einem ehelichen Besuch. War es Glück oder göttliche Fügung?

»Stört es Sie, wenn ich mich setze?« fragte Marta, als sie endlich die Sprache wiedergefunden hatte.

»Ja. Nein. Natürlich. Nehmen Sie Platz.« Linkisch deutete Christopher auf das Bett, doch er kam gleich wieder zu sich. Was war bloß los mit ihm? Nur weil er gerne eine Affäre mit ihr hätte, hieß das nicht, daß es auch passieren würde. Und Christopher war doch ein Gentleman. Er schob das Wägelchen des Zimmerservice aus dem Weg und klopfte auf den Sessel. »Äh, hier. Hier, auf dem Sessel. Finde ich. Wäre besser.«

»Danke.« Marta nahm ihre Strickmütze ab und ließ sich auf der Vorderkante des Sessels nieder. Sie mußte auf den Punkt kommen, und das schnell. Vielleicht lag es am Bart, der den Großteil seines Gesichts verdeckte, daß Christopher so gleichmütig wirkte, aber Marta kamen Zweifel, ob er wußte, daß sie nicht Lainie war. »Wissen Sie, wer ich bin, Christopher?«

»Marta.«

»Richtig.« Er hatte sie beim Vornamen genannt, aber Marta war nicht direkt überrascht. »Sicher finden Sie dies alles ein wenig sonderbar. Um nicht zu sagen, ungesetzlich.«

Christopher lachte, es kam heraus wie ein Glucksen. Warum? Was war es? Angst? Hoffnung? Liebe? Sein eigenes Lachen war ein Laut, den er nicht oft zu hören bekam, es klang merkwürdig. Es machte ihm bewußt, daß der Lärm im Zimmer nebenan endlich aufgehört hatte. Sie hatten sogar den Fernseher ausgemacht. »Nun ja«, sagte er und senkte vorsichtshalber die Stimme. »Ich war, nun ja, erstaunt.«

»Es ist eine Überraschung, ich weiß.«

»Ha? Sicher. Tja, nun. Gut sehen Sie aus«, stieß er hervor, aber kaum waren ihm die Worte herausgerutscht, zuckte er zurück. Er war ein erwachsener Mann mit einem eigenen Geschäft und führte sich auf wie ein Teenager. Und das nur, weil Marta so schön war und in diesen saloppen Kleidern weniger unnahbar wirkte. Weicher. Christopher sah sie und sich bereits als Paar. Verheiratet. Vielleicht, weil sie angezogen war wie seine Frau. »Also ich finde, Sie sehen Lainie sehr ähnlich. Das haben Sie wirklich gut hingekriegt. Woher wußten Sie, wie Lainie aussieht?«

»Ich habe ein Foto von ihr in der Akte. Aus der Zeitung. Das Foto von Ihnen beiden, als Sie ihre Verlobung bekanntgaben.«

»Wie sind Sie da rangekommen?« fragte Christopher überrascht. »Es wurde nur in unserer Lokalzeitung veröffentlicht.«

»Einer der für die Auswahl der Geschworenen zuständigen Berater hat es aus dem Computer. Alles, was veröffentlicht wird, ist im Computer. Lokal oder nicht.«

Christopher hatte so seine Zweifel, ob es ihm behagte, daß man in dieser Art und Weise hinter ihm herspionierte, aber er konnte Marta nicht böse sein. Sie sah phantastisch aus, so anders. Ihre Haare waren vollkommen verändert. Der klassische blonde Schnitt war verschwunden, die Haare waren braun und locker frisiert. Lainie sagte immer »Zotteln« zu ihren Haaren, aber bei Marta sah die Frisur nicht zottelig aus. »Was haben Sie mit Ihren Haaren gemacht? Haben Sie sie abgeschnitten? Gefärbt?«

»Nicht direkt. Soviel Zeit hatte ich nicht.« Marta griff an die Haare und nahm die Perücke ab. Der perplexe Christopher lachte wieder überrascht auf.

»O Mann.« Er ließ sich auf die vor dem Bett stehende Kommode sinken. »Mann o Mann.«

»Die ganze Aufmachung stammt von Woolworth.« Marta kratzte sich die Kopfhaut und war froh, die juckende Perücke los zu sein, obwohl sie immerhin ihren Kopf warm gehalten hatte. »Ich wußte noch, was Ihre Frau auf dem Foto anhatte und wie sie ihre Haare getragen hat.«

Lieber Himmel. Die Ähnlichkeit war unheimlich. Christopher hatte so viele Fragen. Warum war Marta gekommen? Weil sie die gleichen Gefühle für ihn hegte wie er für sie? »Äh, wie sind Sie an den Wachleuten unten vorbeigekommen?«

»Ich gab mich als Elaine, Lainie, aus. Ich wußte, daß zwischen uns eine gewisse Ähnlichkeit besteht. Von den Sheriffs hat mich keiner erkannt. Einer hat sogar zu mir gesagt, er habe ein Foto von mir gesehen. Ich meine von Lainie.«

Christopher nickte. Er hatte den Wachleuten einmal sein Hochzeitsbild gezeigt, ihnen aber nicht erzählt, daß Lainie ihn sitzengelassen hatte. Nicht einmal Mr. Fogel wußte, warum Lainie nie zu Besuch kam. Christopher wollte nicht darüber sprechen. Er nahm sich vor, das verdammte Foto eines Tages aus seiner Brieftasche zu nehmen und wegzuwerfen.

»Sie fragen sich sicher, warum ich hier bin«, sagte Marta, der unter seinem Blick plötzlich unbehaglich zumute war. Die kräftigen Beine leicht gespreizt, sah er von seinem erhöhten Sitzplatz auf der Kommode auf sie herunter. Christophers Körpersprache war so diskret wie ein herannahender Schnellzug, aber seine Miene war nach wie vor ausdruckslos. »Ich habe ein Problem«, begann sie und erzählte ihm die ganze Geschichte.

Christopher, auf dem Rand der Kommode hockend,

hörte ihr aufmerksam zu. Sein Gesicht zeigte keinerlei Regung, nicht einmal, als sie ihm von den Morden an den Wachleuten erzählte, aber tief im Innersten war er entsetzt. Noch nie waren ihm derartige Dinge zu Ohren gekommen, und je länger Marta sprach, um so größer wurde seine Besorgnis. Sie befand sich in Gefahr. »Wie kann ich helfen?« fragte Christopher, als sie geendet hatte.

»Überzeugen Sie die Geschworenen von einem Schuldspruch. Ich bemühe mich derweil, das Motiv aufzudecken, aus dem heraus Steere Darnton umgebracht hat, aber ich brauche Sie, Sie müssen sozusagen von der anderen Seite her in Aktion treten. Die Geschworenen müssen Steere des Mordes für schuldig befinden.«

»Für *schuldig*?« fragte Christopher erstaunt. »Sie sind praktisch im Begriff, ihn für unschuldig zu erklären. Es wird zu einem Freispruch kommen.«

»Das darf nicht passieren.«

»Wir haben zweimal abgestimmt. Es steht neun zu zwei, mit einer Enthaltung. Unserer Ansicht nach war es Notwehr, wie Sie gesagt haben. Es läuft ganz in Ihrem Sinn.«

»Nicht mehr.« Noch nie hatte Marta ihre Manipulationen so sehr bereut. »Wer stimmt für schuldig? Kenny Manning und einer der anderen Schwarzen, stimmt's?«

»Nicht alle Schwarzen sind für schuldig. Kenny Manning wohl schon, denke ich, Gussella Williams dagegen nicht.« Christopher fand selbst, daß er belehrend klang, aber er fand, er habe ein Recht dazu. Seit er mit den anderen Geschworenen zusammen war, hatte er sich Gedanken über Rassenfragen gemacht. Für Gussella machte die Hautfarbe keinen Unterschied, sehr wohl aber für Kenny. Und ebenso für Ralph Merry. Manchmal verstand Christopher die Menschen nicht. Pferde taten sich nie nach Farbe zusammen, und eigentlich sollte man annehmen, Menschen seien klüger als Pferde.

»Okay, schön. Wie auch immer.« Marta hatte sich für eine Jury entschieden, die sich fast ausschließlich aus Weißen zusammensetzte, weil sie selbstverständlich davon ausgegangen war, daß diese eher auf der Seite eines weißen Geschäftsmannes standen als auf der eines schwarzen Obdachlosen, und genau so war es auch. Die Hautfarbe war nicht alles, aber Marta mußte realistisch sein. Jetzt arbeitete sie gegen sich selbst. Gegen die Zeit. »Was ist mit Mrs. Wahlbaum, der Lehrerin? Sie ist für Freispruch, stimmt's? Bleibt sie dabei?«

Christopher nickte. Er konnte sich nicht vorstellen, daß irgend etwas oder irgend jemand Mrs. Wahlbaum umstimmen könnte, wenn sie sich einmal ihre Meinung gebildet hatte, nicht einmal Mr. Wahlbaum.

»Und das junge Mädchen? Die Programmierin? Megan Gerrity? Bleibt sie fest?«

»Ich weiß nicht. Vermutlich.«

»Sie wird für Freispruch stimmen.« Marta schüttelte den Kopf. Verdammte Liberale. Lägen die Dinge anders, hätte sie ihnen den Hintern geküßt, aber jetzt kosteten sie diese Leute vielleicht das Leben. »Sie müssen die Entscheidung hinauszögern. Sagen Sie, daß Sie für schuldig stimmen und bleiben Sie, was auch passiert, bei der Stange.«

»Das kann ich nicht.« Christopher verschränkte die Arme. »Heute habe ich für Freispruch gestimmt. Ich hatte fast alle anderen überzeugt. Sie wollen nach Hause. Sie haben das Leben im Hotel satt.«

»Sagen Sie, Sie hätten Ihre Meinung geändert«, erklärte Marta. »Sie hätten es sich noch mal überlegt. Sie hätten sich gefragt, warum Steere nicht selbst im Zeugenstand ausgesagt und die Sache aus seiner Sicht geschildert hätte.«

»Richter Rudolph sagte ausdrücklich, daß das keine Rolle spielen dürfe.«

»Sagen Sie, für Sie spiele es sehr wohl eine Rolle, Sie könnten es nicht ändern. Geschworene fragen sich immer, warum ein Angeklagter nicht aussagt. Wenn Steere den Mann in Notwehr erschossen hat, warum trat er dann nicht in den Zeugenstand und legte offen darüber Rechenschaft ab? Elliot Steere ist kein schüchterner Mensch, er ist ein Mörder. Sagen Sie den anderen, daß Sie für schuldig stimmen, und bleiben Sie fest, komme, was da wolle.«

»Hätten wir dann nicht den Fall, daß es zu keiner Einigung der Geschworenen kommt?«

»Sie müssen alle überzeugen. Eine Nichteinigung wäre fatal. Ich will keinen ergebnislosen Prozeß, weil sich die Jury nicht einigen kann. Es gibt nur ein Entweder-oder. Kommt Steere frei, bin ich tot. Er muß verurteilt werden, alles andere reicht nicht. Und lassen Sie sich Zeit. Ich brauche alle Zeit, die Sie mir verschaffen können.«

Christopher versuchte, sich klarzuwerden, was er morgen sagen sollte. Er stellte sich die anderen Geschworenen vor, wie sie um den Tisch sitzen und ihn ansehen, als sei er nicht ganz bei Trost, wenn er mit seiner Meinungsänderung daherkam. Er hatte heute so fest und unnachgiebig Position bezogen. Christopher betrachtete sich gerne als einen Mann von Wort, andererseits steckte Marta in echten Schwierigkeiten. Zwei Männer waren bereits umgebracht worden.

Sorgenvoll rieb sich Marta die Stirn, die, als antworte sie ihr, heftig zu hämmern begann. »Wer ist Sprecher? Ralph Merry?«

»Nein. Ich.«

»Großartig!« Marta wurde wieder zuversichtlicher. Das war die Chance. Vielleicht funktionierte ihr Plan doch. Vielleicht gelang es Christopher, das Ruder herumzureißen. »Dann *können* Sie sie überzeugen. Geschworene schauen zu ihrem Sprecher auf. Sie wollen einen Führer. In erster Linie hat man Sie deshalb gewählt.«

»Nein.«

»Sie sind zu bescheiden.«

»Nein, wirklich nicht«, antwortete Christopher, aber er würde lieber sterben, als ihr sagen, wie es dazu gekommen war. Es war hart genug, mit Marta zu reden, wenn sie ihm direkt gegenüber saß, hier in seinem Zimmer. In seinem Schlafzimmer. Christopher hatte das Gefühl, als wüßte sie, wie oft er an sie gedacht hatte. In so vielen Nächten hatte er sich vorgestellt, sie wäre hier, und jetzt war sie tatsächlich da. Er mußte Bescheid wissen. »Warum sind Sie zu mir gekommen, Marta?«

»Ich mußte Kontakt zu den Geschworenen aufnehmen.«

»Aber warum ich? Warum haben Sie mich ausgewählt? Sie wußten nicht, daß ich Sprecher bin. Es hat Sie überrascht.«

»Ich habe mich an Sie gewandt, weil ich das Gefühl hatte, daß Sie mir am ehesten helfen würden.«

»Warum dachten Sie das?«

Marta zögerte erst, gab sich dann aber einen Ruck. »Weil ich glaube, daß Sie sich zu mir hingezogen fühlen.«

Christopher schien es, als senkte sich schlagartig völlige Stille über das Hotelzimmer. Die Stille klang laut. Er wußte nicht, was er sagen sollte. Er könnte seine Gefühle in seinem Innern verschließen, aber er hatte in seinem Leben schon so viele Gefühle ignoriert. Dieses Gefühl, so schien ihm, durfte nicht achtlos vorüberziehen. Dieses Gefühl hatte soviel Kraft wie ein durchgehendes Pferd. Man mußte es zügeln. Zugreifen und festhalten. Wie ein Cowboy ein Pferd. »Empfinden Sie etwas für mich, Marta?« fragte Christopher und hatte das Gefühl, als schlüge ihm das Herz bis zum Hals, als hämmere es gegen seinen Adamsapfel. »Sagen Sie ja oder nein. Denn ich empfinde etwas für Sie.«

Das war nicht gerade die Unterhaltung, nach der Marta im Moment der Sinn stand. Ihre sämtlichen Instinkte rieten ihr, ihm etwas vorzumachen, ihn zu belügen, mit ihm ins Bett zu gehen, wenn es sein mußte und sie dadurch erreichte, was sie wollte. Marta schien es unvorstellbar, angesichts dessen, was auf dem Spiel stand, die Wahrheit zu sagen. Dann schaute sie in Christophers vom Leben in der Natur geprägtes, offenes Gesicht, und es schien ihr ebenso unvorstellbar, nicht die Wahrheit zu sagen. Er war ein anständiger, netter Mann, und sie verlangte von ihm, etwas zu tun, wofür er ins Gefängnis wandern konnte. Er verdiente eine ehrliche Antwort. »Nein. Überhaupt nichts«, antwortete sie. »Ich kenne Sie nicht einmal.«

»Verstehe«, sagte Christopher rasch.

Marta schluckte schwer, sie spürte, wie verletzt er war. Seltsam, auch ihr tat es ein bißchen weh. Seinetwegen. Aber sie mußte sehen, daß sie weiterkam. »Wollen Sie mir trotzdem helfen?«

# –25–

Der weiße Grand Cherokee hielt auf halbem Weg durch die Straße an und blieb mit laufendem Motor stehen. Der weiße Lack hatte im Schneegestöber die Wirkung einer Tarnfarbe, so daß die eckige Masse des Wagens fast nahtlos mit der Umgebung verschmolz. Aus dem Auspuff stiegen die Abgase in einer geisterhaften Wolke auf, die mit einer Windbö davontrieb. Die Scheibenwischer bewegten sich im Schnee langsam hin und her.

Am Ende der Straße kniete Judy und schob das flache Ende des Langlaufskis an, damit er nach vorn glitt. Der Schnee reichte bis zum Mantelsaum des kleinen Jungen. »Jetzt bist du dran«, forderte sie ihn auf. »Schick ihn wieder zu mir rüber.«

Wortlos beugte sich der Junge hinunter und gab dem Ski einen Stoß, damit er zurück zu Judy fuhr. Sie ließ ihn wieder zu ihm hinübergleiten, und er wiederholte das Spiel mit einem stetig breiter werdenden Lächeln. »Hast du meinen Freund Heb gekannt?« fragte Judy und ließ den Ski auf ihn zurutschen.

Der Junge nickte, die Augen unverwandt auf den rotbraunen Ski gerichtet. Mary spürte ihr Herz schneller schlagen, aber sie blieb hinter Judy stehen und hielt den Mund. Der Ski kam bei dem Jungen an, und er fing ihn mit seinem schwarzen Handschuh ab, den er von einem anderen Kind geerbt hatte.

»Heb hat man Böses zugefügt, nicht wahr?« fragte Judy.

»Er wurde erschossen.« Die Augen des Jungen folgten dem Ski. Hin und her. »Er ist tot.«

»Hast du gesehen, wie er erschossen wurde?«

»Nein. Gesehen nicht. Aber gehört. Peng, peng, peng. PENG!« rief der Junge unter Aufbietung sämtlicher Kräfte, die in seinem kleinen Körper steckten. Mit voller Wucht stieß er den Ski an.

Judy reagierte beim Abfangen des Skis wie ein Baseballspieler. Ihr Blick wanderte von dem Jungen zu dem Reihenhaus, in dem er wohnte. Die Vorderseite des Hauses lag zur Brücke hin, schräg gegenüber von der Stelle, wo Darning umgebracht worden war. Sie schätzte die Entfernung vom Haus bis zur Brücke. Ungefähr fünfundvierzig Meter. Das Kind könnte etwas beobachtet haben. »Bist du denn sicher, daß du nicht gesehen hast, wie er erschossen wurde?«

»Ich hab geschlafen. Das PENG hat mich GEWECKT. Ich hab's durchs Fenster gehört.«

Aus der Lautstärke, mit der er antwortete, schloß Judy, daß er sich seiner Sache sehr sicher war. »War Heb auch dein Freund?«

»Ja.« Der Junge nickte. »Er hat mir Straßengeld gegeben.«

»Er hat dir Geld gegeben?«

»Er war reich.«

Mary sah ihn verständnislos an. »Wie bitte?«

Judy fragte: »Tatsächlich?« Sie ließ den Ski über den Schnee auf ihn zu gleiten.

»Dennell!« rief eines der älteren Kinder, das mitten auf der Straße stand. Sie hatten aufgehört zu spielen und gingen nach Hause und überließen den Kartonschlitten und die Schneeengel sich selbst. »Dennell!«

Jäh drehte sich der Junge um und lief, eine winzige Schneewolke hinter sich aufwirbelnd, davon.

»Warte!« rief Judy ihm nach, aber er wandte sich nicht einmal mehr um. Die Anwältinnen beobachteten, wie der Junge zu dem größeren Kind hinlief und die Stufen zum Haus hinaufkletterte. Die Eingangstür schlug krachend zu, der Knall erzeugte in der schlagartig still gewordenen Straße ein Echo. Der Wind war noch stärker geworden und trieb die Flocken in alle Richtungen. Ein ganzes Stück weiter die Straße hinunter stand der Grand Cherokee mit laufendem Motor. Der Wagen verschmolz mit dem weißen Hintergrund, nur die Scheibenwischer, die sich hin und her bewegten, verrieten ihn.

Judy richtete sich auf und klopfte den festgebackenen Schnee von ihren Knien. »Hast du das gehört? Wie kommt ein Obdachloser zu Reichtum? Durch Schnorren?«

»Nicht in dieser Gegend, und er hat sich nur hier herumgetrieben. Er hat unter der Brücke geschlafen.«

»Die Wohlfahrt hat ihn wohl kaum unterstützt, ganz zu schweigen davon, daß er in dem Fall kein Geld übrig gehabt hätte, das er einem Kind hätte geben können. Vielleicht hatte Darning noch Erspartes aus der Zeit, als bei der Bank angestellt war.«

»Ersparnisse, aus den sechziger Jahren?« fragte Mary. »Vom Gehalt eines Kassierers? Warum siehst du immer das Gute in den Menschen? Was bist du bloß für eine Anwältin?«

Lächelnd schüttelte Judy Schnee von den Skibindungen und den Skistöcken. »Okay, vielleicht hat er es der Bank gestohlen, als er dort Kassierer war. Unterschlagung, die Konten abgeräumt. Bestechung angenommen, um Geld zu verschieben.«

»Klingt schon besser. Aber wie paßt Elliot Steere da rein?«

»Vielleicht hat Darning vor langer Zeit Geld von Steeres Konto genommen, und als Steere dahinterkam, hat er ihn umgebracht.« Judy bückte sich und legte die Skier paarweise nebeneinander in den Schnee, aber Mary reagierte nicht auf diesen Wink mit dem Zaunpfahl. Der weiße Grand Cherokee wartete. Unbemerkt. Reglos.

»Dann hätte Steere doch Anzeige erstattet, oder?« fragte Mary

»Vielleicht wollte er die Angelegenheit selbst regeln. Vielleicht wollte er mit Darning reden, und die Dinge gerieten außer Kontrolle.«

»Nein. Klingt nicht gut. Das Kind sagte, Darning war reich.«

»Du darfst das nicht wörtlich nehmen. Ein Kind hat das gesagt, Mare. Für ein so kleines Kind sind fünf Dollar reich.« Judy preßte ihren Stiefel in die Bindung und stützte sich dabei auf Marys Schulter, um das Gleichgewicht leichter halten zu können. »Auf geht's, meine Liebe. Zeit zur Abfahrt.«

»Der Junge sagte *Straßengeld*. Kennst du diesen Begriff, *Straßengeld*?«

»Was heißt Begriff? Das hat er nicht als feststehenden Begriff gemeint. Das Kind wohnt in der gleichen Straße wie Darning. Deshalb Straßengeld, wortwörtlich gemeint. Kapiert?« Judy stieg in die zweite Bindung und schob die Hände durch die Schlaufen der Skistöcke. »Los. Schnall die Skier an.«

»Ich glaube, der Junge hat wiederholt, was man zu ihm gesagt hat. Was Darning gesagt hat. Den Begriff *Straßengeld* gibt es nämlich.«

»Den gibt es? Was bedeutet er?«

Mary lächelte. »Du bist irgendwie, na, so absolut Kalifornierin. Damit kauft man Stimmen. Du gibst jemandem Straßengeld, und der kauft damit Stimmen in seinem Bezirk.«

»Faszinierend.«

»Willkommen in Philadelphia.«

»Allerherzlichsten Dank.« Der Wind frischte weiter böig auf, und Judy hatte feuchte, eiskalte Fußknöchel. »Schnall die Skier an, Mare. Wir reden in meiner Wohnung weiter.«

Mary versuchte, mit dem Stiefel in die Bindung zu steigen, aber der Ski glitt ständig unter ihrem Fuß weg. »Du weißt, daß sich viele der Artikel, die ich bei meiner Computerrecherche gefunden habe, auf das Verhältnis Steere und Bürgermeister Walker bezogen. Wie sehr sich die beiden hassen.«

»Ja, und?« Judy kniete nieder und hielt Marys Ski fest, bis deren Stiefel endlich richtig in der Bindung saß.

»Vielleicht dreht sich alles um Politik. Die Wahl steht bevor. Vielleicht wurde oder wird Straßengeld bezahlt. Vielleicht muß man alles unter einem politischen Aspekt betrachten.«

»Nächster Ski.« Judy kniff die Augen zusammen, weil vom Boden her Eisteilchen in ihr Gesicht wehten. »Mach schon, Mare.« Selbst wenn sie direkt hingesehen hätte, mit halbgeschlossenen Augen hätte Judy unmöglich bemerken können, wie die dunkelgetönte Scheibe des Grand Cherokee bis auf halbe Höhe hinabglitt.

»Hörst du mir zu, Jude? Es könnte um Politik gehen.«

»Steck deinen verdammten Stiefel in diese verdammte Bindung.«

»Herr im Himmel. Sind wir heute empfindlich? Ich versuche, einen Mordfall aufzuklären. Nicht gerade eine leichte Aufgabe.« Mary knickte den zweiten Fuß ab, fand endlich mit der Stiefelspitze die Bindung und schob den Schuh hinein.

»Halleluja.« Judy richtete sich auf, wendete mit einem eleganten Schwung und fuhr ein paar Meter über den Gehweg. »Mir nach«, rief sie über die Schulter.

»Möglich, daß Darning das Geld von irgendwoher bekommen hat«, rief Mary ihr hinterher und zockelte ungeschickt durch den Schnee. Es war so verflucht kalt. Die Luft war zu eisig zum Atmen. »Daß ihm jemand Straßengeld gegeben hat.«

In einiger Entfernung die Straße hinunter glitt das Fenster des Grand Cherokee noch ein Stückchen weiter hinab. Pulveriger Schnee sprenkelte das getönte Glas. Es war zu dunkel, um den Fahrer zu sehen. Der Motor lief im Leerlauf, eine Abgaswolke schwebte aus dem Auspuff. Die Scheibenwischer arbeiteten heftiger.

»Gehen wir runter auf die Fahrbahn, dort geht's leichter«, schrie Judy Mary zu. Sie hielt Ausschau nach einer Lücke zwischen den am Bordstein parkenden Wagen. Mit den dicken Schneehauben sahen die Wagen aus wie Riegel weißer Mandelschokolade. Judy entdeckte eine Lücke und fuhr darauf zu und hinaus auf die Straße. »Los, Mare. Versuch mitzuhalten.«

»Angeberin«, brummte Mary.

Judy fuhr in der Straßenmitte neben den von den Autos ausgefahrenen Spuren. An manchen Stellen war der Schnee knietief. Seit Stunden hatte Judy keinen Wetterbericht mehr gehört.

Unter Schwierigkeiten schaffte es Mary, auf die Straße zu kommen. Sie hörte ein lautes hydraulisches Maschinengeräusch und sah in einiger Entfernung einen Schneepflug mit flackerndem gelbem Warnlicht auf der Fahrerkabine. Vielleicht räumten sie die Straßen zu Judys Wohnung. Das würde das Ganze wenigstens ein bißchen leichtermachen. Mary schien es unvorstellbar, daß sich irgend jemand zum Spaß Langlaufskier unterschnallte. Es war brutale, endlose Schufterei. Wenn sie das wollte, ging sie ins Büro.

»Mare!« rief Judy. »Geht's?«

Mary versuchte zu antworten, aber der kalte Wind und der Lärm des Schneepflugs verschluckten ihre Worte. Tapfer kämpfte sie gegen den Sturm an und bemühte sich mitzuhalten. Aber alle Mühe war vergeblich. Schneeflocken stoben ihr in die Augen. Ihre Hände in den Handschuhen waren feucht. Der Blizzard machte keine Anstalten nachzulassen. Mary fiel erst ein paar Meter hinter Judy zurück, schließlich einen halben Block.

Hinter Mary glitt das getönte Fenster des weißen Grand Cherokee bis zum Anschlagpunkt auf. Aus dem Innern des Wagens kam eine Hand in einem Lederhandschuh und wischte Schnee vom Türrahmen. Eine Sekunde später schob sich der Lauf eines Jagdgewehres heraus und zeigte die Straße hinunter.

# –26–

*Es ist ein großer Laster,* hatte Christopher zu Marta gesagt. *Beurteilen Sie ihn nicht nach seinem Aussehen. Erst dieses Jahr kamen neue Reifen drauf. Von Bridgestone.*

Marta erkannte Christophers alten Laster auf den ersten Blick, es war die mieseste Karre in der Hotelgarage: ein Pick-up mit verblaßtem blauen Lack und einer löcherigen weißen Plane über der langen Ladefläche. Den hinteren Kotflügel und die Karosserie zierten etliche Dellen, die Türen hatten an Geschwüre erinnernde Rostbeulen an den Kanten, und er hatte sich wie ein Aussätziger im hintersten Winkel der Tiefgarage verkrochen. Der einzige leuchtende Fleck an diesem Laster war der kirschrote Aufkleber an der Stoßstange: HUFSCHMIEDE NAGELN BESSER.

*Der Aufkleber an der Stoßstange war Lainies Idee,* hatte Christopher gesagt, aber darauf wäre Marta auch von allein gekommen.

Sie drückte sich gegen die Garagenwand und hielt besorgt Ausschau nach Bogosian. War es ihr gelungen, ihn ein für allemal abzuschütteln? Sie konnte sich nicht vorstellen, daß er ihr bis zu diesem Hotel gefolgt war, denn sie hatte aufgepaßt. Trotzdem, hundertprozentig sicher konnte sie nicht sein. Vielleicht lag er wie in Steeres

Stadthaus bereits irgendwo auf der Lauer. Er wußte, daß den Geschworenen Partnerbesuche bewilligt worden waren, vielleicht hatte er geahnt, daß sie versuchen würde, sich mit ihnen in Verbindung zu setzen. Oder vielleicht war Steere dieser Gedanke gekommen. Wie dem auch sei, sie mußte los.

Marta lief zu dem Laster, steckte den Schlüssel in das Türschloß und kletterte hinein, als sich die Tür mit einem Quietschen öffnete. Sie warf ihre Tasche auf den zerschlissenen Beifahrersitz. Im Laster war es kalt, und es roch eigenartig nach versengten Haaren. Der Vordersitz war vermüllt mit leeren Kaffeebechern, Einwickelpapier von Dunkin' Donuts und Plastiktüten mit verschrumpelten Mohrrüben. Eine Taschenlampe rollte auf den Boden, und hinten im Sitz war ein großer grüner Gummiball eingeklemmt. HORSEBALL stand darauf. Nanu?

Marta steckte den Schlüssel ins Zündschloß, trat auf das Gaspedal und schaltete die Zündung ein. Der Motor machte *klick*, drehte aber nicht. Christopher hatte sie gewarnt, daß das passieren könnte.

*Haben Sie Geduld*, hatte er gesagt. *Der Wagen steht seit zwei Monaten. Und lassen Sie den Motor nicht absaufen.*

Marta schaute auf ihre Uhr. 22.15 Uhr. Höchste Zeit. Wieder drehte sie den Zündschlüssel. Wieder kein Glück.

*Geben Sie ihm ein oder zwei Minuten. Reden Sie ihm gut zu. Er mag es, wenn man mit ihm spricht.*

Schwachsinn. Mit einem Laster reden? Christopher hatte zuviel freie Zeit. Marta zwang sich abzuwarten und schaute sich noch einmal in der Garage um, ob irgend etwas auf die Anwesenheit von Bogosian hindeutete. Die verdammte Windschutzscheibe war so verschmiert, daß sie kaum durchgucken konnte, und sie wischte mit ihrer kalten Faust darüber. Auf diesem Parkdeck standen einige Autos. Hinter jedem könnte sich Bogosian verstecken und darauf warten, über sie herzufallen. Sie hatte seine schraubstockartigen Hände, die sich um ihren Hals gelegt und ihr die Luft abgeschnürt hatten, nicht vergessen. In Panik probierte Marta wieder die Zündung. Der Motor reagierte nicht.

*Bewahren Sie Ruhe. Lassen Sie ihm Zeit.*

Aber Marta hatte keine Zeit. Sie mußte diesen Laster zum Laufen bringen. Sie mußte dringend weg. Sie sah sich nach allen Seiten um. Bogosian könnte überall sein. Marta zwang sich, weiter zu warten. Sie stellte sich vor, wie es nach Bogosians Mord an den Wachleuten weitergegangen sein mochte. Wahrscheinlich wimmelten die Bullen im Büro von Rosato & Associates herum. Mit Sicherheit stießen sie auf Martas Eintrag in der Anwesenheitsliste. Und bestimmt suchten sie nach ihr. Die Pressemeute würde nicht lange auf sich warten lassen.

*Er muß nur warm werden. Warten Sie ein bißchen, und versuchen Sie es noch einmal.*

Wieder betätigte Marta den Anlasser, aber der Motor hustete nur. Verdammt! Marta mußte endlich hier raus. Es war die einzige Möglichkeit. Wenn sie einen Sinn darin gesehen hätte, hätte sie sich gestellt und ausgesagt, was sie über den Mord an den Wachleuten wußte, aber sie konnte nicht beweisen, daß zwischen Bogosian und Steere eine Verbindung bestand. Sie konnte nicht einmal beweisen, daß Bogosian überhaupt existierte. Raketen-Rudi ließ den Steere-Prozeß wie auf geölten Schienen abrollen; Marta bezweifelte, daß selbst ein Mord im Büro ihn zu einer langsameren Gangart veranlassen würde. Und Steere wäre ohnehin nie mit einer Vertagung einverstanden. Marta konnte das Risiko nicht eingehen.

*Versuchen Sie es weiter. Geben Sie nicht auf.*

Seine Worte in Gottes Ohr. Sie drehte noch einmal den Schlüssel, und endlich sprang der Motor an, rheumatisch zwar, aber immerhin. Marta legte den Rückwärtsgang ein. Beim Ausparken starb der Motor ab. Zweimal. Endlich bekam sie ihn richtig in Gang und fuhr zur Ausfahrt, die Parkgebühr bezahlte sie bar.

Vorsichtig steuerte sie den Laster in den Blizzard hinaus, die betagten Scheibenwischer wurden kaum fertig mit dem Schnee. Sie fuhr Richtung Norden nach New Jersey zu Steeres Haus, getreu ihrer Ahnung, daß das Strandhaus Steere besonders am Herzen lag, und in der Hoffnung, dort irgendeinen Hinweis zu finden. Irgendeinen Beweis. Irgend etwas Belastendes. Sie fuhr nach Long Beach Island, wo immer das sein mochte. Marta brauchte eine Karte.

Sie ließ das Handschuhfach aufschnappen, in dem ein wildes Durcheinander herrschte, und stöberte nach Landkarten. Die Karten fielen auf den Beifahrersitz, und sie blätterte sie durch, während sie durch das Unwetter fuhr. Da waren zerknitterte Karten von Maryland und Pennsylvania. Von Bucks County, Chester County, Delaware County. Und endlich New Jersey.

Marta versuchte, die Karte von New Jersey aufzuklappen und auszubreiten, und rammte beinahe einen Telefonmast. Es war zu dunkel, um die Landkarte lesen zu können. Die Fingerspitzen der einen Hand am Lenkrad, tastete sie mit der anderen auf dem Boden nach der Taschenlampe. Sie fand sie und richtete den Lichtstrahl auf die Karte. In dem zittrigen Lichtkegel waren unmöglich Einzelheiten zu entziffern, aber Marta sah die grobe Richtung – über den Fluß und durch die Wälder. Mindestens eine Dreistundenfahrt in diesem Schnee. Sie hatte keine Zeit zu verlieren.

Wieder warf sie einen prüfenden Blick in den Rückspiegel. Der Wagen hatte keine Heckscheibenheizung. Das zerkratzte Plastikfenster war völlig dunkel, keine Scheinwerfer leuchteten herein. Marta fühlte sich einigermaßen sicher, niemand schien sie zu verfolgen. Die Straßen waren zwar geräumt, aber schwer befahrbar. Wenigstens war der Tank voll. Marta beschleunigte, und der Laster bekam dreimal hintereinander einen Schluckauf, bevor er reagierte.

Es war so kalt wie in Maine im Winter, und Marta fror in dem eiskalten Laster. Sie machte die Heizung an, und blauer Qualm quoll durch die Lüftungsschlitze. Als Marta das sah, schüttelte sie den Kopf; sie hatte einmal einen Corvair Monza gefahren, der diese Unart ebenfalls gehabt hatte. Irgendwann schloß sich unweigerlich der Kreis, wenn man nur lange genug lebte, und Marta hatte die Absicht, lange genug zu leben. Sie stellte den Rauch ab und zog lieber den Reißverschluß ihrer Jacke zu. Ihr Outfit hatte Marta bei Woolworth erstanden: eine Mütze, ein Paar lange Unterhosen, eine imitierte Daunenjacke mit braunen Karos und eine passend karierte Thermohose. Sie war mollig warm eingemummelt, sah aber stark nach Möbelstück aus.

Marta entdeckte das Radio und schaltete es ein. Nichts. Sie drehte an den Knöpfen. Funkstille. Das Radio funktionierte also auch nicht. Verdammt. Marta hätte gerne gewußt, wie weit die Ermittlungen der Polizei gediehen waren. Wieder schaute sie in den Rückspiegel. Niemand war hinter ihr. Trotzdem fühlte sie sich angreifbar. Sie brauchte etwas, womit sie sich verteidigen konnte.

*Schauen Sie in die Werkzeugkiste,* hatte Christopher gesagt. *Da sind Werkzeuge drin, die Sie als Waffe benutzen können.*

Marta warf einen Blick nach hinten. Wo war die Werkzeugkiste? Dahinten war der reinste Schweinestall; über einer Werkbank erstreckte sich ein Gestell, an dem Hufeisen hingen, die bei der holperigen Fahrt des Lasters durch den Schnee klirrend aneinanderschlugen. Eine richtige kleine Schmiede mit Propangasflaschen war dahinten untergebracht. Über einem geschwärzten Amboß lag zusammengeknüllt eine Lederschürze. Da, vor dem Amboß, entdeckte Marta zwei Werkzeugkisten, die größere war voller alter Meißel, Hämmer und Feilen.

*Sehen Sie in die Werkzeugkiste. Nehmen Sie den Stichel.*

*Was ist ein Stichel?*

*Er sieht aus wie eine große Eisennadel, etwa fünfundzwanzig Zentimeter lang. Sie können damit zustechen wie mit einem Messer, falls Sie sich verteidigen müssen.*

Marta lächelte versonnen. Vor zwei Monaten hatte sie noch keine Ahnung gehabt, was ein Hufschmied war. Jetzt steckte sie mit einem unter einer Decke. Sie streckte sich nach hinten über den Sitz und zog die Kiste näher heran, dann wühlte sie zwischen den Werkzeugen herum, bis sie einen kleinen Hammer mit Spitze zwischen die Finger bekam.

*Wenn es so ein spitziger ist, ist es eine Nietklinge. Die Nietklinge nehmen Sie nicht. Die ist zu leicht.*

Okay, gut. Keine Nietklinge. Während ihres Jurastudiums hatte man Marta Kenntnisse dieser Art nicht vermittelt. Sie stieß ihre Hand ganz nach unten in die Werkzeugkiste. Die Werkzeuge klapperten bei ihrem Herumgewühle. Schließlich kam ihre Hand mit einem Gerät zum Vorschein, das eine lange, seltsam gekrümmte Klinge hatte, fast wie eine Minisichel.

*Ein Rinnhufmesser erinnert ein bißchen an das Ding, das der Schnitter Tod bei sich trägt. Vergessen Sie das Hufmesser. Sie verletzen sich noch damit. Suchen Sie aber den Hufbeschlaghammer. Der kann auch recht nützlich sein.*

Marta warf das Hufmesser zurück in die Kiste. Nimm niemals ein Rinnhufmesser, wenn es auch ein Hufbeschlaghammer tut. Ihre Hand tauchte wieder in die Werkzeugkiste. Es gab etliche Hämmer, darunter einen, der besonders groß und schwer war mit abgerundeten Kanten und einem gebogenen Holzstiel. Der Beschlaghammer! Nummer eins gefunden, Nummer zwei fehlte noch. Marta legte den Hammer in ihren Schoß. Nach dem Stichel suchte sie vergeblich, und sie gab es auf, bevor sie den Laster zu Schrott fuhr.

Es herrschte nur spärlicher Verkehr, als Marta aus der Stadt heraus und zu einer blauen Brücke kam, die sich über den Delaware River spannte. Die Brücke war geräumt, und sie fuhr hinter einem Schneepflug der Hafenbehörde her, als gehöre sie dazu. Marta brauchte kein Radio, um zu wissen, daß es der Zivilbevölkerung nicht erlaubt war, bei solchen Wetterbedingungen spazierenzufahren, aber nachdem sie sich bereits auf eine konspirative Beziehung mit einem Geschworenen eingelassen hatte, war alles andere eine Banalität. In sicherem Abstand schnurrte sie hinter dem Schneepflug über die Brücke und durch die Mautstation nach New Jersey.

Sie passierte ein Schild nach Cherry Hill, anschließend eine Reihe von Striplokalen; ein heruntergekommenes Etablissement mit dem stolzen Namen Admiral Lounge, bei dem sie jede Wette eingegangen wäre, daß nie ein Admiral dort zu Gast gewesen war, und später die Liquor Ranch. Yippieyeah. Während der Laster über die Straße rumpelte, hatte Marta Zeit, über ihren nächsten Schritt nachzudenken. Sie hoffte, in dem Strandhaus etwas zu finden, aber was, wenn sie sich täuschte? Die halbe Nacht hatte sie bereits vergeudet. Wie lange noch, bis Bogosian sie aufspürte oder die Bullen? Und morgen gleich in aller Frühe tagten bereits wieder die Geschworenen.

Marta hatte ein wachsames Auge auf den Rückspiegel. Immer noch niemand hinter ihr, aber vor ihr fuhren jetzt ein paar Wagen. Eine Stunde fuhr sie über die Route 70 nach Osten zur 72 und umrundete endlos einen Kreisverkehr bei Olga's Diner, wo trotz des Sturmes kein Mangel an Kundschaft herrschte. Marta war froh, daß der Blizzard an Stärke verlor und in New Jersey weniger Schnee lag als in Philadelphia. Die abgenutzten Scheibenwischer hatten eine faire Chance. Marta fuhr schneller und kam an einem Schild nach MEDFORD vorbei, dann an Feldern, auf denen nur eine dünne Schneedecke lag.

Plötzlich tauchte wie aus dem Nichts ein grüner Minivan auf und schnitt den Laster. Unwillkürlich stieß Marta einen Schrei aus. Ein lauter *Rums* brachte den Pick-up ins Schwanken. Er geriet außer Kontrolle und drehte sich schwindelerregend. Krampfhaft hielt Marta das Lenkrad fest und lenkte gegen. Sie gab sich alle Mühe, damit das Gefährt nicht umkippte. Ihre Tasche wurde gegen die Tür geschleudert. Der Laster sauste herum wie ein Windrädchen und krachte autoskootermäßig in eine Schneewehe, wo er endlich zum Stehen kam. Martas Kopf wurde erst nach hinten, dann wieder nach vorn geschleudert. Der Motor starb ab. Der Laster rührte sich nicht mehr. Der Unfall war so abrupt vorbei, wie er sich ereignet hatte.

Marta war benommen, ihr war schwindlig. Ihre Rippen taten wieder weh, und das Gehämmere in ihrem Kopf setzte wieder ein. Sie löste die verkrampften Hände vom Lenkrad und sah gerade noch rechtzeitig wieder klar, um den Minivan deutlich zu erkennen. Er drehte sich vor ihr. Sekundenlang erhaschte sie einen Blick auf den Fahrer. Es war eine Frau. Die Frau brachte den Minivan in Fahrtrichtung und raste über die Landstraße davon. Am Rückfenster hing ein Aufkleber: PRESSE IM DIENST. Verdammt! Das war Fahrerflucht. Die Fahrerin hatte nicht einmal angehalten. Eine Reporterin, wie es schien.

Marta blieb regungslos sitzen und wartete, daß die Schmerzen nachließen. Doch da hätte sie lange warten können, also versuchte sie, die Schmerzen zu verdrängen und schätzte den am Laster entstandenen Schaden ab. Der Minivan hatte sie auf der Fahrerseite gerammt, aber die Windschutzscheibe war heil geblieben. Die Motorhaube sah passabel aus, auch wenn sie eingedellter wirkte als vorher. Marta hoffte, daß der Motor noch lief. Sie durfte keine Zeit verlieren. Ihre Uhr zeigte 0.35 Uhr. Sie strich sich die Haare aus den Augen und drehte den Zündschlüssel.

»Spring an, du verdammtes Aas«, befahl sie, und er gehorchte. Wie auf einen Zauberspruch. Für einen Groschen. Irgendwann hatte auch sie mal Dusel. Sie legte den Rückwärtsgang ein, drehte wie wild am Lenkrad und schaukelte die verdammte Karre vor und zurück, bis sie sie aus der Schneewehe heraus und wieder in Fahrtrichtung hatte, auf der gleichen Route, die auch der Minivan genommen hatte. Dessen rote Rücklichter leuchteten weit vor ihr auf, und Marta ratterte hinterher. Sie kam an Einkaufszentren und Schnellimbissen vorbei und mußte immer wieder an Ampeln anhalten. Der Minivan hielt an keiner einzigen roten Ampel.

»Bist du hinter einer tollen Story her, du blöde Gans?« brüllte Marta dem Minivan hinterher, obwohl ihr der Kiefer weh tat, wenn sie schrie. »Draußen schneit's, ist das deine Story? Es ist weiß? Es ist kalt? Es fällt vom Himmel herab?«

Wieder schaltete eine Ampel auf Rot, doch der Minivan fuhr einfach durch. Hätte Marta Zeit gehabt, hätte sie den Minivan angehalten und sich den Namen der Reporterin notiert. Ganz kurz hatte sie vorhin das Gesicht hinter dem Lenkrad gesehen. Ein von dunklen Haaren eingerahmtes Gesicht mit landläufig hübschen Zügen. Große Augen, nach oben gerichtete Nase. Was bildete die sich eigentlich ein, wer sie war? Da erst dämmerte Marta, daß sie die Frau kannte.

Es war Alix Locke, die Reporterin, die über den Steere-Prozeß berichtet hatte. Alix war ständig hinter Marta hergewesen und hatte jeden Tag in der Zeitung über sie berichtet. Alix war es auch gewesen, die den Bürgermeister auf dieser Pressekonferenz in Nöte gebracht hatte. Wieso raste Alix mitten in der Nacht zur Küste von New Jersey? Ihr Ressort waren eher politische Nachrichten, wie Elliot Steere und Berichte aus dem

Rathaus. Was sollte es in einem Städtchen am Strand für wichtige Neuigkeiten geben? Im Winter?

Erneut probierte Marta das Autoradio, aber nach wie vor rührte sich nichts. Vielleicht hatte es eine Überschwemmung gegeben oder der Sturm hatte eine hölzerne Strandpromenade weggespült. Aber über derlei Dinge berichtete Alix in der Regel nicht. Sie war weder für Wetterberichte noch für Kommentare zuständig, sie beschäftigte sich mit den harten Sachen. Hinter was war sie her?

Marta mißachtete die Ampel, damit sie den Minivan in Sichtweite behielt. Weiter vorn kam ein Kreisverkehr. Ohne das Tempo zu verringern, nahm der Minivan die erste Abfahrt, obwohl der Schnee den Wegweiser zugeweht hatte. Marta mußte auf die Karte schauen, aber es war zu dunkel. Sie wollte den Minivan nicht aus den Augen verlieren, aber auch nicht die falsche Abfahrt nehmen. Der Laster näherte sich dem Kreisverkehr. Sie tastete nach der Taschenlampe und bekam einen länglichen, runden Gegenstand zu fassen, der auf dem Sitz hin und her rollte. Sie hielt ihn hoch. Ein Old-Spice-Deodorantstift. Achtlos ließ sie ihn fallen. Gleich war sie am Kreisverkehr.

Marta tastete weiter und fand endlich die Taschenlampe. Aber da war der Minivan bereits im Schneegestöber verschwunden. Marta konnte den Wegweiser nicht einmal aus der Nähe lesen und war gezwungen anzuhalten, um auf die verdammte Karte zu schauen. Sie legte die Landkarte auf ihren Schoß und richtete den Strahl der Taschenlampe auf die Küste von Long Beach Island. Ewig lange Kiefernwälder zogen sich an der Küste entlang. Die Straße, die Alix genommen hatte, führte nach Long Beach Island.

Marta knipste die Taschenlampe aus, trat auf das Gaspedal und fuhr weiter. Die dunkle, verschneite Straße war menschenleer, doch bald entdeckte Marta ein Stück weit vor sich den Wagen von Alix. Marta dachte so schnell, wie sie es nach dem bei dem Unfall erlittenen Schleudertrauma vermochte. Warum fuhr Alix nach Long Beach Island? Woher wußte sie mit solcher Sicherheit, wo sie abbiegen mußte, obwohl das Schild zugeschneit war? Offensichtlich war Alix schon des öfteren in Long Beach Island gewesen.

Marta beschleunigte in der Hoffnung, an dem Minivan dranzubleiben. Was wußte sie über Alix? Daß sie jung, sexy und hübsch war. Daß sie Single war, denn das hatte sie Marta gegenüber einmal erwähnt, als sie versucht hatte, über irgendeine Gemeinsamkeit einen persönlicheren Kontakt herzustellen, um an ihre Exklusivstory heranzukommen. Kein Zweifel, Alix war eine aggressive Reporterin. Ein Star.

Marta stellte eine Hypothese auf. Alix Locke und Elliot Steere; die beiden waren das perfekte Paar. Gut aussehend, ehrgeizig und erfolgreich. Und Alix fuhr nach Long Beach Island, wo Steere ein Strandhaus besaß. Das konnte doch kein Zufall sein, oder? War Alix Locke Elliot Steeres Geliebte?

Marta gab Gas. Es paßte jedenfalls. Alix hatte groß über die Verteidigung im Steere-Prozeß berichtet und wegen der Einseitigkeit ihrer Berichterstattung sogar Kritik einstecken müssen. Marta hatte angenommen, die gute Presse gelte ihr, aber vielleicht war Steere der Grund gewesen. Er war der Hauptnutznießer.

Es war eine Ahnung aus dem Bauch einer Prozeßanwältin, und Marta hatte das starke Gefühl, auf dem richtigen Weg zu sein. Alix war ein Pfahl im Fleische des Bürgermeisters, und der Bürgermeister war Steeres Hauptfeind. Marta dachte an die Pressekonferenz im Fernsehen, bei der Alix dem Bürgermeister ordentlich zugesetzt hatte. Vielleicht geschah das im Sinne von Steere. Und wenn Alix und Steere eine Affäre hatten, mußten sie sie geheimhalten, sonst stünde Alix' Job auf dem Spiel und sie könnte nicht mehr über Steere schreiben.

Marta holperte an reifüberzogenen Ahornbäumen, Kiefern und Krüppeleichen vorbei. Sie hegte keine Zweifel, auf der richtigen Straße zu sein. Alix führte sie zu Steeres Strandhaus und vielleicht zu dem entscheidenden Hinweis, den sie suchte. Zumindest konnte Marta Alix zur Rede stellen. Die Wahrheit verlangen. Gerechtigkeit.

Martas Lebensgeister erwachten. Sie war mit neuer Tatkraft erfüllt. Gerechtigkeit! Ihr war nicht bewußt gewesen, daß es ihr um Gerechtigkeit ging, aber seit dem Mord an den Wachleuten hatte sich manches verändert. Mochte es anfänglich Eifersucht gewesen sein, inzwischen ging es ihr um etwas anderes. Jetzt ging es ihr darum, die Wahrheit über den Mord aufzudecken, den Steere begangen und für den sie ihn verteidigt hatte. Jetzt ging es ihr darum, Steere seiner gerechten Strafe zuzuführen. Seine Geliebte in die Mangel zu nehmen war lediglich der Zuckerguß auf dem Kuchen. Marta war immer noch gut für einen Spaß, oder etwa nicht?

Der Laster ratterte weiter. Die Wipfel der Birken am Straßenrand neigten sich, schwer lastete der feuchte Schnee auf den Zweigen. Marta liebte Birken. Sie war zwischen Birkenwäldern aufgewachsen. Schlank und blendend weiß ragten sie auf, und doch prägten pechschwarze, wie mit einem Füllfederhalter gezogene präzise Linien ihre Rinde. Marta versuchte sich zu erinnern, wann sie zum letzten Mal im Wald gewesen war oder, besser gesagt, an einem Ort, wo es keinen Parkplatz mit einem Parkwächter gab, der einem den Wagen parkte. Ihr Leben hatte sich grundlegend verändert, sie hatte so vieles hinter sich gelassen, Gutes wie Schlechtes. Erst der Anblick der Birken vermochte sie daran zu erinnern, was gut gewesen war.

Zügig fuhr der Laster unter einem sternenlosen, schwarzen Himmelsgewölbe dahin. Irgendwann schien der Himmel weiter zu werden. Marta wußte, warum: Früher hatte sie in Naturbetrachtungen geschwelgt, bis sie gemerkt hatte, daß man das nicht in Rechnung stellen konnte. Von Meile zu Meile wurden die Bäume kleiner, die Krüppelkiefern kümmerlicher. Ein Zeichen, daß der Sandanteil im Boden zunahm. Sie näherte sich dem Strand.

Marta behielt Alix' Minivan im Auge, sie folgte ihm durch Kiefernwälder, vorbei an Kliniken, Tankstellen und Jachthäfen und schließlich über einen Betondamm nach Long Beach Island. Sofern Marta sich nicht völlig auf dem Holzweg befand, führte Alix Locke sie geradewegs vor die Eingangstür von Elliot Steeres Strandhaus. Das einzige, was Marta nicht wußte, war:

Warum?

# –27–

Penny Jones gab sich redlich Mühe, sein Jagdgewehr zielgerichtet aus dem weißen Grand Cherokee zu halten, aber seine Hand zitterte zu sehr. Das Dope, das er geraucht hatte, zeigte keine Wirkung mehr, und dieser Job lag ihm nicht so recht. Scheiße, von Kindesbeinen an ging er auf die Jagd. Rotwild, Fasane, was immer ihm vor die Flinte kam, aber nie ein Mensch. Penny hatte noch nie einen umgelegt. Dieses Mal mußte er es tun. Er mußte sich bewähren, damit er wieder mit Bogosian ins Geschäft kam. So eine Chance bekam man nur einmal im Leben.

Penny stützte das Gewehr mit der Armbeuge, legte den Ellenbogen auf den Türrahmen und visierte an. Da war massenhaft Schnee, und seine Augen tränten von der Kälte. Er befahl sich, nicht nachzudenken. *Leg sie einfach um und denk dir nichts*. Es schneite immer noch, aber Penny war überzeugt, einen sauberen Schuß abfeuern zu können. Ihm blieb nur ein Schuß bei dem Heidenkrach, den das Scheißgewehr vollführte.

Penny blinzelte die Tränen weg. Zwei Anwältinnen befanden sich auf der Straße, beide auf Skiern. Die, die vorneweg fuhr, war groß, die hinter ihr war klein. Die Große war bereits außer Reichweite, weil Penny zu lange gezaudert hatte. Er zielte auf den Rücken der Kleinen, die hinten fuhr und nicht so weit von ihm entfernt war. Sie konnte sowieso nicht Ski fahren. Überleben des Tüchtigsten, oder wie war das? Wenn Penny die eine erledigte, war die andere beschäftigt. Zwei Fliegen mit einer Klappe!

Penny wartete auf eine Schußmöglichkeit. Er sagte sich, es sei nichts dabei, wenn er dieses Weibsbild erledigte. Verdammt, sie war Anwältin. Man sollte ihm einen Orden dafür verleihen. Penny nahm die blaue Jacke aufs Korn. Er zielte durch das Schneegestöber auf die Mitte ihrer Jacke, direkt auf das Herz.

Verdammt. Warte. Er war noch nicht soweit. Er mußte den Jeep in eine bessere Position bringen, um hinterher schnell verschwinden zu können. Außerdem war es verdammt zu ruhig. Er legte das Gewehr in seinen Schoß und fuhr näher an die Seitenstraße heran, bremste, ließ aber den Gang drin. Die .30-.30 gegen die Armbeuge gedrückt, zielte er. Er spürte ihr Gewicht. Glich es aus. Beobachtete das Ziel durch den Schnee. Die kleine Anwältin war noch immer in Schußweite, sie fuhr auf ihren Skiern in den Lichtkegel einer Straßenlampe. Gut. Die blaue Jacke erinnerte ihn an das Schwarze einer Zielscheibe. Ein schönes, leichtes Ziel.

Penny betätigte ein klein wenig den Abzug. Seine Hand zitterte immer noch. Feigling. Er sollte einfach schießen. Kein Grund, Bammel zu haben. Kein Grund, es hinauszuschieben. Man würde ihn nicht schnappen. Er hatte jede Menge Zeit, sich aus dem Staub zu machen. Sicherheitshalber ließ Penny, den Finger unbeweglich am Abzug, den Blick noch einmal schweifen. Niemand war auf der Straße. Es würde eine Ewigkeit dauern, bis die

Bullen hier auftauchten. Überhaupt kein Risiko. Nur diese verdammte Stille.

Da hörte Penny es. Ein Lärm, ein paar Straßen weiter, das Rattern eines Schneepflugs. Bei dem Krach hörte niemand einen Schuß. Der Fahrer des Schneepflugs würde denken, eine Kette wäre abgesprungen oder er hätte einen Kanaldeckel geschrammt. Supergünstige Umstände für Penny. Weit und breit kein Mensch. Bald war er ein Held. Der beste Kumpel von Bobby Bogosian und steinreich. Penny brauchte nichts weiter zu tun, als abzudrücken. Er war ein hervorragender Jäger.

Und die Jagdsaison auf Anwälte war eröffnet.

Judy stieß die Spitzen ihrer Skistöcke in den Schnee und drehte sich um. Mary war wieder gestürzt. Das war jetzt schon das zweite Mal, daß sie hingefallen war, und dabei hatten sie noch nicht einmal die 25th Street geschafft. Arme Kleine.

»Mare!« rief Judy, obwohl sie wußte, daß Mary sie nicht hören konnte. Sie war zu weit weg, und der Schneepflug machte einen Höllenlärm.

»Mary!« rief sie trotzdem noch einmal. Judy wollte sich ersparen, den ganzen Weg zu ihr zurückzufahren, wenn es nicht unbedingt sein mußte. Wenn sie dauernd denselben Weg wieder zurückfahren mußte, kämen sie nie nach Hause, außerdem war sie an den Fußknöcheln naß bis auf die Haut. Mary brauchte anscheinend ewig, bis sie auf die Beine kam. Zeit zum Einsatz.

»Los, auf sie mit Gebrüll!« Judy wendete und machte sich auf den Rückweg. Was trieb sie da bloß? Lag einfach im Schnee. Herumkaspern. Typisch DiNunzio.

»Los, du Faulpelz. Erheb dich!« rief Judy im Fahren.

Der Schneesturm tobte unvermindert, und der mörderische Wind schlug erbarmungslos auf Judys Wangen ein. Durch den eisigen Wind mußte die fühlbare Kälte rekordverdächtig sein. Mary sollte nicht im Schnee herumliegen. Wenn sie nicht aufstand, sog sich ihre Thermohose voll Nässe, und ihr war auf der ganzen Rückfahrt klamm. Typischer Anfängerfehler.

»Mary, steh auf!« brüllte Judy, doch die Freundin rührte sich nicht. Schneeflocken sammelten sich an der Stelle, wo Marys Beine mit den Skiern an den Füßen scherenartig ausgebreitet am Boden lagen. Ihre Handgelenke steckten immer noch in den Schlaufen der Stöcke. Sie machte nicht die geringsten Anstalten aufzustehen, dabei mußte ihr der Schnee vom Boden her direkt ins Gesicht blasen. Was zum Teufel sollte das?

Judy fuhr schneller. Ihre Kehle war wie zugeschnürt. Ihr Instinkt sagte ihr, was ihr Verstand sich zu glauben weigerte. Da stimmte etwas nicht. Judy stieß so schnell mit den Stöcken, daß sie fast vornüber kippte, warf die Stöcke auf den Boden, machte die Bindungen auf und rannte die letzten Meter zu Mary. Sie sank neben ihr auf die Knie. »Mary? Alles in Ordnung?«

»Ja.« Mary hatte die Augen geöffnet, aber sie schien wie betäubt. Sie lag seitlich im Schnee. Noch immer hingen die Stöcke an ihren Handgelenken. »Klar.«

»Warum liegst du hier herum?«

»Ich fahre Ski.« Marys Augenlider flatterten. Ihr Atem ging schwer. »Ich komme schon. Ich hole auf.«

»Was?« Es war sinnloses Gerede. Judy beugte sich über die Freundin, die auf ihre Anwesenheit nicht zu reagieren schien. Sie berührte Marys Wange. Sie fühlte sich klamm und kalt an.

»Ich habe Durst. Ist Milch da?« Mary kicherte, und Judy beugte sich noch weiter über sie. Ihr Blick fiel auf den Rücken der Freundin. In der Mitte sickerte ein hochroter Kreis durch den Parka. Blut tropfte in den Schnee. Es war das roteste Rot vor dem weißesten Weiß, das Judy je gesehen hatte. Sie riß sich die Mütze vom Kopf, ohne zu wissen, warum.

»HILFE!« schrie sie. Wie eine Wahnsinnige blickte Judy sich um. »HILFE. WARUM HILFT MIR DENN KEINER! BITTE!« schrie sie noch einmal, so laut sie konnte.

Sirenen heulten, und zwei Sanitäter sprangen aus den Türen auf der Rückseite eines Notarztwagens und rannten zu Mary. Rote Blinklichter färbten den herabwirbelnden Schnee karminrot. Wie Blutstropfen fielen die Schneeflocken auf Judy herab, die vor Kälte und Angst zitterte. Sie hielt Marys Skier fest, nur um etwas zu haben, an dem sie sich festhalten konnte.

Der Fahrer des Rettungswagens sprang vom Vordersitz, lief zur Rückseite des bulligen roten Lasters und riß eine Trage heraus. Ihre Räder sprangen hüpfend von dem gemusterten Stahlboden des Fahrzeugs und verschwanden im tiefen Schnee.

»Man hat ihr in den Rücken geschossen«, rief Judy den Sanitätern zu, ihre Augen schwammen in Tränen. Während sie auf die Ambulanz warteten, hatte Mary das Bewußtsein verloren, sie sah aus wie tot, atmete aber noch. Ihre Augen waren geschlossen, und ihr Gesicht in dem gespenstischen roten Licht war leichenblaß. Ihr Kopf sank zur Seite, als sich die Sanitäter die Wunde auf ihrem Rücken ansahen. Sie deckten Mary mit einem dünnen grünen Tuch zu. Rasch zählten sie bis drei und hoben sie auf die Trage.

Judy brachte es nicht fertig hinzusehen. Sie brachte es nicht fertig wegzusehen. Sie ließ die Skier fallen und hastete hinter den Sanitätern her, die das vordere Ende der Trage in den Wagen hievten. Einer der Sanitäter kletterte seitlich neben die Trage, der andere schob sie von hinten in das Wageninnere. Der Fahrer rannte zu seinem Platz hinter dem Lenkrad und riß die Tür auf. Sie waren abfahrtbereit. »Ich komme mit«, schrie Judy.

»Keine Fahrgäste«, herrschte sie der Sanitäter barsch an. Er trug keine Jacke, und sein kurzärmeliges Uniformhemd brachte seine muskulösen Oberarme zur Geltung, als er versuchte, die schweren Türen des Wagens zu schließen. »Ein Notfall. Wir haben unsere Vorschriften.«

»Sie ist meine beste Freundin!«

»Ich mache die Vorschriften nicht.«

»Ich muß mit!« Bevor der Sanitäter sie daran hindern konnte, schob Judy ihren Arm zwischen die Türen und war schon im Wagen. »Ich rühre mich nicht«, sagte sie und hockte sich an die Innenwand des Wagens. »Geht nicht anders.«

»Sie haben's geschafft«, blaffte der Sanitäter, »aber nur, weil ich Sie nicht draußen in dem verfluchten Schnee stehenlassen kann.« Er schlug die Türen zu und verriegelte sie. »Los, volle Pulle!« brüllte er über seine Schulter, und der Rettungswagen jagte mit kreischender Sirene los.

Hinten im beleuchteten Fahrzeug wurden die Sanitäter sofort aktiv, ein fieberhaft arbeitendes, eingespieltes Team. Der Muskulöse schnitt die Ärmel von Marys Parka und Pullover ab, tastete mit geschickten Fingerspitzen nach einer Vene und befestigte einen intravenösen Schlauch in ihrer Ellenbogenbeuge. »Eventuell Gewehrschuß, linker Lungenflügel verletzt«, rief er dem Fahrer über Marys reglos daliegende Gestalt zu. »Schock zweiten Grades. Sie verliert tausend bis zweitausend Kubik. Braucht zwei, vielleicht drei Einheiten, sobald wir auf der Veranstaltung sind.«

Der andere Sanitäter prüfte Marys Lebenszeichen. »Atmung dreißig. Blutdruck neunzig zu fünfzig. Puls einunddreißig.«

Der Fahrer bediente ein knisterndes Funkgerät und wiederholte jede Information in das Gerät. Die durch den knisternden Lautsprecher kommende Antwort verstand Judy nicht. Sie konnte die Augen nicht von Mary wenden, um die sich die Sanitäter bemühten. Die Haut ihres Gesichts sah gummiartig aus. Weißer als Schnee. Blutleer.

Judys Zähne begannen zu klappern, und sie verschränkte die Arme vor der Brust. Sie kauerte sich in der Ecke des rasenden Wagens zusammen. Der Wagen war geheizt, aber noch nie in ihrem Leben war Judy so kalt gewesen.

# –28–

Auf Martas Landkarte sah Long Beach Island aus wie ein Hexenzeigefinger. Aus dem Maßstab der Karte ging hervor, daß die Insel, die ein Stück der Küste von New Jersey gegen den Atlantik abschirmte, ungefähr zweiunddreißig Kilometer lang und an einigen Stellen nur achthundert Meter breit war. Kleiner und schmaler, als Marta gedacht hatte.

Sie folgte dem grünen Minivan auf einer breiten, verschneiten Straße, die die Insel der Länge nach von Norden nach Süden zu durchschneiden schien. Die Straße lag vollkommen verlassen da, obwohl hier der Sturm nicht ganz so heftig tobte. Vom schwärzlich-grauen Himmel kam nur ein leichtes Rieseln. Marta vermutete, daß es auf der Insel so ruhig war, weil Winter war, nicht wegen des Unwetters.

Martas Laster holperte über die Straße und wurde von kräftigen Böen, die rechts vom Atlantik und links von der Bucht herkamen, durchgeschüttelt. Im Sommer mußte das eine stark frequentierte Straße sein, nach den dunklen Läden zu schließen, die Fun-Bretter, Badeanzüge und Sonnenöl verkauften. Marta fuhr an Geschäften vorbei, die Muscheln feilboten, an Waschsalons und Restaurants. Die Schilder priesen mehr Eßbares an, als ein Mensch verzehren konnte: BURGERS POMMES FRITES SPARERIBS SHAKES PIZZA oder einfach FRÜHSTÜCK. Ein Plakat an einem Spielwarenladen forderte schlicht KAUF EIN, und Marta gab ihm Punkte für Ehrlichkeit, wenn auch nicht für Spezifikation. Sie behielt den Minivan in Sichtweite und fuhr durch eine Stadt, die sinnigerweise tatsächlich Surf City hieß.

Der Minivan und der Laster fuhren über die Insel direkt nach Norden. Steeres Strandhaus stand in Barnegat Light, und Marta nahm die Taschenlampe, um auf der Karte nachzusehen. Die Stadt lag am nördlichsten Zipfel der Insel, genau dort, wo der Minivan mit hoher Geschwindigkeit hinfuhr.

Marta mußte Gas geben, um mitzuhalten. Die Ampeln waren ausgeschaltet. Ohne irgendein Hindernis passierte sie ein Geschäftsviertel und kam in eine Gegend, die nach Wohngebiet aussah. Wieder tauchten Krüppelkiefern neben der Straße auf, die Umrisse der Nadeln nachgezeichnet vom Schnee. Koniferen säumten die Straße wie bei einem Weihnachtsbaumverkauf. Auf Strandläden mit Krimskrams folgten Häuser unterschiedlichster Stilrichtungen und Größen; Strandhütten mit verwitterten Seitenwandungen standen neben modernen, geräumigen Häusern auf Pfählen mit mannigfaltigen Decks und verglasten Fronten. Ortstafeln aus Holz in schneebedeckten Holzumrahmungen verkündeten Marta, durch welche Stadt sie gerade fuhr: NORTH BEACH, HARVEY CEDARS, LOVELADIES.

Marta fuhr hinter dem Minivan her, zehn Minuten, zwanzig Minuten. Ohne funktionierende Heizung war es im Laster so kalt wie in einer Tiefkühltruhe, und sie bewegte die Finger in den Handschuhen, damit das Blut besser zirkulierte. Die Scheibenwischer hatten es endlich mit einer Schneemenge zu tun, die sie bewältigen konnten, und liefen voller Stolz auf Hochtouren. Marta streckte ihren Nacken, der bei dem Unfall einen Schlag abbekommen hatte, und betastete ihre Beulen, die von Bogosians Schlägen herrührten. Sie war so mitgenommen wie der Pick-up, aber seltsamerweise fühlte sie sich äußerst lebendig. Entschlossen.

Marta musterte die Häuser zu beiden Seiten der Straße, die einzig von den Scheinwerfern des Lasters erhellt wurden. Der Widerschein war nur schwach, und Marta vermutete, daß sie bei dem Unfall einen Scheinwerfer eingebüßt hatte. Drohend ragten die Häuser in der Dunkelheit auf, nahezu alle standen leer. Auf der Strandseite waren sie etwas größer als zur Bucht hin. Je weiter Marta hinauskam, um so stattlicher und verlassener wurden die Häuser.

Ein paar Querstraßen weiter verwandelten sich die Häuser in Villen und wurden moderner. Da standen wahre Prachtstücke mit extravagantem Anstrich, die Rosarots und Gelbs leuchteten sogar im Dunkeln. Reinweiße Häuser modernsten Stils standen weit ab von der Straße direkt am Strand. Die illustre Architektur schien individuellen Wünschen der Bauherren zu entsprechen. Ein weißes erinnerte Marta an ihr verglastes Strandhaus in Cape Cod, nur daß hier die Grundstücke größer und vereinzelt mit verschneiter Vegetation bewachsen waren. Sie ging davon aus, daß sie kurz vor dem Ziel war. Wenn Steere sich ein Haus auf der Insel gekauft hatte, dann in der exklusivsten Gegend.

Marta folgte dem Minivan an weiteren fünf Seitenstraßen vorbei, dann bog der grüne Wagen rechts ab und fuhr Richtung Meer. Marta rumpelte bis zur Kreuzung und hielt an der Ecke. Mit der Taschenlampe leuchtete sie auf das Straßenschild. Steeres Straße: Sie erinnerte sich an die Adresse auf seiner Steuerklärung. Marta hatte recht behalten. Sie schaltete die Scheinwerfer aus, damit Alix nicht auf den Laster aufmerksam wurde, und bog ebenfalls nach rechts ab.

Langsam rollte Marta durch die Straße und hielt Ausschau nach dem Minivan. Sie war fast am Ende der Straße angelangt, da leuchteten auf der rechten Seite dicht am verschneiten Randstein rote Hecklichter auf. Gleich darauf erloschen sie. Tief in den wulstigen Sitz gerutscht, wartete Marta im Pick up. Aus dem Minivan stieg eine Gestalt mit flatterndem schwarzen Regenmantel und dunklen Haaren, die im leichten Schneefall wehten. Im Licht, das aus der offenen Tür des Minivans fiel, war das Gesicht deutlich zu sehen. Es war ohne jeden Zweifel Alix Locke.

Marta rutschte noch tiefer in den Sitz. Ein ganzes Stück weit entfernt stand Steeres Haus, das sich überraschenderweise völlig von den modernen Häusern, an denen sie unterwegs vorbeigekommen war, unterschied. Die Rückseite der Villa lag zur Straße hin, aber Marta konnte erkennen, daß es sich um ein altes Haus voller Charme mit viktorianischen Pfeilern und vorspringenden Türmchen handelte. Das zweigeschossige, mit dunkelgrauen Schindeln gedeckte Gebäude stand weiter von der Hauptstraße entfernt als alle anderen Häuser. Marta vermutete, daß es auf einem Vorsprung der Insel erbaut worden war. Kiefern, Strandhafer und schneebedeckte Dünen umgaben die Villa und verdeckten sie teilweise. Marta konnte verstehen, warum Steere dieses Haus liebte – und fühlte sich in ihrer Vermutung bestärkt, daß er gerade hier etwas für ihn Wichtiges versteckt haben mochte.

Sie beobachtete, wie Alix eine Düne hinaufstieg und Richtung Haus ging. Kaum war Alix außer Sicht, parkte Marta den Laster ein Stück weit hinter dem Minivan und stellte den Motor ab. Was führte Alix im Schilde? Marta nahm den Beschlaghammer und die Taschenlampe und wollte eben aus dem Wagen steigen, da fiel ihr der Stichel ein. Möglich, daß sie außer dem Hammer noch ein Werkzeug zur Verteidigung gebrauchen konnte.

Marta knipste die Taschenlampe an, drehte sich nach hinten und grub in Christophers Werkzeugkiste nach dem Stichel. Nach einiger Sucherei beförderte sie eine lange Nadel mit einer Spitze so scharf wie ein Dolch hervor. Der Stichel, wie Christopher ihn beschrieben hatte. Ein primitives Werkzeug aus schwerem schwarzen Eisen. »Haben Sie das auch in Marineblau?« erkundigte sie sich bei einem fiktiven Verkäufer, bevor sie beide Werkzeuge in die Tasche schob, die Handschuhe anzog und aus dem Pick-up stieg.

Marta bekam eine Ladung Schnee ins Gesicht, den der Wind vom Meer herpeitschte, und sie zog den Kopf ein. Die Wucht des Windes und die pechschwarze Dunkelheit trafen sie unvorbereitet. Es war stockfinster, der stürmische Himmel ließ kaum einen Anflug von Mondlicht durch. Sie richtete den Strahl der Taschenlampe auf die glitzernde Schneefläche und ging, bis zum Stiefelrand im Pulverschnee versinkend, zum Minivan. Mit der Taschenlampe leuchtete Marta in den Wagen, um sich zu vergewissern, daß er verlassen war. Der Wagen war leer, und sie folgte Alix' Fußspuren, die zur Düne führten. Der Schnee knirschte unter ihren Schritten.

Marta gelangte bei der Düne an und kletterte hinauf. Ihre Rippen schmerzten bei jedem Schritt, und Schnee und Eis bissen in ihre Wangen. Je höher sie kam, desto heftiger blies der Wind. Die Seeluft roch nach Salzwasser und Sturm. Marta stieg zum perlmuttfarbenen Dünenkamm hinauf. Oben angelangt, duckte sie sich gegen den Wind, der ihr kräftig ins Gesicht schlug und auf ihre Ohren einpeitschte. Sie schob die Lampe in die Tasche und lugte über den Rand der Düne.

Schneebedeckte Dünen erstreckten sich in sinnlichen, sanften Kurven bis zu Steeres viktorianischer Villa und zum grauschwarzen, im Sturm horizontlosen Himmel. Zwischen den Dünen ging es hinab in ein Alabastertal, durch das sich die windgepeitschte Silhouette einer Frau vorankämpfte. Alix, deren dunkle Haare der Wind zur Seite wehte, auf dem Weg zu dem dunklen Haus.

Marta kauerte sich oben auf der Düne nieder, ihre geprellten Rippen schrien protestierend auf. Sie wartete und zwang sich, den Schmerz zu ignorieren. Gleich weiterzugehen, war zu riskant. In den offenen Dünen war sie zu exponiert, und wenn Alix sie entdeckte, war alles vorbei. Marta hockte im Schnee wie ein Soldat im Schützenloch. Nicht, daß sie irgendeine Ahnung von Schützengräben gehabt hätte, aber sie besaß eine lebhafte Phantasie. Die brauchte man als Strafverteidigerin.

Sie beobachtete, wie Alix die nächste Düne erklomm. Sobald Alix auf der anderen Seite verschwunden war, richtete sich Marta auf und lief, halb taumelnd, halb schlitternd, die Düne hinab. Sie kam auf dem Grund des weißen Beckens zwischen den Dünen an und rannte zur nächsten, kletterte hinauf und hinauf und immer weiter den Hang hinauf, so schnell sie in Alix' Fußstapfen vorankam. Hinter ihr stob der Schnee auf. Oben auf dem Kamm warf sich Marta zu Boden und stützte sich auf die Ellenbogen, bis die Schmerzen in ihrer Brust nachließen.

Imposant und elegant thronte Steeres Villa zwischen den Dünen, aus der Nähe betrachtet, wirklich eindrucksvoll. Das Haus hatte Format, Stil und Klasse; Eigenschaften, die Steere sich nur kaufen konnte. Die gewaltige Weite weißleuchtenden Schnees hüllte die Villa ein wie ein wärmender Umhang, dahinter tobte schäumend der dunkle Atlantik. Wie Puderzucker von einem Löffel stäubte Schnee vom Himmel und löste sich auf, sobald er mit dem dunklen, wütenden Ozean in Berührung kam. Am Hintereingang der Villa ging ein Licht an und lenkte Martas Aufmerksamkeit auf sich. Es mußte sich um ein Sicherheitslicht handeln, das sich bei Annäherung automatisch einschaltete, ein weiteres befand sich an der Dreiergarage. Die Bewegungsmelder tauchten die gesamte Rückseite des Hauses in helles Licht.

Marta sah Alix, die mit einer Schlüsselkette herumfummelte und die Hintertür aufsperrte. Die Tür schlug zu, doch das Geräusch wurde vom Brüllen des Windes und der Brandung verschluckt. Marta stand auf und rannte, das Brausen des Windes in ihren Ohren, auf das Strandhaus zu.

# –29–

Der Mitarbeiterstab von Bürgermeister Walker sprach von seinem privaten Waschraum nur als vom Frank-L.-Rizzo-Memorial-Klo, allerdings nur intern, nicht in der Öffentlichkeit. Für den Waschraum hatten Freunde des früheren Bürgermeisters, denen anscheinend daran gelegen war, daß ihr Held seinen Stuhlgang in stilvoller Umgebung erledigen konnte, ordentlich Geld lockergemacht. Die Wände waren mit weißem, von goldenen Adern durchzogenem Marmor verkleidet, und die Toilette stand etwas erhöht auf einem passend abgestimmten Podest. Auch der das Waschbecken umgebende Waschtisch war aus Marmor, und sämtliche Armaturen waren vergoldet. Der Gesamteindruck war Rom unter der Herrschaft von Nero, eine treffende Analogie für Philadelphia unter der Herrschaft von Rizzo.

Bürgermeister Walker konnte diesen Waschraum nicht ausstehen, aber eine Demontage des Rizzo-Erbes hätte ihn jede Stimme in Süd-Philadelphia gekostet. Er schloß die Augen vor dem weißen Marmor und wusch sich das Gesicht mit kaltem Wasser. Er mußte auf dem Damm sein, auch wenn es schon weit nach Mitternacht war. »Unterrichten Sie mich, Jen«, sagte er und klatschte sich erneut Wasser ins Gesicht. »Was gibt es Neues?«

»DiNunzio, Steeres Anwalt, ist im Krankenhaus.« Jen stand in der Tür und lehnte sich haltsuchend an den Marmorrahmen. Sie hatte ihr Imitrex zu spät genommen, und ihr Kopf schmerzte schlimmer als bei einem Kater. Jen hatte noch soviel zu erledigen, und dabei hatte sie nur einen einzigen Wunsch, nämlich sich hinzulegen.

»Kommt DiNunzio durch?«

»Das ist ungewiß. Ich habe einen Nachruf aufgesetzt und zusammen mit Ihrer Rede auf das Podium gelegt. Einfügung A. Falls der Tod bis zur Konferenz eintritt, bauen Sie den Text mit ein.«

Der Bürgermeister hielt kurz inne. Jen konnte sehr kalt sein. »Wirklich außerordentlich bedauerlich. Ein Junge von hier?«

»Ein Mädchen von hier.«

»Oh, richtig. Woher kam sie doch gleich?«

»Aus Süd-Philadelphia. Hat an der Penn Jura studiert und so weiter und so fort, war bei allen beliebt und so weiter und so fort, alle vermissen sie schmerzlich. Steht alles in der Biographie, die auf dem Podium liegt. DiNunzio war die, die andauernd verfolgt worden ist.«

»Sie war das? Ich werde es nicht erwähnen.« Der Bürgermeister ließ sich kaltes Wasser über die Wangen laufen. »Haben Sie den Text zweizeilig geschrieben?«

»Selbstverständlich.«

»Haben Sie die Schrift genommen, die mir am liebsten ist, die große?«

»Humanist.«

»Vielen Dank.«

»Nein, die Schrift heißt Humanist.«

Das Gesicht des Bürgermeisters lief rot an. »Gut. Und was noch?«

»Die Richter wird immer noch vermißt, und den Tatverdächtigen für den Mord an den Sicherheitsleuten hat man noch nicht gefaßt. Die andere Anwältin ist wohlauf.«

»Judy Carrier, richtig?«

»Richtig.«

Der Bürgermeister grinste. Wer kann, der kann. »Carrier kann also den Steere-Prozeß weiterführen.«

»Ja.«

»Hervorragend.« Er spülte sein Gesicht ab und schlürfte Wasser aus den hohlen Händen. Er wußte nicht, warum kein Mensch in Philadelphia das Leitungswasser mochte. Man nannte das Wasser allgemein Schuylkill-Punsch, aber dem Bürgermeister mundete es vortrefflich. »Ist Carrier auch aus Philadelphia?«

»Nicht gebürtig.«

»Dann ist sie nicht relevant, nicht bei diesen Wählern.« Er richtete sich auf, drehte die goldenen Hähne zu und riß ein weiches Handtuch vom Marmorhalter. Es ging ihm bereits besser. Wenn Steere noch eine Anwältin hatte, hatte er wenig Aussichten auf einen Verfahrensfehler, besonders in Anbetracht der Tatsache, daß die Entscheidung bereits bei den Geschworenen lag. Vielleicht war er sogar bereits für schuldig erklärt worden.

Tief in Gedanken versunken, trocknete sich der Bürgermeister ab. Steeres Geldgeber mußten langsam nervös werden. Wann forderten sie ihre Kredite zurück? Falls es zu einer Versteigerung käme, könnte die Stadt Steeres Besitz zu einem günstigen Preis erwerben. Vielleicht verkauften die Banken aber auch an vernünftige Geschäftsleute; an Diebe, mit denen er verhandeln konnte, nicht an Hurensöhne wie Elliot Steere. »Steere ist ein Hurensohn, wissen Sie das?« ließ sich der Bürgermeister vernehmen.

»Ich weiß.« Jen nickte. Seit Jahren hörte sie unzählige Varianten zu diesem Thema. Der Bürgermeister war regelrecht besessen von Elliot Steere. Er hatte darauf gedrängt, daß der Bezirksstaatsanwalt gegen Steere Anklage wegen Mordes erhob und die Todesstrafe forderte. Der Bürgermeister ließ sich immer wieder von seinen Emotionen hinreißen, zu seinem eigenen Nachteil. Das war der Grund, warum Jen sich manch andere Option offenhielt.

»Nehmen Sie zum Beispiel das Simmons Building. Hundertfünfzig Jahre alt, eines der schönsten Gebäude in dieser Stadt. Ein historisches Gebäude, Geschichte durch und durch. Bedeutende Geschichte, Geschichte von *Philadelphia*, wissen Sie das? Schöne weiße Durchgänge mit Bögen. Steere hat das Gebäude für zwei Mille gekauft, zugeguckt, wie es verfällt, und dann für zehn Mille verhökert.«

»Für mich klingt das nach einem guten Geschäft«, sagte Jen, aber sie wußte, der Bürgermeister war anderer Meinung. Nicht, daß sie das kümmerte. Sie mußte endlich weg.

»Mag sein. Mag sein, daß es ein gutes Geschäft war. Aber wissen Sie was? Der Mann mochte das Gebäude nicht«, sagte der Bürgermeister und wackelte mit einem feuchten Finger. »Der Mann mochte das Gebäude nicht. Wenn einem so ein Haus gehört, muß man es lieben. Das ist kein Toilettenpapier. Da muß man ein Arschloch sein. Verstehen Sie? Nur ein Arschloch kann mit einem solchen Haus so umgehen.«

»Ja.«

Der Bürgermeister fragte sich, ob Jen überhaupt zuhörte. »Können Sie das in einer Rede unterbringen?«

»Daß Elliot Steere ein Arschloch ist? Ich glaube nicht.«

Der Bürgermeister schüttelte den Kopf. Das hatte er nicht gemeint, und das wußte sie genau. Manchmal mochte er Jen nicht besonders. Obwohl sie für die Stadt einiges tat. Das Bildungsprogramm, die Blutspendekampagne, die Organspendergeschichte. Alles auf eigene Initiative hin, damals, als sie noch im Büro des Staatsanwaltes waren.

»Sind wir fertig?« fragte Jen. »Die Presse wartet draußen.«

Der Bürgermeister rubbelte sein Gesicht, bis es rot war. »Wo steckt unsere Freundin, Alix Locke?«

»Sie hat sich verzogen, Gott sei Dank.«

»Sie kann mich absolut nicht ausstehen, Jen. Die gibt keine Ruhe, bis ich wieder ein normaler Bürger bin. Sie versucht, mir die Chance auf eine Wiederwahl zu vermasseln, im Alleingang. Was habe ich ihr bloß getan?« Der Bürgermeister ließ das Handtuch auf den Rand des Marmorwaschbeckens fallen, und Jen nahm es und hängte es auf den Marmorhalter.

»Fangen Sie nicht wieder damit an, okay?« Jen fuhr sich mit den manikürierten Nägeln durch die dunklen Haare. Sie war fix und fertig. Sie mußte unbedingt weg. Es wurde später und später. »Die Reporter warten. Es sind noch mehr gekommen, seit auf DiNunzio geschossen wurde. Füttern wir die Raubtiere, und gehen wir nach Hause.«

»Auch überregionale Presse oder nur lokale?« Der Bürgermeister beugte sich dicht zum Spiegel vor und betastete die Stoppeln auf seinem Kinn, unschlüssig, ob er sich rasieren sollte oder nicht.

»Bis jetzt die lokale. CNN ist unterwegs, hat aber Probleme mit dem Schnee. Sie sollten sich rasieren.«

»Noch einmal? Ich habe mich heute schon zweimal rasiert. Mein Gesicht bringt mich um. Ich kriege wieder diese kleinen roten Pickel.« Der Bürgermeister schüttelte sich, aber Jen nahm einen Einwegrasierapparat vom Regal und drückte ihn ihm in die Hand.

»Rasieren. Wir haben Besuch. Auf geht's. Wir müssen los. Die anderen warten.«

»Wenn CNN kommt, rasiere ich mich. Ist das ein Vorschlag zur Güte?«

Jen seufzte. »Hören Sie, wir müssen gehen. Ich muß gehen.«

Der Bürgermeister betrachtete prüfend sein Spiegelbild. Er sah einen kraftvollen, lebensprühenden Mann, voller Energie und Leidenschaft. Einen Menschen voller Engagement, Intelligenz und Integrität auf dem Höhepunkt seiner politischen Karriere. Courtney nannte ihn den totalen Hengst, seine Frau nahm solche Wörter nicht in den Mund. Vielleicht, weil sie einer anderen Generation angehörte. »Jen, ich muß Sie etwas fragen.«

»Was?«

Der Bürgermeister neigte leicht den Kopf. »Kriege ich eine Glatze?«

# –30–

Judy saß zusammengesunken auf einem Stuhl im Wartezimmer des Krankenhauses und starrte auf das dunkle Blut auf ihren Händen. Sie fühlte sich miserabel. Trotz Händewaschens hatte sie nicht alles Blut abbekommen. Es war angetrocknet und hatte sich schwärzlich in den Linien und Runzeln ihrer Handflächen festgesetzt und zeichnete jede Falte so fein nach, als wäre es mit einem Pinsel aufgetragen worden. Ihre Lebenslinie war mit dem Blut ihrer besten Freundin nachgemalt.

Judy schob die Hände zwischen die Beine, damit sie sie nicht mehr sehen mußte. Es half nichts. Marys Blut befleckte ihre Thermohose, weil sie Mary im Schnee in ihren Schoß gebettet hatte. Judy versuchte sich abzulenken und sah sich im Zimmer um. Hoch oben in einer Ecke des Wartezimmers, das Angehörigen vorbehalten war, die auf das Ende einer Operation warteten, und in dem außer ihr niemand saß, stand ein eingeschalteter Fernseher. Er lief ohne Ton, aber Judy sah, daß es sich um den unendlichen, stets auf den neuesten Stand gebrachten Bericht über den Blizzard handelte. Der Schnee fiel im Fernseher nicht anders als draußen. Ein Reporter interviewte irgendeinen städtischen Beamten mit Schlips und Skimütze. Dann erschienen Bilder riesiger Kipplaster, die Salz auf eine Hauptverkehrsstraße streuten.

Judy konnte sich nicht auf die Bilder konzentrieren. Unentwegt kehrten ihre Gedanken zu Mary zurück. Wie sie in ihrem Blut auf dem Boden gelegen hatte. Jetzt war sie im Operationssaal. Sie taten alles, was in ihrer Macht stand, hatte ihr ein Arzt versichert, und die gleichen Worte hatte sie von einer der Krankenschwestern, einer älteren Frau, gehört. Alle taten, was sie konnten, wiederholte Judy im Geiste wieder und wieder wie ein Mantra. Die gleichen Worte würde sie zu Marys Eltern und zu ihrer Zwillingsschwester sagen, sobald sie hier waren. Aber die DiNunzios waren nicht mehr die Jüngsten, und Judy machte sich Sorgen, ob sie einen solchen Schock verkraften konnten.

Judy versuchte sich zu beruhigen. Sie mußte sich zusammennehmen, denn bald mußte sie den DiNunzios gegenübertreten. Sie lehnte sich zurück, schlug die Beine übereinander und vermied es, die Flecken auf der Hose anzusehen. Erst faltete sie die Hände, dann verschränkte sie die Arme. Gerne hätte sie ihre Eltern angerufen, aber diese waren wieder einmal auf Reisen. Erneut sah sich Judy im Zimmer um. Ihr Blick konnte nirgendwo verweilen.

In ihrer Unruhe wandte sich Judy wieder dem Fernseher zu. Mit einem Ruck fuhr sie hoch. Auf dem Bildschirm stand SONDERSENDUNG, und das über einem Foto von Marta, das die Fernsehleute zu Bildern aus dem Büro von Rosato & Associates eingeblendet hatten. Es folgten Aufnahmen eines blutverschmierten Aufzugs im Bürogebäude, anschließend zwei Privatfotos von Sicherheitsleuten, die im Gebäude arbeiteten. Was hatte das zu bedeuten? Was war da passiert? Judy glaubte ihren Augen nicht zu trauen.

Eine Fernsehmoderatorin erschien. Ihr mit Lippenstift bemalter Mund bewegte sich, aber kein Laut kam heraus. Der Ton war abgestellt. Judy sprang von ihrem Stuhl und lief zum Apparat. Sie war so groß, daß sie an den Apparat herankam, aber sie fand die Bedienungsknöpfe nicht. Wo war der Lautstärkeregler? Sie zerrte einen Stuhl unter den Fernseher und stieg hinauf.

Aus dieser kurzen Entfernung gesehen, hatte die Moderatorin ein flaches, großes Gesicht, und die Farben hatten die im Fernsehen üblichen falschen Tönungen. Ihre Augen hatten das Blau von Saphiren, ihre Lippen ein übersättigtes Rosa. Sie plapperte stumm, öffnete und schloß sinnlos den Mund. Judy suchte den Apparat ab. Wo war der Regler für die Lautstärke?

Ein Film von Marta, wie sie vor dem Criminal Justice Center sprach, folgte. Hinter ihr ragte die moderne getönte Glasfassade auf. Das mußten Archivbilder vom Steere-Prozeß sein. Judy drehte fast durch. War Marta etwas zugestoßen? War auch auf sie geschossen worden wie auf Mary? Was war mit den Sicherheitsleuten? Hektisch suchte Judy nach dem Knopf. Keine Bedienungsknöpfe. Sie tastete den Apparat ab. Kalter, glatter Kunststoff. Verdammt! Wo war der Ton?

»Wo ist der Ton?« schrie Judy, obwohl sie wußte, daß weit und breit kein Mensch war. Auf diesem Stockwerk war bei ihrem Eintreffen nicht einmal der Empfang besetzt gewesen. »HE!« schrie sie. Niemand zeigte sich, aber sie wollte nicht vom Fernseher weg. Vielleicht hatte er eine Fernbedienung. Judy drehte sich auf dem Stuhl um und blickte sich suchend nach der Fernbedienung um. Nichts, weder auf den Couchtischen, den Beistelltischchen, noch auf den Sitzgelegenheiten.

Im Fernsehen gab Bürgermeister Walker eine Pressekonferenz zu irgendwas. Sein Gesicht hinter den Mikrophonen und einem Podium mit dem Stadtsiegel wirkte ernst. Zu seiner Linken stand seine Stabschefin mit ebenso düsterem Gesichtsausdruck. Eine Schrift verkündete LIVE-SENDUNG. Worum ging es? Ging es um Marta? Um Mary?

Judy entdeckte ein kleines Plastikfach unterhalb des Bildschirms und drückte darauf. Vielleicht sprang es auf. Es tat nichts dergleichen. Sie drückte noch einmal, aber das Fach öffnete sich nicht. Sie drückte fester, hämmerte schließlich mit der Faust dagegen, bis der Deckel aufging. Aus einer kleinen Vertiefung standen winzige Skalenknöpfe vor, und Judy drehte sie mit blutbefleckten Fingern hin und her. Die Echtheit vortäuschenden Farben des Fernsehers wechselten von fleischfarbenen Tönen zu grellem Orangerot, von Königsblau zu Schwarz. Immer noch gab der Apparat keinen Laut von sich. Wo war der verdammte Knopf für die Lautstärke?

Ein Polizeiinspektor wurde vor dem Roundhouse im Schnee interviewt. Was war bloß passiert? Ein Werbespot wurde eingeblendet. Die Nachrichten waren vorbei. Nein! Wurde auf sie alle geschossen? Wer steckte dahinter? Steere? Das durfte Judy nicht zulassen. Sie mußte zurückschlagen. Sie mußte wissen, was da gesprochen wurde. Sie hieb auf das kleine Fach am Fernseher ein, bis der Deckel abbrach, hämmerte noch fester dagegen, mitten hinein in das verdammte Fach, bis es in scharfkantige Plastikstücke zersplitterte. Sie zertrümmerte es, zerstörte es, vernichtete es. Vernichtete all die unechten Farben unter Aufbietung all ihrer Kraft, ihres Willens und ihres Schmerzes. Sie wütete, bis Blut über ihre Hand lief, und endlich war es ihr eigenes Blut.

Die Hand mit einem dicken Gazeverband bandagiert, saß Judy auf ihrem Stuhl. Man hatte sie mit drei Stichen nähen müssen, ein Beruhigungsmittel hatte sie abgelehnt. Ihre Thermohose hatte sie, so gut es ging, gesäubert und sich das Gesicht gewaschen. Eine Schwester hatte ihr eine antibakterielle Seife gegeben, damit hatte sie den Großteil des Blutes von ihrer gesunden Hand abbekommen. Sie fühlte sich am Ende ihrer Kräfte, sie hatte keine Gefühle mehr. Merkwürdig losgelöst betrachtete sie die Szene, die sich um sie herum abspielte.

Bennie Rosato war gekommen, in Jeans und Pullover, das Gesicht ungeschminkt und angespannt. Sie vergewisserte sich, daß mit Judy alles in Ordnung war, dann setzte sie sich und versuchte, Marys Mutter, eine ältliche, vogelartige Frau mit toupierten Haaren, zu trösten. Die Mutter saß schluchzend neben Marys Vater, einem kleinen, kahlköpfigen Mann, dessen früher an harte Arbeit gewöhnter Körper schlaff geworden war. Seine Augen waren rot gerändert, aber er tröstete seine Frau.

Marys Schwester Angie saß bei ihnen. Angie und Mary waren eineiige Zwillinge. Angies Haare waren zwar kürzer, hatten aber das gleiche Dunkelblond, und ihre Augen waren so braun und groß wie Marys Augen. Ihr voller, breiter Mund war das perfekte Ebenbild. Judy sah Angie gerne an. Es war, als säße Mary mit im Wartezimmer, wieder heil und gesund.

Angie sprach mit leiser Stimme auf ihre Eltern und Bennie ein. Die vier saßen dicht beieinander, eine verängstigte, traurige Runde. Judy konnte nicht hören, was sie sagte, aber sie sah Angies Lippen, die sich so lautlos bewegten wie die der Fernsehmoderatorin. Die DiNunzios waren sprachlos, in doppelter Hinsicht. Judy schien alles weit entfernt. Sie wünschte, es bliebe so. Sollte Bennie Marys Eltern trösten, sie wußte bestimmt, was gesagt werden mußte. Judy mußte sich darüber klarwerden, was *getan* werden mußte.

# – 31 –

Marta rannte die verschneite Düne hinter Steeres Villa hinunter und sprintete zur linken Hausseite. Die Bewegungsmelder tauchten sie in helles Licht, sobald sie in ihren unsichtbaren Wirkungskreis eingedrungen war. Sie lief noch schneller, stürmte neben ihrem tanzenden Schatten her und wirbelte bei jedem Schritt am Hintereingang des Hauses vorbei Schnee auf. So groß die Versuchung war, Alix in das Haus zu folgen, es war zu riskant. Innen gingen Lichter an. Marta mußte sich eine Stelle suchen, von der aus sie hineinblicken konnte, damit sie mitbekam, was drinnen vorging.

Ohne entdeckt zu werden, gelangte sie in den Schatten der seitlichen Hauswand und huschte um die Ecke. Die Außenlichter erloschen. Es herrschte wieder Dunkelheit. Schwer atmend lehnte sich Marta an die Wand. Ihre Rippen stachen. So ausgiebig wie eben hatte sie sich das ganze letzte Jahr nicht sportlich betätigt. Vom Meer her wehte ein mit Schnee vermischter Wind und zerrte an Martas Haaren. Ihre Augen brannten von Schnee und Salz, und sie klammerte sich blinzelnd an die rauhen Wandschindeln. Ihre behandschuhten Finger versanken im Schnee, der sich auf den Schindeln gesammelt hatte. Die Schneeverwehungen reichten ihr bis zu den Knien.

Sie mußte weiter. Marta wappnete sich gegen den inzwischen vertrauten Schmerz in den Rippen, holte tief Luft und lief, sich mit einer Hand an der Wand abstützend, durch die Schneeverwehungen, die sich am Haus auftürmten. Aus den Fenstern hoch über Martas Kopf fiel Licht. Sie stolperte an der Wand entlang zur Vorderseite des Hauses und lugte um die Ecke. Die Fassade war noch eindrucksvoller als die Rückseite. Unter dem Giebeldreieck sprang eine riesige Panoramaveranda vor. Gleichmäßig nebeneinander angeordnete Bogenfenster dominierten die Vorderseite, und hinter den Fenstern brannte Licht und erhellte ein Wohnzimmer.

An den Wänden zogen sich Bücherregale entlang mit dekorativ aufgereihten, prachtvollen roten und braunen Lederbänden. Um einen Mahagonicouchtisch mit reichgeschnitzten Ornamenten gruppierten sich viktorianische Sofas und Sessel aus dem Antiquitätenladen. Nirgendwo ein Fernsehapparat; das war nicht Steeres Geschmack, vielleicht der eines Innenarchitekten oder der von Alix. Gegenüber vom offenen Kamin ging es in ein Eßzimmer, in dem kein Licht brannte, und dahinter vermutlich in eine Küche; Marta hatte genug alte Häuser besichtigt, um sich die Aufteilung vorstellen zu können. Alix war nirgendwo zu sehen, zumindest nicht aus dieser Perspektive. Marta mußte weiter in die Mitte, um einen besseren Überblick zu bekommen. Vor dem Haus duckten sich kleine Dünen, und Marta wählte eine aus, die etwa neun Meter von ihr entfernt war. Der Seewind fegte über die Düne und blies den Schnee in einem eisigen Fächer vom Kamm.

Gebückt lief Marta auf die Düne zu. Direkt vor der Veranda wurde sie plötzlich nach hinten gerissen. Ihre

Jacke hatte sich in einem Holzzaun verfangen. Sie zog, bekam sie aber nicht frei. Marta stand mitten in einem hell erleuchteten Quadrat und war vom Wohnzimmer aus deutlich sichtbar. Sie zerrte an ihrer Jacke, schaute hektisch zum Fenster und erstarrte.

Im Haus stand Bogosian. Marta hätte fast aufgeschrien. Bogosian hatte das Wohnzimmer gerade betreten und befand sich ihr genau gegenüber in der Veranda auf der anderen Seite der Scheibe. Er mußte sie sehen, wenn er zum Meer hinausblickte. Sein Kopf bewegte sich nach links, nach rechts. Er suchte etwas. Jemanden.

Marta geriet in Panik. Mit aller Kraft riß sie an ihrer Jacke, aber sie hing immer noch am Pfosten fest. Bei ihrem Kampf mit dem verdammten Zaun war sie schutzlos allen Blicken ausgeliefert. Wenn Bogosian sie entdeckte, war sie tot. Sie zerrte an ihrer Jacke und war kurz davor, sie auszuziehen, da geriet der Zaun heftig ins Wanken, und die Jacke löste sich. Marta fiel nach hinten in eine eiskalte Schneewehe und blieb wie ein Schneeengel regungslos liegen. Ihre Gedanken arbeiteten fieberhaft.

Woher war Bogosian so plötzlich gekommen? War er hierhergefahren? Wo war sein Wagen, in der Garage? Marta hatte sich nicht die Mühe gemacht, im Schnee nach Spuren Ausschau zu halten, sie hatte sich ausschließlich auf Alix konzentriert. Aber sie hätte gemerkt, wenn Bogosian Alix gefolgt wäre, er mußte also bereits hier gewesen sein. Gewartet haben. Vielleicht hatte er sich gedacht, daß Marta versuchen würde, Steeres Strandhaus zu durchsuchen. Möglich war auch, daß er hier mit Alix verabredet war.

Marta hatte zu große Angst, um weiter über diese Fragen nachzudenken. Der eisige Schnee ließ ihren Nacken erstarren und klumpte hinter ihren Ohren. Sie blieb unbeweglich liegen, um Bogosians Aufmerksamkeit nicht auf sich zu lenken. Aber sie mußte wissen, wo er war. Sie nahm all ihren Mut zusammen und lugte über ihre Stiefelspitzen zum Haus. Im Wohnzimmer war niemand. Wo war Bogosian? War er bereits hinter ihr her? Vielleicht wäre es das beste, schleunigst zum Laster zu rennen.

Sie wollte aufspringen, verharrte aber mitten in der Bewegung. Bogosian stand auf der Treppe zum ersten Stock. Marta zitterte vor Angst und Kälte. Blitzartig tauchte das Bild der blutüberströmten Wachmänner vor ihr auf. Sie mußte sich zusammenreißen. Was trieb Bogosian da? Sie mußte es wissen.

Marta rollte sich herum, so daß sie mit dem Kinn im Schnee lag, und kroch die paar Meter bis zu der kleinen Düne. Sie kauerte sich dahinter zusammen, und der Wind drückte gegen ihren Rücken. Die Haare wehten ihr ins Gesicht, und sie schob sie mit einem schneeverkrusteten Handschuh zurück. Donnernd schlug die Brandung an den Strand, ein ohrenbetäubendes, unschuldiges Geräusch. Bogosian stand regungslos mitten auf der Treppe. Er schien nach oben zu schauen.

Marta blickte zum ersten Stock der Villa hinauf. Hinter einem ganz außen liegenden Fenster, einem Schlafzimmer höchstwahrscheinlich, leuchtete ein Licht. Marta konnte nicht hineinsehen, das Fenster war zu hoch oben. Auf der Treppe reckte Bogosian den Hals wie ein Pitbull, seine große Hand ruhte auf dem Geländer. Sein Verhalten ließ nicht darauf schließen, daß Bogosian und Alix miteinander verabredet waren. Marta befiel ein höchst ungutes Gefühl.

Im Schlafzimmer im ersten Stock ging das Licht aus. Eine Sekunde später erstrahlte das Fenster daneben. Anscheinend war Alix ins andere Zimmer gegangen. Marta verrenkte sich fast den Hals, konnte aber nichts sehen. Was ging da drin vor? Sie mußte ein Stück weiter zurück, wenn sie in den ersten Stock hineinsehen wollte.

Auf allen vieren, so daß sie aussah wie eine Schneekrabbe, kroch Marta von der Düne weiter zum Meer hinunter. Sie stieß auf eine andere Düne und duckte sich dahinter. Von hier aus sah sie Alix' Kopf und Schultern in einem Zimmer im ersten Stock. Alix schien in einem mit Trainingsgeräten ausgestatteten Fitneßraum etwas zu suchen. Marta sah zu, wie Alix einen Schrank öffnete und darin herumstöberte. Weiße Handtücher und Evian-Flaschen fielen zu Boden. Wonach suchte Alix?

Bogosian stieg eine Stufe höher, seine behandschuhte Hand glitt am Geländer entlang.

Marta blickte wieder nach oben. Der Fitneßraum wurde dunkel. Gleich darauf wurde in einem Zimmer in der Mitte des ersten Stocks, von dem aus französische Fenstertüren auf ein Holzdeck hinausgingen, das Licht eingeschaltet. Dank der Glastüren hatte Marta freie Sicht, und sie sah, daß Alix sich ein Büro vornahm. Sie zog Aktenschubfächer heraus und durchwühlte sie. Wonach suchte sie bloß?

Eine plötzliche Bewegung auf der Treppe lenkte Marta ab. Bogosian zog seine Magnum aus dem Schulterhalfter.

Mein Gott. Marta schaute zu Alix hinauf. Sie kniete vor einem Aktenschrank und kramte immer noch in Papieren.

Mit gezogener Waffe ging Bogosian die Treppe hinauf. Wußte er, daß Alix oben war? Wollte er sie umbringen? Warum? Marta wußte nicht, was tun. Die Panik schnürte ihr die Kehle zusammen.

Alix versuchte, mit den Nägeln einen Karton aufzureißen. Sie hielt ihn fest, während sie auf einem Schreibtisch nach einer Schere griff, mit deren Hilfe sie den Karton aufschlitzte.

Bogosian gelangte oben an der Treppe an. Sogar durch ihre dicke Jacke hindurch spürte Marta, wie ihr Herz hämmerte. Was sollte sie nur tun? Sie mußte etwas tun. Sie durfte nicht zulassen, daß Bogosian Alix umbrachte. Marta war der einzige Mensch weit und breit, der etwas unternehmen konnte. Aber selbst wenn Marta es versuchen würde, sie wäre niemals rechtzeitig im Haus. Sie erhob sich und stand schwankend im stürmischen Wind.

Alix kniete vor dem Karton und studierte dessen Inhalt. In der Tür zum Büro tauchte Bogosian auf und zielte mit der Waffe direkt auf Alix' Stirn. Laut krachend wie ein Donnerschlag schlug ein Brecher gegen den Strand, aber sogar über das Brüllen des Meeres hinweg hörte Marta ihren eigenen Schrei.

# –32–

Schneeflocken tanzten um den stählernen Wolkenkratzer, der wie eine Platinfassung eine der größten und teuersten Anwaltsfirmen der Stadt, Cable & Bess, umschloß. Die edelsteinartig geschliffenen Fenster, die an ein enganliegendes, um den Hals des Gebäudes geschlungenes Diamanthalsband erinnerten, funkelten. In einem der hell erstrahlenden Eckdiamanten saß ein silberhaariger Anwalt und telefonierte. John LeFort, ein drahtiger Zweiundsechzigjähriger, war gelassen, ihn konnte so leicht nichts aus der Ruhe bringen, auch wenn Mitternacht schon vorüber war und er den fünften unglücklichen Banker am Telefon hatte. Alle waren Gläubiger von LeForts Mandanten Elliot Steere.

»Ich versichere Ihnen, mit Steeres Schulden gibt es keine Probleme«, sagte LeFort. Mit dem Zeigefinger strich er über eine seiner dunklen Augenbrauen, die seine hellen Augen und feinen Gesichtszüge wie ein stabiles Dach zu behüten schienen. LeFort, ein Harvardabsolvent, war der vollendete Bankenanwalt, er beurteilte seine Mandanten völlig wertfrei. Manche wurden reich, manche erlitten Schiffbruch, und alle versuchten es von neuem.

»Bei den Schulden gibt es durchaus Probleme, so, wie

ich das sehe«, erwiderte der Banker. Diesmal war es Morris Barrie von der First Federal. LeFort hatte im Laufe der Jahre oft mit Mo Barrie zu tun gehabt und kannte ihn gut. Die Männer sprachen dieselbe Sprache, so daß diese Unterredung, die ansonsten wahrscheinlich häßlich oder profan verlaufen wäre, recht zivilisiert über die Bühne ging.

»Wir brauchen einen weiteren Zahlungsaufschub«, sagte LeFort ruhig. Er sagte immer »wir«, wenn es um seine Mandanten ging, um ihre Gläubiger dazu zu bewegen, alle Beteiligten als Team zu betrachten. Ein Team, aus dem sie nicht aussteigen konnten.

»Da bin ich mir nicht so sicher, John«, sagte Mo, der an diesem Punkt nicht nur beunruhigende Anzeichen gab, aus dem Team auszusteigen, sondern gar an einen Ausverkauf zu denken schien.

»Ein weiterer Monat für die Kapitalsumme würde genügen.«

»Wir haben den einmonatigen Aufschub jetzt sechsmal durchgezogen. Wie oft sollen wir noch aufschieben? Steere hat sowohl frühere als auch laufende Zahlungen ausstehen.«

»Es handelt sich um eine vorübergehende Situation«, besänftigte ihn LeFort. Er ließ den Blick über seinen Schreibtisch schweifen, auf dem sich ordentlich gestapelte Korrespondenz und gelbe Blöcke türmten. Ein Füllfederhalter- und Bleistiftset von Waterford und Schwarzweißfotos waren die einzigen Gegenstände mit persönlicher Note; LeFort fand Schwarzweißfotos bei weitem ästhetischer als Farbfotos. »Die Zinszahlungen erfolgen. Die Tilgung geht weiter, sobald der Freispruch durch ist, das muß jetzt jeden Tag der Fall sein. Die Bank hat die Immobilien als Sicherheit. Die Schulden sind gedeckt.«

»Das sehe ich leider nicht so. Ich habe mir die Einnahmen aus Verpachtung und Vermietung noch mal angesehen. Diese Immobilien bringen nicht soviel Bargeld, daß es als Deckungssumme für Tilgung einschließlich Zinsen und Abgaben reichen würde. Zweck der Investitionen war der Wiederverkauf der Immobilien. Steeres Rechtslage verhindert das, ja, sie macht das Geschäft vielleicht völlig unmöglich.«

»Unsere Rechtslage steht auf gesunden Beinen.«

»Gesund, sagen Sie? Seine Strafverteidiger fallen um wie die Fliegen. Die eine ist verschwunden, die andere wurde angeschossen. Das Fernsehen bringt das auf jedem Kanal. Meine Frau ist überzeugt, die Damen hätten das sinkende Schiff verlassen, um alles in der Welt!«

LeFort lachte, aber nicht so laut, daß es unhöflich gewesen wäre. Barries Frau war hysterisch, das wußte jeder. »Vergessen Sie nicht, die Geschworenen beraten bereits. Der Prozeß ist gelaufen. Ich saß im Gerichtssaal, ich habe die Schlußplädoyers gehört, und ich versichere Ihnen, nach meiner Einschätzung kommen die Geschworenen morgen noch vor Geschäftsschluß mit einem Freispruch.«

»Das sagen Sie, aber durch die geänderten Finanzierungskonditionen übersteigen Steeres Schulden jede halbwegs realistische Schätzung – egal, von wem sie vorgenommen wird – des Liquidationswertes der Immobilien. Auf dem Papier stehen die neun Gebäude mit dreiundneunzig Millionen. Vermutlich sind sie keine sechzig Millionen wert. Wir geraten in eine immer prekärere Lage.«

»Wir sind schon fast aus dem Schneider, Mo.«

»John, der Ausschuß macht sich Sorgen. Große Sorgen. Mit jeder Stunde, die die Geschworenen bis zur Entscheidung benötigen, sinkt der Marktwert der Immobilien. Wenn sich die Geschworenen nicht einigen, kann sich das noch ein ganzes Jahr lang hinziehen. Dann können wir nicht mehr auf das beste Angebot warten. Dann müssen wir liquidieren.«

»Sie werden nicht liquidieren müssen.«

»Ich muß Ihnen leider sagen, daß ich jetzt an diesem Punkt in eine gefährliche Lage geraten bin. Persönlich, meine ich.« Mo seufzte, und es erklang das musikalische *Klirr-kling* von Eiswürfeln gegen Kristall. LeFort wußte, was das bedeutete. Glenfiddich, das Elixier der Untergangsanalyse.

»Ich würde mir keine übertriebenen Sorgen machen, Mo.«

»So, nicht? Der Kredit, den ich Ihnen bewilligt habe, übersteigt den Wert der Immobilien, falls es zu einem Schnellverkauf kommt. Nein, er übersteigt ihren Wert, Punkt. Dafür verlangt der Ausschuß meinen Kopf.« Ein weiteres *Kling,* dann das Geräusch eines diskreten Schlucks. »John, wenn Steere irgendwo Geld liegen hat, irgendwelches Kapital in petto, muß er jetzt damit herausrücken. Alles, was in der Schweiz ist, auf der Isle of Man, den Caymans. Gott, Mann, die Zeit ist reif. Geheime Konten sind nicht mehr ...«

»Es existieren keine geheimen Konten«, versicherte ihm LeFort. Es gab nichts geheimzuhalten. Steere steckte bis über beide Ohren in roten Zahlen, er hatte mit geborgten Mitteln enorm viel Kapital investiert, aber niemand, mit dem Steere Geschäfte machte, konnte das offen eingestehen. Mit anderen Worten, hätte Steere nicht so viele Schulden, wäre er längst am Ende. LeFort sah keine Ironie mehr darin, daß ungeheure Schulden ebenso große Macht verliehen wie ungeheurer Reichtum.

»Ich weiß, wir sind nicht der einzige Geldgeber«, fuhr der Banker fort. »Nicht die einzigen Gläubiger. Wir wollen aber auf keinen Fall die letzten sein, die den Kredit kündigen.«

LeFort zuckte zusammen, als er das K-Wort hörte. Manche hielten *Krebs* für das schlimmste K-Wort, aber Bankanwälte wußten es besser. »Eine Fälligstellung ist für alle Beteiligten ein Verlustgeschäft, das wissen Sie, Mo. Sie wollen doch nicht, daß wir alle die nächsten drei Jahre vor dem Konkursgericht verbringen. Die Bank müßte sich mit einem peinlich geringen Teil zufriedengeben. Bleiben Sie bei der Stange, dann kommen Sie ungeschoren davon.«

»John, diesmal stehe ich mit dem Rücken an der Wand.« Ein weiteres *Kling* ertönte, anschließend hohles Eisklirren. Der Boden des Glases war erreicht. LeFort vermutete, daß Mo sich noch eines eingießen würde, und genau das tat er. Also war an dem, was John im Club gehört hatte, etwas dran.

»Vergessen Sie nicht«, fuhr LeFort fort, »Steere persönlich garantiert für die Neufinanzierung.«

Ein Lachen, ein tüchtiger Schluck. »Was ist die persönliche Garantie eines verurteilten Verbrechers wert?«

LeFort wurde starr. Diese Unterhaltung ermüdete ihn zunehmend, er hatte bereits vier solcher Gespräche hinter sich. Es wurde Zeit für die harten Bandagen. »Wollen Sie die Kredite fällig stellen, Mo?«

»Das habe ich nicht gesagt.«

»Gut. Dann brauchen wir noch dreißig Tage.«

»Das geht nicht, John.«

»Wenn das nicht geht, sind die Kredite fällig.«

»Das geht auch nicht.« Die Frustration in der Stimme des Bankers war unüberhörbar. »Wenn Steere vorhat, die Immobilien an die Stadt zu verkaufen, würde ich darauf drängen, daß er sich jetzt auch mit einem niedrigeren Angebot zufriedengibt. Wir erhielten heute zwei Anrufe vom Büro des Bürgermeisters. Sie wollen diese Häuser, John. Man sagte uns, Ausgangspunkt seien fünfzig Millionen.«

»Wir verkaufen jetzt nicht. Wir gehen davon aus, daß der Preis steigt, je näher der Wahltermin rückt.«

»Mehr Geld von der Stadt, John? Das ist, als wollten Sie Blut aus einem Stein pressen.«

»Nicht von der Stadt. Wir gehen davon aus, daß ein Konsortium die Gebäude kauft. Leonard Corbin und seine Gruppe.«

»So lange können wir nicht warten. Der Ausschuß macht da nicht mit. Eines der Gebäude sollte bis Ende der Woche zum Verkauf stehen.«

LeFort straffte die gepolsterten Schultern. »Die Immobilien werden dann, wenn es uns angebracht erscheint, zu einem anständigen Preis verkauft.«

Ein tiefer Seufzer, dem Schweigen folgte. »Das kostet mich Kopf und Kragen, John.«

»Wir machen seit Jahren Geschäfte miteinander. Die Bank profitiert ganz schön von diesen Krediten. Das war in der Vergangenheit so, das wird auch in Zukunft so sein.«

»Aber diese Sache mit den Anwältinnen, das ist doch schockierend.«

»Behalten Sie das Wesentliche im Blick, Mo. Die Geschworenen wissen nichts davon. Bewahren wir doch klaren Kopf, nicht wahr?«

»Okay, John. Behalten wir das Wesentliche im Blick.« Nach einem letzten, hochprozentigen Seufzer legte der Banker auf.

Elliot Steere saß in seiner Zelle, die Augen leicht geschlossen, den Kopf an die Sintersteinwand gelehnt. Der pockennarbige Wärter hatte ihm von den toten Wachleuten und der jungen Anwältin, DiNunzio, erzählt. Er hatte den Kampf aufgenommen. Seine Truppen hatten sich behauptet, aber es hatte einen Zwischenfall gegeben. Steere mußte die neue Situation einschätzen und im Anschluß die entsprechenden Schritte einleiten. Er hatte viele Alternativen. Raum zum Bewegen. Er sah nur aus wie ein Mann im Gefängnis.

Steere legte die Hände zu beiden Seiten seines Körpers flach auf die Bank, entspannte den Körper und ließ seinen Gedanken freien Lauf. Als erstes befaßte er sich mit seinen Truppen: einer Frau und einem Mann. Die Frau hatte die Anweisung erhalten, die Unterlagen zu vernichten. Sie würde diesen Befehl ausführen, weil Steere ihn erteilt hatte und weil die Unterlagen sie selbst belasteten. Steere ging davon aus, daß sie die Unterlagen holte und vernichtete, bis er das Gegenteil erfuhr. Bis jetzt war das nicht der Fall, folglich war alles in Ordnung.

Steere beschäftigte sich mit dem Mann, Bogosian. Er hatte die Anweisung erhalten, sich um Marta zu kümmern, doch offensichtlich war etwas schiefgelaufen. Aber Bogosian hatte sie bestimmt unter Kontrolle. Er ließ sie nicht aus den Augen. Er blieb dran, bis er den Job oder Marta erledigt hatte.

Steeres Gesicht blieb maskenhaft. Seine Augen bewegten sich hinter den geschlossenen Lidern. In diesem Fall gab es keine Alternative mehr, Marta mußte sterben. Sie war nicht mehr von Nutzen. Der Prozeß lag bereits bei den Geschworenen. Wenn Marta verschwand und später tot aufgefunden wurde, mußte Bogosian dafür sorgen, daß es nach Selbstmord oder Raubmord aussah. Bogosian würde das regeln. Er hatte es schon einmal gemacht.

Steere atmete tief und sank auf eine tiefere Ebene der Meditation. Offensichtlich hatte Bogosian DiNunzio an der Eisenbahnbrücke erwischt. Das war nicht geplant, aber er hatte es getan, um die Operation zu retten. Eine kluge Taktik, und sie zeugte von Initiative. Steere nahm sich vor, sich Bogosian gegenüber erkenntlich zu zeigen. Sunzi hätte gesagt: *Betrachte deine Soldaten wie deine Kinder; betrachte sie wie deine geliebten Söhne, und sie werden bis zum Tod an deiner Seite stehen.* Ähnliche Gefühle hegte Steere momentan für Bogosian. Fast väterliche. Der Moment ging vorüber.

Welche Aktion brachte Steere den Sieg? Er mußte flexibel sein, ruhig bleiben. Seine Feinde waren in Auflösung begriffen. In alle Winde verstreut, verwundet. Steere befand sich in überlegener Position, und er mußte in Bewegung bleiben, um daraus Nutzen zu ziehen. *Militärische Taktik ist dem Wasser ähnlich. Wasser bahnt sich seinen Weg entsprechend der Natur des Bodens, auf dem es fließt, der Soldat erkämpft sich seinen Weg entsprechend der Natur des Feindes, dem er gegenübersteht.*

Steeres Gedanken wurden kristallklar wie Quellwasser

und strömten wie ein Fluß. Der durch sein Verhalten herbeigeführte Ausfall seiner Anwältinnen könnte zu einem ergebnislosen Prozeß führen. Das war das letzte, was er wollte. Er hatte dafür gesorgt, daß die Geschworenen in seinem Sinne entschieden, er wußte, sein Geschworener würde sich mit Erfolg behaupten. Sollten sich die Geschworenen nicht einigen können, kostete das Steere seinen Geschworenen, er bliebe weiter im Gefängnis und seine Geldgeber würden nervös. Nein. Er wollte, daß sein Prozeß vorankam, sein Urteil war so unvermeidlich wie die Gezeiten. Steere mußte freigesprochen werden, und das bald. Alles andere war nicht genug.

Steere überdachte seine geschäftliche Situation. Auch seine Gläubiger brauchten das Urteil so bald wie möglich. Sie drohten mit Fälligstellung der Kredite. Er hatte LeFort angewiesen, harte Bandagen anzulegen, und er wußte, sie würden spuren. Die Banken wollten ihm nicht die Luft abdrehen. Sie schreckten vor Konfrontation und Konflikt zurück, sogar vor einem überschaubaren Konflikt wie einem Prozeß. Steere lächelte im stillen. Die Banker hatten auch keine Ahnung vom Krieg. Wenn alle die Bombe hatten, hatte keiner den Mumm, sie einzusetzen.

Steere atmete tief ein. *Militärische Taktik ist dem Wasser ähnlich.* Ziehe in Betracht, daß einer der Gläubiger die Kredite fällig stellt. Ein Feuer aufgrund eines Kurzschlusses in einem der Gebäude würde das nötige Kapital beschaffen. Steere würde der Bank das Recht an der Versicherungssumme abtreten, das würde ihm Luft für die weiteren Zahlungen verschaffen. Auf keinen Fall würde Steere zulassen, daß der Bürgermeister an die Immobilien herankäme. Steere verfolgte eine Strategie, die eine sichere Niederlage des Bürgermeisters zur Folge hatte, und dabei waren die Immobilien das entscheidende Element. *Feindliche Armeen können sich jahrelang gegenüberstehen und um den Sieg ringen, der an einem einzigen Tag erkämpft wird.*

Plötzlich klopfte es an die Scheibe seiner Zelle, und Steere wurde aus seiner Meditation gerissen. Es war der Wärter, der sich dicht an die dicke Kunststoffscheibe beugte. »Mr. Steere«, sagte er, »Ihre Anwältin ist da und möchte Sie sprechen.«

# –33–

Bennie saß vor ihrem Computer in dem überzähligen Schlafzimmer, das sie hochtrabend als ihr Büro bezeichnete. Auf dem Regal über ihrem Computermonitor stapelten sich in einem chaotischen Durcheinander Bücher und Papiere. Benutzte Kaffeetassen und schmutzige Löffel drohten, die ergonomisch geformte Tastatur zu überfluten. Ein rotblonder Golden Retriever mit Namen Bear ruhte zwischen feuchten Stiefeln, alten Faxen und Hundehaarknäueln zu Bennies Füßen. Nach Bennies Überzeugung konnte man entweder putzen oder das Leben genießen, beides zusammen schloß sich gegenseitig völlig aus. War es nicht Richter Brandeis gewesen, der gesagt hatte, Sonnenschein sei das beste Desinfektionsmittel? Bennie übernahm diese Anschauung als Philosophie für ihre Haushaltsführung.

Sie klickte mit der Computermaus und betrachtete das vergrößerte Foto des Schwarzen auf dem Monitor. Eb Darning, ein Bankangestellter; glatt rasiert und gepflegt. Bennie klickte erneut und rief ein Foto von Heb Darnton auf, das sie aus der Online-Zeitung kopiert hatte. Es mußte sich um ein Foto aus der Akte handeln. Heb hatte einen dichten Bart, ungebärdige Haare und einen leicht irren Gesichtsausdruck.

Bennie stellte die Fotos auf dem Monitor nebeneinander. *Eb Darning/Heb Darnton.* Sie hatte beide Namen in jede Website von Philadelphia eingegeben, die sie finden konnte, auch in die der Lokalzeitungen. Bennie lehnte sich zurück und verglich die beiden Fotos miteinander. Es hätte sich um Vorher/Nachher-Fotos ein und desselben Mannes handeln können.

Bennie war geschockt. Worauf waren ihre Mitarbeiterinnen da gestoßen? Hatte man deshalb auf Mary geschossen? Und was hatte Marta damit zu tun? Was ging in ihrer Kanzlei vor? Es gab zu viele offene Fragen, und alle diese Fragen bedrohten die Existenz von Rosato & Associates. Bennie konnte nicht zulassen, alles zu verlieren, wofür sie gearbeitet hatte, nicht ein zweites Mal, und ganz bestimmt nicht kampflos.

Sie starrte auf das Foto des Mannes. Eb Darning. Er war im Besitz der Antworten. Aus dem Artikel der Online-Zeitung ging hervor, daß er in den sechziger Jahren in der Greene Street gewohnt hatte. Bennie kannte die Greene Street gut, sie lag beim Fairmount-Park zur Innenstadt hin. Bennie hatte einen Mandanten in der Spring Garden Street, einen Friseur, der allen in dieser Gegend die Haare schnitt. Er müßte Darning eigentlich kennen, falls nicht, kannte er bestimmt jemanden, der ihn kannte.

Bennie griff zum Telefon.

BEAN'S HAARENTKRAUSUNG stand in bogenförmig angeordneten weißen Buchstaben, die hie und da abgeblättert waren, auf der winzigen Ladenfront. Der Friseurladen hatte sich seit den fünfziger Jahren nicht verändert. Flach wie ein Aspiksandwich war er zwischen dem Betonvorsprung eines Gebäudes und einem sanierten Wohnhaus eingeklemmt. Sein Neonlicht strahlte hell durch den Schneesturm.

Bean wohnte über dem Laden, hatte sich aber mit Bennie unten im Geschäft verabredet. Er blieb neben ihr stehen, als sie sich in einen der altmodischen Stühle aus weißem Porzellan mit gesprungenen roten Lederpolstern und Nackenstützen setzte. Bean fühlte sich in seinem Laden am wohlsten, wofür Bennie vollauf Verständnis hatte. »Tut mir leid, daß ich Sie aus dem Bett geholt habe«, entschuldigte sie sich.

»Machen Sie sich deshalb keine Gedanken.« Bean winkte mit einer für einen Mann seines Umfangs erstaunlich kleinen, dunklen Hand ab. Washington »Bean« Baker, mittlerweile siebenundsechzig Jahre alt, war immer noch groß, er hatte Pausbacken und braune, weit auseinander stehende Augen, doch das Auffallendste an ihm war die ungewöhnliche Form seines kahlen Schädels. An der Stelle, wo sein Haaransatz hätte sein sollen, wölbte sich seine Stirn vor, er hatte ein vorspringendes Kinn und eine braune Haut mit leichtem Rotstich. Als er noch klein war, fand seine Mutter, der Kopf ihres Babys habe eine verblüffende Ähnlichkeit mit einer Kidneybohne, deshalb nannte sie ihn Bean. »Für Sie stehe ich jederzeit auf, Lady«, meinte er.

»Obwohl ich Ihren Prozeß verloren habe?«

»Ich hab Ihnen gleich gesagt, daß nichts dabei rauskommt. Gegen die Bullen kommt keiner an. Die nehmen einen aus und kommen ungeschoren damit durch.«

»Jetzt nicht mehr.«

»Warum nicht?« fragte er, und sein Mund verzog sich langsam zu einem Lächeln. Bean machte alles langsam.

Er dachte gründlich nach, bevor er sprach, und bewegte sich erst nach reiflicher Überlegung. Eine beruhigende Eigenschaft bei einem Mann, der mit einer scharfen Rasierklinge an der Halsschlagader hantierte. »Haben Sie seit Ihrer Jugend ein paar Tricks dazugelernt?«

»Ein paar schon. Aber die Geschworenen auch. Heute würde man diese Bullen verknacken.«

»Dann krieg ich vielleicht eine Honorarerstattung?«

»He, ich habe Sie auf Erfolgsbasis verteidigt, schon vergessen? Ich habe Sie nicht gelinkt.«

Bean lächelte. »Ich weiß. Ich hab's nur gesagt, damit Sie ein bißchen in Fahrt kommen.«

»Ich fühle mich deshalb schon mies genug«, brummte Bennie. »Ich hätte die Jungs packen müssen. Sie haben im Zeugenstand gelogen.«

»Klar.« Seine Stimme war sanft, sein Tonfall sachlich. »Es sind Bullen.«

»Ich schulde Ihnen was.«

»Vergessen Sie's. Mir gefällt's halt, wenn Sie sich aufregen.«

Bennie rutschte vor auf die Kante des Friseurstuhls. »Kennen Sie einen Eb Darning, Bean?«

»Eb?« Bean legte eine Hand auf seine Glatze und knetete mit den Fingerspitzen seinen rotbraunen Schädel, als hätte er es mit weichem Lehm zu tun. »Eb? Ist ewig her. Eb. Ja, ich erinnere mich an Eb.«

»Woran erinnern Sie sich im Zusammenhang mit ihm?«

»Da gibt's bei Eb nur eins. Er hat zuviel getrunken. Hatte ein Problem mit der Flasche. Ging tagtäglich in den Schnapsladen. Hab ihn oft gesehen. Eb war da, sobald sie aufgemacht haben. Hat schon auf dem Gehweg gestanden und gewartet. Mir hat er gesagt, er kauft nur eine Flasche pro Tag. Wenn's mehr wären, tät er bloß versuchen, beide niederzumachen.«

»Irgendwelche Drogen?«

»Bloß die Flasche.«

»Wann haben Sie ihn zum letzten Mal gesehen?«

»Ist lange her.«

»Sehen Sie sich das mal an.« Bennie zog das Computerfoto des glattrasierten Eb Darning aus ihrer Jackentasche und reichte es Bean. »Ist er das?«

»Klar. Das ist Eb.«

»Jetzt zeige ich Ihnen ein anderes Foto.« Sie gab Bean das Foto des bärtigen Mannes. »Sehen Sie es sich an und sagen Sie mir, ob es sich bei diesem Mann Ihrer Meinung nach ebenfalls um Eb handelt.«

»Ist er das?« fragte er nach einer Weile.

»Das sollen Sie mir sagen.«

Mit dem Foto in der Hand ging Bean zu den gepolsterten Bänken, die an der Wand des Ladens standen, und ließ seinen massigen Körper vorsichtig darauf nieder. Die Bänke hatte er irgendwo ergattert, sie stammten aus Nischen verschiedener Restaurants und standen, ungeachtet der nicht zusammenpassenden Farben, rot, blau und braun nebeneinander in einer Reihe. Vor dem weißgefliesten Teil der Wand sahen sie aus wie ein Kunststoffregenbogen. Neben den Fliesen hing ein schwarzes Münztelefon mit einer Wählscheibe, an der Rückwand des Ladens hingen politische Plakate mit verblichenen Fotos schwarzer Führer aus dem Bezirk. Bennies Blick verweilte auf ihren strahlenden, ehrgeizigen Gesichtern, denn Bean schien sich das Foto bis in alle Ewigkeit anzusehen. »Nun?« fragte sie, als sie es nicht mehr länger aushielt.

Blinzelnd hob Bean den Blick. »Sieht nicht aus wie der Eb, den ich gekannt hab, aber er könnte es sein. Die Augen, er könnte es sein. Er hat keinen Bart gehabt zu meiner Zeit. Das weiß ich genau. Er kam von Zeit zu Zeit rein und hat sich rasieren lassen.«

»Ohne den Bart wäre es Eb?«

»Möglich. Möglich.« Bean gab ihr die Fotos zurück. »Ist schnell alt geworden, muß ich sagen. Hätt ihn nicht erkannt, wenn Sie nicht vorher was gesagt hätten.«

Bennie nahm es als vorsichtiges Ja und steckte die Fotos wieder in ihre Tasche. »Was war Eb für ein Mann, können Sie sich noch erinnern?«

»Ein Säufer.«

»Ich meine seinen Charakter.«

»Für mich war er ein Säufer. Weiter nichts. Säufer sind alle gleich.« Bean zuckte die schweren Schultern. Zu den ausgebeulten Hosen trug er einen locker fallenden blauen Friseurkittel, obwohl der Laden geschlossen war. Bean pflegte zu sagen, er schlafe in seinem Kittel, aber bis heute hatte Bennie ihm nicht geglaubt. »Wenn Eb nüchtern war, saß er schweigsam im Stuhl. Sonst hat er dauernd gequasselt.«

»Hat er über seine Arbeit gesprochen?«

»Über die Arbeit. Ja.«

»Er hat bei der Bank gearbeitet, stimmt's? Bei der PSFS.«

»Bei der Bank?«

»Ja. Bei der PSFS.«

Bean starrte nachdenklich auf den sauberen Linoleumboden mit den schwarzweißen Karos. »Bloß eine Zeitlang. Vielleicht ein Jahr. Das weiß ich noch, weil Eb damals angefangen hat, einen Schlips zu tragen. Dann hat er dort aufgehört und den Schlips nicht mehr getragen. Den Schlips hat er, sagen wir mal, ein Jahr getragen.«

»Warum hat er dort aufgehört, wissen Sie das?«

»Die Flasche. Eb hat nie lange wo gearbeitet. Hatte immer Flausen im Kopf, verstehen Sie? Ich hab ihm mal einen Job angeboten, ausfegen. Eb hat das rundweg abgelehnt.« Bean runzelte so heftig die Stirn, daß sie sich in tiefe Falten legte und er an eine alte Bulldogge erinnerte. »Sagte: ›So 'ne Arbeit mach ich nicht.‹ Das hat mir nicht gefallen, überhaupt nicht gefallen.«

Bennie lächelte. »Wer möchte nicht für Sie arbeiten, Bean? Ich würde jederzeit für Sie arbeiten.«

»Sie? Erzählen Sie mir nichts. Ich hab Ihr Büro gesehen.«

»Wir reden gerade von Eb, nicht von mir, also erzählen Sie mir was über Eb. Alles, was Sie wissen.«

Bean ließ sich wieder auf seiner Polsterbank nieder. »Eb. Eb. Wollen mal sehen. Eb war der Typ Mann, der eigentlich keine richtige Arbeit will. Bloß schnelles Geld. Immer irgendwelche Geschäfte. Andauernd, immer auf der Suche. Wissen Sie, was ich meine?«

»Ja.«

»Die Jobs vom Rathaus, die haben Eb gefallen.«

»Vom Rathaus?«

»Daran erinnere ich mich noch.«

»Was hat er denn da gemacht?«

»Jobs eben.«

»Für wen hat er denn gearbeitet? Für welche Abteilung?«

Bean lächelte, diesmal ohne jede Wärme. »Gute Frau, was glauben Sie, was für eine Sorte Jobs so ein Mann für das Rathaus erledigt?«

»Keine Ahnung.«

»Seien Sie nicht albern.«

»Klären Sie mich auf. Was für Jobs?«

»G und A, eine Zeitlang.«

»Genehmigung und Aufsicht?«

»Wie die Behörde heißt, ist doch egal, Sie können sie nennen, wie Sie wollen. Baugenehmigungen, der Fuhrpark. Das Amt, das für Parkplätze zuständig ist, egal, was Sie wollen. Eb hat fürs Rathaus gearbeitet. Eb hat gemacht, was zu machen war. Wurde bar dafür bezahlt.«

»Hatte er Freunde?«

»Nicht, daß ich wüßte.«

»Eine Frau? Eine Freundin?«

»Keine Frau, nein. Vielleicht mal eine Freundin, eine Weile.«

»Eine bestimmte?«

»Nein. Ein paar Mädchen.«

»Verdammt.«

»Warten Sie.« Bean hob eine Hand. »Jetzt haben Sie mich gedrängelt. Ich hab zu schnell ›nein‹ gesagt. Da könnte was Kleines gewesen sein.«

»Ein *Kind*?« In den Zeitungen hatte Bennie nichts von einem Kind gelesen. Davon war nie die Rede gewesen.

»Ein kleines Mädchen.« Bean nickte. »Ich hab ein Foto gesehen, in seiner Brieftasche. Ein Foto von einem Schulmädchen. Ein richtig nettes Mädchen.«

»Wie hieß sie denn?«

»Das weiß ich nicht. Er hat nie von ihr gesprochen. Ich hab schon gefragt, als ich das Foto gesehen hab, aber Eb hat nur den Kopf geschüttelt. Hat kein Wort gesagt, nur den Kopf geschüttelt. Sein Gesicht war ganz lang, richtig traurig hat er ausgesehen. Da dachte ich mir, dem kleinen Mädchen muß was Schlimmes zugestoßen sein. Daß es gestorben ist, und Eb nicht darüber reden will.«

Bennie überlegte, sie hielt viel von Beans Menschenkenntnis. »Außer der Tochter hatte Eb niemanden?«

»Nein.«

»Keine Freunde von der Arbeit her?«

»Nein. Saß da im Stuhl, hat kaum was gesagt, höchstens mal 'ne Antwort. Manchmal kam er zum Rasieren, wie schon gesagt. Wenn er irgendwelche Gänge machen mußte. Für die Stadt.«

»Was für Gänge?«

Ruckartig hob Bean den Kopf, sein Gesicht verfinsterte sich. »Woher soll ich wissen, was für Gänge?«

»Vielleicht hat er was gesagt. Lassen Sie mir die Chance. Ich muß mehr darüber wissen. Was hat er über diese Gänge gesagt? Erinnern Sie sich noch?«

Bean schloß die Augen und versuchte sich zu erinnern. Seine Augenlider flatterten, ein leichter Schweißfilm lag darauf.

»Haben Sie ihn nicht gefragt: ›Warum brauchen Sie heute eine Rasur, Eb?‹ ›Warum haben Sie sich heute so feingemacht, Eb?‹«

»Halten Sie mal den Mund und lassen Sie mich nachdenken. Sie sind eine ungeduldige, eine sehr ungeduldige Frau.«

Bennie machte den Mund zu.

»Eb hat was von ›Aufsicht‹ gesagt«, antwortete Bean langsam und öffnete die Augen.

»Bauaufsicht?«

»Kann sein.«

Bennie dachte an Steeres Immobilien in der Stadt. Sie mußten alljährlich kontrolliert worden sein. Steeres Verstöße waren notorisch. Da mußte jemand auf die andere Seite geschaut haben. Jemand, der wußte, auf welcher Seite sein Brot gebuttert war und der bar bezahlt wurde. »Wann war das?«

»Das kann ich Ihnen jetzt so aus dem Stegreif nicht sagen.«

»Vor zwanzig, dreißig Jahren?«

»Kann sein. Ich erinnere mich nicht mehr.«

»Wann haben Sie Eb das letzte Mal gesehen?«

»Ich weiß es nicht. Hab ihn irgendwann aus den Augen verloren. Hab gehört, daß er seine Wohnung verloren hat, weggegangen ist. Hat ständig getrunken. Keine Ahnung, wo er jetzt steckt. Hab ihn nicht mehr gesehen.«

Bennie kämpfte mit sich, ob sie Bean erzählen sollte, was mit Darning geschehen war. Sie konnte ihm nicht sagen, daß Eb der Obdachlose war, den Steere umgebracht hatte. Diese Information war vertraulich, und Rosato & Associates saß bereits unethisch tief in der Scheiße. Aber sie konnte Bean auch nicht einfach im dunkeln lassen. »Bean, tut mir leid, aber ich glaube, Eb wurde ermordet.«

»Das ist schlimm«, sagte Bean, verzog aber keine Miene. Bennie fand das merkwürdig, denn der Mann hatte ein weiches Herz.

»Es scheint Sie nicht aus der Fassung zu bringen.«

»Es bringt mich gar nicht aus der Fassung. Es überrascht mich auch nicht.«

»Warum nicht?«

»So was kommt vor.«

»Ein Mord?«

Bean nickte, und Bennie kam sich albern vor. »Der Mörder wird nicht ungestraft davonkommen.«

Bean lächelte nur.

»Wird er nicht. Nicht, wenn ich es verhindern kann«, sagte sie, erschrak aber sogleich über ihre Worte. Was redete sie nur? Steere war ihr Mandant, ein Rosato-Mandant. Bennies Kanzlei wurde dafür bezahlt, daß er freigesprochen wurde. Augenblick mal. Ging es darum? War aus diesem Grund auf Mary geschossen worden? War Marta deshalb verschwunden? Beschäftigten sie sich mit der Aufklärung des Mordes an Darning und hatten vor, Steere ans Messer zu liefern? Ihren *eigenen Mandanten*?

Das durfte Bennie auf gar keinen Fall zulassen. Es ging um ihre Kanzlei, um die Ausübung ihres Berufes. So eine Sache konnte sie alle ruinieren. Wenn Steere ein Mörder war, war es nicht Aufgabe seiner eigenen Anwälte, ihn vor Gericht zu bringen. Das wäre Mandantenverrat, ein Verstoß gegen den ethischen Grundsatz, dem sie sich am meisten verpflichtet fühlte. Loyalität.

Bennie mußte dem ein Ende setzen. Sie stand auf, nahm ihre Jacke und schlüpfte hinein. »Ich muß weg, Bean. Vielen Dank für die Information.«

»Draußen schneit's immer noch. Warum bleiben Sie nicht, bis es nachläßt?«

»Nein, danke.«

»Ich könnte den Mop auf Ihrem Kopf in Form bringen.«

»Ich muß los.« Bennie trat in die Kälte hinaus.

# –34–

Auf seinen Ellenbogen gestützt, grübelte Richter Rudolph neben seiner schnarchenden Frau über die schlechten Neuigkeiten nach. Es widerstrebte ihm außerordentlich, die Wärme seines monumentalen Himmelbettes zu verlassen. Der Richter hatte fest geschlafen, als sein Referendar angerufen und ihm mitgeteilt hatte, daß eine von Steeres Anwältinnen vermißt wurde, auf eine zweite geschossen worden war und Wachleute ermordet worden waren. O Gott, es war doch immer irgendwas. Richter Rudolph wußte, ihm stand eine schreckliche Nacht bevor, und er wußte, diese begann, sobald seine nackten Zehen den kalten Holzboden berührten. Er war durchaus nicht ohne Anteilnahme für die Anwältinnen, aber er mußte einen klaren Kopf behalten. Was wurde aus seiner Beförderung ans oberste Gericht?

»Wie lange noch, Gott?« murmelte Richter Rudolph und schwang die dürren Beine unter der weißen Steppdecke hervor. Kaum kamen seine Füße mit dem Hartholzboden in Berührung, waren sie auch schon kalt, denn Enid weigerte sich standhaft, etwas derart Plebejisches wie einen Teppich auf das schöne Holz zu legen. In seinen Boxershorts schlurfte er ins Badezimmer und stellte sich fröstelnd auf den Badvorleger. In diesem verdammten Haus war es zu kalt. Enid hatte den Thermostat konstant auf knapp zwanzig Grad eingestellt, und seine Zehen waren die halbe Zeit blau vor Kälte. Der Richter schlang die Arme um seinen Oberkörper und wackelte auf der Badematte mit den Zehen. Nichts auf der Welt brächte ihn dazu, von diesem kleinen Teppich herunterzutreten. Die Fliesen waren bestimmt eiskalt.

Durch Bewegungen mit den Zehen schob der Richter den Vorleger bis vor die Toilette. Er mußte ins Amt und diesen Schlamassel in Ordnung bringen. Draußen vor dem Badezimmerfenster heulte der Schneesturm. Er beschloß, den Sheriff anzurufen, damit der ihn hinfuhr. Nicht einmal ein Blizzard würde ihn aufhalten. Höhere Gewalt reichte nicht, um Harry Calvin Rudolph vom obersten Gericht von Pennsylvania fernzuhalten.

Der Richter klappte die Klobrille hoch. Es dauerte etwas seit dem Theater mit seiner Prostata. Aber ihm fehlte nichts, ihm ging es gut, er hatte noch eine lange Karriere vor sich. Einatmen, ausatmen. Eeeent-spannen, wie der Doktor sagte. Sagen Sie langsam, »Eeeent-spannen«. Es glückte, und im gleichen Moment nahmen seine Gedanken Gestalt an.

Eine Anwältin stand noch zur Verfügung: die große Blonde, Carrier. Von Rechts wegen konnte der Prozeß fortgesetzt werden, solange eine Anwältin greifbar war, vorausgesetzt, der Angeklagte erhob keinen Einspruch. Aber falls Steere auf Verfahrensmängel oder eine Vertagung aus war, änderte das die Sachlage. Richter Rudolph wußte nicht genau, wie die Rechtslage in so einem Fall aussah, weil es dafür keine gesetzliche Regelung gab. Wie oft kam es vor, daß Anwälte ausgeschaltet wurden, während die Geschworenen berieten? Der Richter hatte seinen Referendar angewiesen, seinen Hintern ins Amt zu bewegen und ihm die Antwort auf diese Frage zu beschaffen. Joey, der es nicht mal fertigbrachte, Milch zu besorgen.

Richter Rudolph hopste von der Badematte und hüpfte über das kalte Parkett in sein Ankleidezimmer, wo er mit beiden Füßen gleichzeitig auf den Orientteppich sprang. Seine Füße waren eiskalt. Er schlüpfte zuerst in seine Socken und hatte gerade die Hose seines Anzugs bis zu den Knien hochgezogen, als das Telefon läutete.

»Verdammt!« Die Hose mit einer Hand festhaltend, hastete er ins Arbeitszimmer, um das Telefon abzunehmen. Das letzte, was der Richter brauchte, war, daß Enid aufwachte und meckerte. Sie haßte den Steere-Prozeß. Wegen dieses Prozesses war sie um ihren Winterurlaub in Sanibel gekommen, und wenn Enid nicht Golf spielen konnte, wurde sie unerträglich. Richter Rudolph humpelte eiligst durch den Flur in sein Arbeitszimmer, wo gerade wieder das Telefon klingelte. Er riß den Hörer von der Gabel, und als er hörte, wer der Anrufer war, rutschte ihm die Anzughose bis auf die Knöchel. »Bürgermeister Walker«, sagte der Richter überrascht.

»Was sagen Sie zu der Kälte, Harry?« fragte der Bürgermeister. Seine Stimme klang beiläufig, als riefe er den Richter ständig mitten in der Nacht an.

»Mir genügt sie völlig.« Richter Rudolph ließ sich auf nichts ein. Der Bürgermeister war Demokrat und der Richter Republikaner, der Bürgermeister würde sich folglich nie für seine Versetzung ans oberste Gericht stark machen. Aber Pennsylvania zählte zu den wenigen Bundesstaaten, in denen die Richter noch per Abstimmung eingesetzt wurden. Es ging zu wie bei der Prämierung junger Kühe auf einer landwirtschaftlichen Messe, und dafür dankte der Richter seinem Glücksstern. Abgesehen von Philadelphia, der Enklave der Demokraten, war der Staat größtenteils konservativ und republikanisch. »Ein ordentlicher Sturm.«

»Ein Jahrhundertblizzard.«

»Zumindest ein Wiederwahlblizzard.«

Beide Männer lachten freudlos. Richter Rudolph, im wollenen Knäuel seiner Anzughose stehend, wußte, daß Bürgermeister Walker darauf gedrungen hatte, Steere vor Gericht zu stellen. Dem Bürgermeister paßte nichts besser in den Kram als ein ergebnisloser Prozeß, denn das hieße, Steere bliebe im Gefängnis und seine Immobilien stünden zum Verkauf. Dem Richter paßte nichts besser in den Kram als ein Urteil, denn das brächte ihm eine neue Robe ein.

»Ich will gleich auf den Grund meines Anrufes zu sprechen kommen«, sagte der Bürgermeister. »Ich nehme an, Sie wissen inzwischen Bescheid. Jemand bringt Elliot Steeres Anwältinnen um.«

»So weit würde ich nicht gehen.« Der Richter zog seine Hose am Bund hinauf. Er würde den Teufel tun und mit dem Bürgermeister über den Steere-Prozeß diskutieren. Wie sähe das später aus?

»Ich schon. Mord, Entführung. Eine Tragödie und eine Katastrophe für den Prozeß.«

»Es ist eine Tragödie für die Familien der Wachmänner, sollte aber keine Auswirkungen auf den Prozeß haben.« Der Richter wählte seine Worte sorgfältig. Sich überhaupt auf dieses Gespräch einzulassen war riskant. Richter Rudolph fiel nur eine Möglichkeit ein, wie er sich selbst schützen konnte. Er drückte auf einen Knopf neben dem Telefon, und das Tonbandgerät in seiner Schreibtischschublade trat geräuschlos in Aktion. »Ich habe keineswegs die Absicht, die rechtlichen Gesichtspunkte des Steere-Prozesses mit Ihnen zu erörtern«, sagte der Richter so entschieden wie möglich.

»Ich rufe nicht an, um rechtliche Gesichtspunkte zu erörtern«, erwiderte der Bürgermeister nicht weniger entschieden. Peter Walker war nicht Bürgermeister, weil er komplett beschränkt war. Sein Tonbandgerät lief von Anfang an mit. »Ich rufe Sie an, damit wir klären, wie wir bei diesem Blizzard weiter vorgehen. Das Wetter hat die Logistik außer Kraft gesetzt. Ich habe den Schneenotstand erklären lassen, kann aber die Geschworenen nicht nach Hause bringen lassen. Wann haben Sie vor, die Geschworenen nach Hause zu schicken?«

»Niemand wird nach Hause geschickt. Die Geschworenen bleiben abgesondert im Hotel und setzen die Beratung fort.«

»Wie bitte? Ich kann mir nicht vorstellen, daß es rechtlich zulässig ist, den Prozeß unter diesen Umständen fortzusetzen. Eine Anwältin der Verteidigung, Mary DiNunzio, liegt auf der Intensivstation und kommt voraussichtlich nicht durch.«

»Der Angeklagte hat eine Verteidigerin, eine kluge junge Frau«, antwortete der Richter. Vielleicht war das seine Chance zur Wiedergutmachung dieses »Titten«-Kommentars. »Sie ist äußerst kompetent in der Prozeßführung, wie viele Anwältinnen, mit denen ich vor Gericht zu tun hatte. Wie Sie wissen, arbeitet sie in einer Kanzlei, die ausschließlich Frauen beschäftigt, Rosato & Associates. Ich schätze diese Kanzlei sehr. Ich zweifle nicht im geringsten daran, daß sie alles in ihrer Macht

Stehende tun, um die Rechte des Angeklagten auf juristische Vertretung und ein ordnungsgemäßes Verfahren wahrzunehmen.«

Am anderen Ende der Leitung verdrehte der Bürgermeister die Augen. Wer stand hier zur Wahl, der Richter oder er? Oh. Beide. »Aber die erste Anwältin wird vermißt. Marta Richter. Wie wollen Sie ohne sie weitermachen?«

»Ms. Richter wird nicht vermißt. Mein Referendar hat heute abend mit ihr gesprochen, mit ihr war alles in Ordnung.«

»Sie wurde möglicherweise entführt!«

»Das ist reine Spekulation. Wo sich Ms. Richter aufhält, wenn keine Verhandlung anberaumt ist, ist nicht meine Sache. Mir liegen keine Erkenntnisse vor, die mich veranlassen könnten, davon auszugehen ...«

»Sie sind nicht vollständig informiert, Harry.«

Der Richter überlegte kurz. Möglich, daß der Bürgermeister über nützliche Informationen verfügte. »Hat die Polizei Beweise für eine Entführung gefunden?«

Der Bürgermeister überlegte kurz. Möglich, daß der Richter über nützliche Informationen verfügte. »Hat der Angeklagte einen Antrag auf einen ergebnislosen Prozeß eingereicht?«

Beide Männer blieben eine Weile stumm, während ihre Tonbandgeräte weitersurrten. Ein Philadelphia-Patt.

Nach einer Weile räusperte sich Richter Rudolph. »Mir ist absolut nicht wohl bei diesem Gespräch.«

»Ich verstehe nicht, warum. Ich stelle Ihnen keinerlei vertrauliche Fragen. Ob ein Antrag auf einen ergebnislosen Prozeß eingereicht wurde, ist eine Sache von öffentlichem Interesse. Bei diesem Blizzard sind die Straßen nur schwer passierbar, und wenn Sie die Beratungen fortsetzen, müssen Sie zusätzliches Personal von der Polizei anfordern, um die Geschworenen zum Criminal Justice Center bringen zu lassen. Bekommt die Stadt davon frühzeitig Kenntnis, kann sie während dieses Ausnahmezustands schneller entsprechend reagieren.«

»Der Prozeß wird fortgesetzt«, sagte der Richter entschieden. Richterlich. »Wenn der Angeklagte einen Antrag einreichen möchte, kann er dies durch Ms. Carrier veranlassen oder selbst dafür Sorge tragen. Er kann mich sogar anrufen, wenn er will. Mein Referendar weiß stets, wo er mich erreichen kann. Sie haben diese Nummer doch auch von ihm bekommen, oder nicht?« Der Richter schüttelte den Kopf. Er würde Joey in die Mangel nehmen, sobald er im Gericht war. Zweiter Minuspunkt für den Jungen. »Außerdem habe ich angeordnet, daß die Geschworenen ihre Beratung im Hotel fortsetzen, ich muß sie also nicht ins Criminal Justice Center bringen lassen. Ich gehe davon aus, daß dies unsere letzte Unterredung in dieser Angelegenheit gewesen ist.« Der Richter legte den Hörer auf und schnallte die Hose zu.

Seine Zehen, plötzlich warm geworden, wackelten vergnügt.

Auf der anderen Seite der Stadt schleuderte der Bürgermeister sein Telefon an die getäfelte Wand. Es fiel in einem Kabelgewirr auf den roten Orientteppich.

Mit grimmiger Miene sah Jen zu, wie es zu Boden polterte. »Ich habe Ihnen doch gesagt, lassen Sie mich anrufen«, meinte sie.

# –35–

Marta stand auf der windumtosten Düne und sah Bogosians Kopf bei ihrem Aufschrei ruckartig in ihre Richtung zucken. Er mußte sie gehört haben. Jetzt war sie fällig.

Sie rannte los, jagte wie ein geölter Blitz über den verschneiten Strand. Es war stockdunkel. Marta sah die Hand vor Augen nicht. Überall wehte Schnee, der nahtlos in den Ozean überging. Überall tobte die See, die nahtlos in den Himmel überging. Der Wind schlug ihr ins Gesicht und trommelte auf ihre Ohren. Lauf. Lauf WEG. Hinein in die Dunkelheit und das Rauschen und die Kälte. LAUF WEG. So schnell sie konnte. So schnell wie damals vor dem Kombi, während ihre Mutter hinter ihr herschrie. LAUF WEG.

Marta stürmte über den Strand. Ihre Mütze flog davon. Schnell warf sie einen Blick zurück auf das erleuchtete Haus. Alix hämmerte gegen die Fenstertüren. Bogosian mußte sie eingeschlossen haben. Er war bereits hinter ihr her. O Gott. Er mußte jeden Moment am Strand auftauchen. Er würde wieder auf sie schießen. Aber jetzt war nirgendwo ein Monsterschneepflug, der sie retten könnte. LAUF.

Marta schwenkte zum Meer hin ab, wo die Schneedecke dünner war. Der Wind traf sie voll ins Gesicht und auf die Brust. Durch die auslaufenden Wellen platschend rannte sie am Rand des Wassers entlang. Die Wellen schlugen krachend an den Strand und sprühten eiskalte Gischt auf ihre Schulter. Ihre Jacke war durchnäßt. Marta sah nicht, wo der Strand aufhörte und das Wasser begann, deshalb lief sie in direkter Linie einfach von Steeres Strandhaus weg.

Ihr Atem ging in kurzen panischen Stößen. Ihre Beine schmerzten vom Laufen in den schweren Stiefeln. Ihre Schultern schleppten schwer an der durchnäßten Jacke. Dieses Tempo hielt Marta nicht mehr lange durch. In der Ferne tauchte ein weißes modernes Haus auf. Ein Platz zum Verstecken.

In schräger Linie lief sie vom Wasser weg und spurtete durch den Schnee auf das Haus zu. Der Wind blies vom Meer und trieb sie voran. Während sie auf das Haus zulief, versuchte Marta, eventuelle Versteckmöglichkeiten ausfindig zu machen. Aber es war zu dunkel, es war nichts zu erkennen. Sie lief einfach weiter. Ihr Herz klopfte zum Zerspringen.

*Peng! Peng!* Schüsse.

Entsetzen durchzuckte Marta. Bogosian. Die Magnum. Wo war er? Marta konnte die Schüsse nicht orten. Der Sturm und das Meer dämpften das Geräusch. Wie dicht war er ihr auf den Fersen?

Sie war fast bei dem weißen Haus angelangt. Es war groß und auf Pfählen erbaut. Wo war ein Versteck? Rund um das Haus verlief ein Deck, aber dort war sie zu exponiert. Sie lief unter das Deck und sah sich hektisch um. Unter dem Haus herrschte Dunkelheit. Es lag kein Schnee, der ihre Spuren verriet. Eine Holztür schlug im Wind. Eine Dusche im Freien.

*Peng!* Wieder ein Schuß. Lauter. Näher. Die Zeit wurde knapp.

Marta rannte zu der Duschkabine und schlüpfte hinein. Dunkelheit umschloß sie. Ihre Finger suchten den Riegel, und sie stieß sich an einem Wandbrett. Mit zitternden Händen tastete sie nach dem Brett und zog sich mühsam hinauf. Was tun? Beten, daß Bogosian sie nicht fand? Nein. Sie brauchte eine Waffe. Natürlich.

Christophers Werkzeuge. Sie zog den Beschlaghammer aus der Tasche. Ein Hammer gegen eine Schußwaffe? Entsetzen schüttelte sie. Sie keuchte zu laut. Ihre Rippen brannten vor Schmerz. Ihr Puls verlangsamte sich nicht. Sie hob den schweren Hammer und spähte oben über die Kabinenwand in die Dunkelheit.

Da. Bogosian. Eine große Silhouette, gut sichtbar gegen den Schnee, trabte mit weißem flatternden Hemd über den Strand. Er hielt die Waffe in der Hand. Sein Kopf war gesenkt. Er suchte im Schnee nach Fußspuren. Er wandte sich dem Haus zu.

Gott, nein. Marta drehte sich fast der Magen um. Er kam auf das Haus zu. Folgte ihren Spuren. Sie sah das Funkeln seiner Waffe, als er näher kam.

Marta duckte sich und versuchte, ihr Keuchen zu unterdrücken. Sie entdeckte einen Spalt zwischen den Brettern der Kabinenwand und preßte ein Auge dagegen. Sie konnte Bogosian sehen, er sie aber nicht. Sie redete sich ein, der Vorteil sei auf ihrer Seite, und glaubte fast daran. Sie würde ihm eine Überraschung bereiten.

Mit schweren Schritten stapfte Bogosian auf das Haus zu. Er blieb stehen, bückte sich und griff in den Schnee. Blickte forschend nach Fußspuren. Er richtete sich auf und folgte den Spuren direkt zum Haus.

Marta biß sich auf die Lippen, um nicht aufzuschreien.

Bogosian näherte sich unaufhaltsam. Die Waffe gezogen, schußbereit. Er war drei Meter vom Haus entfernt, dann noch anderthalb. Schritt geradewegs auf die Veranda zu. Blieb genau da stehen, wo auch Marta stehengeblieben war, vor dem rundum verlaufenden Deck.

Marta rührte sich nicht, sie wagte kaum zu atmen. Ihr fiel der Stichel ein. Sie griff in die Tasche und zog die Eisenspitze heraus. Was konnte sie mit dem Ding anfangen? Trotz ihrer Angst zwang sich Marta nachzudenken. In Filmen warfen sie mit irgendwelchen Sachen, um den Verfolger abzulenken, und rannten los. Das schien ihr wenig erfolgversprechend. Bogosian würde sie niederschießen, sobald sie loslief.

Bogosian reckte den Hals, und wieder fühlte Marta sich bei diesem Anblick an einen angriffslustigen Hund erinnert. Doch diesmal brachte sie das auf eine Idee.

Sie kratzte mit dem Stichel am Holz und wimmerte leise wie ein junger Hund. Ein kleiner verirrter Hund, eingesperrt in einer Duschkabine. Der Gangster liebte doch Hunde, oder? Er hatte diese Zeitschrift praktisch auswendig gelernt.

Bogosian fuhr herum und starrte in die Richtung, aus der das Geräusch kam. Er richtete seine Waffe auf die Kabine.

Marta schlug das Herz bis zum Hals. Sie kratzte nachdrücklicher und winselte ängstlicher. Es kostete sie keine Mühe.

Bogosian ging unter dem Haus einen Schritt weiter, noch einen. Er war groß, wenn sie ihn nah genug heranlocken konnte, kam sie von oben an ihn heran. Auf die

Entfernung war er im Vorteil. Das hatten Schußwaffen so an sich.

Marta kratzte noch fester. Sie winselte matt, als sei sie verwundet. Am Verhungern. Dem Tode nah. Noch drei Schritte, das genügte, dann hatte sie eine Chance.

Bogosian machte einen Schritt, er machte den zweiten. Und den dritten. Schlagentfernung.

*Bitte, lieber Gott, hilf mir.* Marta hob den Hammer und schlug ihn mit brutaler Gewalt auf Bogosians Kopf, sie trieb ihm das Eisenstück durch die Schädeldecke. Sein Schädel platzte wie Asphalt. Blut brach aus der Wunde hervor und spritzte heiß und feucht in Martas Gesicht. Sie schrie vor Entsetzen.

Bogosians Augen wurden rund wie der Mond und starrten sie an.

Er war tot, noch während er stand.

# –36–

Elliot Steere saß hinter der dicken kugelsicheren Scheibe im Besucherzimmer und verfolgte mit verhohlener Belustigung, wie Judy Carrier ihn auszuhorchen versuchte. Die junge Frau mit der Kochtopffrisur und den übergroßen Gliedmaßen erinnerte ihn an eine überdimensionale Lumpenpuppe. Carrier befragte ihn nun schon fast fünfzehn Minuten lang, und es war ihr bisher erfolgreich gelungen, ihr Temperament zu zügeln, obwohl er sie ständig auflaufen ließ. Aber ihre Miene verriet Steere, daß ihre Wut und Verzweiflung wuchsen. Eine höchst ungute Kombination, selbst bei einem Spielzeug.

»Ich will wissen, was zum Teufel hier vorgeht«, sagte Carrier. Sie stand hinter dem Stuhl auf ihrer Seite der Scheibe und hielt sich an der Rückenlehne fest. Steere fiel auf, daß ihre rechte Hand bandagiert war, aber er erwähnte es nicht.

»Ich stehe wegen Mordes vor Gericht und warte auf das Urteil.«

»Sie haben uns nicht die Wahrheit gesagt.«

»Ich habe Ihnen gar nichts gesagt. Sie sind lediglich die junge Assistentin meiner Verteidigerin. Ich bespreche mich mit Marta.«

»Wo ist Marta?«

»Ich weiß es nicht.«

»Wer hat auf Mary geschossen?«

»Ich weiß es nicht.«

»Was hat Eb Darning mit Straßengeld zu tun? Was haben Sie mit Eb Darning zu tun?«

»Was soll das heißen, Straßengeld?«

Judy konnte sich nicht mehr länger beherrschen. »Sie wissen nicht, was Mary zugestoßen ist, Sie wissen nicht, was Marta zugestoßen ist. Sie kennen den ›Fahrer‹ nicht, der Marta ins Büro gebracht hat, und Sie können nicht erklären, woher Sie gewußt haben, daß die Ampel rot gewesen ist. Für einen Mann, von dem man annehmen sollte, daß er für all das eine Erklärung hat, wissen Sie verdammt wenig.«

Steere strich eine Falte in seiner Hose glatt. »Wenn Sie mich deshalb gestört haben, gehe ich in meine Zelle zurück.«

»Jemand gibt sich Mühe, Ihre Anwältinnen umzubringen. Warum habe ich bloß das Gefühl, daß Sie dieser Jemand sind?«

»Das ist absurd.«

»Wissen Sie, was ich glaube? Ich glaube, daß Sie ein Mörder sind. Ich glaube, daß Sie Eb Darning umgebracht haben, und ich glaube, daß Sie jemandem den Auftrag erteilt haben, meine beste Freundin umzubringen.«

»Wenn man Sie reden hört, glaubt man nicht, daß Sie meine Anwältin sind, Ms. Carrier.« Steere erhob sich und schüttelte seine Hosenbeine glatt. »Ich gehe zurück in meine Zelle. Verlangen Sie nicht, mich zu sprechen, bevor die Geschworenen zurück sind.«

»Sie erwarten von mir, daß ich weiter als Ihre Verteidigerin tätig bin?«

»Erwarten? Ich bestehe darauf.«

»Das wußte ich.« Judy verschränkte die Arme, ihre blauen Augen wurden schmal. »Das letzte, was Sie wollen, ist ein ergebnisloser Prozeß oder eine Vertagung, habe ich recht?«

»Völlig recht. Jetzt sind die Geschworenen dran. Mein Name muß reingewaschen werden.«

»Und wenn ich nicht will, daß er reingewaschen wird? Wenn ich den Fall niederlege?«

»Dagegen erhebe ich Einspruch. Meine verfassungsmäßigen ...«

»Auch damit habe ich gerechnet. Darum habe ich das hier aufgesetzt.« Judy zog einen Packen Papiere aus ihrer Innentasche und quetschte die Seiten durch den Schlitz in der kugelsicheren Scheibe. »Handschriftlich. Nicht der eleganteste Antrag der Welt, aber mein ureigenstes Werk.«

Steere warf einen Blick auf die Papiere, griff aber nicht danach. »Was ist das?«

»Ein Antrag auf einen ergebnislosen Prozeß. In Anbetracht dessen, was meiner Anwaltskollegin zugestoßen ist, habe ich allen Grund anzunehmen, daß auch mein Leben in Gefahr ist. Es ist ein Eilantrag aufgrund unvorhergesehener Ereignisse.«

Steere versuchte, ein Lächeln zu unterdrücken. »Seit wann sind Ihre Ängste ein rechtlicher Grund für einen ergebnislosen Prozeß?«

»Seit jetzt. Bei diesem Prozeß mache ich mir keine allzu großen Gedanken wegen möglicher Präzedenzfälle. Es gibt kein Gesetz für den Sachverhalt, daß jemand seine Verteidiger als Zielscheiben mißbraucht. Mich interessieren Präzedenzfälle ohnehin nicht. Wenn

Sie recht behalten, gewinnen Sie. Auf Präzedenzfällen beruhendes Fallrecht hin oder her.«

»Sehr interessant, aber ohne meine Zustimmung können Sie keinen Antrag einreichen. Und ich gebe keinesfalls meine Zustimmung zu irgendeinem derartigen Antrag.«

»Zu schade. Ich habe ihn bereits eingereicht.«

Einen Moment verschlug es Steere die Sprache. »Das haben Sie nicht getan.«

»Aber ja doch. Ich habe ihn dem Referendar unter der Tür des Richterbüros überreicht, bestätigt mit Uhrzeit und Datum.« Judy schaute auf ihre Uhr. »Der Antrag läuft seit fünf Minuten. Gleich wenn ich hier weg bin, setze ich den Staatsanwalt und den Richter in Kenntnis. Morgen früh kommt er zu den Akten.«

Beide standen einander hochaufgerichtet gegenüber, jeder auf seiner Seite der Trennscheibe, und Steere taxierte sie von neuem.

»Ihnen bleibt nur die Möglichkeit, mich von dem Mandat zu entbinden. Wie dem auch sei, in jedem Fall bin ich nicht mehr Ihre Anwältin, und damit bekomme ich meinen ergebnislosen Prozeß.« Judy grinste, und Steere fiel die Lücken zwischen ihren Zähnen auf.

Wie unattraktiv, dachte er.

# –37–

Marta zitterte unkontrolliert. Ihre linke Hand, in der sie den Stichel hielt, bebte unaufhörlich, nur mit Mühe gelang es ihr, das Werkzeug in ihre Tasche zu schieben. Sie kauerte in der Duschkabine auf dem Holzbrett und wartete, daß das Zittern nachließ. Sie hatte einen Mann umgebracht, Notwehr hin oder her. Die Rechtfertigung vor dem Gesetz änderte nichts an dem moralischen Problem. Das Zittern ihrer Muskeln erteilte ihr diese Lektion, und sie wußte, sie würde sie nie vergessen.

Jetzt war Marta eine Mörderin. Bei der Vorstellung wurde ihr übel. Sie machte ihr angst. In Gedanken ließ sie die Mandanten, die sie verteidigt hatte, Revue passieren. Mörder, manche sehr vermögend. Meist sozial zu sehr integriert, um es noch mal zu tun, oder nicht verrückt genug. Aber wie Marta hatten sie es einmal getan. Bekam man einen Mord frei, wenn man ein Mandant von Marta Richter war? Traf das auch auf sie zu? Marta saß zitternd auf der Bank und wartete darauf, daß sie wieder sie selbst wurde. Voller Hoffnung, daß das Zittern aufhören würde und die Fragen.

Mit einem sauberen Teil ihres Jackenärmels fuhr sie sich über die Augen. Steif erhob sie sich. Ihre Knie gaben unter ihr nach, und sie tastete nach der Wand der Duschkabine. Sie kam zur Tür, fand den Riegel und zog ihn mit einer von warmem Blut glitschigen Hand zurück. Die Tür schwang auf. Der Anblick war grotesk. Bogosian stand immer noch, er stand tot auf beiden Beinen.

Marta verschlug es den Atem. Sie hatte nicht gewußt, daß Menschen aufrecht im Stehen sterben konnten. Vielleicht blies der Wind unter dem Haus nicht stark genug, um ihn umzustoßen, vielleicht waren seine Füße zu groß. Es machte sie ganz krank, daran zu denken. Angst durchzuckte sie. Er war doch tot, oder nicht?

Es kostete Marta große Überwindung, sich ihm zu nähern, um sich zu überzeugen. Bogosians trübe braune Augen waren blicklos, unbeweglich. Seine derben Züge waren in Agonie erstarrt. Blut floß ihm in Strömen über den Kopf. Marta wandte den Blick ab, ihr war schlecht. Sie hatte genug Autopsiefotos gesehen, um zu erkennen, daß Bogosian tot war. Sie brachte es nicht über sich, seinen Puls zu fühlen.

Sie hastete an der Leiche vorbei. Die Magnum mußte in den Schnee gefallen sein, aber sie sah sie nicht. Sie brauchte die Waffe ohnehin nicht. Sie wollte sie nicht einmal anfassen. Unter dem Deck ging sie vor bis zum Strand und stemmte sich gegen den Wind.

Auf kürzestem Weg lief Marta zu Steeres Haus, dem einzigen Lichtpunkt am Strand. Ihre Haare wehten im Wind, und salzige Schneeflocken prasselten ihr ins Gesicht. Jetzt empfand sie die vom Meer kommende Feuchtigkeit als angenehm kühl und reinigend. Sie schöpfte eine Handvoll Schnee und rieb sich Wangen und Hände sauber. Die Kälte belebte ihre Sinne. Die Erleichterung setzte ein. Sie war am Leben. In Sicherheit.

Sie begann zu rennen. Alix war im Büro eingeschlossen, und Marta hatte viele Fragen an sie. Wonach hatte Alix gesucht? Bestand ein Zusammenhang mit dem Motiv für Steeres Mord an Darning? Ihr Plan nahm zunehmend Gestalt an, und ihre Schritte wurden länger. Sie gedachte, Alix Straffreiheit zuzusichern und sie damit zu einer Aussage zu bewegen, die sie anschließend dem Staatsanwalt zukommen ließ. Das brächte Steere für immer hinter Gitter. Vielleicht verhängte man sogar die Todesstrafe über ihn.

Und was wurde aus Marta? Steere würde auf Rache sinnen und einen anderen Killer auf sie hetzen, aber bis dahin hätte sie längst jemanden zu ihrem Schutz engagiert. Sie verfügte über die Möglichkeiten, sich selbst zu schützen. Mit Geld war das kein Problem. Sie konnte sich hinter anonymen Mauern verschanzen. Flugtickets zu ihren verschiedenen Häusern kaufen. Auf verlassene Inseln in der Karibik reisen. Sich in Luft auflösen. Marta war es egal, wenn sie nicht mehr als Rechtsanwältin praktizieren konnte. Es gab ohnehin keinen Weg zurück.

Tief atmete sie die kalte, salzige Luft ein, sie gab ihr Auftrieb wie einem Spinnaker und trug sie in Windeseile zum Haus. Zeit, die Sache abzuschließen. Sie würde Steere vor Gericht bringen. Die Lichter der Villa näherten sich, vibrierend bei jedem schnellen Schritt, dann sah sie die Fenstertüren zu Steeres Büro. Da flatterte etwas, irgend etwas wedelte im Wind.

Sie kniff die Augen zusammen, um durch den Flokkenwirbel spähen zu können. Wie durch Zauberkraft aus dem Zimmer gesogen, wehten hauchdünne Vorhänge. Die Fenstertüren schlugen gegen die Hauswand. Steeres Büro war verlassen.

Alix war verschwunden.

Oben in Steeres Büro versuchte Marta, die Fenstertüren gegen den Sturm zu schließen. Das Holz um den Türknauf war aufgebrochen und zersplittert, so daß sich die Türen nicht mehr vollständig schließen ließen. Warum hatte Alix die Tür nicht einfach von innen aufgesperrt? Anscheinend hatte sie den Schlüssel, mit dem sie verschlossen worden waren, in der Eile nicht finden können. Offensichtlich war Alix über das Deck im ersten Stock geflohen, und damit bestand keine Aussicht mehr, von ihr Antworten zu bekommen. Mit ihr entschwunden waren Martas Hoffnungen, die wahren Hintergründe über den Mord an Darning in Erfahrung zu bringen.

Frustriert drehte sich Marta im Kreis und betrachtete das durchwühlte Büro. Aktenschubfächer aus Walnußholz standen offen, und Hängemappen lagen verstreut auf dem Boden. Durcheinandergeworfene Unterlagen häuften sich auf der Glasplatte des Schreibtischs. Ein bequemer Schreibtischsessel aus Leder war gegen die Wand gerollt. Der Computer auf dem Schreibtisch war auseinandergenommen, der 15-Zoll-Monitor, aus dessen Rückseite graue Kabel quollen, lag zerschmettert neben den Fenstertüren. Alix mußte die Türen mit dem Monitor aufgebrochen haben. Es war der schwerste Gegenstand im Büro. Aber wonach hatte Alix gesucht? Zweifellos hatte sie es nicht gefunden. Sie war vor Bogosian geflohen, ohne ihre Suche fortzusetzen.

Martas Blick fiel auf den Karton, den Alix unbedingt hatte öffnen wollen. Sie kniete davor nieder und riß den Deckel auf. Dreifach gefaltete Prospekte mit der Beschreibung eines Tourismusentwicklungsprojekts stapelten sich darin. Hatte Alix danach gesucht? Kaum. Marta legte den Deckel wieder auf den Karton und hinterließ einen wässerigen roten Handabdruck auf dem Karton. Das war schlecht. Sie hinterließ überall Blutspuren. Bei dem Gedanken überlief sie eine Gänsehaut.

Marta erhob sich und entdeckte im Verbindungsgang zum Elternschlafzimmer ein Badezimmer. Mit dem Arm schaltete sie das Licht an. Auf dem funkelnden weißen Waschtisch stand ein ganzes Sortiment Kosmetika. Lippenstifte steckten in den Öffnungen eines Sortierbehälters aus Kunststoff; Augenbrauen- und Eyelinerstifte standen in einem Becher. Es mußte Alix' Badezimmer sein. Über dem Waschbecken befand sich ein vergrößernder Schminkspiegel, und Marta starrte auf ihr Spiegelbild.

Fast hätte sie aufgeschrien. Sie sah ihr von wässerigem Blut rotgefärbtes Gesicht in der Vergrößerung. Ihre Haare hingen in groben Strähnen um monströs große blaue Augen. So konnte Marta nicht herumlaufen, schon gar nicht, wenn sie wieder in die Stadt zurückfuhr. Sie mußte duschen. Auf dem Waschtisch stand eine weiße Tube Gesichtsreiniger, Clarin's Doux Nettoyant Moussant. Alix' extravagante Gesichtspflege. Marta nahm die Tube und stellte sie in die Dusche.

Nach einer warmen Dusche trottete Marta in das Schlafzimmer, um etwas zum Anziehen aufzutreiben. Wie sie erwartet hatte, befand sich neben dem Schrank von Steere ein mit Frauenkleidung vollgestopfter begehbarer Kleiderschrank. Marta musterte die parfümierten Kleidungsstücke und entschied sich für einen beigen Kaschmirpullover und eine kamelhaarfarbene Hose. Was die gutangezogene Geliebte so trägt. Sie schlüpfte in die Sachen und stöberte anschließend auf gut Glück im

Schrank. Sie ging die auf gepolsterten Bügeln hängenden Seidenblusen durch und guckte hinter die Kleidungsstücke. Absolut nichts Bemerkenswertes. Sie machte mit den Nachttischchen und den Staukästen unter dem Bett weiter. Nichts. Marta überlegte einen Augenblick. Alix hatte nach Büropapieren gesucht.

Mit tropfnassen Haaren eilte Marta in Steeres Büro zurück zu den von Alix durchwühlten Schubfächern, in der Hoffnung, das zu finden, wonach Alix vergeblich gesucht hatte. Sie riß ein Schubfach auf und las die Schildchen auf den Hängemappen. Auf einem Trennblatt stand GESCHÄFTSGEBÄUDE, und dahinter hingen Manilaordner, laut Aufschrift geordnet nach fünf verschiedenen Gegenden Philadelphias. Auf einem Ordner stand ZENTRUM, Marta entschied sich für diesen und öffnete ihn.

Steeres exklusivste Gebäude mit den jeweiligen Kreditunterlagen. Er besaß mehr Immobilien, als sie gedacht hatte, und alle waren hoch verschuldet. Er hatte Kreditgeber innerhalb und außerhalb des Bundesstaates, die Schulden verteilten sich über eine Anzahl verschiedener Banken. Sicher hatten die einzelnen Banken keine Ahnung, wie hoch Steere tatsächlich verschuldet war. So, wie es aussah, hatte er enorme Schulden. Hunderte Millionen Dollar. Marta klappte den Ordner zu und griff nach dem nächsten.

GESCHÄFTSGEBÄUDE – NORDOSTEN. Weitere Immobilien, weitere Kredite. Selbst eine Strafverteidigerin konnte sehen, daß Steeres geschäftliche Transaktionen bedenklich, die Immobilien hoch verschuldet waren. Jede Verpachtung oder Vermietung lief über ein Unternehmen, Marta zählte mindestens zwanzig verschiedene

Namen. Keine der Firmen schien Teilhaber zu haben, denn kein einziger Kredit war von einem Partner mitunterzeichnet worden. Steere war bei jeder Transaktion die Schlüsselfigur. Marta schloß den Ordner und hängte ihn zurück. Es war durchaus interessant, aber nicht das, wonach Alix gesucht hatte. Was hatte sie gesucht und warum ausgerechnet zum jetzigen Zeitpunkt?

Warum ausgerechnet jetzt? Vielleicht war das die Antwort. Vielleicht, weil sich mit den gesuchten Papieren beweisen ließ, daß Steere Eb Darning vorsätzlich ermordet hatte. Andererseits, warum ausgerechnet jetzt in solch hektische Aktivität verfallen? Angenommen, Steere hatte Alix nach diesen Papieren geschickt, weil Marta ihm gedroht hatte, Beweise gegen ihn zu beschaffen. Er hatte ein Handy. Vielleicht hatte Steere Alix angerufen und ihr den Auftrag erteilt, die Unterlagen zu holen und in einem anderen Versteck zu deponieren. Oder sie zu vernichten, in jedem Fall aber dafür zu sorgen, daß sie nie gefunden wurden. Und wenn Steere sie so unbedingt geheimhalten wollte, dann wollte Marta sie um so mehr haben.

Nachdenklich stand Marta vor dem Aktenschrank. Sie wußte, daß die Polizei nach Steeres Verhaftung sein Stadthaus durchsucht hatte. Der Staatsanwalt hatte sich auch um einen Durchsuchungsbefehl für Steeres Strandhaus bemüht, aber dagegen hatte Marta mit Erfolg Einspruch eingelegt, da kein hinreichender Verdacht gegeben war. Aber Steere war sicher kein Risiko eingegangen. Falls hier irgendwo Unterlagen waren, die ihn mit einem kaltblütigen Mord in Verbindung brachten, hatte er sie gut versteckt oder getarnt. Es war möglich, daß der entscheidende Hinweis völlig unschuldig wirkte, ohne es zu sein. Wie Steere selbst.

Marta ließ den Blick durch das Büro schweifen. Auf der anderen Seite des Zimmers stand ein Schränkchen mit zwei offengelassenen Schubladen. Sie eilte hinüber und zog die oberste Schublade heraus. Persönliche Unterlagen. Auf einem Ordner stand ANTIQUITÄTEN, er enthielt jede Menge Quittungen über Möbelkäufe. Englische Innenausstattungen – eine niedrige Kommode aus Mahagoni, 1550 $, las sie auf der obersten. Marta steckte den Ordner zurück.

Sie zog den nächsten heraus, auf dem Schildchen stand BOOT. Boot? Marta hatte nicht gewußt, daß Steere ein Boot besaß. Sie blätterte die Papiere durch. FOUR WINNS 258 Vista Cruiser, Länge fünfundzwanzig Fuß. Es hatte 47425 $ gekostet, der Kauf lag fast vier Jahre zurück. Unter den Unterlagen befanden sich ferner Versicherungspolicen und Abrechnungen über die Liegeplatzgebühren im Jachthafen LBI Marina. *Piratical* hieß das Boot. Paßte prima zu Steere, brachte sie aber auch nicht weiter.

Verdammt. Wie spät war es eigentlich? Marta sah auf die Uhr. 1.45 Uhr. In sieben Stunden nahmen die Geschworenen die Beratung wieder auf. Ob es Christopher gelang, sie in ihrem Sinne zu beeinflussen? Wo könnten diese Papiere denn noch sein? Vielleicht irgendwo im Haus versteckt, wo niemand sie vermuten würde. Marta kümmerte sich nicht weiter um das Schränkchen, sie eilte von Zimmer zu Zimmer und hielt Ausschau nach etwas, das aus dem Rahmen zu fallen schien. Nichts.

Marta lief die Treppe hinunter und durchsuchte das Erdgeschoß. Sie kämpfte sich durch Bücherregale und Küchenschränke. Hohe Kommoden, niedrige Kommoden. Nichts. Sie hatte nicht einmal eine Vorstellung, wonach sie suchte. Es war eine unlösbare Aufgabe. Sie ließ sich auf den Wohnzimmerteppich sinken. Ihre Erschöpfung machte sich bemerkbar. Sie wußte nicht mehr, was sie noch tun sollte. An der Wohnzimmerwand hing eine große gerahmte Blaupause der Villa. ERBAUT 1888, TODD HUNTER, ARCHITEKT stand in den typischen Blockbuchstaben eines Architekten darunter.

Marta runzelte irritiert die Stirn. Sie hatte eine Schwäche für Häuser, sogar für die Pläne von Häusern. Die Blaupause war dunkles Marineblau, der Architekt hatte darauf mit Weiß gezeichnet. Sie sah die durchgezogenen Linien, die das Wohnzimmer und das Eßzimmer markierten, und die gepunkteten, in die Räume gehenden Linien der Doppeltür zwischen den Zimmern. Das Haus war sehr alt. Kein Wunder, daß es nicht auf Stelzen erbaut war wie die anderen, an denen sie vorbeigefahren war. Von ihrem Strandhaus auf Cape Cod wußte Marta, daß in den neueren Häusern die Schlafräume im Erdgeschoß und der Wohnbereich im ersten Stock waren, damit die Bewohner mehr vom Meerblick hatten.

Marta stutzte, der passionierten Hauskäuferin in ihr ging etwas gegen den Strich. Bei all seinem Charme und seiner Eleganz hatte Steeres Haus einen gravierenden Nachteil. Keinen Meerblick. Sie schaute zu den Fenstern, die zum Strand hin lagen. Die Fenster waren groß, aber Dünen versperrten den Blick auf das Meer. Wie einzelne Perlen reihten sich verschneite Hügel rund um das Haus aneinander.

Marta kam ins Grübeln. Warum hatte sich Steere, der sich jedes Haus auf Long Beach Island leisten konnte, ausgerechnet eines ohne Meerblick gekauft? Vage erinnerte sie sich. Was hatte Steere gesagt? Im Besucherzimmer des Gerichts? *Ich hasse das Wasser, aber ich liebe den Strand*. Schlagartig war Marta wieder hellwach. Steere haßte das Meer. Er haßte es so sehr, daß er sich ein Haus gekauft hatte, von dem aus man das Wasser nicht sehen konnte. Wozu hatte er sich dann ein Boot angeschafft?

Marta rappelte sich auf und lief zur Treppe.

# –38–

Richter Rudolph stand hinter seinem Schreibtisch in seinen Amtsräumen und starrte finster auf den handgeschriebenen Antrag auf einen ergebnislosen Prozeß, der persönlich in seinem Amt abgegeben worden war. Auf der anderen Seite des Schreibtischs saß mit hochrotem Gesicht sein Referendar. Joey war dumm genug gewesen, den Erhalt des Antrags zu bestätigen. Minuspunkt Nummer drei. Vollkommen ausgeschlossen, daß Richter Rudolph ihn ans oberste Gericht mitnahm, falls er jetzt noch jemals da hinkommen sollte.

»Sie hätten die Annahme verweigern müssen!« blaffte der Richter und warf die Papiere zornig auf den Schreibtisch.

»Tut mir leid, Euer Ehren.«

»Sie hätten ihr sagen müssen, daß sie den Antrag während der Dienstzeit einreichen muß.«

»Ich weiß, Euer Ehren.«

»Er hat keinen Eingangsstempel vom Amt. Da ist nichts Amtliches drauf. Sie hätten ihr sagen müssen, daß Sie gar nicht befugt sind, ihn anzunehmen.«

»Ja, Euer Ehren.«

»Sie hätten verlangen müssen, daß sie sich ausweist, Herrgott noch mal. Woher wußten Sie überhaupt, wer sie war? Wie kommen Sie dazu, einfach Fremde in meine Amtsräume einzulassen?«

»Es war keine Fremde. Es war Judy Carrier. Ich kenne sie vom Gericht, Euer Ehren.«

»Werden Sie nicht noch vorlaut! Ich bewahre hier persönliche Dinge auf! Das sind meine Amtsräume, nicht Ihre!«

»Ja, Euer Ehren. Ich weiß.« Joey auf dem Stuhl vor dem Schreibtisch des Richters hob keine Sekunde den Kopf von dem Block und den Fotokopien in seinem Schoß.

»Die Frau tanzt mit Unterlagen hier an, und Sie strecken einfach die Hand aus!«

»Carrier sagte, sie habe ihn offiziell eingereicht, Richter.«

»Um 1 Uhr nachts?« Jetzt schrie der Richter. »Wie hätte sie das denn anstellen sollen, Sie Idiot?«

»Sie sagte, es handele sich um einen Eilantrag.«

»Für *sie* vielleicht, aber nicht für *mich*. Wissen Sie, wie viele Papiere hier von Anwälten eingereicht werden, die alle ungeheuer eilig sind? Wie viele, Joey? Eine Million? Für einen Anwalt ist alles ungemein eilig!«

»Ja, Euer Ehren.«

»Wer leitet diesen Prozeß überhaupt, die Anwälte oder ich? Es ist nichts eilig, solange ich nicht sage, daß es eilig ist! Und bis es soweit ist, ist das da nur noch mehr Papier auf dem ganzen Berg hier. Noch ein Anwalt mit noch einem Schriftsatz. Papier. Abfall. Müll. Wie oft muß ich Ihnen das noch sagen?« Richter Rudolph riß seine Schildpattbrille von der Nase und rieb sich gereizt die Augen. »Mein Gott. Wie ich das hasse.«

»Ja, Euer Ehren.«

»Halten Sie wohl den Mund? Würden Sie einfach den Mund halten?«

Joey nickte. Er erwog, ob er »ja« sagen sollte, entschied sich aber dagegen. Die Frage war verwirrend.

»Haben Sie wenigstens in der anstehenden Rechtsfrage recherchiert?«

»Ja. Einen direkt vergleichbaren Fall gibt es nicht, aber in einer Fachzeitschrift fand ich einen guten Artikel, und ich ging ähnlichen Sachverhalten im Manson-Prozeß nach und ...«

»Sie sollen mir kein Buch schreiben, Joey. Dieses Weibsbild, diese Carrier, hat einen Antrag auf einen ergebnislosen Prozeß eingereicht. Ich will ihn ablehnen. Ist meine Entscheidung anfechtbar?«

»Nicht, wenn der Angeklagte Einspruch gegen den Antrag erhebt, und das tut er mit diesem Brief hier.«

Fassungslos starrte Richter Rudolph Joey an. »Was sagen Sie da? Der Angeklagte hat einen Brief geschrieben mit einem Einspruch?«

»Ja, Sir.«

*»Steere persönlich?«*

»Ja, Sir.«

»Du lieber Gott! Warum haben Sie das nicht gleich gesagt, Sie Trottel?«

»Sie haben geschrien ...«

»Geben Sie mir diesen Brief! Lieber Gott! Was ist bloß los mit Ihnen?«

Der Richter entriß den Brief Joeys ausgestreckter Hand und setzte mit einer heftigen Bewegung seine Lesebrille wieder auf. Der Brief war handschriftlich abgefaßt, und mit deutlich hörbarem Erstaunen las der Richter laut vor. »›Meine Anwältin hat ohne mein Wissen oder meine Zustimmung einen Antrag auf einen ergebnislosen Prozeß eingereicht. Ich erhebe Einspruch gegen diesen Antrag ... und bitte hiermit das Gericht, diesen als zurückgezogen zu betrachten ... Ich wünsche explizit keinen ergebnislosen Prozeß ... Ich möchte mich ab sofort selbst anwaltlich vertreten ... Unterzeichnet Elliot Steere.‹« Der Richter zog seinen Stuhl unter dem Schreibtisch hervor und setzte sich verblüfft. Was für ein Glück! Fast zu schön, um wahr zu sein. »Wie sind wir an diesen Brief gekommen?«

»Einer der Sheriffs brachte ihn von der Zelle.«

»Dann stammt er tatsächlich von Steere.«

»Ja, Euer Ehren.«

Richter Rudolph schüttelte den Kopf, seine Augen hafteten unverwandt auf dem Brief. So einen Prozeß hatte er noch nie erlebt. Von so einem Fall hatte er noch nie gelesen. Er führte ein Eigenleben.

Joey räusperte sich. »Ich habe Präzedenzfälle gefunden, die bestätigen, daß ein Angeklagter das Recht hat, in einem Strafprozeß *pro se* weiterzumachen, auch wenn er seinen Anwälten mitten im Verfahren das Mandat entzieht.«

»Natürlich hat er das.« Wie ein Lotteriegewinner, der sein Glück nicht fassen kann, überflog Richter Rudolph den Brief wieder und wieder. »Der Angeklagte hat das Recht, als sein eigener Anwalt tätig zu werden. Er kann es ausüben oder darauf verzichten.«

»Ja. Stimmt. Das wußte ich. Ich fand Fälle laut derer ein Angeklagter in einem Strafprozeß persönliche Rechte hat, analog zu den Fällen, wo der Angeklagte eine Vollstreckung des Urteils durch den Staat verlangt, und das Gericht die Anwälte nicht intervenieren läßt ...«

»Das steht hier nicht zur Debatte.«

»Also im Manson-Prozeß ...«

»Halten Sie den Mund, Joey.«

»Ja, Euer Ehren.«

»Sie blamieren sich bloß.« Richter Rudolph hob den Blick von dem Brief. »Wurde dieser Brief dem Staatsanwalt zugestellt?«

»Das weiß ich nicht. Ms. Carrier sagte, sie habe den Antrag dem Staatsanwalt zugestellt, aber ob das mit dem Brief von Steere geschehen ist, weiß ich nicht.«

Das gab Richter Rudolph zu denken. Er war noch nicht ganz aus dem Schneider. »Geben Sie mir den Staatsanwalt. Glauben Sie, daß Sie das zustande bringen?«

# –39–

Judy hatte nur eine einzige Spur, die sie verfolgen konnte, und diese führte zur Brücke über der 25th Street. Sie hatte vor dem Gerichtsgebäude ein versprengtesTaxi erwischt, und die Fahrt durch die geräumten Straßen dauerte nur eine halbe Stunde. Es herrschte kein Verkehr, außer Judy war niemand so verrückt, dem Blizzard zu trotzen.

Grays Ferry war verödet, und Judy erfaßte Unbehagen, sobald das Taxi um die Ecke der 25th Street bog. Beim Anblick des Tatortes überlief es sie eiskalt. Hier war Mary vor ein paar Stunden niedergeschossen worden, doch weder Absperrbarrieren noch gelbe Bänder schirmten den Tatort ab. Bennie hatte ihr im Krankenhaus gesagt, die Polizei habe momentan zu wenig Personal, aber was geschah mit den möglichen, am Tatort vorhandenen Beweisen? Judy ertappte sich, wie sie auf die Stelle starrte, an der Mary niedergeschossen worden war. Frischer Schnee bedeckte Marys Blut und verbarg, was geschehen war. Selbst Judys Skier waren vom Schnee verschluckt oder längst verschwunden.

»Miss? Das Fahrgeld?« brachte sich der Taxifahrer in Erinnerung.

»Entschuldigung.« Judy fummelte einen Geldschein

aus ihrer Reißverschlußtasche und reichte ihn dem Fahrer. »Der Rest ist für Sie, okay?« Sie stieg aus, stand kurz in der Kälte und ging über die Straße zum Haus.

Judy stieg die Stufen zu dem verschneiten Windfang neben den braunen Wohnzimmervorhängen hoch und klopfte laut mit ihrer gesunden Hand. Sie erwartete nicht, daß sich sofort jemand rührte, es war mitten in der Nacht. Judy klopfte, bis drinnen im Haus ein Licht anging, und klopfte weiter, bis sie hinter der Eingangstür eine Stimme hörte. Da begann sie zu rufen. Für Entschuldigungen war später Zeit. Erst einmal mußte sie hinein und einigen Fragen auf den Grund gehen.

Judy saß der Mutter im Wohnzimmer gegenüber und erzählte ihr die ganze Geschichte. Das Zimmer war überfüllt mit alten, aber gepflegten, schlichten Möbeln. Eine abgewetzte Couch, ein alter Fernsehapparat und auf einem Tisch ein Radiorecorder, neben dem ein paar Kassetten lagen. Auf Serviertischchen aus Metall, die als Beistelltischchen dienten, türmten sich Kinderbücher und Comics. Zahlreiche Kinderfotos, lauter Jungs, hingen an den mit einer dünnen Täfelung verkleideten Wänden. Auf einem Bild fehlten ihnen die Vorderzähne, auf dem nächsten waren sie wieder da, eine Art Guck-Guck-Spiel mit Fotos. Optischer Mittelpunkt des Wohnzimmers war ein großes, von einem Fotografen arrangiertes Porträt über der Couch, ein Foto der Mutter mit ihren drei Söhnen, den kleinen Dennell auf ihrem Schoß.

Die Mutter, mitten aus dem Schlaf gerissen, war müde, hörte aber, den schmalen Kopf in einem merkwürdig anmutenden Winkel zur Seite geneigt, ohne einmal zu unterbrechen, zu. Sie hatte ein klares, wenn auch nicht landläufig hübsches Gesicht, und ihre runden Augen verrieten Intelligenz. Sie trug einen dünnen weißen Bademantel. Ihre kurzen Haare hatten einen natürlichen Schnitt. Sie griff sich nur ein einziges Mal an die Haare, und zwar, als Judy ihr erläuterte, wie Mary niedergeschossen wurde. »Warum gehen Sie damit nicht zur Polizei?« fragte die Frau argwöhnisch. »Warum kommen Sie zu mir?«

»Ich werde zur Polizei gehen, aber bis jetzt habe ich nur einen Verdacht. Die Polizei kann heute nacht sowieso nichts mehr unternehmen. Außerdem, falls Ihr Sohn etwas weiß, wäre es Ihnen da nicht lieber, wenn er mit mir spricht statt mit der Polizei?«

»Um diese Uhrzeit, mitten in der Nacht? Nein.«

»Mir tut das auch leid. Aber ich kann es nicht ändern.«

Die Frau zog den Bademantel enger um ihren schlanken Körper. »Mein kleiner Dennell kennt diesen Obdachlosen nicht, von dem Sie reden. Dennell hat nie etwas von einem Eb erzählt. Oder Heb.«

»Ich glaube, daß Dennell ihn kannte. Er hat es uns gesagt. Dennell spielt oft draußen, oder nicht? Er muß mit Eb gesprochen haben, während Sie bei der Arbeit waren.«

»Dennell kennt ihn bestimmt nicht. Er kennt keine Leute, die sich auf der Straße herumtreiben. Mit solchen Leuten spricht er nicht.«

»Woher wissen Sie das? Sie arbeiten tagsüber im Laden.«

Die Mutter schürzte die Lippen. »Sehen Sie, ich tue, was ich kann. Ich arbeite, ich nehme keine Almosen. Während meiner Abwesenheit paßt Rasheed auf den Kleinen auf oder die Nachbarin. Was wissen Sie schon? Gar nichts wissen Sie.«

Judy errötete. »Ich sage Ihnen ja nur, was Dennell mir und Mary erzählt hat.«

»Wie gesagt, Rasheed paßt gut auf Dennell auf. Ich habe ihm eingeschärft, daß er nicht erlauben darf, daß der Kleine mit Fremden spricht.«

»Heb war kein Fremder. Einige der Nachbarn kannten ihn.«

»Ich nicht. Absolut nicht.«

»Dennell sagte, Heb war reich.«

Die Mutter zog die Augenbrauen zusammen. »Das hat er gesagt? Zu Ihnen?«

»Ja, er sagte, Eb habe ihm Geld gegeben.«

»Dennell hat kein Geld.«

»Wäre es nicht doch möglich, daß Heb Dennell Geld gegeben hat?«

»Nein. Ich habe nicht einen Cent gesehen.«

»Aber Dennell hat mir was von Straßengeld erzählt. Wußten Sie davon?«

»Straßengeld?« höhnte die Mutter. »Sie wissen nicht einmal, ob Dennell das ernst gemeint hat oder nicht.«

»Lügt Dennell?«

Die Mutter antwortete nicht.

»Ich glaube nicht«, sagte Judy, und die Mutter bedachte sie mit einem kühlen Blick.

Das Fenster im übervollen Schlafzimmer der drei Kinder war mit Papiertüchern und Klebeband isoliert. Dennells kleines Bett stand unter dem Fensterbrett, von dem die Farbe abblätterte. Als plötzlich die alte Deckenlampe aus Mattglas helles Licht verbreitete, blinzelte der kleine Junge verschlafen. »Momma?« murmelte der Junge, ohne die Augen richtig aufzumachen.

»Dennell, wach auf und sprich mit mir, Kleines.« Die Mutter strich ihm über den Kopf, der auf ein Kissen mit Krieg-der-Sterne-Darstellern gebettet war. »Da ist eine Dame, die dir ein paar Fragen stellen möchte.«

»Ich bin die Frau mit den Skiern«, sagte Judy sanft und setzte sich ans Fußende des Bettes. »Erinnerst du dich an mich, Dennell?«

Die Augen des Jungen blieben geschlossen, und seine Mutter rüttelte ihn leicht an der Schulter. Er trug ein dickes Sesamstraßen-Sweatshirt; im Schlafzimmer war es kalt, trotz eines Heizstrahlers mit zwei Spiralen, die in der Ecke neben einem mit arg mitgenommenen Brettspielen, Taschenbüchern und Kassetten vollgepropften Bücherregal orangerot glühten. Die beiden älteren Söhne teilten sich ein Doppelbett, einer von ihnen war hellwach, der andere schlief fest. Der wache war der älteste der Jungen, Judy schätzte ihn auf ungefähr fünfzehn. Er trug ein leuchtendrotes CHICAGO-BULLS-T-Shirt. »Was'n los, Ma?« fragte er.

»Das betrifft dich nicht, Rasheed. Schlaf weiter.«

Rasheed hielt den Mund, stützte sich aber im Bett neben seinem schlafenden Bruder auf und ließ sich die merkwürdige Szene in seinem Schlafzimmer nicht entgehen. Er hatte ein hübsches längliches Gesicht mit ausgeprägten Zügen und dunklen, eher kleinen Augen. An der Wand über dem Bett hingen Poster von Michael Jordan, Scottie Pippen und Dennis Rodmans Haaren.

»Dennell«, sagte die Mutter und rüttelte den Jungen nur zögernd. Dennell döste weiter.

Judy überlegte, ob sie die Sache verschieben sollte, aber die Angelegenheit war zu wichtig. Auf Mary war ein Mordversuch verübt worden, sie mußte der Sache auf den Grund gehen. Im Unterschied zur Polizei hatte sie Zugang zu dem Jungen. Irgend etwas sagte ihr, sie müsse heute nacht noch mit ihm reden. Jetzt gleich. »Dennell«, sagte Judy laut. »Weißt du noch, wie wir mit den Skiern gespielt haben?«

Das Kind öffnete ein Auge. »Den Schien?«

Judy rutschte auf dem Bett ein Stück hoch, bis sie neben Dennells Mutter saß. »Ich habe den Ski zu dir rübersausen lassen. Wir haben gespielt, weißt du noch?«

Unvermittelt schlug er die beiden großen Augen auf. »Du hast gesagt, das ist kein Spielzeug!« verkündete er mit der lauten Stimme, an die Judy sich gut erinnerte.

»Na ja, ist es auch nicht.«

»Ich sinde schon!«

Rasheed schnaubte verächtlich. »›Finde.‹ ›Finde‹ heißt das.«

»Sinde!« wiederholte Dennell.

Rasheed schüttelte den hübschen Kopf. »Er kann kein richtiges ›f‹ sagen.«

»Schsch.« Seine Mutter brachte Rasheed mit einer Handbewegung zum Schweigen und wandte sich wieder Dennell zu. »Baby, kennst du einen Mann, der Eb Darning heißt?«

Dennell nickte. Seine runden Augen blickten von seiner Mutter zu Judy und wieder auf seine Mutter. Er hatte so lange Augenwimpern, daß sie wie bei einem jungen Kamel am Ende einen Schwung nach oben hatten.

»Hat er dir Geld gegeben?«

Wieder nickte Dennell, und seine Mutter stöhnte. »Was hast du mit dem Geld gemacht, mein Sohn?«

»Hab ich was Schlimmes getan?«

Rasheed richtete sich ein wenig höher auf seinen Ellenbogen auf, seine Miene war so angespannt wie die von Michael Jordan. »Lüg bloß nicht, D.«

»Ich lüge nicht!« rief Dennell, und seine Mutter tätschelte sein Bein.

»Beruhige dich«, sagte sie. »Schrei nicht so. Wieviel Geld?«

»Ich weiß nicht. Zwei. Zehn.« Dennell zuckte die Achseln, die winzigen Schultern verschwanden in dem großen Sweatshirt. »Zehn.«

»Zehn Dollar?«

»Ja. Zehn.«

»Wo ist das Geld jetzt?«

Dennell blinzelte, antwortete aber nicht.

»Er hat kein Geld«, bemerkte Rasheed, und Judy schaute zu ihm hinüber. Rasheed sah aus, als fühle er sich nicht ganz wohl in seiner Haut. Man mußte keine Mutter sein, um zu begreifen, was vor sich ging, und prompt wandte sich die Mutter von ihrem Jüngsten ab und an ihren Ältesten.

»Rasheed. Weißt du was von dem Geld?« Rasheed schüttelte den Kopf. Seine Mutter stand auf und stemmte die Hände in die Hüften. »Junger Mann, du siehst mir jetzt direkt in die Augen und sagst mir, daß du keine Ahnung hast, wovon der Kleine da redet.«

»Ma . . .«

»Du hast mich verstanden. Sieh mich an, wenn du mich anlügst. Drück dich nicht.«

Rasheed ließ sich rücklings auf das Bett fallen und verdrehte die Augen zur Decke. »Ich bin kein Drückeberger.«

»Nichts hasse ich mehr als Leute, die sich drücken. Ein

Drückeberger bringt's nie zu was. Nichts zu machen. Nichts zu bestellen. Und jetzt sagst du mir die Wahrheit.«

Rasheed seufzte. »Der Mann hat ihm Geld gegeben, Scheiße, das war's.«

»Laß die Ausdrücke. Also, was für Geld?«

»Dollar.«

»Wieviel? Zehn?«

»Mehr«, sprach Rasheed zur Decke hinauf.

Die Mutter verschränkte die Arme. »Wo ist das Geld jetzt?«

»Ich hab's.«

»Hol es, mein Junge.«

Rasheed stieß einen theatralischen Seufzer aus, schlug unwillig die Decke zurück und schwang die großen Füße aus dem Bett. Kaum stand er auf dem dünnen Teppich, begann er sich zu rechtfertigen. »Es ist mein Geld, damit das klar ist. Dennell hat es mir gegeben.«

»Hol es«, sagte seine Mutter.

»Er darf es behalten, Mutter«, mischte sich Dennell hilfreich ein, aber niemand achtete auf ihn.

Rasheed trottete in seinem übergroßen T-Shirt und Champion-Sweatshorts zu seinem Schrank. Er war hochaufgeschossen und mager, aber die Wadenmuskeln in seinen langen Beinen spannten sich drahtig. Er ließ die Schranktür auf einer zerbrochenen Schiene zurückgleiten und griff durch das im Schrank herrschende Durcheinander in das oberste Fach. »Ich habe es gespart.«

»Du hast mir etwas verschwiegen.«

»Ich hab gespart. Du sagst doch andauernd: ›Spare, spare, spare.‹« Rasheed schob eine Schuhschachtel beiseite, und dahinter kam eine zweite mit dem Schriftzug

ADIDAS zum Vorschein. »Ich hab's gespart, falls ich zum Geburtstag die Turnschuhe nicht kriege. Die Air Jordans.«

Das Gesicht seiner Mutter verzog sich schmerzlich, ihre Körperhaltung verriet Resignation. »Du weißt, daß ich dir diese Turnschuhe nicht kaufen kann, Rasheed. Die kosten hundert Dollar. Soviel Geld hab ich nicht, Junge.«

»Ich weiß, deshalb hab ich ja gespart. Dann kann ich sie mir selber kaufen.«

»Du kannst sie dir nicht selber kaufen!«

»Logisch. Du predigst doch immer: ›Du mußt es nur versuchen, du mußt es nur versuchen, du mußt es nur versuchen.‹ ›Spare, spare, spare.‹ Dann mach ich das, und es paßt dir wieder nicht.«

»Rasheed, jetzt reicht's. Warum hast du mir nichts von dem Geld erzählt?«

Er zuckte die Achseln. »Weiß nicht.«

Schweigend wurde Judy Zeugin dieser Szene. Sie fühlte sich wie ein Eindringling, andererseits verspürte sie ein Prickeln, weil sie vielleicht auf etwas gestoßen war. Mit angehaltenem Atem sah sie zu, wie Rasheed den Schuhkarton aus dem Schrank nahm, ihn auf das Bett fallen ließ und den Deckel abnahm. Dennell setzte sich auf und versuchte, in die Schachtel zu gucken. Seine Mutter blickte hinein. »Gott steh mir bei«, sagte sie mit ersterbender Stimme. Judy schaute in den Karton.

In einer Ecke des Schuhkartons lag, zusammengerollt wie eine Schlange, eine dicke Geldrolle. Der oberste Schein war eine Zwanzig-Dollarnote, wieviel es insgesamt war, konnte Judy nicht abschätzen. Woher kam dieses Geld? Unter der Geldrolle lag ein weißes Notizbuch, das Judys Aufmerksamkeit erregte. Sie mußte unbedingt wissen, was das für ein Notizbuch war. »Rasheed«, fragte Judy, »gehört das weiße Notizbuch dir oder stammt das auch von Darning?«

»MIR hat er's gegeben!« krähte Dennell und hockte sich im Schneidersitz auf sein Bett. »Er hat gesagt, ich soll's aufheben. Damit es keiner klaut.«

»Darf ich es mal sehen?« fragte Judy, und Rasheed reichte es ihr. Sie schlug das Notizbuch auf. Auf den Seiten standen mit Bleistift geschriebene Zahlenkolonnen. Was hatten die Zahlen zu bedeuten? War es Darnings Handschrift?

»Das müssen an die hundert Dollar sein«, sagte die Mutter verblüfft, nachdem sie die Geldrolle aus der Schachtel genommen und durchgeblättert hatte.

»Nur zweiundachtzig«, berichtigte Rasheed.

»*Nur* zweiundachtzig?« wiederholte sie schockiert. »Du nimmst zweiundachtzig Dollar von einem Mann auf der Straße an?«

»Ich doch nicht. Dennell.«

»Er weiß es nicht besser, *du* schon«, fuhr sie ihn an. Ihre Überraschung verwandelte sich schlagartig in Zorn. »Du nimmst von keinem Menschen auf der Straße Geld an! Du nimmst von niemand Geld. Weißt du, was die für ihre zweiundachtzig Dollar wollen, Junge?«

Rasheed senkte den Blick. »Der Mann wollte gar nichts.«

»Ich arbeite für mein Geld, mein Sohn. Und das wirst du auch tun.«

»Ich arbeite ja. Ich war Schneeschnippen ...«

»Du hast verdammt recht, du wirst schaufeln! Du wirst den ganzen Winter schaufeln, *für umsonst*. Dafür sorge ich. Damit du es nie mehr vergißt. Du nimmst von *niemandem* Geld. Und du verschweigst *mir* nichts.«

»Was hätte ich denn machen sollen? Es dir sagen?«

»Ja, es mir sagen.« Die Adern an ihrem schlanken Hals schwollen. »Es mir sagen, damit wir es umgehend zurückgeben können.«

»Zurückgeben?« Rasheed begann zu lachen. »Spinnst du?«

»Jawohl, ich spinne. Sieh her!« Unvermittelt wickelte die Mutter den Zwanziger von der Rolle, riß ihn in zwei Teile und warf die Stücke in die Luft.

»Mom!« schrie Rasheed. »Was tust du da?« Er warf sich auf die Geldscheinstücke, die auf das Bett flatterten, und fiel auf seinen erstaunlicherweise immer noch friedlich schlafenden Bruder. »Laß das!« flehte Rasheed, aber seine Mutter zerriß bereits den nächsten Geldschein, dann gleich den nächsten und noch einen, sie warf die Fetzen in die Luft, so daß sie wie Schneeflocken durch das schäbige Schlafzimmer wirbelten.

»Du glaubst, ich spinne?« ächzte sie, während sie versuchte, ein größeres Bündel auf einmal durchzureißen. »Und merk dir, genau das mache ich wieder, wenn ich dich jemals, *jemals* noch einmal dabei erwische, daß du Geld annimmst!«

Dennell klatschte bei dem Schauspiel, das ihm seine Mutter bot, begeistert in die Hände, während Rasheed eilig die auf den Teppich flatternden Geldscheinfetzen aufzusammeln begann. Die Mutter riß weiter, bis alle Scheine entzwei waren und es aussah, als hätte im Zimmer ein Geldscheinblizzard getobt. »Hast du das kapiert, mein Junge?« rief sie mit zugleich grimmiger und befriedigter Miene.

»Was is?« fragte unvermutet der mittlere Sohn, der eben aufwachte. Als er überall in seinem Schlafzimmer Geld herumfliegen sah, rieb er sich erstaunt die Augen. »Ist das ein Traum?«

Die Mutter lachte, Judy ebenfalls. Aber Judys Lachen galt dem, was sie in Händen hielt. Eb Darnings Notizbuch.

# –40–

Marta richtete den Strahl ihrer Taschenlampe durch den schneebedeckten Windschutzzaun der LBI Marina, wo Steere laut den Rechnungen den Liegeplatz für sein Boot gemietet hatte. Der Jachthafen lag versteckt und geschützt vor der vollen Wucht des von der See heranwehenden Schneesturms auf der Landseite der Insel. Sommerhäuser, die über den Winter dichtgemacht worden waren, säumten das Hafenbecken. Nicht weit vom Zaun stand ein Holzgebäude mit Flachdach, offensichtlich ein kleines Büro. An der Hauswand bot ein verblaßtes Schild JET-SKI-VERMIETUNG an. Ein ausgefranster Basketballreifen flatterte im Wind.

Marta steckte die Finger durch die Maschen im Zaun und beugte sich vor, um einen besseren Überblick zu bekommen. Es schneite unentwegt, aber das Wasser in der Bucht war ruhiger als auf dem offenen Meer, lediglich kabbelige Wellen mit weißen Schaumkronen kräuselten sich und schlugen gegen die seitlichen Docks. Boote befanden sich keine im Wasser, das stellenweise aussah, als sei es gefroren. Verschneite Holzstege erstreckten sich über die leere Wasserfläche. Ein großer Bootskran mit einer Segeltuchschlinge ragte hoch auf. Der Jachthafen lag wie ausgestorben vor ihr, öde und dunkel bis auf eine viereckige Sicherheitslampe an der Außenwand des Büros. Wo waren die Boote?

Marta leuchtete durch das Schneegestöber nach rechts hinter einen überdachten Bereich des Zauns. Da standen Gestelle an Land, auf denen Boote untergebracht waren. Motorboote und Segelboote mit schneebedeckten Decks und Planen. Marta schätzte die Zahl der plumpen weißen Gebilde auf etwa dreißig, hatte aber keine Ahnung, ob die *Piratical* darunter war. Da sie keinerlei Vorstellung hatte, wie Steeres Boot aussah, nicht einmal, wenn es nicht vom Schnee zugedeckt war, mußte sie in die Marina hinein und die Bootsnamen ablesen.

Marta stopfte die Lampe in die Tasche und schielte durch den Flockenwirbel schräg nach oben zum Ende des Zauns. Das Hindernis war hoch, etwa zwei Meter fünfzig, und sie versuchte sich zu erinnern, wann sie zum letzten Mal auf irgend etwas hinaufgeklettert war. Nur zögernd kehrten die Erinnerungen zurück, sie waren zu lange verschüttet gewesen. Im Wald war sie auf Eichen geklettert, sie war über Umzäunungen gestiegen. Auf ein Pony, ein ungesatteltes; sogar auf den Schoß ihres Vaters. Marta war ein richtiger Wildfang gewesen, bevor sie Anwältin geworden war, ohnehin nichts anderes als die erwachsene Ausgabe eines Satansbratens. Wenn sie klettern mußte, konnte sie klettern.

Sie zog sich hinauf und versuchte, die Stiefelspitze zwischen das Zaungeflecht zu schieben. Ihr Stiefel war zu breit. Marta trat gegen den Zaun und zwängte schließlich doch die Stiefelspitze in eine Masche. Der Zaun klirrte und wackelte. Schnee stäubte auf ihren Kopf. Sie streifte den Schnee ab, setzte die Kapuze auf und machte sich an die Besteigung des schlüpfrigen

Zauns. Ihr Parka und ihre Thermohosen behinderten ihre Bewegungsfreiheit. Fast hätte sie einen Stiefel verloren, aber nachdem sie schon halb hinaufgekommen war, mühte sie sich weiter.

Marta keuchte schwer, als sie endlich oben angekommen war. Sie schwang ein durch die bauschigen Hosen unförmiges Bein über den Zaun und legte eine Pause ein, um wieder zu Atem zu kommen. Der Wind fuhr ihr durch die Haare, ihr froren fast die Ohren ab. Gegen den Schnee blinzelnd, schaute sie sich um. Keine Sirenen schrillten, und der Jachthafen machte nicht so einen feudalen Eindruck, als verfüge er über eine stumme Alarmvorrichtung. Marta fühlte sich sicher.

Da fiel sie vom Zaun. Aus der einen Tasche rutschte ihr die Taschenlampe, aus der anderen der Stichel.

Kommentarlos sammelte Marta beides ein und blieb einen Augenblick in der Schneewehe neben dem Zaun liegen. Schnee war nicht so weich, wie immer behauptet wurde, Marta tat alles weh. Probehalber bewegte sie Arme und Beine. Ihr Kopf schmerzte, aber sie konnte sich kaum erinnern, daß er einmal nicht geschmerzt hatte. Bis jetzt hatte sie einen Autounfall, einen Killer, einen Sturz und eine Psychotherapie überlebt. So langsam hielt sich Marta, wenn schon nicht für einen ausgebufften Profi, so doch immerhin für unbesiegbar.

Sie stand auf und klopfte den Schnee ab. Das verschneite Dock war rutschig, die verlassenen Bootsstege ebenso. Sie waren angeordnet wie fünf ihr zugewandte, großgeschriebene Is. Marta hielt sich am Geländer fest, weil sie nicht sicher war, wo das Dock aufhörte und das Wasser anfing. Sie stapfte durch den Schnee zu dem großen Liegeplatz, knipste die Taschenlampe an und begann, die Namen der Boote in den Gestellen abzulesen.

*Free 'n' Easy, Skipperdee, Weekend Folly.* Die Buchstaben waren so groß, daß sie die Namen auch im aufgewirbelten Schnee ablesen konnte. Der Wind pfiff durch die Bucht, während sie las. *My Girl, Showboat, Slip and Fall.* Die Boote kamen alle aus New Jersey, aber das von Steere war nicht dabei. Marta eilte zum nächsten Gestell.

*Our Keough. Molly's Deal. Semicolon,* aber kein *Piratical.* Sie biß sich auf die Unterlippe. Steeres Boot mußte hier sein; Marta hatte die Rechnungen für den Liegeplatz gesehen. Eine Rechnung über eine Verlegung des Bootes hatte sie nicht gefunden, auch keine Forderung von Steere an die Versicherung wegen eines eventuellen Verlusts. Es war hier, und sie würde es finden und das, was er darauf versteckt hatte. Unterlagen, einen Hinweis, was auch immer.

*Rate's Bait. Huggybear. Amazing Paul.* Einige Boote waren in Maryland registriert, ein paar kamen aus nördlichen Gefilden: Camden, Maine, und Marblehead, Massachusetts. Marta ging in die Hocke und las die Namen in der letzten Reihe. Hier am Rand der Marina war es dunkel und weniger geschützt vor der See. Salzwasser schlug gegen die Fiberglasrümpfe, und Marta wandte das Gesicht ab, um keine kalte Dusche abzubekommen. *Mandessa, Ebony* und *Go Below.* Sie war am Ende der aufgereihten Boote angelangt und richtete sich auf. Wo war die *Piratical*? Wie versteckte Steere ein Boot?

Marta sah sich um. Neben dem Hafenbüro, dicht am Wasser, stand eine Steinhalle, die groß genug war, um Boote zu beherbergen. Vielleicht war die *Piratical* dort untergestellt. Sie lief zu dem Gebäude. Mit der Taschenlampe leuchtete sie durch die Doppeltüren des Bootshauses und drückte die Nase platt gegen die kalte Türscheibe wie ein Kind an ein Aquarium.

Drinnen herrschte Dunkelheit, keine Sicherheitslampen brannten. Marta schaute angestrengt, ihre Nase war ein tiefgekühlter Pfannkuchen. Vage erkannte sie die Umrisse weiterer Boote auf Gestellen, aber von ihrem Standort aus war es unmöglich, die Namen zu erkennen. Sie mußte hinein. Abschätzend musterte sie die Glasscheiben. Sie waren groß genug. Marta holte mit dem Gummistiefel aus, und mit einer Technik, um die sie jeder Anwalt beneiden würde, ließ sie ihren Schuh in das Glas krachen. Es zersprang klirrend, und sie trat zu, bis sie die ganze Scheibe aus dem Rahmen gebrochen hatte, quetschte sich an den gezackten Glasresten vorbei und krabbelte drinnen auf den Boden.

Der Boden war mit Zementplatten ausgelegt und trocken bis auf ein paar Wasserpfützen, die unter der Tür durchgesickert waren. Marta nahm die Taschenlampe und stand von den Glasscherben auf. Geschwind klopfte sie ihre Kleider ab und hinterließ einen winzigen Schneehügel hinter *Pigpen*. Totenstille umgab sie. Es war ein angenehmes Gefühl, aus dem Schneesturm heraus und unter einem Dach und zwischen schützenden Wänden zu sein. Nur sie und *Jail Bait, Bet Thrice* und *Ain't Nobody's Business*. Wo war die *Piratical*?

Marta ließ den Strahl der Taschenlampe durch die Lagerhalle wandern. Das Dach bestand aus Wellblech und hatte freiliegende Stahlträger. Die Luft roch modrig, und die leblose Kälte, in der sich kein Lüftchen regte, war typisch für einen großen, ungeheizten Raum. Die Halle war voller Boote, deren Besitzer sich anscheinend ein

Winterquartier unter Dach leisten konnten. Sie schritt auf die Bootsgestelle zu.

Marta eilte den Gang entlang und leuchtete die Bootsnamen an. *First Edition, No Nonsense, SSCP.* Sie stellte sich auf die Zehenspitzen und verrenkte sich fast den Hals, um bis zur obersten Reihe gucken zu können. *Philly Boy, Compuboat, Hi-De-Ho.* Die Namen hätten einem Rennbericht entnommen sein können, eine endlose Aneinanderreihung alberner Namen. Eine gräßliche *Sucker Punch.* Eine versoffene *Mai Tai Time.* Die intellektuelle *Einstein's Dream* mit ihrem Beiboot *Feinstein's Dream.*

Marta marschierte mit tropfenden Stiefeln eine Reihe nach der anderen ab und las noch gut zwanzig weitere Bootsnamen, alle nicht wert, wiederholt zu werden. So schnell sie konnte, eilte sie durch die Gänge, leuchtete mit der Taschenlampe von links nach rechts, von unten nach oben. Das einzige Geräusch, das die Stille brach, war das Quietschen ihrer Stiefel, wenn sie sich umdrehte. Endlich fiel der unruhig schwankende Lichtkreis ihrer Lampe auf *Piratical.* Marta wäre fast die Taschenlampe aus der Hand gefallen.

Die *Piratical*, ein schlankes Motorboot, sah aufgebockt in ihrem Gestell größer aus als ihre fünfundzwanzig Fuß. Sie war blendend weiß lackiert und fiel in ihrer Reihe auf wie ein besonders üppiges Stück in einem Geburtstagskuchen. Das Boot war das unterste im Gestell, vermutlich, weil es das schwerste war. Neben der Treppe, die an Deck führte, funkelte ein grauer Außenbordmotor. Hoffnungsvoll kletterte Marta an Bord.

Das Oberdeck des Bootes hatte einen großen, hufeneisenförmigen Sitzbereich, und über der normalen Sitzebene thronte erhöht ein gepolsterter Fahrersitz hinter einem Steuerrad; das sogenannte Ruder, vermutete Marta, die keine Ahnung von Booten hatte. Sie stand am Ruder und nahm alles in sich auf, was ihre Taschenlampe anstrahlte. Sie lernte schnell.

Vor dem Ruder erblickte sie einen Kompaß mit einer durchsichtigen Plastikabdeckung. Durch den Aufsatz sah Marta eine bewegliche rote Nadel. Wohin ihr Blick auch fiel, jede Oberfläche auf der *Piratical* war blitzblank und sauber. Marta fand das irgendwie eigenartig; aber sie kam nicht dahinter, warum. Nachdenklich stand sie an Deck. Sie schaute auf ihre Uhr. Fast 3 Uhr früh. In ein paar Stunden kamen die Geschworenen wieder zusammen. Marta mußte sich beeilen. Mit der Taschenlampe leuchtete sie die Umgebung des Ruders ab, aber nirgendwo war ein Platz, wo man etwas hätte verstecken können.

Moment mal. Da. Links, fast auf dem Boden, war ein Stauraum eingelassen. Marta hockte sich hin und öffnete das in eine Nische eingebaute Fach. Papiere! Sie zog sie heraus, um sie genauer in Augenschein zu nehmen. Eine blaue Broschüre mit dem Titel *Ihr Bootshandbuch* und ein Packen wasserdichter Karten von New Jersey und der Chesapeake Bay. Ein schwarzer *Bootsalmanach*. Verdammt! Vielleicht steckte etwas zwischen den Seiten.

Marta blätterte den Almanach durch und brach dabei versehentlich den Buchrücken. Autsch. Sie liebte Bücher und brach ihnen niemals den Rücken. Die Tatsache, daß es passiert war, verriet ihr etwas. Niemand hatte dieses Buch je aufgeschlagen. Sie wandte sich noch einmal den Landkarten zu. Absolut sauber und unzerknittert lagen sie vor ihr im Taschenlampenlicht. Keine einzige war je benutzt worden. Das Boot war blitzsauber. Marta fragte sich, ob die *Piratical* je gefahren worden war.

Sie erhob sich und schaute sich zum Vergleich das Boot neben der *Piratical*, die *Atta Boy*, prüfend an. Die Halterungen für die Tassen hatten Schmutzränder, und der Fahrersitz war abgeschabt, ebenso ein Kissen am Ruder. Das gelb umwickelte Kabel war auf der *Atta Boy* angeschmutzt, auf der *Piratical* dagegen fleckenlos.

Die *Piratical* war nie benutzt worden. Weder zu Wasser gelassen, gefahren oder was auch immer. Hatte Steere das Boot gekauft, obwohl er nie die Absicht gehabt hatte, damit zu fahren? Steckte da etwas Bestimmtes dahinter?

Marta mußte weitersuchen. Sie stieg über die Karten und ging die paar Stufen zu den Aufenthaltsräumen unter Deck hinunter. Es war dunkel, und sie tastete an der Wand entlang, bis sie einen Schalter fand. Die Kabine war sauberer als ein Hotelzimmer und roch wie ein neues Auto. Links waren eine Spüle und eine Mikrowelle untergebracht; unter einem funkelnden Küchentresen entdeckte sie einen kleinen Kühlschrank. Marta öffnete die Kühlschranktür, er war leer, nicht einmal die Fächer waren eingesetzt worden. Der Vinylgeruch bestätigte ihren Verdacht. Nie benutzt. War das von Bedeutung?

Sie ging zum Eßbereich, einer Bank mit blaugestreiftem Bezug, die um einen ovalen Formicatisch lief. Tadellos, unberührt. Es ergab keinen Sinn. Warum ein Boot kaufen, wenn man das Meer verabscheute? Warum kaufen und nie damit fahren? Marta hatte das Gefühl, als betrachte sie einen Aktentresor für 40000 Dollar. Hier war etwas. Sie mußte es nur finden. Sie war dicht dran. Es konnte gar nicht anders sein.

Sie ging in den Wohnbereich und stülpte fieberhaft

sämtliche Sitzpolster um. Da war nichts. Hinter dem Wohnbereich befand sich eine in der Ausstattung passend abgestimmte Schlafkoje. Sie drehte sämtliche Kissen und Polster um und klopfte den mit Teppich ausgelegten Boden ab, um zu prüfen, ob sich darunter ein versteckter Stauraum verbarg. Sie fand nichts.

Marta überlegte angestrengt. Es mußte einen Motor geben, oder? Das Boot lief nicht mit Backpulver. Ihr fiel der graue Evinrude ein, und sie eilte auf das Oberdeck hinauf. Wenn es einen Motor gab, mußte er irgendwo da oben sein.

Mit der Taschenlampe leuchtete sie das Deck ab. Auf dem weißen Boden vor der Sitzgruppe entdeckte sie zwei Aluminiumgriffe. Sie fegte die Landkarten beiseite und zerrte an den Griffen. Das Deck im Sitzbereich öffnete sich, ein viereckiges Loch tat sich auf. In der Öffnung ging automatisch ein Licht an, und Marta stellte die Taschenlampe auf das Deck.

VOLVO PENTA stand auf dem schwarzen Motor, der sich praktisch in nichts vom Motor eines Autos unterschied. Sie kniete nieder und tastete herum. Nirgendwo Öl, und auf dem, was wie eine Batterie aussah, hatte sich kein weicher, zäher Film gebildet. Die *Piratical* war nicht ein einziges Mal eingeschaltet worden. Oder angelassen, wen kümmert's. Marta befühlte den Motor und die anderen schwarzen Dinger, die da drin waren. Weiß der Himmel, wozu das alles gut war, aber darauf kam es nicht an. Nichts davon eignete sich als Versteck für die Papiere, die sie suchte.

Sie knallte den Deckel zu, ließ sich auf das Deck sinken, hob die Taschenlampe auf und leuchtete ziellos mal hierhin, mal dorthin. Zittrig tanzte der Lichtkreis über

Bücher, Landkarten und das makellos saubere Deck. Marta mußte etwas übersehen haben. Sie mußte einen Denkfehler gemacht haben. Hier mußte etwas sein, sonst war alles aus.

Aufseufzend öffnete sie den Reißverschluß ihrer Jacke und streckte die Beine, rund und plump wie die eines ausgestopften Teddybärs, von sich. Von ihren Stiefeln schmolz Eis und tropfte auf eine der Karten. Sie sah unbeteiligt zu. *Tropf. Tropf.* Die Karte wurde feucht. Mit einem Mal war Marta zu müde, um weiter herumzuknobeln oder Pläne zu schmieden. Herumzusuchen oder einzubrechen. Sie sah einfach zu, wie das Wasser auf die Karte tropfte. Ein schönes Boot. *Piratical.* Das Boot eines Piraten. Eine Karte. *Eine Karte.*

Ruckartig fuhr Marta hoch.

Eine Schatzsucherkarte? War es das? Sie beugte sich vor und griff nach der feuchten Karte. KÄMPFT GEGEN DIE UMWELTVERSCHMUTZUNG UND FÜR REINE WASSERWEGE! befahl das Deckblatt. Plötzlich wieder hellwach, faltete Marta die Karte auseinander. Piraten. Eine Karte. Ein Schatz. Ein nie benutztes Boot. Es schien plausibel. Die *Piratical* war der ideale Aufbewahrungsort für eine Karte. Ein Versteck vor aller Augen, und doch fast unmöglich zu finden. Das Boot hatte einen Liegeplatz in der Halle, damit die Karte nicht zu Schaden kam.

LITTLE EGG HARBOR BIS CAPE MAY. Marta starrte mit zusammengekniffenen Augen auf die Karte. Oben war der Atlantik, und überall standen Zahlen. 24, 27, 37. Marta, die noch nie eine Seekarte in der Hand gehalten hatte, vermutete, es handele sich um Angaben über die Meerestiefe. Aber sie war ausschließlich an Land interessiert, denn ihr Gefühl sagte ihr, daß ein Mann, der die

See haßte, nichts darin verstecken würde, selbst wenn er könnte.

Martas Blick folgte der auf der Karte eingezeichneten Küstenlinie. Es paßte perfekt zu Steere. Er beschäftigte sich mit Immobilien und Grundstücken. Seine wahre Liebe galt dem Land. Es hatte ihm sein Vermögen eingebracht, jetzt hütete es seine Geheimnisse. Und vom Namen seines Bootes ausgehend, betrachtete sich Steere als Pirat. Das führte automatisch zu der Schlußfolgerung, daß der Schatz irgendwo an Land vergraben sein mußte, in der Nähe des von Steere so sehr geliebten Strandhauses. Das sagte Marta ihr Gefühl.

Auf der Suche nach Long Beach Island wanderte ihr Blick von links nach rechts über die Karte. Ocean City, Sea Isle City, Seven Mile Beach. Und Long Beach Island? Sie drehte die Karte um. Da. Über einem gelblichen Streifen Land links oben auf der Karte stand Long Beach Island. Die Städte Beach Haven und Holgate waren eingetragen, aber da endete die Insel abrupt. Es war die Südspitze. Wo war Barnegat Light? Marta brauchte den Norden.

Sie warf die Karte beiseite und sah die anderen Karten durch. Maryland, Virginia, die Chesapeake Bay. Seekarten für Wasserstraßen, die zu befahren Steere nie die Absicht hatte. Alles Tarnung für die richtige Karte. Sie griff nach der SEEKARTE 12324 SANDY HOOK BIS LITTLE EGG HARBOR. Marta faltete sie auseinander und breitete sie auf dem Deck der Jacht aus. Sie bedeckte fast den ganzen Boden.

Auf der Karte liefen von beiden Seiten zwei schmale, gelbliche Strandstreifen aufeinander zu, die sich in der Mitte trafen und deren Form an die Scheren eines

Krebses erinnerte. Im Mittelpunkt war die Ausbuchtung mit Barnegat Light, und Marta fuhr mit dem Finger zu der Stelle, wo Steeres Haus stehen mußte. Sie fand den Leuchtturm, den sie in der Ferne gesehen hatte, die ausgedehnten Dünen, aber kein X für einen vergrabenen Schatz. War das zuviel verlangt? Ab und zu ein bißchen Hilfe?

Im Schein der Taschenlampe starrte Marta auf die Karte und suchte in der Umgebung von Barnegat Light nach einer Kugelschreiber- oder Bleistiftmarkierung. Nach irgendeinem Hinweis, der verriet, daß Steere da etwas vergraben hatte. Sie fand nichts. Sie beugte sich tiefer, ihre Nase berührte fast die Karte. Trotzdem nichts. Sie versuchte sich zu entsinnen, wie es am Strand ausgesehen hatte. Sie konnte sich jedoch weder an eine Landmarke noch an irgendeine Besonderheit erinnern. Es war ein ganz und gar gewöhnlicher Strand.

Verdammt. Marta hockte sich auf die Fersen. Hier mußte etwas sein. Ihr lief die Zeit davon. Vielleicht mußte sie die Karte unter einem anderen Blickwinkel betrachten. Sie hielt sie dicht vor ihr Gesicht und richtete den Strahl der Lampe direkt darauf.

Plötzlich blitzte am Rande ihres Blickfeldes etwas auf. Ein winziger Lichtreflex. Wieso das? Marta hielt die Taschenlampe weiter direkt auf die Karte und lugte gleichzeitig über den oberen Rand. Ein winziger Lichtpunkt fiel auf das Bootsdeck. Wie? Was?

Sie schielte hinter die Karte. Ein winzigkleines gelbes Loch war in dem Papier, und durch dieses Loch fiel das Licht und kam auf der anderen Seite der Karte wieder heraus. Der Lichtpunkt befand sich dicht bei Steeres Haus, am Strand draußen. Marta verfolgte den Weg des dünnen Lichtstrahls zurück zur Karte. Zum winzigsten aller Nadellöcher. Der Strahl der Taschenlampe fiel wie ein Sonnenstrahl durch eine Wolkendecke durch dieses klitzekleine Loch.

Marta drehte die Karte um und strich mit dem Finger sacht über das kleine Loch. Sie spürte eine minimale Unebenheit, einen winzigen Nadelstich. Das war es. Das konnte kein Fehler in der Karte und auch kein Zufall sein. Marta hatte das X gefunden, jedenfalls so viel von einem X, wie Steere preiszugeben bereit war. Ihr Herz schlug erwartungsvoll.

Sie drehte die Karte wieder um. Der Nadelstich befand sich ungefähr einen Zentimeter von der Küstenlinie entfernt. Sie schaute nach dem Maßstab. 1:40 000 Seemeilen. Da stand noch irgendwas von Statute Miles und Yards. Nicht gerade viel für ein X, aber mehr hatte sie nicht. Marta mußte die exakte Lage der Stelle berechnen. Entweder das oder ganz New Jersey umgraben.

## – 41 –

Jen Pressman war es gelungen, dem Bürgermeister zu entrinnen, und sie saß endlich im Wagen. Der Crown Victoria gehörte der Stadt und hatte keine Winterreifen, sie mußte vorsichtig fahren. Die Broad Street und die anderen Hauptverkehrsstraßen Philadelphias waren inzwischen einmal geräumt worden, aber sobald sie diese hinter sich hatte, ging es nur noch langsam voran. Jen hätte ohnehin nicht schnell fahren können. Die Migräne machte ihr schwer zu schaffen, ihr war elend schlecht. Der grelle Schnee tat ihren Augen weh, manchmal sah sie fast nichts. Das Imitrex hielt die Migräne in halbwegs erträglichen Grenzen, aber am Rande ihres Bewußtseins lauerte beständig ein heftiger Schmerz wie ein Bühnenschurke, der in den Seitenkulissen auf Abruf bereitstand.

Unter Schwierigkeiten erreichte Jen die Schnellstraße. Wegen des vom Bürgermeister erlassenen Fahrverbots war kein Verkehr. Sollte sie ein Polizist anhalten, hatte sie ihren Ausweis vom Rathaus parat, damit konnte sie ungehindert passieren. Ihre jetzige berufliche Stellung hatte Jen in eine völlig neue Dimension katapultiert. Wenn der Bürgermeister die Wiederwahl gewann, hatte sie vor, eine angemessene Zeit abzuwarten, dann zu kündigen und sich als Partner an die Anwaltsfirma mit dem höchsten Angebot zu verkaufen. Die meisten Mitarbeiter im Stab des Bürgermeisters waren von ihr persönlich eingestellt worden, und das konnte sich als sehr nützlich erweisen, wenn sie sich als Lobbyistin für einen Mandanten einsetzen mußte. Das Schöne daran war, daß ihre Pläne auch aufgingen, wenn der Bürgermeister die Wahl verlieren sollte. So oder so, sie war finanziell abgesichert. Wie die Schweiz.

Jen trat ein wenig stärker aufs Gaspedal. Ihre Scheinwerfer durchschnitten in zwei leuchtenden Streifen die verschneite Schnellstraße. Straßenlichter und Schnee brannten sich in ihr Gehirn. Die weißen Flecken in ihrem Hinterkopf leuchteten heller und greller. Jen überlegte kurz, ob sie rechts ranfahren sollte, aber sie verwarf den Gedanken. Es war verflucht spät. Wenn sie jetzt anhielte, schliefe sie im Auto ein und erfröre zu guter Letzt noch am Straßenrand.

Der Wagen rutschte seitlich auf die Fahrbahnmarkierung aus Beton zu, und Jen ging vom Gas. Schnee wirbelte gegen ihre Windschutzscheibe, jede Flocke ein Punkt, der größer wurde, je näher er kam. Das erinnerte Jen an einen regelwidrigen Ball, der sie bei einem Baseballspiel der Phillies getroffen hatte, als sie mit dem Stab des städtischen Rechtsreferenten hinter dem dritten Base gesessen hatte. Jen hatte gesehen, wie der Ball durch die Luft flog und in einem Bogen direkt auf sie zukam, seine roten Nähte drehten sich und drehten sich. Zu spät hatte sie ihre Hände gehoben, um ihn abzufangen. Der harte Ball schlug gegen ihren Finger und bog ihn nach hinten. Der Finger war gebrochen. Sie hatte eine Verzichtserklärung unterschreiben müssen, in der sie sich verpflichtete, weder das Stadion noch die Stadt zu verklagen. Der Rechtsreferent hatte sich über sie lustig gemacht.

Jen starrte angestrengt durch die Windschutzscheibe. Das Sehen fiel ihr zunehmend schwerer. Die Schneeflocken kamen so hart angeflogen wie Bälle, die nach ihr geworfen wurden. Erst Hunderte, dann Tausende. Insgeheim war Jen ihnen ihr Leben lang ausgewichen. Hatte versucht, sich zwischen ihnen durchzulavieren, versucht, an ihnen vorbeizukommen.

Zügig fuhr der Wagen durch den Schnee. Alles war weiß, die Windschutzscheibe und die Straße und die Häuser neben der Schnellstraße. Kein anderes Auto weit und breit, keine Spur von Leben. Es schien ungeheuer hell zu sein, obwohl es Nacht war. Jen tastete auf der Ablage nach ihrer Sonnenbrille, aber sie war nicht da. Es war nicht der Wagen, den sie üblicherweise fuhr, denn sie hatte ihre Handtasche mit den Autoschlüsseln nicht finden können. Sie hatte sich einen anderen Wagen vom Fuhrpark der Stadt leihen müssen.

Plötzlich blitzte hinter ihren Augäpfeln ein helles weißes Licht auf. Weit hinter ihren Augen, mitten im Gehirn. Ihre Kopfschmerzen loderten in grellen Blitzen und Flammen auf. Jen blinzelte, um klar zu sehen, aber sie sah nur einen glühenden, heißflüssigen Kreis. Sie trat auf die Bremse, doch der Wagen fuhr weiter geradeaus, dann brach er seitlich aus. Sie sah nichts, nur das weißglühende Licht. Der Wagen drehte sich und drehte sich, bis er gegen den Fahrbahnteiler aus Beton prallte. Jen spürte nichts als Agonie, sah nichts außer Licht. Und in dem Bruchteil der Sekunde, bevor sie starb, fühlte sie sich erlöst.

# –42–

Judy versuchte sich auf Darnings weißes Notizbuch zu konzentrieren, aber die Angst machte ihr einen Strich durch die Rechnung. Ob Mary wieder in Ordnung käme? Sie zupfte an dem Verband an ihrer Hand. Wer hatte auf Mary geschossen, und warum? War sie die nächste?

Zum zwanzigsten Mal sah sich Judy in ihrer leeren Wohnung um. Es war still, bis auf das typische Klicken ihrer Kit-Kat-Uhr, deren runde Augen sich rhythmisch von einer Seite zur anderen bewegten. Draußen schneite es unablässig. Kein Verkehrslärm und kein Sirenengeheul drangen zu ihr herauf. Judy hatte das Gefühl, als sei sie der einzige Mensch in der Stadt, der wach war. Mit Ausnahme des Killers.

Sie rutschte auf ihrem Hocker am Küchentresen herum und fror trotz ihres warmen Jogginganzugs und der dicken Socken. Judys Wohnung lag im zweiten Stock, aber das Haus hatte eine Klingelanlage im Erdgeschoß mit einem von oben zu betätigenden automatischen Türöffner. Die große Wohnung, in warmem Elfenbeinton gestrichen, hatte eine ins geräumige Wohnzimmer integrierte Küchenbar. Vor einer Wohnzimmerwand hatte sie hinter einem Ikea-Couchtisch einen Segeltuch-Futon ausgelegt. Aus einem zu einem Atelier umfunktionierten Schlafzimmer wehte der stechende Geruch nach Terpentin und Acrylfarben. Ein rotes Mountainbike und bunte Seilschlingen, die sie zum Felsklettern benutzte, nahmen den Platz unter den beiden vorderen Fenstern ein. Die Sachen vermittelten Judy das Gefühl, in Sicherheit und zu Hause zu sein. Geborgen.

Sie schob eine Strähne ihres strohblonden Haares hinter ein breites schwarzes Haarband und beugte sich über Darnings weißes Notizbuch. Es war ein Spiralnotizbuch, ein typisches Aufgabenheft, wie es ein Schüler oder Student benutzen würde. Ein Mathematikstudent, genauer gesagt. Das Notizbuch enthielt nur Zahlen, sämtlich mit Bleistift geschrieben. Sie standen säuberlich in zwei Spalten mit einzeiligem Abstand auf den schmalen Linien:

| | |
|---|---|
| 39203930 | 38475400 |
| 10983485 | 49832625 |
| 24930491 | 98563423 |
| 21049382 | 86241221 |
| 29282019 | 66734202 |

Judy zählte die Zahlen auf der ersten Seite. Ungefähr sechsunddreißig. Sie blätterte das Büchlein durch und schätzte es auf etwa 110 Seiten. Also wie viele Zahlen standen in dem Buch? 36 x 110. Oh, oh. Judys Rechnerei versandete auf den Irrwegen, die sich wie aus dem Nichts in ihren Gehirnwindungen auftaten. Ein akuter Anfall von Mathematikangst. Judy sagte sich, daran sei die Gesellschaft schuld, aber deshalb addierte, subtrahierte oder multiplizierte sie auch nicht besser. Von ungekürzter Division gar nicht erst zu reden, die verursachte ihr Eierstockkrämpfe.

Sie zog einen Bleistift aus einem Becher mit Farbpinseln und Spachteln. Damit schrieb sie ihre Rechenaufgabe auf einen Fetzen Papier und kam mit zusammengebissenen Zähnen holpernd und stolpernd zu einem Ergebnis. Ungefähr 3 960 Zahlen. Aber was bedeuteten sie? Judy starrte auf die Kolonnen. Ein wahrer Alptraum – eine Frau mit Mathematikphobie analysiert ein Notizbuch voller Zahlen. Sie zwang sich, trotz des Unvermögens, das sie Sexisten und Republikanern zu verdanken hatte, logisch nachzudenken.

39203930. Für eine Hausnummer oder Telefonnummer war die Zahl zu lang. Eine Sozialversicherungsnummer konnte es auch nicht sein, denn die hatte neun Ziffern. Judy überlegte. Eb Darning war bei einer Bank beschäftigt gewesen; folglich könnten es Kontonummern sein. Sie schnappte ihre Tasche vom Küchentresen, holte ihr Scheckbuch heraus und klappte es auf. Unten auf ihren Sierra-Club-Schecks entdeckte sie ein paar erhabene schwarze Symbole, daneben 289403726, dann folgten weitere Symbole und schließlich 0 384 273. Die siebenstellige Zahl war ihre Kontonummer. Judy mußte jedes Mal nachsehen, wenn sie einen Scheck zur Einzahlung einreichte, weil sie sich keine Zahlen merken konnte. Die Kontonummer sah ganz anders aus als die achtstelligen Zahlen in Darnings Notizbuch.

Nachdenklich saß sie über das Notizbuch gebeugt. Verschiedene Banken hatten verschiedene Systeme. Vielleicht hatte Darnings Bank die Kontonummern nach einem anderen System angeordnet. Aber das hieße, daß das Notizbuch noch aus der Zeit stammte, als er bei der Bank gearbeitet hatte, aus den sechziger Jahren. Prüfend betrachtete Judy das Notizbuch. Unmöglich. So alt sah es nicht aus. Die Seiten waren weder zerknittert noch an den Rändern ansgefranst. Ihrer Schätzung nach war das Notizbuch drei oder vier Jahre alt. Keine exakte Altersbestimmung nach der C-14-Methode, aber gut genug.

Was könnten diese Zahlen zu bedeuten haben? Sie hatten doch etwas zu bedeuten, oder? Darning war der Umgang mit Zahlen vertraut. Mit Geld. Vielleicht handelte es sich um Seriennummern von Geldscheinen. Sie nahm das Bargeld aus ihrer Brieftasche. Drei Eindollarnoten mit grünen Seriennummern. B12892443E. F40155765E. L34522346G. Sie schaute noch einmal in der Brieftasche nach und brachte von ganz unten einen Zwanziger zum Vorschein. B38803945C.

Judy stutzte. Die Seriennummern waren achtstellig wie die Zahlen im Notizbuch. Aber die Seriennummern hatten vorne und hinten Buchstaben und die Zahlen in Darnings Notizbuch nicht. Verdammt. Was waren das bloß für Zahlen? Und wenn es bestimmte Seriennummern waren, was ließe sich daraus schließen? Falschgeld? Bestechung? Es brachte Judy nicht weiter, außerdem glaubte sie ohnehin nicht, daß es sich um Seriennummern handelte.

Sie steckte die Geldscheine wieder weg und nahm das Notizbuch zur Hand. Darning hatte die Zahlen ordentlich und zügig geschrieben, nicht einfach hingekritzelt oder schlampig aneinandergereiht. Es sah fast so aus, als seien sie von einer Vorlage abgeschrieben. Aber von welcher? Darning hatte das Notizbuch einem kleinen Jungen, Dennell, zur Aufbewahrung gegeben. Warum? Wußte Darning, daß Steere ihn umbringen wollte? Hatte Steere Darning *wegen* des Notizbuches umgebracht? Judy gingen die achtzig Dollar im Schuhkarton nicht aus dem

Kopf. Woher hatte Darning das Geld? Erpressung? Hatte das Notizbuch mit Erpressung zu tun?

Judy wußte nicht weiter, deshalb ging sie zum Kühlschrank. Ihr kamen immer die besten Ideen, wenn sie vor ihrem Kühlschrank stand. Ihrer Überzeugung nach lag das an den Treibgasen. Sie atmete tief ein. Immer noch nichts. Sie nahm die Milchtüte, riß die Kartontülle auf und trank einen Schluck.

Judy machte den Kühlschrank zu und schaute zu der schwarzen Kit-Kat-Uhr hinüber. Normalerweise mußte sie unwillkürlich lächeln, wenn sie sie ansah, heute nacht nicht. Heute nacht zeigte sie ihr nur, daß sie auf der Stelle trat, daß sie mit der Multiplikation rang, während ihre beste Freundin um ihr Leben kämpfte. Judys Blick fiel auf das Telefon, und sie überlegte, ob sie im Krankenhaus anrufen sollte. Vor zehn Minuten erst hatte sie angerufen und die Auskunft erhalten, Mary liege nach der Operation auf der Intensivstation. Es war mehr als unwahrscheinlich, daß sie jetzt eine andere Auskunft bekäme.

Judy nahm einen Schokokeks aus einer zerknitterten Tüte, die auf dem Küchentresen lag, und schob ihn in den Mund. Ihre Gedanken kehrten zu Marta zurück. Die Fernsehnachrichten hatten gemeldet, daß sie seit Stunden vermißt wurde. Judy plagten Gewissensbisse. Sie spielte mit dem Gedanken, der Polizei Mitteilung von dem Notizbuch zu machen, aber bei diesem Wetter unternähmen die Bullen heute nacht sowieso nichts mehr. Außerdem hatte Judy das starke Gefühl, daß Marta am Leben war. Sie erinnerte sich nur allzu gut an die endlosen Anforderungen, die Marta während des Steere-Prozesses gestellt hatte. Menschen wie Marta überlebten.

Die Menschen, die mit ihnen zu tun hatten, brachen tot zusammen.

Aber wo war Marta? Was hatte sie über Steere herausgefunden? Judy hörte auf zu futtern und fragte sich, wie sie so dämlich hatte sein können, auf die Lüge mit dem Staatsanwalt hereinzufallen. Ohne das Motiv für den Mord zu kennen, mußte Marta dahintergekommen sein, daß Steere Darning vorsätzlich umgebracht hatte. Judy hatte das Gefühl, als bemühten sie sich momentan beide gleichzeitig um Antworten auf die gleichen Fragen. Wo steckte Marta nur? Ob sie eine Erklärung für diese Zahlen wüßte?

Judys unruhiger Blick begegnete dem des Mannes auf einem Hochglanzdruck, der mit einem Reißnagel an der Wand über dem Küchentresen angeheftet war, einem Selbstbildnis von Cézanne. Sie hatte den Druck im Kunstmuseum gekauft, weil ihr der Ausdruck in den Augen des Malers so gut gefiel. Die Augen waren so braun wie mit Schokolade überzogene Mandeln, und Cézannes knappe, schichtweise aufgetragene Pinselstriche drückten Sicherheit und Festigkeit aus. Als Judy in der Ausstellung Cézannes Gemälde aus der Nähe betrachtet hatte, konnte sie sehen, wie dick die Farben aufgetragen waren, der Maler hatte gewartet, bis eine Schicht trocken war, bevor er die nächste aufgetragen hatte. Abwarten und malen, die Pigmente nachbearbeiten und neu zusammensetzen. Völlig anders als ihr Lieblingsmaler van Gogh. Cézanne wußte, wie er das gewünschte Ergebnis erzielen konnte, aber im Unterschied zu van Gogh kam dieses Wissen bei ihm aus dem Kopf, nicht aus dem Herzen.

Daraus ließ sich etwas lernen. Judy mußte aufhören, ausschließlich mit dem Herzen beteiligt zu sein, sie mußte anfangen, ihren Kopf zu benutzen. Ihre Mathematikangst und Mary und Marta einstweilen vergessen und dem Rätsel der Zahlen auf den Grund gehen. Das Rätsel lösen. Sie beschäftigte sich gerade wieder mit der ersten Seite des Notizbuches, da läutete die Türglocke. Verblüfft, die Hand mit dem Bleistift unbeweglich mitten in der Luft, drehte sie sich in die Richtung, aus der das Geräusch kam. Wer konnte das sein? Judy befiel wieder ein flaues Gefühl in der Magengegend.

Sie ließ den Bleistift fallen und stieg vorsichtig vom Küchenhocker, weg von der Wohnungstür. Sie griff nach ihrem schnurlosen Telefon und spielte kurz mit dem Gedanken, den Notruf zu wählen. Ob die Polizei in einer solchen Nacht einen Notruf entgegennahm? Ob überhaupt jemand? Sie zog ein Tranchiermesser aus dem Messerblock.

Wieder ertönte die Haustürklingel. Judy wußte nicht, was tun. Sie ließ niemanden herein, ohne zu wissen, wer es war. Im Erdgeschoß war keine Sprechanlage installiert, so modern war das Haus nicht. Geduckt schlich Judy zum Fenster und lugte über das verschneite Fensterbrett auf die Straße.

# –43–

Das Leben des stellvertretenden Staatsanwaltes Tom Moran war zur Hölle auf Erden geworden. Pausenlose Folter, Leiden ohne Erlösung. Unaufhörliches Schreien und Weinen traktierten sein Trommelfell. Er hatte die ganze Nacht kein Auge zugetan und schwitzte wie eine Bierflasche im Sommer, so erstickend heiß war es in dem winzigen Reihenhaus in East Falls. Seine Schwiegermutter hatte die Heizung höhergedreht, denn seine Töchter waren heute aus der Klinik gekommen und verbrachten ihre erste Nacht zu Hause. Ashley und Brittany Moran. *Zwillinge.*

Heilige Maria, Muttergottes. Seine Schwiegermutter, eingewickelt in ihren gesteppten Morgenmantel, hielt die neugeborene Brittany im Arm, deren qualvolle Schreie das Wohnzimmer erfüllten. Seine Mutter in ihrem Flanellnachthemd hielt die neugeborene Ashley im Arm, deren qualvolle Schreie das Eßzimmer erfüllten. Ruhelos wie die verlorenen Seelen im Fegefeuer wanderten in Pyjamas sein angeheiterter Schwiegervater, der für Kardinal Dougherty angestrengt sein Bestes gab wie ein Quarterback an der High-School, und sein zorniger Vater, der seit der Scheidung von seiner Frau nicht mehr imstande war, sich mit ihr im gleichen Raum aufzuhalten, zwischen den Zimmern hin und her. Satan war in Gestalt seiner Schwägerin vertreten, die angeblich gekommen war, um in dieser Nacht zu »helfen«, und ihre drei kleinen Teufel mitgebracht hatte. Nur Gott allein wußte, wo seine Frau Marie war.

»Tom! Tom! Wir brauchen zwei Spucktücher im Wohnzimmer! Sie sind im Kinderzimmer!«

Tom sauste los, um die Spucktücher zu holen, wie immer die aussehen mochten. Er machte sich nicht die Mühe festzustellen, wer ihm den Auftrag erteilt hatte. Er hatte pausenlos Aufträge zu erledigen, die Person des Auftraggebers war nur noch rein akademischer Natur. Mit flatterndem Schlips stürmte Tom die Treppe hinauf ins Kinderzimmer, das er noch nicht fertig gestrichen hatte. Auf den Stufen wäre er beinahe über einen der Teufel gestolpert, der seinen Zeigefinger wie einen Korkenzieher in die sommersprossige Nase bohrte. »Laß das, Patrick«, sagte Tom zu seinem Neffen.

»Halt die Klappe, Blödmann«, nuschelte das Kind.

Tom wandte sich auf der Treppe um, aber er hatte keine Zeit, um sich den Knaben vorzuknöpfen. In vollem Tempo rannte er ins Kinderzimmer und wich geschickt den Babygeschenken und Farbdosen aus. Marie hatte ihn gedrängt, die Dosen vor der Geburt der Zwillinge hinauszuschaffen, aber der Steere-Prozeß fraß seine ganze Zeit. Deshalb waren nur zwei Wände des Kinderzimmers in Blush Rose gestrichen und nur die Hälfte der Sockelleisten in Cotton Candy. Unterdessen hatte Tom vermutlich den verdammten Steere-Prozeß verloren. Er hatte vor genug Geschworenen gestanden, um zu wissen, daß sie diesmal nicht auf seiner Seite waren, und er war zu müde, um sich groß darum zu kümmern.

»Tom! Tom, bring zwei Schnuller mit, wenn du runterkommst!«

Tom stolperte über den zotteligen rosa Teppich zu den Wickeltischen. Die Fächer darunter waren voller Wegwerfwindeln, Desitin und Babypuder. Er schob das ganze Zeug hin und her, entdeckte aber nichts, was irgendwie nach Spucktüchern aussah. Oder was war es noch gleich? Schnuller. Mittlerweile ging im Steere-Prozeß alles drunter und drüber. Zwei Wachleute waren umgebracht worden, auf DiNunzio war geschossen worden, und die Richter hatte sich unerlaubt von der Truppe entfernt. Wo zum Teufel waren die Schnuller?

Er suchte auf dem Boden zwischen den Plüschspielzeugen und den Babygeschenken. Keine Spucktücher, und dabei war es Zeit zum Spucken. Tom tobte durch die Babygeschenke. Eine rosarote Rassel segelte durch die Luft, anschließend ein rosaroter Strampelanzug. Eine einzige nebelhafte rosarote Farborgie. Marie hatte sich Mädchen gewünscht, wenigstens sie sollte also glücklich sein. Das wiederum pflegte Tom glücklich zu machen, denn er war dazu da, Maries Wünsche zu erfüllen. Versorgen, regeln, *machen*. Das war sein Job. Aber diese Zwillingsgeschichte ging zu weit. Jetzt platzte der Steere-Prozeß, und er war eingeschneit. Mit den schreienden Zwillingen. In der Babyhölle.

»Tom! Tom, die Tücher! Und die Schnuller!«

Tom warf einen flauschigen weißen Bären zur Seite. Er war stellvertretender Staatsanwalt eines bedeutenden Großstadtbezirks. Er hatte die St.-Joe's-Universität besucht und in Villanova Jura studiert. Er hatte Ambitionen auf ein Richteramt am Gericht für Zivilrechtsklagen. In seinem Leben war kein Platz für ein Baby, geschweige denn für zwei. Mit einem eleganten Heber beförderte er einen rosaroten Elefanten aus dem Weg.

Und jetzt war Tom dabei, den Steere-Prozeß zu verlieren, er wußte es. Es fing schon damit an, daß erst gar keine Anklage hätte erhoben werden dürfen. *Das ist das Beste, was ich für Sie tun kann,* hatte sein Chef gesagt, *ich übergebe Ihnen einen Fall, den kein Mensch gewinnen kann. Dann stehen Sie nicht schlecht da, wenn Sie verlieren. Übernehmen Sie den Fall für mich, Tom. Ich werde Ihnen das nie vergessen.* So lauteten die Worte seines Chefs, aber er hatte vergessen hinzuzufügen, daß der durch einen freiwilligen Sturz in das Schwert bedingte Erfolg auf der Karriereleiter maßlos überschätzt wurde. Erschwerend kam noch hinzu, daß man selbst derjenige war, der am anderen Tag mit seiner Milz in der Hand wieder zur Arbeit erscheinen mußte.

»Tom! Tom! Die Tücher! Und die Schnuller!«

Tom wühlte die auf einem geblümten Sessel liegenden Sachen durch, bis er zwei leichte rosarote Deckchen fand, die nicht einmal eine Puppe hätten wärmen können. Er lief die Treppe hinunter, verharrte aber kurz auf der Stufe neben dem Teufel, der den Finger immer noch in der Nase versenkt hatte. »He, du kleiner Wichser«, murmelte Tom. »Diamanten gefunden, oder was?«

»Mom!« brüllte das Kind und lief plärrend davon.

Tom lief ins Wohnzimmer, wo sich aus dem Weinen und Schreien faulige, schweflige Ausdünstungen erhoben. Gelbe Babyscheiße schwängerte die Luft wie Senfgas, und seine Nase nahm einen ekligen, bisher unbekannten Gestank auf, eine neue ausgekotzte Formel. Die Babys spieen wie Vulkane – *gastrischer Rückfluß*, nannte es seine Schwiegermutter –, die Lava auf Toms Schulter war bereits ranzig. Im Haus war es verdammt heiß, aber seine Schwiegermutter würde ihm nie erlauben, ein Fenster aufzumachen – *Bist du wahnsinnig?* – wegen der Zugluft für die Zwillinge. Tom reichte dem alten Drachen die Tücher und floh stehenden Fußes.

»Du hast die Schnuller vergessen. Schnuller, habe ich gesagt!«

Tom machte kehrt und eilte wieder die Treppe hinauf. Er wußte, man erwartete von ihm, daß er glücklich war, aber er war nicht glücklich. Alles hatte sich über Nacht geändert. Seine Frau war aufgegangen wie ein Ballon. Sein Haus platzte vor lauter Menschen aus den Nähten. Seine Karriere war durch den Steere-Prozeß völlig außer Form geraten. Ein Jahr lang schuftete er jetzt wie ein Hund, und leider war Marie ausgerechnet zu dieser Zeit schwanger geworden. Er wußte, irgendwann käme die Zeit, wo er sich glücklich fühlen würde, aber soweit war es noch nicht.

Tom sauste durch das Kinderzimmer zu den zwei rosaroten Kommoden vor der ungestrichenen Wand und riß die oberste Schublade an ihrem Häschenknauf auf. Drinnen stapelten sich klitzekleine Unterhemden und kleine Schlafanzüge mit Kapuze. Er warf alles durcheinander. Die Zwillinge heulten lauter, schrille Kolikschreie drangen aus den Tiefen herauf.

»Tom, die Schnuller!«

Er hetzte zu den beiden Toys »R« Us-Tüten neben den beiden Kinderbettchen. Die weißen Tüten waren prallvoll wie ein Nikolaussack. Ein ellenlanger Kassenzettel klebte auf der einen Tüte, und Tom erlitt einen Schock, als er die Summe sah. Zweihundert Dollar! Er griff oben in eine der Tüten. Zwei Tiermobiles, damit die Babys sich beruhigten. Zwei schwarzweiße Würfel, damit sie klug wurden. Zwei blaue Häschen, damit sie einschliefen. Zwei Schnuller, damit sie die Klappe hielten.

»Tom, beeil dich!«

Tom stürmte mit den Schnullern aus dem Kinderzimmer und rannte die Treppe hinunter. Wie konnten sie sich bei seinem Gehalt zwei Kinder leisten? Doppeltes Schulgeld. Doppelte Arztrechnungen. Doppelte Kleiderrechnungen. Zwei Hochzeiten. Tom überreichte die Schnuller, seine Brieftasche lief Amok.

»Tom! Hol eine Flasche Wasser!«

Tom hetzte in die Küche, wo Marie am Tisch saß, eingerahmt von ihrer Schwester und ihrem Vater. Aus der Mitte des sommersprossigen Familienkreises zwinkerte sie Tom zu. Alle in Maries Familie zwinkerten, als litten sie am Tourette-Syndrom. Tom zwinkerte zurück und drehte den Hahn auf. Er erkannte seine Frau, deren schlanker Körper sich analog zu ihrem Sexleben verabschiedet hatte, schon lange nicht mehr. Marie hatte genug Wasser angesammelt, um einen Swimmingpool damit zu füllen. Tom hielt einen zitternden Zeigefinger unter den Wasserhahn.

»Tom! Tom! Los, komm her!«

Tom drehte sich auf den Fußspitzen im Kreis wie ein Kreisel. Er hatte keine Ahnung, woher der Ruf ertönt war, wessen Befehl er Folge zu leisten hatte, dem der Zwillinge oder dem der Fesselballon-Ehefrau oder dem des Schwiegermutter-Drachens. Tom! Tom! Tom!

»Tom! Telefon! Das Büro!«

»Mist.« Das Büro? Die Geschworenen? Der Richter? Die Schnuller? Tom ließ das Wasser laufen und rannte in sein Arbeitszimmer, wo die beiden anderen Teufel gerade mit Buntstiften auf seinen Schriftsätzen herumkritzelten. SCHEISSE FICKEN PISSEN schrieben sie. »Sean, Colin, laßt das«, sagte Tom. Er riß Sean den Stift aus der Hand und gab ihm statt dessen eine Schere, dann reichte er Colin einen Brieföffner und scheuchte beide aus dem Zimmer. Tom nahm das Fläschchen, äh, den Hörer. »Hallo?«

»TOM!« dröhnte eine Männerstimme durch ein Freisprechtelefon. Unverkennbar Bill Masterson, Staatsanwalt der Stadt Philadelphia. Mastersons tiefer Baß erzeugte ein Echo wie der des Zauberers von Oz. Tom bekam weiche Knie. O nein. Masterson rief seine Mitarbeiter nur aus einem einzigen Grund und ein einziges Mal an, nämlich, um sie zu feuern. »Tom, Sie sind nicht hier!« bellte Masterson.

»Ich komme gleich. Bin schon unterwegs.«

»Ich bin hier und Sie nicht. Das begreife ich nicht. Wo sind Sie, Moran?«

»Zu Hause.«

»Warum? Was tun Sie da? Bewegen Sie Ihren Hintern hierher!«

»Äh, hier draußen wird noch geräumt.« Tom schielte aus dem Fenster. Zwei Polizisten dirigierten einen Schneepflug durch seine Straße. Der erste Pflug hatte den Räumschild verloren, und man hatte erst einen anderen organisieren und montieren müssen. »Ich bin gleich da.«

»Warum, verdammt noch mal, sind Sie überhaupt zu Hause?«

»Meine Frau hat Zwillinge bekommen, Sir.«

»Das ist mir Wurscht. Machen Sie, daß Sie herkommen. Steve hat mir schon vor einer Stunde gesagt, Sie wären gleich da.«

»Man hat mir einen Wagen geschickt, aber er ist nicht durch ...«

»Das ist mir Wurscht. Sie hätten das Büro gar nicht erst verlassen dürfen.«

»Ich dachte, mir bliebe genügend Zeit. Die Geschworenen hatten sich gerade zur Beratung zurückgezogen.«

»Das ist mir Wurscht. Haben Sie mich nicht verstanden? Warum, zum Teufel, haben Sie das Büro verlassen?«

»Um nach meiner Frau und den Babys zu sehen.«

»Das ist mir Wurscht. Wie kommen Sie darauf, daß mich das interessiert?«

Tom brach der Schweiß aus. Im Hintergrund heulten die Zwillinge. »Tom!« brüllte jemand. »TOM!«

»Tom!« blaffte Masterson. »Sie waren der Vertreter der Anklage im Steere-Prozeß, oder?«

»Ja.«

»Warum bin ich dann derjenige, der im Büro ist? Ich kapier das nicht. Sie haben den Fall verhandelt, und ich bin im Büro. Sie arbeiten doch für mich, oder?«

»Ja.«

»Sie arbeiten für mich, aber ich bin derjenige, der im Büro ist. Ich kapier das nicht, Sie?«

»Nein«, sagte Tom. »Tut mir ...«

»Sehen Sie, das ist mir Wurscht. Steve erhielt einen Anruf von Richter Rudolphs Referendar. Eine Dringlichkeits-Anhörung wurde anberaumt. Bewegen Sie Ihren Arsch ins Büro. Verstanden?«

»Ja.«

»Haben Sie mich verstanden, Tom?« sagte Masterson, dann wurde das Freisprechtelefon abgeschaltet.

»TOM!« brüllte jemand, aber er schnappte seine Aktentasche und rannte los.

# –44–

Marta hockte mit ihrer Taschenlampe, der Seekarte und einem schmalen Lineal, das sie in einer von Christophers Werkzeugkisten gefunden hatte, im Laster. Das Lineal war zweikantig und leicht ablesbar, stank allerdings nach allen Wohlgerüchen, die Pferdehufe ausdünsteten. Sie sah auf die Uhr. 4.15 Uhr. O nein. Bald war die Nacht vorbei. Würde es Christopher gelingen, die Geschworenen umzustimmen? Würde er es schaffen, das Blatt zu wenden?

Marta legte den Kopf ein wenig schräg und betrachtete ihre Berechnungen am Rand der Karte. Die Zahlen schwammen ihr vor den Augen. Vor einer halben Stunde war sie völlig ins Rotieren geraten bei ihrem Versuch, die Yards von der Küstenlinie bis zum Nadelloch zu berechnen. Sie hatte es aufgegeben, als ihr klar wurde, wie sinnlos das Ganze war. Sie hatte keine Ahnung, wo die Küstenlinie exakt verlief, es gab Einflüsse wie die Gezeiten und den Sturm und die Auswirkungen der Erdrotation und des Mondes im siebenten Haus. Ihr Verstand war zu Joghurt geronnen. Ihr Kopf schmerzte von den Verletzungen und der schieren Anstrengung, die es sie kostete, wach zu bleiben.

Durchhalten war angesagt. Es gab noch eine zweite

Möglichkeit. Sie mußte noch einmal in Steeres Büro in der Villa gehen und die Urkunde heraussuchen, die eine genaue Beschreibung des Grundstücks enthielt. Mit deren Hilfe ließen sich die Yards vom Haus bis zum Nadelloch berechnen. Das müßte gehen. Es mußte gehen. Sie legte ihre Utensilien beiseite, ließ den Motor an und wendete den Wagen, um zu Steeres Haus zurückzufahren.

*SSSCHANK!* Die Schaufel traf auf den ersten vereisten Schneebrocken, und Marta begann zu graben. Der Sturm hatte nachgelassen, der Wind blies aber immer noch kräftig von der See her. Hinter ihr donnerte die Brandung. Im Schein der Taschenlampe, die im Schnee steckte wie ein in den Boden eingelassener Strahler, konnte sie kaum die Schaufel erkennen. Das Graben nach einem Schatz schien schlichter Wahnsinn, aber Marta zog es vor, das Unternehmen als kalkuliertes Risiko zu betrachten. Ihr Gefühl sagte ihr, in diesem Boden hier müsse etwas sein, und sie mußte einfach daran glauben, daß ihre Berechnung, die auf einer Abstimmung von Urkunde, Blaupause und Seekarte basierte, nicht ganz abwegig war. Unverdrossen hatte sie folglich Christophers Pferdemistschaufel über Dünen und Erosionszäune auf den Strand geschleppt und angefangen zu graben. Die Zeit für Geometrie oder Rechenaufgaben war abgelaufen. Die Zeit war abgelaufen für alles außer Aktivismus.

Marta rammte die Schaufel in den Schnee und trieb sie mit der Stiefelsohle tiefer hinein. Jeder Muskel in ihrem Rumpf tat weh, aber langsam hatte sie sich an die ständigen Schmerzen gewöhnt. Sie hob die Schaufel, aber in ihrer Eile hatte sie zuviel Schnee aufgeladen, und der Schnee fiel herunter. Als Kind hatte Marta Schnee geschaufelt, aber nie in der Dunkelheit oder während eines Blizzards. Am Meer. Nicht weit von der Leiche eines Mannes, den sie umgebracht hatte.

Marta lud beim nächsten Versuch weniger Schnee auf und schaffte es, ihre Last neben das im Entstehen begriffene Loch zu werfen. Der Wind blies den aufgeschütteten Schnee vom Loch weg. Sie lud die nächste Schaufel voll. Je tiefer sie kam, um so feuchter wurde der Schnee und um so schwerer wog er auf der Schaufel. Macht nichts, sagte sie sich. Sie hatte bereits drei Schaufeln Schnee geschippt. Sie mußte nur noch 398 280 weitere schippen.

*SSCHANK!* Marta versuchte nicht zu denken. Nicht an Bogosian, hinten am Strand. Nicht an Darning, sein im Tod erstarrtes Gesicht. Nicht an Steere, der sie zum Narren gehalten hatte, und nicht an ihre anderen Fälle und Mandanten. Nicht daran, wie es dazu gekommen war, daß sie mitten in der Einöde an einem Strand stand und das Unmögliche in Angriff nahm. Sie versuchte sich einzureden, sie sei weder todmüde noch verzweifelt, noch verrückt. Eines jedenfalls hatte sie in dieser verfahrenen Geschichte wenigstens richtig gemacht; sie hatte dafür gesorgt, daß die beiden Mädchen in Sicherheit waren. Carrier und DiNunzio lagen vermutlich längst schlafend zu Hause in ihren Betten.

Marta grub tiefer, schaufelte aber immer noch Schnee. Wann stieß sie endlich auf Sand? Nach dreißig Zentimetern, fünfzig Zentimetern? Und wie tief lag der Schatz im Sand vergraben? Sechzig Zentimeter, neunzig Zentimeter? Sie schippte weiter. Ihr Rücken tat nicht weniger weh als ihre Rippen. Sie ging in die Knie und lud noch eine Schaufel voll. Dann noch zehn und noch einmal zehn!

*SCHANK!* Stechende Schmerzen folterten ihr Kreuz, und ihre Arme fühlten sich an, als lösten sie sich gleich aus den Gelenkpfannen. Sie war schweißgebadet unter ihrer Jacke. Unter ihrem Kragen war Schnee geschmolzen, und ihr Nacken fühlte sich klamm an. Schweißtropfen liefen ihr übers Gesicht. Trotzdem grub sie weiter. Wenn es sein mußte, würde Marta die ganze Nacht graben. Vielleicht irrte sie sich, und vielleicht war sie verrückt, aber nichts und niemand würde sie davon abbringen.

Im rötlichen Licht des langsam heraufdämmernden Morgens starrte Marta in das Loch. Sie war total erschöpft, und ihr auf dem Schnee schwach sichtbarer Schatten reflektierte ihre Mutlosigkeit. Ihre Haare trieften vor Nässe, ihr Gesicht glänzte vor Feuchtigkeit. Die salzige Luft brannte ihr in den Augen, und sie sagte sich, daher kämen die Tränen. Bald dämmerte der Morgen, es mußte gegen 6 Uhr sein. Marta war die Zeit davongelaufen. Pech gehabt. Alles stürzte zusammen, alles brach auseinander.

Das Loch war leer. Ein gut ein Meter zwanzig tiefes Loch mit dunklem, feuchtem Sand und Wasserlachen auf dem Grund, wie ein Teich, den ein Kind zu seiner Sandburg gebuddelt hatte. Marta hatte erst geschippt, dann mit den Händen gegraben. Als sie mit den hinderlichen Handschuhen zu langsam vorankam, hatte sie diese ausgezogen und mit bloßen Händen weitergemacht, bis das rohe Fleisch offenlag und die Hände völlig gefühllos geworden waren. Und nichts. Da war nichts. Kein Schatz, keine Papiere, kein Anhaltspunkt. Keine Schatztruhe voll mit belastenden Beweisen. Alles war vorbei. Da war nur Leere.

Der Sturm war vorüber, die Wolken hatten sich verzogen. Nicht mehr lange, und die Sonne stiege über die Wolken und die Welt erwachte. Kaffeemaschinen würden gluckern und Toaster knacken. Faxgeräte vibrieren. Computermonitore würden knisternd lebendig werden, und Computer verschlüsselte Befehle befolgen. In ebendieser Minute wurden Telefonleitungen repariert und Straßen vom Schnee geräumt. Für alle war der Morgen ein Neubeginn, aber für Marta schien er das Ende.

In der Dunkelheit der Nacht, in ihrem Schutz hatte sie sich frei bewegen, frei agieren können. Durchsuchen und graben. Aber mit dem Morgen kamen die Polizei und die Fragen. Man würde Bogosians Leiche finden. Man würde von ihr Erklärungen im Zusammenhang mit dem Tod der Wachleute im Büro fordern. Die Polizei wollte Antworten. Alles war vorbei. Steere hatte gewonnen. Marta hatte verloren. Es gab keine Gerechtigkeit.

Sie ließ die Schaufel in den Schnee fallen. Der Himmel war düster, die Luft dünn. Ein eisiger Wind peitschte über das Meer, die Böen waren so kalt und trocken, daß Marta dachte, sie könnten Keime abtöten. Die Welt desinfizieren, Viren, Krankheiten, Pestilenz ausmerzen. Haß, Schmutz, Blut. Mord. Hinter ihr krachte die Brandung, als wollte sie sich bemerkbar machen, es war fast, als tippte ihr jemand auf die Schulter. Marta drehte sich um.

Das Meer, kaum erkennbar, schimmerte. Die Wellen, in der Nacht tintenschwarz, waren nun jadegrün, die Gischt elfenbeinfarben getönt. Weiße Schaumkronen brachen sich am Strand, eine nach der anderen, und blasiger Meerschaum verteilte sich hurtig in alle Richtungen, bis er sich auflöste. In der Ferne sah Marta den Leuchtturm und nicht weit von Steeres Strand eine steinerne Mole. Der Anblick war trostlos und schön zugleich und vermittelte ihr das Gefühl, alles wäre sauber und wie sie selbst bis auf die Knochen blank gescheuert. Als hätte Gott eine kräftige Drahtbürste zur Hand genommen und die Welt geschrubbt.

Sinnend stand Marta da und stellte sich vor, einfach in die Wellen zu gehen. Die verdammte Schaufel auf dem Boden liegenzulassen und einfach hineinzuspazieren wie in einen Gerichtssaal. Die Initiative ergreifen. In den Atlantik schreiten, als gehörte er ihr. Marta brächte das fertig. Die Wellen würden sie willkommen heißen und sie einlassen und aufnehmen, mit ihrer vollgesogenen Jacke, ihrem schmerzenden Rücken und ihren tauben Fingern. Sie wußte sogar, wie tief das Wasser in Ufernähe war, wenn denn die überdeutlich gedruckten Zahlen auf der Seekarte tatsächlich die Meerestiefe angaben.

Marta sah sich, wie sie bis zu einer Tiefe von einem Meter hineinschritt und bei einsachtzig zu treiben begann und bei vier Metern Wasser trat, einfach so. Bei vier Meter achtzig tauchte sie unter die eiskalten Wellen, und diese stießen sie ein wenig herum, aber bei fünf Meter fünfzig hätte sie sie im Griff, wie sie alles im Griff hatte. Sie war unbesiegt, trotz allem.

Marta drehte sich um, um im Licht des neuen Tages einen letzten Blick auf Steeres Haus zu werfen. Es war majestätisch und würdevoll. Sie besaß kein Haus wie dieses, nirgendwo. Nicht in New York, nicht in Boston, nicht in L.A. oder Cape Cod. Sie war ohnehin nie zu

Hause. Sie war nie irgendwo. Sie war ständig auf Achse. Marta kannte den Warteraum für VIP's in jedem Großflughafen der USA. Sie konnte, ohne vorher zu fragen, in jedem Leih-Taurus den Tempomat einstellen. Ihr umfangreiches Filofax enthielt die Faxnummern jedes Four-Seasons-Hotels.

Mit feuchten Augen betrachtete Marta Steeres Haus. Ein Haus war eine tolle Sache! Sich vorzustellen, daß sie, ginge sie jetzt in den Atlantik, nie ein richtiges, wirkliches Heim gehabt hätte! Und das von Steere war schön, war jede Null wert. Sie stellte sich vor, sie hätte das Haus gekauft und würde zum ersten Mal darin herumtanzen. Das Haus, das sich einsam zwischen die Dünen schmiegte, lag wunderschön. Lage, Lage, Lage.

Jetzt, da der Himmel heller wurde, sah Marta, wie hoch die Dünen vor dem Haus aufragten, mächtig und strahlend weiß in der neugeborenen Sonne. Kein Wunder, daß es so mühsam gewesen war, hinaufzuklettern, sie waren steil. Die hölzernen Erosionszäune, die die Dünen querten, hatten ihre Funktion erfüllt. Marta sah den Zaun, an dem letzte Nacht ihre Jacke hängengeblieben war. Er verlief in zwei langen Geraden, die sich am Strand schnitten.

Um gegen die blendende Helligkeit gut sehen zu können, mußte sie blinzeln. Komisch. Ein Zaun lief von oben links von Steeres Grundstück aus über den Strand und einer von rechts oben. Nur die oberen Enden der Holzpfosten ragten aus dem Schnee, und als die Sonne hochstieg und ein warmes goldenes Tuch über den verschneiten Strand warf, stachen sie Marta deutlich ins Auge. Die beiden Holzzäune trafen sich seitlich vom Haus, ungefähr zwölf Meter von der Stelle entfernt, an der Marta stand. Die Pfostenenden wirkten im Schnee wie zwei gepunktete Linien. Und da, haargenau in der Mitte, wo sich die gepunkteten Linien trafen, formten sie ein ziemlich eindeutiges X.

War es die Erschöpfung? War sie verrückt? Spielte ihr Verstand ihr einen Streich? Mit der Rückseite ihres Ärmels fuhr sich Marta über die Augen, aber das X war da. Ein X, direkt neben Steeres Haus. Ein X markiert die Stelle! Das Nadelloch in der Karte war anscheinend nur als Rückversicherung gedacht, falls sich die Zäune verschieben sollten. Marta bückte sich und hob die Schaufel auf.

# –45–

Hochaufgerichtet blieb Bennie Rosato direkt hinter der Tür von Judys Wohnung stehen, als die Mitarbeiterin bereits in einen Redeschwall ausbrach, in dem Farbenblindheit, ein handgeschriebener Antrag auf einen ergebnislosen Prozeß und ein weißes Notizbuch von Darning vorkamen. Bennie, starr und steif in ihrer Goretex-Jacke und keinesfalls gewillt, auch nur einen Fuß weiter in die Wohnung zu setzen, rührte sich nicht vom Fleck. Als Chefin der Anwaltskanzlei, die ihren Namen trug, mußte Bennie zu ihren Angestellten professionelle Distanz wahren, genau wegen Zeiten wie dieser. Zeiten, die sie fürchtete. »Also, was Sie mir da eben erzählen«, sagte Bennie langsam, »heißt im Klartext, Sie haben Beweismaterial gesammelt, das Elliot Steere belastet.«

Judy nickte so heftig, daß sich eine Strähne aus ihrem Haarband löste. »Ich bin gerade dabei. Das Notizbuch hat eine Bedeutung, ich bin bis jetzt nur noch nicht dahintergekommen, welche. Es ist voller Zahlen. Ich glaube, es hat mit Straßengeld, mit gekauften Wählerstimmen zu tun.«

»Sie haben nicht mitgekriegt, worum es mir geht. Sie sammeln Beweismaterial gegen einen unserer Mandanten.«

»Ja, gegen Elliot Steere.« Judy stand hinter dem Segeltuch-Futon und stützte sich auf das Rückenteil. In ihrer Hand hielt sie das Notizbuch.

»Also noch mal, Carrier. Sehen Sie einen Unterschied zwischen Elliot Steere und unseren anderen Mandanten?«

Judy stutzte. »Ja. Natürlich. Elliot Steere ist ein Killer. Ein Mörder. Er hat jemandem den Auftrag erteilt, Mary und Marta umzubringen.«

»Haben Sie dafür einen Beweis? Für irgendeine dieser Behauptungen?«

»Noch nicht, aber...«

»Noch nicht?« Bennie gelang es nur mit Mühe, sich zu beherrschen. Diese Mitarbeiterin schien nicht einmal zu ahnen, wie gefährlich dieses Spiel war. Es war, als sähe man einem Baby zu, das mit einem Sturmgewehr spielt. »Ist Ihnen überhaupt klar, was Sie da tun? Sie sind Steeres Anwältin. Selbst wenn Sie einen Beweis dafür hätten, daß er schuldig ist, könnten Sie unter Berücksichtigung der Berufsethik nur einen Antrag auf Entbindung von dem Mandat stellen. Sie müssen aus dem Mordprozeß aussteigen, Sie dürfen ihn nicht sabotieren.«

»Der Richter hätte einer Niederlegung des Mandats nie zugestimmt.«

»Sie haben es nicht einmal versucht. Sie hätten zu mir kommen müssen. Ich hätte einen Antrag bei Gericht einreichen können. Wir hätten die Sache gemeinsam ausfechten können. Nach dem Gesetz vorgehen. Und selbst wenn wir damit nicht durchgekommen wären, gäbe Ihnen das noch lange nicht das Recht, Beweismaterial gegen Ihren eigenen Mandanten zusammenzutragen. Es ist Sache des Staatsanwalts, Steere etwas nachzuweisen, und wenn er das nicht kann, verdient Steere einen Freispruch. Punkt.«

»Aber er ist ein Mörder!«

»Was soll das, ist das Ethikregel 101? Elliot Steere ist ein Mandant unserer Kanzlei, *meiner* Kanzlei. Als ich das letzte Mal einen Scheck von ihm gesehen habe, war er auf uns ausgestellt, ein sehr hoher Vorschuß.«

Fassungslos schüttelte Judy den Kopf. »Na und? Was kauft er sich für sein Geld?«

»*Loyalität*, ohne Einschränkung oder Vorbehalt. Er kauft alle unsere Bemühungen und unsere Fähigkeiten, alle unsere Kenntnisse über das Gesetz und Gerichtssäle. Dafür hat er bezahlt, darauf hat er Anspruch. Und das ist keine Schande, ganz und gar nicht. Das ist ein Beruf. *Mein* Beruf.«

Bennies Worte machten Judy richtig krank. Nie wäre sie in dieser Hinsicht einer Meinung mit Bennie, und sie bereute, ihr von Darnings Notizbuch erzählt zu haben. Zeit, den Fehler zu korrigieren. Judy glaubte nicht, daß Bennie noch an das Notizbuch dachte, und sie ließ es vorsichtig aus den Fingern gleiten. Es fiel hinter dem Futon auf den Teppich, und Judy schob es mit dem Zeh unter den Segeltuchsaum.

»Haben Sie denn nicht mal kurz innegehalten und nachgedacht?« fragte Bennie, mit der ihr Temperament durchging. »War Ihnen denn nicht klar, daß Sie eine ethische Verpflichtung haben?«

»Meine Loyalität Steere gegenüber endete, als auf Mary geschossen wurde. Meine Hände waren voller Blut, ihrem Blut, und sie sind es immer noch.« Judy streckte ihre Hände aus, die Handflächen nach oben gerichtet, aber Bennie sah nicht einmal hin.

»Das ändert nichts.«

»Das ändert absolut alles! Was fließt in *Ihren* Adern, Bennie? *Eis*?«

Bennie stand hochaufgerichtet. »Sie sind Anwältin und arbeiten für mich. Ich habe Sie eingestellt, Sie und DiNunzio mit Bedacht ausgewählt, damit Sie an diesem Prozeß mitarbeiten. Wir haben uns freiwillig auf diesen Auftrag eingelassen, es war der wichtigste Prozeß unseres Büros. Steere sollte unsere Referenz werden.«

»Das ist mir klar, aber die Sache ist aus dem Ruder gelaufen.«

»Die Sache ist keineswegs aus dem Ruder gelaufen, bis Sie diesen Antrag auf einen ergebnislosen Prozeß eingereicht haben – ohne Zustimmung des Mandanten. Bis zu diesem Zeitpunkt stand in der Gerichtsakte nichts davon, daß Mary im Krankenhaus ist. Es stand nicht in der Akte, daß Marta vermißt wird und Sie ein mysteriöses Notizbuch gefunden haben. Soweit es diesen Prozeß betraf, existierte absolut nichts, was nicht in der Gerichtsakte stand.«

»So kann ich nicht differenzieren. Nicht in der Akte, in der Akte.«

»Scheiße!« schrie Bennie. »Und Sie wollen eine Strafverteidigerin sein? Sie haben gegen die ausdrückliche Anweisung eines Mandanten einen Antrag eingereicht. Er bestimmt den Umfang, in dem er vertreten wird, nicht Sie. Wenn Steere so clever ist, wie ich glaube, macht er jetzt auf eigene Faust weiter oder er beauftragt einen anderen Anwalt. Durch Ihre Schuld verliert meine Kanzlei einen Mandanten, und mit Ihrem unerhörten Verhalten haben Sie dafür gesorgt, daß man uns alle aus der Anwaltsliste streichen kann.«

»Ich habe nur versucht herauszufinden, wer Mary umbringen wollte und warum.«

»Sind Sie geistesgestört? Das ist nicht Ihre Aufgabe. Das ist nicht Ihr Job. Es ist Ihre Schuld, daß man mich gefeuert hat, daß man uns alle gefeuert hat, und deshalb bleibt mir nur eine Möglichkeit.«

»Reden Sie ruhig weiter. Feuern Sie mich.« Judy grinste schief, obwohl ihr innerlich nach Weinen zumute war.

»Sie sind entlassen. Ich schicke Ihnen die Kündigung sobald wie möglich. Ich schicke Ihnen ferner ein paar Formulare, auf denen Sie diese Angelegenheit dem Disziplinarausschuß erläutern werden. Sollten Sie die Formulare nicht selbst einreichen, reiche ich sie ein. Zwingen Sie mich nicht dazu.«

»Falls Sie nichts dagegen haben, befasse ich mich erst später mit dem Disziplinarausschuß. Im Moment mache ich mir mehr Sorgen um Mary als um mich.«

Das konnte Bennie nicht so stehenlassen. »Glauben Sie bloß nicht, daß ich mir keine Sorgen um Mary mache. Ich war es, die bei ihren Eltern gesessen hat. Aber was Sie tun – und was Mary getan hat –, ist falsch. Aus ethischen Gründen falsch.«

»Aber nicht aus moralischen.«

»Dieses Urteil steht Ihnen nicht zu. Ich habe Steeres Vertretung übernommen, und Sie arbeiten für mich. Wo soll denn das hinführen, wenn sich jeder Anwalt anmaßt, ein eigenes Urteil über die Moral eines Mandanten zu fällen?«

»Zu Gerechtigkeit. Schlußendlich.« Judy funkelte Bennie an, die ihren Blick ebenso wütend erwiderte.

»Nein. Kein Mensch könnte mehr seinem Anwalt vertrauen. Und die Gerechtigkeit hätte keine Chance.«

Bennie zog ihren Reißverschluß zu und wandte sich zum Gehen. »Genug jetzt. Räumen Sie schnellstmöglich Ihr Büro. Sprechen Sie nicht mit der Presse.«

Judy hielt den Kopf hoch. Es gab nichts, wofür sie sich hätte schämen müssen. Sie bedauerte nur, Bennie und der Firma geschadet zu haben. »Tut mir leid, daß es so ausgehen mußte. Ich sehe Sie vermutlich im Krankenhaus. Oder mal zufällig.«

»Nicht so schnell.« Bennie streckte ihre Hand aus und registrierte angenehm überrascht, daß sie nicht zitterte. »Sie sagten, Sie hätten ein Notizbuch. Geben Sie es mir, ich übergebe es der Polizei.«

»Nein.«

»Wie bitte?«

»Ich gebe Ihnen das Notizbuch nicht.«

»Sie können es mir nicht verweigern.«

»Warum nicht?« Judy räusperte sich. »Sie sind nicht mehr meine Chefin. Ich bin wieder frei und ledig.«

Bennie war nicht zum Lachen zumute. »Lassen Sie das Theater und geben Sie mir das Notizbuch.«

»Nein.«

»Sie behindern die Arbeit der Polizei, die aus diesem Notizbuch eventuell wichtige Schlußfolgerungen ziehen könnte.«

»Ich ziehe selbst meine Schlußfolgerungen. Ich kenne die Hintergründe des Falles. Dadurch bin ich der Polizei voraus.«

»Sie haben nicht die entsprechende Ausbildung. Das sind Profis. Denen stehen ganz andere Mittel und Möglichkeiten zur Verfügung.«

In gespieltem Erstaunen riß Judy Mund und Augen auf. »Ich höre wohl nicht richtig. Bennie Rosato, tapfere

Fechterin gegen die Bullen, *verteidigt* sie? Die haben Sie letztes Jahr fast fertiggemacht.«

Bennie schürzte die Lippen. Mist. Dieses Kind war nicht auf den Kopf gefallen. Zu schade, daß die Firma auf sie verzichten mußte. »Die Bullen werden das regeln.«

»Nicht heute nacht, nicht bei diesem Wetter. Das haben Sie selbst gesagt, sie sind nicht einmal ins Büro gekommen. Haben die Bullen das Notizbuch gefunden oder ich?«

»Das ist kein Wettstreit, Carrier.«

»Doch, ist es.« Judys Stimme klang plötzlich gehetzt. »Genau das ist es. Ein Wettlauf. Ich war nicht schnell genug, um Mary zu schützen, aber noch kann ich mich selbst schützen.«

Bennie zögerte. Es hätte ihr klar sein müssen. Natürlich, Carrier hatte Angst. »Sie befinden sich in größerer Gefahr, wenn Sie das Notizbuch behalten. Haben Sie daran auch schon gedacht?«

»Das entscheide ich, nicht Sie. Wie Sie gesagt haben.«

Bennie wußte nicht, was sie sagen oder machen sollte. Sie konnte das Notizbuch schlecht aus ihr herausprügeln, und was die Polizei anging, hatte Carrier recht, die würde heute nacht kaum etwas wegen des Notizbuchs unternehmen. Sie öffnete die Wohnungstür und ging hinaus, innerlich zerrissen.

»Auf Wiedersehen«, rief Judy hinter ihr her, aber Bennie war zu durcheinander, um zu antworten.

Bennie blinzelte gegen die Schneeflocken an. Sie stand mitten im Sturm vor Judys Haus und schaute zur Wohnung ihrer ehemaligen Mitarbeiterin hinauf. Warmes Licht flutete aus dem großen, vorhanglosen Fenster, von

Carrier war nichts zu sehen. Widerstreitende Gefühle kämpften in Bennies Brust. Sie war versucht, hinaufzugehen und ihre Worte zurückzunehmen, aber sie konnte es nicht. Sie konnte Carriers Vorgehen nicht gutheißen, es war gefährlich und falsch, aber sie würde keine Schritte dagegen unternehmen, jedenfalls jetzt noch nicht. Bennie blickte zum schneeverhangenen Himmel empor, der sich ein wenig aufzuhellen schien. Die Dämmerung mußte bald einsetzen, der Morgen nahte. Nicht mehr lange, und die Geschworenen berieten wieder. Carrier hatte nicht genug Zeit, um das Urteil zu torpedieren, nicht einmal, wenn sie es versuchen sollte.

Schnee fiel auf Bennies Gesicht und ihre warme Strickmütze. Carrier war also im Besitz eines mit Zahlen vollgeschriebenen Notizbuchs von Eb Darning und hatte etwas erfahren, was Eb mit gekauften Wählerstimmen in Verbindung brachte. Und Bennies alter Freund Bean hatte erzählt, Eb habe gegen Bares für das Rathaus gearbeitet. Bestand da ein Zusammenhang? Hatte Darning über die Barzahlungen Buch geführt? Über Geld für Stimmen? Die Antwort mußte im Herzen der Stadt zu finden sein.

Im Rathaus.

Bennie wandte sich vom Haus ab, schob die Hände in die Taschen und machte sich auf den mühsamen Weg, der vor ihr lag. Wenn sie die wahren Hintergründe aufdeckte, konnte sie Carrier vielleicht vor Schlimmem bewahren. Durch tiefe Schneeverwehungen stapfte sie die Straße entlang. Jeder Schritt fiel ihr schwer, aber es lag nicht am Schnee. Bennie dachte an DiNunzio. *Was fließt in Ihren Adern, Eis?* Das hatte gesessen. Bennie hatte sich mehr für Steere verantwortlich gefühlt als für ihre beiden Mitarbeiterinnen. Wo blieb ihre Loyalität den beiden gegenüber?

Bennie zog den Kopf ein, damit ihr der Schnee nicht ins Gesicht blies. Sie trug auch Verantwortung für ihre Mitarbeiterinnen. Sie war diejenige, die, ohne nachzudenken, die Vertretung von Steere übernommen hatte; sie hatte es aus finanziellen Erwägungen heraus getan, und weil sie es als spektakulären Startschuß für ihre neue Kanzlei betrachtet hatte. Nie hätte Bennie sich träumen lassen, daß es damit enden würde, daß eine Mitarbeiterin um ihr Leben fürchtete und eine andere mit dem Tod rang.

Mit gesenktem Kopf ging sie durch den Sturm Richtung Norden. Wenn es einen Ausweg gab, mußte Bennie ihn finden. Auch das gehörte zum Chefsein.

# –46–

Sobald die Schaufel auf Widerstand stieß, buddelte Marta im Sand wie ein Terrier. Was es auch war, es war hart, und es war keine Muschelschale. Es klirrte, wenn die Schaufel darauf traf, ein metallisches *Ding*. Marta schaufelte fieberhaft. Der Sand flog, und endlich erschien auf dem Boden des Loches ein gelbbrauner Farbfleck. Die Farbe war perfekt der Umgebung angepaßt und im Licht der Morgensonne kaum vom Sand zu unterscheiden. Etwas war da. Nur was?

Marta sank auf die Knie, warf die Schaufel neben das tiefe Loch und den Pfosten des Erosionszauns, den sie herausgerissen hatte. Sie grub mit den behandschuhten Händen und schaufelte den feuchten Sand zu beiden Seiten des Loches. Kalt schien die Sonne auf ihren Rücken, aber sie hatte noch Zeit. Es war noch nicht zu spät. Es war noch nicht zu Ende. Sie hatte es gefunden!

Martas Herz raste vor Aufregung und Anstrengung. Sie grub und grub und schwitzte in ihrer schweren Jacke. Der Fleck gelblichen Metalls im feuchten Sand vergrößerte sich. Sie buddelte wie im Rausch. Ihre Finger fuhren in fünf tiefen Furchen durch den Sand. Da war irgendein Metallkasten. Es *existierte*.

Das Loch vergrößerte sich zusehends. Der Kreis aus

gelblichem Metall nahm eine deutlichere Form an. Hatte erst zehn Zentimeter Durchmesser, dann zwanzig, schließlich fünfundzwanzig. Marta grub außen um den Kasten herum. Die Oberfläche bestand aus glattem Metall, es mußte so etwas wie eine Stahlkassette sein. Auf dem dünnen Wasserfilm, der sich auf der Kassette gebildet hatte, brachen sich die Sonnenstrahlen. Marta buddelte, bis sie den starken Deckel des Kastens freigelegt hatte. Übermütig vor Erleichterung und Entzücken hörte sie sich lachen. Was war das? Es war toll. Es war vorhanden. Das war *es*! Das, was Alix Locke gesucht hatte. Wofür Eb Darning gestorben war. Weswegen Elliot Steere gemordet hatte. Fast gehörte es schon ihr!

Marta legte die Kanten der Kassette ein wenig frei und versuchte, sie aus Sand und Schnee zu ziehen, aber sie steckte fest. Sie zog die Handschuhe aus und fuhr mit den Fingern zwischen Kassette und Sand. Ihre Finger bluteten, aber sie achtete nicht darauf. Die Hände flach zwischen Kassette und Sand gesteckt, zwängte sie die Finger mit Gewalt nach unten, tiefer und tiefer. Ihre Fingerspitzen erreichten den Boden der Kassette, und unter Aufbietung ihrer allerletzten Kräfte zerrte sie. Sie hielt die Kassette in Händen.

Marta fiel rücklings auf den Hintern und rappelte sich auf. Sie hatte eine verschlossene Kassette von ungefähr der Größe eines Anwaltsblocks aus dem Sand geholt, etwa fünfzehn Zentimeter hoch und, wie es den Anschein hatte, wasserdicht. Mit der Kassette auf den Thermohosen hockte Marta am kalten Strand und starrte erst einmal ratlos auf das große Vorhängeschloß aus schwerem grauem Metall. Sie mußte das Schloß aufbrechen, sonst kam sie nicht an den Inhalt heran.

Mit dem Kasten in der Hand stand Marta mühsam auf und blickte sich um. Der Strand war verlassen, der Sturm war vorüber. Der Wind hatte sich gelegt, und der Schnee war zu einer dicken, eisigen Kruste erstarrt. Aber die Sonne stand hoch. Der Morgen war da. Wie lange noch, bis jemand Bogosians Leiche fand? Wie lange noch, bis man hinter ihr her war? Und was war in dieser verdammten Kassette?

Marta schüttelte sie, und es hörte sich an, als bewege sich etwas darin. Es klapperte nicht, es klirrte nicht, es bewegte sich nur. Da *verschob* sich etwas. Es war kaum zu hören. Papier? Geldscheine? Was nur? Sie mußte die Kiste öffnen. Sie überlegte, ob sie nach einem Schlüssel suchen sollte, aber das dauerte zu lange. Sie hatte keine Lust, noch einmal Steeres Büro oder die *Piratical* zu durchsuchen. Es mußte einen einfacheren Weg geben.

Christophers Pick-up. Der Laster war gespickt voll mit Folterwerkzeugen. Mit einem von den Dingern mußte das Vorhängeschloß zu knacken sein. Marta klemmte die Kassette unter den Arm und lief über den Strand. Die Kassette in ihrem Arm beflügelte sie, und sie sprintete wie eine Startennisspielerin bei einem gelungenen Return. Sie konnte das Schloß mit einem Hammer aufschlagen. Es aufsägen. Das verdammte Ding durchfeilen.

Martas Herz schlug höher. Sie stürmte durch den Schnee, und ihre Stiefel knirschten auf der verharschten obersten Schicht. Eine sanfte, angenehme Meeresbrise wehte. Sie hatte leichten Rückenwind. Die Kassette war verschlossen. Na und? Sie kicherte im Laufen. Ihr Atem ging leicht, als sie an Steeres Haus vorbeirannte. Ihre Jacke war durch und durch naß, aber sie lag schwerelos auf ihren Schultern. Sie war nicht einmal müde. Sie würde die Kassette aufsprengen. Das Ding auf der Schmiede schmelzen. Sich *hineinfressen.*

Sie nahm die Düne in vollem Tempo, hinauf, hinauf, hinauf und über den Kamm, dann hinunter, sie überschlug sich beinahe. Die Kassette lag geborgen in ihren Armen, und sie rannte weiter durch das glitzernde weiße Tal zwischen den Dünen. Nur Martas Fußspuren verunzierten den frischgefallenen Schnee. Sie jagte die nächste Düne hinauf, und Christophers Pick-up, geparkt an der schneebedeckten Bordsteinkante, geriet in ihr Blickfeld.

Halb rannte, halb schlitterte sie zum Laster, fummelte nach den Schlüsseln und kuschelte sich drinnen auf den Fahrersitz, die Kassette mit dem Vorhängeschloß auf dem Schoß. Sie drehte sich um, griff in eine der Werkzeugkisten und erwischte ein Werkzeug mit einer Spitze. Die Nietklinge. Volltreffer!

Marta klemmte das Vorhängeschloß zwischen ihre Knie, die von der dicken Thermohose gepolstert waren, fixierte es, so gut es ging, und setzte die Nietklinge an. Die Kassette glitt weg. Sie versuchte es noch einmal und traf das Vorhängeschloß, aber es blieb unversehrt. Sie traf es noch einmal, diesmal voll. *Kling!* Das Vorhängeschloß blieb zu. Verdammt!

Sie warf die Nietklinge beiseite und fischte wieder in der Werkzeugkiste. Sie bekam eine Säge mit feinen Zähnen zu fassen. Die Kassette auf den Beinen, setzte sie die Säge am Vorhängeschloß an. Marta hatte in ihrem ganzen Leben noch nie eine Säge in der Hand gehalten, und das machte sich bemerkbar. Unkontrolliert ruckte die Säge von links nach rechts. Drückte sie zu fest, bewegte sich die Säge erst gar nicht. Drückte sie zu leicht, sauste die Säge zu schnell hin und her und kratzte das Metall kaum an. Eine Papiernagelfeile richtete größeren Schaden an.

Marta drehte die Kassette um und sägte energisch am Schloß. Es wackelte hin und her, aber die Sägezähne hinterließen kaum Spuren auf dem Metall. Sie sägte weiter und hätte fast ihren Zeigefinger amputiert, der ohnehin schon so gut wie erfroren war. Keine gute Idee. Sie warf die Säge nach hinten in den Laster und wühlte wieder in der Kiste. Ein altes Hufeisen! Marta verhakte das Eisen im Schloß und versuchte, es aufzustemmen. Keine Chance. Es mußte doch in diesem Laster etwas geben, womit sich dieses verdammte Vorhängeschloß öffnen ließ! Der Laster war eine Eisenwarenhandlung auf Rädern!

Mit der Kassette kletterte Marta aus dem Laster und schlug heftig die Tür zu. Sie rannte um den Laster herum und riß die hintere Tür auf. Die Schmiede, ein winziger Ofen ohne Tür, stand auf der linken Seite. Die würde das Vorhängeschloß schon schmelzen!

Marta versuchte, das Ding in die Schmiede zu schieben und half sogar mit der Schulter nach. Aber die Kassette war zu breit. Sie packte den Kasten und hieb das Schloß gegen die hintere Kante der Schmiede, aber das einzige Resultat war eine Schramme in der Schmiede. Das Vorhängeschloß war wie neu. Wahrlich Qualitätsarbeit! Eine bemerkenswerte Herstellerfirma! Einen Moment lang fragte sich Marta, ob so ein Produkt auf handelsüblichem Weg vertrieben wurde, gleich darauf aber packte sie die Kassette und kickte sie mit einem Heber in den Schnee. Sie landete in einer Schneewehe und verschwand. Ah-oh.

Knurrend rannte Marta hinterher und buddelte sie

wieder aus. Verdammtes Vorhängeschloß. Dann war das kein Witz in diesen Werbespots für Vorhängeschlösser, wo die Leute mit den tollsten Methoden erfolglos gegen die Dinger vorgingen. Sie zog die Kassette aus dem Schnee, stellte sie auf den Boden und sprang darauf herum wie auf einem Trampolin. Anschließend begutachtete sie ihr Werk. Das Schloß hatte alles heil überstanden, ebenso der Rahmen der Kassette. Das war nicht mehr komisch. Marta fletschte die Zähne und vollführte einen Veitstanz. Ihr Blick fiel auf den Pick-up. Aber natürlich.

Sie legte die Kiste mitten auf die Straße und spurtete zum Laster, kletterte auf den Fahrersitz und schlug die Tür zu. Die Uhr im Auto zeigte 7.01 Uhr. Sie hatte noch Zeit. Sie konnte es schaffen. Christopher arbeitete für sie. Sobald sie diese Kassette geknackt hatte, war alles in Ordnung. Sie löste die Handbremse und ließ den Motor an. Der Laster hustete zweimal und sprang an.

Marta hörte sich kichern, als sie den Motor auf Touren brachte. Ein Vorhängeschloß gegen eine Anwältin? Kein Thema! Sie kurbelte das Steuer nach links und hielt direkt auf die Kassette zu.

# –47–

In ihrem feuchten Parka stürmte Bennie durch den Marmorflur des Rathauses, vorbei an der auf einer Glastafel eingravierten Aufschrift PRESSEZENTRUM. Die Eleganz des Schildes strafte das, was sich dahinter verbarg, Lügen. Der Presseraum im Rathaus war noch schmuddeliger als ein Polizeirevier, und gerade darum gefiel er Benny.

Sie stieß die Mahagonitür auf und wich geschickt dem Fernschreiber aus, der in dem bereits überfüllten Vorraum zwischen nicht aufgefüllten Verkaufsautomaten und einem schmutzigen Postfachschrank den Weg versperrte. Der Boden mit den rauhen, braunen Steinplatten war mit zusammengeknüllten Zetteln, weggeworfenen Kaugummipapierchen und sich rollenden Faxen übersät. Auf einem reichlich mitgenommenen Bücherbord moderte ein verstaubtes Lexikon mit marmoriertem Einband vor sich hin. Ein alter Garderobenständer aus Holz war unter dem Gewicht von Reportermänteln an die Wand gekippt. Ein undefinierbarer Geruch nach heißgelaufenen elektrischen Geräten vermischt mit einem Hauch Schweißgeruch hing in der Luft.

Zu beiden Seiten des Vorraumes standen bis in Augenhöhe reichende, mit schmutzigem Rupfen überzogene Trennwände, an denen zerknitterte Zeitungsausschnitte hingen. Hinter den Trennwänden befanden sich Büros mit schäbigen Büroschränken und Holzschreibtischen, auf denen ein wildes Durcheinander herrschte. Die Bücherregale quollen über von Papier, Spiralnotizbüchern aus Plastik und veralteten Handbüchern für Rechtschreibung und sinn- und sachverwandte Wörter. Im Presseraum hatte jede Zeitung ihr eigenes Büroabteil. Die Tür zum Büro der *News* markierte ein aufgerissenes Haifischmaul.

Bennie lugte über die linke Trennwand und sah den steifen Rücken ihres alten Freundes Emil Gorebian. Emil saß aufrecht vor seiner Tastatur und tippte mit der Fingerfertigkeit des Könners. Vierunddreißig Jahre lang war er die Nummer eins unter den Rathausreportern gewesen, aber als er es abgelehnt hatte, in den Vorruhestand zu gehen, hatte man ihn zur Nachtschicht degradiert. Der leitende Redakteur hatte zu ihm gesagt, die Zeitung »ist nicht zuständig für Ramschverkauf, wir verkaufen die Ware nur in der richtigen Größe«, woraufhin Emil höflich angemerkt hatte, ein Mensch sei kein Anzug. Aber es spielte keine Rolle, die Anzüge hatten das Sagen. Allein deshalb könnte Bennie nie für andere arbeiten. »Emil!« rief sie über die Trennwand.

»Bennie!« Trotz der Bestürzung in Emils Stimme war der leichte gepflegte Akzent aus dem Mittelosten nicht zu überhören. »Was muß ich von dir hören? Dein Büro, Morde. Wie schrecklich!«

»Kann man wohl sagen.« Bennie trottete, eine Tropfenspur hinter sich herziehend, in das Büro, nahm die schneefeuchte Mütze ab, zog den Parka aus und warf beides über die Rückenlehne eines Stuhles. Sie sah sich um. Die anderen Schreibtische waren unbesetzt. Die schmutziggrauen Computer waren eingeschaltet und ihre Bildschirmschoner ständig in Bewegung, aber kein Mensch saß auf einem der abgestoßenen Stühle. »Wo sind die anderen alle?«

»Die Grünschnäbel? Die meisten waren nicht imstande zu kommen. Wegen des Schnees, sie sind zu verweichlicht. Die anderen, ganz gute Reporter, bringen Unschuldige zur Strecke. Was mich angeht, ich warte auf einen Anruf meines Chefredakteurs, damit er ein paar sehr wichtige Weisheiten von sich geben kann, zum Beispiel, daß ich nicht weiß, was ich tue. Los, sag schon, was ist los?«

Bennie ließ sich auf den schäbigen Stuhl fallen und schüttelte sich, um die Kälte loszuwerden. »Ich setze die Beschwerde für dich auf, das habe ich dir gesagt. Wir müssen nicht vor Gericht, das geht über die Gewerkschaft. Wir können ihnen Ärger machen. Kein Problem.«

»Nein.« Emil schürzte die vollen, intensiv rosaroten Lippen unter dem eisgrauen Schnurrbart. Seine Augenbrauen über den runden Augen hatten die Form dicker Kommas. Seine Nase hob sich wie ein Papageienschnabel von der exotisch olivfarbenen Haut ab. »Sie sind es nicht wert, daß du oder ich uns über sie ärgern.«

»Du warst über dreißig Jahre bei dieser Zeitung. Du hast Auszeichnungen gewonnen, und deine Erfahrung ...«

»Bitte. Die Zeiten haben sich geändert. Es geht nur noch um auflagenträchtige Schlagzeilen. Was in der Vergangenheit gewesen ist, interessiert keinen. Erfahrung ist nicht mehr von Wert. Es geht nur um das, was heute passiert, nicht darum, was gestern passiert ist. Und jetzt sag endlich, was los ist. Kann ich dir helfen?«

»Ich brauche Informationen über einen Mann, der in den sechziger Jahren hier gearbeitet hat.«

»Wer ist es?« Er reckte den Hals, sein Interesse war geweckt. »Ich kenne jeden, der damals hier gearbeitet hat.«

»Eb Darning.«

»Den kenne ich nicht«, antwortete Emil wie aus der Pistole geschossen.

»Wie bitte? Bist du sicher?«

»Ja.«

»Denk nach. Kennst du wirklich jeden?«

»Jeden. Ihn kenne ich nicht, also war er nicht hier.« Emil trommelte mit den Fingern auf seinem Schlips über dem weißen Oxfordhemd, das immer noch wie frisch gebügelt aussah trotz der späten Stunde. Oder der frühen Stunde.

»Wie kannst du dir auf Anhieb so sicher sein?«

»Wie langsam muß ich sein, damit du mir glaubst? Ich habe gesagt, ich kenne den Mann nicht, also hat er nicht hier gearbeitet.«

Bennie schmunzelte. Mit ein Grund, warum sie Emil mochte, war, daß er der einzige Mensch war, der noch schneller und ungeduldiger war als sie. Eines Tages würde sie ihn mit Bean bekannt machen, die beiden würden sich wahrscheinlich gegenseitig umbringen. »Darning kann für eine Genehmigungsbehörde oder den Fuhrpark gearbeitet haben. Vielleicht für die Behörde, die für die Parklizenzen zuständig ist.«

»Sehr präzise.«

»Sei konstruktiv, Emil.«

»Hat das was mit den Morden zu tun?«

»Ja.«

»Schön.« Emils grauer Kopf mit den an den Seiten

bauschigen Haaren ruckte zu seinem Computer herum. Er drückte auf ein paar Tasten, dann auf ›Enter‹. »Eb Darning, sagst du. Ist Eb denn überhaupt ein Name?«

»Ja.«

Stirnrunzelnd starrte Emil auf den Monitor. Eine steile Falte zog sich tief über seine Stirn, so daß es aussah, als sei nicht nur sein Hemd, sondern auch seine Stirn gestärkt worden. »Was ist das bloß für ein Name?«

»Jedenfalls kein armenischer. Er war schwarz und damals noch ziemlich jung. Möglich, daß er eine Tochter hatte. Ganz sicher ist, daß er ein Alkoholproblem hatte.«

»Das gilt im Rathaus als Qualifikation«, brummte Emil, ohne den Blick vom Monitor zu wenden. »Diese alten 286er nerven mich. Die sind viel zu langsam. Da.«

»Was?« Bennie rollte ihren Stuhl näher heran. Auf dem Monitor erschien eine Namensliste.

»Das sind die Angestellten der Genehmigungsbehörde von 1960. Kein Darning dabei.«

»Versuchen wir's 1961.«

Emil betätigte eine Taste und trommelte mit den Fingern, während der Computer angestrengt arbeitete. »Warum bist du nicht verheiratet, Bennie? Du solltest verheiratet sein.«

»Ich habe eine Beziehung mit einem sehr netten Mann, der leider nicht in der Stadt wohnt.«

»Eine Beziehung ist keine Ehe.« Finster starrte Emil auf den Bildschirm. »Ich kenne jemanden, den ich dir gerne vorstellen würde.«

»Nein. Dein letztes Arrangement war eine Katastrophe.«

»Der, den ich jetzt im Auge habe, hat nichts gegen berufstätige Frauen.«

»Wie aufgeklärt.«

»Ein Armenier, natürlich. Ein Angehöriger meiner Kirche. Seine Frau ist verstorben, und er möchte wieder heiraten.«

»Vergiß es.«

»Bennie.« Emil ließ den Monitor nicht aus den Augen. »Mir liegt doch nur daran, daß du glücklich bist. Ich hoffe, du findest einen netten Ehemann.«

»Ich brauche keinen Ehemann. Ich brauche Eb Darning.«

Auf dem leeren, mattierten Monitor baute sich eine neue Liste auf. Vor dem pechschwarzen Hintergrund erschienen Namen in schwachen grünen Buchstaben. Emils scharfe Augen überflogen die Liste. »Kein Darning.« Wieder drückte er auf eine Taste. »Ich versuch's mal im Jahr darauf.«

»Danke.« Bennie versuchte, beim Lesen mit Emil mitzuhalten. »Vielleicht war Darning bei der Bauaufsicht.«

»Hier nicht«, blaffte Emil, bevor er die nächste Liste aufrief. Er und Bennie überprüften die Angestelltenlisten aller Abteilungen im Rathaus aus den letzten etwa dreißig Jahren, aber Eb Darning war auf keiner zu finden. Anschließend versuchten sie es über den gleichen Zeitraum mit Varianten von Eb Darnings Namen, darunter Heb Darnton. Auch diese Namen tauchten nicht auf. Konsterniert zog Bennie das Foto des glattrasierten Eb aus der Tasche und hielt es Emil hin.

»Hab den Mann nie gesehen.« Er gab ihr das Foto zurück.

Bennie steckte es wieder in die Tasche ihrer Jeans. Sie sagte Emil nicht, daß es sich bei Darning um den Mann handelte, den Elliott Steere erschossen hatte, aus dem gleichen Grund, aus dem sie es Bean nicht gesagt hatte. Er konnte ihr helfen, ohne Bescheid zu wissen. »Emil, ich weiß, daß Darning hier gearbeitet hat, möglicherweise wurde er bar bezahlt. Wie kann das denn sein?«

Emil lächelte verkniffen. »Das habe ich befürchtet. Vielleicht hat er für eine Partei gearbeitet und nicht direkt für die Stadt.«

»Und?«

»Das heißt, er hat für die Partei gearbeitet. Jobs für die Partei erledigt. Damals ging es im Rathaus noch anders zu. Du weißt das doch. Du bist von hier.«

»Du willst damit sagen, Darning kann gar nicht in den Listen der Stadtangestellten auftauchen. Er war unsichtbar, zumindest offiziell.«

»Ja.«

»Keiner kennt ihn, und wenn doch, gibt es keiner zu.«

»Ja. Möglich, daß er für Gelegenheitsjobs bezahlt worden ist. Um Einfluß auszuüben. Vielleicht ging es dabei sogar um Wählerstimmen. Deckt sich das mit deinen Informationen?«

»Ja«, bestätigte Bennie. Sie überlegte fieberhaft. Was war Carrier vorhin herausgerutscht? »Könnte es so was gewesen sein wie ›Straßengeld‹?«

Emil nickte. »Gekaufte Stimmen. War damals an der Tagesordnung. Jetzt nicht mehr so. Oder zumindest möchte ich das glauben.«

Bennie lehnte sich zurück und versuchte, diese Information zu verarbeiten. Das hieße, Eb Darning war ein Säufer, der auf der Lohnliste der Partei stand, und für Geld, das ihm jemand zu diesem Zweck zur Verfügung stellte, Wählerstimmen kaufte. War Steere dieser Jemand? Es mußte so sein. Welches Motiv hätte Steere sonst, Darning umzubringen? Steere haßte den Bürgermeister, weil die Stadt sich weigerte, die von ihm geforderten Höchstpreise für seine Immobilien zu berappen. Vielleicht hatte Steere Darning vor der letzten Wahl Geld gegeben, mit dem er Stimmen gegen den Bürgermeister kaufen sollte, und Darning hatte entschieden, den Mund aufzumachen, woraufhin Steere ihn ermordete. Wegen einer Kleinigkeit wäre Steere kaum ein solches Risiko eingegangen, schon gar kein persönliches Risiko.

Es paßte perfekt, und Bennie war oft genug mit Korruption im Amt konfrontiert gewesen, um beurteilen zu können, daß dies nach dem gleichen miesen Schema ablief. Es wäre nicht das erste Mal, daß in Philadelphia Wahlbetrug stattgefunden hatte und, egal, was Emil glauben wollte, bestimmt auch nicht das letzte Mal. Irgend etwas war faul im Rathaus, Bennie konnte den Gestank riechen. Sie stand auf und nahm ihre feuchte Jacke und die Mütze. »Wo ist Jen Pressmans Büro?«

»Was willst du von der Stabschefin? Den Flur runter, neben dem des Bürgermeisters. Warum?«

»Ich muß ihr ein paar Fragen stellen. Wie komme ich an sie ran? Sie kann mich nicht ausstehen. Wegen meiner Fälle mit Amtsvergehen der Polizei. Jedesmal, wenn ich die Stadt verklage, sitzt sie wie auf heißen Kohlen.«

»Ich kenne Jen Pressman. Sie mag mich. Ich gehe gern mit dir hin.« Emils dunkle Augen funkelten, in ihm erwachte wieder der alte Jagdtrieb.

»Nein, was ich mit ihr zu besprechen habe, ist vertraulich.«

»Ich geh nicht mit dir rein. Ich führe dich nur ein. Begleite dich. Ebne dir den Weg. Wenn das eine große Sache ist, gibst du sie mir exklusiv.«

»Du Schuft.« Bennie lächelte. »Was ist mit dem Anruf von deinem Chefredakteur, auf den du wartest?«

Emil schaute zu der alten schwarzen Wanduhr hinauf. »8 Uhr. Meine Schicht ist längst zu Ende. Soll er einen mit der richtigen Größe anrufen.«

# –48–

Starr vor Staunen stand Marta vor der Metallkassette. Sie war mit dem Pick-up direkt über das Ding drübergefahren, und nun lag es in der tiefen Reifenspur zermalmt im Schnee. Trotzdem war das Vorhängeschloß völlig intakt, die Scharniere der Kassette waren allerdings ein wenig verbogen. Woraus waren diese Vorhängeschlösser, aus einem außerirdischen Werkstoff? Egal, wenn Marta dieses verdammte Schloß nicht aufbekam, dann mußten eben die geborstenen Scharniere herhalten.

Sie hob die durch brutale Gewalteinwirkung außer Form gebrachte Kassette auf und schielte durch den Spalt zwischen den Scharnieren. Sie sah den Rand eines Manila-Umschlags. Ihr Herz schlug schneller. Mit den Fingern fummelte sie an den Scharnieren herum, aber mit den unförmigen Handschuhen war nichts zu machen. Sie zog sie aus, nahm sie zwischen die Zähne und versuchte den Deckel der Kassette aufzudrücken. Pech. Er war zu sehr eingedellt, er klemmte.

Marta hastete mit der Kassette zurück zum Laster und setzte sich auf den Fahrersitz. Wieder wühlte sie in der Werkzeugkiste herum. Meißel, Hämmer und ungefähr dreihundert Stichel fielen durcheinander. Wo waren die eigentlich gestern nacht alle gewesen? Ihre Finger tasteten über den Boden der Kiste, und sie zog einen dicken Schraubenzieher heraus. Nicht übel.

Sie schnappte die Kassette und trieb den Schraubenzieher zwischen den demolierten Deckel und den unteren Teil des Kastens und versuchte mit dem Schraubenzieher als Hebel den Deckel aufzustemmen. Aber der Schraubenzieher ließ sich nicht richtig ansetzen, weil sie die Kassette mit dem Laster zu flach gedrückt hatte. Sie versuchte es wieder und wieder und brach in dem eiskalten Auto in Schweiß aus. Es war schon spät. Die Sonne stand hoch. Sie mußte weg sein, bevor die Polizei Bogosians Leiche fand.

Marta legte den Schraubenzieher zur Seite und entschied sich für einen Hammer, klemmte die Kassette zwischen ihre Schenkel und schlug auf die verbogenen Metallscharniere ein. Sie spürte die Erschütterung schmerzhaft an den Beinen, und die Hammerschläge dröhnten in ihrem Schädel, aber sie hämmerte wild drauflos. Sie war kurz davor, vor Enttäuschung zu schreien, da sprang der Deckel auf. Sie riß ihn vollends weg und warf ihn mit dem immer noch daranhängenden Vorhängeschloß beiseite.

Martas Mund wurde trocken. In der demolierten Kassette leuchtete ihr der Manila-Umschlag entgegen. Die gleichen Umschläge benutzten sie in ihrem Büro in L.A. für Postwurfsendungen. Der Umschlag war zerknittert, weil er von einem Auto überfahren worden war, und er war nicht beschriftet. Fieberhaft riß sie ihn auf. Sie zog einen Packen Papiere heraus und legte ihn auf ihren Schoß. Die bedruckten Seiten sahen nach Computerdatei aus:

>18 294 827

>03 04 95
>03 06 65
>03 31 99
>F
>5'7«
>BRN
>C
>-
>*/1
>Jamie Rodriquez
>110 Kenwall Avenue
>Philadelphia, PA 19103

Unter der einzeiligen Auflistung folgten ein Strichcode, eine verkleinerte Unterschrift und das Foto eines jungen Mannes mit struppigem Spitzbart und der Miene eines Tagediebs.

Marta las die Eintragungen noch einmal. Es schien sich um Kennziffern zu handeln. Irgendwie kam ihr die Auflistung bekannt vor, aber Marta wußte nicht, woher. Sie beschäftigte sich mit dem nächsten Informationsblock:

>29 837 471
>11 10 95
>11 06 55
>11 30 99
>M
>6'2«
>BLU
>C
>-
>*/1
>Cliff Jay Martin

>3329 Dickinson Street
>Philadelphia, PA 19147

Wieder folgten der Strichcode, eine verkleinerte Unterschrift und ein Foto. Dieses Foto zeigte einen ausgemergelten Mann mit Brille; die grelle Ausleuchtung ließ ihn leichenblaß erscheinen. Wie konnte man nur ein so unvorteilhaftes Foto machen? Marta stutzte. Das war ein Foto für einen Ausweis. Ein Ausweisfoto, auf dem jeder zum Fürchten aussah. Ein Führerschein!

Sicherheitshalber ging sie noch einmal die Zeilen durch. BLU für die Augenfarbe, M für das Geschlecht. Oben Datum der Verlängerung, Geburtstag und Gültigkeitsdauer. Es handelte sich um die Angaben, die für die Ausstellung eines Führerscheins erforderlich waren, um Felder in einem vorgedruckten Formular zur Bearbeitung im Computer. Martas Büro sammelte ähnlich zusammengestellte Daten für Formbriefe und Honorarvereinbarungen. Vor ihr lag eindeutig eine Computerdatei mit Führerscheinformularen. Aber was hatte das zu bedeuten?

Marta blätterte den Stoß durch und schätzte die Zahl der Seiten ab. Knapp unter hundert, auf den meisten vier Datenfelder, jedes mit Foto. Was hatte Steere bewogen, diese Unterlagen zu verstecken? Inwiefern konnten sie ihn belasten? Die Papiere schienen vollkommen harmlos, aber kein Mensch vergrub etwas vollkommen Harmloses.

Auf der Suche nach einem Anhaltspunkt ging Marta die Seiten durch. Die Fahrer wohnten alle in Philadelphia, die Führerscheine waren also vermutlich in Philadelphia ausgestellt worden. Alter, Rasse und Geschlecht der Fahrer unterschieden sich. Schwarze Frauen, weiße

Männer, alte und junge, starrten Marta von den Seiten an, ohne ihr Geheimnis preiszugeben.

Marta überflog die Adressen. Bustleton Pike. Wolf Street. 9th Street. Baltimore Avenue. E Street. Wohnungen und Häuser, quer durch die ganze Stadt. Sie betrachtete sie genauer. Sämtliche Adressen waren in Philadelphia. Marta ging die Seiten rasch noch einmal durch, um sich zu vergewissern. Keine einzige aus einem Vorort oder der Umgebung. Und? Was hatte diese Datei mit dem Mord an Darning zu tun? Nachdenklich schaute Marta durch die vereiste Windschutzscheibe. Auf der Kühlerhaube des Lasters lag eine dünne Schneeschicht, aber sie reichte nicht aus, die Kratzer und Dellen zu verhüllen.

Plötzlich hörte Marta aus der Ferne das Geräusch eines Motors und ein Scheppern. Das stetig lauter werdende Getöse kam von der Hauptstraße. Marta rutschte tiefer in den Fahrersitz und beobachtete die Straße durch den Seitenspiegel. Ein neuer Schneepflug mit aufgezogenen Ketten rasselte an der Seitenstraße vorbei.

Marta sah auf die Uhr. 8.30 Uhr. Prompt zog sich ihr Magen zusammen. Sie war spät dran. Der Arbeitstag hatte bereits begonnen. Autos fuhren auf den Straßen. Schnee schmolz auf den Bäumen und fiel herab. Sie mußte los. Schnell. Sie klopfte die Seiten wieder zu einem ordentlichen Stapel zusammen, schob diesen zurück in den Umschlag und stopfte ihn in ihre Handtasche. Dann mußte sie eben auf der Rückfahrt nach Philadelphia weiter nachdenken. Sie fragte sich, wie es bei den Geschworenen aussah. Würde Christopher die Sache deichseln?

Marta warf die Handtasche auf den Beifahrersitz und

drehte den Zündschlüssel. Der Motor gab ein Geräusch von sich, dann herrschte Stille. Der Motor drehte nicht. Nein! Nicht jetzt, um Gottes willen! Er war doch bisher gelaufen! Das war nicht fair. Das durfte nicht wahr sein. Marta versuchte, ruhig zu bleiben und sich an Christophers Worte zu erinnern.

*Haben Sie Geduld. Er muß sich nur aufwärmen. Lassen Sie den Motor nicht absaufen.*

Schön. Marta gab vorsichtig Gas und griff nach dem Zündschlüssel. Der Motor drehte einmal, dann starb er ab.

*Reden Sie ihm gut zu. Er mag es, wenn man mit ihm spricht.*

»Komm schon, oder ich verklage dich, du verdammte Karre!« schrie Marta und drehte wieder den Zündschlüssel. Der Laster sprang prompt an.

Es hatte schon sein Gutes, wenn man Jura studiert hatte.

Marta steuerte den Pick-up auf die Hauptstraße der Insel und fuhr Richtung Süden. Die Handtasche mit dem Umschlag wurde auf dem mit Isolierband geflickten Beifahrersitz durchgerüttelt. Vor ihr erstreckte sich die Straße wie eine Piste, auf der der Schnee zu schmelzen begann. Marta kam an dem Haus vorbei, wo Bogosians Leiche lag. Kein Mensch war zu sehen, kein Auto stand in der Auffahrt. Das Haus sah aus, als hätte man es über den Winter dichtgemacht und zugesperrt.

Marta verspürte ein komisches Gefühl in der Magengegend. Sie hatte einen Mann umgebracht und ließ seine Leiche im Schnee liegen. Merkwürdig archaische Gefühle des Respekts für die Toten wallten in ihr auf. Sie dachte an das schlichte Grab ihres Vaters, an das ihrer

Mutter. Marta hatte den Grabstein für das Grab ihrer Mutter bezahlt, war aber nicht einmal zur Beerdigung gegangen. Sie beschleunigte und versuchte, nicht mehr daran zu denken.

Auf der Gegenfahrbahn näherte sich ein Wagen, und der Fahrer fuhr in dem rutschigen Schnee langsam an ihr vorbei. Marta setzte ihre Kapuze auf und zog sie tief in die Stirn. Sie konnte es sich nicht leisten, erkannt zu werden. Bestimmt brachten sämtliche Nachrichten Berichte über die Todesschüsse auf die Wachleute und über ihr Verschwinden. Sie wünschte, sie wüßte, wie die Dinge standen. Noch einmal probierte sie das Autoradio, aber sie konnte noch so sehr an dem schwarzen Knopf drehen, es hatte keinen Sinn. Kein Saft.

Marta trat auf das Gaspedal, und der Laster stotterte ein bißchen, bevor er beschleunigte. Am Straßenrand sah sie ein oder zwei Geschäfte, die gerade öffneten, einen Bagel-Laden und einen 7-Eleven-Supermarkt. Sie verließ die Insel über den Kreisverkehr und nahm die Route 72. Auf der Straße herrschte wenig Verkehr, alle Fahrer fuhren vorsichtig auf der verschneiten Fahrbahn.

Marta hielt den Kopf gesenkt und schaute wieder auf die Uhr. 9.16 Uhr. Sie brauchte Stunden bis Philadelphia. Bestimmt berieten die Geschworenen den ganzen Vormittag lang. Sie hoffte inständig, daß es Christopher gelang, die Abstimmung hinauszuzögern. Sie brauchte Zeit, um das Geheimnis der Datei zu lüften. Sie konnte sich nicht vorstellen, was an den Führerscheinen so wichtig sein sollte, aber sie wußte, wer ihr in diesem Punkt weiterhelfen konnte. Alix Locke. Die Redaktion der Zeitung hatte ihre Büros mitten in Philadelphia. Marta mußte Alix auftreiben und sie damit konfrontieren, daß sie im Besitz der Datei war. Sie würde ihr einen Handel vorschlagen. Eine lange Gefängnisstrafe konnte für eine an Kaschmir gewöhnte Frau ein sehr überzeugendes Argument sein.

Marta fuhr so schnell, wie es die Straßenverhältnisse erlaubten. Die Straße war geräumt und Salz gestreut worden, der auf den Banketten aufgehäufte Schnee schmolz zu grauem Matsch. Die schneebedeckten Krüppelkiefern und die hohen, schlanken Birken tauchten wieder auf, aber Marta hatte jetzt keine Zeit für Reminiszenzen. Der Laster stotterte, obwohl sie gleichmäßig Gas gab. Sie schaute auf die Benzinuhr. Genug Benzin im Tank.

Wieder stotterte der Laster. Was hatte er denn? Der Laster ruckelte ein wenig, dann hustete er. Marta ging vom Gas. Der Laster wurde langsamer, und sein Husten ging in ein stoßweises Ruckeln über. War was mit dem Motor? Dieses neue Geräusch hörte sich furchtbar an. Marta dachte, das Gerät spucke Blut.

»Trau dich ja nicht!« schrie sie, aber dieses Mal ließ sich der Laster nicht einschüchtern. Die Kontrollampe auf dem Armaturenbrett flackerte rot auf. Der Motor starb ab und wurde still. Mitten auf der verlassenen Landstraße rollte der Laster aus, bis er zum völligen Stillstand kam, an die hundertsechzig Kilometer von Philadelphia entfernt.

# –49–

Richter Harry Calvin Rudolph saß erhöht an seinem Mahagonipult und überblickte den Gerichtssaal. Elliot Steere, der schon wieder einen anderen italienischen Anzug trug, einen, wie ihn sich jeder, nur kein Richter, leisten konnte, saß allein am Tisch der Verteidigung. Am Tisch der Staatsanwaltschaft hing der stellvertretende Staatsanwalt, Tom Moran, zusammengesunken auf seinem Stuhl, die Augenlider eigenartig auf halbmast. Der Zuschauerraum war leer bis auf die Gerichtsjunkies, die sich den Steere-Prozeß so gierig zu Gemüte führten wie ofenfrische Pizza. Die paar vereinzelten Reporter, die es bei anderthalb Meter Schnee ins Criminal Justice Center geschafft hatten, saßen in dem für sie reservierten Bereich in der letzten Reihe. In Sibirien, wo sie hingehörten.

Richter Rudolph drehte diskret das Handgelenk und linste auf seine Uhr. Es war noch nicht ganz 10 Uhr, aber kein Gesetz verlangte von ihm, auf Studiopublikum zu warten. Er klopfte mit seinem Hammer. »Hiermit berufe ich die Verhandlung in der Sache *Commonwealth gegen Steere* ein. Gegenstand der Verhandlung ist die Feststellung, daß der Angeklagte Elliot Steere voll bewußt, im Vollbesitz seiner geistigen Kräfte und ohne Druck von außen freiwillig auf sein Recht, sich anwaltlich vertreten zu lassen, verzichtet. Fangen wir an. Mr. Steere, bitte erheben Sie sich.«

»Ja, Sir.« Steere erhob sich und blieb vor seinem Stuhl stehen. Er hatte keinen Anwalt, wirkte aber keineswegs hilflos. Im Gegenteil, er machte einen gefestigten, selbstsicheren Eindruck, völlig kontrolliert, und das war er auch.

»Mr. Steere, Sie haben mir in dieser Angelegenheit einen Brief zukommen lassen, stimmt das?«

»Ja, Sir.«

»Ist das der Brief, den Sie mir geschickt haben, Mr. Steere? Bitte treten Sie vor.«

Wie ein kampferprobter Strafverteidiger schritt Steere nach vorn zum Richterpult und betrachtete prüfend den Brief, den ihm der Richter reichte. »Das ist er, Euer Ehren.«

»Haben Sie diesen Brief eigenhändig geschrieben?«

»Ja, Euer Ehren.«

»Sie haben ihn mir heute nacht gegen 1 Uhr zustellen lassen, ist das korrekt?«

»Ja, Euer Ehren. Ich bat einen der Wärter, ihn Ihnen zu überbringen, da ich keinen Anwalt hatte.«

Hinten im Gerichtssaal kritzelten zwei Reporter eifrig Notizen in ihre Stenoblöcke. Neben ihnen saß eine Zeichnerin, die mit raschen Strichen eine Skizze zu Papier brachte. Auf ihrer Skizze wirkte Steere eher noch größer.

»Sie können sich setzen, Mr. Steere.«

»Vielen Dank.« Steere gab dem Richter den Brief zurück und ging zu seinem Stuhl am Tisch der Verteidigung. Er setzte sich, schlug die Beine übereinander und strich sein Hosenbein glatt.

Richter Rudolph wandte sich an den stellvertretenden Staatsanwalt. »Mr. Moran, mein Referendar ließ Ihnen eine Kopie von Mr. Steeres Brief zukommen. Haben Sie sie erhalten?«

»Hä?« Ruckartig fuhr der stellvertretende Staatsanwalt hoch, seine Augen waren rot gerändert und trübe. Nur sein steifer dreiteiliger Anzug schien ihn aufrecht zu halten. In seinem Kopf dröhnte noch das Schreien der kolikgeplagten Zwillinge. Auf dem vor ihm liegenden Block standen lauter Zahlen, und jede Zahl war mit zwei multipliziert.

Richter Rudolph schwenkte den Brief wie eine weiße Fahne. »Haben Sie eine Kopie von Mr. Steeres Brief?«

»Ja, ich habe eine erhalten, Euer Ehren.« Tom räusperte sich und bemühte sich, wach zu bleiben.

»Hat der Commonwealth irgendwelche Einwände dagegen, daß der Brief in das Zusatzprotokoll aufgenommen wird?«

»Nein, Euer Ehren.«

»Schön«, sagte Richter Rudolph. »Wäre die Gerichtsstenografin bitte so freundlich, diesen Brief als zusätzliches Beweisstück zu protokollieren?« Der Richter reichte den Brief über sein Pult hinweg an Carol, die Gerichtsstenografin, die sich strecken mußte, um ihn entgegennehmen zu können. Tom registrierte, wie sich ihr Rock auf ihren schlanken, muskulösen Oberschenkeln nach oben schob. Seine Frau Marie hatte immer tolle Beine gehabt. Jetzt waren sie geschwollen, und rote Pickel sprenkelten ihre Waden. Jeden Abend schmierte sie tubenweise Cortison darauf. Tom hoffte, daß die Pickel an den Beinen bald verschwunden waren.

»Mr. Steere«, fuhr Richter Rudolph fort. »Wie Sie

wissen, sind wir heute hier, weil Sie in Ihrem Brief ausgeführt haben, daß Sie sich für den Rest des Prozesses selbst vertreten möchten. Ist das unverändert Ihr Wunsch?«

»Ja, Euer Ehren.«

»Sie werden bei dieser Verhandlung nicht von einem Anwalt vertreten, ist das korrekt?«

»Ja«, antwortete Steere. »Ich möchte nicht von einem Anwalt vertreten werden. Ich kenne meine Rechte.«

»Sie sind darüber unterrichtet, daß sich das Gericht bemüht hat, Kontakt mit Ihrer ersten Anwältin, Marta Richter, aufzunehmen, dies aber ohne Erfolg.«

»Darüber bin ich unterrichtet, Sir. Ich wiederhole, daß ich als mein eigener Anwalt weitermachen will. Ich möchte nicht, daß in meinem Namen mit einer meiner früheren Anwältinnen Kontakt aufgenommen wird.«

»Sie können sich einen Anwalt leisten, nicht wahr?«

»Natürlich kann ich mir einen Anwalt leisten. Aber ich brauche keinen Anwalt. Mein Fall liegt bei den Geschworenen, ich vertraue voll auf ihr Urteil.« Steere nickte zum Zuschauerraum hin, wo ein silberhaariger John LeFort neben einem anderen Anwalt in der ersten Reihe saß. »Allgemein vertritt mich die Kanzlei Cable & Bess, Euer Ehren, und meine Anwälte sind heute morgen im Gerichtssaal anwesend. Sie werden als meine juristischen Berater einspringen, wenn es nötig sein sollte.«

»Und sind Sie zufrieden mit der Vertretung durch diese Anwälte, Mr. Steere?«

»Völlig.«

Richter Rudolph nickte. »Die Qualifikation der Kanzlei Cable & Bess ist hinreichend bekannt. Da ist allerdings noch ein Antrag *in limine*, eingereicht von der

Staatsanwaltschaft. Ihre ehemalige Anwältin, Ms. Richter hat erklärt, sie wolle noch eine entsprechende Erwiderung einreichen.«

»Das war ein Mißverständnis. Ich habe die Angelegenheit mit meinen Anwälten besprochen, wir werden keine Erwiderung einreichen. Ich möchte nicht, daß es bei meinem Prozeß zu weiteren Verzögerungen kommt.«

»Schön.« Das lief hervorragend. Alle entscheidenden Punkte waren abgedeckt. Steere hielt sich wie ein Champion. Zeit, die Sache zu einem guten Ende zu bringen. »Mr. Steere, Sie haben zwar völlig unmißverständlich zum Ausdruck gebracht, daß Sie sich selbst zu vertreten wünschen, doch die Gesetze von Pennsylvania erfordern es, daß ich eine formale, protokollierte Befragung durchführe, damit unanfechtbar festgehalten wird, daß dieser Verzicht bewußt und freiwillig erfolgt. Haben Sie verstanden?«

»Ja, Euer Ehren.«

»Gut. Ich werde Ihnen eine Reihe von Fragen stellen, deren Zweck darin besteht, unwiderlegbar festzuhalten, daß Sie wissen, daß Sie das Recht haben, von einem Anwalt vertreten zu werden, daß Sie den Inhalt der gegen Sie erhobenen Anklagen voll erfaßt haben sowie die Grundlagen, auf denen diese basieren, daß Sie sich bewußt sind, in welchem Rahmen sich das Urteil bezogen auf die gegen Sie erhobenen Anklagen bewegen kann, und daß Sie, wenn Sie auf Ihr Recht auf Vertretung durch einen Anwalt verzichten, an alle üblichen Verfahrensregeln gebunden sind. Habe ich mich klar ausgedrückt?«

»Ja.«

Tom Moran blinzelte, um wach zu bleiben, aber er

glitt in einen Traum hinüber. Er konnte die Windeln nicht finden, und die Zwillinge standen kurz vor der Hochzeit. Niemand kam zum Hochzeitsempfang, weil er die Spucktücher vergessen hatte. Die Zwillinge und ihre Ehemänner bezogen das Kinderzimmer, das immer noch nicht gestrichen war, weil ihm der Babypuder ausgegangen war.

»Dieser Fall ist insofern ungewöhnlich, als die Geschworenen bereits beraten«, fuhr der Richter fort, »aber ich halte diese Befragung aufgrund der vorgeschriebenen Rechtsbelehrung ab. Was den Prozeßablauf anbelangt, so wünschen Sie in Ihrem Brief, daß die Sache ohne Verzug fortgesetzt wird. Ich veranlasse, daß die Geschworenen die Beratung wiederaufnehmen, sobald diese Befragung beendet ist.«

»Vielen Dank, Euer Ehren.«

»Keine Ursache.« Richter Rudolph griff nach seinen Unterlagen. Er würde exakt nach der Liste vorgehen und jede einzelne Frage abhaken. Bei der letzten war der Steere-Prozeß wieder im Lot. Diese Raffinesse bei der Handhabung von Zwischenfällen war es, die Richter Rudolph für große Aufgaben prädestinierte. Erleichtert setzte er die Brille auf die Nase und begann mit der ersten Frage.

# –50–

Bennie und Emil gingen den breiten Flur hinunter, vorbei an der imposanten, von Schaukästen und einem gläsernen Schild mit der eingravierten Aufschrift BÜRO DES BÜRGERMEISTERS flankierten Mahagonitür. Die Wände waren mit grauem und rosa Marmor verkleidet. Der Korridor war leer, und der Marmorfußboden glänzte wie ein polierter Sarg.

Emil deutete ein Stück voraus auf die linke Seite. Dort öffneten sich Doppeltüren aus Mahagoni auf die Mitte des Korridors, und aus ihnen ergoß sich das Scheinwerferlicht des Fernsehens und warf ein leuchtendes Parallelogramm auf den funkelnden Boden. Aus dem Raum drang Gelächter, das in dem gruftähnlichen Flur widerhallte. »Sind mal wieder Händedruck und Grinsen angesagt«, bemerkte Emil. »Will dieser Mann etwa wiedergewählt werden, oder was?«

»Ich nehme an. Ist die Pressman da nicht dabei?«

»Sie geht nur hin und wieder mit. Vermutlich ist sie in ihrem Büro.« Emil blieb vor einer Tür stehen, neben die eine goldene Zahl gemalt war. »Überlaß das Reden mir. Die Sekretärin ist eine Freundin von mir. Halt dich hinter mir.«

»Emil, ich bin dreißig Zentimeter größer als du. Du

kannst einen Mammutbaum nicht hinter einem Olivenbaum verstecken.«

»Dann verdecken wir dein Gesicht.« Emil zog Bennie die Mütze ins Gesicht. »Links von der Tür ist ein Wartezimmer. Setz dich da rein, bis ich an der Sekretärin vorbei bin. Verstanden?«

»Ja, Euer Ehren.«

»Laß diese Scherzchen. Männer mögen das nicht.«

»Dann höre ich sofort damit auf. Auf der Stelle.«

»Hmmph.« Emil rückte seinen Schlips gerade und öffnete die Tür auf ein sparsam möbliertes Sekretariat mit hohen Decken. Nur eine Sekretärin war anwesend, und die schlief, gestützt auf einen Ellenbogen, tief und fest an ihrem Schreibtisch mit Blick zur Tür. Emil zeigte Bennie den erhobenen Daumen und deutete auf den Wartebereich, in dem eine Couch und zwei Stühle um ein Couchtischchen gruppiert waren. Gehorsam marschierte Bennie zur Couch und setzte sich. Links war ein Wasserkühler und ein Postfach. Hinten im Flur mußte Pressmans Privatbüro liegen.

»Flossie«, flüsterte Emil. »Flossie?« Er berührte die Sekretärin sacht am Arm, und sie fuhr hoch.

»Oh. Du meine Güte. Was ist?« Die Sekretärin wurde munter, als sie Emil erkannte. »Emil, meine Güte! Ich muß mitten in der Arbeit eingenickt sein. Wie peinlich!« Sie lachte gekünstelt und fummelte an ihrer Goldkette herum.

»Schon in Ordnung. Ich döse auch manchmal ein, seit ich die Nachtschicht mache.«

»Jetzt weiß ich, wie Ihnen dabei zumute ist. Ich war die ganze Nacht hier.« Sie zog ihren marineblauen Pullover straff und kämmte sich mit den Fingern das kurzgeschnittene braune Haar. Sie war mittleren Alters, die Haut um ihre Lachfältchen war ein wenig schlaff. Fotos mit Schnappschüssen geschmeidiger bengalischer Katzen standen auf ihrem Schreibtisch. »Ich weiß nicht, wie Sie das durchhalten.«

»So lala. Manchmal komme ich mir vor wie ein Maulwurf. Wie sind übrigens Ihre gefüllten Weinblätter geworden?«

»Einfach wunderbar! Ich muß Ihnen unbedingt danken. Meine Schwiegertochter hat drei gegessen, und Sie wissen ja, wie heikel sie ist. Sie erinnert mich an Sie-wissen-schon. Frau Wichtig.« Die Sekretärin deutete kurz und gereizt mit dem Daumen auf Pressmans Büro.

»Das freut mich wirklich, daß die Weinblätter so gut gelungen sind. Ich hoffe, Sie haben die Blätter nicht zu lange angebraten. Das ist nämlich das Geheimnis.«

»Nein«, antwortete die Sekretärin. »Ich habe mich genau an das Rezept gehalten. Es war viel leichter, als ich gedacht habe.«

»Und jetzt verraten Sie mir, warum Sie die ganze Nacht hiergeblieben sind, Flossie?« Emils Stimme war honigsüß wie Baklava. Bennie hinten auf ihrem Sofa verdrehte die Augen und fragte sich, wann er endlich zum Thema käme.

»Wegen des Schneesturms natürlich. Wegen der Schneepflüge. So ein Chaos. Die Katzen sind bestimmt völlig durcheinander. Smoochie kann ohne mich nicht schlafen, das arme Ding.«

»Ich kann gut verstehen, wie Ihnen zumute ist. Wenn ich Nachtschicht habe, sehe ich meine Frau und die Mädchen so gut wie nicht. Man gewöhnt sich nur sehr schwer daran.«

»Es regt mich wirklich auf, wie man mit Ihnen umgesprungen ist, Emil. Ich kaufe die *News* nie wieder.«

»Flossie, mein Kampf ist nicht der Ihre. Und ich wollte Sie auch nicht aufhalten, ich wollte zu Jennifer. Ist sie da?«

»Nein.« Verächtlich schürzte die Sekretärin die Lippen. »Sie ist schon vor einer ganzen Weile gegangen. Hat sich einfach verdrückt und ist gegangen. Ich muß dableiben, weil ich zur ›Mannschaft‹ gehöre.«

»Wie bitte?«

»Ersparen Sie mir, es noch mal zu sagen.«

»Wo ist sie hingegangen? Ich müßte sie sprechen.«

»Nach Hause vermutlich, aber dort können wir sie nicht erreichen. Ich weiß es nicht.« Die Sekretärin schüttelte den Kopf. »Vermutlich ist sie bald im Büro, Sie dürfen sich gerne hinsetzen und warten.«

»Was sein muß, muß sein. Vielen Dank«, sagte Emil freundlich, aber Bennie hinten auf ihrem Sofa gab nur ein Knurren von sich.

# –51–

Die Geschworenen nahmen rund um den Konferenztisch ihre gewohnten Plätze ein, die gleichen wie im Beratungszimmer des Gerichts. Das Konferenzzimmer des Hotels war wie das Beratungszimmer im Criminal Justice Center ein großer, moderner Raum mit Fenstern, auch hier lagen auf der Mitte des Tisches ordentlich gestapelt die Blöcke, und das Eiswasser schmeckte ebenfalls nicht anders. Im Grunde bestand der einzige Unterschied zu gestern darin, daß Christopher Graham zum Erstaunen aller seine Meinung geändert hatte. Und den Bart abrasiert.

»Sie haben Ihre Meinung geändert?« fragte Ralph Merry, und um seinen sperrangelweit offenen Mund legten sich die Hängebacken in Falten reinsten Erstaunens. »Ihrer Ansicht nach sollen wir Steere *verurteilen*?«

»Unbedingt«, antwortete Christopher mit soviel Festigkeit, wie er aufzubringen imstande war. »Ich stimme für schuldig im Sinne der Anklage.«

Megan registrierte verblüfft den Wandel, der mit Christopher vorgegangen war, und sie dachte dabei nicht eine Sekunde an seine Meinungsänderung. Ohne den Bart sah man, wie kantig Christophers Kinn war und auch das markante Grübchen im Kinn. Er hatte volle, schön geschwungene Lippen. Außerdem sah er zehn Jahre jünger und schlanker aus. Megan rutschte auf die Stuhlkante vor. »Sie haben sich den Bart abrasiert?« fragte sie.

Ralph beachtete sie nicht. »Aber Christopher, gestern sagten Sie noch, wir sollen Steere freisprechen. Sie waren von Anfang an der Meinung, daß er unschuldig ist. Wie kommt es zu diesem Sinneswandel?«

Megan kriegte sich kaum ein, sie war hin und weg von ihm. Christophers Verwandlung war unfaßbar. Er sah toll aus. »Ich finde, ohne Bart sehen Sie besser aus.«

Christopher lächelte und zuckte erfreut die Achseln. Er fühlte sich wohler ohne Bart, wie ein neuer Mensch vor einem neuen Anfang. Lainie wollte ihn nicht und Marta auch nicht. Tja, er fing von vorne an, aber das konnte er Megan nicht sagen. »Ich weiß nicht, warum ich mich rasiert habe, aber ich weiß, warum ich meine Meinung geändert habe. Ich konnte die ganze Nacht nicht schlafen. Mein Gewissen sprach zu mir.«

»Ihr Gewissen?« fragte Ralph ungläubig.

Gussella Williams schien am Boden zerstört. »Christopher? Ändern Sie wirklich Ihre Meinung? Sie nehmen uns nicht auf den Arm?« Ihr gutmütiges Gesicht offenbarte schlagartig höchste Ablehnung, und Christopher brach fast das Herz. Verunsichert zögerte er und sah nacheinander jeden einzelnen der Geschworenen an. Fast auf jedem Gesicht am Tisch spiegelte sich das Entsetzen von Gussellas Miene wider. Sie hatten sogar ihre besten Kleider angezogen, sich schick gemacht für den großen Tag, an dem sie endlich heimgehen konnten. Christopher fühlte sich furchtbar, weil er sie von ihren Familien fernhielt, besonders im Falle von Mrs. Wahlbaum, die seinen Blick als letzte mit vor Enttäuschung dunklen Augen erwiderte.

»Ist das Ihr Ernst, Christopher?« fragte sie verständnislos. Elender hätte sie sich nicht fühlen können, wenn ihre beste Schülerin bei einer Zwischenprüfung durchgefallen wäre. »Bitte erklären Sie mir das.«

Christopher gemahnte sich an seine Mission und gab sich einen Ruck. Er würde ihnen die Wahrheit sagen, in gewisser Weise. »Tut mir leid, Mrs. Wahlbaum. Tut mir leid für Sie alle, aber ich glaube, Steere gehört ins Gefängnis. Er ist gefährlich. Ein Mörder.«

*Klatsch!* Kenny Manning und Lucky Seven wechselten einen »Give-me-five«-Handschlag, aber sie waren die einzigen, die freudig reagierten. Die anderen waren wie vor den Kopf geschlagen.

»Wirklich?« fragte Nick. Er fiel aus allen Wolken. Heute morgen war er völlig entspannt aufgewacht. Jetzt packte ihn wieder diese schreckliche Nervosität. Seit gestern abend hatte er gewußt, wie er abzustimmen hatte. Antoinetta hatte es ihm bei ihrem Besuch gesagt. Er sollte für nicht schuldig stimmen. Dann wäre alles schneller vorbei, und er hätte keine Probleme in der Nachbarschaft. Jetzt geriet Nick total durcheinander.

»Aber warum?« fragte Mrs. Wahlbaum. »Es muß doch einen vernünftigen Grund dafür geben? Erklären Sie uns das bitte.«

Christopher räusperte sich. Er hatte seine Rolle die ganze Nacht lang einstudiert. »Ich bin nicht einverstanden damit, wie Steere sich verhalten hat. Ich begreife nicht, warum er nicht einfach weitergefahren ist. Wenn ein Kerl drohend auf mich zukommt, wenn ich in meinem Laster sitze, fahre ich weiter.«

»Verdammt richtig«, bekräftigte Lucky Seven.

Mrs. Wahlbaum runzelte die Stirn. »Mr. Steere hatte Angst. Todesangst, das haben Sie selbst gesagt. Gestern hatten Sie doch noch vollstes Verständnis für seine Situation.«

»Gestern hatte ich noch nicht alle Aspekte erfaßt. Ich mußte erst noch einmal darüber schlafen.«

»Aber Sie haben sehr überzeugend argumentiert. Sehr vernünftig.«

Christopher schien sich nicht wohl zu fühlen in seiner Haut. »Ich glaube, mein Gewissen hat sich gemeldet. Steere hätte den armen Teufel nicht einfach kaltbütig erschießen dürfen.«

Mrs. Wahlbaums gestrichelte Augenbrauen sanken müde herab. »Mr. Steere geriet in Panik. Er wußte nicht, was er tun sollte. Er hat rein biologisch reagiert, aus reinem Selbstschutz.«

Martin Fogel verschränkte die mageren Arme. »Jetzt ist sie Biologin«, verkündete er, aber Christopher ignorierte ihn. Er stand von seinem Stuhl vor dem großen Fenster am Kopfende des Konferenztisches auf. Draußen tobte immer noch der Schneesturm. Schneeflocken fielen aus einem grauen Himmel auf eine bereits völlig weiß verhüllte Stadt. Im Zimmer herrschte lastende Stille, und der Schnee dämpfte die wenigen von außen kommenden Geräusche.

»Ich kann mir nicht vorstellen, daß Steere tatsächlich so große Angst gehabt haben soll«, sagte Christopher und blieb hinter seinem Stuhl stehen. »Warum eigentlich? Der arme Tropf war doch eindeutig obdachlos. Und voll bis oben hin.«

Megan konnte ihre Augen nicht von Christopher abwenden. Vor dem Hotelfenster sahen seine Schultern sehr breit aus. Sie hatte ihr tollstes Make-up aufgelegt, weil sie damit gerechnet hatte, heute endlich wieder online zu gehen. Aber wenn sie den neuen Christopher ansah, vermißte Megan ihren Computer plötzlich gar nicht mehr.

»Ich hege den leisen Verdacht, daß Steere vielleicht Angst vor dem Messer gehabt hat«, bemerkte Ralph Merry trocken. »Könnte doch sein, daß das Messer dabei eine Rolle spielte. Der Mann war übrigens ein Straßenräuber, kein Tippelbruder oder dergleichen.«

»Aber der Mann war betrunken«, entgegnete Christopher. »Er konnte gar nicht mehr richtig mit dem Messer umgehen.«

Ralph schüttelte den Kopf. »Christopher, die Verteidigung hat den Beweis erbracht, daß der Gangster nicht volltrunken war. Wissen Sie noch, was der Sachverständige ausgesagt hat? Der Blutalkohol des Gangsters ergab, daß keine Volltrunkenheit vorlag. Der Gangster konnte mit einem solchen Messer durchaus ganz schönen Schaden anrichten.«

»Da bin ich anderer Meinung«, widersprach Christopher. »Es war eine leere Drohung, trotzdem hat Steere ihn umgebracht.«

Lucky Seven grinste, und Kenny Manning verschränkte die Arme. »Der Mann muß in den Knast«, verkündete Kenny und nickte bekräftigend.

Christopher nickte im Einklang mit seinem neuen Verbündeten. »Und warum trat Steere nicht in den Zeugenstand? Warum stellte er sich nicht einfach hin und hat ausgesagt? Seine Version der Geschichte erzählt?«

»Das darf bei unserer Entscheidung keine Rolle spielen«, erklärte Mrs. Wahlbaum. »Mr. Steere hatte das Recht, nicht in den Zeugenstand zu gehen. Wir dürfen das nicht gegen ihn auslegen.«

»Ich weiß, trotzdem, ich kann nicht anders, ich muß mich das einfach fragen«, sagte Christopher. »Bedenken Sie bitte, Mrs. Wahlbaum. Wir haben einen Eid abgelegt. Wir müssen die Wahrheit herausfinden. Wir sind verpflichtet, uns zu fragen, warum jemand etwas zu verbergen hat.«

»Wir sollen uns bei der Beratung an das halten, was der Richter uns gesagt hat«, beharrte sie. »Wir müssen uns an das Gesetz und an die Beweislage halten.«

»Aber wenn der Tag zu Ende geht, müssen wir uns unserem Gewissen stellen«, sprach Christopher so überzeugend wie möglich. Er deutete auf sein Flanellhemd, auf die Stelle, unter der sich sein Herz befand, und das machte alles noch pathetischer. »Wir sind es, die die Entscheidung fällen müssen, und wir sind es, die mit dieser Entscheidung leben müssen.«

»Stimmt«, pflichtete ihm Lucky Seven bei. »Alle anderen, die machen einfach weiter. Der Richter und die Anwälte, die machen mit dem nächsten Prozeß weiter. Wir sind diejenigen, die damit leben müssen.«

Christopher nickte. »Warum hat Steere ihn erschossen? Warum hat er ihn nicht einfach geschlagen – ihm eine gescheuert – und ist weitergefahren? Oder wenn er schon auf ihn schießen mußte, warum hat er ihn nicht in die Schulter geschossen oder sonst wohin, so daß der arme Kerl nicht gleich daran gestorben wäre? Nein, er hat geschossen, weil er ihn umbringen wollte.«

»Tausend Sachen hätt er machen können«, sagte Lucky Seven, und wieder nickte Christopher beipflichtend.

Die Köpfe der Geschworenen gingen ständig zwischen den beiden hin und her.

»Richtig.« Die Reihe war wieder an Christopher. »Genau. Ich weiß, wie Sie es alle sehen, und gestern dachte ich nicht anders. Aber eines haben wir alle bei alldem vergessen. Elliot Steere ist schuld, daß ein Obdachloser tot ist. Ein Mensch ist tot. Niemand kann ihn wieder lebendig machen.«

Im Zimmer breitete sich urplötzlich Stille aus. Megan schielte zu Mrs. Wahlbaum hinüber, die ihre Lippen schürzte. Nick trank zittrig einen Schluck Wasser. Wanthida senkte den Blick.

Nur Gussella musterte ihre Mitgeschworenen mit unverhohlener Mißbilligung. Sie dachte nicht daran, noch eine Woche mit ihrem Enkelsohn zu versäumen. So kleine Babys wuchsen wahnsinnig schnell heran, und Gussella wollte den kleinen Jungen endlich in den Armen halten. Sie spürte schon den zarten Körper an ihrer Haut, ein warmes Bündel. Rundliche Ärmchen schmiegten sich um ihren Hals. Knubbelige Fingerchen, die man liebkosen konnte. Eine knisternde Pampers über dem kleinen Hinterteil. Sie konnte nicht eine Minute länger warten. »Seid ihr alle verrückt geworden? Dieser Mann hat Unrecht getan! Er hat versucht, Steere den Wagen zu stehlen! Er hat Steere ein Messer an die Kehle gehalten! Wir alle haben gesehen, wie seine Anwältin den Hergang der Tat demonstriert hat. Er hat Steere mit dem Messer eine Verletzung mitten im Gesicht zugefügt!«

»Unter dem Auge«, ergänzte Mrs. Wahlbaum. »Mr. Steere hätte sein Augenlicht verlieren können.«

Mr. Fogel warf ein: »Vielen Dank, Dr. Wahlbaum. Jetzt ist sie Augenärztin.«

Christopher sah sie alle an. »Ja, das alles ist richtig. Alles, was Sie über das Verhalten dieses Mannes sagen, ist wahr. Aber die Frage, vor die wir uns gestellt sehen, lautet, hat er verdient, dafür zu *sterben*? Hätten *Sie* ihn deswegen umgebracht?«

»Verdammt«, sagte Lucky Seven leise, und sogar Mrs. Wahlbaum sah aus, als müsse sie zweimal überlegen.

Ralph Merry betrachtete nacheinander die Gesichter, und Unbehagen beschlich ihn. Könnte sein, daß er bald im Regen stand. Christopher mit seiner bodenständigen Art könnte es glatt fertigbringen, ihnen eine andere Meinung aufzuquatschen, obwohl sie so dicht vor einem Freispruch standen. Er könnte eine Verzögerung herbeiführen und Uneinigkeit der Geschworenen in der Schuldfrage bewirken. Könnte sein, daß er sie mürbe machte.

Ralph erwog rasch die Möglichkeiten, die ihm blieben, und entschied sich für die seiner Ansicht nach vernünftigste. Er mußte das Geschwätz dieses Trottels im Keim ersticken. Die Geschworenen waren morgens in der Erwartung aufgestanden, daß sie heute nach Hause gehen konnten, daß sie in ein oder zwei Stunden einen einstimmigen Freispruch erzielten. Selbst Kenny Manning hatte sich beim Frühstück nicht so großspurig aufgeführt wie sonst. Die schwarzen Brüder waren kurz davor wegzutreten. Ralph sah seinen großen Moment gekommen, den Big Mo, wie George Bush zu sagen pflegte.

Ralph schaute auf seine Uhr. 11.10 Uhr.

Bis zum Mittagessen mußte er den Trottel außer Gefecht gesetzt haben. Die Geschworenen wollten einen Freispruch, und er mußte das Urteil durchbringen. Er sah sich bereits als Sieger in einem Blitzkrieg wie

General Schwarzkopf. Rein, in den Hintern treten und raus. Das hier war seine persönliche Aktion Wüstensturm. Schließlich hatte er einen Vertrag zu erfüllen. Mit einem Killer. »Braucht noch jemand eine Pinkelpause?« fragte Ralph und versuchte, seiner Stimme einen beiläufigen Klang zu verleihen.

# –52–

Marta stand auf dem sonnigen Seitenstreifen der Route 27 vor einem von Abgasen geschwärzten und zerfressenen Schneehaufen. Die Handtasche über die Schulter gehängt, hob sie den Daumen, um mitgenommen zu werden. Sie versuchte, das Déjà-vu-Gefühl zu verdrängen, aber das war unmöglich: Marta stand wieder auf der Landstraße, inmitten verschneiter Wälder. Winkend, hoffend, bettelnd um eine Mitfahrgelegenheit. Es war unvermeidlich, daß sich Erinnerung und Angst einstellten. Sie war von Ensetzen gepackt, daß sie das wieder tun mußte.

*Bitte, Sir! Bitte, halten Sie an!*

Ein Heizöllastwagen mit einem langen silbernen Tank näherte sich auf der Straße. Marta hob die Hand, konnte sich aber nicht dazu überwinden, dem Lastwagen zu winken. Es war, als sei sie gelähmt. Ihre Muskeln weigerten sich zu gehorchen. Ihr Herz hämmerte wie wild in ihrer Brust. Ihr wurde schwindlig, ihr brach der Schweiß.

*Bitte, Sir! Bitte!*

Der Öltanker ratterte stetig näher. Sein Tank leuchtete in der Sonne wie eine Gewehrkugel. Marta mußte ihn anhalten. Sie versuchte zu winken, aber ihr Arm bewegte sich nicht.

*Bitte, Sir. Bitte halten Sie an!*

Bitte halte an. Bitte nicht. Das Dröhnen des Tankwagens kam näher und näher. Der Fahrer mit der Brille war fast über ihr. Sie spürte seine Hand auf ihrem Knie. Sie glitt an ihrem Oberschenkel hinauf. Angst kroch ihr in sämtliche Glieder. Die Knie wurden ihr weich. In panischem Schrecken wollte sie davonlaufen. Sie saß gefangen im Kombi. Mach die Tür auf. Spring raus. Lauf weg. *Lauf weg.*

Da blinzelte sie. Der Fahrer mit der Brille war verschwunden, an seiner Stelle saß ein Lastwagenfahrer mit einem fleischigen Gesicht. Er trug einen weißen Overall, keinen Schlips und kein Sakko. Es war nicht der Mann im Kombi. Marta würgte ihre Angst hinunter und winkte. Energisch, noch energischer. Sie fuchtelte wie eine Wilde.

»Anhalten bitte!« hörte sie sich schreien. Es war ihre Stimme, nicht die ihrer Mutter. Auch die Handbewegung war die ihre. Marta war weder eine Lügnerin noch eine Säuferin. Ihr Wagen hatte wirklich eine Panne. Sie brauchte wirklich eine Mitfahrgelegenheit. Sie hüpfte auf und nieder und wäre fast auf dem Matsch ausgerutscht. Sie schrie aus vollem Hals. Es war ihr egal. Sie mußte ihn anhalten. Und sie fühlte sich frei, vollkommen frei.

»STOPP bitte!« brüllte sie, aber der riesige Sattelschlepper donnerte an ihr vorbei, und der Doppler-Effekt verschluckte ihren Schrei. Marta sprang nach hinten, um nicht von dem unter den Rädern aufspritzenden grauen Matsch getroffen zu werden. Sie hörte auf zu zittern und beobachtete, wie der Lastwagen über die leere Landstraße davonrollte, zu einem silbrigen Punkt schrumpfte und schließlich in der dünnen, kalten Luft verschwand.

Zehn Minuten später saß Marta in einem blauen Dodge Omni, der über die Route 72 schlich. Eine ältere Frau, die nach Philadelphia fuhr, um ihre geschiedene Tochter zu besuchen, saß am Steuer. Der Wagen hätte ein Glückstreffer sein können, aber schon einen Kilometer später bereute Marta, je eingestiegen zu sein. Es war 11.30 Uhr, und sie wäre zu Fuß schneller in Philadelphia gewesen. »Darf ich das Radio *wirklich* nicht einschalten?« fragte Marta in einem neuerlichen Versuch. Sie mußte wissen, wie die Dinge standen. Berieten die Geschworenen noch? Waren die Bullen hinter ihr her?

»Kein Radio«, antwortete die Frau kategorisch. Sie war ungefähr Mitte Sechzig und hatte glatte graue, vorne ins Gelbliche übergehende Haare, die eng wie eine Kappe an ihrem Kopf klebten. Sie konnte kaum über das Lenkrad gucken, das sie so fest umklammerte, daß ihre arthritischen Fingerknöchel hervorstanden. Zwischen ihren Lippen hing eine dünne braune Zigarette, und immer wieder fiel Asche auf ihre dünne Stoffjacke.

»Nicht einmal für ein oder zwei Minuten?«

»Kein Radio.«

»Warum nicht?«

»Es ist mein Auto, und ich mag keine Musik.«

»Ich will ja auch keine Musik hören, sondern die Nachrichten. Ich muß die Nachrichten hören.«

»Kein Radio.« Die Frau schüttelte den Kopf und reckte das Kinn, und der Wagen kroch im Schneckentempo weiter. »Ich kann Nachrichten nicht ausstehen. Ich höre mir nie die Nachrichten an. Wenn im Fernsehen Nachrichten kommen, schalte ich um. Zur Mittagszeit paß ich auf, was ich zu hören kriege. Und wissen Sie, warum? Sämtliche Nachrichten sind schlechte Nachrichten.«

»Wollen Sie denn nicht den Wetterbericht hören? Wir fahren in einen Schneesturm.«

»Ich schaue aus dem Fenster, das ist mein Wetterbericht.« Die Frau zog an ihrer Zigarette, und ihre hohlen Wangen wurden noch hohler. »Wenn es regnet, nehme ich meinen Schirm. Wenn es schneit, ziehe ich meine Stiefel an. Was soll daran so schwer sein?«

»Aber in Philadelphia tobt ein Blizzard«, bemerkte Marta, die kurz davor war, die Beherrschung zu verlieren. »Sie sollten sich die Verkehrsdurchsage anhören. Wollen Sie denn nicht wissen, welche Straßen Sie nehmen müssen, damit Sie zu Ihrer Tochter kommen?«

»Ich weiß nun wirklich, wie ich zu meiner eigenen Tochter komme.«

»Und wenn Sie nicht durchkommen, wegen des Schnees?«

»Ich komme durch. Wenn meine Tochter mich braucht, komme ich durch.« Die Frau stieß eine Rauchwolke aus, die wie eine Welle über das Armaturenbrett brandete. Beißender Qualm erfüllte den Kompaktwagen, und Marta kurbelte das Fenster ein Stückchen runter. »Lassen Sie das!« blaffte die Frau. »Da kommt nur Kälte rein.«

»Entschuldigung.« Marta kurbelte das Fenster wieder hoch. Ihre Nase biß. Ihre Augen tränten. Sie schwitzte in ihrer Jacke und der Thermohose. Bei diesem Tempo kämen sie nie nach Philadelphia. Litte Marta nicht unter Reisekrankheit, würde sie gar nicht merken, daß sie sich überhaupt in Bewegung befand.

»Lassen Sie das Fenster zu! Ich bin älter als Sie und nicht mehr so widerstandsfähig.« Sie schnippte Asche in einen von zerdrückten Stummeln überquellenden Aschenbecher und warf Marta einen Seitenblick zu. Ihre braunen Augen hinter der Zweistärkenbrille mit dem rosaroten Gestell waren vorwurfsvoll. »Ich hole mir den Tod.«

»Es ist so verraucht hier drin.«

»Oh, eine von denen sind Sie? Auch Raucher haben Rechte, damit Sie es nur wissen. Das ist Diskriminierung! Im Pancake House müssen die Raucher für sich sitzen. Im Nichtraucherbereich kann sonst sitzen, wer will. Da dürfen Drogenabhängige sitzen oder Leute mit Tuberkulose. Ein Schild KEINE DROGENABHÄNGIGEN hängt da nicht, oder?«

Marta lächelte, fast überzeugt. Vielleicht lag es am Zigarettenrauch, der ihrem Gehirn den Sauerstoff raubte. Sie spähte durch das Kohlenmonoxid aus dem Fenster. Von den Bäumen tropfte schmelzender Schnee, und der Wagen fuhr so langsam, daß Marta genügend Zeit blieb, jeden einzelnen Baum zu bestimmen. Erst hinter Pennsauken hatte sie es geschafft, die Frau zu überreden, das verdammte Radio einzuschalten, und nach ein paar Minuten Nachrichten kam ein Bericht über den Prozeß:

»Hier ist Howard Rattner mit einem Bericht aus dem Criminal Justice Center in Philadelphia. Heute vormittag wird die Entscheidung der Jury im Mordprozeß gegen den Immobilienmakler Elliot Steere erwartet. Die Beratung der Geschworenen wird voraussichtlich nur ein paar Stunden dauern, Beobachter gehen davon aus, daß sie bald zu einem Freispruch gelangen. Juristische Sachverständige erklären, die Geschworenen hätten keine Kenntnis von den Todesschüssen auf die beiden Sicherheitsleute in der letzten Nacht in dem Gebäude, in dem sich auch die Büros von Rosato & Associates befinden, der Kanzlei, die nur Frauen beschäftigt und die mit der Verteidigung von Mr. Steere betraut war.«

Marta versuchte, ruhig zu bleiben. Gut, die Geschworenen berieten noch. Christopher hatte die Entscheidung erfolgreich verzögert. Vielleicht gelang es ihm, sie von einem Schuldspruch zu überzeugen. Sie durfte die Hoffnung nicht aufgeben.

»Was die beiden Anwältinnen betrifft, die bis vor kurzem mit der Verteidigung in diesem Mordprozeß betraut gewesen sind«, fuhr der Reporter fort, »gibt es keine neuen Erkenntnisse. Elliot Steeres frühere erste Anwältin, Marta Richter, wird nach wie vor vermißt, niemand weiß, wo sie sich aufhält. Eine weitere Anwältin der Verteidigung, Mary DiNunzio, liegt noch auf der Intensivstation und kämpft um ihr Leben. Wie berichtet, wurde Miss DiNunzio in den frühen Morgenstunden von einem unbekannten Täter angeschossen und noch in der Nacht operiert.«

Marta saß da, als hätte man ihr einen Schlag versetzt. Ihr drehte sich alles vor den Augen, während sie eine Mautstelle passierten.

»Ich hab's Ihnen ja gesagt, immer nur schlechte Nachrichten«, meinte die alte Frau. »Mord und Totschlag. Das ist alles, was sie bringen. Das ist alles, was für die zählt.« Die Frau machte eine Bewegung, als wolle sie das Radio ausschalten, aber Marta packte ihre Hand.

»Nein, lassen Sie. Ich muß das hören.«

»Schon gut, in Ordnung.« Blitzschnell zog die Frau ihre Hand zurück. »Regen Sie sich nicht auf.«

Marta machte lauter. Der Reporter sagte: »Die Polizei hat keinen heißen Verdacht im Zusammenhang mit dem Mordanschlag auf die Anwältin Mary DiNunzio. Wir halten Sie auf dem laufenden, sobald sich etwas in oder außerhalb des Gerichtssaals tut. Und jetzt zurück zu Ihnen, Jane, für neueste Meldungen vom Blizzard, der das Delaware Valley unter sich begraben hat.«

Marta versuchte, das eben Gehörte zu begreifen. Auf Mary ein Mordanschlag? Wie war das passiert? War es Bogosian gewesen? Warum? Marta wußte nicht weiter. Sie war bis ins Mark erschüttert und wußte nicht, was sie tun sollte. Ihr erster Gedanke war, Mary zu besuchen, aber wenn sie ins Krankenhaus ginge, würde man sie erkennen und festhalten. Es würde dort nur so von Presse wimmeln. Das wäre das Ende. Nein, nicht ins Krankenhaus. Auch nicht zu Alix Locke. Plötzlich wußte Marta, wohin sie gehen mußte.

# –53–

Ralph Merry schob sich in eine Kabine der Herrentoilette, schnallte seine Hose auf und ließ die Unterhose runter. Er spannte die weißen Boxershorts mit den Knien, denn das Päckchen, das an Ralphs Frau geschickt worden war, klebte am Bund. Er hatte das verdammte Ding jeden Tag am Leib getragen, wie man es ihm befohlen hatte. Jeden Morgen war er sich vorgekommen wie ein Geheimagent, wenn er das Tütchen an seiner Unterwäsche befestigt hatte, aber jetzt war er froh, daß er sich penibel an die Anweisung gehalten hatte. Nie wäre er auf die Idee gekommen, daß Christopher wie General Benedict Arnold zu einem Verräter werden könnte. Der Mann entpuppte sich als äußerst labil.

Das Plastikpäckchen war winzig klein, nicht größer als ein Daumennagel, und enthielt ein weißes Pulver. Ralph wußte nicht, was das für ein Pulver war, aber man hatte ihm gesagt, es bringe niemanden um, es verursache gerade mal ein oder zwei Tage Magenschmerzen, und das reichte, um jemanden aus der Jury zu entfernen. Man hatte Ralph angewiesen, darauf zurückzugreifen, falls er in die Klemme gerate. Ralph war der Ansicht, daß er jetzt in der Klemme steckte.

Die Spülungen der anderen Urinbecken erklangen,

während er das Päckchen vom Bund seiner Unterhose abzog. Am Klebeband blieben weiße Fäden haften. Ralph warf das Klebeband in die Toilette und schob das Päckchen in seinen Ärmel. So hatte er es auch mit seiner Frau eingeübt, als sie es ihm bei einem ehelichen Besuch mitgebracht hatte. Es war ein Kinderspiel gewesen, das Tütchen hereinzuschmuggeln; der Metalldetektor schlug selbstverständlich nicht an. Ralph war klargeworden, mit welcher Leichtigkeit Drogen ins Land geschmuggelt werden konnten. Die Vereinigten Staaten mußten noch einiges tun, um ihre Grenzen zu schützen; es war eine Frage der Integrität, der nationalen Integrität. Ralph steckte das Päckchen unter die Manschette seines Hemdes und zog die Hose hoch.

»Ralph, sind Sie in die Schüssel gefallen?« erkundigte sich der Sheriff, der vor der Tür stand.

»Ne, ich bin fertig.« Um den Schein zu wahren, drückte Ralph auf die Toilettenspülung und öffnete die Kabinentür.

# –54–

Marta saß in Judys Wohnung. Ihr war entsetzlich elend zumute, als sie der sichtlich mitgenommenen jungen Anwältin zuhörte, die ihr Einzelheiten von dem Mordanschlag auf Mary erzählte. Marta war es also keineswegs gelungen, die Mitarbeiterinnen aus der Schußlinie zu halten; sie steckten beide tief in dem Schlamassel mit drin. Und der Zeitpunkt, an dem auf Mary geschossen wurde, schloß Bogosian als Täter aus; zu dieser Zeit war er bereits auf Long Beach Island. Steere mußte einen anderen Killer von der Leine gelassen haben. Einen, der irgendwo da draußen auf der Lauer lag. Marta hatte etwas in Gang gesetzt, das sie nicht kontrollieren konnte, und sie alle in Gefahr gebracht. Es hatte zu weit geführt. Sie war nach dieser endlosen, anstrengenden Nacht völlig erschöpft. Es mußte ein Ende haben.

»Warten Sie, bis Sie Darnings Notizbuch gesehen haben«, sagte Judy, die auf einem Hocker am Küchentresen saß. Ein kleiner Fernsehapparat mit leise gestelltem Ton stand auf dem Tresen; die Nachrichten berichteten fortlaufend über den Schneesturm. Neben dem Fernseher lag eine aufgerissene blaue Kekstüte.

»Nein, das Notizbuch interessiert mich nicht. Ich mache mir Sorgen um Sie und Mary.«

Diese unerwartete Gefühlsregung veranlaßte Judy, erstaunt aufzublicken. Ihre Hoheit? »Das Notizbuch könnte Steeres Motiv für den Mord an Darning erklären.«

»Nicht unsere Sache«, antwortete Marta. Plötzlich schien sie ruhiger. Sie hatte das Gefühl, im Gleichgewicht zu sein, mehr Kontrolle zu besitzen als zu Zeiten, in denen sie, ironischerweise, von Kontrolle geradezu besessen gewesen war. »Wir bringen das Notizbuch und die Unterlagen zur Polizei. Und verlangen Schutz.«

»Sagten Sie ›Unterlagen‹?« Judy auf ihrem Hocker richtete sich kerzengerade auf. »Was für Unterlagen?«

»Spielt keine Rolle.« Marta hatte Judy nichts von dem vergrabenen Schatz und Bogosian erzählt. Dieses Wissen brächte sie nur noch mehr in Gefahr. »Die Sache ist außer Kontrolle geraten. Vertrauen Sie mir.«

»Man könnte glauben, Bennie reden zu hören.«

»Rosato? Weiß sie von dem Notizbuch?«

»Sie sorgt sich um meine berufliche Ethik. Ich habe meinen Job verloren.«

Marta zuckte zusammen. Durch ihre Schuld war ein Mädchen angeschossen worden und ein anderes ruiniert. »Wir übergeben das Notizbuch und die Unterlagen der Polizei. Überlassen die ganze Sache den Profis.«

»Sind das die Unterlagen, von denen Sie sprechen? Dieser Umschlag da?« Judy rutschte vom Hocker und deutete auf den Manila-Umschlag, der aus Martas Handtasche lugte.

»Menschen sind tot. Auf Mary wurde geschossen. Keine Unterlagen sind das wert.«

»Eben um Marys willen möchte ich diese Unterlagen sehen. Sie wollte Gerechtigkeit, und genau das will ich auch. Sie nicht? Sind Sie nicht in erster Linie deshalb hinter Steere hergewesen?«

Es versetzte Marta einen Stich. »Nicht von Anfang an, machen Sie sich nichts vor. Es ging um Eifersucht, nicht um Gerechtigkeit. Mein Motiv war nicht so rein.«

»Dann haben Sie das Richtige aus dem falschen Motiv heraus getan. Darauf kommt es nicht mehr an. Steere hat Darning ermordet. Wir haben ein Notizbuch, mit dem wir das beweisen können. Dürfte ich jetzt diese Unterlagen sehen?«

»Zu spät.« Marta stand auf, nahm ihre Handtasche und zog den Reißverschluß ihrer dicken Jacke zu. »Gehen wir. Solange Sie im Besitz dieses Notizbuches sind, sind Sie in Gefahr. Wir beide befinden uns in Gefahr.«

»Wir haben die ganze Nacht geackert und gerackert, um Beweismaterial herbeizuschaffen. Und wir haben bei weitem mehr erreicht als die Bullen. Was ist in dem Umschlag? Was sind das für Unterlagen?«

»Nichts von Bedeutung. Ich habe keine Ahnung, was es damit auf sich hat. Vielleicht lösen die Bullen das Rätsel. Los, machen wir Feierabend. Gehen wir.«

Judy verschränkte die Arme und rührte sich nicht von der Stelle. »Warten Sie. Treffen wir eine Abmachung. Sie lassen mich die Unterlagen sehen. Und Sie schauen sich das Notizbuch an. Sind wir in fünf Minuten nicht weitergekommen, gehen wir zu den Bullen. Versprochen.«

»Nein.«

»Wir sind so weit gekommen. Was haben wir zu verlieren? Fünf Minuten?«

»Das interessiert mich nicht. Holen Sie Ihren Mantel. Wir sind schon weg.« Marta ging Richtung Tür, aber Judy stellte sich ihr in den Weg und versperrte den

Durchgang. Auge in Auge standen sich die beiden Anwältinnen gegenüber.

Marta lachte unvermittelt auf. »Wollen Sie mich schlagen? Nur zu. Ich bin ein Stehaufmännchen. Ich bin gleich wieder oben.«

Judy zögerte, sie hatte nicht die Absicht, Marta zu schlagen, obwohl sie sich während des Prozesses mit Wonne solchen Phantasien hingegeben hatte.

»Hervorragende Entscheidung.« Marta wich einen Schritt zur Seite und trat um Judy herum zur Tür. »Holen Sie Ihren Mantel, Kleines.«

»Fällt mir nicht im Traum ein«, rief Judy. »Ich denke nicht daran, mitzugehen, wenn Sie mir nicht die fünf Minuten geben. Wenn Sie jetzt zur Polizei gehen, dann gehen Sie allein. Ohne mich und ohne das Notizbuch.«

Marta verharrte jäh und drehte sich ungläubig um. »Von wem haben Sie einen solchen Scheiß?«

»Von der Meisterin natürlich«, antwortete Judy mit einem zahnlückigen Grinsen.

# –55–

Das Hotel, in dem die Geschworenen in Klausur waren, hatte ihnen ein Frühstückstablett mit Bagels, Plundergebäck und Kaffee servieren lassen, das auf einer Anrichte im Konferenzzimmer zur Selbstbedienung bereitstand. Unentschlossen beugte sich Ralph Merry über die übriggebliebenen Sachen und den Kaffee. Seit zwei Monaten hatte er jeden Tag das gleiche Plundergebäck mit Kirschen gegessen, er konnte es nicht mehr erwarten, endlich von hier weg zu sein. Als erstes würde er reisen und in besseren Hotels als diesem hier absteigen. Vielleicht auch eine Kreuzfahrt machen, zusammen mit seiner Frau. Aber im Moment hatte er einen Auftrag auszuführen.

Ralph nahm einen Plastikbecher aus dem mit der offenen Seite nach unten aufgebauten Stapel neben der bronzefarbenen Plastikkanne mit Kaffee. Er kehrte den Geschworenen, die um den Tisch saßen und dem zum Steinerweichen lamentierenden Christopher zuhörten, den Rücken. Ralph konnte nicht einschätzen, wie viele auf sein Gefasel hereinfielen. Er mußte vom schlimmsten Fall ausgehen. Es gab keinen Spielraum für Fehler. Null Toleranz. Einen Mann wie Elliot Steere durfte er nicht enttäuschen.

»Will noch jemand Kaffee?« fragte Ralph dröhnend.

»Noch jemand für frischen Kaffee, während ich hier zugange bin? Wie wär's mit Ihnen, Mrs. Wahlbaum? Mrs. Williams?« Ralphs Stimme klang so fröhlich, als säße er mit seiner Frau und den Enkelkindern beim Grillen. Wer will Hot dogs? Wer will Hamburger? Das hier war nichts anderes.

»Ich hätte gerne noch etwas Kaffee, Ralph«, antwortete Mrs. Wahlbaum.

Ralph grinste. »Null problemo, junge Frau. Wie hätten Sie ihn denn gern?«

»Extrasahne und Zucker.«

»Ihr Wunsch ist mir Befehl, meine Liebe.« Ralph goß für Mrs. Wahlbaum einen großen Becher Kaffee ein, aus dem kräuselnder Dampf aufstieg. »Christopher? Auch noch einen Becher heiße Brühe?«

Christopher sah in seinen Plastikbecher. Er war leer, aber er hatte für den Morgen genug Kaffee getrunken. »Ich glaube nicht. Trotzdem, vielen Dank.«

Fehlschuß. »Na, kommen Sie, Christopher. Wenn Sie mich dazu bringen wollen, daß ich diesen Rattenbastard schuldig spreche, brauchen Sie noch ein paar Haare mehr auf der Brust.«

Megan lachte. »Keine Chance, Ralph. Christopher will eher überflüssige Haare loswerden. Stimmt's, Christopher?«

»Genau«, bestätigte Christopher mit einem Lächeln. Ihm gefiel, wie Megan ihn ansah. Sie war ein hübsches Mädchen, abgesehen von den blaulackierten Fingernägeln, aber er vermutete, in Philadelphia galt das als raffiniert.

»Christopher.« Ralphs Stimme war schroff. Sein Blick wanderte von Christopher zu Megan, und was er sah, gefiel ihm nicht. Jetzt war nicht die Zeit für derlei Albernheiten. »Trinken Sie noch einen Kaffee. Ich gieße Ihnen einen ein und Megan auch.«

»Okay, ich bin süchtig nach Kaffee«, sagte Megan. »Ich nehme immer Starbucks. Mögen Sie Starbucks-Kaffee, Christopher?«

»Hab ihn nie probiert«, antwortete er. Er mußte ein bißchen mehr aus sich herausgehen. »Aber ich nehme auch eine Tasse, Ralph.«

HEUREKA! Volltreffer beim zweiten Schuß. Bester Laune griff Ralph nach der Plastikkanne und begann einzugießen. »Wie nehmen Sie ihn, Soldat?«

»Mit Sahne und Zucker.«

Ralph füllte Christophers Becher mit heißem Kaffee und ließ das Päckchen mit dem Pulver aus seiner Manschette gleiten. Er fing es mit der hohlen Hand auf, nahm zwei Tütchen Zucker und riß alle drei Päckchen mit einer einzigen Bewegung auf. Er schüttete den Zucker und das Pulver in den heißen Kaffee, rührte mit einem Plastikstiel um und schob das überzählige Plastikbeutelchen wieder unter seine Manschette. Mit heftig klopfendem Herzen sah er zu, wie sich das Pulver auflöste, aber er war kein Feigling. Sein Entschluß geriet nicht ins Wanken.

»Vergessen Sie meinen nicht, Extrasahne und Zucker«, rief Mrs. Wahlbaum.

»Hab Sie im Visier, junge Frau«, sagte Ralph. Er stellte Christophers Kaffee beiseite, damit er ihn nicht mit den anderen verwechselte, und goß weiter Kaffee in Becher.

»Wo bleibe ich, Ralph?« fragte Wanthida. »Ich trinke ihn schwarz.«

»Immer langsam mit die jungen Pferde, meine Liebe.

Christopher war zuerst dran, außerdem ist er unser Sprecher. Er ist derjenige, der die ganze Arbeit macht.« Ralph nahm Christophers Kaffee, ging zum Tisch und reichte ihm den Becher. »Probieren Sie, ob ich genug Zukker reingetan habe, Chris.«

Christopher nahm einen schnellen Schluck. »Schmeckt großartig. Danke, Ralph. Weiß es zu schätzen.«

»Keine Ursache.« Ralph rief sich in Erinnerung, daß Christopher nicht sterben würde. Er bekäme nur ein bißchen Bauchschmerzen und müßte vorübergehend ins Lazarett. Nach zwei Tagen würde man ihn entlassen, aber dann war das Urteil längst durch und Steere ein freier Mann. Ralph erfüllte seinen Teil des Vertrags. Das Geld kam auf ein Sonderkonto. Ralph konnte kaum erwarten, seinen Literaturagenten anzurufen. Sie wären verdammt gut beraten, wenn sie sein Foto auf dem Umschlag brächten. »Ich hole noch rasch die anderen Becher.« Er eilte zur Anrichte.

# –56–

Nur widerstrebend warf Marta einen Blick auf die Liste der handgeschriebenen Zahlen in Darnings Notizbuch, und sie fragte sich beiläufig, ob es sich um Geldbeträge oder Kontonummern handeln mochte. Ein Muster, dem sie die Zahlen hätte zuordnen können, war nicht zu erkennen. Die Polizei käme bestimmt weiter. »Noch drei Minuten, Kleines«, erinnerte sie die junge Anwältin unwirsch, die neben ihr auf dem Futon saß.

»Vier Minuten.« Judy beugte sich über die auf dem Couchtisch ausgebreiteten Kopien der Computerausdrucke. »Sie hatten recht. Das sind Unterlagen zum Ausstellen von Führerscheinen. Eine Datenbank, eine Computerdatei von Führerscheinen.«

»Das bringt uns keinen Schritt weiter, und was dieses Notizbuch bedeuten soll, ist mir schleierhaft. Ein Haufen achtstelliger Zahlen. Weiter nichts. Noch zwei Minuten, dann sind wir weg.«

»Die Zahlen hier sind auch achtstellig.«

»Welche Zahlen?«

»Die Zahlen ganz oben auf jedem Feld«, antwortete Judy und deutete darauf. »Die Bearbeitungsnummern der Führerscheine.«

Marta warf einen flüchtigen Blick darauf. Durch die

andere Anordnung der Zahlen war ihr das nicht aufgefallen. Hmm. »Sicher nur ein Zufall. Die Computerdatei enthält ungefähr viertausend Einträge. Wie viele Zahlen stehen denn in dem Notizbuch?«

Judy starrte Marta groß an. »Ungefähr viertausend. Heilige Scheiße«, entfuhr es ihr, aber Marta weigerte sich, voreilige Schlüsse zu ziehen.

»Das heißt, es stehen viertausend Zahlen im Notizbuch, und es sind viertausend Führerscheine in der Datei. Aber wir wissen nicht, ob da eine Verbindung besteht.«

»Eine Verbindung? Was könnte das für eine Verbindung sein?«

Marta überlegte einen Moment. »Möglich wäre, daß das Notizbuch mit der Datei in Beziehung steht. Wenn es sich bei den Zahlen im Notizbuch um eine Liste von Nummern handelt und jeder Eintrag in der Computerdatei eine Bearbeitungsnummer hat, könnten die Nummern im Notizbuch eventuell mit den Bearbeitungsnummern der Computerdatei identisch sein.«

Judy riß die Augen auf. »Sie glauben, die Zahlen stimmen überein? Daß es sich um so was wie eine Kopie handelt?«

»Wäre möglich.« Obwohl Marta wußte, daß es besser wäre, die Finger von der Sache zu lassen, verspürte sie ein aufgeregtes Kribbeln im Magen. »Wenn es so ist, müßten wir jede Bearbeitungsnummer im Notizbuch wiederfinden. Lesen Sie mir eine Nummer von einem der Führerscheine vor.«

Judy nahm den zuoberst liegenden Computerausdruck. »22 746 209.«

Marta überflog die auf der ersten Seite des Notizbuches aufgereihten Zahlen, und Judy schaute ihr über die

Schulter. Zwei Paar scharfe Augen gingen die Seite von oben nach unten durch. »Sehr bedauerlich, daß sie nicht nach irgendeiner logischen Reihenfolge aufgelistet sind.« Marta erkundigte sich: »Sehen Sie die Zahl auf der ersten Seite?«

»Nein.«

»Nehmen wir die nächste.« Marta blätterte die Seite um, und beide lasen die Zahlen auf der zweiten Seite. Judy war merklich aufgeregt, aber Marta versuchte, sich nicht von ihr mitreißen zu lassen. Es war ein merkwürdiges Gefühl, so eng mit einer jungen Mitarbeiterin zusammenzuarbeiten, allerdings nicht direkt ein unangenehmes. »Sehen Sie sie auf der zweiten Seite?«

»Nein.«

»Also weiter im Text.« Sie nahmen sich die dritte Seite vor und gingen anschließend Seite für Seite durch, bis sie zu Seite zehn kamen. Da, eingezwängt in der mittleren Spalte auf der linken Notizbuchseite, stand:

22746209.

»Jawohl!« frohlockte Judy. »Wir haben es! Wir sind Genies!«

Marta lachte. »O ja? Und was hat die Übereinstimmung der Zahlen zu bedeuten, Sie Wunderkind?«

»Keine Ahnung. Was glauben Sie?«

Marta zögerte. Sie erwog erneut, sich an die Polizei zu wenden, aber die Versuchung war zu groß. Sie waren so dicht dran. »Geben Sie mir den Ausdruck. Ich möchte mir Nummer 22746209 mal ansehen.«

Judy zeigte ihr den Computerausdruck. Unter dem Datenfeld befand sich das Foto eines zaghaft lächelnden älteren Weißen. »William Swenson, 708 Greentree Court, Philadelphia.«

»Legen Sie Mr. Swenson beiseite und lesen Sie mir eine andere Nummer vor. Damit wir sicher sein können, daß wir uns nicht auf dem Holzweg befinden. Wir haben erst eine Übereinstimmung gefunden.«

»Okay. 92294593«, las Judy vor und hing gleich wieder über Martas Schulter, die zur ersten Seite des Notizbuches zurückblätterte. »Beginnen wir wieder am Anfang, ja?«

»Wenn ich irgendwas bin, dann methodisch.«

»So könnte man es ausdrücken.«

Marta warf einen Blick über die Schulter. »Lesen Sie, Kleines.« Sie gingen die auf der ersten Seite aufgeführten Zahlen durch, dann die auf der zweiten, auf der fünften verharrten ihre Blicke. Da stand:

92294593.

»Geil!« Judy brach fast in Jubel aus.

»Affengeil.«

Judy lachte. »Ich wußte gar nicht, daß Sie Sinn für Humor haben.«

»Habe ich auch nicht. Sagen Sie mir, wer das ist.«

Judy sah sich das Foto zum zweiten Führerschein auf ihrer Seite an. Das Gesicht einer Frau mittleren Alters mit einer Bifokalbrille. »Helen Minton aus der Rhawn Street in Philadelphia.«

»Legen Sie sie weg. Überprüfen wir noch fünf Zahlen, dann bin ich überzeugt, daß unsere Theorie stimmt.«

»Ich bin sicher, daß wir recht haben.«

»Sie sind jung und impulsiv. Jetzt lesen Sie schon vor.«

Judy gab Marta eine weitere Nummer, und auch diese fanden die Anwältinnen in Darnings Notizbuch, ebenso die nächsten vier. Jede der Führerscheindatei entnommene Nummer entdeckten sie im Notizbuch, und sie legten jeden der betreffenden Führerscheine, bei dem sie eine Übereinstimmung der Nummern festgestellt hatten, heraus. »Und jetzt?« sprudelte Judy hervor, als sie mit ihrem Pensum durch waren.

»Wir rufen sie an.«

»Was? Warum?«

»Einfach um zu sehen, was das bringt.« Marta warf einen Blick auf ihre Uhr. Fast 13 Uhr. Höchste Zeit. Sie griff zum schnurlosen Telefon. »Geben Sie mir das erste Blatt und das Telefonbuch. Beeilung.«

»Sie befehlen gerne, stimmt's?«

»Ich liebe es. Holen Sie das Buch.«

Judy griff unter das Beistelltischchen nach dem Telefonbuch. »Das verleiht Ihnen das Gefühl von Macht.«

»Ich habe Macht.«

»Aber die Leute schätzen es nicht, wenn man sie herumschickt.«

»Ist das Ihr schwacher Punkt?« fragte Marta verschmitzt, und Judy warf das Telefonbuch nach ihr.

»Bin ich richtig bei Swenson?« fragte Marta, und Judy saß so dicht neben ihr, daß sie die Stimme aus dem Hörer verstehen konnte. Marta kam sich seltsam albern vor, als seien sie zwei Schulmädchen, die mit ihren Anrufen Leute ärgern wollten. In gewisser Weise traf das zu.

»Swenson, ja«, sagte die Frau am anderen Ende der Leitung.

»Könnte ich bitte William Swenson sprechen?«

»Das ist mein Mann.«

»Ist er da?«

»Er ist tot. Mein Mann ist tot.«

»Das tut mir leid, das wußte ich nicht.« Marta verlor ein wenig die Fassung, und Judy schrumpfte in sich zusammen wie ein Heißluftballon, dem die Luft ausging.

»Er ist vor vier Jahren bei einem Autounfall gestorben. Ein Betrunkener ist über den Mittelstreifen gerast.«

»Tut mir sehr leid.«

»Danke. Kann ich Ihnen irgendwie helfen?«

»Nein, vielen Dank«, antwortete Marta. »Entschuldigen Sie, daß ich Ihre Zeit in Anspruch genommen habe.« Sie drückte auf die Plastikgabel. »Geben Sie mir die nächste Telefonnummer.«

»Sagen Sie bitte.«

»Wenn's geht, noch bevor die Geschworenen zurück sind.«

»Verstanden«, sagte Judy rasch und las die Nummer vor.

Marta gab die Telefonnummer ein, aber ihre gute Laune hatte einen ordentlichen Dämpfer bekommen. Sie mußte diese Sache aufklären, und das bald. Sie wurde die Gedanken an Bogosian und Mary nicht los. Lief da draußen ein Killer herum? Wartete er? »Ist dort Minton?« fragte sie, als eine junge Frau abnahm.

»Ja.«

»Könnte ich bitte Helen Minton sprechen?«

»Das ist nicht sehr komisch, wissen Sie. Sie sind eine absolute Vollidiotin, wer immer Sie sein mögen.«

»Entschuldigung? Wie bitte? Ich muß mit Helen Minton sprechen.«

»Kein Witz?«

»Nein. Keineswegs.«

»Meine Mutter wurde ermordet«, sagte die Frau mit

der für unterdrückte Wut typischen ausdruckslosen Stimme.

»Oh, das tut mir leid«, erwiderte Marta. Was sollte das? »Tut mir außerordentlich leid.«

»Ich dachte, alle wüßten Bescheid, zumindest alle hier in der Gegend. Sie wurde bei einem Raubüberfall in der Apotheke getötet. Der Abschaum, der sie auf dem Gewissen hat, kam vor Gericht, wie das eben so ist. Saß da jeden Tag mit seinem feinen Anwalt und hat versucht, sich rauszulavieren.«

Das saß. Marta schluckte. »Tut mir leid. Aufrichtig leid.«

»Ist fast vier Jahre her, auf den Tag. Dieser Bestie sind bereits vier Jahre mehr vergönnt als meiner Mutter.«

»Tut mir leid, wirklich. Ich wünsche Ihnen alles Gute. Danke.« Marta legte rasch auf. Hatte die Frau davor nicht auch von vier Jahren gesprochen? Was hatte das zu bedeuten? Das konnte doch nicht reiner Zufall sein. Marta stand kurz vor der Lösung, sie spürte es. »Lesen Sie mir die nächste Nummer vor. Schnell.«

Judy gab ihr die Nummer, und Marta drückte auf die Telefontasten. »Bin ich richtig bei Jacobs?«

»Ja«, ertönte die schroffe Stimme eines jungen Mannes.

Marta nahm all ihren Mut zusammen. »Könnte ich bitte Sherry Jacobs sprechen?«

»Nein. Sherry ist vor ungefähr vier Jahren gestorben.«

Marta verschlug es einen Augenblick die Sprache. Vier Jahre. Bingo. »Tut mir leid.«

»Braucht Ihnen nicht leid zu tun. Sherry war nicht gerade der liebenswerteste Mensch unter der Sonne. Ich bin ihr Schwager. Sie können mir glauben, sie hat meiner Frau ziemlich übel mitgespielt. ›Du bist viel zu dies, du bist viel zu das.‹ Sie konnte ein richtiges Ekel sein.«

»Verstehe.«

»Sie hat ihr ganzes Geld einem Hund hinterlassen, können Sie sich das vorstellen? Hat meine Frau durch die Mangel gedreht und hinterläßt einem Welsh Corgi zweihundert Riesen. Das einzige gute Werk, das sie je vollbracht hat, war, zu sterben und ihre Leiche der Wissenschaft zu überlassen. Aber der arme Kerl, der ihr Herz gekriegt hat, tut mir leid. Es ist leer.«

»Bitte?«

»Ihr Herz. Sherry war Organspenderin. Wie, sagten Sie, war doch gleich Ihr Name?«

Marta probierte noch eine Nummer, aber diesmal unter einem neuen Ansatz. »Ist da Walters?«

»Ja«, antwortete eine Frauenstimme. Im Hintergrund spielte jemand Klavier. »Aber ich gebe gerade Unterricht.«

»Dauert nur einen Augenblick, wir überprüfen gerade unsere Unterlagen. Stimmt es, daß ein Ronald Walters vor vier Jahren verstorben ist?«

»Ungefähr. Ja.«

»War Mr. Walters Organspender?«

»Ja, doch.«

»Vielen Dank«, sagte Marta und legte auf.

# –57–

Sein Magen brachte Christopher fast um. Wie Schrotkugeln schossen die Schmerzen durch seine Eingeweide. Solche Krämpfe hatte er noch nie im Leben gehabt. Er trank Kaffee, aber es half nichts. Am liebsten hätte er sich herumgewälzt und wäre gestorben.

»Wenden wir uns der Beweislage zu, Freunde«, sagte Ralph. Er stand am anderen Ende des Konferenztisches und malte mit Magic Marker eine Zeichnung auf eine abwischbare Tafel, die auf einer Staffelei lehnte. Die dicken schwarzen Striche schwankten vor Christophers Augen, und er mußte blinzeln, um sie halbwegs deutlich zu sehen. Sie erinnerten an einen Stern oder ein Dreieck oder etwas in der Richtung. Die Striche wollten einfach nicht stillstehen.

»Ralph, was ist das?« hörte sich Christopher sagen. Seine Stimme klang schwach, und Megan warf ihm einen forschenden Blick zu.

»Alles in Ordnung mit Ihnen, Christopher?« erkundigte sie sich, und er nickte.

»Sicher.« Das Sprechen tat ihm weh, aber Christopher wollte nicht, daß die anderen das merkten. Wer weiß, was dann passieren würde? Vermutlich würde man ihn nach Hause schicken oder aus der Jury ausschließen.

Aber er mußte hierbleiben, er mußte sie überzeugen. »Was sagten Sie eben, Ralph?«

Ralph zeigte mit dem Finger auf die Staffelei. »Das ist eine graphische Darstellung des Tatorts. Punkt A bezeichnet die Stelle, wo Steere mit dem Mercedes angehalten hat. Punkt B ist der Pfeiler unter der Brücke, hinter dem sich der Täter versteckt hat. Laut Beweisaufnahme beträgt diese Entfernung höchstens anderthalb Meter. Korrekt?«

Die Geschworenen nickten. Christopher sah ihre Köpfe wie die einer Pferdeherde gleichmäßig auf und nieder gehen. Ihm war furchtbar schlecht. Er trank noch einen Schluck Kaffee und wich Megans Blick aus. Sie schien sich ehrlich Sorgen zu machen. Lainie hatte seinetwegen nie einen so besorgten Eindruck gemacht.

»Nun«, fuhr Ralph fort, »was ich damit zeigen will, ist, daß ich, wäre ich der Fahrer des Wagens und jemand würde so dicht vor mir hinter dem Pfeiler hervorspringen, keine Sekunde überlegen würde, wie ich mich verhalten soll. Dazu bliebe gar keine Zeit, und das hat uns diese Marta Richter ja auch deutlich gemacht.«

»Ich kann Ihnen nur recht geben, Ralph«, pflichtete ihm Mrs. Wahlbaum bei. »In so einem Fall reagiert man im Bruchteil einer Sekunde. Da bleibt keine Zeit zum Überlegen. Da bleibt keine Zeit zum Abwägen von Alternativen.«

Christopher kämpfte gegen den Schmerz, der stetig stärker wurde. Zu gerne hätte er die Hände auf den Magen gepreßt. Aber er mußte die Geschworenen davon überzeugen, daß Steere schuldig war.

»Hundertprozentig nicht«, bekräftigte Ralph. »Schon gar nicht mit einem Messer an der Kehle.«

»Da setzt sofort der natürliche Instinkt ein«, fügte

Mrs. Wahlbaum hinzu und nickte mit dem grauen Kopf. »Fliehen oder kämpfen. Selbst Tiere besitzen diesen Instinkt.«

Mr. Fogel grinste hämisch. »Jetzt ist sie Zoologin. Gibt es irgend etwas, von dem diese Frau nichts versteht? Irgendein naturwissenschaftliches Gebiet, Mathematik oder Philosophie, auf dem sie nicht Expertin ist?«

Mrs. Wahlbaums Kopf fuhr herum, und endlich explodierte sie. »Also, was ist *Ihre* Meinung, großer Meister? Seit zwei Monaten höre ich mir tagtäglich an, wie Sie mich kritisieren. Alles, was Sie können, ist kritisieren. Eine eigene Meinung haben Sie überhaupt nie. Von Ihnen kommt nur Negatives, gar nichts Positives.«

Christopher blickte zwischen Mrs. Wahlbaum und Mr. Fogel hin und her. Streitet nicht, wir müssen ihn für schuldig erklären, hätte er am liebsten gesagt. Laßt nicht nach. Wir haben Zeit. Seine Eingeweide fühlten sich an wie ein ausgewrungener Lappen. Er öffnete den Mund, um zu sprechen, aber kein Laut kam über seine Lippen.

Mr. Fogel blinzelte hinter seinen dicken Brillengläsern. »Sie wollen wissen, was ich denke, Miss Besserwisser? Ich will's Ihnen sagen. Ich bin nur in einer Hinsicht Experte. Ich bin Experte für *Zeit*. Und was mich angeht, ich habe genug Zeit für diesen Prozeß drangegeben. Ich bin jetzt seit zweiundsiebzig Tagen, zwei Stunden und« – Mr. Fogel sah auf seine Timex – »dreiundzwanzig Minuten hier. Und ich bin der Meinung, daß das zuviel Zeit ist!«

Ralph klatschte heftig. »Sie sagen es, Sie sagen es!«

Die Unterstützung schien dem Uhrmacher Mut zu machen, denn nun erhob er sich von seinem Stuhl und stand groß und aufrecht da wie ein Stundenzeiger. »Ich gebe nicht noch einen Tag meiner Zeit dafür her. Keine Stunde, nicht einmal eine *Minute.* Ich will nach Hause. Ich will meinen eigenen Wagen fahren. Ich will mit meinem eigenen Telefon telefonieren. Ich will in meinen Laden gehen und Mrs. Millsteins Uhr reparieren, was ich ihr schon für September versprochen habe. Wir haben den Zeugen zugehört, den Anwälten und dem Richter. Jetzt ist es an der Zeit, daß sie *uns* zuhören.« Und daraufhin setzte sich Mr. Fogel.

Die Geschworenen applaudierten, am lautesten Gussella. Auch Megan klatschte, wenn auch weniger enthusiastisch, weil Christopher nicht mitklatschte. Sein Gesicht wurde grau, und er beugte sich nach rechts. »Chris?« sagte sie leise.

Nicks Unterlippe zitterte. »Ich wäre so gern bei meiner Frau. Ich will auch nach Hause.«

Mrs. Wahlbaum tätschelte seinen Anzugärmel. »Mir fehlt Abe auch. Er hat es nicht leicht, so ganz auf sich allein gestellt, mit der Einkauferei und dem Kochen. Es sind seine Knie.«

»Gott, ich muß unbedingt meinen kleinen Enkel sehen!« rief Gussella so laut, daß Wanthida zusammenzuckte.

»Wir wollen alle, daß es endlich vorbei ist«, sagte Wanthida in akzentuiertem Englisch, »und wir halten Mr. Steere für unschuldig. Stimmen wir ab und gehen wir nach Hause.«

»Nicht alle sind für einen Freispruch«, betonte Ralph, der nicht glücklicher hätte sein können. Der Krieg war fast gewonnen, den gegnerischen General hatte er bereits ausgeschaltet. Blieb nur noch Kenny Manning. Man mußte angreifen, wenn der Feind am schwächsten war.

»Kenny, was meinen Sie? Sind Sie nach wie vor für eine Verurteilung Steeres?«

»Warum sollte ich meine Meinung ändern?« Herausfordernd hob Kenny den Kopf.

»Alles bleibt völlig Ihnen überlassen, mein Freund. Ich bin der erste, der selbstverständlich zugesteht, daß wir alle Ihr Recht respektieren, Ihrer eigenen Überzeugung gemäß abzustimmen. Ich will Sie wahrhaftig nicht unter Druck setzen. Wenn Sie noch länger diskutieren möchten, dann diskutieren wir.«

Christopher sah, wie ihm alles entglitt. Marta. Die Verurteilung. Jemand trieb Hufnägel in seinen Magen. Megan sagte etwas zu ihm, aber er brachte nur einen gurgelnden Laut heraus, den keiner der Geschworenen hörte. Sie blickten alle über den Tisch auf Isaiah, der sich plötzlich räusperte und vorbeugte, um Kenny direkt in die Augen zu sehen.

»Meine Verlobte ist schwanger, Mann«, sagte Isaiah mit leiser Stimme. »Wenn ich nicht bald hier rauskomme und sie inne Kirche führe, bricht ihr das Herz. Und das von ihrer Momma. Sie will sich nicht vor der ganzen Kirche blamieren und ich sie auch nicht.«

»Scheiße, Mann.« Lucky Seven ließ den Kopf hängen. »Warum haste nichts gesagt?«

»Sie hat's mir gestern abend gesagt, beim Besuch. Tut mir leid, Kenny, hätt dich gern unterstützt. Ich weiß, wie wichtig dir ist, daß Steere verurteilt wird, und vielleicht haste ja recht. Aber ich kann dem Mann keinen Vorwurf machen, und ich steh nicht mehr auf deiner Seite, Bruder. Ich hab nicht mal mehr die Zeit, mit dir herumzustreiten. Ich muß mich um meine Familie kümmern. Ich muß endlich nach Hause.«

Kenny starrte ihn nur an; dann wanderte der Blick seiner dunklen Augen zu Lucky Seven, der die Hände hochriß, als hielte man ihm eine Pistole vor die Brust. »Sieh nicht mich an, Mann«, kam Lucky Sevens Stimme zwischen seinen großen Händen hervor. »Es liegt an dir. Ich bin auf deiner Seite, das weißt du.«

»Christopher?« Megan war alarmiert. Sie stand auf und war fast bei ihm, als eine Welle des Schmerzes über Christopher hereinbrach und er auf seinem Stuhl zusammensank.

# –58–

Zehn Anrufe später hockte Marta auf der Kante des Futons, ihre Gedanken überschlugen sich. »Was haben wir also erfahren?«

Judy lümmelte in den weißen Stoffkissen. Sie hatte eine Milchtüte zwischen die Beine geklemmt. Ihr grauer Jogginganzug war voller Krümel. »Wir haben erfahren, daß wir schreckliche Menschen sind, die in die Privatsphäre trauernder Hinterbliebener eindringen.«

»Was noch?«

»Daß alle, die wir angerufen haben, tot sind.«

»Und alle starben eines gewaltsamen Todes oder durch einen Unfall.«

»Ja. In der Stadt der Bruderliebe.«

»Und alle starben vor etwas mehr als vier Jahren. Und alle waren Organspender.«

Judy trank einen Schluck Milch. »Eine Organspenderdatei. Darum war es auf dem Computerausdruck nicht speziell vermerkt. Die gesamte Datei enthält nur Organspender.«

»Was heißt das im Klartext?«

»In Pennsylvania kann man anhand des Führerscheins erkennen, ob jemand Organspender ist.« Judy ging zum Küchentresen, holte ihre Brieftasche und reichte Marta ihren Führerschein. »Sehen Sie? Hier steht es. Ich bin Organspenderin. Sie nicht?«

»Natürlich nicht.« Marta sah sich die kleine Plastikkarte an. Unter einem wenig schmeichelhaften Foto von Judy stand in leuchtend grünen Buchstaben ORGANSPENDERIN. Wie eine schauerliche Bildunterschrift. »Wie gräßlich.«

»Nein, gar nicht. Jeder sollte sich als Spender eintragen lassen. Wissen Sie, wie viele Menschen Tag für Tag sterben, weil sie vergeblich auf eine Organtransplantation warten? Ich habe mich im Rathaus eintragen lassen. Dort wird jedes Jahr eine Organspendekampagne veranstaltet.«

»Das Rathaus macht das?«

»Sicher. Die Federführung liegt beim Büro des Bürgermeisters. Angefangen hat es, als der Bürgermeister noch Bezirksstaatsanwalt war.«

»Wann haben Sie sich eingetragen?«

»Ist schon lange her.«

»Wann genau?«

»Muß ungefähr fünf Jahre her sein. Es war eine großangelegte Kampagne. Das ganze Büro ging hin. Damals haben wir bei Stalling & Webb gearbeitet, Mary und ich.«

Plötzlich wurde Marta ganz kribbelig, und sie stand vom Futon auf. Ihre Rippen brachten sie um, aber wenn sie hin und her lief, konnte sie besser nachdenken. Die besten Ideen kamen ihr beim Hin- und Herlaufen oder unter der Dusche; könnte sie unter der Dusche hin und her laufen, wäre sie Justizministerin. »Lassen Sie mich das mal klarstellen. Was Sie mir da eben sagen, heißt, daß das Büro des Bürgermeisters im Besitz einer Liste der in Philadelphia eingetragenen Organspender ist.«

»Denke ich doch. Diese Kampagnen haben einen hohen Imagewert. Die Stadt veranstaltet sie zusammen mit der hiesigen Organspenderorganisation.«

»Der Bürgermeister kann feststellen, wer von den Organspendern in der Stadt gestorben ist?«

»Vermutlich. Das Rathaus kann sich in eine zentrale Datei einklinken, in der die Organspender zusammengefaßt sind. Ich glaube, es ist eine öffentliche Organisation, die diese Daten verwaltet, und ich bezweifle, daß es sich dabei überhaupt um vertrauliche Informationen handelt.«

Marta marschierte unentwegt hin und her. »Angenommen, das Rathaus schaltet sich in diese Datei ein, dann erfährt man dort, wann ein Organspender gestorben ist. Manche Spender sterben kurz vor der Bürgermeisterwahl. Ihr Tod wird festgehalten, weil aus ihrem Führerschein hervorgeht, daß sie Spender sind.«

Judy setzte Martas Gedankengang fort. »Ihr Tod wird aber nicht schnell genug amtlich registriert, um sie noch aus der Wählerliste zu streichen. Das Rathaus dagegen bekommt sofort davon Kenntnis, weil man von dort direkt in der zentralen Datei nachsehen kann.« Die junge Anwältin verstummte, einen Moment lang war sie ratlos. »Aber warum sollte das Rathaus das tun? Was haben die davon?«

Marta sah Judy in die Augen. »Zehn zu eins, daß Mr. Swenson und Mrs. Minton bei der letzten Wahl gewählt haben. Und Jacobs und Walters auch. Sie alle, alle, denen diese Führerscheine gehörten. Sie alle haben gewählt, obwohl sie tot waren.«

»Wie denn? Sie konnten doch nicht ins Wahllokal und wählen?« Judy runzelte die Stirn, und Marta nahm ihren Marsch wieder auf.

»Gute Frage.« Judy war brauchbarer, als Marta gedacht hatte; es war fast besser, mit jemandem zusammenzuarbeiten. »Vielleicht hat sich jemand für sie ausgegeben und an ihrer Stelle die Stimme abgegeben.«

»Kann nicht sein.« Judy schüttelte den Kopf. »Da sind Männer und Frauen darunter. Manche sind weiß, manche sind schwarz. Keiner hat Ähnlichkeit mit dem anderen. Man kann nicht wählen, ohne von jemandem gesehen zu werden.«

Marta blieb schlagartig stehen. »Doch, natürlich. Kann man. Per Briefwahl. Jemand stellt Briefwahlunterlagen für sie aus. Jemand erfährt, daß sie tot sind, und zwar vor allen anderen amtlichen Institutionen – aufgrund des Spenderhinweises –, und stellt Briefwahlunterlagen für die Betreffenden aus. Die Unterschriften sind aus den Führerscheinen zu ersehen, damit werden die Wahlunterlagen gefälscht. Darum brauchen sie die Führerscheindatei. Weil auf den Führerscheinen die Unterschrift zu *sehen* ist, und weil man bei der Briefwahl unterschreiben muß.«

Judy sperrte Mund und Augen auf. Es paßte alles zusammen. »Straßengeld.«

»Jemand bekommt Geld, damit er per Briefwahl im Namen der Organspender eine Stimme abgibt.«

»Dieser Jemand könnte Eb Darning sein.«

»Bingo.« Plötzlich stand Marta alles klar und deutlich vor Augen. Steeres System, über Jahre perfekt geplant und ausgeführt. Steere hatte Eb Darning dafür bezahlt, daß dieser bei der letzten Wahl Briefwahlunterlagen einschickte, zweifellos Stimmen zum Nachteil seines Erzfeindes, des Bürgermeisters. Aber Steere hatte nicht damit gerechnet, daß sich Eb einen Beweis für diesen Betrug anlegen würde. Darning muß Steere erpreßt haben, und dafür hat Steere ihn umgebracht. »Nehmen Sie die Datei und das Notizbuch«, befahl Marta. »Wir müssen uns beeilen.«

»Was? Wohin gehen wir? Zu den Bullen?«

»Dafür ist keine Zeit. Zum Gericht.«

# –59–

Zunehmend ungeduldig, schmorte Bennie in ihrem Parka, während sie und Emil im Büro der Stabschefin auf Jennifer Pressman warteten. Es gab keine Alternative zu der Warterei, aber es ging entschieden gegen Bennies Natur, untätig herumzusitzen. Bereits zweimal hatte sie sich entschuldigt und war hinausgegangen und durch die Korridore des Rathauses geschlendert, hatte Bürotüren geöffnet und in das Zimmer hineingeschaut, in dem der Bürgermeister seine Pressekonferenz abgehalten hatte. Die Konferenz war vorbei und Jen Pressman nirgendwo aufzutreiben. »Vielleicht ist sie jetzt zu Hause«, sagte Bennie und stieß Emil mit dem Ellenbogen an. »Bitte doch die Sekretärin, noch mal anzurufen.«

»Nein.« Emil blätterte in dem Hochglanzmagazin, das auf dem Couchtisch gelegen hatte. »Wir haben eben erst angerufen. Nimm dich zusammen.«

»Bitte sie darum.«

»Nein. Jen ist bestimmt bald da, sie muß kommen. Es ist ihr Job. Sie ist engagiert.«

»Ich kann nicht länger warten. Willst du die Story oder nicht?«

Emil klappte die Zeitschrift zu. »Du machst mich fertig, Bennie.«

»Danke.«

Er legte die Zeitschrift auf den Tisch und trat an den Schreibtisch der Sekretärin. »Flossie, finden Sie nicht, wir sollten noch einmal bei Jennifer zu Hause anrufen?«

Die Sekretärin hörte auf zu tippen und hob den Blick von der Tastatur. »Es ist noch nicht so lange her seit dem letzten Mal.«

»Ich verstehe, aber die Sache ist wirklich wichtig. Würde es Ihnen sehr viel ausmachen? Sie täten mir einen Riesengefallen.«

»Wissen Sie ...«, die Sekretärin zögerte, dann sprach sie mit gedämpfter Stimme weiter: »Um Ihnen die Wahrheit zu sagen, Emil, es hat nicht viel Zweck, ständig bei ihr zu Hause anzurufen. Ich glaube nicht, daß meine Chefin gestern nacht nach Hause gefahren ist.«

»Ich verstehe nicht.«

»Sie wissen schon, was ich meine. Ich glaube nicht, daß sie gestern nacht *zu Hause* geschlafen hat.«

Emil lief rot an. »Verstehe.«

»Von mir haben Sie das nicht, ja?« Die Sekretärin senkte ihre Stimme noch mehr.

»Nein.«

»Sie würden doch nie was von dem drucken, worüber wir uns unterhalten, oder?«

»Natürlich nicht, Flossie. Wir sind Freunde, Sie und ich.«

»Tja, ich glaube, sie ist gestern nacht zu ihrem Freund gefahren. Nur dann verschwindet sie von der Bildfläche. In letzter Zeit hat sie sich nicht oft verdünnisiert, deshalb dachte ich, sie hätten sich getrennt. Obwohl, vielleicht auch nicht. Vielleicht haben sie sich versöhnt, und sie kommt nicht aus dem Bett.«

»Wenn man jung ist, erliegt man dem Zauber der Liebe«, sagte Emil, und Bennie hinten auf ihrer Couch hätte sich am liebsten übergeben.

»Oh, das ist keine Liebe.« Die Sekretärin beugte sich vertraulich vor und flüsterte: »Ich glaube, er ist verheiratet.«

»Nein.« Emils Mißbilligung war nicht geheuchelt. Er war der traditionellste Mann, den Bennie kannte, und sie wäre jede Wette eingegangen, daß nicht er derjenige war, der die Weinblätter zubereitete.

»Ja. Ich bin mir sicher. Im Sommer ging sie normalerweise früh ins Wochenende. Sie kam braun gebrannt zurück und wollte nicht sagen, mit wem sie weg war. Sie hat nie irgendwelche Fotos gezeigt.«

»Kann man sie nicht irgendwo erreichen? Wer ist der Mann?«

»Wenn ich das bloß wüßte.« Die Sekretärin beugte sich noch weiter über den Schreibtisch. »Wissen Sie, einmal habe ich versucht, etwas aus ihr herauszuholen. Ich war eben neugierig, und schließlich habe ich sie gefragt, einfach so. ›Haben Sie eine Beziehung?‹ fragte ich sie. Einfach so.«

»Gut. Es ist das beste, immer ehrlich und geradeheraus zu sein.«

»Natürlich. Ich arbeite jetzt zwei Jahre für sie, und wir wechseln nie ein persönliches Wort oder unterhalten uns. Glauben Sie, sie würde mit mir Mittagessen gehen? Nie. Aber wie dem auch sei, wissen Sie, was sie mir zur Antwort gegeben hat, als ich sie gefragt habe? Sie sagte: ›Darüber diskutiere ich nicht mit Angehörigen der Mannschaft.‹«

Emil entgleiste das Gesicht. »Wie unfreundlich.«

»Das kann man wohl sagen. ›Angehörige der Mannschaft!‹ Sie sagte, das sei ein Zitat von einem gewissen Sunzu. Also sagte ich zu ihr: ›Wer zum Teufel ist Sunzu?‹ Klingt nach einer Sonnencreme oder so was.«

Bennie hinten auf ihrer Couch spitzte die Ohren. Sunzu? Wo hatte sie das erst kürzlich gehört?

»Sunzi?« sagte Emil. »Das war ein chinesischer Philosoph. Ein General.«

»Stimmt. Das hat sie gesagt. Ich sagte zu ihr: ›Ich kenne keine chinesischen Generäle, meine Liebe, aber ich kenne die allgemeinen Regeln der Höflichkeit, und die sind Ihnen vollkommen fremd.‹ Stellen Sie sich das vor! Ich lasse mich wieder ins Rechtsreferendariat versetzen, sobald dort eine Stelle frei ist.«

Plötzlich erinnerte sich Bennie. Es war im Konferenzzimmer gewesen, als sie mit Carrier und DiNunzio gesprochen hatte. Was hatte Carrier gesagt? *Wenn man mit Elliot Steere zu tun hat, kommt er früher oder später unweigerlich mit Sunzi daher.*

Bennie fuhr mit einem Ruck hoch. Das Bild kristallisierte sich heraus. Jen Pressman hatte einen heimlichen Liebhaber, aber er war nicht verheiratet. Es war Elliot Steere. Jen Pressman durfte das auf keinen Fall publik werden lassen, denn dieser Mann war der ärgste Feind des Bürgermeisters. In diesem Augenblick durchschaute Bennie das Spiel. Es war nicht ganz so, wie sie dachte. Es war vielmehr genau andersherum. Aber sie hatte keine Zeit mehr zu verlieren. Sie sprang auf und eilte zur Tür.

»Bennie?« fragte Emil und wandte sich um.

»Muß ein paar Weinblätter anbraten, Emil«, sagte sie und stürmte zur Tür hinaus.

# –60–

Richter Rudolph führte zwar den Vorsitz in einer Gerichtsverhandlung, aber wenn er von seinem Mahagonipult aufblickte, sah er keinen vollbesetzten Gerichtssaal vor sich, sondern eine mit Hürden gespickte Wettkampfbahn. Die Ziellinie, markiert von einem flatternden rotweiß-blauen Banner mit der Aufschrift OBERRICHTER HARRY CALVIN RUDOLPH, befand sich ihm direkt gegenüber. Elliot Steere am Tisch der Verteidigung beobachtete ihn aufmerksam, und die Staatsanwälte wirkten höchst munter. Von den Tribünen waren aller Augen auf ihn gerichtet. Alle waren still und warteten nur noch auf den Startschuß. Auf die Plätze, fertig, los! *Kräck!*

»Meine Herren«, sagte der Richter. »Ich habe Sie kommen lassen, weil ein unvorhergesehenes Ereignis eingetreten ist. Einer der Geschworenen ist an einem Magenvirus erkrankt und mußte ins Krankenhaus gebracht werden. Das Gericht wurde von einem der Geschworenen, der zum Ersatzsprecher ernannt wurde, dahingehend informiert, daß die Jury kurz vor der Entscheidung steht. Die Ersatzleute, die für den erkrankten Geschworenen hätten einspringen können, wurden bereits nach Hause geschickt und kamen inzwischen zweifellos mit der Öffentlichkeit in Kontakt. Darum müssen wir in dieser Verhandlung darüber entscheiden, ob den Geschworenen gestattet wird, die Beratung bis zum Urteil fortzuführen, ohne den leider erkrankten Geschworenen.«

Elliot Steere saß am Tisch der Verteidigung, kein Muskel regte sich in seinem Körper. Sein Geschworener hatte gehandelt. Sein Freispruch war gesichert. Sein Sieg war komplett. Er atmete langsam, ein und aus, sein Herz schlug ruhig und regelmäßig. In seinen Ohren summte der Rhythmus seiner eigenen Lebenskraft. Sunzi lehrte, daß der eine Schlacht gewinnt, der vor dem Kampf im Geiste viele Berechnungen anstellt, und Steere hatte viele Berechnungen angestellt und sich nicht verrechnet. Er hatte sich auf den Sieg vorbereitet, deshalb stand er jetzt bevor.

»Nach in Pennsylvania geltendem Recht«, fuhr der Richter fort, »ist eine Jury in einem Mordprozeß nur dann mit einer Stimme weniger als der aller zwölf Geschworenen zu einem Urteilsspruch berechtigt, wenn sich der Angeklagte und die Staatsanwaltschaft damit einverstanden erklären. Der Angeklagte hat das verfassungsmäßige Recht auf einen Spruch von zwölf Geschworenen, er kann aber auf dieses Recht verzichten. Das Gericht hat sich heute morgen hier versammelt, um zu klären, wie die Parteien weiter zu verfahren wünschen.«

Am Tisch der Staatsanwaltschaft saß der stellvertretende Bezirksstaatsanwalt Tom Moran, und dieses Mal war er hellwach. Zu seiner Rechten saß der Bezirksstaatsanwalt der Stadt Philadelphia, Bill Masterson, und die beiden saßen so dicht beieinander, daß sich ihre gepolsterten Schultern leicht berührten. Masterson, ein Basketballspieler, war groß, grobknochig und rotgesichtig, hatte einen Schopf graublonder Haare und scharfe blaue Augen. Niemand konnte neben Bill Masterson sitzen, ohne sich nicht dessen Macht bewußt zu sein, schon gar nicht ein junger Vater von Zwillingen, der bereits einmal Mist gebaut hatte. Tom brauchte seine Stellung, jetzt mehr denn je.

Richter Rudolph bereitete sich auf den Sprung über die erste Hürde vor. »Mr. Steere, Sie sind der Angeklagte, und diesem Gericht lag zu jedem Zeitpunkt viel daran, Ihre vom Gesetz garantierten Rechte gewahrt zu sehen, insbesondere seit Sie sich entschlossen haben, sich in eigener Sache selbst anwaltlich zu vertreten. Haben Sie bis hierher irgendwelche Fragen?«

»Nein.«

»Verstehen Sie das Problem, vor das Sie sich gestellt sehen? Das Gericht muß zweifelsfrei klären, ob Sie auf Ihr Recht auf ein von zwölf Geschworenen gefälltes Urteil verzichten.«

»Ich verstehe das Problem, Euer Ehren.«

»Ich führe die erforderliche Befragung durch, um zweifelsfrei festzustellen, daß Sie Ihre Rechte kennen. Möchten Sie sich mit einem Anwalt beraten, bevor wir anfangen? Ich sehe, daß Mr. LeFort von der Kanzlei Cable & Bess im Gerichtssaal anwesend ist.« Richter Rudolph würdigte den teuren Anwalt mit einem Nicken. »Wenn Sie sich mit Mr. LeFort oder einem seiner Partner beraten möchten, unterbricht das Gericht gerne für fünfzehn Minuten.«

»Ich brauche mich nicht mit Mr. LeFort zu beraten, Euer Ehren. Die Frage ist klar und verständlich. Ich kann sie Ihnen umgehend beantworten. Ich möchte, daß mein Prozeß ohne Verzug bis zum Urteilsspruch fortgesetzt wird, Euer Ehren, auch wenn das bedeutet, daß ich das Urteil von weniger als der vollständigen Zahl der Geschworenen annehmen muß. Ich verzichte auf mein Recht auf einen Spruch von zwölf Geschworenen.«

Im Zuschauerraum brach aufgeregtes Geschnatter aus. Richter Rudolph starrte nach hinten in den Gerichtssaal, und er griff zu seinem Hammer. *Kräck!* »Das dulde ich nicht in meinem Gerichtssaal. Unterlassen Sie das, meine Damen und Herren, oder ich muß Sie ausschließen. Mr. Steere, haben Sie verstanden, daß Sie das Recht auf einen ergebnislosen Prozeß haben?«

»Euer Ehren, ich will keinen ergebnislosen Prozeß. Ich will keine weitere Verzögerung in meinem Prozeß. Ich bin lange Zeit im Gefängnis gewesen. Ich habe ein Geschäft, um das ich mich gleich nach meiner Entlassung kümmern muß.«

»Vielen Dank, Mr. Steere.« Richter Rudolph sah sich beim Sprung über die erste Hürde, und er landete, ohne aus dem Tritt zu kommen, wohlbehalten auf der anderen Seite. Eine genommen, noch eine zu nehmen. Der Richter wandte sich dem Tisch der Staatsanwaltschaft zu. »Mr. Moran, wie ich sehe, werden Sie heute morgen von Bezirksstaatsanwalt William Masterson begleitet. Angenehm, Mr. Masterson.«

»Guten Morgen, Euer Ehren«, sagte Masterson.

Richter Rudolph würdigte den mächtigen Anwalt mit einem Nicken. Der Richter wußte, der Bezirksstaatsanwalt wollte sein Amt übernehmen, sobald er ans oberste Gericht befördert wurde, und war in genügend der richtigen Ärsche gekrochen, um es mit Sicherheit zu bekommen. Beide Männer wußten, ohne ein Wort darüber verlieren zu müssen, daß das Staffelholz weitergereicht würde, allerdings nur unter der Voraussetzung, daß der Richter diesen entscheidenden Staffellauf auf der Zielgeraden gewann. »Mr. Masterson, sprechen Sie heute morgen für die Staatsanwaltschaft oder erweist uns Mr. Moran die Ehre?«

»Das macht Mr. Moran«, dröhnte Masterson. Er grinste breit und schrieb etwas auf einen gelben Block. »Ich bin nur dabei, weil er mich im Auto mitgenommen hat. Mr. Moran schätzt meine Gesellschaft.«

Die Galerie lachte, und die Reporter kritzelten. Richter Rudolph lächelte nachsichtig. Sehr komisch. Übernimm meinen Job, bitte. »Schön.« Der Richter bereitete sich auf die zweite Hürde vor. »Hat die Staatsanwaltschaft irgendwelche Einwände, diesen Prozeß bis zum Urteilsspruch in Anbetracht der Umstände mit weniger als zwölf Geschworenen fortzusetzen, Mr. Moran?«

Tom wollte gerade einen Einspruch vorbringen, da spürte er einen Stoß an seinem Ellenbogen. Er schielte zur Seite und sah Masterson gedankenverloren nach vorn zum Pult schauen, scheinbar hingerissen von den Fahnen und dem Gerichtssiegel des Commonwealth of Pennsylvania. Seine übergroße Hand ruhte auf einem gelben Block, und auf dem stand:

*Kein Einwand, Sie Schnösel!*

Tom mußte nicht zweimal überlegen. Sei's drum. Er hatte sich den Arsch aufgerissen für diesen aussichtslosen Fall. Der Bürgermeister hatte seine Anklage bekommen, eine Verurteilung hatte ihm niemand versprochen. Auch wenn der Commonwealth jetzt eine Chance auf einen Sieg hatte, Tom wußte, wo die Windeln waren. Ohne zu zögern sagte er: »Die Staatsanwaltschaft hat keine Einwände, zu diesem Zeitpunkt den Prozeß bis zum Spruch der Geschworenen fortzusetzen, Euer Ehren. Dem Commonwealth liegt ebenso wie dem Angeklagten und dem Gericht daran, die Sache zu einem raschen und verläßlichen Abschluß zu bringen.«

Richter Rudolph beobachtete sich beim Sprung über die letzte Hürde. Beim Sprint zur Ziellinie. Beim Durchreißen des Zielbandes. Es zerriß wie ein Spinnennetz. Die Menge jubelte. Das Banner flatterte. Er hatte gewonnen. Es war vorbei. Jemand reichte ihm einen Champagnerkelch.

Und eine nagelneue Robe.

## –61–

Marta und Judy stürmten durch die Straßen zum Criminal Justice Center. Schnee fiel vom Himmel und lag als dicke Schicht auf Gehwegen, Häusern und Autos, so daß es aussah, als habe jemand eine riesige weiße Steppdecke über Philadelphia ausgebreitet. Läden und Büros hatten geschlossen. Kein Mensch war draußen. Alles war ruhig und still, nur das Pfeifen des Windes war zu hören, ein klarer, kehliger Ton, der vom eisgrauen Firmament herabwehte.

Marta keuchte beim Laufen in den dicken Kleidern schwer und hatte Mühe, mit der jüngeren, durchtrainierteren Mitarbeiterin halbwegs mitzuhalten; an der Broad Street hyperventilierte sie schon fast. »Judy«, rief sie matt, und die junge Mitarbeiterin trabte durch den Schnee zu ihr zurück. Marta krümmte sich nach vorn, stützte die Hände auf die Knie und versuchte, ihren gepeinigten Körper zu entkrampfen. »Ich brauche eine Pause«, japste sie. »Ich kann nicht so schnell.«

»Es wird Ihnen nichts anderes übrigbleiben. Wir müssen weiter.«

Marta war schwindlig. Das Blut stieg ihr in den Kopf, und ihr Schädel hämmerte. Sie brachte nicht genug Kraft auf, um sich aufzurichten. »Gibt's denn hier keine Taxis?«

»Nein. Keine Taxis, keine Busse, nichts.« Judy blickte die verlassene Straße hinauf und hinunter. Auch sie keuchte, und ihr Atem erzeugte große Dampfwolken in der kalten Luft. »Wir müssen laufen.«

»Wie weit denn noch?«

»Fünf Blocks.« Blinzelnd schaute Judy durch den Schnee zu der altmodischen gelben Uhr mit den verschnörkelten viktorianischen Zeigern oben am Rathaus hinauf. Ihr Herzschlag beschleunigte sich. »Es ist 13.15 Uhr, Marta. Wir müssen weiter. Los, kommen Sie.«

»Ich bin zu alt für so was.« Schwer atmend richtete sich Marta auf. Sie spürte einen Druck im Brustkorb, als explodiere er gleich. »Laufen Sie voraus. Nehmen Sie meine Handtasche. Da ist das Beweismaterial drin.«

»Nein. Kein Mensch wird mir glauben, wenn Sie nicht dabei sind, Sie sind die erste Anwältin. Kommen Sie. Reißen Sie sich zusammen. Bewegen Sie Ihren Hintern.«

»Es gefällt Ihnen wohl, mich herumzukommandieren«, stieß Marta hervor, und so heftig, wie sie keuchte, brachte sie kein Lächeln zustande.

»Das auch«, sagte Judy und setzte sich in Richtung Gerichtsgebäude in Bewegung.

# –62–

Bennie stieg über die Schneewehe hinweg unter das Vordach von Carriers Haus, fegte Schnee von der Messingklingel und drückte energisch auf den schwarzen Knopf. Sie klingelte und klingelte, aber in Carriers Wohnung rührte sich nichts. Verdammt. Bennie läutete in der Erdgeschoßwohnung. Das Namensschild verriet, das da HILL-SILVERBLANK wohnte, aber die Hill-Silverblanks waren ebenfalls nicht zu Hause.

Frustriert klopfte Bennie an die Eingangstür. Aber mit ihrem Gehämmere rüttelte sie nur Schnee von der Türvertäfelung. Sie war den ganzen Weg hierher durch den Schnee gestapft, nur um dieses Mädchen aufzuhalten. Sie durfte gar nicht daran denken, daß alles vergebliche Mühe gewesen sein sollte. Sie schlug gegen die Tür in der Hoffnung, daß Judy inzwischen nicht schon eine Dummheit gemacht hatte. Mit ihrem Verhalten konnte das Mädchen sie alle vor den Disziplinarausschuß bringen, dann ginge Rosato & Associates die Toilette runter.

Sie trat einen Schritt von der Tür zurück und schaute zu Carriers Fenstern hinauf. Sie waren dunkel, niemand war zu sehen. Wo könnte sie denn sein? Bennie ging die paar Stufen vom Windfang hinunter und stand unschlüssig auf dem Gehweg im Schnee. Und da sah sie sie. Spuren im tiefen Schnee, Spuren hastiger Schritte von Carriers Schwelle über den Gehweg, vorbei an einer Reihe unter Schnee begrabener Autos und um die Ecke.

Mit zusammengekniffenen Augen starrte Bennie durch den wirbelnden Schnee auf die Fährte. Sie konnte ihr folgen und sehen, wohin sie führte. Im tiefen Schnee war sie leicht zu erkennen. An manchen Stellen ähnelte sie mehr Pranken- denn Fußspuren. Bennie lächelte. Anwaltsspuren. Pumps mit Pferdefuß. Sie ging bestimmt nicht allzu weit.

Sorgsam darauf achtend, keinen Schnee in die frischen Fußspuren zu treten, machte sie sich an die Verfolgung, als sie endlich schaltete. Das waren *vier* Fußspuren, nicht zwei. Zwei Leute hatten Judys Haus verlassen – Judy und Marta. Entweder die beiden oder die Hill-Silverblanks hatten sich bei einem Blizzard zu einem Spaziergang aufgemacht. Bennie zweifelte keinen Augenblick daran, was wahrscheinlicher war. Sie hatte so eine Ahnung, daß Judy und Marta zum Criminal Justice Center unterwegs waren. Sie stapfte hinter ihnen her.

Die Anwaltsspuren führten an den Wohngebäuden vorbei die 24th Street entlang. Bennie beschleunigte ihre Schritte und lief weiter. Sie hatte die ganze Nacht kein Auge zugetan, aber ein Lauf bei kaltem Wetter war stets nach ihrem Geschmack. Sie hatte Kraft in den Beinen. Sie atmete leicht. Seit das Unwetter tobte, war Bennie nicht gerudert, und sie brauchte Bewegung. Das war der Golden Retriever in ihr. Sie bekam Verdauungsprobleme, wenn man ihr keine Bällchen warf.

Sie folgte den Spuren über den tiefverschneiten Gehweg und fiel in einen leichtfüßigen Trab. Bennie war immer die Schnellste ihrer Mannschaft gewesen, und daß sie seither jede Woche die Treppen im Franklin-Field-Stadion hinauf- und hinunterlief, hatte sie in Form gehalten. Sie bereute immer noch, sich nicht um die Teilnahme an den Olympischen Spielen bemüht zu haben, aber da war eine Mutter gewesen, die sie hatte versorgen müssen.

Im Laufen behielt Bennie die Spuren im Auge. Wie ein Pfad zogen sich die tiefen Trittspuren durch den Schnee. Sie mußte sie in Null Komma nichts eingeholt haben. Sie mußte, bevor die beiden alle Beteiligten ruinierten. Bennie legte nochmals Tempo zu, ihre Schritte wurden länger, und sie sprintete die Straße entlang.

# –63–

»Schwadron, der Tag der Entscheidung ist gekommen«, rief Ralph den Geschworenen zu. »Zeit zur Abstimmung.« Ralph war nun offiziell Sprecher der Jury, aber er kam sich eher vor wie ein Bestattungsunternehmer in einer Leichenhalle. Er marschierte um den Konferenztisch und reichte jedem der verzagt dasitzenden Geschworenen ein Blatt Papier. Seit der Szene mit Christopher waren sie niedergeschmettert. Es war zugegangen wie in einer Seifenoper, mit einer Megan, die den wie eine Forelle am Haken auf dem Boden herumzappelnden Christopher in den Armen hielt. Christopher hatte zu sprechen versucht, aber Megan hatte ihn bis zum Eintreffen der Ambulanz ständig beschworen, ja nicht zu reden.

Von dem Moment an, da der Richter angeordnet hatte, die Beratung fortzusetzen, hatte Ralph auf die entscheidende Abstimmung gedrängt. Sollte Kenny in der ersten Runde nicht mit dem Strom schwimmen, dann würde Ralph ihn eben in der nächsten Runde packen. Es war lediglich eine Frage der Zeit. Ralph reichte Megan eine leere Seite. »Zeit für die Abstimmung, junge Dame. Je früher wir das hinter uns haben, desto schneller sind Sie im Krankenhaus.«

»Danke.« Mit zitternden Händen nahm Megan das

Blatt entgegen. Sie starrte auf das leere Papier. Sie wollte Steere nicht schuldig sprechen, nicht einmal, wenn das bedeutete, mit Christopher anderer Meinung zu sein. Der arme Christopher. Sie wollte ihn unbedingt besuchen, wenigstens, um sich zu vergewissern, daß er wieder auf den Damm kam. Hastig schrieb Megan *unschuldig* auf das Papier und faltete es zusammen.

Nach einem letzten Blick auf Mr. Fogel, der mit einer Geschwindigkeit schrieb, die sie nicht überraschte, beugte sich Mrs. Wahlbaum über ihr Blatt. Mr. Fogel stimmte zweifelsfrei für nicht schuldig und ebenso Wanthida, die neben ihm saß. Mrs. Wahlbaum versuchte sich ins Gedächtnis zu rufen, wie Christopher seine Meinungsänderung begründet hatte, aber alles, woran sie sich erinnern konnte, war, wie er sich vor Schmerzen krümmend auf der Bahre gelegen hatte. Es mußte eine Blinddarmentzündung sein. Sie schrieb *nicht schuldig* und drehte ihr Blatt um.

Nick zitterte beim Anblick der vor ihm liegenden unbeschriebenen Seite. Er war mit den Nerven völlig am Ende. Christophers Magenattacke war der Tropfen, der das Faß vollends zum Überlaufen gebracht hatte. Was, wenn Nick ebenfalls einen derartigen Anfall bekäme? Sein Magen brannte bereits wie Feuer. Würgend trank er ein paar Schlucke Wasser, und es war ihm sogar egal, daß er dabei seinen Daumen zeigte. Er mußte nach Hause, bevor er sich das einfing, was sich Christopher zugezogen hatte. Ihm durfte nicht noch einmal schlecht werden. Nick griff nach seinem Bleistift, umklammerte ihn fest und schrieb *UNSCHULDIG*.

Lucky Seven saß über sein Blatt gebeugt und kam sich vor wie in der Schule bei einer Klassenarbeit. Alle anderen schrieben, nur er nicht. Er hörte sie, er hörte, wie sie eifrig auf das Papier kritzelten. Alle anderen waren vor ihm fertig, falteten ihre Blätter zusammen und gaben sie ab. Als hätten sie sämtliche Antworten parat. Tja, dieses Mal hatte auch er die Antwort parat.

Lucky Seven hatte Mitleid mit Isaiah und seinem Mädchen, und er stand für diese Überzeugung ein, egal, was Kenny dazu sagen mochte. Zum Teufel, wenn dieser Prozeß vorbei war, sah er den Blödmann nie wieder. Schließlich hängte man sie nicht auf. So schnell er konnte, schrieb Lucky Seven *nicht schuldig* auf das verdammte Blatt. Er war nicht einmal als letzter fertig.

»Haben alle abgestimmt?« erkundigte sich Ralph, während er sich auf seinen Platz am Kopfende des Tisches setzte. Er knallte den Block vor sich hin und schrieb lässig *NICHT SCHULDIG.* Als brächte ihm das nicht 100 000 Dollar ein. Dann hob er den Blick.

»Ich hab noch nicht abgestimmt, Mann«, ließ sich Kenny Manning am anderen Ende des Tisches gelassen vernehmen. Alle Geschworenen sahen Kenny an, außer Lucky Seven, der geflissentlich den Blick abwandte.

»Schon okay«, sagte Ralph. »Wartet mit dem Abgeben, Leute. Gebt die Blätter noch nicht ab. Kenny hat das Recht, sich soviel Zeit zu nehmen, wie er braucht.« Er blickte auf seine Uhr. 13.25 Uhr. »Lassen Sie sich soviel Zeit, wie Sie brauchen, mein Lieber.«

Kenny griff nach seinem Bleistift und schaute aus dem Fenster. Er brauchte deren dämliches Geschwätz nicht. Er konnte sich soviel eigene gottverdammte Zeit lassen, wie er wollte. Er brauchte keinen Ralph Fuckin' Merry, der ihm das erlaubte. Brauchte von dieser Schweinchenfresse nicht dazu ermuntert zu werden. Kenny ließ sie alle warten, schaute aus dem Fenster und sah zu, wie der gottverdammte Schnee rieselte. Ließ sich *seine* verdammte Zeit.

In einem Krankenhaus auf der anderen Seite der Stadt lag Christopher auf einer Krankenbahre, die im Eiltempo durch den Flur geschoben wurde, und litt Höllenqualen. Er versuchte, den Leuten zu sagen, sie sollten die Polizei rufen, aber die Krankenschwester und der Arzt aus der Notaufnahme, die zu beiden Seiten neben der Bahre herrannten, achteten nicht weiter auf seine abgerissenen Laute. Die Schmerzen zerrissen Christophers Eingeweide, trotzdem versuchte er unentwegt, sich verständlich zu machen.

»Nah ... grr ... halt«, stieß er hervor, aber ohne darauf zu achten, schoben sie die Bahre eiligst in einen kalten, weißen Raum, in dem alle in Halbmasken und Kitteln herumrannten. Ruckartig kam die Krankenbahre unter einem gleißenden Lichtkegel zum Stehen.

»Nein ... warten ... brr«, ächzte Christopher. Mit den Armen schirmte er die Augen gegen das grelle Licht ab. Ein Arzt umfaßte sein Handgelenk und drückte ihm eine Plastikmaske auf das Gesicht. Nein. Sie durften ihn nicht narkotisieren. Er mußte die Polizei verständigen. Er mußte Marta schützen.

»Brr, hab ich gesagt!« rief Christopher, und unter Aufbietung all seiner Kraft packte er den verdutzten Doktor an seinem weißen Revers und zerrte ihn neben sich auf den Tisch. Krankenschwestern stießen Schreckenslaute aus, als die beiden Männer auf den kalten Fliesenboden fielen, und Christopher dem Arzt ins Gesicht brüllte: »Rufen Sie die Polizei! Sofort!«

## –64–

Sobald Marta das Criminal Justice Center durch den Flockenwirbel erspähte, schaltete sie auf Reservelunge. Es war ein modernes Gebäude mit Art-déco-Anklängen und grauer und gelblicher Marmorverschalung. Der Neuschnee betonte die Kanten der geometrisch angeordneten Steinleisten und dekorativen Fenstergesimse. Es war ein schönes Gebäude, und sie hatte vor, es im Handstreich zu nehmen. Im Laufen keuchte Marta gleichermaßen vor Anstrengung und Aufregung.

Sie brauchten kein Wort zu wechseln, Judy wußte auch so, wie Marta zumute war. Sie befanden sich auf derselben Wellenlänge. Sie hatten den Beweis gegen Steere in der Hand. Nicht mehr lange, dann präsentierten sie ihn dem Gericht. Judy lief schneller. Das ethische Problem hatte einen Zwiespalt in ihr aufgerissen, aber jedesmal, wenn ihr Zweifel kamen, sah sie Mary vor sich im Schnee liegen. Wie sie fast verblutete. Judy wußte nicht, ob Mary überleben würde, und Elliot Steere war schuld, daß sie nicht einmal bei ihr im Krankenhaus sein konnte. Sie war ihm nichts, absolut gar nichts schuldig. Judy griff nach Martas Handtasche, die sie unter den Arm geklemmt hatte, und lief beharrlich weiter.

Aber da stimmte etwas nicht. Merkwürdig. Im Herzen der Stadt hätte Totenstille herrschen müssen. Das Rathaus und das Criminal Justice Center waren wegen des Blizzards geschlossen, nur der Steere-Prozeß lief weiter. Die Straße hätte so verlassen sein müssen wie der Rest der Stadt, eingeschneit bis in alle Ewigkeit. Doch es sah anders aus.

Bennie blinzelte im Laufen gegen den Schnee. Sobald sie das Geschäftsviertel erreicht hatte, hatte sie die Spur der beiden verloren, für den weiteren Weg ließ sie sich von ihrer Vorahnung leiten. Drei Häuserblocks vor ihr überquerten zwei Gestalten die Market Street und liefen in Richtung Criminal Justice Center. Judy und Marta. Bennie erkannte Judy an der leuchtendgelben Kleidung. Die junge Anwältin war Freikletterin und hatte eine komplette Garderobe teurer Sportklamotten. Außerdem, wer sonst würde freiwillig eine solche Farbe tragen?

Bennie zog das Tempo ein paar Schläge lang an, sie legte ihre ganze Kraft hinein. Kraftvolle Schläge wie zu Beginn eines Rennens. Den Schlag gut ansetzen, damit das Skullboot glatt vom Start wegkam, dann richtig Fahrt aufnehmen, volles Tempo. Sie verringerte den Abstand zwischen sich und den beiden anderen. Zwei Blocks, noch einer. Sie sah Judy und Marta am Criminal Justice Center anlangen und den Rand einer Menschenmenge, die sich dort versammelt hatte. Da vorn war einiges los. Ein richtiger Tumult. O nein. Bennie erhöhte die Schlagzahl, bis das Boot zu fliegen begann.

Judy rannte beklommen weiter. Die Leute versammelten sich an der Einmündung der Filbert Street. Vor dem Criminal Justice Center ging etwas vor. Übertragungswagen mit bunten Logos parkten wild durcheinander im Schnee der inzwischen geräumten Straßen. An der Ecke Filbert Street drängten sich blau-weiße Streifenwagen. »Wir kommen doch nicht zu spät, oder?« stieß Judy schwer atmend und besorgt im Laufen hervor. Sie warf einen Seitenblick auf Marta, deren Gesicht von Überanstrengung und Beunruhigung gezeichnet war.

»Nein. Nein, unmöglich.«

»Die Fernsehleute sind da. Die Bullen. Vielleicht schon das Urteil.«

Marta weigerte sich, das zu glauben. »Vielleicht kommen die Geschworenen, aus dem Hotel.«

»Könnte aber schon das Urteil sein. Vielleicht ist die Urteilsverkündung bereits erfolgt.«

»Nein!« schrie Marta heiser. »Wir kommen nicht zu spät! Los, laufen Sie!« Sie biß die Zähne zusammen und rannte schneller. Nie gäbe sie sich Elliot Steere geschlagen, nicht nach der gestrigen Nacht. Nicht nach den Wachleuten und Mary.

Judy versuchte durch den Flockenwirbel hindurch zu erkennen, was sich weiter vorne tat. Unaufhaltsam näherte sie sich der Menge. Sie und Marta passierten den Gebäudeschatten des Rathauses und liefen vor bis zur Filbert Street. Ganz hinten in der Menge standen Bullen in schwarzen Jacken und Reporter in grünen Parkas und Schneeponchos. Aus der lärmenden Meute stachen Polizeimützen, Baseballkappen und Golfschirme hervor. An die hundert aufgeregt schwatzende Leute, deren Atem sich in der kalten Luft zu einer einzigen großen Wolke vereinigte, bevölkerten die enge Straße.

»Ich sehe nichts, Sie?« rief Marta völlig außer Atem. Sie befand sich am Rande der totalen Erschöpfung.

»Nein. Die Menge ist zu groß.« Judy spähte über die

Schulter eines übergewichtigen Polizisten. »Officer, was ist da los?«

»Bin selbst gerade erst gekommen, Lady«, antwortete der Bulle. Seine Nase war rot und tropfte. »Man hat uns herbeordert, um die Menge in Schach zu halten.«

Marta zog ihre Kapuze tiefer ins Gesicht, um nicht erkannt zu werden, und drängte sich rücksichtslos an einem Reporter vorbei.

Bennie legte die letzten dreißig Meter bis zur Menge zurück. Der Endspurt. Sie gab alles, was noch in ihr steckte. Ihre Beine schmerzten. Ihre Lunge stach. Sie erreichte das Criminal Justice Center gerade noch rechtzeitig, um hinter Marta, die sich durch die Menge schob, Judys gelbe Mütze zwischen den Leuten verschwinden zu sehen.

# –65–

Marta, inzwischen ziemlich weit vorne in der Menge, verharrte wie angewurzelt bei dem Anblick, der sich ihr bot. Elliot Steere war frei. Scherzend stand er mit Reportern auf dem Bürgersteig vor dem Criminal Justice Center. Kameras bannten sein aufgesetztes Grinsen. Im grellen Scheinwerferlicht sah sein Gesicht so weiß aus wie das eines Leichnams. Er war *frei*. Sie kam zu spät.

Von hinten schob sich Judy neben Marta. »O Gott«, stöhnte sie todunglücklich. Tränen stiegen ihr in die Augen. Ihr Körper sank in sich zusammen, sie war geschlagen. Steere war ungestraft mit einem Mord davongekommen. Mit einem feuchten, schneeverkrusteten Fausthandschuh fuhr sich Judy über die Augen.

Marta brachte vor Entsetzen kein Wort heraus. Sie sah nur noch rot vor Wut. Der Mann hatte sie schamlos benutzt. Das Gericht benutzt. Menschenleben auf dem Gewissen. Sie schäumte, als sie ihn für die Presse lächeln und siegesbewußt die Arme heben sah. Steere war frei und ging glücklich und erfolgreich seiner Wege. Es durfte nicht sein. Das durfte sie nicht zulassen. Und da erinnerte sich Marta.

*Der Stichel.* Ein langes Eisenstück mit einer Spitze so tödlich wie ein Dolch. Hatte sie ihn noch? Sie schob die

Hand in die Tasche und fühlte das kalte Metall. Der Stichel. Sie umfaßte ihn, spürte den Griff des Werkzeugs sogar durch den Handschuh. In diesem Moment schien es Marta die selbstverständlichste und perfekte Lösung. Sie war bereits ruiniert. Sie hatte bereits getötet. Sie hatte nichts mehr zu verlieren. Wie in Trance trat sie einen Schritt vor und ließ Judy und die Welt hinter sich.

Weiter hinten, in der Mitte der Menge, drängelte Bennie energischer. »Entschuldigung!« sagte sie und schob sich unter Ellenbogeneinsatz an einem Bullen vorbei. Sie sah Steere, der auf dem Bürgersteig vor der Menge von Reportern interviewt wurde. Man hatte ihn also freigesprochen. Wenigstens war es Marta und Judy nicht gelungen, den Prozeß zu sprengen. Aber wo steckten die beiden?

Bennies Blick überflog die Menge, und sie entdeckte Judys gelbe Skimütze unter den schwarzen Polizistenmützen. Wo war Marta? Sie mußte rasen vor Wut, wenn sie sah, daß Steere frei war. In Bennie regte sich Panik, ohne daß sie wußte, warum. Sie rempelte die Umstehenden an und versuchte es von der rechten Seite, wo sich weniger Reporter drängten.

Zwei Reihen von Steere entfernt blieb Marta stehen. Schneeflocken fielen auf seinen eleganten Mantel und sprenkelten seine gepolsterten Schultern. Sie stand so dicht vor ihm, daß sie die handgenähten Stiche auf seinen Revers erkennen konnte. Sie umklammerte den Stichel in ihrer Tasche. Ihr Herz hämmerte wie wild in ihrer Brust. Adrenalin rauschte in ihren Ohren im Takt mit Steeres Stimme.

»Ich war stets davon überzeugt, daß mich die Geschworenen freisprechen werden«, sagte Steere zu einem

Fernsehreporter, der ihm ein schwarzes, ballonförmiges Mikrophon unter die Nase hielt. »Nicht einen Augenblick habe ich daran gezweifelt.«

Bennie zwängte sich durch die Menge, und endlich entdeckte sie Marta. Da vorn. Fast bei Steere. Marta stand regungslos da, ihr Blick schien abwesend. Was tat sie? Bennie überlegte, ob sie ihren Namen rufen sollte, aber die Menge war zu laut. »Bin schon unterwegs!« sagte sie und schob sich weiter auf Marta zu.

Marta stand nicht einmal einen halben Meter von Steere entfernt, das Gesicht von der Kapuze verdeckt. Sie stellte sich vor, wie sich der Stichel in seine Brust bohrte. Heißes rotes Blut seinen Kamelhaarmantel befleckte. Sie wartete auf den geeigneten Moment. Der Fernsehreporter stand im Weg. Zentimeterweise bewegte sich Marta vor, das Trommeln in ihren Ohren wurde zunehmend lauter. Sie wartete, daß der Reporter zur Seite trat.

Da begriff Bennie, was Marta vorhatte. Marta arbeitete sich heran. Sie mußte eine Waffe haben. Hatte sie tatsächlich vor, Steere umzubringen? O Gott. Man mußte sie aufhalten. Das durfte sie nicht. Bennie konnte das nicht zulassen. Rücksichtslos rempelte sie die Leute beiseite.

Plötzlich trat der Fernsehreporter zur Seite. Lächelnd blickte sich Steere nach dem nächsten Interviewpartner um. Für einen Augenblick war der Weg zu ihm frei. Um Marta erstarrte die Welt. Die Menge stand still. Die Reporter verstummten. Die Kameramotoren surrten nicht mehr. Das einzige Geräusch war das Dröhnen der Trommelschläge in Martas Ohren. Sie trat in die entstandene Lücke und zog die Hand aus der Tasche.

gefälschter Briefwahlunterlagen bezahlt worden, und er ging davon aus, daß es noch etliche mehr gewesen waren. Gorebian erläuterte das System in einer Randspalte, damit die Leser begreifen konnten, wie die Fälscher vorgegangen waren.

Emil tippte ohne Unterlaß. Der Clou des Ganzen war, daß die gefälschten Stimmen nicht gegen den Bürgermeister abgegeben worden waren, sondern *zu seinen Gunsten*. Annähernd zehntausend Stimmen erhielt er auf diese Weise. Elliot Steere und Jen Pressman verfolgten damit die Absicht, den Bürgermeister an den Pranger zu stellen, indem sie den mit Hilfe der Führerscheinunterlagen begangenen Wahlbetrug kurz vor der Wahl publik machen und ihm anlasten wollten. Pressman hatte von langer Hand geplant, das Vertrauen des Bürgermeisters zu mißbrauchen und wäre frohgemut ihrer Wege gegangen. Steere hätte seinen ärgsten Feind erledigt, und die Preise für seine historisch wertvollen Immobilien wären ins Astronomische gestiegen. Die Philadelphia-Renaissance hätte nie eine Blütezeit erlebt.

Emil trank Tee, während er die halbfertige Fassung der Story auf dem Monitor überflog. Im Resümee wollte er hervorheben, wie couragiert sich die Anwältinnen dafür eingesetzt hatten, Steere seiner gerechten Strafe zuzuführen, und daß Bennie Rosato alles riskiert hatte, um einen Mandanten zu schützen. Der Artikel würde dafür sorgen, daß sich die über Bennies Kanzlei schwebende dunkle Wolke auflöste, und sie zur Heldin machen. Die Grünschnäbel bezeichneten diese Form der Berichterstattung als tendenziös, aber Emil bezeichnete sie anders. Er bezeichnete sie als die Wahrheit.

Emil schloß seine Story mit der Verknüpfung der

losen Enden. Er träumte davon, einen Pulitzer-Preis zu gewinnen und wieder zur Tagschicht versetzt zu werden. Emil war stets überzeugt gewesen, ein besserer Reporter zu sein als Alix Locke. Sich in das Büro der Stabschefin einzuschleichen und ihre Handtasche zu klauen. Mit Pressmans Schlüsseln in Steeres Strandhaus einzudringen. Emil schüttelte den Kopf. Niemand hatte noch Moral, von Skrupeln ganz zu schweigen. Das war heutzutage das Problem.

Mit einem glücklichen Seufzer drückte Emil auf die Taste, um auszudrucken.

Von seinem Schreibtischsessel in seinem Büro bei Cable & Bess aus beobachtete John LeFort, wie die Lämpchen seiner Telefonanlage blinkten. Sonnenlicht flutete zu den Fenstern herein und ließ das Waterfordglas in seiner Hand funkeln. LeFort trank tagsüber nie, aber heute machte er eine Ausnahme. Er seufzte kurz und tief und griff nach dem Hörer. »Hallo?« fragte er, als wüßte er nicht, wer am anderen Ende war. Als wüßte er nicht, wer jedes einzelne dieser blinkenden Lämpchen war.

»John, Mo Barrie. Ich bin zu Hause, und der Fernseher ist eingeschaltet. Haben Sie es gesehen? Haben Sie die Nachrichten gesehen? Steere wurde erneut verhaftet. Anstiftung zum Mord, weil er einen Killer angeheuert hat. Wahlbetrug, weil er versucht hat, die Bürgermeisterwahl zu manipulieren. Es ist ein Skandal.«

»Ich weiß. Ich war dort.«

»Wir stellen die Kredite fällig. Fälligkeit sofort. Alle. Von dem Moment an stehen die Immobilien zum Verkauf. Sobald wir aufgelegt haben, rufe ich umgehend die Stadt an.«

»Verstehe«, sagte John. Er nahm einen Schluck. Mo konnte so hysterisch sein wie eine Frau. Wie albern. War doch alles nur Geschäft.

»Alle, John. Betrachten Sie sämtliche Immobilien als verkauft, John. Von sofort an. Von diesem Moment an. Es ist ein Kartenhaus, John, und es ist gerade dabei einzustürzen.«

»Sehe Sie vor Gericht, Mo«, sagte LeFort und legte auf. Bevor er den nächsten Anruf entgegennahm, genehmigte er sich noch einen Schluck.

Elliot Steere saß hinter dem Drahtglasfenster, das ihn von seinem neuen Strafverteidiger trennte. Das Glas war zerkratzt und verschmiert, das Besucherzimmer im Roundhouse war überhaupt bei weitem dreckiger als das im Criminal Justice Center. Aber die Umgebung war im Moment Steeres geringstes Problem. »Sie plädieren auf unschuldig in allen Punkten der Anklage«, befahl er seinem Anwalt mit der teuren randlosen Brille und dem Zegna-Anzug.

»Aber es liegt so gut wie unanfechtbares Beweismaterial für die Anstiftung zum Mord an den Wachleuten vor. Bogosians Zeitschrift wurde gefunden, und in seiner Wohnung wurden Papiere beschlagnahmt, die ihn mit Ihnen in Verbindung bringen. Die Staatsanwaltschaft wird sich die Aufzeichnungen seiner Telefongespräche und Einblick in die Bankkonten besorgen.«

»Bogosian sagt nie gegen mich aus.«

»Bogosian ist tot. Die Polizei von New Jersey fand seine Leiche am Strand.«

Steere schien einen Moment nachdenklich. »Um so besser. Dann kann er nicht aussagen.«

»Aber die Richter wird aussagen. Ebenso Carrier. Die Staatsanwaltschaft ist im Besitz einer Computerdatei aus Ihrem Strandhaus. Ihr Boot wird sichergestellt. Sie hat ein Notizbuch von Darning, außerdem einen Verdächtigen für den Mordanschlag auf DiNunzio. Er hat einen gestohlenen Wagen benutzt.« Der junge Anwalt zog seine Notizen zu Rate. »Ich gehe davon aus, daß Anklage wegen Wahlbetrugs und Wahlmanipulation erhoben wird. Ferner ist die Rede von Behinderung der Justiz, aber ich weiß nicht, ob die Beweise dafür ausreichen.«

»Ich bin in allen gegen mich erhobenen Anklagepunkten unschuldig.«

»Sie können von Glück sagen, wenn man uns einen Handel anbietet.«

Steere lächelte belustigt. »Das hat mit Glück nichts zu tun. Überhaupt nichts. Haben Sie schon einmal von einem General Sunzi gehört?«

# –67–

Im Narkoseschlaf träumte Christopher, er reite auf einem Pferd in leichtem Galopp unter einer warmen Sonne und einem klaren blauen Himmel über ein verschneites Feld. Über der Schneedecke waberte Dunst, so daß es den Anschein hatte, als schwebe das Pferd über einen Wolkenteppich. Jeder andere sähe im Traum ein weißes Pferd vor sich, einen Araber, aber in Christophers Augen waren weiße Pferde reine Angeberei, deshalb ritt er einen Braunen. Einen großen Wallach mit weißer Blesse und über einssechzig Stockmaß.

Die Hufe des Pferdes knirschten im Schnee, es schlug ein schnelleres Tempo an und fiel ohne Vorwarnung in strammen Galopp. Obwohl Christopher dem Pferd kein Zeichen gegeben hatte, in Galopp überzugehen, störte ihn der Gangwechsel nicht, doch dann tauchte vor Pferd und Reiter wie aus dem Nichts ein Bretterweidezaun auf. Der Zaun war hoch, bestimmt über ein Meter zwanzig, und Christopher bezweifelte, daß das Pferd das Hindernis nehmen könnte.

In vollem Galopp hinterließen die Pferdehufe tiefere Abdrücke im Schnee, es rannte mit geblähten Nüstern und kämpfte gegen den Zügel an. Der Zaun raste auf sie zu. Es war Wahnsinn, bei diesem Tempo zu springen, aber wenn Christopher energisch zügeln würde, flöge er über den Hals des Pferdes. Er hob sich leicht aus dem Sattel und straffte die Zügel, aber das Leder entglitt seinen Händen und schlug gegen den feuchten Hals des Pferdes. Der Zaun näherte sich unaufhaltsam. Das Pferd sprang ab. Sie würden nie heil über den Zaun kommen.

»Nein!« schrie Christopher und wachte auf. Er blickte sich um. Alles war weiß, aber es war kein Schnee, es war ein Krankenhauszimmer. Er krachte nicht in einen Zaun, er lag in einem Krankenhausbett. Und was seine Hand berührte, war kein schlaffer Zügel, es war eine Frau. Megan Gerrity, der Rotschopf aus der Jury, saß auf seiner Bettkante. Christopher, fix und fertig, blinzelte, dann räusperte er sich, seine Kehle war völlig ausgetrocknet.

»Es ist alles gut, Christopher«, sagte Megan. Sie drückte seine Hand, und Christopher erwiderte den Druck und ließ sich mit einem Seufzer in die weichen Kissen sinken.

»Sie hätten fast Elliot Steere erstochen! Ist Ihnen das eigentlich klar?« fauchte Bennie und fegte im Eiltempo durch den langen Krankenhausflur. Hinter den großen Fenstern leuchtete die späte Nachmittagssonne, aber die Wärme, die sie noch spendete, machte auf Bennie nicht den geringsten Eindruck. Zu beiden Seiten des Korridors hingen glänzend polierte Tafeln mit den Namen von Leuten, die das Krankenhaus mit großzügigen Spenden bedacht hatten, aber nichts hätte sie weniger interessieren können. Bennie lief so rasch, daß sie weder nach links noch nach rechts blickte, und sie war so wütend, daß es ihr egal war, ob Marta mit ihr Schritt halten konnte.

»Ich gebe ja zu, es hätte nie soweit kommen dürfen.«

Eine kleinlaute Marta rannte neben ihr den Flur entlang. Bei jedem Schritt quietschten ihre Stiefel und ihre Thermohose raschelte. Sie fühlte sich, als hätte man sie durch die Mangel gedreht, jeglicher Energie beraubt. Die Bullen hatten sie einen endlos langen Tag mit Verhören im Roundhouse festgehalten, und die Nacht davor war selbst für eine ausgebuffte Strafverteidigerin ereignisreich gewesen. »Tut mir leid. Mir tut alles so leid.«

*»Leid?«* Bennie behielt ihre flotte Gangart unverändert bei. »Ein *Mordversuch*? Sie können nach einem Mordversuch nicht einfach sagen, es tut mir leid. Es gibt jede Menge juristischer Rechtfertigungen für versuchten Mord, aber ›es tut mir wirklich wirklich herzlich leid‹, zählt nicht unbedingt dazu. Hätten die Bullen erfahren, was Sie vorgehabt haben, säßen Sie jetzt im Knast. Und wenn ich nicht das verdammte Messer ...«

»Stichel.«

»Gesundheit.«

»Nein. Es ist ein Stichel, kein Messer.«

»Was? Was interessiert mich das, zum Teufel?« fauchte Bennie und rannte mit fliegenden Jackenschößen weiter. »Was macht das verdammt noch mal für einen Unterschied? Sie haben versucht, den Mann zu erstechen!«

»Ich hätte es nicht bis zum Ende durchgezogen. Ich hab's doch nicht getan, oder?«

»O bitte. Nur, weil ich Sie daran gehindert habe. Sie hätten *mich* erstechen können!«

Eine vorbeigehende Krankenschwester bedachte sie mit einem unsicheren Blick und beschleunigte ihre Schritte. Marta flüsterte: »Ich wußte doch nicht einmal, daß Sie da waren. Woher hätte ich denn wissen sollen, daß Sie vor mich hinspringen?«

»Ich konnte schließlich nicht zulassen, daß Sie ihn *umbringen.*« Sie kamen zu den Fahrstühlen, und Bennie drückte den Aufwärtsknopf. »Sie müßten das eigentlich wissen, oder? Die erste Regel einer Kanzleiinhaberin. Ermorde keine Mandanten. Die kommen nicht wieder, so ist das nun mal.«

»Ich sagte bereits, es tut mir leid. Was soll ich noch tun? Mir die Pulsadern aufschneiden?«

»Ich hätte Sie im Gefängnis sitzenlassen sollen. Eine Stunde länger, und die hätten Sie fertiggmacht. *Ich* hätte Sie fertiggemacht.«

»Ich sagte: ›Vielen Dank.‹« Marta verdrehte die Augen. »Hören Sie, was ich sage. ›Vielen Dank.‹ ›Tut mir leid.‹ ›Bitte.‹ Ich bin so lauter wie ein verdammtes Echtheitszertifikat.«

Bennie drückte unablässig auf den Aufzugknopf, als spiele sie ein Videospiel. Es machte *Klickklickklick.* »Ich hätte Sie da drin verschimmeln lassen sollen.« *Klickklickklick.* »Sie auf einen Pflichtverteidiger warten lassen sollen.« *Klickklickklick.* »Sie der Presse zum Fraß vorwerfen sollen.« *Klickklickklick.* »Sie wegen Bogosian hinter Schloß und Riegel bringen sollen.«

»Das war Notwehr. Der Polizei war das klar, die wollten mich einfach in die Mangel nehmen.«

»Und wie steht's mit der Beeinflussung von Geschworenen, ha? Was das angeht, sind Sie mir einiges schuldig. Sozialdienst vielleicht?« *Klickklickklick.* »Wissen Sie was, ich stelle Ihnen das in Rechnung. Ich lasse Sie für meine verdammte Zeit bezahlen.« *Klickklickklick.* »Wo bleibt dieser verdammte Aufzug?«

»Okay, schön. Schreiben Sie mir eine Rechnung, kein Problem. Vielen Dank, vielen Dank, vielen Dank.«

Marta meinte jedes Wort ernst. In den nächsten paar Jahren würde sie jede Menge freie Zeit haben. Vielleicht sollte sie sich ein Haus kaufen, es herrichten und wirklich darin wohnen. Aber nebenbei bräuchte sie schon ein wenig juristische Arbeit, und sei es nur, um keinen Rost anzusetzen. »Wissen Sie, mir ging durch den Kopf, daß Sie vielleicht ein bißchen Hilfe gebrauchen könnten, um die Kanzlei schnell wieder auf die Beine zu bringen.«

*Klickklickklick.* »Wenn ich überhaupt noch eine Kanzlei habe.«

»Haben Sie. Werden Sie haben.«

*Klick.* »Hmm.«

»Vielleicht kann ich es wiedergutmachen. Indem ich helfe, Rosato & Associates neu aufzubauen. Das ist das mindeste, was ich für Sie tun kann. Schriftsätze aufsetzen. Den Mitarbeiterinnen etwas beibringen.« Der Aufzug kam, und die Türen glitten auseinander. »Hinter der Bühne, verstehen Sie.«

»Sie?« Bennie blieb der Mund offenstehen. »Sie? Sie bleiben in Philadelphia?«

Als sich die Türen schlossen, begann Marta zu lachen, und der Klang ihres Gelächters erzeugte ein Echo, das im ganzen Aufzugschacht widerhallte.

Marta und Bennie standen auf der Schwelle zu Marys Krankenzimmer. Die junge Anwältin war von der Intensivstation verlegt worden, ihr Zustand war endlich stabil. In den dünnen Krankenhauskissen sah Mary sehr mitgenommen aus. Ein Infusionsschlauch schlängelte sich zu einer Nadel in ihrem Arm. Die DiNunzio-Familie hatte sich wie in einer riesengroßen Umarmung um sie geschart, und mittendrin saß Judy. Sie grinste erschöpft, als sie Bennie und Marta sah. »He, Mädels, ist das nicht cool?« sagte Judy. »Mary ist am Leben.«

Bennie lächelte erleichtert. »Wunderbar. So gefallen mir meine Mitarbeiterinnen. Wenn sie atmen.«

»Ist auch wünschenswert, sonst schaffen sie die Arbeit nicht«, bemerkte Marta an den Türpfosten gelehnt. »Übrigens, die beiden sind wieder eingestellt, oder?«

Judy hielt die Luft an. Mary blinzelte.

Bennie überlegte. *Was fließt in Ihren Adern, Eis?* »Wenn Sie eine Zulassung haben, haben Sie einen Job«, sagte sie, und Mary lächelte.

*Es ist kein Job, es ist ein Abenteuer.*

# Dank

*Freispruch für einen Mörder* ist ein Roman, doch bei den unerläßlichen Recherchen haben mir etliche Leute enorm geholfen, und ihnen allen möchte ich hier danken. Sämtliche Fehler gehen allein auf mein Konto.

Mein ganz besonderer Dank gilt zuallerst dem Bürgermeister von Philadelphia, Ed Rendell, und seinem ehemaligen Stabschef, David Cohen. Ich bin ein großer Fan dieser beiden Männer, die für meine Lieblingsstadt wahre Wunder vollbracht und uns alle mitgerissen haben. Für dieses Buch gestatteten sie mir den Zugang zum Büro des Bürgermeisters und zu anderen Bereichen des Rathauses, und David Cohen opferte, und das ist typisch für ihn, großzügig seine Zeit und ließ mich von seiner Energie und Intelligenz profitieren. Dank auch an Robin Schatz für den Insider-Rundgang und an Ginny Kehoe.

Ein Dankeschön an Larry Fox, den Vorsitzenden der Sektion der Strafverteidiger in der Amerikanischen Anwaltskammer, der bei den im Buch angesprochenen ethischen Fragen half, und Dank an die Experten für Strafverteidigung Frank DiSimone, Glenn Gilman, Burton Rose und Mike Trigani für ihren treffsicheren Rat.

Dank an die Detectives der Mordkommission im Philadelphia Police Department, die mir wieder einmal umfassend geholfen und mir das coolste Sweatshirt geschenkt haben, das es überhaupt gibt. Dank an Mark McDonald von den *Philadelphia Daily News*, der mich durch das schöne Pressezentrum im Rathaus geführt und sich die Zeit genommen hat, mir einiges über Zeitungsredaktionen und ihre Arbeitsweise beizubringen. Dank an Dr. Andrea Hardaway von der Notaufnahme und die detaillierten Erläuterungen zu einigen wirklich scheußlichen Verletzungen.

Dank an den Hufschmied Richard Clark jr., der alle meine dummen Fragen beantwortet hat, während er versuchte, eine schlechtgelaunte Stute zu beschlagen. Dank an alle im Thorncroft Equestrian Center für ihre tolle Arbeit und besonders an Diana Johnson, die mir einiges über Pferde und das Leben beigebracht hat.

Dank an Kevin Sparkman von der DVTO, der mir sehr geholfen hat. Dank auch an Chuck Jones, für seine Freundschaft, für die Erläuterungen zur Jagd und allgemeine Ratschläge. Auch J.M. Huang möchte ich für seine faszinierende Übersetzung von Sunzi Anerkennung zollen, sie war eine Quelle für *Freispruch für einen Mörder.*

Ebenso wichtig wie das Recherchieren ist das Schreiben, und auch dabei standen mir Experten zur Seite. Innigsten Dank an die Präsidentin und Verlagsleiterin von HarperCollins, Anthea Disney, an meine Herausgeberin, Carolyn Marino, und an meine Agentin Molly Friedrich von der Aaron Priest Agency. Die Brillanz, das Talent und die Großzügigkeit dieser Frauen, wahren Literatur-Power-Rangers, versetzen mich stets wieder in Erstaunen. Sie haben dieses Manuskript in vieler Hinsicht verbessert und mich ständig unterstützt. Ich kann mich als die glücklichste Autorin der Welt preisen, weil ich ihnen ihre Zeit und ihr Fachwissen stehlen durfte. Ich kann ihnen gar nicht genug danken und möchte alle anderen nicht langweilen, indem ich noch länger bei diesem Thema verweile.

Dank auch an Paul Cirone, Mollys Assistenten, für seine harte Arbeit und seinen phantastischen Sinn für Humor und an Carolyns Assistenten, Robin Stamm, der die Bedeutung des Kommas begriffen hat. Besonderen Dank an die Herstellerin Andrea Molitor, die sich darum gekümmert hat, daß alles klappt.

Dank an Gene Mydlowski, Mitherausgeber, für seine Bemühungen und seine Sorgfalt, und an Laura Leonard, Leiterin der Öffentlichkeitsarbeit, die nicht nur ein wahrer Dynamo in ihrem Job ist, sondern einer der nettesten Menschen der ganzen Welt. Dank auch an Caroline Enright, Lauras Assistentin.

Mein persönlicher Dank und meine Liebe gehen an meine Familie und Freunde und an meinen Mann Peter und meine Tochter Kiki. Sie mußten sich mit Pizza begnügen, solange ich mit diesem Buch gekämpft habe, und, noch schlimmer, sie mußten mit mir auskommen.

»MARTA, NEIN!« schrie Bennie gellend.

Der Schrei riß Marta aus ihrer Trance. Kreischend erwachte die Welt wieder zum Leben. Was hatte sie sich gedacht? War sie verrückt geworden? Kräftige Arme packten sie. Es war Bennie, vollkommen außer sich. Sie entwand Martas Händen den Stichel und schaute ihr forschend in die Augen, suchte nach Zurechnungsfähigkeit.

Plötzlich heulten hinter der Menge Sirenen auf. Polizisten schrien. Reporter brüllten. Kameras klickten. Videokameras surrten. Eine Phalanx uniformierter Polizisten und Detectives bahnte sich den Weg durch die Menge zu Steere. »Mr. Steere!« rief einer der Detectives und hob die Hand. »Wir haben einen Haftbefehl gegen Sie!«

Steere begann zurückzuweichen, aber Polizisten in schwarzen Jacken umringten ihn und versperrten ihm den Weg. Es gab keine Möglichkeit zu fliehen oder sich zu verstecken, jedenfalls nicht im Augenblick. Seine Miene blieb gefaßt, als man ihm Handschellen anlegte, und die von den Reportern erzeugte Kakophonie übertönte seine Forderung nach einem Anwalt.

# –66–

Einen geschlagenen Tag lang interviewte Emil Gorebian Anwälte, Polizisten und Mitarbeiter der Wahlkommission. Nun saß er an seiner Tastatur im Presseraum des Rathauses und tippte. Es hatte endlich aufgehört zu schneien. Neben ihm kämpften sich die letzten Sonnenstrahlen durch das schmutzige Fenster.

Auch nach einem so langen Tag verspürte Emil kaum Müdigkeit. Er war nicht alt genug, um in Rente zu gehen, er lief immer noch auf Hochtouren. Er hatte die gesamte Story im Kopf, sie floß so geschmeidig wie Olivenöl. Bereits in der nächsten Ausgabe würde sie die ganze Titelseite einnehmen. Seine erste Exklusivstory in zehn Jahren.

Emil tippte ohne Pause. Elliot Steere und Jen Pressman waren ein Liebespaar gewesen. Sie benutzten die Organspenderdatei, um Briefwahlunterlagen mit gefälschten Unterschriften einzuschicken. Sie bezahlten Eb Darning für die Fälschung der Unterschriften und das Abschicken der Briefwahlunterlagen, aber Eb erpreßte sie und mußte zum Schweigen gebracht werden. Emil hatte Wählerlisten eingesehen und die für die letzte Wahl ausgestellten Briefwahlunterlagen geprüft. Mindestens zwei weitere Personen waren für die Einsendung